V. C. Andrews wuchs im amerikanischen Bundesstaat Virginia auf. Sie arbeitete jahrelang als Modezeichnerin und Gebrauchsgrafikerin, ehe sie sich ausschließlich der Literatur widmete. Die, wie die »New York Times« sie nannte, »erfolgreichste Autorin der achtziger Jahre in den Vereinigten Staaten« starb 1987.

Der Roman »Gebrochene Schwingen« ist der dritte Band von V. C. Andrews' in Goldmann-Taschenbüchern erschienener »Casteel-Saga«; Band 1 und 2:

Dunkle Wasser. Roman (8655)
Schwarzer Engel. Roman (8964)

Ferner liegt von V. C. Andrews als Goldmann-Taschenbücher die Serie »Das Erbe von Foxworth Hall« vor:

Gärten der Nacht. Roman (9163)
Blumen der Nacht. Roman (6617)
Wie Blüten im Wind. Roman (6618)
Dornen des Glücks. Roman (6619)
Schatten der Vergangenheit. Roman (8814)

und:

Das Netz im Dunkel. Roman (6764)

V.C. Andrews

Gebrochene Schwingen

Roman

GOLDMANN VERLAG

Ungekürzte Ausgabe

Aus dem Amerikanischen von Kollektiv Druck-Reif
Titel der Originalausgabe: Fallen Hearts
Originalverlag: Pocket Books, New York

Der Goldmann Verlag
ist ein Unternehmen der Verlagsgruppe Bertelsmann

Made in Germany · 1. Auflage · 3/90

Umschlagentwurf: Design Team München
Umschlagfoto: Zefa-Comstock, Düsseldorf
Satz: IBV Satz- und Datentechnik GmbH, Berlin
Druck: Elsnerdruck, Berlin
Verlagsnummer: 9301
MV · Herstellung: Sebastian Strohmaier
ISBN 3-442-09301-5

Lieber Pa!

Trotz all der traurigen Ereignisse und der Kämpfe in der Vergangenheit bin ich bereit, Dir zu vergeben, und bitte Dich ebenfalls um Verzeihung. Tom ist nun schon fast zwei Jahre tot – in diesen zwei Jahren ist kein Tag vergangen, an dem ich ihn nicht vermißt habe. Aber nun ist die Zeit der Trauer vorüber, und es beginnt für mich die Zeit der Liebe und des Glücks. Ich habe etwas Wundervolles zu berichten: Ich werde heiraten! Mein Gatte wird Logan Stonewall, der, wie Du Dich vielleicht erinnerst, schon meine große Jugendliebe war. Ich lebe hier in Winnerow und habe den Beruf meiner Träume: Ich bin Lehrerin, so wie einst Miss Marianne Deale, die mich ständig angespornt hat, zu lesen und zu lernen und nicht das Ziel aus den Augen zu verlieren, eines Tages wirklich einmal das zu werden, was ich werden möchte. So sind alle meine Wünsche aus der Kindheit in Erfüllung gegangen – alle, bis auf die Versöhnung mit Dir. Ich wünsche mir, daß Ihr zu meiner Hochzeit kommt, Drake, Stacie und Du, Pa. Pa, ich möchte mit Dir zum Altar schreiten, mit Dir als meinem Brautführer, der mich dem Ehemann übergibt. Pa, ich möchte alles Schreckliche aus der Vergangenheit vergessen. Ich möchte Dir vergeben, und ich möchte, daß Du mir vergibst. Vielleicht können wir jetzt, nach dieser langen Zeit, eine Familie sein. Fanny wird meine Brautjungfer sein. Und vielleicht handelst Du jetzt, nach alldem, einmal wie ein Vater.

In Liebe
Heaven

1. KAPITEL

Frühlingsversprechen

Ich saß auf der Veranda vor der Hütte und las den Brief an meinen Vater immer wieder durch. Es war ein warmer Morgen im Mai, der Frühling ging schon langsam in den Sommer über. Anscheinend war die Welt in den Willies zusammen mit mir erwacht – den kalten, dunklen Winter voller Tod und Trauer verdrängte langsam die Wärme des Frühlings und schließlich der heiße Sommer. Die Meisen und Rotkehlchen sangen, sie hüpften von einem Zweig zum andern und ließen die Blätter leicht erzittern. Das Sonnenlicht bahnte sich seinen Weg durch die Äste, strahlende Bündel goldenen Lichtes fielen auf Birke und Walnußbusch. Die Blätter schimmerten durchsichtig, wo das Sonnenlicht sie traf. Die Welt sah strahlend und lebendig aus.

Ich atmete tief durch und genoß den süßen, frischen Duft der Blüten und der saftigen grünen Blätter. Der Himmel über mir war tiefblau, und kleine, weiße Wattewolken tanzten darauf herum wie Kinder beim Spielen.

Seit dem Tag, an dem ich nach Winnerow zurückgekehrt war, hatte sich Logan stets um mich gekümmert. Er war da in jenen schrecklichen Tagen nach dem Tod von Tom, als Pa im Krankenhaus war. Er war da, als Pa mit Stacie und dem kleinen Drake in sein eigenes Haus nach Georgia zurückkehrte. Er war da, als Großvater starb und mich in der Hütte, dem Haus meiner Kindheit, allein ließ, das ich nun renoviert und in ein gemütliches Heim verwandelt hatte. Er war da an dem Tag, an dem ich zum ersten Mal die mir liebgewordenen Schüler der Grundschule von Winnerow unterrichtete. Jetzt mußte ich lachen, wenn ich an diesen ersten Tag dachte, an dem ich meine Fähigkeiten erprobt hatte, eine Lehrerin zu werden, wie ich es mir immer erträumt hatte.

So wie an diesem Morgen und so, wie ich es seitdem jeden Morgen tat, war ich über die Schwelle der Hütte getreten, um einen

Moment innezuhalten, mich in Großmutters alten Schaukelstuhl zu setzen und die Berge zu betrachten, ehe ich meinen langen Weg hinunter zur Schule antrat. Nur daß an jenem Morgen, als ich die Tür öffnete, Logan mit einem breiten, glücklichen Lachen an der Treppe stand. Seine dunklen Augen funkelten in der Morgensonne.

»Guten Morgen, Miss Casteel.« Er verbeugte sich tief. »Man hat mich gebeten, Sie zu Ihrem Klassenzimmer zu geleiten. Das ist ein besonderer Dienst der Schulverwaltung von Winnerow.«

»O Logan!« rief ich. »Du bist so früh aufgestanden, um mich hier abzuholen?«

»So früh war das gar nicht. Um die Zeit stehe ich immer auf und öffne den Drugstore. Er ist jetzt dreimal so groß wie zu unseren High-School-Zeiten«, sagte er stolz, »und er macht viel mehr Arbeit. Bitte, Miss Casteel«, fügte er hinzu und reichte mir die Hand. Ich ging die Stufen hinunter, nahm seine Hand, und zusammen gingen wir den Bergpfad entlang – genau wie damals, als wir verliebte Schulkinder gewesen waren.

Es war wirklich wie in früheren Tagen, als Logan und ich hinter Tom, Keith und Unserer-Jane hermarschiert waren, gefolgt von Fanny, die mit ihrem lockeren und lasziven Verhalten versuchte, Logan von mir fortzulocken, und die schließlich aufgab und davonrannte, wenn sie merkte, daß sie seine Aufmerksamkeit nicht auf sich lenken konnte. Fast schon konnte ich die Stimmen meiner Geschwister hören. Die Erinnerung trieb mir die Tränen in die Augen.

»Aber, aber«, sagte Logan, als er es bemerkte, »dies ist doch ein glücklicher Tag. Ich möchte dich lächeln sehen. Ich möchte das Echo von deinem Lachen durch die Berge hallen hören, so wie es früher war.«

»O Logan, ich danke dir. Hab Dank, daß du da bist und dich um mich kümmerst.«

Er blieb stehen, faßte mich bei den Schultern und drehte mich zu sich. Seine Augen blickten ernst und voller Liebe.

»Nein, Heaven. Ich muß dir danken und zwar dafür, daß du so schön und liebenswert bist wie in meiner Erinnerung. Es ist, als ob« – er suchte nach Worten – »als ob die Zeit für uns stillgestanden und alles, was seitdem mit uns geschehen ist, nur ein Traum gewesen wäre. Jetzt wachen wir auf, du bist wieder da, und ich bin bei dir und halte deine Hand. Ich werde sie nie mehr loslassen«, betonte er.

Ein Zittern lief durch meine Finger, die mit den seinen verschlungen waren; ein Beben des Glücks, das bis zu meinem Herzen strömte, so daß es klopfte wie damals, als ich zwölf Jahre alt war und er mich das erste Mal küßte. Ich wünschte, er würde mich jetzt küssen, und ich wäre wieder das gleiche unschuldige Mädchen von einst. Aber das war ich nicht, und er war auch nicht mehr der gleiche. Erst vor ein paar Monaten war das Gerücht aufgekommen, er habe die Absicht, Maisie Setterton zu heiraten. Aber Maisie hatte keine Bedeutung mehr für ihn, sobald ich aufgetaucht war.

Schweigend gingen wir den Weg entlang. Rotkehlchen und braungefleckte Spatzen folgten uns; behende hüpften sie durch die Schatten des Waldes, ohne daß sich ein Zweig zu bewegen schien.

»Mir ist klar«, sagte Logan nach einer Weile, »daß unser Leben sich sehr verschieden entwickelt hat seit damals, als ich dich von der Schule nach Hause begleitet habe. Unsere Versprechen wirken jetzt wie dumme Träume. Es wäre wunderschön, wenn unsere Liebe stark genug wäre, daß sie all die Schwierigkeiten und Tragödien überstanden hätte.«

Wir blieben stehen und schauten einander an. Ich wußte, daß er die Zweifel in meinen Augen lesen konnte.

»Logan. Wie gerne würde ich das glauben! Ich bin es müde, daß meine Träume sterben; Träume, die sich als Luftschlösser erweisen und wie Seifenblasen zerplatzen. Ich möchte wieder jemandem vertrauen können.«

»O Heaven, vertrau mir«, bat er und drückte meine Hände. »Ich werde dich nicht enttäuschen. Niemals!«

»Ich kann es ja versuchen«, flüsterte ich, und er lächelte. Dann küßte er mich. Dieser Kuß sollte sein Versprechen besiegeln. Doch mein ganzes Leben lang hatte ich erlebt, daß Versprechen gebrochen wurden. Logan spürte mein Zögern und meine Befürchtungen. Er nahm mich in die Arme.

»Ich werde dafür sorgen, daß du mir vertrauen kannst, Heaven.

Ich werde dir alles geben, was ein Mann nur geben kann.« Er vergrub sein Gesicht in meinem Haar. Ich fühlte seinen Atem in meinem Nacken und spürte seinen wilden Herzschlag an meiner Brust. In diesem Wald, auf unserem alten Pfad, merkte ich, daß ich wieder zu hoffen wagte; ich wurde wieder empfindsam. Heaven Leigh Casteel, die als Kind so böse verletzt und als junges Mädchen mißhandelt und vergewaltigt worden war und der man als junger Frau das Herz gebrochen hatte, wandte sich hungrig dem Versprechen auf Glück zu.

»Ich glaube, mit der Zeit werde ich dir vertrauen können, Logan.«

»O Heaven, liebste Heaven, jetzt bist du wirklich nach Hause gekommen!« Logan küßte mich wieder und immer wieder.

Warum mußte ich dann, als er mich mit all seiner Leidenschaft und Liebe küßte, an Troy denken, an meinen verbotenen Geliebten, der jetzt tot war? Warum waren es Troys Lippen, die ich auf den meinen spürte? Warum war es der Geschmack von Troy, nach dem ich mich sehnte? Warum waren es die Arme von Troy, die mich umschlungen hielten?

Aber dann küßte Logan mich auf beide Augen, und als ich sie öffnete, blickte ich in sein junges, klares, liebevolles Gesicht, das die Tiefen der Angst und Verzweiflung, in denen Troy versunken war, nicht kannte. Plötzlich wußte ich in meinem Inneren, daß Logan mir genau das Leben geben würde, das ich mir wünschte und das meine Mutter sich gewünscht hatte: ein Leben voller Ruhe, Behaglichkeit und Ansehen.

Logan machte mir das ganze Schuljahr hindurch den Hof. Eines Tages klopfte er an die Tür meiner Hütte und sagte: »Ich habe eine Überraschung für dich, Heaven.«

»Willst du mich entführen?« Ich ging auf sein Spiel ein.

Er stellte sich hinter mich und legte seine sanften Hände vor meine Augen. »Laß sie zu, Heaven!« Dann nahm er meine Hand; ich stolperte hinter ihm her zu seinem Auto und fühlte mich sicher in Gegenwart seiner jungenhaften Begeisterung. Als wir davonfuhren, wehte mir ein frischer Wind ins Gesicht. Dann hielt der Wagen, Logan öffnete die Tür und faßte mich am Arm. »Steig aus, wir sind fast da«, sagte er und geleitete mich auf einen Bürgersteig.

Ich wußte sofort, wo wir waren, als er die Tür zum Drugstore öffnete, aber ich sagte es nicht. Natürlich hatte ich gleich den vertrauten Geruch nach Parfüm, Toilettenartikeln und Erkältungsmedizin erkannt. Ich wollte ihm seine gute Laune nicht verderben. Er setzte mich auf einen Hocker und werkelte hinter der Theke herum. Es schien mir fast, als wäre eine halbe Stunde vergangen, als ich seine fröhliche Stimme wieder vernahm; er schrie fast vor Aufregung: »Du kannst die Augen jetzt aufmachen, Heaven!«

Vor mir stand ein Märchenschloß – geformt aus Eis, Kirschen und Schlagsahne, alles wohlschmeckend und süß.

»Logan«, erklärte ich, »es ist wunderschön. Aber wenn ich das aufesse, wiege ich in einer Stunde dreihundert Pfund mehr als jetzt! Dann wirst du mich nicht mehr lieben.«

»Heaven« – seine Stimme wurde laut und rauh –, »meine Liebe zu dir ist nicht abhängig von Jugend und Schönheit. Aber dieses Kunstwerk ist nicht zum Essen gedacht. Ich wollte dir das süßeste und schönste Schloß bauen, das du je gesehen hast. Ich weiß, ich kann mit dem Reichtum der Tattertons und ihrem großen Herrensitz Farthinggale nicht konkurrieren. Aber deren Haus ist aus kaltem, grauem Stein gebaut, während meine Liebe zu dir so warm ist wie ein Frühlingsmorgen. Meine Liebe baut ein Schloß um dich herum, das besser ist als jedes Steinhaus, Heaven« – inmitten all der erstaunten Kunden im Drugstore kniete er nieder –, »Heaven, willst du meine Frau werden?«

Ich blickte ihm tief in die Augen und sah nur Liebe und Sanftmut darin. Ich wußte, er würde alles tun, um mich sehr, sehr glücklich zu machen. Was hatte ich von Leidenschaft – der Leidenschaft, die mir durch Troys Tod genommen worden war –, wenn ich statt dessen ein Leben voll warmer Liebe, Fürsorge und unermeßlicher Ergebenheit bekam? »Ja«, sagte ich, und meine Augen füllten sich mit Tränen. »Ja, Logan, ich will deine Frau werden.«

Plötzlich brach um uns herum Jubel los. Alle Kunden strahlten uns glücklich an, uns, das frischverlobte Paar. Logan wurde knallrot und ließ meine Hand los, gerade, als ich im Begriff war, ihn zu umarmen.

»Hier, Heaven«, sagte er und steckte mir eine Kirsche in den Mund, um seine Verlegenheit über das öffentliche Schauspiel, das wir boten, zu verbergen. Dann kniff er mich in die Wange. »Ich werde dich immer lieben«, flüsterte er.

So fand eine Liebe, die schon vor langer Zeit geboren worden war, endlich Erfüllung. Ich fühlte mich glücklicher und frischer als je zuvor in meinem Leben. Nun hatte ich mein Glück gefunden. Endlich konnte ich mir ein neues Leben schaffen, das so fest und solide war wie ein Baum, der auf festem Grund seine Wurzeln geschlagen hat. Es war, als beträte ich eine helle Lichtung und wüßte genau: Hier muß ich bleiben.

Nun sollte meine Kinderliebe die Liebe meines Lebens werden; und meine Träume wurden wahr. Wieder einmal war ich voller Glück und Zuversicht. Ich war wieder ein junges Mädchen, das hoffte, das sich öffnete und bereit war, sein zerbrechliches Herz zu verschenken. Auf dieser Lichtung, wo die Sonne warm und stark ist, werden Logan und ich wie zwei zarte Pflänzchen allmählich heranwachsen zu mächtigen Eichen, die auch die Stürme des Winters überstehen.

In den nächsten Wochen plante ich die Hochzeit. Diese Hochzeit war anders als die, die sonst in Winnerow üblich waren. Obwohl ich in den Bergen geblieben war und in einer Hütte lebte, fuhr ich ein teures Auto, trug feine Kleidung und verhielt mich wie eine vornehme, gebildete Dame. Zwar hatte ich die Chance gehabt, als Erbin der Tatterton-Spielzeugwerke ein Leben in Reichtum zu führen, doch für die Einheimischen war ich einfach nur die Casteel aus den Bergen. Vielleicht gefiel es ihnen, wie ich ihre Kinder unterrichtete, aber sie mochten es immer noch nicht, daß ich in der Kirche in der vordersten Bank saß.

Nachdem unser Verlobungbild im »Winnerow Reporter« veröffentlicht worden war, schritten Logan und ich am folgenden Sonntag zusammen das Kirchenschiff entlang und zogen alle Blicke auf uns. Wir setzten uns in die erste Reihe, den Platz von Logans Familie, auf den ich mich allein nie zu setzen gewagt hätte. »Willkommen, Heaven«, sagte Mrs. Stonewall ein bißchen nervös und übergab mir das Gebetbuch. Logans Vater nickte einfach mit dem Kopf. Als wir aufstanden, um zu singen, sang ich stolz und laut, so daß meine Stimme, die Stimme aus den Bergen, kräftig durch die Kirche hallte. Nach dem Gottesdienst begrüßte ich Reverend Wise mit einem Lächeln, das zeigen sollte, daß ich all seine Prophezeiungen Lügen strafen würde.

»Heaven, ich wußte gar nicht, daß du so eine schöne Singstimme hast«, sagte Logans Mutter zu mir. »Ich hoffe, du kommst in unseren Frauenchor!«

Da wußte ich, daß sie sich entschlossen hatte, mich zu akzeptieren. Und ich wußte auch, daß ich dafür sorgen würde, daß die anderen dasselbe taten. Ich würde ihnen die Augen öffnen, und sie würden erkennen, wie ehrlich und fleißig die Menschen aus den Bergen waren.

Aus diesem Grund plante ich eine besondere Hochzeit. Logan versuchte das so gut wie möglich zu verstehen und stellte sich sogar gegen die Einwände seiner Eltern. Ich war ihm so dankbar! Er hatte seinen Spaß daran zu verfolgen, auf welche Weise ich die Leute aus Winnerow mit denen aus den Bergen zusammenbringen wollte. Ich hatte beschlossen, daß es das schönste Hochzeitsfest werden sollte, das Winnerow je gesehen hatte. Wenn ich auf den Altar zuschreiten würde, sollten die Leute nicht einfach denken, ich sei ein Emporkömmling; ich war jemand, der genauso gut war wie sie. Ich erinnerte mich daran, wie ich vor Jahren mit Juwelen behängt durch die Kirche geschritten war, als wäre ich einem Modeheft entstiegen. Trotz meiner großartigen Aufmachung hatten die Leute aus dem Ort die Nase über mich gerümpft. Die Leute aus den Bergen gehörten in die hinteren Reihen, und die, die für Gott wertvoller waren, kamen nach vorn.

Meine Hochzeit sollte anders werden. Ich lud viele Familien aus den Bergen ein. Alle Kinder aus meiner Klasse sollten kommen. Meine Schwester Fanny sollte meine Brautjungfer werden. In den letzten zwei Jahren, seit ich nach Winnerow zurückgekehrt war, hatte ich Fanny nicht sehr oft gesehen. Es schien, als könne Fanny ihre Eifersucht und ihren Neid nicht aufgeben – obwohl ich, wie immer, alles versucht hatte, ihr zu helfen. Logan hielt mich über Fannys Affären und Aktivitäten auf dem laufenden. Offensichtlich wurde in Winnerow häufig über sie geklatscht. Seit ihrer Scheidung von dem alten Mallory tuschelte man über ihre Beziehung zu einem viel jüngeren Mann, Randall Wilcox, dem Sohn des Rechtsanwalts. Randall war erst achtzehn und seit einem Jahr auf dem College, Fanny dagegen war eine geschiedene Frau von zweiundzwanzig Jahren.

Eine Woche, nachdem wir unsere Verlobung bekanntgegeben hatten, fuhr ich hinauf zu dem Haus, das Fanny von dem Geld des alten Mallory gekauft hatte. Das Haus lag oben auf einem Berg, war grellrosa gestrichen und hatte rote Fensterrahmen. Ich hatte mit Fanny seit über einem Jahr nicht mehr gesprochen. Damals hatte sie mir vorgeworfen, ich würde ihr alles wegnehmen, was ihr gehörte. In Wirklichkeit aber war *sie* es, die ständig versucht hatte, alles zu stehlen, was mir gehörte, besonders Logan.

»Das ist aber eine Überraschung«, rief sie in dramatischer Übertreibung aus, als sie die Tür öffnete. »Fräulein Heaven höchstpersönlich kommt auf Besuch zu ihrer armen Schwester aus dem Volk.«

»Ich bin nicht gekommen, um mit dir zu streiten, Fanny. Ich bin viel zu glücklich, um mich über irgend etwas aufzuregen.«

»So?«

Sie setzte sich schnell auf die Couch. Ich merkte, daß sie neugierig wurde.

»Logan und ich werden im Juni heiraten.«

»Stimmt das?« fragte sie ungläubig. Sie sackte sichtlich in sich zusammen.

Warum konnte sie sich nicht einmal mit mir freuen?

»Du weißt doch, daß wir uns wieder getroffen haben.«

»Ich kann doch nicht alles wissen! Du kommst ja nie vorbei, und reden tun wir erst recht nicht miteinander.«

»Du weißt genau, was in Winnerow passiert, Fanny. Aber wie dem auch sei – möchtest du meine Brautjungfer werden?«

»Wirklich?« Ihre Augen leuchteten auf. Dann sah ich das böse Feuer in ihnen zurückkehren. »Ich kann es jetzt noch nicht sagen, Heaven, Liebste. Ich bin ziemlich eingespannt. An welchem Tag genau ist deine Hochzeit?«

Ich sagte es ihr.

»Nun« – Fanny tat so, als müsse sie nachdenken –, »ich hatte an dem Wochenende eigentlich schon was vor. Weißt du, mein neuer Freund geht viel mit mir aus, auf College-Feten und so. Vielleicht kann ich alles verschieben. Wird es eine vornehme Hochzeit?«

»Das kann man wohl sagen!«

»Hast du vor, deiner lieben Schwester ein vornehmes, teures Kleid zu kaufen? Und fährst du mit mir in die Stadt, um es auszusuchen?«

»Ja.«

Sie dachte einen Augenblick lang nach.

»Kann ich Randall Wilcox mitbringen?« fragte sie. »Du weißt vielleicht schon, daß wir zusammen sind. Weißt du, er sieht im Frack einfach umwerfend aus. Die Männer kommen doch im Frack, oder?«

»Ja, Fanny, wenn du es gern möchtest. Ich schicke ihm eine Einladung.«

»Ja, das möchte ich gern«, sagte sie.

Und so wurde es gemacht.

Meine Einladung an Pa war die letzte, die ich losschickte. Ich ging den Bergpfad ein bißchen früher hinunter als gewöhnlich, so daß ich es vor meinem letzten Unterrichtstag noch schaffte, auf die Post zu gehen. Ich glaube, ich war genauso aufgeregt wie damals, als ich mich auf den Weg machte, um das erste Mal vor den Schülern zu stehen. Als ich mein Klassenzimmer betrat, schauten mich die Kinder erwartungsvoll an. Selbst diejenigen, die sonst traurig und müde aussahen, wirkten an diesem Morgen frisch und fröhlich. Ich merkte, daß sie einen Plan hatten.

Patricia Coons meldete sich.

»Ich habe etwas für Sie, Miss Casteel«, erklärte sie schüchtern.

»Ja?«

Patricia stand langsam auf und kam nach vorn, stolz darauf, die Vertreterin der Klasse zu sein. Sie trat verlegen von einem Fuß auf den anderen und biß auf ihre bereits abgekauten Nägel.

»Wir wollen Ihnen dies hier geben, bevor Sie all die anderen Hochzeitsgeschenke kriegen«, sagte sie. »Das ist von uns allen«, fügte sie hinzu, als sie mir ein Päckchen überreichte, das in feines blaues Papier eingewickelt und mit einer rosa Schleife verziert war. »Wir haben das Papier bei Ihrem Verlobten, ich meine, bei Mr. Stonewall, gekauft«, sagte sie und lachte.

»Danke. Euch allen vielen Dank!«

Ich wickelte das Päckchen aus. Zum Vorschein kam ein wunderschön gearbeitetes Stickbild in einem üppigen Eichenrahmen. Es zeigte meine Hütte in den Willies und trug den Spruch:

TRAUTES HEIM, GLÜCK ALLEIN. ALLES GUTE, IHRE KLASSE

Für einen Augenblick verschlug es mir die Sprache. Aber ich wußte, daß all die fröhlichen, glücklichen Augen der Kleinen auf mich gerichtet waren.

»Ich danke euch, liebe Kinder«, sagte ich. »Ganz gleich, was ich noch an Geschenken bekomme, keines wird mir so teuer sein wie das von euch!«

Und das war wahr.

Die Zeit zwischen meinem letzten Arbeits- und meinem Hochzeitstag kam mir endlos vor. Minuten wirkten wie Stunden und Stunden wie Tage, weil ich es nicht abwarten konnte. Selbst die ganzen Planungen und Vorbereitungen ließen die Zeit nicht im Fluge vergehen, wie ich eigentlich gehofft hatte. Die Vorfreude steigerte meine Aufregung immer mehr. Logan verbrachte seine ganze Freizeit mit mir.

Bald schon kamen die Zusagen auf unsere Einladungen. Ich hatte mit Tony Tatterton nicht mehr gesprochen seit dem Tag, an dem ich Farthinggale verlassen hatte. Es war der Tag gewesen, an dem ich erfuhr, daß Troy tot war. Einerseits konnte ich ihm nicht vergeben, was mit Troy geschehen war; andererseits hatte ich eine furchtbare Angst vor dem, was ich damals erfahren und was Troy in den Tod getrieben hatte. Ich wußte, ich würde nie mehr Troys Stimme hören können, ohne auch das vertraute Timbre meiner eigenen Stimme wahrzunehmen. Das, was ich über Tony und meine Mutter erfahren hatte, ließ mir noch immer, zwei Jahre danach, einen Schauer über den Rücken laufen. Ich hatte so lange mit der Lüge gelebt, daß ich von Pas Fleisch und Blut war. Pa, der mich zurückgewiesen hatte, wann immer ich mich an ihn wandte, nach dessen Liebe ich mich verzehrte. Und dann mußte ich herausfinden, daß Pa, wenn er mich ansah, den früheren Liebhaber meiner Mutter sah, ihren Stiefvater, meinen Vater, der auch mein Großvater war – Tony Tatterton.

Dieses Wissen ängstigte mich bis ins Mark, nicht nur wegen der

Falschheit und Geschmacklosigkeit, die dahintersteckte, sondern auch, weil es einiges aussagte über meine Anlagen. Ich traute mich nicht, es Logan zu sagen. Solche verachtenswerten Verhaltensweisen würden seine Hochachtung vor den Reichen, die die Welt regieren, erschüttern. Aber das war nicht alles. An jenem letzten Tag am Strand, nachdem Tony mir von Troys schrecklichem Tod erzählt hatte, sah er mich mit einem Blick an, der alle Trauer hinter sich ließ, einem Blick, der reines Verlangen ausdrückte, so daß ich wußte, ich *mußte* mich von ihm fernhalten. Das war der Grund, weshalb ich seine Anrufe nicht annahm, weshalb sich seine Briefe unbeantwortet auf meinem Schreibtisch stapelten. Deshalb war es Pa, den ich als meinen Brautführer haben wollte, und nicht Tony. Denn trotz allem, und obwohl ich jetzt wußte, daß Pa nicht mein richtiger Vater war, verlangte ich immer noch nach seiner Liebe. Von der Tonys hatte ich schon mehr als genug.

Aber da ich nicht wollte, daß Logan von meiner beschämenden Herkunft erfuhr, hatte ich pflichtbewußt Tony zur Hochzeit eingeladen. Tony, der schlaue Fuchs, antwortete nicht mir, sondern Logan. Er erklärte, daß Großmutter Jillian so krank sei, daß er sie nicht allein lassen konnte. Aber er bestand darauf, daß wir nach Farthinggale kämen, wo er einen feinen Empfang für uns ausrichten würde. Logan war über diese Einladung so aufgeregt, daß er sofort versprach, wir würden vor unserer Hochzeitsreise nach Virginia für vier Tage nach Farthy kommen. Anschließend wollten wir in der Hütte leben, bis wir ein eigenes schönes Haus am Rande von Winnerow gebaut hatten.

Aber nicht alle unsere Pläne fügten sich so gut ineinander. Am Morgen unserer Hochzeit klopfte es an die Tür meiner Hütte. Ich war die ganze Nacht wach gewesen, zu nervös und aufgeregt, um schlafen zu können. Noch im Nachthemd ging ich zur Tür, wo der Briefträger mit einem Eilbrief wartete.

»Guten Morgen«, sagte er. »Bitte hier unterschreiben.«

Tatsächlich war es ein guter Morgen, nicht nur, weil es mein Hochzeitstag war. An dem strahlend blauen Sommerhimmel war keine Wolke zu sehen. Das war heute mein Tag. Gott hatte auf mich herabgelächelt und mir diesen schönen Tag geschenkt, alle Schatten fortgewischt und nur das Sonnenlicht gelassen. Mein

Herz war voller Freude, ich hätte den Briefträger umarmen können.

»Vielen Dank«, sagte er, als ich ihm die Unterschrift gab. Dann lächelte er und tippte an seinen Mützenrand. »Und ich wünsche Ihnen alles Gute. Ich weiß, daß Sie heute heiraten.«

»Danke schön.« Meine Augen folgten ihm, als er zu seinem Jeep ging. Als er wendete und die Straße hinunterfuhr, winkte ich. Dann schloß ich die Tür und ging zum Küchentisch, um den Eilbrief zu öffnen. Sicher war es ein Glückwunsch. Vielleicht war er von Tony, der sich in letzter Minute doch noch entschlossen hatte zu kommen.

Ich riß den Umschlag auf und faltete den kleinen Bogen auseinander. Was ich las, ließ mich unsanft auf die Erde zurückkehren. Ich setzte mich langsam hin, mein Herz dröhnte wie eine dumpfe Trommel in meiner Brust. Das Lachen, das auf meinen Lippen gelegen hatte, war verflogen. Meine Augen füllten sich mit Tränen, und die Buchstaben des Briefes verschwammen vor meinen Augen.

Liebe Heaven!

Aus geschäftlichen Gründen, die den Zirkus betreffen, ist es mir nicht möglich, zu Deiner Hochzeit zu kommen. Stacie und ich wünschen Dir und Logan alles Gute.

Dein Pa

Eine Träne fiel auf das Papier und hinterließ eine zerstörerische Spur auf Pas Worten. Ich knüllte den Brief zusammen und ließ meinen Tränen freien Lauf. Sie liefen über meine Wangen und hinterließen einen salzigen Geschmack auf den Lippen.

Ich weinte, weil ich gehofft hatte, meine Hochzeit würde Pa und mich auf eine neue Weise zusammenbringen. Obwohl es Logan gewesen war, der mich überredet hatte, ihn einzuladen, war es immer ein geheimer Herzenswunsch für mich gewesen. Ich hatte mir so oft vorgestellt, wie er neben mir stehen würde in seinem Frack, schlank und gutaussehend, wie er meine Hand halten und die Worte sprechen würde: »Ich werde es tun!«, nachdem der Reverend gefragt hatte: »Wer übergibt die Braut?«

Meine Hochzeit sollte ein Fest der Vergebung werden. Er sollte mir vergeben, daß ich durch meine Geburt die Ursache für den Tod seines Engels Leigh geworden war. Ich dagegen war bereit, Toms Ansicht zu übernehmen, daß Pa uns verkauft hatte, weil er nicht in der Lage war, für uns zu sorgen, und nur das Beste für uns gewollt hatte.

Und nun sollte nichts von alldem stattfinden.

Ich holte tief Luft und wischte meine Tränen fort. Ich kann es nicht ändern, dachte ich. Ich mußte mich auf Logan und unsere Hochzeit konzentrieren. Ich hatte keine Zeit für Selbstmitleid oder Ärger.

Eine Stunde vor der Trauung kamen meine Schwester Fanny und Randall Wilcox, um mich zur Kirche zu bringen. Randall war ein höflicher, schüchterner junger Mann mit karottenroten Haaren, milchweißer Haut und winzigen Pickeln auf der Stirn. Aber er hatte leuchtend blaue Augen, die wie Kristall funkelten. Ich hatte eigentlich vermutet, daß er älter aussehen würde, als er war. Doch Randall wirkte frisch und unschuldig und folgte Fanny wie ein Hündchen.

»Mensch, Heaven Leigh Casteel, du siehst richtig jungfräulich aus heute morgen!« rief Fanny und hakte sich bei Randall unter, so daß sie sich besitzergreifend an ihn pressen konnte. Sie hatte ihr pechschwarzes Haar toupiert und verwuschelt und sah wie eine billige Dirne aus. Ich hatte ihr vorgeschlagen, ihr Haar aufzustekken, weil ich schon befürchtet hatte, daß sie etwas in dieser Art damit machen würde.

»Das stimmt doch, Randall, oder?« fragte Fanny.

Er blickte schnell von ihr zu mir; er wünschte wohl, nicht in Fannys Sarkasmus einbezogen zu werden.

»Sie sehen gut aus«, sagte Randall leise und diplomatisch.

»Danke, Randall.«

Fanny lächelte gekünstelt. Ich schaute noch einmal in den Spiegel, strich einige Haarsträhnen glatt und schloß meine Gürtelschnalle.

»Ich bin bereit«, sagte ich.

»Ja, das bist du«, sagte Fanny. »Du warst immer schon bereit für diesen Tag«, fügte sie traurig hinzu. Für einen Augenblick tat sie mir leid, obwohl sie so unverhüllt eifersüchtig war. Fanny wollte immer Aufmerksamkeit und Liebe, aber die Art, wie sie beides zu bekommen versuchte, war falsch. Das würde vielleicht immer so bleiben.

»Fanny, das Kleid steht dir sehr gut«, sagte ich versöhnlich. Wir waren in die Stadt gefahren und hatten ein hellblaues Kleid mit weitem Rock für Fanny als Brautjungfer ausgesucht. Aber sie hatte daran Änderungen vorgenommen. Sie hatte den Ausschnitt vergrößert, so daß man ihren Brustansatz sehen konnte, und das Oberteil enger gemacht. Es schmiegte sich nun hauteng an ihren Körper.

»Wirlich? Meine Figur ist wieder gut, nicht wahr?« sagte sie und ließ ihre Hände von ihren Hüften nach oben bis zu ihren Brüsten gleiten. Dabei sah sie Randall lasziv an. Er errötete. »Selbst durch das Kinderkriegen habe ich meine gute Figur nicht verloren wie so viele Frauen.« Sie wandte sich an mich. »Randall kennt das kleine Geheimnis mit Darcy. Paß auf, Süße, daß nicht bald eine kleine Meute von Stonewalls deine Figur ruiniert!«

»Ich will so schnell keine Kinder haben, Fanny«, erklärte ich.

»So? Vielleicht hat Logan Stonewall da andere Vorstellungen. Maisie Setterton erzählte, er würde immer davon reden, daß er einmal eine große Familie haben wollte. Das stimmt doch, nicht wahr, Randall?«

Ich wußte, Fanny brachte Maisie Setterton ins Gespräch, um mich eifersüchtig zu machen.

»Nun, ich habe nicht genau...«

»Ist schon gut, Randall«, sagte ich schnell. »Fanny sagt das nicht, um mich zu ärgern, nicht wahr, Fanny?«

»Nein, natürlich nicht«, stotterte sie. »Ich erzähle dir nur, was Maisie gesagt hat.«

»Aha!« Randall fing an zu lachen. Fanny merkte, daß wir über sie lachten.

»Aber sie hat es gesagt«, beharrte sie. »Und wenn *sie* es mir nicht erzählt hat, dann war es jemand anders.« Ihr Lächeln wurde gekünstelt. »Egal. Mich erstaunt übrigens immer noch, daß du den Reverend die Trauung durchführen läßt.«

»Ich habe da meine Gründe.« Insgeheim mußte ich lächeln.

Fanny kannte diese Gründe. Reverend Wise hatte Fanny damals von Pa gekauft, sie zu sich genommen, sie geschwängert und dann das Kind als das von sich und seiner Frau ausgegeben. Ich hatte versucht, für Fanny das Kind zurückzukaufen, doch es war mir nicht gelungen. Fanny hatte mir meinen Mißerfolg nie vergeben. So teilten wir das dunkle Geheimnis der Herkunft des kleinen Mädchens. Nun wollte ich, wenn Logan und ich uns unser Jawort gaben, in die Augen von Reverend Wise schauen. Ich wollte die Worte ausbrennen, die er zu mir gesagt hatte, als ich zu ihm kam und Fannys Kind verlangte. Als wir uns stritten, hatte ich gesagt: »Sie kennen mich nicht.«

Seine Augen hatten sich zu Schlitzen verengt und im Schatten seiner Lider geblitzt, als er sagte: »Du irrst dich, Heaven Leigh Casteel. Ich kenne dich sehr gut. Du bist der allergefährlichste Typ von Frau, den es auf der Welt gibt. Ein Mann wird dich lieben, weil du so schön bist, weil du einen solch verführerischen Körper hast, aber du wirst ihn hintergehen, weil du immer Angst hast, daß er dich hintergeht. Du bist eine Idealistin von der schlimmsten Sorte – eine Romantikerin. Geboren, um andere und dich selbst zu zerstören.«

Ich wollte, daß er die andere Heaven Leigh Casteel sah. Er sollte erkennen, daß seine Voraussagen falsch, seine sündigen Weissagungen arrogant gewesen waren.

»Du hast vielleicht deine Gründe«, grinste Fanny. »Aber ich versichere dir, der Reverend zieht eine große Nummer ab, wenn er dich und Logan traut. Ich kann es kaum abwarten.«

»Gehen wir?« fragte ich.

Der Gottesdienst war so, wie ich es mir erträumt hatte. Fast alle, die wir eingeladen hatten, waren auch da. Vier von meinen Schülern waren Ordner. Ich hatte sie ausdrücklich angewiesen, die Gäste in der Reihenfolge, wie sie eintrafen, zu ihren Plätzen zu führen. Damit umging ich ein ungeschriebenes Gesetz der Kirche. So saßen Leute aus den Bergen vorne zusammen mit Leuten aus der Stadt. Andere Stadtleute waren gezwungen, hinten mit denen aus den Bergen zu sitzen.

Die Leute aus den Bergen lachten mich alle an mit Gesichtern voller Stolz und Begeisterung. Die Stadtleute schauten würdig, doch mit innerer Zustimmung. Schließlich heiratete ich Logan Stonewall und vollzog damit in ihren Augen die vollständige Verwandlung von einem hinterwäldlerischen Bergmädchen zu einem anständigen Mädchen aus der Stadt. Ich würde aus der Hütte in ein Haus in der Stadt ziehen. Man konnte es ihnen ansehen – sie dachten, mit der Zeit würde ich die Leute aus den Bergen vergessen. Ich hatte ihre Achtung gewonnen, aber sie verstanden mich nicht. Sie dachten, ich hätte alles nur getan, um eine der Ihren zu werden.

Logans Vater stand am Platz des Trauzeugen. Dort, wo eigentlich Tom, mein lieber verstorbener Bruder, hätte stehen sollen. Mein Herz klopfte, und meine Augen füllten sich mit Tränen, sobald ich an seinen traurigen Tod in den Fängen einer entsetzlichen Bestie dachte. Außer Fanny, die vor mir her stolzierte, ihre Haare schüttelte, anzüglich die Schultern rollte und jedem Mann in der Kirche schöne Augen machte, war niemand von meiner Familie anwesend. Grandpa war tot. Luke und seine neue Frau hatten mit dem Zirkus zu tun. Keith und Jane waren im College und nicht so vertraut mit mir, wie ich es gern hätte. Meine richtige Großmutter war in Farthy, verfangen in ihrer Vergangenheit, debil vor sich hin brabbelnd. Tony war der Kopf der Tatterton-Spielzeugwerke und vielleicht voll Trauer an diesem Tag, da ich nun einem anderen Mann gehören sollte und nicht ihm.

Reverend Wise, groß und eindrucksvoll wie immer auf der Kanzel, hob seine Augen von der Bibel und schaute mich an. Sein flotter, schwarzer maßgeschneiderter Anzug stand ihm gut und ließ ihn schlank aussehen, wie damals, als wir ihn zum ersten Mal gesehen hatten.

Einen Augenblick lang hatte ich Angst vor ihm, doch dann richtete ich meinen Blick auf Logan, und die ganzen traurigen Erinnerungen waren ausgelöscht. Es war, wie wenn ein bewölkter Tag plötzlich sonnig wurde. Das war meine Hochzeit, der Tag, der mir gehörte, wo ich der Mittelpunkt war. Und dort stand Logan, besser aussehend, als ich es mir je hätte vorstellen können, und wartete darauf, daß ich meine Hände – ja mein Leben – in seine Hände legte.

Wie wunderbar ist doch eine Hochzeit von zwei Menschen, die sich ernsthaft lieben, dachte ich. Es war heilig, es war kostbar, und ich fühlte mich, als würde ich auf Wolken gehen. Ich erinnerte mich an die Nächte, in denen ich den Sternenhimmel angesehen und gewünscht hatte, Logan und ich wären Prinz und Prinzessin. Dann war er tatsächlich in mein Leben getreten, wie ein Ritter in glänzender Rüstung aus einem Märchen, und hatte mir sein Leben geweiht. Ich war davon überzeugt, daß wir für einander bestimmt waren.

Das Herz flatterte mir in der Brust. Mein Gesicht unter dem Schleier überzog sich mit einer feinen Röte.

Reverend Wise blickte mich schweigend an. Dann hob er seine Augen zur Kirchendecke und begann:

»Lasset uns beten. Lasset uns danken. Denn der Herr war großmütig. Er hat uns gegeben, daß unsere Herzen sich mit Freude füllen. Eine Hochzeit ist ein neuer Anfang, der Anfang eines neuen Lebensabschnitts und eine Gelegenheit, Gott auf neuen Wegen zu dienen. Dies gilt vor allem für Logan Stonewall und Heaven Leigh Casteel.«

Er wandte sich an Logan. »Logan Stonewall«, sprach er feierlich, »willst du diese Frau, Heaven Leigh Casteel, zu deiner gesetzmäßigen Ehefrau nehmen, sie schützen und bewahren in guten wie in schlechten Zeiten, in Krankheit und bei Gesundheit, in Reichtum und in Armut, bis daß der Tod euch scheidet?«

Logan drehte sich zu mir, sein Gesicht und seine Augen beteten mich an. »Von ganzem Herzen will ich!« erklärte er.

»Heaven Leigh Casteel« – Reverend Wise wandte sich nun mir zu –, »willst du diesen Mann, Logan Stonewall, zu deinem rechtmäßigen Ehemann nehmen, ihn schützen und bewahren in guten wie in schlechten Zeiten, in Krankheit und bei Gesundheit, in Reichtum und in Armut, bis daß der Tod euch scheidet?«

Ich schaute Logan in die Augen und flüsterte: »Ich will!«

»Wer hat die Ringe?« fragte Reverend Wise.

Fanny stürzte vor: »Ich, Reverend, ich habe sie«, säuselte sie und hob beide Handflächen nach oben – auf jeder lag ein Ring. Dann beugte sie sich vor und gab Logan und mir die Ringe.

Logan lächelte mich an mit dem freundlichsten aller Lächeln, als er den mit Diamanten besetzten Ehering über meinen Finger streifte. »Mit diesem Ring nehme ich dich zur Frau«, sagte er.

Dann nahm ich ihn zum Mann.

»Kraft meines Amtes erkläre ich euch für Mann und Frau«, sagte nun der Reverend. »Was Gott zusammengefügt hat, soll der Mensch nicht trennen. Du darfst die Braut jetzt küssen, Logan.«

Logan küßte mich mit mehr Leidenschaft, als er jemals zuvor gezeigt hatte. Dann gingen wir Arm in Arm den Kirchengang entlang. Als wir aus der Kirchentür traten, rief der Reverend: »Meine Damen und Herren, begrüßen Sie Mr. und Mrs. Stonewall!«

Plötzlich wurden wir von allen umringt, besonders von den Leuten aus der Stadt. Es war, als hätten mich der Gottesdienst, die Ringe und der Ausruf des Reverends in eine der Ihren verwandelt.

Abseits der Kirche war eine Tanzfläche aufgebaut, es begann die Kapelle einen fröhlichen Walzer zu spielen. Nachdem uns alle gratuliert hatten, erwartete man, daß wir den Tanz eröffneten. Ich sah die Leute aus den Bergen im Hintergrund stehen, unsicher und unentschlossen. Ich konnte ihre Nervosität spüren, als sie unter all den vornehmen Hochzeitsgästen standen. Ich küßte Logan auf die Wange und sagte: »Warte einen Moment, Liebster.« Dann ging ich zu dem Geiger, der einer der Besten seiner Zunft war, und sagte: »Spielen Sie doch bitte einen richtigen Ländler.« Und als das Stück begann, konnte ich um mich herum das Klatschen und Stampfen der Leute aus den Bergen hören. Ich umfaßte meinen Mann, und als die Erinnerung an die Zeit in den Hügeln mich überkam, gab ich mich der Musik meiner Heimat hin, dem Rhythmus der Willies.

Die Stadtleute traten einer nach dem anderen zurück, während die Leute aus den Bergen sich unserem Tanz anschlossen. Logan wurde mir von einer meiner hübschen Schülerinnen abgenommen. Mich umfaßte mein alter Nachbar Race McGee. Dann zogen die Leute aus den Bergen die Stadtleute mit in den Tanz. Niemals zuvor war ich so glücklich gewesen. Jedermann war am Lachen, am Klatschen, am Tanzen. Endlich waren die Willies und Winnerow eins geworden.

Plötzlich sah ich, wie Fanny in ihrem hautengen blauen Kleid über den Tanzboden kam und Logans Partnerin auf die Schulter klopfte. »Mach Platz für die Schwägerin. Er hat nur die eine.« Fanny rief so laut, daß alle es hören konnten. Sie legte ihre Arme

Logan um den Hals, drückte ihren Busen an seine Brust und wirbelte den verdutzten Logan über den Tanzboden. Als das Lied zu Ende war, verkündete sie: »Ich glaube, jetzt bin ich dran, den Bräutigam zu küssen.« Dann sah ich, wie sie ihn küßte.

Schließlich befreite sich Logan fast mit Gewalt aus ihrer Umklammerung. Fannys Lachen übertönte die Musik und ließ es in meinen Ohren wie Alarm klingeln. Ich hörte es, und ich merkte es mir. Doch heute war mein Tag, und nichts und niemand, auch nicht Fanny, sollte ihn verderben.

2. KAPITEL

Im Haus meines Vaters

Logan und ich stiegen kichernd wie Schulkinder in Boston aus dem Flugzeug. Wir waren beide so aufgeregt, daß die Stewardessen gleich gemerkt hatten, daß wir frisch verheiratet waren. »So?« fragte Logan albern. »Wie sehen frisch Verheiratete denn aus?«

»Hoffnungsvoll und lachend. Daß sie sich lieben, ist so offensichtlich, daß selbst die abgestumpftesten Menschen sie anschauen und ihnen zulächeln«, erklärte die Stewardeß, als würde sie von ihrem eigenen schönsten Traum erzählen.

»Verliebt sind wir«, antwortete Logan. So waren wir während des ganzen Fluges gewesen: schmusend, küssend und kichernd. Jedes Mal, wenn die Stewardessen vorbeigekommen waren, hatten sie gelacht.

Nun eilten wir Hand in Hand den langen Gang im Flughafen entlang, neugierig darauf, was uns dieser Besuch bei Tony bringen würde. Als wir um die Ecke in die Halle bogen, entdeckte ich Tony, der an der Pforte stand. Er trug einen seiner dunkelblauen, doppelreihig geknöpften Seidenanzüge und hatte ein zusammengefaltetes *Wallstreet-Journal* in der Hand. Er schwenkte es aufgeregt, als wir auftauchten. »Da ist Tony!« Ich winkte zurück. »Ich dachte, er schickt nur Miles, den Chauffeur, um uns abzuholen.«

»Das wäre nicht die feine Art, Jungverheiratete zu empfangen«, witzelte Logan.

»Du hast recht«, sagte ich, doch dann hielt ich inne. Meine Finger schlossen sich fester um Logans Hand. Vielleicht war es, weil ich so lange von Tony getrennt gewesen war, vielleicht war es die Art und Weise des Herzens, zu zeigen, daß unsere wahre Einstellung sich mehr in unseren Augen als in unseren Worten enthüllt. Jedenfalls fühlte ich eine Kraft in Tonys Augen, die mich wie ein Magnet anziehen wollte. Genau so etwas hatte ich befürchtet.

Das Grau an Tonys Schläfen hatte sich vermehrt, aber es ließ ihn nicht älter, sondern nur würdiger aussehen. Als wir näher kamen, verwandelte sich sein scharfer bohrender Blick in einen Ausdruck des Entsetzens.

»Leigh?« Es war kaum noch ein Flüstern. Dann hatte er seine Beherrschung wiedergefunden. »Heaven!« Er kam uns ein paar Schritte entgegen. »Heaven, willkommen daheim. Du hat jetzt die gleiche Haarfarbe wie deine Mutter. Blond...« Seine Stimme war erregt, noch ganz gefangen von der Vergangenheit.

»O ja, das habe ich vergessen, Tony«, sagte ich schnell.

»Ich finde, daß sie besser aussieht, wenn ihr Haar seine natürliche schwarze Farbe hat«, warf Logan schnell ein und streckte dem überraschten Tony seine Hand entgegen.

»Tony, das ist mein Gatte Logan.« Ich stellte sie einander vor, während sie sich die Hände schüttelten. Ich konnte sehen, daß Tony sofort anfing, Logan zu mustern, seine Maße zu nehmen, sein Gesicht zu durchforschen nach Spuren von Schwäche und mangelnder Willenskraft, um herauszufinden, wo und wie er ihn würde manipulieren können.

»Willkommen, Logan«, sagte Tony schließlich. Dann schaute er wieder mich an, und ich fühlte, wie sein Blick sich geradezu in mich hineinbohrte. »Ich bin so froh, daß ich dich wiedersehe, Heaven. Ich habe dich so vermißt...« Er machte eine Pause. Als er wieder sprach, war seine Stimme belegt. »Es ist schon geradezu unanständig, wie sehr ich sie mag. Ich würde gern wissen...« Dann riß er sich zusammen und wandte sich an Logan. »Und ich bin froh, daß du gekommen bist, mein Sohn.«

»Haben Sie vielen Dank!«

»Oh, bitte nenn mich Tony!« Seine blauen Augen leuchteten auf. »Ich habe genügend Leute in meiner Umgebung, die mich siezen. Hattet ihr einen guten Flug?«

»Wunderbar. Aber, irgendwo hinzufliegen, mit Heaven zusammen, ist immer wunderbar«, sagte Logan. Er legte seinen Arm um meine Schultern und drückte mich an sich. Tony lächelte amüsiert.

»Das ist gut. Ihr benehmt euch, wie es sich für ein junges Ehepaar gehört. Ich bin froh, daß ihr eure Flitterwochen in Farthy beginnt. Das Auto wartet draußen. Kümmert euch nicht um das Gepäck. Ich habe jemanden, der das erledigt. Laßt uns nach Farthy fahren, wo ihr euch ausruhen könnt, und wo wir uns schnell kennenlernen wollen«, sagte er zu Logan.

Als er sich wieder mir zuwandte, waren seine blauen Augen ruhig und verrieten nichts. Er war wieder der Mann, der sich völlig unter Kontrolle hatte.

»Wie geht es Jillian«, fragte ich vorsichtig.

»Du wirst es selber sehen«, sagte er. »Ich möchte mir jetzt noch nicht die Freude über eure Ankunft trüben lassen. Ich habe alles für einen herrlichen Empfang organisiert, und es sieht so aus, als würde das Wetter schön werden«, sagte er, als wir durch die Halle schritten. »Meine Dienstboten waren fleißig wie die Eichhörnchen, um alles herzurichten. Farthy hat noch nie so stolz und majestätisch ausgesehen, aber es hat ja auch noch nie einen derartigen Anlaß dazu gegeben.«

»Ich kann es nicht erwarten, es mit eigenen Augen zu sehen«, sagte Logan. Tony bedachte mich mit einem selbstzufriedenen Lächeln, als wir aus dem Flughafen traten. Seine lange, schwarze Limousine stand an der Auffahrt. Miles stand daneben und hielt die Autotür für uns auf.

»Miles!« Ich lief auf ihn zu und umarmte ihn.

»Schön, Sie wiederzusehen, Miss Heaven. Es freut sich hier wirklich jeder auf Ihren Besuch.«

»Vielen Dank, Miles. Das ist mein Gatte, Logan Stonewall.«

»Sehr erfreut!«

»Vielen Dank«, sagte Logan, und wir stiegen alle drei hinten in die schwarze Limousine. »So muß man reisen«, meinte Logan, streckte seine Beine weit aus und lehnte sich zurück in die üppigen Ledersitze. Dann beugte er sich schnell vor. »Gibt es hier eine Bar?«

»Ja. Möchtest du etwas trinken?« fragte Tony.

»Ich glaube schon«, antwortete Logan, was mich überraschte. Er trank nicht oft Alkohol. Tony öffnete das Barfach, und Logan bat um einen Highball.

»Heaven?«

»Nein, danke, Tony. Jetzt im Augenblick würde ich davon einschlafen«, sagte ich. Tony bereitete Logans Drink, während wir auf der Autobahn dahinrasten.

Tony schaute mich an. Sein Lächeln war fast nicht zu erkennen. Er war amüsiert. Ich fühlte, wie mein Herz schneller schlug. Die Landschaft außen raste vorbei, doch alles – die Geräusche, Formen, Farben – war vibrierend und elektrisierend.

»Ist Curtis immer noch Butler und Rye Whiskey immer noch Koch?« fragte ich Tony.

»Natürlich. Farthy wäre nicht Farthy, wenn sie nicht da wären.«

»Rye Whiskey?« Logan lachte.

»Eigentlich heißt er Rye Williams, aber jeder nennt ihn Rye Whiskey.«

»Nicht jeder«, sagte Tony. »Ich wahre zumindest den Anschein von Würde, wenn es um meine Dienstboten geht.«

Ich lenkte meinen Blick aus dem Fenster. Ich wollte in Farthinggale vorfahren genau so wie das erste Mal. Ich wollte dieselbe Aufregung spüren, dasselbe Gefühl, etwas Neues zu erleben. Ich erinnerte mich daran, wie beeindruckt ich war, daß ein Haus einen Namen hatte. Doch jetzt dachte ich, wie richtig das war, denn für mich war Farthy wie etwas Lebendiges mit einer Persönlichkeit, mit Erinnerungen und mit Vergangenheit, wie eine Matrone, die still und aus dem Hintergrund regiert. Obwohl es mir schwer fiel, es einzugestehen, war es ein Heimkommen für mich. Ich kehrte zurück zu einem Teil von mir, den ich eigentlich hatte überwinden wollen, als ich Logan heiratete.

Wir fuhren nach Norden. Bald schon wurde die Straße gesäumt von riesigen, schattenspendenden Bäumen und grünen Wiesen. Es war ein schöner Sommertag, und das Laubwerk hatte sich voll entwickelt.

»Weißt du«, sagte Logan, während wir dahinfuhren, »mir ist noch nie aufgefallen, daß diese Gegend so ähnlich aussieht wie die Willies, nur ohne die Berge und die Hütten. Diese Häuser sehen etwas anders aus als unsere Hütten, nicht wahr, Heaven?«

»Ja«, sagte ich. »Aber die Willies wären nicht die Willies ohne sie«, fügte ich sanft hinzu.

»Wir werden in Winnerow leben«, erklärte Logan schnell. »Wir bleiben die nächste Zeit noch in der Hütte, aber dann bauen wir demnächst etwas Richtiges.«

»Stimmt das?« fragte Tony und rückte ein bißchen näher an Logan heran. Fast konnte ich seine Gedanken lesen. Er war dabei, seine ursprüngliche Meinung über Logan zu ändern. Er spürte, daß da mehr war, als er erwartet hatte. »Nun gut, ihr werdet gleich etwas ganz Wichtiges von hier sehen«, fügte er hinzu. »Farthy wurde von meinem Ur-Ur-Ur-Großvater gebaut, und immer der älteste Sohn, der es übernimmt, verbessert etwas daran.«

»Wirklich?« fragte Logan mit großen Augen. Er wandte sich mir zu. Sein Gesicht glühte vor Aufregung, so daß er mich einen Augenblick lang an einen kleinen Jungen erinnerte, der ein tolles, neues Spielzeug zum Geschenk bekommen hat.

»Wir werden es gleich sehen«, kündigte Tony an. Logan beugte sich nach vorn, um durch eine Lücke zwischen den Bäumen zu spähen. Miles lenkte das Auto eine lange, schmale Privatauffahrt hinauf, die durch ein hohes, schmiedeeisernes Tor gesichert wurde. Auf dem Torbogen prangte in schöner, verschnörkelter Schrift das Wort: FARTHINGGALE MANOR.

»Einmal bin ich zu diesem Tor geritten«, sagte Logan versonnen. »Ich versuchte, den Mut zu fassen, hindurchzugehen und Heaven zu besuchen.«

»Ja? Anscheinend haben sich deine Geduld und Ausdauer bezahlt gemacht«, sagte Tony und zwinkerte mir zu. Ich drückte meine Nase an das Fenster und sah die Tannen, Eichen und Pinien vorbeirauschen, als wir auf die runde Auffahrt zufuhren. Dann tauchte das große, graue Steinhaus vor uns auf. Das rote Dach ragte weit hinauf in den Himmel und bildete einen scharfen Kontrast zu dessen Kobaltblau. Ich wunderte mich, daß mir der Anblick immer noch den Atem nahm. Ich sah, daß auch Logan beeindruckt war.

»Es sieht tatsächlich wie ein Schloß aus«, sagte er.

»Und die Prinzessin kehrt heim«, fügte Tony hinzu, legte seine Hand auf meine und lächelte.

Miles fuhr den Wagen vor die breite Treppe, die zu der handgeschnitzten, gebogenen Eingangstür führte.

»Und nun beginnt die Besichtigung«, rief Tony. Ich spürte Logans Aufregung und Begeisterung, als er den Rest seines Drinks herunterkippte und überstürzt das Auto verließ. Ich stieg sehr viel langsamer aus. Plötzlich hatte ich ein bißchen Angst. Ich blickte schnell hinüber zu den hohen Hecken, die das englische Labyrinth formten. Am anderen Ende dieser Gänge lag Troys kleine Hütte. Trotz des hellen Sonnenscheins und des blauen Himmels schien es mir, als hinge ein Nebel über diesen Hecken, der ihr Geheimnis verhüllte.

Logan wußte nicht, wohin das Labyrinth führte, aber er wußte sehr wohl, wieviel mir Troy einst bedeutet hatte. Er wußte sogar von unserer kurzen und tragischen Verlobung. Er hatte das alles erfahren, als ich mit einem Nervenfieber in meiner Hütte gelegen und er mich gesund gepflegt hatte. Es war Troy gewesen, nach dem ich gerufen hatte, Troy, den ich sogar zu sehen meinte, wenn ich meine fiebrigen Augen öffnete und Logans bestürztes Gesicht vor mir sah. Ich weiß noch, wie ihm das damals weh getan hatte.

Trotzdem hatte er mich gesund gepflegt. Nun fühlte ich mich schuldig, als ich das Labyrinth ansah und an Troy dachte, an die Liebe, die ich verlor, als er sich das Leben nahm. Ich konnte es nicht ändern, daß diese Erinnerungen mich überfielen und mir die Tränen in die Augen trieben. Ich verbarg mein Gesicht vor Logan. Ich wußte, daß es nicht richtig war, an den anderen Mann zu denken, den ich einst geliebt hatte, selbst wenn es nur für ein paar Sekunden war.

»Unvorstellbar!« sagte Logan, die Hände auf die Hüften gestützt. Sein Kopf bewegte sich hin und her, während er das Gelände vor sich betrachtete.

»Wir gehen hinein, ihr macht euch frisch, und dann führe ich euch herum... oder möchtest du das lieber selbst machen, Heaven?« fragte Tony mich schnell.

»Was? Nein, nein, das ist schon gut so. Ich sollte wohl lieber zu Jillian gehen«, sagte ich und schaute hinauf zu den großen, hohen Fenstern, hinter die meine Großmutter mütterlicherseits sich zurückgezogen hatte.

»Ja, natürlich«, sagte Tony und geleitete uns zur Eingangstür, die Curtis wie auf ein Stichwort öffnete. Er trat lächelnd einen Schritt zurück, doch ich ging auf ihn zu, um ihn zu begrüßen.

»Willkommen daheim, Miss«, sagte er und wurde rot. Als ich Tony ansah, bemerkte ich bei ihm einen Ausdruck von Befriedigung. Ich hatte fast den Verdacht, daß er Curtis angewiesen hatte, mich so zu begrüßen. Ich stellte Logan vor, und wir betraten das Haus.

Drinnen drehte sich Logan langsam im Kreis herum. Er sah dabei aus wie einer aus den Bergen, der zum ersten Mal in die Stadt kommt. Und er ließ mich ein bißchen wehmütig an meine erste furchteinflößende Besichtigung von Farthy denken. Wie lange war das schon her! Wie schnell hatte ich mich an diesen Reichtum gewöhnt!

Ich schaute in das riesige Wohnzimmer und erblickte den Flügel, auf dem Troy immer gespielt hatte, wenn er in das große Haus gekommen war. Für einen Augenblick meinte ich, wieder die Weise von Chopin zu hören, die romantische Melodie, die mich sentimental und wehmütig werden ließ. Ich stellte mir vor, daß Troy wieder hier saß und seine langen, schlanken Finger über die Tasten glitten. Ich stand zitternd in der Tür.

»Heaven?«

»Was ist?« Ich drehte mich um und sah, daß beide, Logan und Tony, mich fragend ansahen.

»Warum antwortest du nicht?« fragte Logan.

»Es tut mir leid. Was hast du gesagt?«

»Ich habe Logan gerade erzählt, daß wir deine alten Zimmer für euch hergerichtet haben. Ich dachte, daß dir das gefällt«, sagte Tony.

»O ja, natürlich. Vielen Dank, Tony! Wir gehen gleich hinauf.«

»Eure Koffer sind auch schon angekommen und werden gleich hinaufgebracht«, fügte Tony hinzu. Wir stiegen die Marmortreppe hinauf.

»Ich habe noch niemals eine solch riesige Wandmalerei in einem Raum gesehen«, sagte Logan, als er in das Musikzimmer sah. »Es ist wie in einem Museum.« Tony lachte. »Meine Frau hat früher Kinderbücher illustriert. Das war, bevor sie verrückt wurde...« Tony verschluckte den Rest des Satzes. Offenbar bereute er den letzten Satz. Er räusperte sich. »Ich fürchte, ich habe ihr hier ein bißchen zu viel Freiheit gelassen.«

Logan beugte sich zurück, um sich die gewölbte Decke anzusehen, die über und über bemalt war: mit Vögeln, einem Mann, der auf einem fliegenden Teppich saß, und einem Märchenschloß, halb versteckt hinter Wolken.

»Kindern würde es hier gefallen«, sagte Logan.

»Das stimmt«, sagte Tony schnell. »Ich hoffe, eines Tages gibt es welche, die das genießen können.« Wieder einmal blickte er mit schmalen Augen auf mich. »Warum geht ihr zwei Turteltauben jetzt nicht nach oben und macht euch frisch? Ich kann mir vorstellen, daß ihr noch ein bißchen allein sein wollt, ehe wir essen.«

Aber Logan fuhr mit seiner Betrachtung der Decke fort, als hätte er nicht gehört, was Tony gesagt hatte.

»Logan«, sagte ich. »Ich würde gern duschen.« Ich begann, die Treppe hinaufzusteigen. »Logan?«

»Was? O ja, natürlich.«

Logan eilte mir nach, und wir gingen in mein altes Zimmer.

»Mein Gott, was für Räume«, sagte er, als wir durch die Doppeltür traten. Die Bediensteten hatten unsere Koffer schon heraufgebracht, und ein Zimmermädchen war dabei, unsere Kleider in die Schränke zu hängen.

Helles Sonnenlicht strömte durch die elfenbeinfarbenen Vorhänge und ließ unser Wohnzimmer noch gemütlicher aussehen, als es ohnehin schon war. Die Farben der Blumen auf der Seidentapete wirkten noch leuchtender als gewöhnlich. Es war, als wäre das Zimmer lebendig geworden und hätte all seine Farbe und all seine Schönheit ausgebreitet, um mich zu begrüßen. Logan hatte bis jetzt nur Bruchstücke gesehen, aber er war bereits verführt und trunken von Farthys majestätischer Größe und Schönheit. Er ließ sich auf eines der kleinen Sofas fallen und streckte die Arme nach mir aus.

»Du hast wie eine Prinzessin gelebt«, sagte er. »Ich kann es nicht glauben, daß du all das aufgegeben hast, um in einer Hütte in den Willies zu wohnen.«

»Nun, das habe ich getan«, sagte ich. »Und du solltest froh darüber sein. Sonst hätten wir vielleicht nie zusammengefunden.« Dann wurde meine Stimme weicher. »Ich bin so froh, daß ich Ihre Frau bin, Mr. Stonewall.«

Ungestüm beugte er sich vor und küßte mich.

»Heaven, Liebste«, sagte er. »Ich wüßte nicht, was ich ohne dich tun sollte... Wenn du nicht...« Er packte mich an den Schultern. »Ich hätte dich für immer verloren.« Wir küßten uns wieder. Plötzlich bemerkte ich, daß das Zimmermädchen in der Tür zum Schlafzimmer stand.

»Kann ich noch etwas für Sie tun, Mrs. Stonewall?« fragte sie. Sie war neu. Sie war ungefähr vierzig, für meinen Geschmack ein bißchen zu steif und ordentlich, aber sicher eine ausgezeichnete Angestellte.

»Nein, ich glaube nicht. Wie heißen Sie?«

»Donna.«

»Danke, Donna. Wie lange sind Sie schon in Farthy?«

»Erst seit einer Woche, gnädige Frau.«

»Extra für uns eingestellt«, sagte Logan. Ich schaute ihn an und fragte mich, ob er recht hatte.

»Das wäre alles, Donna. Vielen Dank.« Ich schaute ihr noch nach, während Logan ins Schlafzimmer ging und leise pfiff.

»Wenn das kein Schlafzimmer für eine Prinzessin ist«, sagte er. Er stand vor dem riesigen Himmelbett, um dessen Baldachin sich kostbare Spitze wölbte.

»Und ein Bett für Seine Königliche Hoheit«, scherzte ich, nahm seine Hand und zog ihn neben mich.

Er drückte auf die Matratze. »Großartig!« Er stand sofort wieder auf, ging ins Bad, in die Ankleideräume und in den begehbaren Kleiderschrank, während ich mich auszog, um zu duschen. »Ich glaube, es gibt kein Hotel im ganzen Land, das ein besseres Zimmer für Flitterwochen hat«, sagte er.

»Davon bin ich nicht überzeugt, Mr. Stonewall. Das müssen wir jetzt erst einmal ausprobieren.« Ich fühlte, wie ich über und über rot wurde. Ich war begierig darauf, daß wir unsere Ehe endlich vollziehen würden. Ich kam zwar nicht als Jungfrau zu ihm, doch was ihn betraf, war ich wie eine Jungfrau, und ich sehnte mich danach, ihn als Geliebten kennenzulernen – seit über zehn Jahren hatte ich diese Sehnsucht. Jetzt war die Gelegenheit dazu da. Logan wirkte nervös und unsicher, als wüßte er nicht, wie er seine jungenhafte Liebe umwandeln sollte in die Leidenschaft eines erwachsenen Mannes für seine Frau. Ich wartete darauf, daß er mich in seine Arme nehmen und mir mit seinem Körper die Liebe beweisen würde, die seine Augen schon immer ausdrückten.

»Ich hoffe, das Hotel in Virginia ist auch so vornehm«, sagte Logan. Er drehte sich um und schaute mich an. Ich stand und hatte nichts an außer einem Slip und dem BH.

»Willst du duschen und dich umziehen?« fragte er.

»Ich glaube, ich lege mich ein bißchen hin und ruhe mich aus. Bist du nicht auch müde, mein Schatz?« Ich ließ meine Augen weich und verträumt wirken, ich wollte, daß er mich begehrte.

»Nein, ich bin viel zu aufgeregt, um mich hinzulegen. Ich gehe lieber hinunter und unterhalte mich mit Tony«, sagte er.

»Wenn du willst«, sagte ich und versuchte, meine Enttäuschung in meiner Stimme zu verbergen.

Er küßte mich kurz und ging. Das war nicht ganz so, wie ich mir diesen Nachmittag vorgestellt hatte. Mich verlangte danach, daß er mich in seine Arme nahm und all die Gespenster meiner Liebe zu Troy vertrieb, die überall in diesem Hause lauerten. Ich wollte mit ihm hier sein, mit ihm, meiner klaren, frischen Frühlingsliebe. Ich brauchte Logan, damit er mir bewies, daß ich Leidenschaft, immerwährende Leidenschaft in den Armen meines Gatten finden konnte. Warum ging mein Mann lieber auf Entdeckungstour, als unsere grenzenlose Liebe zu erforschen? Ich saß im leeren Zimmer und schaute auf mein Abbild im Spiegel. Plötzlich mußte ich lachen. »Es ist kaum zu glauben, Heaven Leigh Stonewall! Du bist tatsächlich eifersüchtig auf ein Haus. Das ist doch dumm, nicht wahr?« Die Frau im Spiegel antwortete nicht.

Nachdem ich geduscht und mich umgezogen hatte, ging ich den Flur entlang zu Jillians Zimmer. Es waren schon über zwei Jahre vergangen seit jenem Tag, als ich Farthy verlassen hatte. Damals war sie vor ihrem großen Fenster gestanden, während ihr Haar im Sonnenlicht schimmerte. Ich hatte sie gehaßt und mir eigentlich vorgenommen, sie nie wieder zu sehen.

Martha Goodman begrüßte mich im Wohnzimmer. Sie saß in dem provenzalischen Sessel direkt neben der Tür zu Jillians Schlafzimmer und strickte. Als sie mich eintreten sah, lächelte sie und stand auf.

»Ach, Heaven, es ist so gut, daß Sie wieder da sind«, sagte sie und streckte mir die Hand entgegen. »Herzlichen Glückwunsch zu Ihrer Hochzeit. Mr. Tatterton hat mich von Ihrer bevorstehenden Ankunft informiert.«

»Danke, Martha. Wie geht es... meiner Großmutter?« erkundigte ich mich. »Weiß sie, daß ich wiedergekommen bin? Weiß sie, daß ich geheiratet habe?« fragte ich interessiert.

»Ich fürchte, nicht. Mr. Tatterton hat sie anscheinend nicht auf Ihren Besuch vorbereitet?« fragte sie. Ich schüttelte den Kopf. »Sie ist anders, Heaven, ganz anders.«

»Wie das?« fragte ich.

»Sehen Sie am besten selbst«, sagte sie, fast schon flüsternd. »Mrs. Tatterton ist am Schminktisch und macht sich zurecht für die Gäste«, fuhr sie fort, wandte ihr rundes Gesicht von mir ab und nickte traurig.

»Gäste?«

»Die Leute, die sie eingeladen hat, um mit ihr einen alten Film in ihrem Privatkino anzuschauen.«

»Ich verstehe.« Ich schaute auf die Schlafzimmertür. »Ich bringe es besser hinter mich«, sagte ich und klopfte an. Nach einem Augenblick hörte ich Jillians Stimme. Sie klang weicher, jünger, glücklicher als sonst. »Ja, bitte!«

Ich blickte Martha Goodman an, die mir freundlich zunickte, ehe sie sich wieder in ihren Sessel setzte. Also trat ich ein.

Jillian saß an ihrem mit Marmor abgedeckten Schminktisch und trug eines ihrer losen Hauskleider in Beige mit pfirsichfarbener Spitze. Sie sah aus wie ein Zirkusclown. Ihr Haar war leuchtend gelb gefärbt und so aufgesteckt, daß einzelne struppige Strähnen hochstanden. Ihr Gesicht sah aus wie rissiges Porzellan, nur an den Wangen waren leuchtend rote Flecken. Eyeliner war auf ihre Lider geschmiert, in ihren faltigen Augenwinkeln war die Linie verlaufen. Ihr Lippenstift war grell, dick aufgetragen und an den Mundwinkeln verklebt.

Doch als ich an ihr vorbei in den Spiegel sehen wollte, sah ich zu meinem Entsetzen nur die nackte Rückwand des ehemaligen Spiegels. Das Glas war entfernt worden. Jillian saß vor dem leeren Rahmen und schaute auf ihr Abbild aus der Erinnerung.

Ich schaute hinüber zu ihrem Bett und sah ein Kleid neben dem anderen auf der Tagesdecke liegen. Viele Paar Schuhe standen auf dem Boden. Schubladen waren herausgezogen, Unterwäsche und Strümpfe quollen aus ihnen heraus. All ihre Schmuckkästchen waren offen. Glitzernde Colliers, Juwelenohrringe, mit Diamanten besetzte Diademe lagen auf der Kommode. Das Zimmer sah aus, als ob es von einer Wahnsinnigen durchwühlt worden wäre. Ich wußte nicht, was ich machen sollte. Jillians Zustand war viel schlimmer geworden, als ich erwartet hatte.

Sie erblickte mich und fing an, geziert zu lächeln. Ein Lächeln, das ihr clowneskes Aussehen ins Dämonische zog und mir Angst machte.

»Leigh«, sagte Jillian mit erzwungener Fröhlichkeit. »Gott sei Dank, daß du da bist. Ich werde bald verrückt, weil ich nicht weiß, was ich anziehen soll. Du weißt doch, wer heute kommt, nicht wahr?« fügte sie in lautem Flüstern hinzu. Sie schaute sich im Zimmer um, als wären da auch andere Leute, die sie hören könnten. »Jeder, der zählt. Und alle kommen sie zu meiner Vorstellung.«

»Hallo, Großmutter«, sagte ich und ignorierte ihr verrücktes Gestammel. Ich hoffte, wenn ich nicht darauf einging, würde sie es vielleicht aufgeben. Statt dessen lehnte sie sich zurück und starrte mich an, als hätte sie etwas anderes gehört.

»Was heißt das, du willst nicht kommen? Schließlich lade ich mit Absicht einflußreiche Leute nach Farthy ein, damit du sie und deren Söhne kennenlernst. Du solltest dich für junge Männer in deinem Alter interessieren. Es ist nicht gesund, wenn du ... wenn du immer nur mit Tony zusammen bist.«

»Großmutter, ich bin nicht Leigh. Ich bin Heaven, deine Enkeltochter«, sagte ich und machte ein paar Schritte auf sie zu. »Ich habe geheiratet, Großmutter. Er heißt Logan, Logan Stonewall. Wir sind nach Farthy gekommen, weil Tony für uns einen großen Empfang gibt.«

Sie schüttelte den Kopf. Offensichtlich hörte sie kein Wort von dem, was ich sagte.

»Ich habe dir immer wieder gesagt, du sollst nicht so unvollständig angezogen in mein Schlafzimmer kommen. Du bist kein Kind mehr. Du kannst nicht so umherstolzieren, besonders nicht vor

Tony. Du solltest etwas mehr Selbstachtung haben. Eine Dame, eine richtige Dame tut so etwas nicht. Nun geh und zieh dich fertig an!«

»Jillian!« Ich dachte, wenn ich ihren Vornamen benutzte, würde sie mich vielleicht wahrnehmen. Ich wußte, wie sehr sie es haßte, als Großmutter behandelt zu werden. »Leigh ist fort. Leigh ist tot«, sagte ich sanft. »Ich bin Heaven.«

Sie zwinkerte einige Male und setzte sich gerade hin.

»Das ist das letzte Mal, daß du so etwas mit mir anstellst«, krächzte sie. »Du nimmst jeden gegen mich ein. Aber alle kennen die Wahrheit, Leigh, die Wahrheit über dein gemeines verführerisches Verhalten. Eifersüchtig? Ich?« meinte sie arrogant. »Eifersüchtig auf meine eigene Tochter? Lächerlich!« Sie drehte sich wieder zu ihrem eingebildeten Spiegel und lächelte heiter und selbstzufrieden. »Du wirst es niemals mit meiner Schönheit aufnehmen können, Leigh. Die Schönheit einer reifen Frau. Du bist ja noch ein Kind.«

Sie betrachtete sich in dem eingebildeten Spiegel und bürstete wieder ihre Haare. »Ja, ich weiß, was du tust, Leigh«, fuhr sie fort. »Tony hat sich darüber beklagt, und ich habe es gesehen, also streite es nicht ab. Dein Körper entwickelt sich, das sehe ich wohl. Immerhin bist du ja meine Tochter. Du wirst schön werden, wirklich schön. Wenn du auf mich hörst, hart an deiner Frisur und deinem Make-up arbeitest und dich pflegst, wie ich es tue, ja, dann wirst du einmal so schön wie ich.« Plötzlich hörte sie mit dem Bürsten auf und schlug mit der Bürste auf den Frisiertisch. »Was erwartest du eigentlich von Tony? Natürlich schaut er dich an, aber das bedeutet noch lange nicht das, was du denkst. Ich habe gesehen, wie du deinen Körper verführerisch an den seinen geschmiegt hast, o ja, das habe ich.«

»Jillian...« Ich konnte es nicht glauben, daß sie immer noch meiner Mutter vorwarf, was passiert war. »Du bist eine verrückte alte Frau, total verrückt. Meine Mutter hat so etwas nicht getan. Du warst es. Du bist schuld. Meine Mutter war jung und unschuldig. Ich weiß, daß sie es war.« Ich zitterte vor Wut. Ich wollte es nicht glauben, daß meine Mutter Tony verführt haben könnte. Ich wollte, ich konnte es nicht glauben. »Durch deine Eifersucht ist meine Mutter gestorben. Selbst deine Verrücktheit kann das nicht vertuschen.«

Sie hörte auf zu reden und richtete sich nun kerzengerade auf. »Warum schaust du mich so an? Du hast es nie gemerkt, wenn ich dir gefolgt bin, nicht wahr? Du hast nie gemerkt, daß ich da war, draußen, vor der Tür, im Schatten, und euch beobachtet habe. Aber ich weiß Bescheid. Ich brachte es nicht fertig, hineinzugehen und der Sache ein Ende zu machen, aber ich war da. Ich war da«, flüsterte sie.

Ich starrte sie an. Konnte das wahr sein, was sie sagte? Konnte es sein, daß meine Mutter Tony verführt hatte? Ich weigerte mich, es zu glauben. Und dennoch... dennoch... Ich hatte Troy verführt. Ich wußte, wie leidenschaftlich mein Blut war. War es die Leidenschaft meiner Mutter, die ich geerbt hatte? Vielleicht war es das, was der Reverend gesehen hatte, als er voraussagte, ich würde alles zerstören, was ich liebe und was mich liebt.

Ich lief hinaus zu Martha Goodman, die still in ihrem Sessel saß und strickte.

»Sie müssen das beenden«, rief ich aus. »Sie dreht durch da drinnen. Sie beschmiert sich über und über mit Make-up und Rouge und Lippenstift.«

»Oh, sie wird bald müde«, sagte Martha und lächelte mild. »Ich gebe ihr ein Mittel. Ich sage ihr, es wäre ein Vitaminpräparat, das sie ewig jung halten wird. Dann wasche ich ihr das Gesicht und räume auf, und sie hält ein langes Schläfchen. Machen Sie sich keine Sorgen.«

»Aber sieht Tony denn nicht, wie schlimm es mit ihr geworden ist? Kommt denn kein Doktor?«

»Aber natürlich. Viele, meine Liebe. Die Ärzte meinen, sie gehört in eine Anstalt, aber davon will Mr. Tatterton nichts wissen. Machen Sie sich keine Sorgen. Sie ist doch die meiste Zeit glücklich.«

»Sie erinnert sich nicht an mich, oder?«

»Derzeit nicht. Sie spricht viel von Ihrer Mutter«, sagte Martha und blickte hinunter auf ihr Strickzeug. Ich erkannte, daß sie viele häßliche Wahrheiten aus dem Gebrabbel meiner Großmutter aufgeschnappt hatte.

So schnell ich konnte, verließ ich Jillians Räume. Eigentlich floh ich vor den Bildern, die sie zum Leben erweckt hatte. Als ich in unser Zimmer kam, kramte ich das dicke Fotoalbum meiner Mutter hervor. Ich betrachtete wieder einmal die Bilder aus ihrer Schulzeit in der Hoffnung, eine Bestätigung für meine Überzeugung zu finden, daß sie zwar schön, aber unschuldig, wild, aber rein gewesen war. Wenn ich nur für einen Augenblick, nur ganz kurz, tatsächlich in diese blauen Augen schauen konnte, dann wüßte ich die Wahrheit, dachte ich. Aber wollte ich es wirklich wissen?

»Erzähl mir bloß nicht, du versteckst dich noch immer in diesem Zimmer?« erschreckte mich Logan, als er den Raum betrat. Ich hatte gar nicht bemerkt, wie lange ich hier gesessen und an die Vergangenheit gedacht hatte. Schnell schloß ich das Album.

»Nein«, murmelte ich. »Ich war bei meiner Großmutter.« Dann wandte ich mich meinem Mann zu und legte ein strahlendes Lächeln auf mein Gesicht. »Nun, was hat Tony dir gezeigt?«

»Alles«, sagte Logan bewundernd. »Das ganze Paradies, genannt Farthinggale Manor. Ich kann es kaum glauben, doch es gibt ein Hallenbad. Das Labyrinth, den See, die Ställe, Morgen über Morgen wunderbares Land und den Privatstrand.«

»So hat Tony mit dir die große Tour gemacht?«

»Das sage ich doch. Natürlich ist er sehr stolz darauf. Stolz auf das, was es ist, zu was er es gemacht hat, und stolz auf das, was es weiterhin sein kann«, fügte Logan hinzu. »Er ist ein faszinierender Mann, sehr scharfsinnig und eindeutig in seinen Aussagen zu Politik und Wirtschaft. Ich habe nie verstanden, was Tatterton-Spielzeug wirklich ist, bis er es mir heute erklärt hat.«

»Stimmt das?« Ich setzte mich zurück mit einem halben Lächeln. Logan benahm sich wie ein dummer Schuljunge.

Er lächelte, und ich umarmte und küßte ihn. Es war ein langer, leidenschaftlicher Kuß. Seine Umarmung wurde fester, und ich fühlte die Erregung, die mich meinen Körper enger an den seinen schmiegen ließ.

»Jedes Mal, wenn ich dich küsse«, murmelte ich in sein Ohr, »denke ich an unseren ersten Kuß. Erinnerst du dich?«

»Ja. Ich erinnere mich«, flüsterte er. Ich war damals die Forsche gewesen. Er hatte mich nach Haus gebracht und stand an dem

Weg. Begeistert darüber, wie er an jenem Tag für mich gekämpft hatte, hatte ich es nicht abwarten können, daß er den Mut fand, mich in seine Arme zu nehmen.

»Du sagtest: ›Logan, wäre es in Ordnung, wenn ich dich jetzt einmal küsse? Dafür küsse, daß du so bist, wie ich es mir wünsche?‹ Und dann hast du mich geküßt, aber so leidenschaftlich…«

Ich wandte mich von ihm ab.

»Was ist los?«

»Nichts«, sagte ich. Dann schenkte ich ihm mein verführerischstes Lächeln.

»Wir haben noch Zeit vor dem Essen«, gurrte ich schmeichelnd.

»Um mit den Flitterwochen zu beginnen«, vollendete er den Satz mit einem strahlenden Lächeln.

»O Logan, ich…«

Er nahm mich in die Arme und küßte mich. Dann fing er an, mich auszuziehen. Ich schloß die Augen und ließ bei seinen sanften Berührungen alle Gedanken verstummen. Ich überließ mich vollkommen dem gemeinsamen Willen unserer Körper.

Als Logan und ich uns nebeneinander ausstreckten, zogen mich seine Küsse und Liebkosungen hinab in einen See von Zärtlichkeit. Und als er in meinen Körper eindrang, verjagte das Licht seiner Liebe alle Schatten, die noch von meiner dunklen verbotenen Liebe geblieben waren. Es war, wie es nun immer sein sollte, Logan und Heaven. Logan, der mich berührte, Logan, der mich küßte, Logan, der mich streichelte, Logan, der mich mit solch einer Zärtlichkeit liebte. Nicht die wilde, verbotene Leidenschaft, die ich mit Troy erfahren hatte, nicht diese alles verschlingende Liebe, die die Welt zum Verschwinden brachte und dazu führte, daß man sich an die Liebe klammerte wie ein Schiffbrüchiger an ein Floß. Dieses waren sanfte freundliche Wellen der Liebe, angenehm und besänftigend wie ein warmer Teich im Sommer. So sollte mein Leben mit Logan sein.

Hinterher schlief Logan zusammengerollt in meinen Armen ein. In dem Dämmerlicht des frühen Abends schaute ich mich um. Hier war ich wieder, wieder in Farthy, und hatte gerade mit meinem Ehemann geschlafen. Hatte vielleicht vor Jahren meine Mutter in diesen Mauern ihren jungen Körper gierig an den Ehemann ihrer Mutter gepreßt und damit meine verrückte Existenz geschaffen?

Ich schloß meine Augen. Nun verstand ich, was es bedeutete, wenn man sagte, daß Gespenster weiterleben. Sie leben in uns und machen, daß wir hungrig werden auf die gleichen Dinge. Meine Mutter lebte weiter in meinen Begierden. Doch meine Wünsche waren rein und vernünftig, denn ich begehrte nur meinen Ehemann und würde nie einen anderen begehren. Ich kuschelte mich an Logans warmen, friedlich schlafenden Körper.

3. KAPITEL

Angebote

Als ich am nächsten Morgen aufwachte, war Logan schon fort. Die Sonne, die durch die Fensterläden schien, hatte mich aufgeweckt. Ich drehte mich zu meinem neuen Ehemann, um ihm einen Guten-Morgen-Kuß zu geben, doch sein Kissen war leer. »Logan!« rief ich. Ich sprang aus dem Bett, lief zum Badezimmer und klopfte leise an die Tür. »Logan?« Doch kein Geräusch war zu vernehmen, kein Plätschern der Dusche, kein fröhlicher Gesang von einem glücklichen Ehemann bei seiner Morgentoilette. Als ich noch ein kleines Mädchen war, hatte ich von dieser glücklichen Szene immer geträumt, wie ich auf dem Badewannenrand hocken und meinem Gatten beim Rasieren zuschauen würde. Nun war mir dieser Morgen gestohlen worden – der erste Morgen meiner Flitterwochen! Und ich glaubte auch zu wissen, wer ihn gestohlen hatte – derjenige, der schon immer meine Liebe gestohlen hatte, um sie einzig für sich selbst zu behalten – Tony.

Mir fiel wieder ein, daß Tony gestern beim Essen darauf bestanden hatte, Logan heute die Spielzeugfabrik zu zeigen. »Oh, und du mußt mitkommen, Heaven. Schließlich wird das alles mal dir und Logan gehören«, fügte er mit einem Wink auf Logan hinzu. Ich wollte es nicht zulassen, daß Tony mich wieder in seinen alten Plan verwickelte, daß ich ins Geschäft einsteigen sollte. »Nein«, beharrte ich, »Logan und ich haben vor, im Bett zu frühstücken und den Tag auf dem Gelände von Farthy zu verbummeln, nicht wahr, Liebling?« Aber Logan war geschmeichelt von der Aufmerksamkeit, die Tony ihm schenkte, fasziniert, wie Tony ihn als ein Mitglied der Familie behandelte und als zukünftigen Erben.

Ich zog ein mit großen Blumen bedrucktes Voile-Kleid an und ging hinunter. Ich hoffte, daß ich Tony und Logan noch beim Frühstück antreffen würde. Gerade, als ich die Treppe betreten wollte, hörte ich die schrille, kindische Stimme von Jillian.

»Sehe ich heute nicht besonders schön aus? Das ist ein ganz besonderer Tag. Sagen Sie, ich bin doch heute die Allerschönste? Das bin ich doch, oder?«

»Auf jeden Fall, meine Liebe, Sie sind die Allerschönste«, hörte ich Martha Goodman zustimmen.

Da ich meinen Mann nicht in der Nähe hatte, merkte ich, wie die eigenartigen Klänge, die aus Jillians Zimmer drangen und die Welt von Farthy so seltsam verzerrten, mich wieder in ihre knorrigen Fänge nahmen. Fast gegen meinen Willen wurde ich zu Jillians Zimmer hingezogen. Oh, wo war nur Logan? Warum hatte ich überhaupt die Einwilligung gegeben, unsere Flitterwochen hier zu beginnen? Ich hätte es wissen sollen, daß die Zustände nicht besser, sondern schlimmer geworden waren.

»Martha?« rief ich. Martha Goodman erschien an der Tür. »Martha, was ist los?« fragte ich.

»Oh, das ist nichts Ungewöhnliches, Heaven«, antwortete sie, als ob es normal wäre, daß Jillians Stimme durch den Flur hallte. »Gestern abend war Mr. Tatterton hier, und er hat Miss Jillian sehr aufgeregt wegen des Empfangs. Ich hätte nicht gedacht, daß sie sich überhaupt daran erinnert, aber sie ist schon seit Tagesanbruch dabei, sich zu schminken.«

»Dann versteht sie also, daß ich hier bin und geheiratet habe?« fragte ich hoffnungsvoll.

»O nein.« Martha schüttelte traurig den Kopf. »Leider nicht.«

»Ja... wie hat Tony dann den Empfang erklärt?«

»Er hat ihr den wahren Anlaß erklärt«, antwortete Martha und lächelte. »Aber Jillian hat gehört, was sie wollte.«

»Was meinen Sie damit?«

»Nun, ich fürchte, sie denkt, es ist der Empfang zu ihrer eigenen Hochzeit.«

»Wie bitte?« Ich verschränkte meine Arme über der Brust, preßte sie an mich, als wäre ich ein Kind, das sich vor der entsetzlichen Wahrheit von Jillians Eifersucht und Wahnsinn schützen mußte. »Das verstehe ich nicht. Ihre eigene?«

»Sie meint den Empfang, der für sie gegeben wurde an dem Tag, an dem sie Tony heiratete und in Farthinggale einzog«, sagte Martha.

»Oh... ja, ich verstehe.«

»Machen Sie sich keine Sorgen. Es wird schon gut gehen. Beinahe jeder, der kommt, weiß, wie sie inzwischen ist«, versicherte mir Martha.

»Natürlich. Wenn es irgend etwas gibt, was ich tun kann, lassen Sie es mich wissen«, murmelte ich und lief nach unten. Ich suchte Logan, ich sehnte mich nach seiner Umarmung, nach der Sicherheit, daß ich zu ihm gehörte und nicht hierher.

Der Frühstückstisch war von den Dienstboten schon abgeräumt worden. Ich suchte Logan in der Küche. Er war doch sicher nicht aufgebrochen, ohne sich von mir an diesem Flitterwochenmorgen zu verabschieden. Aber in der Küche fand ich nur meinen alten Freund Rye Whiskey.

»Miss Heaven!« rief er aus. Er freute sich, mich zu sehen, aber ich merkte auch, daß er sich erschreckt hatte, als ich durch die Tür trat. Er ging schnell zum Salzstreuer und streute ein paar Körner über die Schulter. Ich lachte nicht darüber. Rye war abergläubisch, er hatte eine Menge Überzeugungen und Rituale von seinen Vorfahren, den Sklaven, geerbt.

»Ich freue mich, Sie zu sehen, Miss Heaven«, sagte er, »aber einen kurzen Moment lang glaubte ich, ich sähe einen Geist.«

Er hatte mir immer erzählt, wie gern er meine Mutter gemocht hatte. Nun, da mein Haar die gleiche Farbe hatte wie einst ihres, war auch er darüber überrascht, wie ähnlich ich ihr sah.

»Erzähl mir doch nicht, daß es immer noch Geister gibt auf Farthy«, neckte ich ihn. Er verzog keine Miene. »Hast du meinen Mann oder Tony gesehen, Rye? Sie haben sich doch sicher nicht über Nacht in Geister verwandelt?«

»Ja, Miss Heaven, sie sind vor einer Stunde aufgebrochen, ganz aufgeregt, weil Master Tony Mr. Logan die Fabrik zeigen wollte. Master Tony ist richtig begeistert von diesem neuen Mann von Ihnen, nicht wahr, Heaven?«

»Es sieht ganz so aus«, sagte ich ruhig und merkte, daß ich mehr Angst hatte, als man sich vorstellen konnte. Aber ich wollte nicht, daß Rye Whiskey mir meine Sorgen ansah, und so kam ich auf sein Lieblingsthema zurück. »Und welche Geister hast du zuletzt gesehen? Tonys Ur-Ur-Urgroßvater oder seine Urgroßmutter?«

»Sprechen Sie nicht so über die Verblichenen, Miss Heaven. Wenn Sie ihre sorgenvolle Vergangenheit aufwühlen, stören Sie ihren Schlaf, und sie werden Sie verfolgen. Auch ich werde in diesen Tagen verfolgt«, fügte er hinzu.

Ich zweifelte nicht daran, daß Rye wußte, wo die Geister und Gespenster in Farthy hausten. Aber wie alle alten, treuen Dienstboten der Familie behielt er seine Geheimnisse für sich. Er war genauso diskret wie die alten Familienporträts – er sah und hörte alles, aber er sagte nichts.

»Du siehst aber trotzdem recht gut aus«, sagte ich. Zwar hatte er ein bißchen zugenommen, und sein grauer Haaransatz war ein wenig weiter zurückgegangen, aber sonst sah er nicht viel anders aus als an dem Tag, an dem ich fortgegangen war. Er war schon Ende Sechzig, aber er sah nicht älter aus als Mitte Fünfzig.

»Vielen Dank, Miss Heaven. Aber«, sagte er und zwinkerte mir zu, »ich tue ja auch was für meine Schönheit.«

»Und nimmst du immer noch hin und wieder ein Schlückchen?«

»Nur gegen die Schlangen, Miss Heaven. Und wissen Sie was?«

»Sie haben mich noch nie gebissen«, sagte ich im selben Moment wie er, und wir lachten.

»Das wird ein großes Fest morgen für Sie und Ihren Mann. Ich freue mich darauf. Farthy braucht ein bißchen Glück, braucht Menschen und Musik. Ich bin froh, daß Sie da sind, Miss Heaven, wirklich.«

»Danke, Rye.« Wir sprachen noch über die Vorbereitungen, dann ließ ich ihn allein.

Allein am Tisch zu essen mit Curtis neben mir, der mir jeden Bissen vorlegte, ließ die Erinnerungen aufsteigen. Selbst als es Jillian noch gut ging, hatte ich allein gefrühstückt. Nun war ich eine verheiratete Frau, ganz anders als damals das ängstliche, verletzliche Mädchen, das vor Curtis Angst hatte und nicht einmal wußte, wie man sich einem Dienstboten gegenüber verhielt. Oh, ich hatte es gelernt, wie sich die Reichen benehmen. Aber das verängstigte, kleine Mädchen lebte in mir weiter, war immer noch eingeschüchtert von Farthy und seiner Macht.

Es war ein heller Sommertag ohne eine einzige Wolke am türkis leuchtenden Himmel, und ich beschloß, trotz allem den Tag zu genießen. Nach dem Frühstück ging ich nach draußen. Vom Ozean her wehte eine leichte Brise, und es würde nicht zu heiß werden. Ich sog den frischen Duft des Meeres tief in mich hinein und trat hinaus in das Sonnenlicht.

Draußen herrschte bereits lebhafte Aktivität. Die Gärtner trimmten noch ein letztes Mal die üppigen grünen Wiesen und schnitten die Hecken in herrliche kunstvolle Figuren wie Löwen, Zebras und geheimnisvolle Fabeltiere. Ein knallrotes, riesiges Zirkuszelt, größer, als Pa es jemals besitzen würde, wurde gerade auf der Wiese vor dem Haus aufgestellt. Eine Bühne für das Orchester, groß genug für das Bostoner Symphonieorchester, stand vor dem tiefen Swimming-pool. Wagenladungen von weißen, geschmiedeten Tischen und Bänken wurden um das Zelt herum verteilt. Ich sah, daß Tony die wunderbaren Blumenbeete mit gelben, roten und weißen Rosen, mit blutrotem Mohn und elegantem blauen Rittersporn nicht genügt hatten und er noch zusätzliche ovale und hufeisenförmige Blumenkörbe bestellt hatte, die von jedem geeigneten Pfosten und Pfeiler herabhingen. Die Worte: *Herzlichen Glückwunsch* waren aus roten Rosen gebildet und sollten in einer Elfenbeinfassung direkt über der Bühne hängen.

Ich ging fort von dem Haus und von dem Lärm der Männer, die sich Anweisungen zuriefen. Ich ging los, ohne darüber nachzudenken wohin, und fand mich schließlich am Strand. Seit wir angekommen waren, verfolgte mich Troy. Vielleicht tat er es so lange, bis ich mich von ihm, meinem Liebsten, der in diesem Meer ertrunken war, verabschiedet hatte. Einen Moment lang raubte mir die Erkenntnis den Atem, daß dies der Ort war, wo er verschwunden war. Die grauen, sich überschlagenden Wellen sahen gefährlicher aus denn je. »Auf Wiedersehen, Troy«, flüsterte ich den Wellen zu, die niemals antworten würden. »Auf Wiedersehen für immer, Troy, für immer und ewig.« Ich setzte mich an den Strand und betrachtete den grenzenlosen Horizont. So, wie der Himmel im Meer verschwamm, so verschwammen meine Vergangenheit und meine Zukunft.

Plötzlich hörte ich, wie jemand meinen Namen rief, und ich sah Logan, wie er barfuß und mit aufgerollten Hosenbeinen auf mich zukam.

»Was machst du hier, Heaven? Ich suche dich schon seit einer halben Stunde«, rief er.

»Aber Logan, ich habe dich gesucht. Wo warst du heute morgen?«

»Ich war viel zu aufgeregt, um zu schlafen, und ich wollte dich nicht aufwecken. Ist es nicht wundervoll? All diese Aufregung, all diese Anstrengungen! Als ich nach unten kam, war Tony schon aufgestanden, und wir beschlossen, die Fabrik gleich zu besichtigen, damit ich den Tag mit dir verbringen kann. O Heaven, es war großartig! Und die Fabrik... das Stammgeschäft... es ist wunderbar... das System, das Tony erfunden hat, daß jedes Tatterton-Spielzeug einen ganz besonderen, einzigartigen Stil hat! Er hat so viele gute Ideen. Ich möchte sie hören. Ich möchte darüber nachdenken.«

»Hören? Nachdenken? Logan, was meinst du damit?«

»Laß uns hineingehen«, sagte er. Er war so aufgeregt, daß er kaum stillstehen konnte. Er führte mich direkt zu Tonys Büro und riß die Tür auf.

»Tony ist eigen mit seinem Büro«, warnte ich ihn. »Er mag es nicht, wenn jemand hineingeht, außer er hat ihn ausdrücklich darum gebeten«, fügte ich erklärend hinzu. Aber Logan rührte sich nicht.

»Es geht schon in Ordnung. Er sagte, ich darf sein Büro benutzen.«

»Tatsächlich?« Ich war verwirrt. »Was geht hier vor, Logan?« fragte ich. Ich war noch mehr verwirrt, als er Tonys lederbezogenen Chefsessel herumwirbelte und sich darauf niederließ, als wäre es sein eigener.

»Was tust du da?« fragte ich.

Er lehnte sich zurück und legte seine Füße auf Tonys antiken Eichenschreibtisch und grinste, als fühlte er sich wie ein großer Firmenchef.

»Es ist in Ordnung. Glaub mir! Setz dich!«

Ich schüttelte verwundert den Kopf und setzte mich auf das pechschwarze Ledersofa.

»Nun hör dir alles an, ehe du etwas sagst!« wies er mich an, stellte seine Füße wieder auf den Boden und lehnte sich vor, »und versprich, daß du unvoreingenommen bleibst! Versprichst du mir das?«

Ich wußte schon, daß ich etwas zu hören bekommen sollte, was mir nicht gefiel – irgendeinen Trick von Tony, wie er unser Leben kontrollieren konnte. Aber ich wollte die große, bunte Seifenblase von Logans Freude nicht zerstören. »Ich verspreche es!« sagte ich.

Er holte tief Luft: »Tony hat mir ein Angebot gemacht, und ich denke, wir sollten es annehmen«, schoß es dann aus ihm heraus.

»Ein Angebot? Was für ein Angebot?« fragte ich mißtrauisch.

»Du hast doch gehört, was er gestern beim Essen gesagt hat. Er sprach von seinen Plänen. Nun, er kann nicht alles allein erledigen.«

»Er hat sehr fähige Mitarbeiter«, sagte ich. Mein Herz begann zu klopfen. Ich ahnte schon, was kommen würde.

»Aber er hält gern alles in der Familie. Er sagt doch immer... was nützt es einem, all das zu besitzen, wenn man keine Familie hat, mit der man es teilen kann«, sagte Logan und wies auf eine unsichtbare Kinderschar.

»Was hat das alles mit dir zu tun? Du bist Apotheker und arbeitest im Geschäft deines Vaters.« Ich sah, daß er vom kalten Ton meiner Stimme überrascht war, doch ich konnte es nicht ändern, wie ich mich anhörte. Ich konnte auch nicht ändern, wie ich mich fühlte. Genau in diesem Büro hatte Tony mir gestanden, daß er mein Vater war. Und weil es in diesem Raum ausgesprochen wurde, war Troy zu meiner verbotenen Liebe geworden. Wieder einmal, so schien es mir, streckte Tony seine Fänge aus, um sich einzumischen, Dinge zu verändern, mein Leben zu kontrollieren.

»Ich weiß, was ich bin. Die Frage ist... reicht das aus? Wirst du auf Dauer damit zufrieden sein, nachdem du diesen Reichtum und Luxus kennengelernt hast? Glaubst du wirklich, daß du damit zufrieden sein wirst, in Winnerow zu leben und mir im Geschäft unserer Familie zu helfen mit der einzigen Aussicht, daß ich eines Tages das Geschäft übernehme? Natürlich wäre es in Ordnung, wenn wir keine anderen Möglichkeiten hätten, aber...«

»Winnerow hat uns genügt, ehe wir hierher kamen, Logan. Ich verstehe nicht, warum du deine Meinung so gründlich geändert hast. Was genau bietet Tony dir an?« fragte ich.

Logan lehnte sich mit einem selbstbewußten Lächeln zurück. Sein Gesicht war mir plötzlich fremd geworden.Anders als das Gesicht, das ich so gut und so lange kannte, war es ein Gesicht voller Ehrgeiz. Er straffte die Schultern und schaute sich in dem Büro um, als wäre er schon seit Jahren hier.

»Den Vizepräsidentenposten für den Verkauf«, verkündete er. »Ich habe einige Vorschläge gemacht, und er war recht beeindruckt. Und das war erst der Anfang, Heaven.« Er beugte sich wieder nach vorn. »Es hat sich einfach so ergeben. Ich habe nur nachgedacht über Verkaufszahlen, Strategien, Werbung... und es floß mir geradezu über die Lippen«, ergänzte er mit leuchtenden Augen und belebtem Gesicht. Ich blickte ihn einen Moment an.

»Du meinst, du möchtest kein Apotheker mehr sein«, fragte ich leise.

»O Heaven, was gebe ich denn auf? Denk doch einmal darüber nach! Denke darüber nach, was wir haben und was wir haben könnten!«

»Ich weiß, was wir haben und was wir haben könnten«, sagte ich. Ich fühlte, wie meine Augen sich mit Tränen füllten, aber ich unterdrückte mein Verlangen zu weinen. »Was werden deine Eltern sagen? Es wird ihnen das Herz brechen.«

»Bist du verrückt?« Er begann zu lachen. »Wenn sie sehen, was ich verdiene! Sie sind doch nicht dumm. Sie werden in dem Geschäft arbeiten, bis mein Vater sich zur Ruhe setzen möchte, und es dann einfach verkaufen.«

Ich setzte mich auf. Ich fühlte, wie mein ganzer Stolz zurückkehrte und meine Enttäuschung Flammen heller Wut entfachte.

»Das ist vielleicht kein Problem für dich, Logan. Aber ich bin Lehrerin«, sagte ich. »Auf meine Weise habe ich viel für die Leute in Winnerow getan. Es war immer mein Traum, dort etwas Bedeutendes zu leisten, und ich will das auch weiterhin tun.« Ich lehnte mich zurück und sah die Leute aus den Bergen in der Kirche bei meiner Hochzeit vor mir. Ich erinnerte mich an den Ausdruck von Stolz in ihren Gesichtern, von Hoffnung in ihren Augen. Es bedeutete ihnen etwas, daß ich mich um sie kümmerte und daß ich zu ihnen zurückgekehrt war und dablieb. Und nun schlug Logan vor, daß ich von meinen Träumen einfach Abschied nehmen sollte.

»Das weiß ich doch, Heaven«, sagte Logan, stand auf und kam um den Schreibtisch herum. »Das habe ich auch Tony erklärt. Er versteht das auch. Er hat einen wunderbaren Vorschlag gemacht, etwas, was dir sicher auch gefällt.«

»Und was ist das?« fragte ich eisig.

»Er möchte eine Fabrik in Winnerow bauen und möchte Tatterton-Spielzeuge entwickeln, die den Schnitzereien der Einheimischen ähnlich sind, der Art von Schnitzerei, wie sie dein Großvater immer hergestellt hat. Stell dir einmal vor, was das für Winnerow und die Leute aus den Bergen bedeutet! Wir würden sie einstellen für die kunsthandwerklichen Arbeiten. Wir hätten Arbeitsplätze für Leute, die heute kaum das Nötigste für ihre Existenz zusammenkratzen können. Sie könnten sich dann anständige Häuser bauen und ihren Kindern etwas Vernünftiges zum Anziehen kaufen...«

»Eine Fabrik? In Winnerow?«

»Ja.« Er begann, im Zimmer auf und ab zu gehen, und redete voller Begeisterung weiter. »Was wir als erstes herstellen werden, ist eine Spielzeugausgabe der Berghütten: mit kleinen Schaukelstühlen, mit Nachbildungen von den alten Leuten wie deinem Großvater und deiner Grandma, mit ihrem Strickzeug, von den Haustieren, den Kindern, die zur Schule aufbrechen...«

»Das ist der Grund, weshalb er mir gestern abend so viele Fragen über Winnerow gestellt hat«, sagte ich mehr zu mir selbst als zu Logan. Er nickte. Ich mußte mir eingestehen, daß dieser Vorschlag meinem Widerstand den Wind aus den Segeln nahm. Ich lehnte mich tief in Gedanken versunken zurück. Logan faßte wieder Mut und kam auf mich zu.

»Ist das nicht ein wunderbarer Gedanke? Wir nennen den neuen Satz die ›Willies‹, und bedenke die Ironie, die dahintersteckt, wenn die reichen Leute das Abbild vom Leben der Armen kaufen! So findet ihr Geld seinen Weg in die Taschen der Armen, die in den Tatterton-Spielzeugwerken arbeiten, Heaven«, sagte er dann, und seine Stimme klang ein bißchen frustriert, »wie kannst du nur so dasitzen und mich anstarren? Findest du das nicht aufregend?«

»Doch, ich finde es aufregend«, gab ich zu. »Aber es kommt alles so schnell. Ich muß über vieles nachdenken. Ich hatte so etwas nicht erwartet. Wir wollten einfach nur für ein paar Tage vorbeikommen und dann nach Virginia fahren. Ich hatte keine Ahnung, daß dieser Kurzbesuch in eine vollständige Änderung unseres Lebens münden würde.«

»Aber sicher, ich verstehe, wie du dich fühlst«, sagte er. »Es ist ziemlich viel auf einmal, aber das ist bei großen und wichtigen Entscheidungen immer so.«

»Das hört sich mehr nach Tony an.«

»Das hat er auch gesagt.«

»Das habe ich mir gedacht«, sagte ich. »Wo ist er überhaupt?« Ich schaute auf die Tür.

»Er kümmert sich um ein paar Einzelheiten wegen des Empfangs.«

»Wie passend«, sagte ich. »Er wußte schon, was er getan hat, als er dich schickte, um mich zu überzeugen.«

»Er hat mich nicht geschickt, Heaven. Ich wollte auf jeden Fall zuerst mit dir reden.«

Ich schüttelte den Kopf. Ich war verwirrt und wußte nicht, ob ich nur eine Schachfigur in einem Spiel war oder ob sich hier die Chance meines Lebens bot. So ging es mir jedes Mal, wenn Tony mich in seine Vorstellungen einbezog.

»Männer wie Tony kriegen immer das, was sie wollen«, murmelte ich.

»Wirklich, Heaven«, sagte Logan, »was ist daran falsch?« Ich schaute zu ihm auf. Ich verstand Logans Aufregung und Freude. Aber die Veränderung, die sich bei ihm schon deutlich zeigte, gefiel mir gar nicht. Er war zu geblendet von Tony und von allem, was man mit Geld machen konnte. Logan war früher nie an Macht und Reichtum interessiert gewesen. Es erstaunte mich, wie überzeugend und von welch starkem Einfluß Tony sein konnte.

»Es ist in Ordnung, wenn du das bekommst, was du willst«, sagte ich, »solange dabei nicht andere Leute verletzt werden.«

»Wer wird hierbei verletzt? Den Leuten wird geholfen, Heaven«, sagte Logan, jetzt mit ruhiger Stimme. »Früher oder später wäre etwas in dieser Art sowieso gekommen. Ob du es magst oder nicht, du bist nun einmal die Erbin der Tatterton-Spielzeugwerke und des Vermögens. Es gibt niemanden außer dir. Ich verstehe Tonys Wunsch und seine Entschlossenheit, uns einzubeziehen. Wie kannst du ihm das vorwerfen?«

»Ich weiß«, sagte ich. »Ich werfe es ihm nicht vor.«

»Was ist dann?«

Was sollte ich sagen? Wenn ich doch nur wie ein normales Mädchen aufgewachsen wäre, mit Mutter und Vater, die immer da waren, und Geschwistern, die immer zusammenhielten. Statt dessen war ich von einer schimpfenden Familie zur anderen gezerrt worden. Wäre es anders gewesen, würden mir solche Krisen und Entscheidungen nicht derartig schwerfallen, dachte ich. War ich eine Tatterton, wie Tony es wollte, oder war ich eine Casteel, wie ich es den größten Teil meines Lebens gewesen war? Lief ich immer noch vor meinem wahren Ich davon? Ich hatte gehofft, diese Probleme dadurch zu überwinden, daß ich Mrs. Logan Stonewall wurde. Ich wollte einfach Logans Frau sein und unsere eigenen Kinder aufziehen ohne Verbindungen zu der Vergangenheit. Jetzt aber, wenn ich mir Logan ansah und die Aufregung in seinem Gesicht, erkannte ich, daß das ein dummer Traum gewesen war.

»Laß mich einfach nur nachdenken, Logan. Bitte!«

»Natürlich.« Er schlug die Hände zusammen. »Und damit du soviel Ruhe und Gemütlichkeit hast beim Nachdenken wie nur möglich, kommt hier mein Vorschlag: Ich schlage vor, wir stornieren unsere Reservierungen in Virginia und verbringen unsere Flitterwochen hier auf Farthy.«

»Was?« Ich sah schnell auf. Sollte da eine Überraschung nach der anderen kommen?

»Aber sicher. Denk darüber nach! Wir haben hier alles, was man sich nur wünschen kann. Wir haben mehr als in einem Hotel. Wir haben einen eigenen Strand. Wir müssen nicht unter Touristen sein. Abends können wir uns mit dem Auto nach Boston fahren lassen, ins Theater gehen oder einkaufen oder schön essen gehen. Tagsüber können wir reiten, am Strand liegen oder ein Picknick machen. Niemand wird uns stören. Tony geht zur Arbeit, und deine Großmutter bleibt in ihrem Zimmer. Wir haben das Haus für uns ganz allein. Was sagst du dazu?«

»Ich weiß nicht. Ich...« Ich sah mich um. Das alles kam so schnell.

»Am Ende der Woche fahren wir nach Winnerow, und ich erzähle meinen Eltern von unseren Plänen.«

»Unseren Plänen? Aber... es gibt noch so viele Dinge, die entschieden werden müssen. Zum Beispiel: Wo werden wir leben?«

»Du bleibst natürlich hier«, sagte Tony. Er war so schnell in der Tür aufgetaucht, daß er mir wie ein Geist vorkam, der plötzlich Gestalt annahm. »Es tut mir leid, daß ich euch unterbreche, aber ich kam, um etwas zu holen, und hörte gerade deine letzte Frage.«

»Ich bleibe hier?« Fragend schaute ich Logan an. Er grinste wie eine zufriedene Katze. »Was soll das heißen?«

»Wir haben uns das als letzte Überraschung aufgespart«, sagte Logan.

Wir, dachte ich. *Wir* haben uns das aufgespart. Er dachte und handelte schon wie Tonys Partner.

»Welche letzte Überraschung?« Sie sahen sich an wie zwei Verschwörer. War Tony ganz zufällig im richtigen Moment hereingekommen oder hatte er draußen vor der Tür gestanden, unser Gespräch belauscht und auf das *wir* gewartet?

»Komm bitte mit«, sagte Tony. »Ich zeige es dir.« Logan nahm meine Hand.

»Komm mit, mein Dummchen. Schauen wir uns an, was Tony uns zu zeigen hat. Komm mit.« Er lächelte mich an.

Langsam, fast widerwillig, stand ich auf. Ich wußte, ich würde jetzt meine Zukunft sehen. Würden alle Menschen diese Abneigung spüren, wenn sie plötzlich ihr zukünftiges Leben sehen müßten? fragte ich mich. Im Augenblick wurde ich nur mitgerissen, von einer Kraft angetrieben, die nicht die meine war. Wie eine Marionette hielt ich Logans Hand, und wir folgten Tony die Marmortreppe hinauf.

»Du erinnerst dich sicher an die Zimmer im Südflügel«, erklärte Tony, als er sich oben auf der Treppe nach rechts drehte. »Wir haben sie niemals als Gästezimmer benutzt. Meine Großeltern lebten auf dieser Seite von Farthy. Ich wollte immer, daß diese Räume etwas Besonderes bleiben.« Er drehte sich um und sah mich an. »Ich hoffe, du siehst das auch so, Heaven.«

»Ich verstehe nicht, was du meinst, Tony«, sagte ich. Er lächelte nur, und ein Funkeln kam in seine blaßblauen Augen, hell wie die goldene Flamme einer Öllampe, die sicher in ihrer Glaskugel brennt. Dann ging er zu den riesigen Mahagonitüren, die normalerweise verschlossen waren, und öffnete sie mit einer großartigen Pose. Er trat zur Seite und ließ mich hineinsehen.

»Die Räume von Mr. und Mrs. Logan Stonewall«, verkündete er.

»Was?« Schützend kreuzte ich die Arme vor meinem Körper und wandte mich an Logan. »Was soll das?« Ich ging nach vorn und betrat die Zimmer.

Fast alles war neu gemacht worden. Die provenzalische Sitzgruppe im Wohnzimmer war neu bezogen mit einem gestreiften Seidenbezug in meiner Lieblingsfarbe Dunkelrot. Ein großer Perserteppich lag auf dem Eichenparkett. Die Wände waren mit einer Tapete mit Blumenmuster tapeziert. Vor den zwei Fenstern hingen antike Seidenvorhänge, davor Stores.

Tony ging voraus und öffnete die Tür zum Schlafzimmer. In dem riesigen Raum sah selbst das große Himmelbett verloren aus. Der gesamte Fußboden war mit einem flauschigen, beigefarbenen Teppich ausgelegt, so daß man das Gefühl hatte, auf Wolken zu gehen. Die Fenster an beiden Seiten des Bettes waren erneuert worden, man hatte sie größer und breiter gemacht. Jetzt konnte das Sonnenlicht ungehindert in das Zimmer hereinströmen und es hell und freundlich machen.

An den vier Ecken des Bettes stiegen helle, handgeschnitzte Eichenpfosten auf und trugen einen Baldachin aus milchweißem Stoff. Auf dem Bett lag eine dazu passende Tagesdecke mit gekräuselten Kanten und darauf einige rostrote Kissen. Rechts vom Eingang stand ein weißer Schminktisch aus Marmor, der nahezu die Länge des Raumes einnahm. In seine Seitenteile waren Schubladen eingelassen, deren Holz fast die gleiche Farbe hatte wie der Marmor. Die Wand darüber war ausgekleidet mit Spiegeln, deren Ecken in Gold gefaßt waren.

Der Eingang zu meinem zukünftigen Badezimmer war am Ende des Tisches. Dieses zusätzliche Badezimmer war offensichtlich auch jetzt erst eingebaut worden. Die Ausstattung war modern. Die Badewanne war in den mit karamelfarbenen Kacheln gefliesten Boden eingelassen. Alle Hähne und Knöpfe waren vergoldet.

An jeder Wand hingen Spiegel und ließen den Raum noch größer aussehen, es war sowieso eines der größten Badezimmer, die ich je gesehen hatte. Selbst das von Jillian schien im Vergleich dazu klein.

Als nächstes ging ich in das Ankleidezimmer rechts vom Badezimmer. Es war so tief und so lang, daß es mir vorkam, als wäre es so groß wie unsere gesamte Hütte in den Willies. Es hing sogar schon Kleidung in den Schränken, Kleider, Röcke und Jacken, alle nach der neuesten Mode. Überrascht drehte ich mich zu Tony um.

»Ich habe neulich einen Einkaufsbummel gemacht. Was dir nicht gefällt, schicken wir zurück. Mach dir darüber keine Sorgen.« Er lächelte.

»Ich kann das alles nicht glauben«, sagte ich. Am Boden der Schränke stand sogar ein Sortiment passender Schuhe. Tony wollte immer alles unter Kontrolle haben, sogar meine Kleidung und mein Make-up.

Aber was mir am meisten auffiel, war das Gemälde, das über dem Bett direkt unterhalb des Baldachins hing. Es war ein Ölbild, das eine Szene in den Willies zeigte, mit einer Hütte vor dem Hintergrund eines Bergrückens. Zwei kleine Figuren saßen in Schaukelstühlen auf der Veranda vor der Hütte. Sie sahen Grandma und Grandpa recht ähnlich.

»Natürlich kannst du alles ändern«, sagte Tony.

Ich schaute ihn einen Moment lang an, dann schüttelte ich den Kopf. Offensichtlich hatte er mit den Renovierungsarbeiten schon vor längerer Zeit begonnen. Tony mußte das schon geplant haben, als er nur hoffen konnte, daß Logan und ich einmal hier wohnen würden. Ich wollte böse sein, ihn dafür hassen, daß er immer bekam, was er wollte. Aber die Schönheit und der Reichtum der Räume, die er geschaffen hatte, um meinem Geschmack zu schmeicheln und mir ein Gefühl von Glück und Heimeligkeit zu geben, milderten meinen Unwillen und brachten die Glut meines Ärgers zum Verglimmen.

Ich schaute Logan an, der strahlend neben Tony stand. Ich hatte plötzlich einen beängstigenden Gedanken: Sollte er die ganze Zeit schon davon gewußt haben, schon lange, ehe wir nach Farthy kamen? Sollte er schon immer gewußt haben, daß Tony ihm die Vizepräsidentschaft anbieten würde, und seine Freude und Aufregung nur gespielt haben? War er zu solchen Täuschungen fähig? Ich konnte es mir eigentlich nicht vorstellen, aber unter Tonys Leitung war alles möglich.

»Wie konntest du wissen, daß wir deinen Vorschlag auch nur in Betracht ziehen?« fragte ich Tony. Er zuckte die Achseln. »Das ist doch egal. Wenn ihr nicht hier einziehen würdet, könnten die Räume einen anderen Zweck erfüllen – sie wären eben eure privaten Gästezimmer, für euch bereit, wann immer ihr sie benutzen wollt. Es war wohl kaum ein finanzielles Risiko«, fügte er lächelnd hinzu. Logan lachte.

»Ich habe mir keine Sorgen um das Geld gemacht«, sagte ich. Seine Augen wurden schmäler, aber sein Lächeln blieb, klein und fest. Ich blickte wieder auf das Gemälde. »Wer hat das gemalt?«

»Einer meiner Künstler aus dem Werk. Ich schickte ihn in die Willies, und er kam damit zurück. Ziemlich gut, finde ich. Wie gefällt es dir?«

»Es ist wunderbar«, gab ich zu. Wieder verschränkte ich die Arme. Es war ein wunderbares Bild. Immer, wenn ich es anschaute, füllte sich mein Herz mit Wärme und mein Geist mit Erinnerung. Fast konnte ich hören, wie die Schaukelstühle quietschten.

»Ja?« fragte er.

Ich schaute sie beide an. Logan hatte begonnen, Tonys Haltung und Tonys Lächeln zu imitieren.

»Ich weiß es nicht. Ich fühle mich wie jemand, der fortgerissen wird. Ich muß nachdenken... über vieles nachdenken.«

»Gut«, sagte Tony. »Kümmern wir uns besser um die Dinge draußen.« Er schaute auf seine Uhr. »Für den Empfang morgen bleibt uns nicht mehr viel Zeit.« Er ging los, blieb aber an der Schlafzimmertür stehen und wandte sich zu mir um. »Sei nicht böse mit mir, Heaven, daß ich mich um dich kümmere und möchte, daß du glücklich bist«, sagte er und ging hinaus, bevor ich antworten konnte.

»Logan Stonewall«, sagte ich, wirbelte herum und schaute ihm ins Gesicht, »hast du etwas davon gewußt, ehe wir nach Farthy kamen? Sag mir die Wahrheit!«

»Was... natürlich nicht... wie sollte ich denn?« Er hob seine

Arme, um seine Unschuld zu unterstreichen. Ich beobachtete ihn eine Zeitlang und kam zu dem Ergebnis, daß er die Wahrheit sagte. »Warum bist du denn überhaupt so aufgeregt? Schau dich doch um! Ist es nicht schön hier?«

»Das sehe ich. Aber erinnere dich bitte an das, was ich vorhin zu dir sagte... über Männer wie Tony, die immer kriegen, was sie wollen. Verstehst du denn nicht? Er muß damit schon vor einiger Zeit angefangen haben. Er muß schon immer geplant haben, daß wir hierherkommen und du für ihn arbeitest.«

»Das kann ich nicht glauben«, sagte Logan. »Wie konnte er das wissen?«

»Ich glaube es«, sagte ich. »Aber vielleicht spielt das jetzt keine Rolle mehr. Vielleicht ist das alles ein Teil unseres Schicksals.« Ich blickte noch einmal über die Räume. »Komm«, sagte ich, »machen wir uns fertig zum Essen.«

Kopfschüttelnd folgte mir Logan aus dem Zimmer. Wie konnte ich erwarten, daß er verstand, welche Kräfte hier in Farthy am Werk waren? Es war die Macht jener Geister und Schatten, die Rye Whiskey fürchtete. Es war das Geheimnis von dem großen Haus und seinem verborgenen Untergrund. Selbst ich, eine geborene Tatterton und damit den Stimmen der Vergangenheit zugänglich, verstand nicht in vollem Ausmaß, wie groß die Macht war, die sie über mich hatten.

Ich sollte von diesem Ort fliehen, dachte ich. Ich sollte fortlaufen und zurückkehren in die Willies, wo ich mich in Grandpas Hütte sicher und geborgen fühlte. Aber das Echo dieses Gedankens verhallte schnell und wurde ersetzt durch das Echo Logans und meiner Schritte, als wir den Korridor entlanggingen.

Ich fühlte mich mitgerissen wie ein Blatt von einem Windstoß, mitgerissen von Kräften, die weitaus stärker waren als ich.

4. KAPITEL

Der große Empfang

Wie aufgereiht standen die Limousinen auf der Auffahrt von Farthinggale. Es waren Cadillacs, Lincolns, Rolls-Royce- und Mercedes-Limousinen. Tony hatte sich selbst übertroffen und alle wichtigen Geschäftsleute und Politiker aus der Gegend eingeladen. Ich wußte, daß alles, was er Logan und mir bis jetzt präsentiert hatte, bescheiden war im Verhältnis zu dem, was jetzt kommen würde.

Jedes Mädchen träumt von einem großen Empfang zu seiner Hochzeit. Und was ich hier zu sehen bekam, diese Extravaganz, hinter der meine ausschweifendsten Träume weit zurückblieben, ließ all meine dunklen Gedanken über Tony verschwinden. Es machte mir klar, wie unglaublich glücklich ich doch war. Ich hatte viel, für das ich dankbar sein mußte. Zu wissen, daß dieser ganze Überfluß, daß all diese gutgekleideten Leute mit ihren teuren Autos gekommen waren wegen Logan und mir, erfüllte mich mit einer Freude, die ich kaum ertragen konnte.

Plötzlich sah ich, wie Keith und Unsere-Jane aus einem schwarzen Auto stiegen. Mit ausgestreckten Armen lief ich auf sie zu. Jane war inzwischen eine überwältigend aussehende Achtzehnjährige. Sie war nur ein paar Zentimeter kleiner als ich, hatte aber eine vollere Figur. Ihr ungebändigtes, rotblondes Haar umrahmte ein zartes ovales Gesicht. Daraus leuchteten türkisfarbene Augen so sanft, so verwundbar, daß bei ihrem Anblick auch der zynischste Mann in einen stammelnden Schuljungen verwandelt wurde.

»Heaven«, rief sie. »Heaven, ich bin so glücklich für dich.«

Auch Keith sah sehr gut aus. Er war so groß wie Pa. Sein braunes Haar war dicht und voll, seine bernsteinfarbenen Augen leuchteten. So gutaussehend und braungebrannt, entsprach er ganz der Vorstellung, die man sich von einem Harvard-Studenten machte.

»Ich gratuliere dir, große Schwester.« Er grinste und schob sich dann wieder seine Pfeife in den Mund. Was war Keith doch für ein stattlicher, selbstbewußter junger Mann geworden! Ich wußte, daß er ein ausgezeichneter Student war und sowohl Mitglied der berühmten Rudergruppe als auch des erfolgreichen Debattierclubs. Wenn ich die beiden so ansah, konnte ich mir kaum vorstellen, daß sie einst an mir hingen wie zwei kleine Äffchen mit bleichen Gesichtern und dicken Ringen unter den Augen. Es war mir fast unmöglich, mich an ihre zarten, kleinen Stimmen zu erinnern; wie sie: »Hev-lee, Hev-lee« riefen, wenn sie nach etwas zu essen verlangten in der Zeit, wo Tom und ich Vater und Mutter für sie sein mußten. Vielleicht war es gut, daß es mir schwerfiel, mich an diese harte Zeit zu erinnern, dachte ich. Es war sicher das Beste so. Ich wünschte, es wäre genauso schwer, mich an andere, ebenfalls sorgenvolle Zeiten zu erinnern.

»Wir wußten immer, daß ihr zwei eines Tages heiraten würdet«, sagte Jane. »Es ist alles so romantisch. Ihr zwei seid einfach für einander bestimmt. Heaven, ich... ich bin so glücklich für dich. Ich kann mir vorstellen, ganz Winnerow hat sich den Mund zerrissen, als es bekannt wurde.«

»Wie sieht es in Winnerow aus?« fragte Keith mit einem kleinen Grinsen. Er hatte keine guten Erinnerungen daran, und so fühlte er auch kein Verlangen zurückzukehren, nicht einmal zu einem kurzen Besuch.

»Es ist immer das gleiche«, sagte Logan, der plötzlich an meiner Seite aufgetaucht war. Er sah in seinem Frack sehr stattlich aus. Er hatte eine weiße Nelke ins Knopfloch gesteckt.

»Logan Stonewall«, rief Jane aus. »Wie gut du aussiehst!«

»Und wie groß und wie schön du geworden bist, Unsere-Jane«, antwortete er ihr.

»So ruft mich jetzt niemand mehr«, sagte sie und wurde rot.

Logan wandte sich an Keith. »Du bist sicher noch gewachsen, seit ich dich das letzte Mal gesehen habe. Heaven hat mir immer von deinen Leistungen am College erzählt. Sie ist sehr stolz auf dich. Stolz auf euch beide. Wir brauchen bald junge Männer wie dich in Winnerow. Es wird sich dort einiges grundlegend ändern.«

»Ja?« fragte Keith.

»Wir sprechen später darüber«, sagte Logan. »Jetzt hole ich uns erst einmal Champagner und etwas zu essen, oder, Heaven?«

Ich küßte ihn, und er ging los und ließ mich mit Keith und Jane allein.

»Was ist das für ein wunderbares Fest«, rief Jane. Gerade hatte die Kapelle am Swimming-pool angefangen zu spielen, und die ersten Gäste tanzten schon.

»Du mußt mir alles erzählen, Unsere-Jane... Ich meine, Jane«, sagte ich und nahm sie noch einmal in den Arm.

»Du darfst mich Unsere-Jane nennen, wenn du es möchtest, Heaven. Ich bin ja so froh, dich zu sehen.« Sie klatschte in die Hände, wie sie es als kleines Mädchen getan hatte, wenn sie aufgeregt gewesen war. »O Heaven, ich kann jetzt nicht still stehen bleiben. Macht es dir etwas aus, wenn ich ein bißchen herumgehe? Ich wollte dich eigentlich nicht so schnell allein lassen, aber all diese Blumen, der Swimming-pool und –«

»Geht ihr junges Volk nur los und macht euch eine gute Zeit, die beste Zeit eures Lebens. Wir sehen uns später«, sagte ich.

Sie gingen Arm in Arm davon. Ich beobachtete sie noch eine Weile, wie sie miteinander lachten, sich gegenseitig ins Ohr flüsterten, Witze machten und kicherten. Sie waren sich immer noch sehr nahe, sehr empfindsam für die Gefühle und Stimmungen des anderen. In dem hintersten Winkel meines Herzens war ich neidisch auf ihre Beziehung. Früher einmal waren Tom und ich ähnlich eng verbunden gewesen. Dadurch, daß ich sie zusammen sah, fühlte ich mich klein und einsam.

Sollte ich immer ein Waisenkind bleiben? Würde ich nie das Gefühl erfahren, wirklich jemandem zu gehören? Aber ich widersprach mir selbst: Schau, was Tony alles für dich getan hat! Wahrscheinlich war es letzten Endes doch Farthy, wo ich hingehörte.

Meine Augen suchten Logan. Ich wünschte mir, daß er neben mir stand, mich unterhakte und den ganzen Empfang über als mein Gatte bei mir war. Aber wann immer ich ihn auch erblickte, immer war da Tony, der ihn von einem Geschäftsfreund zum nächsten zog und ihn mit der Crème de la Crème der Bostoner Gesellschaft bekanntmachte.

Ein bißchen traurig ließ ich Logan bei Tony zurück und ging zu dem Innenhof am Swimming-pool. Tony mochte keinen Rock 'n' Roll, deshalb spielte die Kapelle nur klassische Musik und angenehme Unterhaltungsmusik. Die Gäste tanzten Jitterbug zu »In the Mood«. Andere saßen an kleinen Tischen, unter bunten Sonnenschirmen und aßen; wiederum andere bummelten von einer Gruppe zur anderen und tauschten Klatsch aus.

Tony hatte über zwanzig zusätzliche Bedienstete für diesen Empfang eingestellt. Kellnerinnen und Kellner in rotweißen Uniformen eilten über das Gelände und boten auf silbernen Tabletts Champagner in langstieligen Gläsern oder appetitliche Häppchen an. Schließlich hatten sich mindestens vierhundert Menschen eingefunden, alle in teuersten Kleidern, zum Teil in Modellen von Saint Laurent, Chanel, Pierre Cardin und Adolfo. Der warme Wind trug ihr Gelächter und das Geräusch ihrer Unterhaltung über den gepflegten Rasen.

Einige der Gäste hatte ich schon früher kennengelernt. Doch nur noch an wenige konnte ich mich erinnern. Obwohl sie versuchten, einen individuellen Stil zu haben, wirkten sie doch alle gleich. Nach meinem zweiten Glas Champagner kicherte ich innerlich über die Vorstellung, daß eine Armee von Schaufensterpuppen lebendig geworden und aus den Fenstern der eleganten Bostoner Geschäfte geklettert war.

Plötzlich sah ich, wie Tony etwas in das Ohr des Kapellmeisters flüsterte.

»Meine Damen und Herren«, rief der Kapellmeister in das Mikrofon, »ehe wir mit dieser Festlichkeit fortfahren, möchte ich Ihnen ein ganz besonderes Stück vorspielen, um das ich gebeten wurde. Ich bitte um Ihre Aufmerksamkeit für unsere wunderschöne Braut und für unseren großzügigen Gastgeber Mr. Tony Tatterton.«

Er hob den Taktstock, und das Orchester begann, eine Fassung von »You Are the Sunshine of My Life« zu spielen. Tony kam über die Tanzfläche auf mich zu und streckte mir seine Hand entgegen. »Darf ich bitten, Prinzessin?«

Ich nahm seine Hand, und er zog mich sanft zu sich heran.

»Bist du glücklich?« fragte er, sein Gesicht an meinem Haar.

»O ja, es ist ein wunderschönes Fest.« Das meinte ich ehrlich. Ich mußte einfach anerkennen, wieviel Tony unternahm, damit ich mich hier wie zu Hause fühlte.

»Ich hoffe wirklich, daß du glücklich bist, Heaven«, sagte Tony. »Ich möchte alles dafür tun, daß es schön für dich ist.«

»Ich bin glücklich, Tony. Ich danke dir.«

»All dies zu besitzen hat keine Bedeutung, wenn du nicht jemanden hast, den du liebst und mit dem du das teilen kannst. Willst du es mit mir teilen, Heaven?«

Ich schaute hinüber zu Logan, der lachte und mir zuwinkte, während er einen reichen Freund nach dem anderen fand. Ich schaute auf Farthy, das große Haus, das über dem Fest thronte und dessen Fenster den blauen Himmel und die weißen Wolken widerspiegelten.

»Ja, Tony«, sagte ich.

Er küßte mich auf die Wange und zog mich fest an sich, zu fest. Ich roch den starken, süßen Duft seines Aftershave und fühlte seine kräftigen Hände auf meinem Rücken. Seine Lippen berührten leicht meine Wange. Wieder war er sehr nahe, und für einen Augenblick, nur für einen Augenblick, durchzuckte mich Angst wie ein Messerstich.

»Jetzt fängt es erst an«, flüsterte er. »Es fängt erst an. Ich möchte so viel für dich tun, Heaven. Wenn du es mir nur erlauben würdest!«

Ich antwortete nicht. Er hielt mich so eng und fest, daß ich sein Verlangen spüren konnte, mich immer bei sich zu haben. Dieses Verlangen erzeugte bei mir ein Gefühl von Enge und machte mir Angst, denn es war zu groß.

Nach der Hälfte des Liedes schlossen sich andere Tänzer an. Als es zu Ende war, entschuldigte sich Tony und mischte sich unter die Gäste. Ich stand einfach da und sah mir die anderen Paare an. Mein Herz schlug so laut, daß ich kein anderes Geräusch wahrnehmen konnte. Ich hörte weder das Lachen noch die Musik, noch die Unterhaltungen. Mir war, als wäre ich auf dem riesigen Grundstück allein. Nur der Wind wisperte mir eine Warnung zu. Ich brauchte eine ganze Weile, bis ich wahrnahm, daß Logan neben mir stand.

»Geht es dir gut?« fragte er.

»Wie bitte?«

»Du siehst so verloren aus.«

»O ja.« Ich lachte, um meine Ängste zu überspielen. Immer noch fühlte ich den Druck von Tonys Arm in meinem Rücken. »Ich war nur in Gedanken. Es ist alles so überwältigend.« Gerade in dem Augenblick kamen Jane und Keith vorbei und gaben mir einen Kuß.

»Du sahst hinreißend aus beim Tanz«, sagte Jane.

»Ja, du warst großartig, Schwesterherz«, stimmte Keith zu.

Logan nahm mich in den Arm. »Tony und du, ihr wart ein schönes Paar auf der Tanzfläche. Für sein Alter tanzt er noch recht gut.«

»Ich weiß«, sagte ich kühl. Ich hoffte, Logan würde merken, daß etwas nicht stimmte. Aber er sah nur, was er sehen wollte: seine Braut, das neue Leben, das Versprechen einer perfekten Zukunft.

»Ich hätte es beinahe vergessen. Wir sollen zu der Bühne am Swimming-pool kommen«, sagte Logan. »Man will uns etwas mitteilen.«

»Mitteilen?«

Er zuckte die Achseln.

»Ich weiß darüber genausowenig wie du«, sagte er grinsend. Sein Grinsen war jedoch so selbstzufrieden, daß ich ihm nicht glaubte.

Tony kam auf die Bühne und ging zum Mikrofon. Seine Augen schweiften über die Menge, bis sie Logan und mich erblickten, wie wir uns einen Weg nach vorne bahnten.

»Meine Damen und Herren«, begann er, »ein Hoch auf unser Brautpaar!« Er hob sein Glas. »Ein Hoch auf die Braut und ein Hoch auf die Zukunft –«

Er brach plötzlich ab. Die Menschen drehten die Köpfe, um zu sehen, was er sah: Jillian schritt auf die Tanzfläche. Ein verwundertes Raunen ging durch die Menge. Martha Goodman huschte hinter ihr her.

Jillian hatte ihr Hochzeitskleid angezogen. Sie hatte immer schon eine schöne, schlanke, anmutige Figur. Selbst in dem Zustand des Wahnsinns paßte sie so gut in das Kleid hinein wie an dem Tag, an dem sie Tony geheiratet hatte. Ihr goldenes Haar, das so lange gebleicht worden war, bis es aussah wie ein Strohbüschel, hatte sie glatt herunter gekämmt, so daß die steifen Strähnen sich nur am Ende lockten. Auf ihren Wangen lagen zwei knallige Flekken von dunkelrosa Rouge, und sie hatte blutroten Lippenstift dick auf ihre Lippen geschmiert wie schon an dem Tag meiner Ankunft.

Sie hielt an der Treppe inne und wandte sich an die Menge der Gaffer.

»Ich danke Ihnen allen, daß Sie gekommen sind«, sagte sie. »Das ist der glücklichste Tag meines Lebens, der Tag, an dem ich Mr. Anthony Tatterton heirate. Ich bin so glücklich, daß so viele von Ihnen diesen Tag mit mir feiern wollen. Bitte, bitte, amüsieren Sie sich.«

Für einen Augenblick wagte keiner, sich zu rühren oder etwas zu sagen. Dann flüsterte Martha ihr etwas ins Ohr.

»Das ist meine Hochzeit, mein besonderer Tag«, sagte Jillian und drehte sich wütend zu Martha um. Sie wischte eine Strähne ihres Haares aus dem Gesicht. »Diese Menschen sind wegen mir gekommen. Sie sind hier, um dabeizusein, wenn ich heirate, wenn ich mich Tony Tatterton hingebe... und ich weiß«, ihre Stimme war nun kaum mehr als ein Flüstern, »ich weiß, daß diese Liebe immer währen wird.« Plötzlich schien alle Kraft aus ihrer Haltung gewichen zu sein, und sie mußte sich auf Martha stützen.

»Kommen Sie, Miss Jillian«, sagte Martha zärtlich und führte sie zurück zu ihrem Stuhl.

Die Menschen waren verwirrt. Tony fing sich wieder und ging zum Mikrofon, als wäre nichts Außergewöhnliches passiert.

»Meine Damen und Herren«, begann er noch einmal. »Ein Hoch auf Mr. und Mrs. Logan Stonewall.«

»Hoch, hoch«, hörte man die Menschen rufen, die versuchten, ihr Erstaunen zu verbergen. Dann tranken vierhundert Menschen auf unser Glück und unsere Gesundheit.

»Heaven und Logan, ich wünsche euch ein langes Leben in Glück und Gesundheit, und um das zu unterstreichen, übergebe ich euch das...«

Er hob seine freie Hand als Signal. Als die Zuschauer, Logan und ich da hinsahen, wohin er zeigte, blickten wir auf einen funkelnagelneuen silberfarbenen Rolls-Royce. Aus der Menge hörte man einen einstimmigen Seufzer der Bewunderung. Ich blickte auf Tony und sah die Entschlossenheit in seinem Gesicht.

Er würde alles tun, um mein Herz und meine Zuneigung zu gewinnen. Seine Liebe zu mir war gleichzeitig unbarmherzig und überwältigend. Jetzt kehrte der Messerstich von Angst, den ich auf dem Tanzboden gespürt hatte, zurück. Für einen Augenblick sah mein stattlicher, geheimer Vater wie eine Inkarnation des Teufels aus. Vor dieser Macht, diesem Reichtum, dieser Liebe ohne Einschränkungen fühlte ich mich hilflos.

Ich schaute hinüber zu Logan, um zu sehen, wie er reagierte. Er war glücklich, seine Augen leuchteten, seine Wangen glühten, sein Mund war in blankem Staunen aufgerissen. Er drückte meine Hand, dann ließ er sie los und ging nach vorn, um Tonys außergewöhnliches, funkelndes Geschenk zu bewundern. Ich folgte ihm. Sein Gesicht strahlte derartig vor Glück, daß ich fast weinen mußte.

»O Heaven«, sagte er. »Ich kann mir nicht vorstellen, daß ein Mensch jemals glücklicher war, als ich es im Moment bin.«

»Das hoffe ich auch, Logan«, sagte ich, »das hoffe ich.« Wie leicht war es doch, ihn zu erfreuen und ihn glücklich zu machen! Sein Glück wurde nie von dunklen Wolken des Mißtrauens überschattet, so wie es bei mir war. Wie sehr brauchte ich doch einen Mann wie ihn! Ich wollte mich für immer in seine Arme kuscheln.

»O Logan, ich liebe dich. Liebe mich immer und ewig so wie jetzt«, bettelte ich, als ich in seine Arme sank.

»Das werde ich. Ich verspreche es dir«, sagte er.

Als wir uns küßten, vergaßen wir beinahe, was um uns geschah. Die Gratulanten ließen uns noch einmal hochleben, dann ging das Fest weiter. Logan und seine neuen Bekannten inspizierten den Rolls-Royce, während ich mich auf die Suche nach Tony machte, um ihm zu danken. Die Kapelle begann nun wieder zu spielen. Bevor ich Tony erreicht hatte, war Jillian von ihrem Platz aufgestanden und lief auf Tony zu. »O Tony«, rief sie. »Liebst du mich? War die Trauung nicht wunderbar?«

Einige Gäste blieben stehen und starrten sie an.

»Ja, Jillian.« Er hob den Arm, um sie wieder zu ihrem Tisch zu führen. Über ihre Schulter rief sie den Gästen zu:

»Amüsieren Sie sich. Ich bitte Sie, amüsieren Sie sich!«

Ich beobachtete Tony, wie er sie wieder auf ihren Platz brachte und Martha Goodman losschickte, um ihr etwas zu essen zu holen. Dann kam er auf mich zu. Jillian tat mir leid. Ich mochte nicht, wie die Leute sich nach ihr umdrehten und flüsterten.

»Wie konntest du das zulassen?« fragte ich, sobald er nahe genug war und ich ihn in eine Ecke gedrängt hatte, von wo man uns nicht hören konnte. »Findest du das nicht peinlich?«

»Peinlich?« Er schaute in die Richtung, wo Jillian saß, als ob er derjenige gewesen wäre, der in der Vergangenheit lebte und nicht verstand, was in der Gegenwart passierte. »Ja, es ist peinlich. Aber für mich ist es eher tragisch als peinlich.«

»Warum läßt du es zu, daß sie hierher kommt? Wo all diese Leute da sind. Die meisten lachen doch schon über sie.«

»Sie jedenfalls merkt es nicht«, sagte er mit der Andeutung eines Lächelns. Ich konnte ihn nicht verstehen. »Mit ihren Augen, ihren verrückten Augen sieht sie ihr eigenes Hochzeitsfest.«

»Aber...«

»Aber was?« fragte er, die Lippen zu einer dünnen Linie zusammengepreßt. »Über wessen Demütigung machst du dir hier Sorgen, über ihre oder etwa über deine? Soll ich sie wie ein verrücktes Tier in einen Käfig sperren? Soll sie in ihren vier Wänden dahinvegetieren? Soll sie abstürzen in den tiefen, ausgetrockneten Brunnen ihrer Erinnerungen, bis sie sich allein und vergessen auf dessen dunklem Grund findet? Verstehst du nicht?« sagte er, und seine Augen wanderten von mir zu dem Haus hinüber. »Ich kann die Vorstellung nicht ertragen, daß sie in eine Anstalt gesperrt werden könnte. Sie war einmal sehr schön und war mir sehr teuer«, fügte er hinzu und drehte sich wieder in die Richtung von Jillian. »Sie war wie ein Stück alten chinesischen Porzellans. Ja, sie hatte Angst vor dem Älterwerden. Angst vor der Zeit, wenn sie nicht mehr schön und verführerisch sein würde. Ich bin sicher, daß die Tatsache, daß sie es nicht verhindern konnte, viel zu dem Zustand beigetragen hat, in dem sie heute ist. Aber, verstehst du nicht«, sagte er und faßte mich an beiden Armen, »in gewisser Weise hat sie sie nun, die ewige Jugend und Schönheit. Ihr Wahnsinn hat es ihr gegeben... So«, sagte er, während er aufstand und seinen Rücken wieder straffte, »ich denke, wir akzeptieren die Demütigung und lassen die anderen kichern. Du kannst doch dieses Opfer bringen, oder, Heaven? Ich bin sicher, du kannst etwas Selbstloses tun. Wenn du es willst«, sagte er noch, dann wollte er weggehen.

»Tony...«

»Ja?« Er wartete. Ich blickte hinüber zu Jillian, die bequem an einem Tisch saß, den Gästen zulächelte und zunickte, ihre Gabel aber wie einen Zahnstocher hielt und wie ein Vogel in ihrem Essen herumpickte.

»Was ist, wenn sie mich sieht?«

»Was soll sein?« Er lachte. »Sie nimmt dich einfach als Leigh, die dabei war, als Jillian und ich heirateten. Sie war damals zwölf und trug das lange rosa Kleid einer Brautjungfer und einen Strauß rosa Rosen. Ich werde nie vergessen, wie schön sie an dem Tag aussah.« Er drehte verträumt seinen Kopf. Dann funkelten seine Augen, und er sah mich an. »Und du bist heute genauso schön«, sagte er und ging los in Richtung Jillian.

Ich überdachte das, was er gesagt hatte und wie er es gesagt hatte. Anscheinend liebte Tony Jillian immer noch sehr. Oder war es etwas anderes?

Der Anblick von Martha Goodman, die die grinsende Jillian wieder in ihr Zimmer mit dem Spiegel ohne Glas und den Erinnerungen ohne Zeit führte, machte mich traurig und ließ mich frösteln.

»Es wird Zeit, daß wir die Torte anschneiden.« Logan kam und führte mich zu einem Tisch, der in der Mitte der Bühne stand und mit Girlanden und Blumen dekoriert war. Es war eine Märchentorte mit fünf Etagen. Strahlend nahm Logan meine Hand, und indem wir zusammen das Messer führten, schnitten wir ein Stück heraus. Als er den Mund aufmachte, um ein Stück Torte hineinzustecken, da fiel mir wieder das zauberhafte Kunstwerk aus Eiskrem ein, das er für mich an dem Tag hergestellt hatte, an dem er mir den Heiratsantrag machte. Diese Torte war eine fantastische Tatterton-Creation, doch für mich würde Logans magisches Regenbogenschloß immer meine wahre Hochzeitstorte sein.

Nachdem allen Gästen Kuchen und Eis serviert worden war und nachdem die Kellner weitere Tabletts mit Sekt, Cognac,

Schnaps und Likören herumgereicht hatten, aß und trank man genüßlich. Danach fing das Fest an, sich aufzulösen. Gerade, als mir bewußt wurde, wie erschöpft ich war, sah ich, wie Keith und Unsere-Jane sich ihren Weg zu meinem Tisch bahnten.

»Heaven«, sagte Unsere-Jane, beugte sich vor und umarmte mich, »Keith und ich müssen jetzt gehen. Du wirst mir fehlen.«

»Du schreibst mir?« fragte ich.

»Jede Woche.«

Ich umarmte Keith. Dann sah ich ihnen nach, wie sie Arm in Arm den Weg entlanggingen. Logan küßte mich in den Nacken.

»Du hast sie wirklich sehr gern, nicht wahr?«

Ich schmolz in seinem Arm dahin. »Laß uns in unser Zimmer gehen, Logan. Ich bin sehr müde.«

»Aber die Sachen sind schon alle in unsere neuen Zimmer gebracht worden«, sagte er.

»Wie? Wann denn?«

»Während wir hier draußen feierten. Ich wollte dich überraschen. Ist das in Ordnung?« Es gefiel mir nicht, daß er das getan hatte, ohne mich zu fragen, aber ich sah ein, daß es ihm wichtig gewesen war, mich zu überraschen.

»Es ist gut. Ja, das ist in Ordnung.« Ich seufzte.

»Was machen wir mit unseren restlichen Flitterwochen, Heaven? Wollen wir sie hier verbringen?« Er nahm meine Hand, seine saphirblauen Augen bettelten.

»Möchtest du das wirklich, Logan?«

»Ja, sehr gern!«

»Nun gut, dann machen wir es so«, sagte ich widerwillig. »Können wir jetzt nach oben gehen? Ich fühle mich, als würde ich bald zusammenklappen von all dieser Aufregung.«

»Ich komme bald nach«, sagte er. »Ich möchte mich noch von ein paar Leuten verabschieden.« Er küßte mich und mischte sich dann wieder unter die Menge. Ich erblickte Tony, der, umgeben von einigen Geschäftsfreunden, wie ein König in einem Lehnstuhl saß. Er winkte und lächelte, als ich mich auf den Weg ins Haus machte.

Oben auf dem Flur traf ich Martha Goodman, die gerade aus Jillians Zimmer kam.

»Wie geht es ihr?« fragte ich.

»Sie ist sehr glücklich«, sagte sie. »Wahrscheinlich genauso glücklich wie Sie«, fügte sie hinzu.

Glücklicher, dachte ich. Aber ich sprach es nicht aus, sondern ging sofort in eines unserer Zimmer.

Tony hielt sich an sein Wort während der Zeit, die Logan und mir für unsere Flitterwochen blieb – er sprach nicht mit Logan über geschäftliche Dinge und war eigentlich nie da. Drei Tage verbrachte er mit Besprechungen in New York. Er hatte auch einige Termine mit seinen Finanzberatern in Boston, bei denen es, wie ich später herausfand, um die Fabrik in Winnerow ging. Da Jillian meistens in ihrem Zimmer blieb, hatten Logan und ich Farthy ganz für uns.

Jeden Morgen frühstückten wir im Bett. Anschließend gingen wir entweder an den Strand oder fuhren mit dem Auto nach Boston zum Einkaufen, aßen in feinen Lokalen oder bummelten nur herum. In der Mitte der Woche bereitete Logan alles vor, damit wir reiten konnten.

Als Logan und ich zu den Ställen kamen, um unsere Pferde zu holen, fiel mir ein anderer Tag wieder ein. Es war der Tag, an dem Troy und ich uns zum ersten Mal geliebt hatten. Logan spürte nichts von meinen Träumereien. Wir ritten den Strand entlang. Es war wunderschön und romantisch. Wir hatten uns Verpflegung mitgebracht und bereiteten unser Picknick am Strand in einer privaten kleinen Bucht, die Logan auf seinen Streifzügen entdeckt hatte. Als wir uns zu dem Tosen der Brandung liebten, wurden all meine schmerzlichen romantischen Erinnerungen verdrängt, und eine Zeitlang fühlte ich mich erfrischt und voller Hoffnung. Vielleicht war die Idee, die Flitterwochen auf Farthy zu verbringen, doch nicht so schlecht.

Da Logan ständig romantische, aufregende Unternehmungen organisierte und mir seine Ergebenheit und Liebe bewies, wurde ich dazu bewogen, vor den bohrenden Ängsten in meinem Unbewußten die Augen zu verschließen. Ich schob das zehrende Gefühl von Bedrohung beiseite, das mich jedesmal überkam, wenn ich daran dachte, daß Logan Vizepräsident der Tatterton-Spielzeugwerke werden und wir nach Farthy ziehen würden. Am Ende der Woche, als Tony von seinen Geschäften zurückkehrte und Logan und ich uns fertigmachten, nach Winnerow zu fahren, unsere Sachen zu holen und seinen Eltern von unseren neuen Plänen zu erzählen, waren wir beide braungebrannt, erholt und glücklich.

»Ihr seht beide wunderbar aus«, sagte Tony.

»Ich hoffe, wir verbringen hier ewige Flitterwochen«, erwiderte Logan und himmelte mich dabei dermaßen an, daß ich rot wurde.

»Es sollte jeder Tag ein Hochzeitstag sein, nicht wahr, Logan?« grinste Tony. »So hält man eine Ehe glücklich. Aber wir haben jetzt auch Arbeit, die erledigt werden muß.« Wie begierig Tony war, die Aufmerksamkeit von Logan wieder auf die Geschäfte zu lenken! »Heaven, Logan und ich haben letzte Woche beschlossen, daß du den Platz für die neue Fabrik in Winnerow aussuchen sollst. Logan ist dazu ermächtigt, ein angemessenes Angebot zu machen.«

»O Tony«, sagte ich, »ich weiß doch nichts. Das ist eine riesige Verantwortung. Was ist, wenn ich das Falsche aussuche?«

»Das wirst du nicht. Das kannst du gar nicht«, sagte er. »Wir wissen alle, daß du die Fähigkeit hast, das zu tun, was das Beste für Winnerow und das Beste für die Tatterton-Spielzeugwerke ist.«

»Ich gebe dir noch ein paar Hinweise, auf was du achten mußt«, sagte Logan.

»Ja? Und seit wann hast du dazu die Kompetenz, Logan Stonewall?« fragte ich. Tony lachte.

»Nun...« Logan errötete und sah hilfesuchend zu Tony. »Tony hat mir ein paar Dinge erklärt.«

»Das ist etwas anderes«, erwiderte ich.

»Ich brauche in diesem Geschäft keinen Staatsstreich zu befürchten«, erklärte Tony. »Logan, Heaven wird immer darauf achten, damit du bescheiden bleibst und deine Grenzen kennst.«

»Als ob ich das nicht selber könnte«, sagte Logan und grinste wie ein kleiner Junge. Dieses Mal lachten Tony und ich zusammen.

Logan und ich packten nur das ein, was wir für einen kurzen Aufenthalt brauchten, und brachen dann in unserem neuen Rolls-Royce auf. Als wir die lange, gewundene Zufahrt hinunterfuhren und das Tor passierten, schaute Logan in den Rückspiegel und lächelte, als ob er zurückschaute zu einer anderen Frau, die er liebte und zu der er, wie er wußte, bald zurückkehren würde, um sie zu umarmen. Wieder einmal flatterte mein Herz in der Brust, als ob ein Schmetterling aus seinem Kokon geschlüpft wäre. Ich konnte nicht anders, ich war eifersüchtig auf die Schönheit von Farthy.

»Ich bin froh, daß wir unsere Flitterwochen hier verbracht haben«, sagte Logan. »So wird für uns Farthy immer ein Platz der Liebe bleiben.«

Er schaute mich an und lächelte. Sein Gesicht drückte so viel Optimismus aus, daß ich glaubte, er würde für uns beide reichen. Er faßte nach meiner Hand und umschloß meine Finger voller Verlangen.

Ich erwiderte den Händedruck, und er schaute mich verliebt an.

»Bist du glücklich, Heaven?«

»Ja, Logan, ich bin sehr glücklich.«

»Dann bin ich froh«, sagte er. »Denn das ist in Zukunft das einzige, das wichtig für mich ist.«

Ich betete, daß das immer so bleiben möge.

Es war seltsam, wieder nach Winnerow zu kommen, nach dieser Woche, die wir in Farthy verbracht hatten. Mir war, als käme ich von einem Traumleben in ein anderes und dann wieder zurück. Wir hatten beschlossen, in der Hütte zu wohnen. Wir wollten sie behalten als Platz, an dem Logan oder wir beide bleiben konnten, wenn wir wegen der Fabrik in Winnerow sein würden. Doch als wir jetzt in den Ort hineinfuhren, gingen wir zuerst zu dem Haus von Logans Eltern, damit Logan ihnen von unseren Plänen erzählen konnte.

Als wir ankamen, war es gerade Essenszeit. Als Logan rief: »Mom, Dad, Heaven und ich sind wieder da!«, kam seine Mutter in einer geblümten Schürze und mit mehlbestäubten Händen zur Tür gelaufen, um uns zu begrüßen. »Ja, Logan, Heaven«, rief sie. »Ihr wolltet doch erst in einer Woche zurückkommen.« Fragend zog sie die Augenbrauen hoch. »Es ist doch alles in Ordnung bei euch?« In Erwartung einer Antwort schaute sie Logan an.

»In Ordnung? Es ist weitaus besser als in Ordnung, Mom. Du

siehst vor dir den Vizepräsidenten für Verkauf und Entwurf von Tatterton-Spielzeug und den zukünftigen Direktor der Tatterton-Spielzeugwerke in den Willies.« Logan war wie ein Kind, das spielte, es wäre der König der Berge.

»Das kann ich nicht glauben!« Seine Mutter schaute uns fassungslos an. In dem Versuch, ihren Schock und ihre Enttäuschung zu verbergen, wischte sie ihre Hände an der Schürze ab. Dann schaute sie wieder auf. »Ich muß sagen, ich bin wirklich überrascht. Aber was ist mit der Apotheke?«

»Mom, das ist die Chance meines Lebens. Hole Dad, und ich erzähle euch alles ganz genau. Ich weiß, ihr werdet euch für uns freuen, für ganz Winnerow freuen.«

Zu Anfang war Logans Vater offensichtlich böse. »Mein Sohn, ich hatte mich darauf gefreut, daß wir im Geschäft zusammenarbeiten würden«, sagte er.

Aber als Logan ihnen sagte, was er verdienen würde, und als er ihnen ausmalte, was die zukünftige Fabrik für die Wirtschaft der kleinen Stadt bedeuten würde, änderten seine Eltern ihre Einstellung. Mir fiel auf, wie seine Mutter mich mit ganz anderen Augen ansah. Sie erkannte jetzt, daß ihr Sohn mit mir weitaus besser dran war, als wenn er eines der Mädchen aus dem Ort geheiratet hätte und in Winnerow bleiben würde.

Ich spürte jedoch, daß das Gefühl ihrer Zuneigung für mich nicht so tief war. Sie war nicht von mir als Person beeindruckt, sondern nur von der Macht und dem Geld, die hinter mir standen. Das konnte ich ihr aber nicht vorwerfen. Nach dem, was ich in meinem kurzen sorgenvollen Dasein gelernt hatte, war ihr Verhalten typisch für das der meisten Leute.

Ehe wir zur Hütte fuhren, machte ich noch einen Besuch bei Mr. Meeks, dem Schulleiter, und unterrichtete ihn über meine Absicht, meine Stelle als Lehrerin aufzugeben. »Die Kinder werden Sie vermissen«, sagte er, »besonders die Kinder aus den Bergen. Aber vielleicht haben Sie recht. Vielleicht tun Sie etwas Wichtigeres für sie, wenn Sie die Tatterton-Fabrik hierher bringen und für Arbeitsplätze und Aufstiegschancen sorgen. Es gibt, weiß Gott, nicht viel davon in dieser Gegend. Ich wünsche Ihnen natürlich viel Glück.«

Ich dankte ihm. Dann fuhren Logan und ich zur Hütte.

Ganz egal, wo ich auch gewesen war und wie lange ich fort gewesen war, ich wußte genau, die Hütte würde immer die gleiche sein, wenn ich zurückkam. Obwohl sie modernisiert worden war, trugen doch die Stämme in der Umgebung immer noch das ursprüngliche Gesicht der Natur, das ich als Kind kennengelernt hatte. Ich hörte dieselben Vögel singen, sah dieselben knorrigen Bäume, ging durch denselben tiefen kühlen Schatten, hörte dasselbe silberne Klingen vom plätschernden Bächlein. Das sollte mir immer heilig bleiben.

In dieser ersten Nacht in der Hütte kochte ich für Logan ein feines Essen. Wir saßen, wie einst Granny und Grandpa, auf der Veranda und sprachen über unsere Pläne, bis wir müde wurden und Arm in Arm einschliefen. Am nächsten Morgen fuhr Logan nach dem Frühstück wieder nach Winnerow, um einige Geschäftsverbindungen einzufädeln. Ich fuhr indessen die Nebenstraßen ab und suchte einen geeigneten Platz für die Tatterton-Spielzeugwerke. Logan hatte mir erklärt, daß der Platz verkehrsgünstig liegen müsse und auch nahe genug am Ort, damit die Angestellten ihr Geld leicht dort ausgeben könnten. Wenn die Geschäftsleute in der Stadt erst einmal verstanden hatten, was die Fabrik ihnen an Wohlstand bringen werde, gäbe es auch keinen Widerstand, hatte Logan erklärt. Ich wußte, er wiederholte nur das, was Tony auch gesagt hatte.

Ich fand den perfekten Platz ziemlich schnell. Es war ein flaches Stück Land mit einer wunderbaren Aussicht auf die Berge, und dennoch waren es nur ungefähr eineinhalb Kilometer bis zur Stadt. Es würde jedem gefallen, hier zu arbeiten, dachte ich. Ich eilte zurück nach Winnerow, um Logan zu treffen. Sein Vater sagte mir, daß er wieder zurück zur Hütte gefahren sei, um ein paar Papiere zu holen, die er im Koffer gelassen hatte. Ich hatte aber den Tag vorher schon die Koffer ausgepackt und ihren Inhalt in Regale und Schubladen geräumt. Ich befürchtete nun, daß er die Papiere nicht finden würde, und beschloß, nicht hier auf ihn zu warten, sondern fuhr ebenfalls zur Hütte hinauf.

Als ich um die Kurve vor der Hütte gebogen war, fuhr ich langsamer. Fannys Wagen stand neben dem von Logan. Ich hatte eigentlich vorgehabt, sie nicht eher anzurufen oder zu treffen, ehe ich nicht meine Geschäfte erledigt hatte. Offensichtlich hatte sie gehört, daß wir wieder da waren, und deshalb war sie zu Besuch gekommen.

Ich parkte meinen Wagen und stieg langsam aus. Ehe ich die Eingangstür erreichte, vernahm ich schon Logans seltsames Betteln: »Bitte, Fanny, du kannst hier nicht so herumlaufen. Nun tu, was ich dir sage, und geh! Bitte, mach mir doch keine Probleme! Bitte!«

Ich hörte Fannys bekanntes, zermürbendes Lachen – und zog die Eingangstür auf.

Sie stand neben dem Badezimmer. Um ihre nackten Hüften hatte sie ein Handtuch geschlugen. Die Hände hatte sie über dem Busen verschränkt. Ihr Haar war zerwühlt. Fanny sah aus wie eine mystische Sexgöttin, wie die verkörperte Versuchung für ihn, untreu zu werden. Einen Augenblick lang starrte sie mich mit ihren dunklen Augen an, und das Lächeln gefror auf ihrem Gesicht. Aber als sie meinen Gesichtsausdruck sah, lachte sie nur.

»Mensch, Heaven, um Gottes willen, mit diesem Anblick kannst du einem Teufel des Fürchten beibringen!«

»Kümmere dich nicht um mein Gesicht. Wieso stehst du hier halb nackt herum?« Ich schaute Logan an.

»Sie kam herein und sagte, bei ihr wäre die Wasserleitung kaputt, und fragte, ob sie hier duschen könnte. Sie sagte, sie hätte nicht gewußt, daß wir da sind«, meinte Logan.

»Das habe ich auch nicht. Heaven, du besitzt ja nicht einmal die Höflichkeit, mir mitzuteilen, ab wann du wieder da bist. Wie soll ich wissen, daß du und Logan wieder hier seid?«

»Wir sind nur hier für ein oder zwei Tage, dann kehren wir zurück nach Farthinggale, wo wir leben werden. Aber du hast immer noch nicht erklärt, warum du so, wie du bist, vor meinem Mann stehst.«

»Ich wollte mir nur ein Handtuch holen. Ich merkte, daß ich es vergessen hatte, und ich wollte Logan nicht in die peinliche Situation bringen, es mir hereingeben zu müssen.«

»Wolltest ihn nicht in die peinliche Situation bringen! Was meinst du, was du jetzt getan hast?«

»Er sieht nicht so aus, als ob es ihm etwas ausmacht«, sagte sie und grinste Logan an.

»Fanny!« Ich ging auf sie zu. »Geh ins Bad und nimm deine Dusche!«

»Aber sicher doch, Heaven, Süße. Ich bin gleich fertig. Dann können wir noch ein bißchen zusammensitzen.«

Sie bückte sich, um die Tür zu öffnen, und zeigte sich dabei ganz. Als sie verschwunden war, schüttelte Logan den Kopf und setzte sich hin. Sein Gesicht war rot.

»Gut, daß du gekommen bist«, sagte er. »Sie wurde allmählich unmöglich.«

»Du hättest sie nicht hereinlassen dürfen.«

»Ich konnte sie nicht draußen halten, Heaven. Wie hätte ich das anstellen sollen?«

Er hatte recht. Es war falsch, ihm die Schuld zu geben. Fanny war eben Fanny. Es war immer das gleiche mit ihr. Schon immer wollte sie mir alles wegnehmen, was mir lieb und teuer war. Es war heute das gleiche wie damals am Flußufer, als Logan auf mich wartete, Fanny jedoch vor mir dahin kam, ihr Kleid auszog und ihn dazu bringen wollte, sie zu fangen. Damals sah er genauso peinlich berührt und aufgeregt aus wie jetzt. Er hatte gesagt, er möge keine Mädchen, die so lockere Sitten und so wenig Hemmungen haben wie Fanny. Er hatte gesagt, sie wäre nicht sein Typ. Er mochte es aber, wenn Mädchen schüchtern, schön und lieblich waren.

»Du hast recht«, sagte ich. »Für Dinge, die Fanny tut, kann man nur Fanny die Schuld geben. Dein Vater sagte mir, du suchst nach bestimmten Papieren?«

»Ja, ich wollte die Kontoauszüge kontrollieren. Ich fand sie in der Schublade, wo du sie hingeräumt hast, und wollte gerade wieder aufbrechen, als Fanny kam.«

»Ich habe einen wunderbaren Platz für die Fabrik gefunden, Logan. Ich möchte ihn dir später zeigen.«

»Prima.«

»Warum fährst du nicht mit deinen Papieren zu der Bank, und wir treffen uns in einer Stunde im Drugstore? Ich bleibe hier bei Fanny«, sagte ich. Er schaute zur Badezimmertür und nickte.

»Okay.« Er küßte mich und brach auf. Ich wartete auf Fanny.

»Wo ist Logan?« fragte sie, als sie wiederkam. Sie trug ein leuchtend rotes Trachtenkleid und hatte das Oberteil so weit über die Schultern gezogen, wie es ging. Es überraschte mich nicht, daß sie keinen BH trug und ihre Brüste zur Hälfte enthüllt waren. Ich mußte zugeben, daß Fanny sehr attraktiv war. Obwohl sie einen wüsten Lebensstil hatte, sah sie immer sehr gut aus. Die Verbindung von ihrem pechschwarzen Haar und den dunkelblauen Augen war atemberaubend. »Er hat Termine in der Stadt. Was du eben getan hast, war entsetzlich, Fanny«, sagte ich. Ich wollte nicht, daß sie mich aus dem Konzept brachte. »Du bist kein Teenager mehr. Solche Possen kann ich nicht entschuldigen. Logan ist mein Mann, und du wirst dich nicht wieder so vor ihm aufführen!«

»Nun aber«, sagte sie und stützte die Hände in die Hüften. »Du denkst wohl, du kannst den armen alten Logan aus den Willies fortlocken und so einen Bostoner Schickie aus ihm machen?«

»Alles, was er macht, macht er freiwillig.«

Sie sah mich einen Augenblick an, dann verwandelte sich der Ausdruck von Ärger auf ihrem Gesicht in Kummer. Nur Fanny konnte Gefühle so schnell austauschen.

»Klar. Ihr zwei lebt wie die Könige, und mich laßt ihr im Schweinekoben, wie gewöhnlich.«

»Es war deine Entscheidung, hier zu leben, Fanny. Du hast dir selbst das Haus gekauft mit dem Geld deines früheren Ehemannes.«

»Aber ich dachte doch, ich bekomme mein Kind zurück. Ich dachte, du würdest mir dabei helfen, Heaven. Statt dessen haben dieser Hund von Reverend und seine Frau es immer noch. Und was habe ich? Ich habe keine Familie. Ich habe kein Ansehen. Ja, du lädst mich nicht einmal zu deinem Empfang in Farthy ein. Aber Keith und Jane hast du eingeladen, nur weil sie auf ein vornehmes College gehen und reden und aussehen wie deine Leute.«

»Es sind nicht meine Leute«, sagte ich. Aber ich wußte, daß sie recht hatte. Ich hatte sie nicht auf dem Fest haben wollen. Ich hatte nicht riskieren wollen, daß es peinliche Situationen geben würde. Schließlich kannte ich ja die Dinge, die sie sagte, um mich mit Absicht zu demütigen.

»Ich möchte auch in Farthy leben«, jammerte sie. »Warum darf ich all diese reichen, frustrierten, alten Männer nicht kennenlernen und mir auch solch einen Sugardaddy suchen wie du, Heaven?«

»Ich habe mir keinen Sugardaddy gesucht, Fanny.« Ich schüttelte den Kopf. Manchmal war es wirklich entnervend, mit ihr zu reden. »Ich kann dich nicht einladen, in Farthy zu leben, Fanny, damit du dir einen reichen Mann suchst, der dich heiratet.«

»Du versuchst immer, mich zu überflügeln, Heaven Leigh Casteel. Ja, Casteel. Es ist mir gleich, welchen Namen du annimmst, für mich bist du immer noch Heaven Leigh Casteel, das Mädchen aus den Willies, hörst du mich? Als Ma uns verlassen hat, hast du versprochen, dich um mich zu kümmern. Du hast erst damit aufgehört, als Pa mich an diesen Lustmolch von Reverend verkauft hat. Als ich dich um Hilfe gebeten habe, mein Kind zurückzuholen, hast du es nicht getan. Du hättest ihm nur mehr Geld anbieten müssen. Aber das hast du nicht gemacht.«

»Du bist nicht der Typ, der eine gute Mutter ist, Fanny. Du wirst es nie sein.«

»Stimmt das? Sei dir da nicht so sicher! Hör auf, herumzulaufen und über jeden Bescheid zu wissen, außer über dich selbst!«

»Ich weiß nicht gut Bescheid über mich selbst. Wir können nie uns selbst so gut sehen, wie uns die anderen sehen, und wir wollen oft nicht wahrhaben, was wir sind. Ich sage das nicht gern, aber es ist wahr. Gut, ich habe jetzt Dinge in Winnerow zu erledigen, und dann –«

»Du möchtest nicht, daß ich Logan sehe. Das stimmt doch, oder? Du traust ihm nicht.«

»Ich habe vollstes Vertrauen in meinen Mann. Aber du hast recht. Ich habe es nicht gern, wenn du in seine Nähe kommst, und zwar wegen deiner Aufführung eben in der Hütte. Ich hatte gehofft, daß all die Dinge, die dir in deinem Leben zugestoßen sind, dir geholfen hätten, erwachsen zu werden, aber ich sehe, daß du davon noch Meilen entfernt bist.«

»Meinst du? Gut, ich will dir was sagen, Frau Saubermann. Logan hat meine kleine Show genossen, bis du gekommen bist. Ich bat ihn, mir ein Handtuch zu bringen. Er sagte, ich soll herauskommen und es mir selbst holen. Als er dein Auto hörte, da änderte er seinen Tonfall.«

»Das ist eine Lüge, eine jämmerliche Lüge«, brüllte ich ihr ins Gesicht. Schon immer hatte Fanny gewußt, wie sie mich in Wut bringen konnte. »Du sagst das nur, weil du es mir heimzahlen willst.«

Sie zuckte die Achseln.

»Glaube, was du willst. Aber wenn du auch nur einem Mann vertraust, dann verdienst du es nicht anders, Heaven, und dann bist du diejenige, die erwachsen werden muß.« Sie zeigte mit dem Finger auf mich und stand vor mir, aufrecht und arrogant. Einen Augenblick nur sah ich sie an.

»Ich muß jetzt gehen«, sagte ich. »Ich kann meine Zeit nicht vertrödeln.«

»Kannst du nicht?« Sie lachte. Ich ging auf mein Auto zu. »Du kannst nicht einfach abhauen, in deinem Schloß leben und mich einfach vergessen, Heaven. Ich werde mich nicht in Luft auflösen, auch, wenn du es gern so hättest. Du und ich sind noch nicht fertig miteinander.«

»Ich sagte doch, ich muß gehen.« Ich stieg ins Auto und ließ den Motor an.

»Wir sind noch nicht fertig«, rief sie und kam auf das Auto zu. Ich fuhr los und beobachtete sie in meinem Rückspiegel.

Trotz ihrer Drohungen und Beleidigungen tat sie mir leid. Sie war krankhaft eifersüchtig. Ich konnte mir vorstellen, daß sie sehr darunter litt. Schon gleich zu Anfang, als Logan und ich verliebt waren, wollte sie ihn mir wegnehmen. Doch als Logan nicht mehr mit mir zusammen war, interessierte er sie nicht. Sie wollte ihn nur, wenn ich ihn hatte.

Wie muß sie doch unter meinem Schatten leiden! Würde sie jemals einen Mann lieben aus sich selbst heraus und nicht, weil sie dachte, es wäre einer, den ich will? Würde sie ihn lieben, weil er sie liebte, ihn ernsthaft und ehrlich lieben? Es war möglich, daß Fanny nicht in der Lage war, auf diese Art zu lieben. Vielleicht war es das, was sie in unserem harten Leben in den Willies gelernt hatte.

5. KAPITEL

Geister

In einer schönen Waldlichtung, wo bunte Blumen blühten, fand ich den idealen Platz für die Tatterton-Spielzeugwerke. Ich hatte mich an diese Stelle erinnert. Als Tom und ich klein waren, waren wir manchmal nach der Schule hier vorbeigekommen, hatten uns in die Sonne gelegt und in Träumen geschwelgt. »Heaven«, sagte Tom dann. »Wenn ich genug Geld verdiene, baue ich uns hier ein Haus mit dem größten Aussichtsfenster, das du je gesehen hast.«

Logan gefiel der Platz. »Er ist ideal für die neue Fabrik«, sagte er. »Er liegt nahe genug an Energiequellen und Straßen.« Er schätzte die Größe des Platzes, indem er ihn abschritt, und ich lachte im stillen, als er in seinem Kopf ein Gebäude entwarf und dabei die Hände zu Hilfe nahm. Plötzlich war aus ihm ein voll eingespannter Unternehmer geworden. Ich ließ ihn nicht merken, daß ich lachte, denn er selbst nahm sich sehr ernst. Er schrieb einige Zahlen auf einen Notizblock, zeichnete eine grobe Karte von der Gegend und fuhr uns dann nach Winnerow zurück, wo wir den Rechtsanwalt des Ortes, Barton Wilcox, aufsuchten.

Es gab keine bessere Möglichkeit, die Nachricht von der zukünftigen wirtschaftlichen Investition in Winnerow zu verbreiten, als Interesse an dem Stück Land zu bezeugen. Ehe Logan und ich das Büro von Mr. Wilcox verließen, hatte ich es zur Sicherheit noch den Sekretärinnen erzählt, die es sicherlich ihren Freundinnen erzählen würden. Bald würden sämtliche Telefonleitungen Winnerows vor Aufregung summen. Logan rief Tony an und erzählte von dem Grundstück. Tony schickte telegrafisch eine große Summe auf ein Konto bei der Bank in Winnerow. Das war der Zeitpunkt, wo Logan wirklich Macht und Autorität übertragen bekam, denn er verwaltete das ganze Geld. Tony hätte sein Vertrauen in ihn nicht besser ausdrücken können. Er hätte auch nicht Logans immerwährende Loyalität besser gewinnen können.

Mit dem Besitzer des Grundstücks wurde ein Treffen in Barton Wilcox' Büro vereinbart. Als Logan sein Eröffnungsangebot machte, wurde er fast ohnmächtig. Solche Summen standen bei Geschäften in Winnerow praktisch nie zur Diskussion. Nach einem kurzen Disput fügte Logan fünftausend Dollar hinzu, um das Geschäft zu versüßen, und der Vertrag wurde abgeschlossen. Wir hatten das Grundstück für die Fabrik.

»Tony wird sehr zufrieden mit mir sein!« rief Logan danach. Er richtete sich auf. Groß und stolz stand er vor mir, mit einer Nelke in dem mit seinem Monogramm bestickten Taschentuch in seiner Brusttasche. »Ich glaube, ich passe in diese Rolle, Heaven. Das tue ich wirklich. Ich habe das richtige Gefühl dafür.« Er lächelte mich an. »Das wird alles noch wundervoll«, sagte er und nahm meine Hand. »Zusammen erfüllen wir den Traum dieser Stadt. Die Leute werden stolz sein auf Winnerow. Es wird etwas gelten auf der Landkarte. Und denke an all die Leute, denen wir damit helfen! Leute, die bis jetzt keine Hoffnung und keine Zukunft hatten.«

Ich lächelte ihn an. Er war so voller Freude! Manchmal dachte ich, er hatte Freude für uns beide.

»Das war eine großartige Entscheidung von dir, als du beschlossen hast, nach Farthy zu ziehen und die Fabrik zu bauen, Heaven, wirklich!«

»Das hoffe ich, Logan.« Er war so optimistisch. Doch innerlich zitterte ich jedesmal, wenn ich an unser Leben in Farthy dachte. Mich riefen immer noch die Willies. Trotz meiner Herkunft hatte ich das Gefühl, eigentlich hierher zu gehören. Es war falsch, zuzulassen, daß Tony mein Leben änderte. Aber ich wollte mich nicht mit meinen Ängsten aufhalten. Ich wollte das, was einst Tonys war, zu meinem Leben machen. »Wir haben noch viel zu tun. Wie sieht es mit den Bauplänen aus?«

»Tony bringt uns mit einem Architekten in Boston zusammen. Er möchte deine Vorstellungen hören, ebenso wie meine. Er sagt, du und ich wissen am besten, was die Leute in Winnerow mögen und brauchen. Und wenn der Entwurf fertig ist, dann nehmen wir nur Arbeiter und Material hier aus der Gegend.«

»Und die Kunsthandwerker?« fragte ich.

»Ich komme noch oft zurück und suche in den Bergen nach

Leuten mit vergessenen Fähigkeiten. Natürlich gibt es in dem Unternehmen auch andere Posten und somit Chancen für viele Leute. Ganz so, wie du es dir vorgestellt hast, Heaven.«

»Ich bin froh darüber, Logan«, sagte ich. Wir fuhren hinauf zu der Hütte. Ich packte die Sachen zusammen, die ich mit nach Farthy nehmen wollte. Logan fuhr zum Haus seiner Eltern und holte seine Sachen. Auf ihren Wunsch hin aßen wir bei ihnen und verbrachten auch die Nacht dort. Am nächsten Morgen brachen wir nach Farthy auf, beide mit dem Gefühl, sehr erfolgreich gewesen zu sein. Nur Fannys liederliches Auftreten warf einen Schatten auf unseren Ausflug. Aber ich hoffte, die Erinnerung daran würde verblassen, so daß ich sie zusammen mit anderen in die Schublade mit den schmerzlichen und unglücklichen Ereignissen stecken konnte. Da soll sie bleiben, dachte ich, und Staub ansetzen.

Tony wartete schon auf uns in Farthy. Er ließ die Bediensteten das Auto ausräumen, und zu dritt gingen wir in sein Büro, um über unsere Ergebnisse und die nächsten Schritte zu sprechen.

»Logan und ich fliegen übermorgen mit dem Architekten nach Winnerow«, sagte er, nachdem er die Einzelheiten gehört hatte. »In einer Woche oder so können wir uns dann die ersten Entwürfe anschauen. Ich kann mir vorstellen, daß schon viele Einheimische von unserem Projekt gehört haben.«

»O ja«, sagte Logan. »In kleinen Städten wie in Winnerow machen Nachrichten schnell die Runde. Meine Eltern haben viel dazu beigetragen.«

»Daraus schließe ich, daß sie sich gefreut haben, daß du ein Mitarbeiter der Tatterton-Spielzeugwerke wirst.«

»Sehr«, sagte Logan. Tony wandte sich zu mir mit einem zufriedenen Ausdruck im Gesicht. Wie sollten Logans Eltern sich nicht freuen! Wo Tony doch Logan schon mit so viel Vertrauen überschüttet hatte.

»Das hast du gut gemacht, Logan. Sehr gut. Ich glaube, du wirst ein prima Mitarbeiter«, sagte Tony. Logan war außer sich vor Freude. Er lehnte sich zurück und hielt auf arrogante Weise den Kopf hoch. »Morgen nehme ich dich mit nach Boston zu meinem Schneider. Wir lassen dir ein paar anständige Anzüge machen. Ein

Mann, der Verantwortung trägt, muß auch dementsprechend aussehen.«

»Das ist nett von dir, danke«, sagte Logan und sah mich Zustimmung heischend an. Ich war mir nicht sicher, ob ich Gefallen an dem haben sollte, was Tony da tat. Er machte Logan in gewisser Weise zu seinem Abklatsch. Und Logan, der von Tony, und inzwischen auch von sich selbst, geblendet war, zerfloß wie Wachs in seinen Händen.

»Wie geht es Jillian?« fragte ich mit der Absicht, das Thema zu wechseln.

»Unverändert«, sagte Tony schnell. »Ich schaue mal bei ihr vorbei. Ihr zwei habt sicher noch mehr zu besprechen.«

»Ich gehe nach oben und ruhe mich aus.«

»Geht es dir auch gut, Heaven?« fragte Logan. Er hörte am Tonfall meiner Stimme, daß ich unzufrieden war.

»Ja, Logan. Ich bin nur müde von der Fahrt. Mach dir keine Sorgen!«

Ich ließ ihn bei Tony und ging nach oben, zuerst zu dem Zimmer von Jillian. An diesem Tag war Martha Goodman nicht stark wie ein Fels in der Brandung, so wie sonst. Ich merkte sofort, daß sie besorgt und erregt war.

»Ich bin so froh, daß Sie wieder da sind, Mrs. Stonewall«, sagte sie hastig und fast verschwörerisch.

»Was ist los, Martha?«

Martha schaute hinter sich, ob die Tür zu Jillians Zimmer geschlossen war und sie sicher sein konnte, daß Jillian nicht hörte, was sie mir sagen wollte. »Sie ist in den letzten Tagen sehr verstört, ganz anders als sonst.«

»Wie kommt das?« Ich zögerte, ehe ich die Tür zu Jillians Schlafzimmer öffnete.

»Nun, Sie wissen ja, sie lebt in der Vergangenheit, meint, sie wäre jung und schön. Sie redet mit Menschen, die schon lange tot sind, und bezieht sich auf Ereignisse, die schon lange vergangen sind.«

»Ja, und?«

»Das alles hat sie in den letzten Tagen nicht getan. Sie hat nicht einmal versucht, sich zu schminken.«

»Aber Tony... Mr. Tatterton hat mir gerade gesagt, sie hätte sich nicht verändert, seit wir nach Winnerow gefahren sind.«

»Seit Sie losgefahren sind, Mrs. Stonewall, ist er, fürchte ich, nicht einmal hier gewesen. Er war drei Tage verreist, und wenn er hier war, hat er viel gearbeitet.«

»Aber was macht sie denn die ganze Zeit, wenn sie nicht mehr so ist wie früher?«

»Es ist schlimmer... sie sagt, die Toten sind zurückgekommen.«

»Das kommt, weil sie denkt, ich wäre meine Mutter«, sagte ich und lächelte. »Das kommt durch meine Haarfarbe. Ich bin schon am Überlegen, ob ich wieder meine natürliche Farbe nehmen soll und –«

»Ja, Mrs. Stonewall«, unterbrach mich Martha. »Aber davor war sie immer in derselben Zeit. Sie nahm Sie als Ihre Mutter, und sie sah sich selbst zu der Zeit, als Ihre Mutter noch lebte. Sie war zusammen mit Ihnen in der Vergangenheit. Jetzt ist sie in der Gegenwart, doch sie schwört, daß Menschen, die einst gelebt haben, von den Toten zurückgekehrt sind. Ich kann es nicht gut erklären, aber warten Sie ab, Sie werden es selbst sehen. Sie ist sehr ruhig und sehr aufmerksam, aber sie hat Angst, so wie jemand, der wirklich einen Geist gesehen hat. Sie ist in einem Schockzustand. Ich muß sagen, Mrs. Stonewall, das ist das erste Mal, wo es mir über den Kopf wächst, für Ihre Großmutter zu sorgen.«

»Aber Martha –«

»Und Mr. Rye Whiskey ist keine Hilfe für mich, wenn er die ganze Zeit von Geistern und Gespenstern redet. Alle Diener reden schon von Geistern.« Sie sah auf den Boden, als ob sie sich schämte.

»Ich merke schon, da kommt noch mehr«, sagte ich schnell. »Reden Sie weiter. Erzählen Sie mir auch den Rest.«

»Es ist dumm, Mrs. Stonewall. Es kommt, weil so viel im Augenblick passiert.«

»Was ist es, Martha? Haben Sie keine Angst und erzählen Sie es mir.«

»Nun gut. Ich wachte neulich nachts auf und...«

»Ja?«

»Und ich hörte Musik, Klaviermusik.«

Ich schaute sie an und mein Körper wurde so kalt, daß ich dachte, ich hätte alle Gefühle darin verloren. Einen Moment lang konnte ich nicht sprechen.

»Das müssen Sie sich eingebildet haben«, sagte ich und brachte nur noch ein Flüstern heraus.

»Ich weiß, Mrs. Stonewall. Ich habe bis jetzt auch mit niemandem darüber gesprochen. Aber, verstehen Sie, das gehört auch zu den Dingen, die Ihre Großmutter beunruhigen. Mir gefällt das nicht. Sie schaut mich anders an, und sie verbringt Stunden damit, aus dem Fenster auf das Labyrinth zu sehen.«

»Das Labyrinth?«

Martha nickte langsam.

»Das macht sie auch in diesem Augenblick«, sagte sie. Ich schaute erst die Schlafzimmertür an und dann sie. Die Frau sah ernstlich verstört aus. Wie kam es, daß Tony das nicht bemerkt hatte? War es ihm dermaßen gleichgültig? Wenn das so weiterging, würde er Martha Goodman verlieren.

»Vielleicht kann ich sie wieder zu Sinnen bringen, wenn ich mit ihr rede.«

»Hoffentlich, Mrs. Stonewall. Meiner Meinung nach wäre sie besser aufgehoben an einem Platz, wo sie ärztliche Betreuung erhält.«

Langsam faßte ich nach der Klinke der Schlafzimmertür, dann trat ich ein. Jillian war dort, wo Martha gesagt hatte, daß ich sie finden werde – am Fenster mit Blick auf das Labyrinth.

Der schwere Duft ihres Jasminparfüms stach mir sofort in die Nase. Plötzlich wußte ich, was mir bei ihrer Verrücktheit so fremd vorgekommen war. Sie hatte Stunden damit verbracht, vor dem leeren Spiegelrahmen zu sitzen und sich zu schminken, aber sie hatte nicht ihr Lieblingsparfüm benutzt, an dessen Duft ich mich so gut erinnern konnte. Nun hatte sie es getan.

Anders als sonst war sie nicht mit einem ihrer feinen Nachthemden bekleidet. Ruhig saß sie da in einer schwarzen Chiffonbluse und einem schwarzen Rock. Als sie mich hörte und sich zu mir umdrehte, sah ich, daß sie kein Make-up trug, daß ihr Haar aber sauber nach hinten gebürstet und an den Seiten festgesteckt war.

»So«, sagte sie, »bist du also auch zurückgekommen.« Sie ließ darauf ein kurzes, trockenes Lachen hören.

»Jillian...«

»Aus deiner Hinterwäldlerstadt. Du bist weggelaufen, hast hier alles aufgegeben, um Lehrerin an einer Hinterwäldlerschule zu werden. Und nun tut es dir leid, leid um das, was du verloren hast.«

Sie wußte, wer ich war! Sie sah nicht mehr meine Mutter in mir! Sie wandte sich ab und schaute wieder aus dem Fenster.

Martha hatte recht, sie war verändert. Ihre Stimme klang anders, und der Ausdruck in ihren Augen war anders. Die Art, wie sie dasaß, war ebenfalls anders. Ihre Fahrigkeit, das irre Lachen, die vergeistigte Art, wie sie mit den Händen wedelte und durch das Zimmer huschte, waren weg. Es war, als hätte sie eine Schockbehandlung bekommen, als wäre sie mit Gewalt in die Realität zurückgestoßen worden.

»Wonach suchst du, Jillian? Warum sitzt du den ganzen Tag am Fenster und starrst auf das Labyrinth?«

Sie drehte sich blitzartig um. Zwei helle Tränen glitzerten in den Winkeln ihrer kornblumenblauen Augen. Augen, die den meinen so ähnlich sahen. Ich bekam eine Gänsehaut.

»Alle hassen sie mich«, sagte sie. »Alle sind gegen mich und geben mir die Schuld für alles, was passiert ist.« Sie hob ihr Spitzentaschentuch an ihr Gesicht und betupfte sich vornehm die Augen. Das war die Jillian, die ich kannte, eine Schauspielerin, die ihren Part spielte wie ein Musiker seinen auf einem Instrument. Ihr Lied hieß: »Bedauert mich. Ich arme Jillian!«

Ich seufzte. »Warum sollten dich alle hassen? Was hast du getan?« fragte ich mit müder Stimme.

»Sie sagen, ich hätte deine Mutter aus dem Haus vertrieben. Die Dienstboten tuscheln. Oh, ich weiß, was sie sagen. Ich habe sie gehört. Sie sagen, ich war zu kalt zu Tony. Ich hätte nicht getrennt von ihm schlafen dürfen und ihm nicht verbieten dürfen, mit mir Liebe zu machen, wenn er Lust darauf hatte, weil ich meine Jugend und Schönheit schützen wollte. Ich hätte ihm ermöglichen sollen, den männlichen Hunger nach sexueller Befriedigung zu stillen. Ein Mann will seine Männlichkeit unter Beweis stellen.«

»Was kümmert das schon die Dienstboten?« fragte ich. Ich dachte, es wäre das Beste, sie nicht so ernst zu nehmen. Sie lächelte, aber ihr Lächeln war so kalt, daß es mich fröstelte.

»Warum glaubst du das? Sie haben Tony bewundert. Sie tun es immer noch. Sie denken, er ist so eine Art wandelnder Gott. Ihm geben sie keine Schuld, das ist alles nicht sein Fehler. Als sich deine Mutter ihm an den Hals geworfen und er sie nicht zurückgewiesen hat, meinten sie, es geschähe mir recht, weil ich ihn schlecht behandelt hatte. Verstehst du nicht? Es ist alles mein Fehler. Alles. Auch der Tod von Troy.«

»Der Tod von Troy?« Ich trat einen Schritt näher auf sie zu.

»Ja, der Tod von Troy. Denn, welches Pferd hat er genommen? Als ob ich schuld wäre, daß er es genommen hat.«

»Abdulla Bar«, sagte ich.

»Abdulla Bar.« Sie nickte. »Mein Pferd. Das Pferd, das niemand außer mir reiten konnte. Und deshalb war ich schuld. Verstehst du nicht? Mein Fehler«, wiederholte sie, wedelte mit dem Taschentuch und wandte sich wieder dem Fenster zu. »Und nun kommen sie alle zurück und verfolgen mich.«

»Jillian«, sagte ich. Plötzlich verstand ich, was sie meinte. »Das ist verrückt, das ist dumm. Geister und Gespenster existieren nicht. Das sind Produkte und Einbildungen von Ungebildeten und Abergläubischen. Leute wie Rye Whiskey erzählen sich solche Geschichten, um sich zu gruseln. Es gibt dort nichts zu sehen, nichts, was greifbar ist. Bitte«, sagte ich und nahm ihre Hand. Sie schaute mich an. Ich kniete mich neben sie und blickte in ihre verstörten blauen Augen. Mit all meiner Macht wünschte ich, daß sie mich wahrnahm und verstand. Mit all meiner Macht wünschte ich, daß das, was ich sagte, eine Bedeutung für sie haben würde, daß sie mich ein einziges Mal als ihre Enkeltochter annehmen würde und wir unsere tiefsten Gefühle miteinander teilen konnten. »Bitte, zerstör dich doch nicht selbst! Du leidest doch sowieso schon genug.«

Plötzlich lächelte sie und streichelte mir über das Haar. Es war das erste Mal, daß sie mich mit einem Zeichen von Zuneigung berührte.

»Danke, Heaven. Danke, daß du dich um mich kümmerst.

Aber«, sagte sie, indem sie sich abwandte, »es ist zu spät. Viel zu spät.«

»Jillian. Jillian«, wiederholte ich. »Großmutter.« Sie drehte sich nicht um. Sie war gefangen in einem Labyrinth, gefangen in ihrem zermürbenden Blick. Ich stand auf und schaute ebenfalls hinunter auf das Labyrinth.

Vom Ozean her war Nebel aufgezogen. Es sah aus, als ob Wolken vom Himmel gefallen wären, die sich nun in den geheimen, dunklen Gängen festsetzten. Allmählich überzog sich der Himmel. Anscheinend zog ein Gewitter herauf.

Ich stand am Fenster mit meiner Großmutter mütterlicherseits und blickte auf die Welt dort draußen, die allmählich in Aufruhr geriet. Auch ich fürchtete die Geister, die sie bedrohten. Erst als Martha ins Zimmer kam und nachsah, was los war, merkte ich, wie lange ich schon hier war. Die ganze Zeit über hatte ich Jillians Hand gehalten. Als ich sie losließ, legte sie ihre Hand in den Schoß, und ich ging zu Martha.

»Sie haben recht«, sagte ich leise, »sie ist verändert.«

Martha nickte kurz und schaute auf Jillian. Die Traurigkeit ließ ihre Augen schwer erscheinen.

»Ich fürchte, sie könnte schizophren werden, Mrs. Stonewall.«

»Ganz richtig, Martha. Ich muß Mr. Tatterton dazu bringen, daß er einen Arzt kommen läßt.«

»Ich bin froh, daß Sie meiner Meinung sind, Mrs. Stonewall«, sagte Martha. »Vor ein paar Stunden habe ich Mr. Tatterton von Jillians Veränderungen erzählt. Er sagte, er würde vorbeikommen, aber bis jetzt war er noch nicht da.«

»Er wird kommen. Ich kümmere mich darum«, versicherte ich ihr.

»Vielen Dank«, sagte Martha. Beide schauten wir Jillian noch einmal an. Sie hatte nicht einmal mit der Wimper gezuckt.

»Schuld ist etwas, was der Mensch am allerschwersten ertragen kann«, sagte ich, fast nur noch flüsternd, mehr zu mir selbst. Doch Martha hatte es gehört und stimmte mir zu.

Ich verließ das Zimmer und eilte hinüber zu unseren Räumen. Ich wollte vermeiden, daß die Dienstboten meine Tränen sahen. Ich wußte, daß das, was Jillian gesagt hatte, wofür ihr die anderen die Schuld gaben und wofür sie sich immer schuldig gefühlt hatte, immer tief in ihr geschlummert hatte, bereit, bei der ersten Gelegenheit aufzutauchen und das Werk der Zerstörung an ihrer schon kranken Seele fortzuführen.

Das gleiche galt auch für mich. Bis jetzt war ich recht erfolgreich gewesen, jene Gedanken zu unterdrücken. Aber nun, wo ich Jillian gesehen und gehört hatte, fragte ich mich, wann sie wohl aufsteigen würden, um mich zu bedrohen, wann ich, wie Jillian, Geister sehen würde... Troys Geist. Ich hätte mich mehr darum kümmern sollen, daß er nicht so verzweifelte. Natürlich hätte ich ihn nicht allein lassen und herumreisen dürfen. Ihn zurücklassen in der Hütte, in unserem Liebesnest, wo wir so viele glückliche Stunden verbracht hatten.

Wie viele Nächte mag er wohl wachgelegen und darüber gegrübelt haben, warum ich ihn hatte fallen lassen, warum ich unser Schicksal akzeptiert hatte? Ich wußte doch, wie sehr er sich in Verzweiflung fallen lassen konnte. Er nahm jeden Schmerz so schwer, und dennoch ließ ich ihn allein mit dem größten Schmerz von allen... einem gebrochenen Herzen. Er hatte keine Hoffnung mehr. Er mußte glauben, daß die dunkle Einsamkeit, die er jetzt erlitt, für sein ganzes Leben anhalten würde.

Wenn ich in Jillians Augen schaute, konnte ich den Schmerz, den sie verspürte, nachvollziehen. Davor, wie vor ihrem Wahnsinn, mußte ich flüchten. Würde auch mich die Schuld packen und schütteln, bis ich verrückt wurde und nur noch in meinen sorgenvollen Gedanken lebte?

O Troy, Troy, wie solltest du auch wissen, daß du der letzte Mensch auf Erden warst, dem ich hätte Kummer bereiten wollen!

Doch ich mußte die Gedanken an Troy weit von mir schieben. Ich war jetzt die Frau von Logan, und ich mußte dafür sorgen, daß ich ihm niemals so viel Kummer bereiten würde wie Troy.

Ich duschte mich, zog mich um und ging wieder nach unten, um Tony zu suchen und ihm zu sagen, daß er unbedingt mit Martha Goodman sprechen müsse.

Tony und Logan waren nicht mehr im Büro. Curtis sagte mir, daß sie eine Botschaft hinterlassen hatten und daß sie nach Boston gefahren waren.

»Es geht um Pläne für die Fabrik in Winnerow«, sagte Curtis leicht geknickt, weil er sich nicht mehr an den genauen Wortlaut der Botschaft erinnern konnte.

»Machen Sie sich keine Sorgen, Curtis. Vielen Dank.« Ich wußte nicht, ob ich über Logans Hingabe an die Tatterton-Spielzeugwerke lachen oder weinen sollte. Eigentlich mußte er müde sein von der Reise, aber das hatte ihn nicht abgehalten, seine Entschlossenheit zu zeigen. Tony hätte es eigentlich auch wissen sollen, dachte ich. Warum sorgte er derartig verbissen dafür, daß Logan sich ständig um das Geschäft kümmern mußte? Er hatte doch, was er haben wollte – er hatte uns, die wir bei ihm wohnten und seinen Wohlstand mit ihm teilten, und er hatte Logan, der für ihn arbeitete. Tony sollte sich lieber mehr um Jillian kümmern.

»Sie haben gesagt, Sie sollten sich keine Gedanken machen. Sie würden rechtzeitig zum Essen zurückkommen.«

Oh, wie gern wäre ich in diesem Moment doch lustig und fröhlich gewesen, anstatt bekümmert und besorgt. Ich beschloß, einen Spaziergang zu machen, um meine dunklen und bedrückenden Gedanken zu ordnen.

Ich trug nur eine leichte, hellblaue Bluse und einen Rock. Fast wäre ich umgekehrt, um mir noch eine Strickjacke zu holen, denn es war kühl geworden, und eine salzige Brise wehte vom Meer her. Statt dessen legte ich die Arme vor die Brust und ging, ganz in meine sorgenvollen Gedanken versunken, immer weiter. Ich merkte gar nicht, wie weit ich mich schon von dem Haupteingang entfernt hatte. Am Eingang des Labyrinths blieb ich stehen und schaute zurück.

Dort, an ihrem Fenster, war Jillian. Sie sah aus wie eine Schaufensterpuppe. Es war schwer, Einzelheiten in ihrem Gesicht zu erkennen, aber ich glaubte, einen Ausdruck von Angst zu sehen. Plötzlich wurde auch ich von Angst ergriffen und in das Labyrinth gezogen, ähnlich wie ein Kind, das auch noch das Ende von einem beängstigenden Märchen hören möchte. Als ich das Labyrinth betrat, fiel mir ein, wie es beim ersten Mal gewesen war, als ich noch nicht wußte, was es damit auf sich hatte. Damals war ich einfach drauflosgegangen. Da das warme Sonnenlicht durch die großen Hecken geschluckt wurde, hatte ich mich verlaufen. Ich hatte nicht mehr gewußt, wie ich herausfinden sollte, und war in Panik geraten. Meine Schritte waren immer schneller geworden, bis ich fast rannte.

Schließlich hatte ich innegehalten und versucht, mich wieder zu sammeln und zu beruhigen. Ich hatte mich bemüht, die Brandung zu hören, sie war ein Anhaltspunkt für mich. Doch dann hatte ich gehört, wie in der Nähe jemand hämmerte. Ich war diesem Geräusch gefolgt und vernahm, wie ein Fenster geschlossen wurde und das Hämmern aufhörte. Ich ging damals genau so wie heute, die Arme schützend vor meiner Brust verschränkt, so wie Granny es immer getan hatte. Ich nahm eine Wendung nach der anderen, bis ich schließlich aus dem Labyrinth heraustrat und vor Troys Hütte stand.

So war es heute auch.

Genau wie immer tauchte das Haus, das aussah wie aus einem Bilderbuch, aus dem Nebel auf. Still stand es inmitten einiger Kiefern. Natürlich war heute kein Hämmern zu hören, niemand entwarf diese kostbaren kleinen Spielzeugmodelle, und kein wärmendes Feuer schimmerte durch die Scheiben. Da gab es nichts außer düsteren Schatten und dunklen Fenstern, die aussahen wie die Augen eines Blindes, dumpf und grau. Nicht einmal der krumme Gartenzaun spiegelte sich in ihren Scheiben.

Und dennoch schmerzte mich der Anblick des Hauses.

O Troy, dachte ich. Wie wünschte ich doch, noch einmal zu deinem Haus kommen zu können wie an jenem Tag, um dich zu bewegen, mit mir zu reden. Wie wünschte ich doch, daß du wieder hier wärest und mich auf deine unnachahmliche Art ansehen würdest – zu erleben, wie der Blick aus deinen dunklen Augen langsam über meine Gestalt gleitet, mein Gesicht wahrnimmt, meinen Hals, meinen schweren Busen, meine Taille, meine Hüften, meine Beine, so, als ob du dich an mir weiden wolltest. Wie aufmerksam du mein Gesicht studiertest! Ich konnte den Blick auf meinen Lippen spüren. Ich merkte, daß ich dir gefallen hatte, und das gab mir ein gutes Gefühl von meiner eigenen, starken Weiblichkeit. Ja, Troy, du hast mich mein Frau-Sein mehr fühlen lassen als je ein Mann zuvor.

Ich war wie in einen Traum versunken. Was ist los mit mir?

fragte ich mich. Ich sollte an diese Dinge nicht mehr denken, denn Troy war fort – für immer und ewig.

Nach einer Weile hatte ich mich aber gefaßt und ging auf die Tür der Hütte zu. Ich war erstaunt, wie gepflegt das Gelände um die Hütte herum war. Die Wiesen waren geschnitten, und auf den Rabatten blühte es prächtig. Selbst die Fensterläden sahen wie geputzt aus.

Nach einem Moment des Zögerns trat ich ein. Mein Herz schlug in der Brust wie bei einem Vogel, der sich gerade in die Luft schwingen will. Als ich im Raum der Hütte stand, mußte ich nach Luft ringen. Troys Stuhl war dort, wo er immer gewesen war, gegenüber dem Kamin. Einen Moment lang kam es mir so vor, als ob er dort säße und sich, wie an jenem ersten Tag, zur Tür drehen würde. Aber natürlich war niemand da, und die Stille und die Leere waren für mich schwerer zu ertragen, als ich eigentlich gedacht hatte. Ich holte tief Luft und betrachtete mir Troys spezielles Werkzeug, mit dem er jene besonderen Tatterton-Spielzeuge entworfen hatte, die nun in einer Nische in der Wand standen.

Neben mir quietschte eine Fußbodendiele, so, als wenn ein Geist einen Schritt gemacht und dabei einen Schrei ausgestoßen hätte. Ohne zu zögern drehte ich mich um und rannte aus der Tür. Tränen strömten über mein Gesicht, Tränen aus Kummer und Angst. Ich lief zurück in das Labyrinth. Kopflos rannte ich die vielen Gänge entlang. Einmal stolperte ich, fand aber gerade noch rechtzeitig mein Gleichgewicht wieder, bevor ich hingefallen wäre. Außer Atem blieb ich schließlich in der Mitte eines Weges stehen, um mich zu beruhigen.

Ebenso wie vor Jahren, als ich das Labyrinth zum ersten Mal betreten hatte, hatte ich mich verlaufen. In Panik und ohne auf die Richtung zu achten, war ich die Wege entlanggerannt. Aufgewühlt, wie ich war, konnte ich auch jetzt noch nicht vernünftig denken. Jede Ecke sah gleich aus. Ich wußte nicht einmal mehr, wie ich zur Hütte gelangen konnte.

Mehr um mich zu beruhigen, lachte ich über mich selbst. Wie dumm bist du doch, Heaven Leigh, dachte ich. So oft und über so lange Zeit bist du durch dieses Labyrinth gegangen. Du solltest eigentlich nicht so hilflos dastehen! Nimm dir Zeit, denke nach! Stell dir vor, wie es wäre, wenn Tony und Logan zurückkommen würden und dich retten müßten. Wie könntest du eine derartige Dummheit erklären?

Wieder lief ich durch die Gänge und verfluchte das Rätsel. Ich war sicher, daß ich im Kreis herumirrte. Was hatte das überhaupt für einen Sinn? Welches verrückte Gehirn hatte sich dieses Rätsel ausgedacht? Ich blieb stehen, um Atem zu schöpfen, und überlegte verschiedene Möglichkeiten. Je mehr zur Wahl standen, desto verwirrter wurde ich. Jegliches Gefühl für Zeit und Richtung waren mir verlorengegangen. Es wurde immer dunkler. Ich konnte mein schnell schlagendes Herz nicht mehr beruhigen, und ich spürte, wie ich mich mehr und mehr ängstigte.

Mit gesenktem Kopf ging ich immer weiter. Nach ein paar Minuten hörte ich ein schnappendes Geräusch. Ich blieb stehen und lauschte. Ja, offensichtlich arbeitete da jemand im Garten. Ich ging auf das Geräusch zu und sah plötzlich einen älteren Mann, der eine der Hecken schnitt. Da ich ihn nicht erschrecken wollte, wartete ich, bis er mich von selbst wahrnahm. Doch trotz meiner Vorsicht sah ich, wie überrascht er war, als er mich erblickt hatte. Fast wäre er fortgerannt.

»Warten Sie, haben Sie keine Angst«, rief ich. »Ich bin es, Mrs. Stonewall, Heaven.« Ich kannte ihn nicht, also nahm ich an, daß er erst nach meinem Fortgang von Farthy eingestellt worden war.

»O Miss«, sagte er. »Du meine Güte!« Er stand auf und hielt sich die Hand aufs Herz. »Haben Sie mich erschreckt! Ich bin froh, daß Sie aus Fleisch und Blut sind, daß Sie zu den Lebenden gehören.«

»Zum Glück tue ich das. Aber ich muß gestehen, daß ich im Labyrinth war und mich verlaufen habe.«

»Oh, das passiert leicht... sogar mir.«

»Arbeiten Sie hier schon lange?« fragte ich. Ich hoffte, ein belangloses Geschwätz würde ihn ablenken, so daß ihm nichts auffiele an mir, was er dann den anderen Dienstboten erzählen konnte.

»Erst seit ein paar Monaten, gnädige Frau.«

»Gefällt es Ihnen?«

»Meistens schon, gnädige Frau. Bis auf den Augenblick jetzt«, sagte er und lachte. »Da dachte ich doch glatt, daß mich einer von Rye Whiskeys Geistern holen will.«

»Oh, Rye Whiskey. Ja«, sagte ich und lächelte, »der kann jeden verrückt machen mit seinen Geschichten.«

»Das beschäftigt mich schon, gnädige Frau. Neulich war ich mir ganz sicher, daß ich auf der anderen Seite von einer dieser Hecken Schritte gehört hätte. Ich ging den Geräuschen nach und wartete an einer Wegbiegung, wo derjenige, wer es auch sein würde, hätte herauskommen müssen, nur...«

»Nur?«

»Es kam keiner. Auf einen Stapel von Bibeln könnte ich schwören, daß da jemand war.«

Ich schaute ihn eine Zeitlang an.

»Wenn man erst einmal solche verrückten Gedanken im Kopf hat, dann spielt einem die Einbildung leicht Streiche«, erklärte ich ihm. Er nickte.

»So dachte ich mir das auch, gnädige Frau. Nun gut, wenn Sie auf dem schnellsten Wege wieder zum Haus kommen wollen, dann gehen Sie erst hier rechts, dann zweimal links, dann wieder rechts. Das ist alles.«

»Vielen Dank. Es ist zu dumm, daß ich mich so habe verwirren lassen.«

»Aber das macht gar nichts, gnädige Frau. Ich wünsche Ihnen eine gute Nacht.« Er schaute hoch. »Es ist fast zu dunkel, um noch zu arbeiten. Ich mache noch diese Hecke fertig, dann bin auch ich fort.«

»Ja«, sagte ich. »Danke, noch einmal.« Ich hielt mich an seine Anweisungen und verließ nur wenige Schritte entfernt von jener Stelle, von wo aus ich losgegangen war, das Labyrinth. Als ich schnell auf das Haus zuging, schaute ich nach oben und sah Jillian noch immer an ihrem Fenster sitzen.

Jetzt allerdings nickte sie langsam, als ob ich ihr dadurch, daß ich mich verlaufen hatte, etwas bestätigte, was ihren verrückten Vorstellungen neue Nahrung gab. Sie lächelte zu mir herunter und zog sich dann befriedigt vom Fenster zurück.

Ich beeilte mich, ins Haus zu kommen, um wieder in Sicherheit zu sein. Als ich feststellte, daß Tony und Logan noch nicht zurückgekehrt waren, war ich froh. Ich ging in mein Zimmer und besprengte mir das Gesicht mit kaltem Wasser. Allmählich beruhigte ich mich wieder. Kurz darauf kam Logan zurück.

»Wohin seid ihr zwei gefahren?« fragte ich ihn, als er sich zum Essen umzog.

»Oh, Tony wollte, daß ich jemanden treffe, der die Spielwaren in Übersee vertreibt. Ein interessanter Mann. Unsere Pläne in Winnerow interessieren ihn sehr. Er sagte, die Europäer seien immer mehr an der Folklore Amerikas interessiert. Er glaubt, wir werden Erfolg damit haben. Tony hat sich sehr gefreut.«

»Tatsächlich?«

»Ja«, sagte Logan. Dann hielt er inne und schaute mich aufmerksam an. »Warum siehst du so unglücklich aus?«

»Kurz nachdem ihr aufgebrochen wart, habe ich Tony gesucht. Ich muß mit ihm über Jillian reden. Es geht ihr sehr schlecht, aber Tony kümmert sich nicht darum. Martha Goodman macht sich solche Sorgen, daß sie kurz davor ist zu kündigen.«

»Wirklich? O je.«

»Ja, o je«, sagte ich. »Ich bin unten im Wohnzimmer. Ich muß mit Tony reden.«

»Gut. Ich komme gleich nach.«

Auch Tony war in seinem Zimmer, um sich zum Essen umzuziehen. Doch er kam noch vor Logan herunter, recht gutaussehend in seiner Smokingjacke aus Samt. Seine Augen funkelten und strahlten. Er sah glücklicher aus als jemals zuvor.

»Heaven! Trinkst du mit mir noch einen Cocktail, bevor wir essen?« fragte er.

Ich stand neben dem Klavier. Meine rechte Hand ruhte auf dem polierten Holz. »Nein, Tony. Jetzt nicht. Ich muß noch vor dem Essen mit dir reden.«

»Ja?«

»Bist du eben bei Martha Goodman vorbeigegangen?«

»Nein, ich –«

»Warum gehst du dem aus dem Weg?« fragte ich. Er schaute mich an. Ehe er antworten konnte, kam Curtis an die Tür, und Tony bestellte einen Highball.

»Nun?« fragte ich, sobald Curtis gegangen war.

»Ich gehe dem nicht aus dem Weg. Ich bin nur sehr beschäftigt. Was ist daran so schlimm?«

»Es ist schlimm, weil Jillian nicht so ist wie sonst, sie hat sich verändert. Martha Goodman sagte, sie hätte dich schon gebeten, zu kommen und es dir selbst anzuschauen. Sie ist sehr aufgeregt, und es sieht so aus, als wolle sie gehen.«

»Martha?«

»Ja, Tony. Wenn du nicht so blind wärst gegenüber den Dingen in deiner Umgebung, wüßtest du das auch. Du mußt bald zu ihr gehen, mit ihr reden und einen Arzt rufen, damit er Jillian untersucht.«

»Was ist los mit ihr?«

»Sie hat sich verändert.« Ich ließ meine Hand über das Klavier streichen. »Sie lebt nicht mehr in der Vergangenheit, jetzt bringt sie die Vergangenheit in die Gegenwart.«

»Wie bitte?«

»Sie meint, sie sehe Geister, die sie wegen ihrer früheren Fehler heimsuchen.«

»Ja. Ich verstehe.« Er hielt seinen Kopf so, daß ich seine Augen nicht sehen konnte. Ich konnte mir auch denken, warum.

»Da ist etwas, worin du sie beläßt – die ganze Schuld wegen meiner Mutter zu übernehmen und sogar... wegen Troy.«

»Was?« Er wirbelte herum. Seine blauen Augen glühten wie die Spitze einer Gasflamme. Ich konnte die Hitze zwischen uns spüren.

»Ich weiß genau, was du tust. Ich habe dasselbe getan, und nicht nur bei ihr, sondern auch bei Luke. Wenn andere die ganze Schuld auf sich nehmen, haben wir keine Last damit. Aber das ist nicht fair, Tony, und es ist auch nicht richtig. Martha Goodman hat recht. Es geht Jillian schlecht. Bald wird sie gänzlich dahinvegetieren. Du kannst die Verantwortung nicht länger von dir wegschieben.«

»Das ist ja lächerlich«, sagte er, und seine Lippen kräuselten sich. »Ich gebe ihr nicht die Schuld an Troys Tod. Ich gebe sie auch nicht mir. Ich habe für ihn alles getan, was unter den Umständen möglich war. Aber du weißt ja selbst, wie unglücklich und depressiv er war. Wegen jener Alpträume, in denen er seinen eigenen Tod, ja, seinen eigenen Grabstein sah, war er überzeugt, daß er bald sterben müsse. Er wußte, was er tat, als er Jillians wildes Pferd nahm. In meinen Augen war es Selbstmord«, sagte Tony und seufzte.

Wir schwiegen beide, als Curtis ihm seinen Drink brachte. Er ging zur Couch und setzte sich, doch ich blieb am Klavier stehen.

»Und was Jillian betrifft«, fuhr er fort, »so habe ich alles getan, was man unter diesen Umständen nur tun kann. Ich habe dafür gesorgt, daß sie es warm und sicher hat, daß sie zufrieden sein kann, selbst in ihrem Zustand. Das bedeutet ja wohl nicht, daß ich meine eigene Gesundheit opfern muß, oder? Sie hat vierundzwanzig Stunden am Tag eine ausgebildete Krankenschwester. Ich meide sie nicht aus einem lächerlichen Schuldgefühl heraus. Ich habe nur viel zu tun, das ist alles.«

»So viel zu tun, daß du nicht bemerkt hast, was hier in Farthy vor sich geht. Alle Dienstboten sind wegen Jillian beunruhigt«, sagte ich. Tony lächelte kalt und legte ein Bein über das andere. Er strich mit einem Finger an einer seiner scharfen Bügelfalten entlang und sah mich dabei an.

»Weißt du auch genau, daß du nicht diejenige bist, die wegen Jillian verstört ist? Versetzt dich etwa ihre Anwesenheit in Unruhe?«

»Natürlich nicht«, erwiderte ich. »Ich denke nur an ihr Wohlergehen.«

»Ich verstehe.« Er setzte sich zurück, um seinen Drink zu nehmen. »Gut«, sagte er, »ich lasse morgen den Arzt kommen. Was soll ich tun, wenn er empfiehlt, sie in eine Anstalt für psychisch Kranke einzuweisen? Soll ich sie fortschicken, damit die Dienstboten aufhören, sich über sie lustig zu machen?«

»Wir müssen das tun, was für sie am besten ist«, sagte ich. Ich konnte es nicht verhindern. Ich zitterte jetzt.

»Natürlich.«

»Tony«, sagte ich und setzte mich auf den Schemel am Klavier. »Die Hütte von Troy…«

»Was ist mit Troys Hütte?« Er beugte sich vor.

»Es ist… du hast sie so gelassen, wie sie war… wie ein Denkmal.«

»Bist du dort gewesen?« Ein kurzer Schimmer der Angst leuchtete in seinen Augen auf, doch er unterdrückte ihn schnell. »Ich verstehe«, sagte er, indem er sich zurücklehnte. »Was hätte ich deiner Meinung nach damit tun sollen, sie niederbrennen?«

»Nein, aber –«

»In gewissem Sinne hast du recht, Heaven«, sagte er, und alle Wut und aller Ärger waren aus seinem Gesicht verschwunden. »Wir alle müssen mit unserer Schuld leben... mit unseren eigenen Geistern. Ich habe alles für ihn getan, was ich konnte. Ich war böse auf ihn, weil er sein Leben fortgeworfen hatte, aber das heißt nicht... daß ich ihn nicht vermisse«, sagte er.

Ich biß mir auf die Lippen und versuchte, den Kloß, der mir im Halse steckte, runterzuschlucken. Ich fühlte, wie sich meine Augen mit Tränen füllten.

»Wir neigen dazu, in unserer Trauer in Selbstmitleid zu versinken«, fuhr er fort. »Wir denken, niemand könne so viel leiden wie man selbst. Du warst nicht die einzige mit einem gebrochenen Herzen.«

Das lange Schweigen zwischen uns wurde unterbrochen durch den Eintritt von Logan.

»Ich sterbe vor Hunger«, erklärte dieser. Er blickte von Tony zu mir, dann wieder zu Tony. »Stimmt etwas nicht?«

»Schon gut«, sagte Tony. »Nichts, was man nicht in der nächsten Zeit in Ordnung bringen könnte.« Er wandte sich zu mir. »Habe ich recht, Heaven?« fragte er.

»Ja«, sagte ich. Ich erhob mich von dem Klavierschemel, ließ meine Finger leicht über die Tasten gleiten und folgte Tony und Logan. Die Erinnerung an Troys Musik verblaßte langsam, als wir zum Essen gingen.

6. KAPITEL

Ein Gesicht in der Dunkelheit

Am nächsten Tag kam Jillians Arzt, um sie gründlich zu untersuchen. Er stellte fest, daß sie körperlich bemerkenswert gesund war. Ihr psychischer Zustand jedoch hatte sich tatsächlich verändert. Er verschrieb ihr Beruhigungsmittel. Martha Goodman war zufrieden und damit einverstanden, weiterhin bei Jillian zu bleiben.

Am Tag nach dem Besuch des Arztes fuhren Tony und Logan mit Paul Grant, dem Architekten, nach Winnerow, um den Bauplatz zu besichtigen. Ich begleitete sie, damit ich später mit Grant über die ersten Arbeiten sprechen konnte. Ich war von Paul sehr beeindruckt, und seine Vorschläge gefielen mir sehr gut. Er hatte ein maßstabgetreues Modell der geplanten Fabrik entworfen und es harmonisch der Landschaft angepaßt. Es sah aus wie ein kompliziertes Tatterton-Spielzeug.

»Ich möchte gern den Wald hier erhalten«, sagte er und zeigte auf die rechte Seite des Modells, »und nur eine geschwungene Auffahrt bauen, hier, wo die Anfahrt für die Lieferanten abbiegt. Natürlich müssen die Gebäude alle aus Holz sein. Gebäude aus Stein oder aus Metall wären in dieser Umgebung...« Er schaute zu mir auf. »Nicht ganz angemessen. Meinen Sie nicht auch?«

Ich antwortete nicht, doch er wußte, daß es mir gefiel. Er lächelte und fuhr mit seinen Erklärungen fort. Er hatte es geschafft, der Fabrik den Charakter einer Hütte zu geben. Sie sah aus, als gehöre sie zu den Randgebieten von Winnerow. Es gab eine Kantine, wo die Handwerker ihr Mittagessen einnehmen konnten, einen großen Arbeitsbereich, genügend Lagerraum und großzügig geschnittene Räume für die Auslieferung und Verpackung. Es gab ein Büro für Tony oder Logan, das immer zu ihrer Verfügung stehen würde. Es gab sogar einen Ruhebereich für die Angestellten.

»Ich hätte das Modell gern, wenn Sie es nicht mehr brauchen«, sagte ich.

»Natürlich, Mrs. Stonewall. Ich übernehme die Zustellung sogar selbst«, sagte er. Er flirtete mit mir, aber weder Logan noch Tony schienen es wahrzunehmen.

Logan mußte in der nächsten Zeit oft zwischen Winnerow und Farthy hin und her pendeln. Einige Male begleitete ihn Tony, meistens jedoch fuhr er allein. Logan hatte jetzt große Aufgaben. Ich beschloß, daß es keinen Grund für mich gab, nach Winnerow zurückzugehen, ehe die Fabrik nicht fertiggestellt war.

Nachdem der Bau begonnen hatte, begab sich Logan auf die Suche nach Handwerkern, die er später einstellen wollte. Wenn er zurückkam und einige der Leute beschrieb, die er kennengelernt hatte, fühlte ich mich des öfteren an Großpapa erinnert. Sogar einige der Namen, die Logan dann erwähnte, waren mir noch vertraut. Er hätte es gern gesehen, wenn ich ihn auf der Suche begleitet hätte, aber ich dachte, daß es zu schmerzhaft für mich wäre und mir lebendig all das vor Augen führen würde, was ich verloren hatte.

In der Zwischenzeit lebte ich ein ruhiges Leben in Farthy. Wenn Logan fort war, aß ich meistens mit Tony, und wir sprachen oft über die Theaterszene in Boston. Er bot mir immer wieder an, Karten für die eine oder andere Vorstellung zu kaufen.

»Schließlich sind meist wir es, die entscheiden, ob eine Show nach New York kommt oder nicht. Für die Welt des Theaters sind wir sehr wichtig«, sagte er. Immer wieder versuchte Tony, mich zu überreden, ihn zu einer der neuen Shows zu begleiten. Aber mir genügte es, wenn ich lesen konnte und ab und zu, um etwas Bewegung zu haben, ausritt und Martha Goodman bei der Versorgung von Jillian half, die, durch Beruhigungsmittel hilflos gemacht, wie ein kleines Mädchen wirkte. Sie redete fast gar nicht mehr von Geistern.

Schließlich erklärte ich mich bereit, Tony an einem Samstagabend zu einer Premiere nach Boston zu begleiten. Zum Teil geschah es aus Langeweile, zum Teil aus echtem Interesse an dem Stück. Logan sollte erst am kommenden Mittwoch zurückkehren. Ich ging in meinen Ankleideraum und überlegte, was ich anziehen sollte. Ich sah die Kleider durch, die Tony einst gekauft hatte, um den Kleiderschrank in den neuen Räumen zu füllen. Es war alles

Teil einer Überraschung gewesen, doch bis jetzt hatte ich mir die Stücke noch nicht angeschaut.

Am Ende der Stange entdeckte ich ein schwarzes Atlaskleid mit einem gefältelten Rock und einem ärmellosen Spitzenoberteil. Das Oberteil war schulterfrei. Durch einen herzförmigen Ausschnitt wirkte es sehr verführerisch. Tony hatte schon immer ein gutes Gefühl für Form und Größe gehabt. Das hatte ich schon bemerkt, als er mich damals für die Winterhaven-Schule – eine Privatschule für wohlhabende Töchter – mit einer kompletten Garderobe ausstattete. Als ich das Kleid anzog und mich damit im Spiegel betrachtete, verspürte ich ein kleines Kitzeln im Magen, hervorgerufen durch das Bewußtsein meiner eigenen sexuellen Anziehungskraft. Mein Busen war hochgehoben, und die Spalte am Brustansatz wurde dadurch vertieft. Ich fühlte mich in dem Kleid überwältigend und wußte, daß ich darin reif und fraulich wirkte. Der sanfte, unschuldige Ausdruck, der früher zu mir gehört hatte, war nun nicht mehr da.

Die Haare steckte ich auf und brachte damit meinen Halsansatz zur Geltung. Meine Haut war weich und schimmernd, wo der Hals in die Schulter überging. Ich hatte eine handgestrickte leichte Wollstola, die ich um die Schulter legen wollte. Für einen warmen Sommerabend würde das genügen. Ich legte nur eine Spur von Make-up auf, einen Hauch von Lidschatten und einen zarten rosa Lippenstift.

Nachdem ich mich so zurecht gemacht hatte, trat ich einen Schritt zurück und betrachtete mich noch einmal. Es tat gut, sich fein anzuziehen. Es tat gut, etwas vorzuhaben. Seit unseren Flitterwochen war Logan so sehr in Arbeit eingespannt gewesen, daß wir wenig zusammen unternommen hatten. Ich war froh, daß ich endlich Tonys Drängen nachgegeben hatte, mit ihm ins Theater zu gehen. Der Gedanke, mich in Bostons feiner Gesellschaft zu bewegen und mich zu unterhalten, belebte mich.

Ein leises Klopfen an meiner Schlafzimmertür riß mich aus meinen Träumen. Es war Tony. Er trug einen schwarzen Frack, ein weißes Hemd und eine Fliege. Einen Moment lang stand er einfach nur da und schaute mich mit einem seltsam besorgten Gesichtsausdruck an.

»Was ist los?« fragte ich.

»Oh, nein, nichts ist los«, stotterte er. Dann riß er sich zusammen, seufzte und strahlte mich mit seinem wärmsten Lächeln an. »Ich... es gibt keine Farbe, die dir besser stehen würde als schwarz. Das war bei deiner Großmutter auch so. Mein Gott, Heaven, du siehst atemraubend aus! Deine Großmutter war schön, deine Mutter war schöner, doch du bist am allerschönsten.«

»Vielen Dank«, sagte ich, »aber...«

»Ich hatte gehofft, daß du dieses Kleid tragen würdest. Aber am meisten hoffe ich, daß du das hier tragen wirst.« In der Hand hielt er eines von Jillians teuersten Diamantencolliers und die dazu passenden Ohrringe.

»O Tony. Das kann ich nicht. Das darf ich nicht.« Ich schüttelte den Kopf und trat zurück.

»Unsinn! Ich bestehe darauf. In der Schublade verblassen sie nur.«

Er trat hinter mich und legte das Collier um meinen Hals. Dann faßte er mich bei den Schultern und drehte mich zum Spiegel um.

»Siehst du, wie du den Diamanten schmeichelst, und nicht umgekehrt?« fragte er. Die glitzernden Steine fühlten sich warm an auf meiner Haut und ließen das Kitzeln in meinem Magen wieder aufflackern. Ich hielt den Atem an, als Tony seine Finger über die Diamanten gleiten ließ, mit Augen, die fast so hell funkelten wie die Steine.

»Danke«, sagte ich, dabei war mir die Kehle wie zugeschnürt. Er drückte seine Lippen auf meinen Scheitel und schloß die Augen.

»Du hast Jasminparfum benutzt, Jillians Jasmin. Leigh hat es auch immer genommen«, flüsterte er.

»Ja, es... es stand hier, und ich...«

»Es freut mich«, sagte er. »Der Duft erinnert mich nur an Gutes. Vergiß die Ohrringe nicht.« Tony legte sie in meine Hand und hielt sie dabei eine Weile fest. »Mach nicht mehr so lange. Ich möchte ein bißchen eher ins Theater kommen und dich noch herumzeigen.«

»O Tony, bitte...«

»Ich warte unten«, sagte er und ging. So aufgeregt, wie Tony war, sah er zwanzig Jahre jünger aus.

Ich legte schnell die Ohrringe an und warf noch einmal einen prüfenden Blick in den Spiegel. Mir war klar, daß ich mit dem Feuer spielte, wenn ich Tonys Erinnerungen an meine Mutter wachrief. Wenn man Jillians verrückten Äußerungen Glauben schenken konnte, hatte sie ihn als junges Mädchen verführt und in ihm ein williges Opfer gefunden.

Aber, so dachte ich, ich bin nicht so jung und unerfahren mit Männern wie meine Mutter. Die Ereignisse können mich sicher nicht so überrollen wie einst sie. Ich hatte sie unter Kontrolle; ich wußte, was ich tat. Ich wollte ausgehen und mich amüsieren. Es tat gut, sich schön und begehrenswert zu fühlen. Was war daran falsch? Wollte das nicht jede Frau genießen? Wollte nicht jede Frau im Mittelpunkt der Aufmerksamkeit stehen?

Aber war es nicht vielleicht Sünde, sich in sein eigenes Spiegelbild zu verlieben? Denn genau das war doch Jillians Sünde gewesen: sich in sich selbst zu verlieben und sich ewige Jugend und Schönheit zu wünschen. War ihr Wahnsinn die Strafe dafür? Würde es auch meine Strafe sein?

Ich nahm die Stola und legte sie mir, mit einem letzten Blick auf mein Spiegelbild, um die Schultern. Für einen kurzen Moment erinnerte ich mich an eines der Fotos von meiner Mutter, das ich im Album entdeckt hatte. Damals war gerade ihr Vater, Cleave Van Goren, fortgegangen. Jillian hatte sich von ihm scheiden lassen und Tony geheiratet. Da war nun die Mutter mit einem neuen Mann, einem viel jüngeren und attraktiveren Mann, dem zwanzigjährigen Tony Tatterton. Seltsamerweise brachte das strahlend schöne Mädchen, das sonst immer vertrauensvoll in die Kamera gelächelt hatte, nicht mal die Andeutung eines Lächelns zustande. Dunkle Schatten lagen auf ihren Augen, so wie jetzt auch auf meinem Abbild im Spiegel.

Was ich da erblickte, war das meine Erinnerung an dieses Mädchen, oder war ich das wirklich selbst? Das Bild war geradezu prophetisch. Welche Botschaft enthielt es für mich?

Da ich nicht zulassen wollte, daß irgend etwas meine warmen, freudigen Gefühle störte, lachte ich über das, was ich meine dumme Einbildung nannte, und lief aus dem Zimmer. Mein Gelächter hallte in dem Raum wider und wurde schließlich durch die

Schlafzimmertür von mir verbannt, um sich mit all den anderen Geräuschen der Geister von Farthinggale zu vereinen.

Das Stück war eine vergnügliche Gesellschaftskomödie. Wir genossen es sehr und klatschten begeistert Beifall, nachdem das Liebespaar sich zum Happy-End gefunden hatte.

»Wünschst du dir nicht auch manchmal, im Leben wäre es wie in einer Komödie oder wie im Film?« fragte Tony auf der Rückfahrt nach Farthy. »Immer mit einem glücklichen Ausgang?«

»Natürlich«, stimmte ich ihm zu.

»Weißt du, manchmal habe ich das Gefühl, mein ganzes Geld ist wie eine Festung. Es ist wahr, du kannst Glück nicht kaufen, aber du kannst Unglück fortkaufen. Du kannst dein Geld benutzen, die Dinge leichter und angenehmer zu machen.«

»Wie du es mit Jillian gemacht hast?«

»Ja«, sagte er. Seine Augen waren in der Dunkelheit kaum zu erkennen. Doch gelegentlich fuhren wir an einem Straßenlicht vorbei, oder ein anderes Auto leuchtete zu uns herein, und dann konnte man ihren traurigen Ausdruck sehen. »Wie ich es mit Jillian gemacht habe.«

»Und wie du es mit mir gemacht hast«, fügte ich hinzu.

»Was meinst du damit?«

»Du hast Logan gekauft«, sagte ich. Ich stellte es ganz einfach als eine Tatsache hin, die man nicht mehr abstreiten konnte.

»Aber, Heaven, du kannst doch nicht allen Ernstes hier sitzen und behaupten –«

»Es ist egal«, versicherte ich ihm. »Ich habe es zugelassen, also habe ich es wohl selbst auch so gewollt... das Leben der Reichen, Farthy, all die vielen guten Dinge um mich herum und sogar das Gefühl, ich leiste etwas Wertvolles, wenn ich Logan fortschicke, damit er eine Fabrik in Winnerow baut. Ich hoffe nur, das alles hat ebenfalls ein Happy-End.«

»Das wird es«, versprach er mir und drückte mit Nachdruck meine Hand. »Aber laß uns heute abend nicht rührselig werden«, sagte er und gab seiner Stimme einen forschen Klang. »Der Abend war einfach zu schön! Hast du gesehen, wie dich alle angeschaut haben? Einige meiner Freunde waren richtig eifersüchtig. Zuerst wußten sie nicht, wer du warst.« Er kicherte. In diesem Augenblick wirkte er wieder wie ein kleiner Junge. Meistens war Tony ein ernsthafter Mann, der aufging in seiner Arbeit und streng nach Zeitplänen lebte. Diese leichte, fröhliche Seite von ihm bekam man selten zu sehen.

Zum ersten Mal überhaupt sah ich ihn als Mann. Ich fragte mich, was es wohl für ein Gefühl sein mußte, mit Jillian verheiratet zu sein, mit einer Frau, die psychisch krank war. Was es hieß, niemals Gesellschaft zu haben, niemanden, mit dem man ausgehen konnte. Kurz gesagt, niemanden zu haben, den man lieben konnte.

Mir fiel wieder ein, wie lustig und aktiv Jillian und er gewesen waren, als ich nach Farthy kam. Sie hatten aufregende Reisen nach Kalifornien und nach Europa gemacht, hatten große Partys gegeben und festliche Essen... und plötzlich war das alles zu Ende für ihn. Alles, was er noch hatte, waren seine Arbeit... und ich.

Einsamkeit ist am schwersten zu ertragen, dachte ich. Sie ist zerstörerischer als alle Winterfröste, sie schickt das Herz in den Winterschlaf. Denn es hat niemanden, für den es leben kann, wach sein kann, für den es wild und leidenschaftlich schlagen kann. Die Einsamen haben lediglich ihre Erinnerungen und Hoffnungen, ihre Träume und Illusionen. Unter ihren Weihnachtsbäumen liegen hübsch verpackte Pakete, die leer sind.

Es war grausam, ihm vorzuwerfen, er hätte sein Geld benutzt, um Logan und mich in Farthy zu halten, dachte ich mir. Troy war tot und Jillian nur noch ein Schatten ihrer selbst. Wir waren alles, was er noch hatte. Ich konnte verstehen, daß er auf alles eifersüchtig war, was meine Aufmerksamkeit von Farthy ablenkte. Tony war anders als Luke. Trotz all seiner Macht und all seinem Geld konnte er nicht die Vergangenheit ausschalten, die Erinnerungen löschen und ganz von neuem anfangen. Ich mußte einfach seine standhafte Hingabe und Loyalität bewundern, obwohl sicher einige sagen würden, daß mein weitaus ärmerer Vater, der jetzt der Besitzer eines Zirkus war, sich einfacher tat.

»Magst du noch einen Brandy, ehe du schlafen gehst?« fragte Tony, als wir uns Farthy näherten. »Ich brauche immer ein bißchen Zeit, bis ich zur Ruhe komme.«

Ich stimmte zu, und wir gingen direkt in das Wohnzimmer, wo

Curtis schon ein Feuer im Kamin angezündet hatte. Er brachte uns Drinks, und Tony und ich sprachen noch über das Stück, über einige Leute, denen er mich vorgestellt hatte, und über weitere Pläne für die Tatterton-Spielzeugwerke. Schließlich war ich so müde, daß ich mich entschuldigte und zu meinem Zimmer ging. Er blieb noch sitzen, trank Brandy und starrte in das Feuer.

Oben am Treppenabsatz blickte ich in die Richtung von Jillians Zimmer und sah, daß Martha Goodman mir zuwinkte. Sie trug einen Bademantel und Hausschuhe und wirkte mehr als verstört.

»Sie hat eine schlechte Nacht«, flüsterte sie. »Immer, wenn das Wetter so ist wie heute, geht es ihr schlecht.«

»Haben Sie ihr die Medikamente gegeben?«

»Ja, aber sie wirken heute nacht nicht richtig.« Sie runzelte die Stirn und schüttelte dabei den Kopf.

»Ist sie ruhelos?« Der Wind, der von der See kam, frischte auf, und selbst in den tiefsten Nischen des großen Hauses konnte man ihn hören, wie er über das Dach fegte und an den Fensterläden rüttelte.

»Ja, sie redet über Abdulla Bar. Sie behauptet, gehört zu haben, wie das Pferd um das Haus herumgaloppiert sei und gewiehert habe. Sie war so fest davon überzeugt, es gehört zu haben, daß ich mich zugegebenermaßen habe davon einfangen lassen. Vorhin habe ich tatsächlich Curtis losgeschickt, der feststellen sollte, ob sich irgendein Pferd losgerissen hat. Natürlich waren alle im Stall.«

»O je. Soll ich Mr. Tatterton rufen? Vielleicht können wir...«

»Nein, nein, ich wollte nur mit jemand anderem reden als mit den Dienstboten. Manchmal gehen sie mir mehr auf die Nerven als Mrs. Tatterton.« Sie drückte meine Hand. »Es ist schon in Ordnung. Es wird schon wieder. Gehen wir besser schlafen. Machen Sie sich keine Sorgen.«

»Rufen Sie mich, wenn es Probleme gibt. Zögern Sie nicht.«

»Vielen Dank, Mrs. Stonewall. Ich bin so froh, daß Sie sich entschlossen haben, hier zu bleiben. Es ist beruhigend, Sie am anderen Ende des Flurs zu wissen«, sagte sie erleichtert.

»Gute Nacht, Martha.« Ich streichelte ihre Hand und ging dann in mein Zimmer.

Als ich zu Bett ging, begann es heftig zu regnen. Hart schlugen die Tropfen gegen die Scheiben. Für mich klang es, als würden viele winzig kleine Geschöpfe an den Fenstern hin und her eilen. Beim Hinausblicken war es, als wenn ich gegen einen schwarzen Samtvorhang schauen würde. Nur gelegentlich machte ein zur Erde zuckender Blitz Wahrnehmungen in dieser Dunkelheit möglich, und wenn solch ein Ausbruch himmlischer Elektrizität den kalten, pechschwarzen Himmel aufriß, verzerrte sein Licht alles Erkennbare. Alles sah aus, als wäre es im Fluß, änderte seine Form, dehnte sich und wogte. Es war eine Welt aus einem Alptraum. Es war eine Nacht, in der man leicht Geister sehen konnte. Ich zog meine Vorhänge fest zu und schlug die Patchworkdecke auf meinem Bett zurück. Ich konnte es nicht abwarten, endlich einzuschlafen und in der warmen hellen Morgensonne wieder aufzuwachen.

Ich löschte das Licht, zog die Decke bis zu den Schultern hoch, kuschelte mich tief in ihre Wärme und schloß die Augen. Glücklicherweise schlief ich sofort ein.

Ich hatte noch nicht lange geschlafen, als ich plötzlich wieder erwachte. Es war stockdunkel in meinem Schlafzimmer. Aber ich spürte, daß jemand da war. Ich war durch das leise Klicken des Türschlosses aufgewacht. Einen Moment lang starrte ich in die Dunkelheit und erkannte undeutlich eine Gestalt.

»Wer ist da?« fragte ich mit einem rauhen Flüsterton. Mein Herz begann heftig zu schlagen. Ich fühlte, wie das Entsetzen in mir hochkroch. »Ist dort jemand? Tony?«

Ich hörte Schritte, und dann sah ich, wie die Tür geöffnet und dann wieder geschlossen wurde. Von der Gestalt, die hereingekommen und wieder gegangen war, hatte ich nur einen Blick erhaschen können. Dieser mysteriöse Mensch war im Dunkeln geblieben, so daß ich ihn nicht hatte erkennen können.

Ich sprang aus dem Bett und schaltete die kleine Nachttischlampe an. Dann zog ich meinen Bademantel über und ging zur Tür. Die Lichter im Flur waren gedämpft, so daß die Schatten, die sie warfen, größer und länger waren. Ich glaubte zu hören, wie eine Tür geschlossen wurde, und ging weiter, um zu lauschen und nachzusehen, aber ich sah niemanden. Konnte es Jillian gewesen sein? fragte ich mich. Hatte sie die schlafende Martha überlistet und war zu meinem Zimmer gekommen? Oder war es Tony, der gekommen war, um mir etwas zu erzählen, und der dann seine Meinung geändert hatte? Ich lauschte noch eine Zeitlang und drehte mich dann um, um in mein Zimmer zurückzugehen. Da fühlte ich Feuchtigkeit unter meinen Füßen. Ich kniete mich nieder und befühlte den Teppich. Wer es auch gewesen war, er hatte den Regen mit ins Haus gebracht.

Besorgt und verwirrt ging ich wieder ins Bett. Bis jetzt hatte ich es nicht für nötig gehalten, meine Schlafzimmertür abzuschließen, aber nun tat ich es. Trotzdem blieb ich noch lange wach. Als ich endlich einschlief, war es wie eine Erleichterung für mich. Am Morgen erwachte ich von den typischen Geräuschen eines Hauses, das allmählich wieder belebt wird – Dienstboten eilen hin und her, Fenster und Vorhänge werden geöffnet, das Frühstück wird bereitet. Ich horchte einen Augenblick lang darauf; dann setzte ich mich schnell im Bett auf.

Hatte ich mir meinen nächtlichen Besucher nur eingebildet? Oder geträumt? Ich zog den Bademantel und die Hausschuhe an und ging zu meiner Schlafzimmertür. Sie war abgeschlossen. Wenn ich das nicht geträumt hatte, war alles andere auch kein Traum gewesen. Ich öffnete die Tür und schaute mir den Teppich im Flur an. Die Feuchtigkeit war zwar nicht mehr zu sehen, aber es gab andere Spuren. Irgend jemand hatte ein bißchen Schmutz hinterlassen. Wer war das gewesen?

Ich zog mich schnell an, fest entschlossen, das Rätsel zu lösen. Tony konnte ich nicht fragen. Er hatte früh gefrühstückt und war schon längst zur Arbeit gefahren. Deshalb schnappte ich mir im Eßzimmer Curtis und fragte ihn, ob er etwas wüßte. Aber das war nicht besonders klug von mir. Der Mann war fürchterlich entsetzt und dachte wohl, ich hätte eine Bestätigung von Rye Whiskeys Erzählungen von übernatürlichen Dingen erlebt.

»Nein, Mrs. Stonewall«, sagte er. »Ich bin nicht herumgelaufen und habe auch niemanden gesehen. Aber es ist nicht das erste Mal, daß man jemanden durch das Haus hat wandern hören. Rye Whiskey sagt, das muß wohl einer von Mr. Tattertons Vorfahren sein. Er meint, daß vielleicht einmal einer ermordet worden ist und daß nun dessen Seele Erlösung sucht.«

»Das ist ja lächerlich. Sagen Sie Rye, daß ich mit ihm reden möchte.«

»Sehr wohl, gnädige Frau«, sagte Curtis und verschwand. Ein paar Minuten später kam Rye. Der stämmige, grauhaarige, schwarze Mann sah aus, als wenn er selbst die ganze Nacht wach gewesen wäre.

»Wie ist das mit dem ermordeten Vorfahren, der nachts durch unsere Hallen wandelt? Glaubst du nicht, daß du mit deinen Geschichten allmählich ein bißchen zu weit gehst, Rye? Curtis glaubt dir schon, und Martha Goodman sagt, den anderen Dienstboten zittern schon die Knochen.«

Er lächelte mich an und schüttelte den Kopf.

»Sie haben ihn letzte Nacht gehört, nicht wahr, Miss Heaven?« Er nickte, als ob er mich damit zu einer Antwort zwingen könnte.

»Ich habe etwas gehört und habe einen Blick auf jemanden werfen können, aber das war kein Geist«, sagte ich.

»Ich habe ihn auch gehört«, sagte Rye.

»Und du hast deine Ängste ertränkt, hast dich in den Schlaf getrunken?« fragte ich. »War es nicht so?« Er mußte es mir nicht bestätigen, ich sah es an seinem Gesicht. »Die Dienstboten werden richtig verstört, Rye. Möchtest du Mr. Tatterton erzählen, was hier los ist?«

»Er weiß es schon, Miss Heaven«, sagte Rye und beugte sich zu mir vor. »Ich habe ihn schon selbst des Nachts herumlaufen sehen, wie er gelauscht hat und gesucht. Wer weiß«, Rye richtete sich wieder auf, »vielleicht hat Mr. Tatterton seinen toten Verwandten schon getroffen?«

Einen Moment lang schaute ich ihn nur an.

»Das ist doch lächerlich. So etwas Lächerliches kannst du doch nicht behaupten, Rye. Es tut mir leid, daß ich es jemals zugelassen habe, daß du mich mit deinen abergläubischen Geschichten unterhältst.«

»Es tut mir leid, Miss. Ich muß jetzt zurück in die Küche und das Frühstück für Mrs. Tatterton fertig machen.«

»Geh zu. Du warst wirklich keine Hilfe.« Ich sah ihm nach, als er fortging. Dann schaute ich Curtis an, der, mit unbewegtem Gesicht wie immer, dastand. »Ich kann mir nicht vorstellen, daß Sie diesem Schwachsinn Glauben schenken«, sagte ich. Aber ich klang nicht ganz so überzeugend, wie ich es eigentlich wollte. Mein Frühstück ließ ich stehen und ging nach draußen, um nachzudenken.

Seit dem Tag, an dem ich mich verirrt hatte, war ich dem Labyrinth aus dem Weg gegangen. Aber heute morgen fühlte ich mich auf unerklärliche Weise von ihm angezogen. Vielleicht war das auf die seltsamen Ereignisse zurückzuführen, die sich in der vergangenen Nacht abgespielt hatten. In dem Augenblick, als ich nach draußen trat, kam es mir vor, als befände ich mich in einem Traum. Das Blau des Morgenhimmels verdunkelte sich, als sich eine große Wolke vor die Sonne schob. Ein Großteil des Nebels und Morgentaus hatte sich unter ihrer Glut aufgelöst, bis auf jenen Dunst, der scheinbar immer wie ein Ring das Labyrinth umschloß. Ich ging so schnell wie damals, als Troy noch lebte und ich zwischen seiner kleinen Hütte und dem Haupthaus hin- und herzuhuschen pflegte. Ich schloß die Augen und atmete tief den köstlichen Duft der blühenden Hecken ein. Dann betrat ich das Labyrinth und folgte dem ausgetretenen Pfad, der mich sicher zu der kleinen Hütte führen würde. Ich ging, so schnell ich nur konnte. Als ich schließlich auf der anderen Seite wieder herauskam und direkt vor der Hütte stand, mußte ich nach Luft ringen. Die große Wolke bewegte sich jetzt von der Sonne fort, und die Welt um mich herum wurde wieder licht.

Ich schaute in die dunklen Gänge des Labyrinths zurück und fühlte mich, als ob ich vom Dunkel ins Licht, vom Leid ins Glück und von der Verzweiflung zur Hoffnung gekommen sei. O ja, das Labyrinth hielt viele Menschen davon ab, es zu durchqueren, denn die meisten fürchteten sich vor seinem Geheimnis. Jedoch hatte ich schon vor langer Zeit eingesehen, daß man etwas wagen muß, um echtes Glück zu finden. Die Hütte war ein Teil des Preises, den ich dafür bezahlen mußte, aber er war es mir wert.

Die Hütte war noch so, wie ich sie das letzte Mal vorgefunden hatte – erstarrt zu einem Bild der Zeitlosigkeit; zwar gut gepflegt, aber dennoch leer und still. Ich verschränkte die Arme über der Brust und ging langsam zur Eingangstür. Dort blieb ich zögernd stehen. Warum war ich zur Hütte zurückgekommen? Warum quälte ich mich selbst? Warum hatte ich zugestimmt, in Farthinggale Manor zu leben, wo ich doch wußte, daß dort all diese Erinnerungen noch lebendig waren? Ich peinigte mich nur selbst mit dem altvertrauten Anblick und dem Duft der Hecken. Bestrafte ich mich nicht für Sünden, die ich nicht begangen hatte?

Oder hatte ich mich doch schuldig gemacht? War es nicht sündhaft, Troy zu lieben, obwohl er mein Onkel war? Hatte ich ihm nicht erst Hoffnungen gemacht, um ihm dann das Herz zu brechen und ihn ganz allein leiden zu lassen? War ich nicht eine Sünderin, weil ich nicht da war, als er mich am meisten brauchte? An jenem Tag, als er sein Leid im Ozean ertränkte? Ich hatte auf den Saiten seines Herzens herumgeklimpert, um ihn dann wie das Klavier im Musikzimmer zurückzulassen, unbenützt und stumm. Seine Musik klingt nur noch in der Erinnerung nach.

Ja, mit dem Betreten dieser Hütte setzte ich nur die Marter fort. Aber mir war es, als ob ich von einer seltsamen Leidenschaft getrieben würde. Ich öffnete wieder jene Tür und trat in die Hütte ein, die einst der warme und gemütliche Schauplatz unserer Liebe und unserer Versprechen gewesen war.

Als ich das letzte Mal die Hütte betreten hatte, war sie mir so realistisch vorgekommen, daß ich entsetzt davongelaufen war. Ich hatte wohl mehr Staub erwartet, oder daß sie den Anschein von Vergangenheit trüge. Aber Tony hatte sich um sie gekümmert, und so war sie unverändert, war wie zu Troys Lebzeiten. Sie sah genauso aus wie beim letzten Mal, als ich dort war. Genauso wie in meiner Erinnerung, genauso, wie ich sie in meinem Herzen bewahrt hatte. Jetzt aber, da ich blieb und mich genauer umschaute, fühlte ich noch etwas anderes. Die Hütte strahlte nicht nur Zeitlosigkeit, sondern auch Gegenwart aus. All die antiken Uhren gingen richtig. Wie um meine Entdeckung noch zu unterstreichen, schlug die Standuhr die volle Stunde, und die hellblaue Spieluhr, die nach dem Vorbild der Hütte gebaut worden war, öffnete das vordere Türchen, aus dem eine winzige Familie hinaustrat und sich dann wieder zurückzog. Dazu spielte jene süße, eindringliche Melodie.

Ich ging zum Arbeitstisch hinüber, auf dem Troy seine Tatterton-Kreationen gefertigt hatte. Da lagen ungefähr ein halbes Dutzend kleiner Rüstungen und ein paar Silberstückchen, die wie ein S geformt waren, mit Löchern an beiden Enden. Daneben befanden sich kleine Schrauben, um sie zusammenzufügen. Wenn die silbernen Glieder zusammengesteckt waren, konnte man das Kettenhemd frei bewegen. Sie waren so winzig und wertvoll zugleich! Es kam mir jedoch seltsam vor, wie sauber und staubfrei all diese Teile und Stückchen waren. Einzelne Werkzeuge, die Troy zu benutzen pflegte, lagen neben ihnen auf dem Tisch. Ganz sicher konnte ich mir nicht sein. Denn ich war ja so schnell weggelaufen, als ich das erste Mal zurückgekommen war. Aber es schien mir, als wenn diese Werkzeuge fein säuberlich nebeneinander aufgereiht in der Nische in der Wand untergebracht gewesen wären. An diese fertigen und halbfertigen Teile auf dem Tisch konnte ich mich nicht erinnern. Hatte Tony einen anderen Künstler angeworben, der nun in Troys Hütte lebte und arbeitete?

Ich beschloß, dem nachzugehen. Zu meiner Überraschung war die Küche mit frischen Lebensmitteln versorgt. Als ich den Teekessel auf dem Herd berührte, fühlte ich, daß er warm war. Irgend jemand hatte noch vor kurzer Zeit eine Tasse Tee zubereitet. Warum erlaubte es Tony, daß die Hütte benutzt wurde? War er deshalb so zurückhaltend gewesen, als ich ihn um Erlaubnis gebeten hatte, die Hütte zu besuchen? Hatte er deshalb das Gespräch auf Troys Tod gelenkt, um so die ganze Unterhaltung über die Hütte zu beenden?

Beim Durchsuchen der Hütte entdeckte ich außer den winzigen Waffen auf dem Tisch noch mehr Gegenstände, die gerade in Arbeit waren. Auf den Regalen waren wertvolle kleine Burgen und Strohhütten aufgestellt, die von mittelalterlichen Miniaturmenschen bevölkert waren. Die Replik einer alten englischen Kathedrale war nur zur Hälfte angemalt, und ein paar ihrer winzigen, bunten Glasfenster waren noch nicht eingefügt. Daneben die Anfänge einer feudalen Schlachtszene, in der Ritter zu Pferd mit ausgestreckten Lanzen Pfeilschützen in Waldgrün bedrohten. Auf einem kleinen Hügel stand eine schöne Maid, die sich zweifellos um ihren jungen Ritter sorgte. Neben ihr hielten zwei Hofdamen Spitzentaschentücher vor das Gesicht.

Jetzt verstand ich, was Tony getan hatte, und mir wurde eiskalt ums Herz. Er ließ mich glauben, daß er die Hütte zu einem lebendigen Schrein für seinen toten Bruder umgewandelt hatte, vielleicht aus einem unbestimmten Schuldgefühl heraus. Statt dessen dachte er nur ans Geschäft und an seine kleinen, kostbaren Spielsachen. Er hatte jemanden gefunden, der so geschickt wie Troy war, und hatte ihn in Troys Hütte untergebracht! Voller Scham hatte er nun wohl befürchtet, daß ich herausfinden würde, worauf es ihm am meisten ankam – nämlich immer mehr und mehr Geld zu scheffeln. Ich hatte angenommen, daß auch ihm das gleiche heilig und kostbar sein würde wie mir. Aber das war ein Irrtum gewesen. Jetzt fühlte ich mich wie eine Ehefrau, die herausfindet, daß ihr Vater die Kleidung und die Wertsachen ihres toten Ehemanns weggegeben hat.

Wutentbrannt drehte ich mich auf dem Absatz um. Ich wollte nach Farthy zurücklaufen, dort auf Tony warten und ihn mit meiner Entdeckung konfrontieren. Aber etwas anderes erregte meine Aufmerksamkeit – die Kellertür stand halb offen. Einen Augenblick lang starrte ich sie an, dann lächelte ich in mich hinein. Natürlich, dachte ich. Derjenige, den Tony angestellt und dem er erlaubt hatte, die Hütte zu benutzen, mußte mein Kommen gehört und sich im Keller verborgen haben. Vielleicht hatte Tony ihn vor mir gewarnt, nachdem wir beide uns über die Hütte unterhalten hatten. Vielleicht hatte er ihm auch untersagt, mit mir zusammenzutreffen. Ich entschloß mich, diese Person zu stellen.

Ich ging zur Tür und die Treppe hinunter. Aber ich hatte vergessen, wie dunkel es unten in dem großen, fensterlosen Raum und in den unterirdischen Gängen, die zum Haupthaus führten, war. Also ging ich zurück nach oben und holte eine Kerze. Damit kehrte ich in den Keller zurück, entschlossen, diese für mein Empfinden blasphemische Verletzung aufzudecken.

Der Schein der kleinen, gelben Flamme flackerte auf den Kellerwänden. Als ich mich von links nach rechts wandte, schimmerte die schwache Lichtquelle sanft durch die Dunkelheit und ließ den Fußboden und die Wände des dunklen, leeren Raums aufscheinen. Ich nahm an, daß er sich in die unterirdischen Gänge zurückgezogen habe, und ging langsam auf sie zu. Als mir Troy zum ersten Mal die Gänge zeigte, erzählte er mir, daß er als kleiner Junge immer Angst davor gehabt hatte, sie zu durchwandern. An jeder Biegung des Tunnels erwartete er, daß Monster erscheinen oder Gespenster aus den Nestern der Dunkelheit heraustreten würden.

Aber ich erwartete jetzt keine Monster oder Gespenster; ich erwartete, einen kleinen, eingeschüchterten Mann vorzufinden, der Angst um seine Arbeit hatte. Denn wenn ich ihn fing, würde Tony ärgerlich werden und ihn hinauswerfen. Ich wußte, daß es nicht fair war, an ihm meine Wut auszulassen, aber meine Erregung konnte ich nicht mehr unterdrücken. Die Hütte und alles in ihr war so sehr ein Teil von Troy gewesen. Die Vorstellung, daß ein Fremder nun in seinem Bett schlief und seine Kostbarkeiten berührte, war unvorstellbar schmerzhaft.

Ganz deutlich konnte ich vor mir Schritte vernehmen. Irgend jemand, wer auch immer, zog sich schnell zurück und floh vor der Reichweite meines Kerzenscheins. Ich senkte die Kerze zum Boden und konnte den Abdruck von Fußspuren erkennen. Manche von ihnen sahen frisch aus, andere wiederum hätten auch von der letzten Nacht stammen können.

Als ich mich umdrehte, bemerkte ich, daß ich schon fast den halben Weg durch die Gänge zurückgelegt hatte. Wie lange sollte das noch weitergehen? Wußte der Fliehende, daß er der Entdeckung nicht entgehen konnte? Hatte er keine Angst, durch die Dunkelheit zu rennen? Oder vielleicht trafen sich Tony und sein neuer Angestellter hin und wieder hier unten in den Gängen.

»Wer Sie auch sind«, rief ich, »Sie können genauso gut gleich hervorkommen. Sonst folge ich Ihnen bis nach Farthy, und das wird sehr peinlich für Sie sein. Kommen Sie heraus! Ich weiß doch, daß Sie in der Hütte waren; ich weiß, daß Sie für Tony arbeiten.«

Ich wartete und lauschte. Alles war mit einem Mal sehr still. »Sie sind sehr dumm«, sagte ich. »Ich habe Ihre Arbeiten gesehen. Ich weiß, was Sie machen. Sie haben keinen Grund mehr davonzulaufen.«

Wieder wartete ich. Immer noch nichts.

»Gut, wie Sie wollen«, sagte ich und machte einen Schritt vorwärts.

Ich bedeckte die Flamme mit der linken Hand, um sie vor dem

stärker werdenden Luftzug zu schützen, denn ich ging immer schneller und zögerte auch nicht, wenn ich an eine Biegung gelangte. Ich wußte, wo ich mich befand und wie weit es noch bis Farthy war. Irgendwann würde ich zum Fuß einer steilen, engen Treppe kommen, die hinauf zum rückwärtigen Teil der Küche führte. Das Frühstück war vorbei. Wenn alles schon aufgeräumt war, wäre möglicherweise niemand in der Küche, dachte ich. Tonys geheimnisvoller Arbeiter könnte ins Haus entkommen und es durch einen der Seiteneingänge verlassen, noch bevor ich ihn erreichen würde. Blitzschnell entschloß ich mich, auf das Kerzenlicht zu verzichten, und stürmte vorwärts. Ich erinnerte mich genau an den Verlauf der Gänge. Es war stockfinster, aber da ich mich an den Wänden entlangtastete, bewegte ich mich schnell voran. Als ich zur letzten Biegung kam, hielt ich an. Jemand stand nur ein paar Schritte entfernt von mir in der Dunkelheit, in der Nähe einer der Türen, die nirgendwo hinführten.

Er bewegte sich nicht; ich konnte ihn nicht einmal atmen hören. Ich lauschte und hielt den Atem an. Aber er schien nur ein weiterer Schatten zu sein, der mit der Dunkelheit verschmolz, fast nicht zu unterscheiden von ihr. Da sich jedoch meine Augen inzwischen an das mangelnde Licht gewöhnt hatten, konnte ich ganz deutlich seine dunkle Silhouette vor mir ausmachen. Es schien, als ob er sich an die Wand preßte und hoffte, daß ich einfach an ihm vorbeigehen würde. Irgend etwas an seinem Umriß war mir vertraut und erinnerte mich sofort an die dunkle Gestalt, die in der letzten Nacht mein Schlafzimmer betreten hatte.

»Wer ist da?« wisperte ich. »Wer sind Sie? Leben Sie in Troys Hütte?«

Eine lange Stille folgte, dann flüsterte er: »Ja.«

So vertraut erschien mir dieser Laut, daß mein Herz zu klopfen begann. Ich griff nach den Streichhölzern in der linken Hand, aber meine Hände zitterten so sehr, daß ich keines anzünden konnte.

»Geh fort«, flüsterte er jetzt mit einer rauhen, offensichtlich verstellten Stimme. »Zünde die Kerze nicht an. Geh einfach nur fort.«

Ich konnte sehen, wie er die Arme hob, als ob er sich vor meinem Blick verbergen wollte. Dann drehte er sich um und betrat einen der Tunnel, die nirgendwohin führten. Ich zögerte. Ein Teil von mir riet mir, genau das zu tun, was er gesagt hatte. Manchmal sollten wir das Schicksal nicht herausfordern, sagte meine innere Stimme. Manchmal sind wir stolzer und entschlossener, als uns gut tut. Dies wäre nicht das erste Mal, daß ich zu einer Weggabelung käme, nur um dann doch den gefährlicheren Weg einzuschlagen.

Es war jedoch mehr als nur einfach Sturheit, die mich nun vorwärts trieb, und auch mehr als nur Wut auf Tony. Nein, ein anderer Teil von mir wollte jetzt nicht mehr vorsichtig sein. Er hatte bisher tief in meinem Innern geschlummert. Ich fühlte, wie dieses Alter ego von mir die Augen öffnete und sich bemerkbar machte, wie sein Herz wieder mit dem meinen schlug. Es kam hervor und verschmolz mit mir. Ohne noch mehr Zeit zu vergeuden, zündete ich die Kerze an, die mich durch die Dunkelheit meiner eigenen Gedanken hin zur Antwort führen würde.

Ich ging in den finsteren Tunnel hinein. Die Kerze hob den dunklen Vorhang um mich herum, damit ich darunter durchschlüpfen konnte. Aber ich war mir bewußt, daß er hinter mir wie ein eiserner Vorhang wieder herunterfiel. Ich mußte an Rye Whiskeys Geschichten von Geistern und aufgeschreckten Ahnen denken. Gäbe es einen besseren Weg als diese geheimen Gänge, in denen sie von ihren ruhelosen Gräbern aus wandern könnten? All die Ängste meiner Kindheit stiegen wieder in mir hoch. Wäre es möglich, daß Troys verwirrter Geist hierher zu diesen dunklen Erdadern gefunden hatte? Würde ich jenes dunkle Nest betreten, das auch den jungen Geist meiner Mutter beherbergte? Ich schaute zurück auf die schwarze Wand. Ob es zu spät war, sich anders zu entscheiden? Hatte ich die Grenze schon überschritten?

Ich kam um die erste Biegung herum. Der Tunnel ging noch ein wenig weiter. Vor mir ragte die Mauer auf, die Tony hatte bauen lassen, um Eindringlinge von außen abzuhalten. Wo war die dunkle Silhouette, die ich noch vor wenigen Augenblicken angesprochen hatte? Könnte ich direkt an ihr vorbeigegangen sein? Ich verlangsamte meine Schritte, hob die Kerze höher und hielt sie fast auf Armeslänge von mir weg.

Plötzlich spürte ich einen Luftzug an meiner rechten Seite und drehte mich gerade in dem Augenblick um, als er aus den dunkelsten Schatten heraustrat. Ich senkte die Kerze, und er legte die Hand um die kleine Flamme, um das Licht zu löschen.

Aber er kam zu spät. Der Kerzenschein war über sein Gesicht gehuscht. Seine Augen glitzerten weiter in der Dunkelheit, sogar nachdem die Kerze verlöscht war. Diese Augen würde ich sofort und jederzeit erkennen.

»Troy!« schrie ich.

»Heaven«, wisperte er.

Einen Augenblick lang war ich mir nicht sicher, ob ich ein Gespenst oder eine Vision meines eigenen, angsterfüllten und verwirrten Geistes vor mir hatte.

Ich zündete die Kerze erneut an, um die Wahrheit herauszufinden.

7. KAPITEL

Troy

»Du bist keiner von Rye Whiskeys Geistern«, flüsterte ich. Langsam beugte ich mich vor und berührte seinen Arm. Durch die unterirdischen Gänge strich ein leichter Luftzug, der die Kerze auszulöschen drohte. Der Kerzenschein huschte über sein Gesicht. Seine dunklen Augen, so tief wie ein Waldsee, sahen noch dunkler und tiefer aus.

»Nein«, antwortete er, »obwohl ich mich zeitweise so fühle.« Um seine schön geschwungenen Lippen spielte ein leises Lächeln. Er trug ein weißes Seidenhemd und enggeschnittene schwarze Hosen. Sein weißes Hemd hatte in der Dunkelheit und dem flakkernden Kerzenschein einen gelblichen Stich.

»Das verstehe ich nicht. Was ist geschehen? Was geschieht hier?« Ich bemerkte den leicht hysterischen Tonfall in meiner Stimme. Er hörte ihn auch, denn er griff behutsam nach meiner Hand.

»Laß uns zur Hütte zurückgehen«, sagte er leise, »ich werde dir alles erzählen.«

Ich folgte ihm durch die dunklen Gänge und fühlte mich, als ob ich ins Totenreich hinabgestiegen sei und ihn dort aus den Fängen des ewigen Schlafs befreit hätte. Gemeinsam schritten wir nun hinauf und kehrten zur Welt des Lichts und des Lebens zurück. Nur das Echo unserer Schritte war hinter uns zu hören, als wir leise vorangingen. Jedoch wurde jeder Laut von der Dunkelheit wie ein Schwamm aufgesogen und schnell erstickt. Mein Herz klopfte so heftig, daß ich mir sicher war, er müßte die Schläge durch meine Finger spüren. Mir schien es, als ob ich das Leben in ihn zurückpumpte und ihn mit jedem Moment, der vorüberging, mehr und mehr zum Leben erweckte. Bald erreichten wir den Keller der Hütte. Er trat einen Schritt zurück, damit ich als erste die Treppe hinaufgehen konnte. Ich sah mich um und zögerte, weil ich befürchtete, ihn zu verlieren. Sobald ich seine Hand losließ, würden möglicherweise die Mächte der Dunkelheit ihn zurück in die Gänge und in die Vergangenheit saugen. Aber er blieb dicht hinter mir und schloß die Tür, nachdem wir die Hütte betreten hatten.

»Kurz vor deiner Ankunft wollte ich mir gerade eine Tasse Tee machen«, sagte er beiläufig. Das klang so, als ob die letzten beiden Jahre wie nichts verflogen wären – dies hier wäre nur einer meiner amourösen Besuche. »Möchtest du eine Tasse?«

»Gern. Danke«, sagte ich. Ich setzte mich schnell an den Tisch, weil ich weiche Knie hatte. Er ging hinüber zum Herd und zündete die Flamme unter dem Kessel wieder an. Ich beobachtete ihn, wie er die Tassen und Untertassen hervorholte und dann nach den Teebeuteln griff. Erst als er alles zum Tisch herübertrug, schaute er mich an. Ich zitterte, und der Ausdruck von Schmerz und Verwirrung auf meinem Gesicht schien ihn zu beunruhigen.

»Arme Heaven«, sagte er und schüttelte den Kopf. »Wie habe ich gehofft, diesen Moment zu vermeiden, und wie habe ich mich doch gleichzeitig danach gesehnt.«

»O Troy«, sagte ich. »Warum?«

»Du weißt warum, Heaven«, sagte er leise. »Tief im Herzen hast du es immer gewußt. Aber ich erzähle es dir trotzdem.«

Er seufzte und setzte sich mir gegenüber an den Tisch. Der Kragen seines weißen Hemdes stand offen, so daß ich die spärlichen, dunklen Haare auf seiner Brust sehen konnte. Lange starrte er mit gesenktem Kopf auf den Tisch. Dann seufzte er tief, fuhr sich mit den Fingern durch seine Locken und schaute mich mit schweren, betrübten Augen an. Obwohl er nicht kränklich wirkte, war er dünner und bleicher als in meiner Erinnerung. Die Haare waren etwas länger, und ihre Spitzen lockten sich immer noch. Er sah aus, als ob er seit Ewigkeiten eingeschlossen gewesen wäre, fern von Sonnenlicht und Leben. Mein Herz schrie auf, und ich hatte das starke Bedürfnis, ihn zu trösten und zu umarmen.

»Genau hier, hier an diesem Tisch schrieb ich jenen letzten Brief an dich«, begann er. »Ich erzählte dir, wie Jillian zu mir gekommen war und mir gesagt hatte, daß du Tonys Tochter seist und somit meine Nichte. Ich erzählte dir auch, wie ich dann einsehen mußte, daß unsere Liebe nicht fortbestehen konnte, und daß ich weggehen wollte, um zu lernen, ohne dich zu leben. Ich dachte mir, daß das möglich sei. Irgendwann würde ich dann nach Farthinggale zurückkehren und so weiterleben wie vor deiner Ankunft, genau so öde, wie für mich das Leben damals war.«

Beide sagten wir nichts, während er den Kessel vom Herd nahm und das heiße Wasser eingoß. Ich tauchte meinen Teebeutel schnell hinein, begierig, die flüssige Wärme in mir zu fühlen und die Eiseskälte, die sich in mir breitgemacht hatte, zu vertreiben. Nach einem Augenblick setzte sich Troy wieder und fuhr fort.

»Wie man dir wahrscheinlich berichtet hat, kehrte ich in deiner Abwesenheit, als du nach Maine gereist warst, direkt nach deinem Collegeabschluß, nach Farthinggale zurück. Ich glaubte, ich hätte den Punkt erreicht, an dem ich nach Farthy zurückkehren und mich wieder in die Arbeit vergraben könnte. Dann wollte ich geduldig auf meinen neunundzwanzigsten Geburtstag warten und auf meinen unvermeidlichen Tod, der vor meinem dreißigsten Geburtstag eintreten würde. Einen Tod«, sagte er und hob seine müden, gequälten Augen zu mir auf, »nach dem ich mich, das muß ich eingestehen, nun sehnte. Für mich war der Tod das Tor zu einer neuen Welt geworden, eine Fluchtmöglichkeit, mit der ich dem elenden Leben ohne dich entkommen konnte. Denn als ich dich verloren hatte, starb ein Großteil von mir. Ich habe nicht mehr in Todesangst, sondern in stiller Erwartung gelebt.«

Er machte eine Pause, um in kleinen Schlucken seinen Tee zu trinken, und starrte einen Moment lang vor sich hin; dann erschien ein seltsam ruhiges Lächeln auf seinen Lippen.

»Wie gewöhnlich nahm Tony an, daß er mir meine Depression abkaufen könnte. Ich möchte ihn nicht dafür tadeln. Eigentlich tut er mir leid, denn ich weiß um die Enttäuschungen, die er wohl immer erlitten hat. Er veranstaltete eine große Party, nur um mich aufzuheitern und mich davon abzuhalten, ständig an meinen nächsten Geburtstag zu denken. Dann versprach er, sich darum zu kümmern, daß ich auch nicht einen Augenblick allein sei.« Er lachte. »Ich muß zugeben, er hatte das richtige Mädchen für diese Aufgabe gefunden... Sie muß zur Hälfte ein Blutegel gewesen sein. Ich mußte mich davonschleichen, um auf die Toilette gehen zu können. Auf jeden Fall«, fuhr er fort, »konnte sie meine Gleichgültigkeit nicht ertragen. Anscheinend hatte sie immer Erfolg bei Männern gehabt, und ich schien mich als eine sehr lästige Enttäuschung zu entpuppen. Sie wurde ziemlich beleidigend. Es kommt nicht darauf an, was sie im einzelnen gesagt hat. Ich habe ihr nicht mehr wirklich zugehört, und ich wollte lediglich allem und jedem entfliehen.

Mir war klar geworden, daß meine Rückkehr nach Farthy ein Fehler gewesen war. Ich konnte hier nicht mehr leben, du in meiner Nähe und trotzdem unerreichbar für mich. Damals schon verfolgte mich die Erinnerung an deine Stimme. Überall sah ich dich. Kein Mädchen auf der Party schien interessant zu sein, denn keine war wie du. Es machte mich wahnsinnig, und Jillian wußte das. Jedesmal, wenn ich sie ansah, lächelte sie auf sadistische und zugleich befriedigte Weise.

Ich hatte keinen Plan gemacht; und nie hatte ich vor, das zu tun, was ich dann getan habe. Ich glaube, ich ging zu den Pferden, weil mich die glückliche Erinnerung an unsere Ausritte antrieb. Als ich aber bei den Ställen ankam, stand dort Jillians Pferd und schaute mich genau so herausfordernd und peinigend an wie Jillian. Kurz entschlossen entschied ich, Abdulla Bar zu reiten und diesem Pferd zu zeigen, daß es auch von jemand anderem als Jillian geritten werden konnte.

Ich weiß, das war dumm und unreif, aber ich war zornig, wütend auf mein Schicksal und böse auf diese Welt, die solches Leid geschehen ließ. Warum hatte man mich zu solchem Kummer auserwählt? dachte ich. Warum wurde mir, als ich endlich Liebe und Hoffnung gefunden hatte, alles wieder entrissen? Und warum hatte das Schicksal die Macht dazu in Jillians Hände gelegt? Die darin liegende Ungerechtigkeit war überwältigend. Jetzt war mir alles gleichgültig, auch mein eigenes Wohlergehen.

Ich sattelte das Pferd, und wir rasten aus den Ställen in Richtung Strand. Mein Zorn übertrug sich auf das Pferd. Es galoppierte, als ob es auch vor dem Leben davonlaufen würde, als ob es dazu auserwählt sei, mich aus dieser Existenz in die nächste zu befördern. Versteh doch«, sagte er, mit Aufregung in den Augen, während er sich zu mir hinüberlehnte, »als ich das Pferd ritt, den Wind in den

Haaren spürte und das Entsetzen in seinen weitgeöffneten, wilden Augen fühlte, war ich allmählich davon überzeugt, daß das Pferd die Aufgabe hatte, mich aus dieser Welt, aus meinem elenden Leben zu tragen. Also lenkte ich es freiwillig hinüber zum Meer, und das Pferd lief trotzig vorwärts, so als wenn es sich auch mit Selbstmordabsichten trüge.

Wir ritten ins Meer hinaus, bis uns die Wellen hochhoben und beide, Pferd und Mensch, in die Tiefe rissen. Hinter mir sah ich, wie das Pferd kämpfte. Seine Augen schauten immer noch zornig und herausfordernd drein und klagten mich an, ihm zu diesem entsetzlichen Tod verholfen zu haben. Einen Augenblick lang tat es mir leid, und ich haßte mich selbst. Nichts konnte ich berühren, ohne es zu zerstören oder zu beschädigen, dachte ich. Mir war es vorherbestimmt, ins Meer hinausgetragen zu werden. Ich schloß die Augen«, sagte er, lehnte sich im Stuhl zurück und schloß während des Sprechens ebenfalls die Augen, »und war bereit, meinen unausweichlichen Tod anzunehmen.«

Er öffnete die Augen, die nun von schlimmen Ahnungen verdunkelt waren.

»Aber das Meer kann man nicht kontrollieren oder zum Diener menschlicher Wünsche machen. Es ist niemandes Sklave, nicht einmal meiner, der ich so verzweifelt und entschlossen war, es als ein Mittel zum Tod zu benützen. Jedesmal, wenn ich unterging, hoben mich die Wellen wieder hoch. Ich tauchte auf und wurde dahingetrieben, hin und her geworfen und dennoch vom Wasser getragen. Meine Stiefel hatte ich verloren. Ich sah, wie Abdulla Bar hochgehoben und wieder an die Küste gespült wurde, bis er Grund verspürte und selbst hinaus an den Strand gelangen konnte.

Ich schloß die Augen und wartete auf die mächtige See, die großen Wellen, denen ich oft zugehört und die ich allein nachts angestarrt hatte, fasziniert von ihrer Schönheit und Stärke, auf daß sie mich in ihre kalte Dunkelheit mit hinabnehmen würden.

Aber statt dessen wurde ich umhergeworfen, bis ich das Bewußtsein verlor. Als ich wieder zu mir kam, lag ich ausgestreckt auf dem Strand, ein bißchen weiter unten an der Küste. Ich war am Leben, mein Wunsch nach einem schnellen, schmerzlosen Tod war nicht erfüllt worden. Während ich da lag und mich selbst bemitleidete, wurde mir klar, daß mir die See zumindest einen Ausweg verschafft hatte – sie hatte mir die Möglichkeit eröffnet, mich für tot erklären zu lassen. Nun konnte ich wirklich meine Identität und mein Leben in Farthy hinter mir lassen. So hatte ich doch noch eine Flucht aus einem Teil meines Elends bewerkstelligt.

Also raffte ich mich auf. Ohne daß irgend jemand erfuhr, was mir wirklich zugestoßen war, nicht einmal Tony, gerade Tony nicht, kehrte ich heimlich zur Hütte zurück – zum letzten Mal, wie ich glaubte –, um ein paar Dinge zu holen, die ich benötigte. Dann ging ich, um in die Dunkelheit der Nacht zu verschwinden.«

Er lehnte sich wieder zurück, als wenn das alles erklärt hätte. Der Schock und mein Erstaunen wurden schnell durch zornige Gefühle beiseite gedrängt. Oh, oh, oh! All der Schmerz, den er verursacht hatte – daß er mich annehmen ließ, er sei tot. Und jetzt war es zu spät. Zu spät für unser Zusammensein! Wie konnte er mich nur so leiden lassen, wenn er doch am Leben war? Lebendig die ganze Zeit über!

»Aber was ist mit dem Leid, das du uns zugefügt hast, weil du uns im Glauben gelassen hast, daß du gestorben warst? Verstehst du nicht, was das für mich bedeutet hat?«

»Ich glaubte, daß es nichts sei im Vergleich zu dem Schmerz, den du hättest erdulden müssen, wenn du mit dem Wissen, daß ich in der Nähe bin, hättest leben müssen. Wenn du gewußt hättest, daß wir niemals Liebende sein können; daß auch ich diese Marter würde ertragen müssen. Mir war bewußt, daß es in einer Hinsicht selbstsüchtig war, aber ich hielt es für besser.

Es war besser«, fügte er nickend hinzu. »Sieh doch, Heaven, du hast dein Leben neu aufgebaut und Wichtiges vollbracht. Wenn du vielleicht angenommen hättest, daß ich noch hier in der Hütte lebte, hättest du Farthy niemals verlassen. Vielleicht wärst du wie Jillian. Ich weiß es nicht. Ich dachte, ich hätte das Beste für uns beide getan. Und ich hoffe, du wirst das auch so sehen. Es wäre unerträglich für mich, wenn du mich jetzt hassen würdest«, sagte er. Seine Augen waren voller Angst.

»Ich hasse dich nicht, Troy«, sagte ich. »Ich kann dich nicht hassen. Ich hasse nur, was geschehen ist. Was hast du getan, nachdem du den Strand verlassen hast?«

»Ich bin herumgereist.« Er setzte sich zurück und verschränkte die Arme hinter dem Kopf, während er sprach und sich dabei an seine verborgene Existenz erinnerte. »Ich fuhr nach Italien und studierte die großen Meister der Kunst und Architektur. Dann reiste ich nach Spanien und Frankreich. Mit Reisen und Ablenkungen versuchte ich Erleichterung für meine Leiden zu finden. Eine gewisse Zeit über gelang mir das sogar. Ich brachte mich selbst an den Rand der Erschöpfung, indem ich mich von Ort zu Ort bewegte, und dann –« er machte eine Pause, richtete sich im Stuhl wieder auf und beugte sich erneut zu mir hinüber – »plötzlich wachte ich eines Nachts in England auf. Ich logierte in einem Gasthaus in der Nähe von Dover Beach. Dorthin war ich gereist, weil ich immer wieder an jenes Gedicht von Mathew Arnold denken mußte. Erinnerst du dich daran? Einst habe ich es dir vorgelesen. Zeilen daraus verfolgten mich.

Träume,
Ah, Liebe, laß uns einander treu sein, denn die Welt, die vor uns liegt wie ein Land der Träume,
so voller Abwechslung, so schön, so neu,
ist in Wirklichkeit weder mit Freude, noch Liebe, noch Licht,
noch Sicherheit, noch Friede, noch Hilfe für den Schmerz angefüllt...

Es schien mir so wahr zu sein, besonders im Hinblick auf uns. Dort lag ich unter meiner Daunendecke und lauschte dem Meeresrauschen und meinte, deine Stimme zu hören; ich glaubte, daß ich dich vom Meer her rufen hörte und es nun keinen Grund mehr gäbe davonzulaufen. Ich konnte nicht davonlaufen. Nicht vor dir, nicht vor der Erinnerung an dein Gesicht, deine Stimme und deine Berührung.

Ich beschloß in jener Nacht, zurückzukehren und die Natur und die Götter, wenn es denn nötig sei, herauszufordern. Ich würde zu dir zurückkehren und dich bitten, zu mir zurückzukommen. Ich war bereit, als Ausgestoßener zu leben, alles und jedes aufzugeben, wenn wir nur zusammensein könnten, und sollte es auch nur sein, um dich in den Armen zu halten, während draußen der Winterwind um die Hütte pfeift. Das wäre mir schon genug, dachte ich, denn wenn ich vor meinem dreißigsten Geburtstag sterben würde, wie ich immer gefürchtet hatte, dann würde ich in deinen Armen sterben. Dorthin gehörte ich.«

»O Troy, lieber, lieber Troy. Warum hast du nicht geschrieben? Warum hast du nicht versucht, mit mir Kontakt aufzunehmen?« schrie ich.

»Darauf kam es nicht mehr an. Bis ich mich dazu entschlossen hatte, warst du schon mit Logan verlobt.«

»Aber woher hast du das gewußt?« fragte ich. Er lächelte und trank seinen Tee aus.

»Kurz vor deiner Hochzeit bin ich in Winnerow gewesen. Ich hatte mich verkleidet und stand tatsächlich im Drugstore von Logans Eltern. So konnte ich die Unterhaltung hören und erfuhr auf diese Weise von deiner Verlobung. Dann drehte ich mich um und ging. Anstatt weiterhin incognito herumzureisen, beschloß ich, zur Hütte zurückzukehren und dort meine Tage zu beschließen. Seither bin ich hier.

Deinen Hochzeitsempfang in Farthy habe ich gesehen, denn ich stand heimlich hinter einer der Hecken im Labyrinth. Du hast so schön ausgesehen, und Tony sah sehr glücklich aus. Ich bin sogar dir und Logan über das Grundstück gefolgt, als ihr eure Flitterwochen dort verlebt habt. Von weitem habe ich euch nachspioniert und dabei geträumt, daß ich derjenige sei, der dich in seinen Armen hält; ich war es, den du geküßt hast. Eine Zeitlang war meine Phantasie so lebhaft, daß ich dich förmlich neben mir fühlte. Das war falsch; ich weiß es«, sagte er schnell. »Aber bitte vergib mir. Ich konnte nicht anders.«

»Natürlich vergebe ich dir. Ich kann mir vorstellen, wie schlimm das Zusehen für dich gewesen sein muß, ohne daß ich dich bemerkt habe.« Oh, mein Troy, der zusehen mußte, wie ich Logan heiratete! Ich konnte es nicht ertragen, mir das vorzustellen.

»Es war hart, unerträglich hart.« Seine dunklen Augen blitzten das erste Mal vor Leben und Licht. »Ich wollte doch, daß du mich siehst; ich versuchte, Mut für diesen Augenblick zu schöpfen«, sagte er. »Gestern nacht bin ich, da ich wußte, daß Logan nicht hier war, zu deinem Zimmer gegangen, nachdem du mit Tony von irgendwoher wiedergekommen bist.«

»Ich habe letzte Nacht etwas gespürt, obwohl ich nicht wußte, daß du es warst. Ich bin aufgewacht und habe aufgeschrien, weil ich die Silhouette eines Körpers in der Dunkelheit wahrnehmen konnte.«

Er starrte mich einen Augenblick lang an.

»Warum bist du heute hierher gekommen?« fragte er leise. »Hast du angenommen, daß ich es sein könnte?«

»Nein. Ich war zwar wie hypnotisiert, aber ich ahnte nicht, daß ich dich vorfinden würde. Als mir klar wurde, daß sich hier jemand aufhielt, dachte ich, es sei jemand, den Tony angestellt hätte, um hier zu arbeiten. Ich dachte, er hätte mich angelogen, und ich wollte diese Person stellen. Dann hatte ich plötzlich den Eindruck, als ob ich in der Gegenwart von etwas Übernatürlichem, vielleicht eines Geistes, sei.«

»Ich bin kein Geist, Heaven. Nicht mehr.« Er setzte sich zurück und blickte mich unverwandt an. »Du hast dich verändert, bist älter geworden, weiser. Deine Schönheit ist gereift. Daß ich dir jetzt so nah bin, daß ich sogar deine Stimme höre, läßt mich erzittern.«

Er beugte sich vor und streckte den Arm aus, um mein Gesicht zu berühren. Ich blieb unbeweglich sitzen, aber ich fühlte seine Finger nicht auf meiner Haut. Langsam lehnte er sich zurück.

»Ich fühle mich wie ein kleiner Junge, der vom Feuer fasziniert ist und es anfassen will, obwohl ich weiß, daß mir dies nichts als Schmerz einbringt.«

»O Troy«, sagte ich. Warme Tränen quollen mir aus den Augenwinkeln und flossen über mein Gesicht. Er streckte erneut den Arm nach mir aus, und dieses Mal fühlte ich genau, wie seine Fingerspitzen meine Haut streichelten. Ich schloß die Augen.

»Wie oft ist es möglich, dich zu verlieren, Heaven? Versucht das Schicksal, mich auch auf diese Art zu quälen?«

Ich lehnte mich im Stuhl zurück, unfähig zu sprechen. Er reichte mir ein Taschentuch, und ich betupfte mein Gesicht damit. Mein Schniefen rief ein Lächeln auf seinen Lippen hervor und dann ein kleines, liebevolles Auflachen. Ich schüttelte den Kopf, als mir bewußt wurde, was all dies bedeutete.

»Komm ins Wohnzimmer«, sagte er, »da ist es gemütlicher.«

Ich nickte und ging zur Couch hinüber. Genau wie früher

streckte er sich auf dem Teppich aus, verschränkte die Arme unter dem Kopf und schaute zu mir hoch.

»Troy«, sagte ich und schüttelte den Kopf. »Ich kann nicht glauben, daß dies alles kein Traum ist, daß du dort wirklich liegst und zu mir aufschaust in genau der gleichen Art wie damals.«

»Ich weiß.«

»Wann hat Tony erfahren, daß du noch lebst?« fragte ich.

»Eigentlich erst vor kurzem. Ich war überrascht, als ich bei meiner Rückkehr die Hütte genau so vorfand, wie ich sie verlassen hatte. Da begriff ich, daß Tony sich weigerte, meinen Tod zu akzeptieren. Wie ironisch, dachte ich, und natürlich konnte ich nun verstehen, wieviel Schmerz ich ihm zugefügt hatte. Das machte es noch schwieriger, zu ihm zu gehen und ihm meine List zu gestehen. Ein paar Mal versuchte ich es, aber immer erfolglos.«

»Du bist nachts im Haus herumgewandert«, sagte ich und verstand nun, was die Diener gemeint hatten, wenn sie sagten, daß Rye Whiskey sich nichts eingebildet hatte, wenn er dachte, daß Geister die dunklen Hallen von Farthy heimsuchten.

»Ja. Ich setzte mich sogar ans Klavier und hoffte, daß er mich einfach dort vorfinden würde. Aber als er nicht schnell genug kam, habe ich die Nerven verloren. Ich bildete mir ein, von den Dienern erkannt worden zu sein, aber wahrscheinlich erschreckte sie der Anblick meines dunklen Gesichts und meines Körpers, der durch die schwach beleuchteten Gänge glitt, zu Tode.«

»Du hast keine Ahnung, wie sehr«, sagte ich und schüttelte den Kopf.

»Und dann eines Nachts, als du in Winnerow warst, traf ich vor ihrer Suite auf Jillian. Anscheinend war ihre Krankenschwester eingeschlafen, und sie konnte unbehelligt draußen herumwandern. Diesen Ausdruck auf ihrem Gesicht werde ich nie vergessen.« Er setzte sich aufrecht hin und versuchte, sich an den Moment zu erinnern. »Ihr Gesicht schien direkt vor meinen Augen zu altern. Sie verlor jeglichen Anschein von Jugend, den sie in ihrem Wahnsinn noch bewahrt hatte. ›Nein‹, sagte sie. ›Es war nicht mein Fehler. Also tadele mich nicht. Ich mußte tun, was zu tun war.‹«

Er wandte sich mir zu; seine Augen waren voller Schmerz und Leid. Auch gegenüber denen, die ihn absichtlich verletzten, war er mitleidig und offen. O Troy, ich wußte immer, daß du zu gut für diese Welt bist. Es ist kein Wunder, daß du immer von Todesängsten geplagt und verfolgt wirst.

»Ich wollte sie berühren und rief ihr zu: ›Jillian, es ist schon in Ordnung.‹ Aber sie erschrak heftig und lief vor mir davon. Ich glaube, sie sah mich danach noch einmal vom Schlafzimmerfenster aus, als ich durch das Labyrinth ging.«

»Aber Tony hatte noch immer keine Ahnung?«

»Kurz danach kam er zur Hütte. Ich nehme an, daß Jillian ihm etwas gesagt hat, oder vielleicht die Krankenschwester; auf jeden Fall mußte er wohl an mich denken und kam daraufhin hierher. Obwohl er die Hütte in Ordnung halten ließ, konnte er es anscheinend nicht über sich bringen, oft zu ihr zu gehen.«

»Er hat aus ihr einen Schrein gemacht«, flüsterte ich, und er nickte.

»Aber an jenem Tag kam er. Ich hörte, wie er sich näherte. Jedoch vermochte ich nicht, ihn an der Tür zu begrüßen. Wie ein Feigling verkroch ich mich in diesem Wandschrank. Von dort beobachtete ich, wie er hereinkam und sich umsah. Sein Gesicht, das Stärke und Würde ausstrahlte, verdüsterte sich. Er ging zum Schaukelstuhl am Kamin hinüber und blieb dort stehen; die Hand auf der Lehne, schaukelte er ihn sanft hin und her und schaute liebevoll auf ihn hinunter. Ich bin sicher, daß er sich vorstellte, wie ich einst darin saß. Dann drehte er sich um und wollte gehen.

Aber weißt du, während der ganzen Zeit meiner Anwesenheit hier konnte ich nicht anders... ich hatte neue Dinge in Arbeit. Für mich war das eine ganz natürliche Angelegenheit, denn ich war in der Hütte, die Werkzeuge, das Material, alles war da. Dazu kamen mir gute Ideen, also fing ich an zu arbeiten. Er sah meine neuen Werke und ging hinüber. Einen Augenblick lang befühlte er alles und sah dabei wie ein Goldsucher aus, der endlich Goldnuggets gefunden hat. Dann hob er den Kopf und drehte sich suchend um.

›Troy‹, rief er. ›Troy.‹

Meine Angst fiel von mir ab, denn ich erkannte das Glück, das sich auf seinem Gesicht zeigte, und konnte ihm die Wahrheit nicht länger vorenthalten. Du kennst das Verhältnis, das Tony und ich hatten, nachdem meine Mutter vor meinem ersten und mein Vater vor meinem zweiten Geburtstag starb. Tony war eigentlich der einzige Elternteil, an den ich mich erinnern kann. Er war die ganze Welt für mich. Ich betete ihn an, und er liebte mich, beschützte mich und machte sich jedesmal Sorgen, wenn ich krank war. Unser Verhältnis änderte sich erst, als er Jillian heiratete, denn ich war auf sie eifersüchtig und sie auf mich.

Aber als ich ihn dort stehen sah, voller Freude bei dem Gedanken, daß ich noch am Leben sein könnte, konnte ich es nicht ertragen, so lange nichts gesagt zu haben. Ich trat aus dem Schrank.«

»Was tat er da?« fragte ich atemlos.

»Er brach in Tränen aus und umarmte mich. Eine Weile lang hielten wir uns in den Armen, und dann, als wir uns allmählich beruhigt hatten, setzten wir uns hierher, und ich erzählte ihm die gleiche Geschichte wie jetzt dir.«

»Und wie hat er darauf reagiert?«

»Zuerst war er ärgerlich, genau wie du. Ich habe mich immer wieder entschuldigt und versucht, ihn von meinen Beweggründen zu überzeugen. Nach einer geraumen Weile gelang mir das auch.«

»Aber er hat dich nicht zurück ins Haus mitgenommen, und er hat mir auch nicht erzählt, daß du noch am Leben bist.«

»Nein. Das haben wir einander versprochen.«

»Versprochen?«

»Natürlich hat er mir alles von dir erzählt, über die Hochzeit, daß Logan jetzt bei den Tatterton-Spielzeugwerken arbeitet und wie er dich dazu gebracht hat, daß du nach Farthy zurückgekommen und wieder ein Teil der Familie geworden bist. Er hat furchtbar Angst davor, daß du ihn jetzt verläßt. Das kann ich ihm nicht verübeln. Wenn du ihn verläßt, was bleibt ihm dann noch? Jillian ist vollkommen wahnsinnig, und ich, ich bin mehr denn je davon überzeugt, daß ich hier nicht mehr länger bleiben kann.«

»Also was hast du ihm versprochen?« fragte ich.

»Mich von dir fern zu halten, um deine Ehe und dein Leben in Farthy nicht zu zerstören. Und, ehrlich gesagt, Heaven, so sehr ich mich nach dir sehnte, mit dir sprechen, dich wiedersehen wollte, auch ich hielt das für das Beste. Tony versprach mir, niemandem von mir zu erzählen, nicht nur dir nicht, denn das gab mir die Chance, mein neues Leben weiterzuführen.

Wir planten, daß ich mich woanders niederlassen und meine Arbeit unter einem neuen Namen weiterführen würde. Für uns beide ist das schmerzlich, aber wir wissen beide, warum solche Opfer gebracht werden müssen.«

Er schaute zu mir auf, und seine dunklen Augen baten um Verständnis. Ich nickte langsam; mein Kopf war ganz wirr vor so vielen Erkenntnissen auf einmal.

»Ich verstehe«, sagte ich. »Also wurde ihm jetzt auch klar, daß Jillian nicht herumphantasierte, als sie die Geister beschrieb.«

»Ja.«

»Das erklärt auch, warum ihn ihre Veränderung nicht sonderlich bekümmert hat. Er geriet deshalb nicht in Panik, weil er wußte, daß es ihr eigentlich nicht schlechter ging. Tatsächlich war es unter diesen Umständen das Beste, daß ihr Beruhigungsmittel verschrieben wurden. Sie würden sie davon abhalten, noch mehr von dir zu sprechen, und sie statt dessen in ihrem Wahn gefangenhalten.«

»Das ist mir egal«, sagte Troy in einem Ton, in dem, ganz uncharakteristisch für ihn, ein wenig Verachtung mitschwang. »Jillian konnte mich nie leiden. Sie nutzte jede Gelegenheit, um mich tief zu verletzen. Was ihr geschehen ist, ist nur gerecht. Ich möchte ihr nicht noch mehr Schmerz zufügen, aber ich will nicht, daß sie mir leid tut. Ich denke, daß auch Tony jetzt so empfindet.«

»Vielleicht«, sagte ich. Wir schauten einander unverwandt an.

Wieder tauchte ich in Troys Welt ein, in der die rauhe Wirklichkeit weit weg zu sein schien. Hier, in seinem sicheren, gemütlichen und warmen Heim, existierten nur Schönheit und Freundlichkeit. Seine weichen, dunklen Augen streichelten mich und übergossen mein Gesicht mit Wärme. Ich spürte, wie meine Lippen sich zu den seinigen hingezogen fühlten, aber ich widerstand. Logans Bild tanzte vor meinen Augen. Logan. Mein Ehemann, für immer meine einzige, wahrhafte Liebe.

»O Heaven«, sagte Troy, als ob er meine Gedanken lesen und verstehen könnte. »Warum macht unser Glück so viele anderen Menschen unglücklich?«

»Ich weiß es nicht. Es kommt mir vor, als ob das Schicksal mit unseren Herzen und unseren Leben sein Spiel treibt.« Ich erhob mich schnell und ging hinüber zum Fenster, von dem aus man das Labyrinth sehen konnte. Mein Herz wurde von der Liebe zu zwei Männern gepeinigt. Eine geraume Zeit lang waren wir beide stumm. »Logan ist so glücklich über sein neues Leben«, sagte ich. »Er ist nach Winnerow gefahren, um den Bau der neuen Fabrik zu überwachen.«

»Tony hat mir alles darüber erzählt. Das scheint ein phantastisches Vorhaben zu sein. Ich habe sogar schon daran gedacht, ein oder zwei neue Spielzeuge dazu beizusteuern.«

»Im Ernst?« Ich drehte mich zu ihm um. Mein Herz bebte. Mühsam hielt ich die Tränen zurück und schluckte, um das Weinen zu unterdrücken. »Logan betet mich an«, sagte ich. »Er erspürt jede Stimmung und jedes Gefühl bei mir. Als ich Liebe und Trost am meisten brauchte, war er für mich da. Er ist immer für mich dagewesen.«

»Ich weiß«, sagte Troy. »Heaven, du mußt mir glauben, daß ich dir nicht noch mehr Schmerz und Qual zufügen wollte. Wenn ich nicht so schwach gewesen wäre, wäre ich gegangen, bevor du mich entdeckt hast. Ich hätte mich an Tonys Plan halten sollen. Wie immer weiß er es am besten. Und jetzt habe ich damit nur erreicht, daß deine Gefühle völlig durcheinandergekommen sind. Anscheinend muß ich immer wieder diejenigen verletzen, die ich am meisten liebe.«

»O nein, Troy. Das darfst du nicht denken«, sagte ich und ging zu ihm. »Ich empfinde keinen Schmerz, und ich werde auch keinen Schmerz empfinden. Das verspreche ich dir.«

Er nickte, obwohl wir beide wußten, daß ich nicht die Wahrheit sagte. Warum erforderte es das Leben, daß wir uns so oft belügen mußten? fragte ich mich. War es nicht die pure Ironie, daß wir uns selbst täuschen mußten, daß wir einer Illusion nachhängen mußten, um glücklich zu sein?

»Ich gehe ohnehin bald von hier fort.«

»Wann?«

Er stand auf und ging langsam auf die Eingangstür zu. »Das sage ich dir nicht, genausowenig sage ich dir, wohin ich gehe. Zwinge mich auch nicht dazu«, sagte er und lächelte ein wenig. »Laß uns dieses Treffen als ein Zwischenspiel, als ein Geschenk der Götter ansehen; dies sollen die wenigen Augenblicke gewesen sein, in denen wir den Tod an der Nase herumgeführt haben. Belassen wir es dabei. Erzähle Tony nichts von deiner Entdeckung. Er braucht nicht zu erfahren, daß ich mein Versprechen gebrochen habe.«

»Natürlich erzähle ich ihm nichts davon. Aber, Troy, erwartest du wirklich von mir, daß ich jetzt einfach zur Tür hinausgehe und dich vergesse?«

»Nein, ich erwarte nicht von dir, daß du mich vergißt, aber es ist das beste, wenn du so an mich denkst, als ob ich... gestorben sei. Seltsam«, sagte er, und sein Lächeln wurde breiter, »mein dreißigster Geburtstag liegt hinter mir, und ich bin immer noch da. Wahrscheinlich hattest du mit deinem Optimismus immer recht.«

Wir schauten einander unverwandt an.

»Troy...«

»Wenn ich dich jetzt küsse, dann lasse ich dich niemals fort, und wir rufen noch mehr Trauer und Tragödien hervor. Denn du würdest ein Leben und eine Ehe verlieren, und beides scheint sich doch so gut zu entwickeln. Und ersetzen würdest du beides durch eine geheime, sündige Liebe, die nur zur Erfüllung unserer eigenen, selbstsüchtigen Wünsche dient. Das weißt du genauso gut wie ich«, sagte er. Ich nickte und senkte den Kopf. Er streckte die Hand aus und hob mein Kinn hoch. »Lächle, damit ich mich so an dich erinnern kann«, sagte er.

Ich lächelte durch Tränen und Schmerz, wie die Sonne im Regen. Er öffnete die Eingangstür der Hütte, und ich ging hinaus. Einen Moment noch blieb er stehen und sah mir nach, dann schloß er die Tür. Die Mauern, die mein Herz bis jetzt geschützt hatten, brachen nun ein, und meine Tränen flossen ungehindert. Ich ballte die Hände und wandte mich um, um den Gehweg zum Labyrinth hinunterzulaufen. Dann flog ich durch das Labyrinth und seine Gänge wie ein wildes und vor Angst halb wahnsinniges Tier, wie Abdulla Bar, als er mit roten und wild aufgerissenen Augen aufs Meer zugaloppierte. Meine Schreie drangen wie lange, spitze Stilette durch die Stille. Ich hörte nicht auf zu laufen, bis ich direkt vor Farthy aus dem Labyrinth herausbrach.

Mit den Fäusten wischte ich die Tränen aus den Augen und ging weiter; nur einmal hielt ich kurz inne, um zu Jillians Fenster hinaufzusehen. Wieder stand sie dort und sah hinaus. Diesmal machte sie einen befriedigten Eindruck. In ihrem Wahn wußte sie doch die schmerzliche Wahrheit, eine Wahrheit, deren Anfänge weit zurücklagen, bis zu jener Zeit, als meine Mutter ihren Körper gegen den Tonys gepreßt und eine sündige Liebe so ihren Ausgang genommen hatte. Eine Liebe, deren Folgen sich wie heimtückische Greifarme um unser aller Leben schlangen, ähnlich dem Wein, der an den Mauern von Farthy emporkletterte, und bis zu unserem Tod würde das so weitergehen.

Ich wollte direkt hinauf in mein Zimmer gehen und mich hinlegen, aber Curtis empfing mich mit der Nachricht, daß Logan angerufen habe. Starr wie üblich wartete Tonys Butler in der Eingangshalle mit Logans Botschaft auf einem Stück Papier. Ich hatte den Eindruck, als wenn er seit Logans Anruf dort gestanden und auf meine Rückkehr gewartet hätte.

»Mr. Stonewall hat zweimal angerufen, Mrs. Stonewall. Der zweite Anruf ist nur ein paar Minuten her. Er hat mir diese Telefonnummer gegeben, unter der Sie ihn erreichen können.«

»Danke, Curtis«, sagte ich. Ich ging direkt ins Wohnzimmer, um das goldene, antike Telefon zu benutzen, und wählte die Nummer. Meine Hände zitterten. Ein Mann hob ab und meldete sich.

»Mr. Stonewall? Ja, gnädige Frau. Sofort«, sagte er mit aufgeregter Stimme. Im Hintergrund ging es hektisch zu – Leute redeten laut miteinander, eine Schreibmaschine ratterte, ein anderes Telefon läutete, und durch ein nahgelegenes Fenster war das Geräusch von Bulldozern und anderen Baumaschinen zu hören.

»Heaven, wo bist du gewesen?« fragte Logan, sobald er ans Telefon kam.

»Ich bin nur spazierengegangen.« Ich versuchte verzweifelt, mir meinen Mann, meinen Rettungsanker, vorzustellen, mich ihm nah zu fühlen. »Was für ein Lärm ist das?«

»Oh, das ist mein Hauptquartier«, sagte er mit so offensichtlichem Stolz in der Stimme, daß ich ihn vor mir sah, wie er die Schultern straffte, den Kopf emporreckte und lächelte. »Ich habe einen kleinen Wohnwagen auf dem Fabrikgelände aufstellen lassen. Auch einen Sekretär besitze ich; das war der Mann, der das Telefon abgehoben hat. Vielleicht erinnerst du dich an ihn – Frank Stratton, der jüngste Sohn von Steve Stratton. Stratton-Holz-Gesellschaft«, fügte er hinzu, als ich nicht antwortete.

»Du scheinst sehr beschäftigt zu sein«, sagte ich.

»Es geht gut voran, Heaven. Ich wünschte, daß du mit mir hierher gekommen wärst, nur damit du auch Zeugin des Fortschritts hier wirst. Wir haben schon die Hälfte hinter uns, und ich habe in den Willies zwei Handwerker gefunden, die eine Madonna aus einem Birkenast schnitzen könnten.«

»Das ist wunderbar«, sagte ich und versuchte, enthusiastisch zu klingen, aber ich stand immer noch unter Schock. Ich konnte nur an Troy denken. An Troy, der noch am Leben war!

»Wie auch immer, ich habe angerufen, um dir zu sagen, daß ich heute nicht nach Hause kommen kann. Ich muß bis zum Wochenende bleiben. Es stellen sich hier so viele Probleme, die noch gelöst werden müssen.«

»O Logan.«

»Ich weiß. Ich habe nicht vorgehabt, dich so lange allein zu lassen, aber alle hier fürchten sich davor, ohne meine Zustimmung eine Entscheidung zu fällen«, sagte er. »Vielleicht solltest du herfliegen.«

Ich erwog den Gedanken. Möglicherweise sollte ich sofort von hier aufbrechen und in den Hafen flüchten, den mir Logans Arme boten, dorthin, wo Troy nur eine verschwommene Erinnerung darstellte. Und doch… und doch… ich wollte mehr denn je in Farthy bleiben.

»Nein, es sind ja nur noch eineinhalb Tage«, sagte ich und versuchte, fröhlich und kontrolliert zu erscheinen.

»Du bist ärgerlich. Das tut mir leid. Auch für mich ist es schwer, nicht bei dir zu sein, aber ich sage mir immer wieder, daß dies alles in Wirklichkeit für Heaven geschieht.«

»Du entwickelst dich noch zu einem guten Redner, Logan Stonewall«, sagte ich.

Er lachte. »Heute morgen habe ich mit Tony gesprochen. Er hat mir erzählt, daß ihr gestern abend in ein sehr gutes Theaterstück gegangen seid.«

»Ja.«

»Leider konnte ich nicht mitgehen, aber ich verspreche dir, sobald das hier vorbei ist –«

»Mache keine Versprechungen, Logan. Laß uns jeden Tag nehmen, wie er kommt«, sagte ich.

»Du klingst sehr traurig, Heaven. Stimmt etwas nicht? Ich meine, abgesehen davon, daß ich noch hierbleiben muß?«

»Nein«, sagte ich schnell. »Ich möchte nur nicht enttäuscht werden.«

»Sicher. Das verstehe ich«, sagte er. »Mom und Dad lassen dich grüßen.«

»Grüß sie auch von mir. Hast du Fanny gesehen?«

»Fanny? Nein. Sie ist... Ich glaube, sie ist diese Woche mit Randall Wilcox weggefahren.«

»Ist sie noch mit ihm zusammen?«

»Ja, mit Unterbrechungen«, sagte er schnell. »Ich rufe dich heute abend an«, sagte er. »Bitte vergiß nicht, wie sehr ich dich liebe.«

»Ja«, versprach ich. Nachdem wir das Gespräch beendet hatten, saß ich noch eine Weile dort und starrte auf das Klavier. Von Liebe und Verwirrung gleichermaßen verstört, stand ich auf und ging hinauf in mein Zimmer. Ich muß dann unmittelbar danach fest eingeschlafen sein, denn als ich wieder aufwachte, war es fast dunkel, und es klopfte leise an meiner Tür. Es war Tony.

»Die Diener haben mir gesagt, daß du den ganzen Tag in deinem Zimmer warst. Du bist nicht einmal zum Lunch herausgekommen. Stimmt etwas nicht?« fragte er und sah mich aufmerksam an.

Ich schaute weg, weil ich befürchtete, daß Tony mit seinen durchdringenden Augen tief in mein Herz blicken und dort Troys Bild entdecken würde. Würde ich fähig sein, mein Versprechen gegenüber Troy zu halten, nämlich daß Tony nicht erfahren durfte, daß ich Troy gesehen hatte? Wie konnte ich mich gegenüber Tony unverändert benehmen, wo ich doch wußte, daß er Troy am Leben wußte und ihn von mir ferngehalten hatte? Ich war ihm böse, daß er mir nicht die Wahrheit gesagt hatte, und dennoch sah ich ein, daß er nur versucht hatte, mich zu beschützen.

»Nur eine Sommererkältung«, sagte ich. »Ich habe ein paar Aspirin genommen und bin eingeschlafen.«

»Du mußt dich gestern abend nach dem Theater verkühlt haben. Geht es dir besser?«

»Ein bißchen.«

»Ist es hier drinnen warm genug?« Er sah sich im Zimmer um.

»O ja.«

»Gut«, sagte er. Er stand unschlüssig im Türrahmen, denn ich hatte ihn nicht hereingebeten. Ich aber hatte nur im Sinn, die Tür zu schließen und ins Bett zurückzugehen. »Ich nehme an, daß du mit Logan gesprochen hast.«

»Ja. Es scheint alles gut zu laufen.«

»Es gibt da ein paar Unklarheiten. Wahrscheinlich fliege ich morgen für einen Tag hin. Willst du mitkommen?«

»Nein, ich glaube nicht. Wenn das Wetter schön ist, lege ich mich lieber hier in die Sonne.«

»Okay. Sehe ich dich beim Dinner?«

»Wenn es dir recht ist«, sagte ich, »dann laß doch etwas für mich heraufschicken. Heute abend würde ich lieber im Zimmer essen. Ich fühle mich immer noch nicht völlig wiederhergestellt.«

Er hob eine Augenbraue und sah mich noch aufmerksamer als zuvor an. Jetzt wird er gleich daraufkommen, was ich entdeckt habe, dachte ich. Ich besaß nicht sein undurchdringliches Gesicht. Ich war mehr wie Jillian. Meine Gefühle lagen für gewöhnlich offen, spielten sich um die Augen und Lippen ab und verrieten jederzeit jede Regung in meinem Herzen.

»Vielleicht sollte ich Doktor Mallen rufen lassen«, schlug er vor.

»Nein, nein.«

»Aber –«

»Ich verspreche dir, wenn es mir morgen früh nicht besser geht, dann konsultiere ich ihn«, sagte ich schnell.

»Also gut. Ich sag' Curtis, daß er dir hier servieren soll. Das wird ein einsames Essen für mich werden«, sagte er lächelnd. »Kannst du dir vorstellen, wie man sich fühlt, wenn man in diesem großen Raum ißt und Curtis hinter einem steht und darauf wartet, daß man einen Löffel fallen läßt?«

Ich lachte. Wie gut ich mir das vorstellen konnte!

»So ist es schon besser«, sagte er. »Ich sehe nachher noch einmal nach dir«, versprach er und ging.

O Tony, dachte ich, nachdem er die Tür hinter sich geschlossen hatte, ich weiß nicht, ob ich dich bemitleiden oder hassen soll. Ich fühlte mich wie jemand, der auf einem Karussell sitzt und im Kreis fährt, während die Pferde sich ständig nach unten und wieder nach oben bewegen, immer im Kreis herum, wo nichts unbeweglich ist, nirgends ein Punkt, an dem man sich orientieren kann, der einem zeigt, wo man wieder festen Grund unter die Füße bekommen kann. All meine Empfindungen wurden, wie diese Karussellpferdchen, in zwei Richtungen hin- und hergezerrt, hinauf, hinunter, im Kreis herum, bis mir ganz schwindlig wurde.

Ich wollte allein sein und versuchen, mir Klarheit zu verschaffen, und doch hatte ich Angst vor dem Alleinsein. Als ich so in der Stille meines Schlafzimmers lag, drängte ich die Gedanken an Troy zurück, denn diese Gedanken waren mir jetzt noch mehr als jemals vorher verboten. Auf diesem Bett, eingehüllt in Logans Arme, hatte ich dessen Küsse auf den Lippen und Wangen gespürt und Liebesschwüre von mir gegeben, genauso wie er mir Liebe und Ergebenheit geschworen hatte. Es schien mir ein schrecklicher Betrug, meinen Kopf auf das Kissen zu betten und mir Troys Augen, Troys Lippen und Troys Küsse vorzustellen, während der Duft von Logans Rasierwasser noch in den Laken hing.

Ich versuchte, die immer wiederkehrenden Bilder von Troy zu verdrängen und mir Logan vorzustellen, wie er zum erstenmal nach Winnerow gekommen war, denn die erste, junge Liebe ist ja etwas, was eine Frau niemals vergessen kann. Sie hat besondere Reize, die unendlich lang wirkungsvoll bleiben. Sogar wenn ich eine alte Dame, älter als Jillian und Großmutter, werden sollte, wüßte ich, daß ich wie jede Frau meinen Schaukelstuhl anhalten und, verkalkt oder nicht, mich an die besondere Erregung erinnern würde, die ich empfunden hatte, als mein Herz zum erstenmal wegen des Blicks oder der Berührung eines Jungen gebebt hatte. Solche Erinnerungen wärmen das einsamste Herz, und die traurigsten Augen glänzen mit einemmal vor Freude und Seligkeit. Sie sind wie das Obst – Äpfel, Pfirsiche, Pflaumen –, das immer wieder jedes Jahr auf den Bäumen blüht. Ganz gleich, wie alt die Bäume sind, immer gibt es Obst, frisch und wunderbar. Gute und glückliche Erinnerungen, besonders Erinnerungen, die einem die bewegenden Augenblicke des Lebens bewußter machten, waren die Früchte, die man trotz der Mühsal des Lebens ernten konnte.

Wie war es mit Logan und mir, als wir beide jung und in den Willies waren? Ich konnte die Bilder aus der Schatztruhe meiner Erinnerungen hervorziehen, und so erschien noch einmal Logan vor meinem inneren Auge, wie er aussah, als ich ihn das erste Mal in der Schule sah. Er wirkte so auffallend wie ein Schüler eines vornehmen Internats, in seinen grauen Flanellhosen mit den scharfen Bügelfalten und seinem hellgrünen Pullover, den er über einem weißen Hemd und einem grau und grün gestreiften Schlips trug. Niemand war jemals so angezogen in unsere Schule gekommen wie Logan Stonewall.

Ich höre noch, wie mein Bruder Tom uns einander vorstellte.

»Und das ist meine Schwester, Heaven Leigh.« Toms Stimme war voller Stolz.

»Was für ein hübscher Name«, sagte Logan. »Er paßt sehr gut zu dir. Ich glaube, ich habe niemals vorher Augen gesehen, die so himmelblau sind.«

Noch während er dies feststellte, versanken unsere Augen ineinander, und eine Saite in unseren Herzen wurde angerührt, die auch für den Rest unseres Lebens nicht mehr verklingen würde.

Logan Stonewall, mein schöner erster Freund und mein Freund für immer und ewig, der auf eine Art, wie man sie in Zeitschriften und Büchern finden kann, gut aussah; eben wie jemand aus einer guten und gebildeten Familie, die ihm eine Eigenschaft verlieh, die keiner von uns aus den Bergen hatte – Vornehmheit.

Wie in einen beschützenden Umhang hüllte ich mich in die Erinnerungen an diese frühe Zeit ein, um alle Aufregungen und die Versuchungen, die an meine Tür klopften, von mir fernzuhalten. Eine ganze Weile lang gelang mir das auch. Curtis servierte mir das Dinner, und ich aß fast alles auf. Danach sah Tony nach mir, wie er es versprochen hatte. Zufrieden darüber, daß ich nur eine leichte Erkältung auskurierte, verließ er mich etwas später und teilte mir noch mit, daß er früh am nächsten Morgen ein Flugzeug nach Winnerow nehmen würde. »Ich sehe dich nicht mehr, bevor ich gehe, aber ich rufe im Laufe des Tages an«, sagte er, »um zu erfahren, ob es dir auch wirklich wieder gut geht.«

Bevor er mir endgültig gute Nacht wünschte, blieb er noch ein wenig unschlüssig stehen, als ob er noch mehr sagen oder fragen wollte, aber zwischen uns stand eine Mauer des Schweigens, die nicht zu überwinden war. Wahrscheinlich spürte er das.

»Gute Nacht«, sagte er.

Ich schloß die Tür hinter ihm und zog mich wieder in meine eigene Gedankenwelt zurück, um in glücklicheren Erinnerungen Erleichterung für mein Leid zu finden.

Aber diesmal betrog ich mich selbst. Anstatt mich an die wunderschönen Tage damals mit Logan zu erinnern, sah ich Troy vor mir, wie er am Tag meines Schulabschlusses in die Winterhaven-Schule kam. Ich war furchtbar enttäuscht gewesen, als ich erfuhr, daß Tony und Jillian an diesem Tag in London sein würden. Niemand würde Zeuge meines Erfolgs sein, eines Erfolgs, der damals, als ich noch in den Willies lebte, unvorstellbar schien.

Einzeln kamen die Schüler der Abschlußklasse herein und nahmen ihre Sitze ein. Ich ging als achte, und zunächst erblickte ich nur eine Menge mir unbekannter Gesichter. Dann sah ich Troy inmitten der anderen sitzen, der mich voller Stolz und Freude beobachtete. Ich empfand darüber so viel Glück wie selten zuvor, denn Troy war gekommen und hatte eine Anzahl von Angestellten der Tatterton-Spielzeugwerke und deren Angehörige gebeten, als meine Familie dort zu erscheinen.

»Hast du wirklich angenommen, daß ich nicht kommen würde?« hatte er mich geneckt, als wir in jener Nacht nach der Tanzveranstaltung in der Schule nach Hause fuhren. »Bis jetzt ist mir noch kein Mädchen begegnet, das so dringend wie du einer Familie bedurft hätte. Also wollte ich dich mit einer riesigen ausstatten.«

Wie hatte ich ihn damals drücken und küssen wollen. Ich glaube, zu diesem Zeitpunkt wurde mir das erste Mal bewußt, daß ich mich in ihn verliebt hatte, daß ich mich in einem Meer von Zuneigung verlor, das aus liebevollen Worten, Sätzen und Berührungen, aus sanften, mitfühlenden Augen und hoffnungsfreudigen Versprechen bestand.

Ich erinnerte mich daran, wie wir im Garten spazierengegangen waren und uns unterhalten hatten, bis es zu regnen anfing, und wie er dann vor mir in jener Nacht die Flucht ergriffen hatte. Als ich ihn fragte, warum er mich so früh verlasse, sagte er mir, daß es wegen meiner Jugend, Kraft und all der Träume sei, die er nicht mit mir teilen könne.

Wie prophetisch sind seine Worte gewesen.

O Troy! Ich vergrub den Kopf im Kissen und erstickte mein Schluchzen. Kann ich es zulassen, daß du ein zweites Mal für mich gestorben bist?

8. KAPITEL

Verbotene Leidenschaft

Es war schon später als zwei Uhr nachts. Wie in einem Traum befangen hatte ich stundenlang im Halbschlaf gelegen, mich hin- und hergewälzt und leise vor mich hingeweint. Schließlich verfiel ich in einen unruhigen Schlaf, in dem ich das friedvolle Vergessen, nach dem ich mich verzweifelt gesehnt hatte, nicht fand. Ich hatte einen Traum, in dem ich am Rand einer steilen Klippe hoffnungslos über der Dunkelheit hing. Der scharfe Felsvorsprung, an den ich mich festklammerte, schnitt so schmerzhaft in meine Finger, daß ich schließlich loslassen mußte. Ich fühlte, wie ich unendlich lange fiel, und wachte mit einem Ruck auf.

Schnell setzte ich mich im Bett auf. Die Vorstellung, an dieser Klippe zu hängen, war so lebhaft für mich gewesen, daß ich tatsächlich Schmerzen in den Fingern verspürte. Ich öffnete und ballte wiederholt die Hände. Dabei sah ich mich im Zimmer um. Der Mond schien dünn und weißlich durch die Vorhänge. Mir war, als ob ich alles nur durch einen Schleier wahrnehmen könnte.

Plötzlich durchdrangen silberne, leise Töne, die vom Klavier im unteren Stockwerk herrührten, die Stille um mich her. War meine Einbildung mittlerweile so lebhaft, oder befand sich Troy auf einem seiner nächtlichen, geisterhaften Gänge in die Vergangenheit? Trauerte er auf diese Weise um unsere verlorene Liebe, indem er durch Musik weinte, oder rief er mich? Und wenn er mich rief, warum verfolgte er mich mit Versprechen, die er nicht einlösen konnte?

Ich stand auf, zog meine Samtpantoffeln an und ging zur Tür. Mir zitterten die Hände, als ich die kupferne Klinke herunterdrückte. Im Flur war alles ruhig und dunkel. Mit der Klaviermusik hatte meine Einbildung mir einen Streich gespielt, denn niemand anders war dadurch geweckt worden. Und dennoch schloß ich die Tür nicht und ging auch nicht zurück ins Bett. Wie ein Schlafwandler tat ich einen Fuß vor den anderen. Mit einem Gefühl, als schwebte ich über den Teppich, ging ich den schwach erleuchteten Flur hinunter.

Einen Moment lang hielt ich oben an der Treppe an und sah auf die leeren Räume unten hinab. Dieses große Haus schien den Atem anzuhalten. Ich ging eine Stufe hinunter, dann die zweite. Immer noch hatte ich das Gefühl, eigentlich nicht wach zu sein, sondern mich noch in einem Teil meines Alptraums zu befinden, der mich nicht aus seinen Klauen lassen wollte. An der Tür zum Wohnzimmer machte ich halt und schaute hinein, zum Klavier hinüber. Niemand war da. Der Deckel der Tastatur war geschlossen. Alles war still, alles ruhig, und dennoch fühlte ich meine Wangen erglühen. Mein Hals war wie zugeschnürt, als wenn ich Troy entdeckt hätte, der auf mich wartet und mich bittet, zu ihm zu kommen. Wahrscheinlich wünschte ich dies so sehr, daß ich mir nicht eingestehen konnte, daß er mich nicht rief.

Ich ging nicht zu meinem Zimmer zurück. Ein verborgener Teil meiner selbst, der in Aufruhr gebracht worden war, hatte nun Macht über mich. Ich ging durchs Eßzimmer hinüber zur Küche und dann zur Speisekammer, die zum Flur führte. Dieser brachte mich zu der Treppe, die die Verbindung zu den unterirdischen Gängen herstellte. Dort nahm ich eine Kerze vom Regal neben der Tür und zündete sie an. Diese zergliederte wie eine behutsame Hand die Dunkelheit unten und legte einen flackernden gelben Weg für mich frei, dem ich nur folgen mußte.

Jeder meiner Schritte wurde von Stimmen in meiner Einbildung verfolgt; manche warnten mich flüsternd, andere äußerten leise Bitten. Als der Kerzenschein die Dunkelheit von den Tunnelwänden fortwusch, erschien eine Galerie von Gesichtern aus Vergangenheit und Gegenwart vor mir; jedes einzelne war lebendig und wollte mir Ratschläge erteilen oder mich verurteilen. Dort war Großmutter, die mich ermahnte, vorsichtig zu sein und mich vor unsichtbaren, schlechten Geistern zu hüten. Hier erschien Luke, der fluchte und nickte, als ob er mir klarmachen wollte, daß ich dabei war, genau das zu tun, was er von mir erwartet hatte. Dann Tom, der schöne, anmutige Tom, der mich drängte, doch an Logan zu denken; dort wiederum Fanny, die lüstern lachte und mich aufforderte, doch weiterzugehen, um meiner eigenen Befriedigung willen. Und dann sah ich noch Jillian, die grell geschminkt war und mich warnte, daß ich so nur vorzeitig altern würde. Und schließlich Tony, der angsterfüllt und eifersüchtig aussah und mich anflehte, doch umzukehren.

Ich ging um eine Biegung im Gang, und all die Gesichter zogen sich in die Dunkelheit zurück. Wieder war ich allein und von einer so tiefen Stille umgeben, daß ich mein eigenes Herz klopfen hören konnte. Einen Augenblick später wurde das Klopfen von einem leisen Klavierspiel überdeckt. Befand ich mich immer noch in meinem Traum? Oder war ich wirklich hier?

Als ich den Keller der Hütte erreicht hatte, hielt ich an. Immer noch kann ich umkehren, dachte ich und zögerte. Aber meine Kerze begann zu flackern, weil hinter mir ein Luftzug aufkam, und bevor ich sie noch mit meiner Hand schützen konnte, ging die Flamme aus, und ich stand im Stockfinstern. Durch den Spalt der Tür im Erdgeschoß drang ein schwacher Lichtschein. Als ich vorsichtig die Treppe hinaufspähte, sah ich, daß Troy die Tür offen gelassen hatte.

Erwartete er mich, oder hoffte er bloß, daß ich zu ihm kommen würde? Oder war er tatsächlich gerade von Farthy und dem Klavier zurückgekehrt und hatte die Tür offen gelassen, weil er wußte, welchen Zauber diese vergangenen Erinnerungen bei mir bewirken würden? Ich schaute zurück in die Dunkelheit, und dann begann ich mit noch größerem Herzklopfen die Treppe hinaufzusteigen. Kurz bevor ich die Türöffnung erreichte, erschien seine Silhouette im Licht der kleinen Lampe hinter ihm. Sein Gesicht war im Schatten, aber seine Arme streckten sich nach mir aus.

»O Heaven!« rief er. »Du hättest nicht kommen dürfen.«

»Ich weiß«, flüsterte ich. Meine Augen verschlangen seine kostbare Schönheit, und ich ergriff seine Hand.

»Du mußt zurückgehen, bevor es zu spät ist«, flüsterte er, aber seine Augen straften seine Worte Lügen.

»Es ist schon zu spät«, sagte ich trotzig und legte all meine Liebe und Leidenschaft in meine rauhe Stimme.

»Wir dürfen das nicht tun«, sagte er, aber er zog mich näher an sich heran, nahm mich in die Arme und drückte mich an sich.

»O Heaven, wie sollte ich dich wieder fortschicken?« Er nahm mich auf den Arm und trug mich hinüber zum Bett.

Oft hatte ich seit dem schicksalsschweren Tag, an dem ich Tony am Strand gefunden und er mir Troys Tod beschrieben hatte, in meiner hungrigen Vorstellung mit Troy geschlafen. Auf diese Weise erweckte ich ihn wieder zum Leben. Ich hatte mich so nach diesem Moment gesehnt, sogar noch in der Zeit, als Logan wieder anfing, mir den Hof zu machen. Und nun, wo ich in Troys Armen lag und seine Augen mich liebevoll ansahen, schien mir alles mehr denn je eine Einbildung, ein Traum zu sein.

Immer wieder protestierte er schwach, sogar als wir uns schon aneinander klammerten, aber ich beschützte unsere gestohlenen Augenblicke der Leidenschaft und Freude und schloß ihm immer wieder mit meinen Küssen den Mund, bis alles Zögern aus ihm verschwand.

Ein Teil meiner selbst wollte Widerstand leisten, ein Teil meiner selbst erinnerte mich daran, daß ich in Freud und Leid mit einem anderen Mann verheiratet war. Aber in Troys Armen zu liegen, seine Lippen auf den meinen zu spüren und seine Leidenschaft zu kosten bewirkte, daß jegliche Weigerung, die noch angehalten hatte, in mir erstarb.

Es war mir gleich, denn ich liebte ihn, und ich würde ihn immer lieben. Ich wollte, daß er mich verzehrte, genauso wie die Flamme das Streichholz, das sie anzündete, verzehrte. Wir beide würden in den Armen des anderen sterben und uns im Rauch unserer verzehrenden Leidenschaft auflösen. Niemals hatte ich einen Mann so begehrt. Niemals war unsere Liebe so intensiv und aufregend wie in diesem Augenblick, vielleicht weil sie verboten war. Ich ergab mich vollkommen. »O Troy«, flüsterte ich. »Ich habe von dir geträumt und mich so nach diesem Augenblick gesehnt.«

Er küßte mich innig. »Ich liebe dich immer noch, Heaven. Immer noch und für immer, meine himmlische Heaven.«

Es war so wundervoll, wie wir jetzt miteinander schliefen, daß ich Tränen der Freude weinte, die er mir von den Wangen küßte. Immer wieder erreichten wir einen Höhepunkt, der nur aus der wahrsten, tiefsten Leidenschaft erwuchs, einer Leidenschaft, die Recht oder Unrecht nicht kannte.

Danach lagen wir uns in den Armen; wir waren befriedigt und hatten uns ganz verausgabt, wie zwei kleine Boote, die in einen Hurrikan geraten und dann den sicheren Hafen erreicht haben.

»Heaven«, fragte Troy, während er meine Haare streichelte, »wie kann etwas so Wunderbares und Gutes Sünde sein? Jemand macht sich einen grausamen Witz mit uns.«

»Das ist mir gleich«, sagte ich herausfordernd. »Mein einziger Wunsch ist es, in deinen Armen zu liegen und dich nah an meinem Körper zu spüren. Bleiben wir doch so, bis wir sterben.«

Er lachte und küßte erst mein rechtes, dann mein linkes Auge.

»Wie sehr klingst du doch wie die Heaven, die ich zuerst kennengelernt habe«, rief er aus, »voller wilder Hoffnung und entschlossen, alle Hindernisse zu bewältigen, die sich unserer Liebe in den Weg stellen könnten. Aber jetzt hat sich die Situation geändert, alles ist anders«, sagte er traurig. »Ich hätte das nicht zulassen dürfen. Ich habe Angst, daß es dich reuen wird, wenn du später daran zurückdenkst. Es tut mir so leid.«

»O nein, Troy!« schrie ich auf und drückte ihn noch fester an mich. »Niemals. Ich werde es nie bereuen dich zu lieben, dich zu begehren, mich vollkommen in deine Hände gegeben zu haben.«

Es setzte sich im Mondlicht auf und fuhr mit den Fingern durch seine langen Haare. Sein schönes, empfindsames Gesicht war durch das silbrige Licht, das durch die Fenster hereinschien, wie ausgelöscht. Dann wandte er sich zu mir.

»Vielleicht kennst du dich selbst nicht so gut, wie ich dich kenne, Heaven.« Er sprach mit tiefer, ernster und sehr trauriger Stimme. »Denk doch an Logan und an das, was ihr gemeinsam begonnen habt. Kannst du das alles für einige wenige Augenblicke des Vergnügens mit mir beiseite legen?«

»Es ist mir gleich«, beharrte ich. »Solange ich lebe, wird dieser Augenblick für mich wertvoll sein.«

»Ja, aber was ist mit Tony? Er könnte es herausfinden; dann wäre er wütend und würde den Bau der Fabrik in Winnerow sofort stoppen. Und wenn die Leute in Winnerow den Grund dafür herausfänden, dann könntest du niemals wieder nach Hause in die Willies kommen, Heaven. Du selbst weißt doch, wieviel Fälle von Inzest es in den Bergen gibt. Die Leute dort würden dich dann genau wie jeden anderen Hillbilly verdammen. Sie würden dich hassen, weil du ihnen ihre wiedergefundene Hoffnung, ihre einzige Möglichkeit, ein besseres Leben zu führen, zerstört hast. Du wärst noch mehr allein als bisher.«

»Ich wäre nicht allein, wenn ich bei dir wäre«, bat ich und klammerte mich an ihn, als wäre er das Leben selbst.

»Wie könntest du mit dem Wissen leben, Logan große Schmerzen zu bereiten. Das ist doch alles nicht sein Fehler. Du sagst doch selbst, daß er dir ergeben ist, daß er dich wahrhaft liebt. Willst du ihm das so zurückzahlen?«

»O Troy!« Seine Einwände ließen die Seifenblasen meiner Träume zerplatzen. Ich fühlte mich am Boden zerstört, meine Regenbogenwelt wurde von der Realität eingeholt. Verzweifelt überlegte ich und suchte nach Argumenten, die das unvermeidliche Ende aufhalten konnten.

Er schob sich vom Bett und ging zum Fenster. Während heiße Tränen über mein Gesicht strömten, beobachtete ich seine Gestalt, die schweigend auf die dunkle Welt dort draußen starrte.

»Kannst du dir nicht vorstellen, daß eine Stimme in mir dich ermutigen möchte, es zu tun? Ich sagte doch schon, daß ich zurückgekommen bin in der Hoffnung, mein ganzes Leben mit dir verbringen zu können, ganz egal, wie groß die Opfer sein mögen. Aber das war früher. Nun würden wir zu viele Menschen verletzen. Ja, für eine kurze Zeit könnten wir sicher glücklich sein, aber, Heaven« – er seufzte und drehte sich zu mir um – »wir sind beide viel zu sensibel, um den Schmerz der Menschen um uns herum ertragen zu können. Du weißt, daß ich damit recht habe, oder?« fragte er sanft. Ich nickte, und er kam zu mir. Er trocknete meine heißen Tränen mit Küssen und streichelte mir über den Kopf.

»Ich kann dich nicht aufgeben. Ich kann es nicht!« schluchzte ich.

»Meine arme Heaven, teure Heaven«, tröstete mich Troy.

»Troy«, sagte ich und richtete mich hastig auf. »Warum können wir nicht beides haben? Behalte die Hütte. Bleibe in Farthinggale. Ich komme zu dir, wann immer ich kann. Niemand wird es je erfahren. Der Tunnel unserer Vorfahren ist ein Segen für uns, er wird uns für immer verbinden.«

»O Liebste«, sagte er. »Siehst du nicht, daß es dadurch für uns noch viel schwerer wird? Jedes Mal, wenn du mich verläßt und zu Logan gehst, jedes Mal, wenn wir ein Geräusch hören und erstarren, weil wir denken, jemand kommt zur Hütte, erleiden wir zusätzliche Qual. Und wie lange würde es dauern, bis Logan merkt, daß du dich in deinen Küssen zurückhältst? Daß du dich zurückhältst für einen anderen Mann?

Ein Mann kann das fühlen, weißt du? Ganz egal, wieviel Arbeit er hat, wenn er nach Hause kommt und nach Liebe und Zärtlichkeit verlangt, wird er merken, daß dein Herz nicht offen ist. Und du, du wirst seine Anschuldigungen leugnen, wirst eine Rolle spielen wie eine Kriminelle oder eine Spionin. Vielleicht läßt er dich dann von einer der Hausangestellten überwachen. Und wenn er sich bei Tony beschwert, weiß dieser ziemlich schnell, was vor sich geht.

Und wenn die Wahrheit ans Tageslicht gekommen ist, wie wirst du dich dann fühlen? Wie kannst du Logan dann noch in die Augen sehen? Nein, liebste Heaven! Es wäre alles nur noch schlimmer für uns, wenn wir uns heimlich durch den Tunnel schleichen müßten, wenn wir uns nur treffen könnten, wenn Logan fort ist, eine gestohlene Stunde hier, eine gestohlene Stunde da.

O meine Liebe, meine kostbare, schöne Liebe, und du willst etwas so Schmutziges, Gemeines, ja Häßliches tun?

Weißt du, was sogar passieren könnte? Es könnte sein, daß du es mir eines Tages vorwirfst«, sagte er. Dann strich er mit seiner Hand sanft über mein Gesicht. Bei seiner Berührung schloß ich die Augen.

»Wie kommt es, daß du so weise bist?« fragte ich ihn.

»Ich wäre es lieber nicht, glaube mir. Du weißt, daß das, was ich sage, richtig ist, nicht wahr? Du weißt auch, welchen Schmerz es mich kostet, auf dich zu verzichten?«

»Ja«, sagte ich, »ich weiß es, weil ich den gleichen Schmerz spüre.«

In der Dunkelheit blickten wir uns an. In unseren Augen spiegelte sich das Mondlicht. Wir waren wie zwei Sterne, die sich am nächtlichen Himmel Blinkzeichen gaben, so hell, so willig, sich zu berühren und zu verschmelzen, und doch so fern.

»Geh jetzt, Heaven«, flüsterte er traurig. Ich berührte seine Lippen mit meinen Fingerspitzen, um ihn zum Schweigen zu bringen.

»Noch nicht«, sagte ich. »Wenn wir uns schon eine kostbare Nacht gestohlen haben, laß sie uns wenigstens bis zum Ende genießen. Bis wir die ersten Strahlen der Morgensonne sehen, möchte ich hier still neben dir liegen. Dann werde ich leise aufstehen und dein Bett für immer verlassen.«

Er sagte nichts. Er widersprach auch nicht. Er küßte meinen Hals und zog mich wieder zu sich heran. Hinterher schliefen wir Arm in Arm ein. Doch ich erwachte bei Tagesanbruch, so wie ich es versprochen hatte. Ich lag am Fenster und sah zu, wie das Morgenlicht allmählich den Schleier der Dunkelheit lüftete. Ich hatte gehofft, daß diese Nacht nie enden würde, doch nun war es Tag geworden. Die Realität beherrschte uns wieder, wie Troy es beschworen hatte. Dieses Mal gab es keinen Aufschub.

Mein Herz lag wie ein Stein in meiner Brust. Vorsichtig löste ich mich aus seiner Umarmung. Troy schlief tief und fest. Er sah aus wie ein kleiner Junge, der von glücklichen Ferientagen träumt. Vielleicht sah er gerade ein neues Tatterton-Spielzeug vor sich. Vielleicht war es eine Spielzeugwelt, in der zwei Menschen wie wir ohne Widerstände ihre Liebe genießen konnten.

Leise schlüpfte ich aus dem Bett und zog mein Nachthemd und den Morgenmantel an. Ich ging in die Küche, um ein Streichholz für meine Kerze zu holen. Als ich mich zu Troy umdrehte, schlief er noch immer tief, die Augen fest geschlossen, die Lippen leicht geöffnet. Ich dachte kurz daran, ihn noch einmal zu küssen, aber ich hatte Angst, daß er dann aufwachen würde. Es war besser für uns beide, wenn ich einfach ging.

Vielleicht dachte er beim Aufwachen, daß alles nur ein Traum gewesen sei. Wenn ich wieder in meinem Zimmer war und in meinem Bett lag, vielleicht dachte auch ich dann, daß alles nur ein Traum gewesen sei.

Ich schloß die Tür hinter mir, stieg die Treppe hinunter in den Keller und machte mich auf den Weg durch den Tunnel. Es war alles ruhig. Die Stimmen, die mich in der Nacht begleitet hatten, waren durch unseren Liebesakt zum Schweigen gebracht worden. An den Wänden waren keine Gesichter. Ohne Probleme ging ich durch die Dunkelheit und stieg die Treppe hinauf in den hinteren Teil der Küche. Es war noch so früh, daß in dem großen Haus noch alles schlief. Niemand war zu sehen.

Ich ging die Treppe hinauf und hielt im Korridor inne. Die helle Morgensonne setzte sich allmählich durch gegen das Dämmerlicht und die damit verbundene Kälte. Ohne weiteres Zögern ging ich zu meinem Zimmer. Aber noch bevor ich meine Zimmertür erreichte, hörte ich einen entsetzlichen Schrei durch den Korridor hallen. Ich drehte mich um und sah, wie Martha Goodman, die Hände gegen den Kopf gepreßt, aus dem Zimmer von Jillian gelaufen kam. Sie drehte sich im Kreise, bis sie mich im Flur stehen sah.

»Heaven«, schrie sie, »kommen Sie schnell, schnell!«

Ich eilte den Korridor entlang, gerade als Tony aus seinem Zimmer kam. Er schaute mich an, und ich hob den Arm, um ihm zu verstehen zu geben, daß ich von nichts wußte. Wir beide folgten Martha in Jillians Schlafzimmer und sahen dann, was ihre Aufregung verursacht hatte.

Jillian saß zusammengesunken auf ihrem Schminkstuhl und blickte in den leeren Rahmen des Spiegels. Beide Arme hingen an der Seite herunter. Sie trug eine schwarze Wolljacke mit Nerzbesatz am Halsausschnitt und an den Ärmeln. Am Ausschnitt sah man eine schwarzglänzende Seidenbluse hervorblitzen. Ich hatte sie mit dieser Kleidung schon einmal gesehen. Ich weiß noch, wie schön sie darin ausgesehen hatte, wie atemraubend, wie ein Juwel gegen den Hintergrund von schwarzem Samt.

Der Raum roch stark nach ihrem Jasminparfüm. Man konnte den Eindruck bekommen, sie hätte darin gebadet. Ihr Haar war mit perlenbesetzten Kämmen aufgesteckt, und sie war wohl gerade dabei gewesen, sich zu schminken. Eine dicke Schicht von Make-up lag auf ihrem Gesicht, und sie starrte auf den leeren Rahmen, wie versunken in die Illusion ihres eigenen Spiegelbildes. Sie war bei einer dieser langen, komplizierten Schönheitszeremonien gewesen, die immer so viel von ihrer Zeit verschlungen hatten.

Dieses Mal hatte sie sich für ihren letzten Auftritt fertiggemacht. Ich holte tief Luft und griff nach Tonys Arm, als wir beide vor der toten Jillian standen. Auf dem Fußboden lag das Fläschchen mit ihren Beruhigungstabletten.

Martha Goodman weinte hysterisch. Ich ging zu ihr, um sie zu trösten.

»Was ist geschehen?« fragte Tony. Anscheinend wollte er es von jemandem hören, um es zu begreifen. Langsam ging er hinüber zu Jillian und kniete sich neben ihr nieder. Er nahm ihre Hand und blickte in ihr leeres Gesicht. Der Tod ließ das Lächeln unter der dicken Schicht von Schminke noch grotesker aussehen. Er drehte sich zu Martha Goodman und mir um. »Was ist geschehen?«

»O Mr. Tatterton! Ich hatte ja keine Ahnung, daß sie überhaupt begriff, welches Medikament es war, wenn ich ihr die Beruhigungspillen gab. Ich sagte ihr, daß es Vitamine wären, die sie dann auch bereitwillig einnahm. Sie lächelte und nickte und schien richtig wild darauf zu sein.«

»Ja, und?« fragte er. Martha schaute mich an. Warum verstand er denn nicht? Sie wandte sich wieder an Tony.

»Nun, sie hat es wohl die ganze Zeit gewußt. In der Nacht hat sie sich in mein Schlafzimmer geschlichen und hat mir die ganze Flasche gestohlen. Dann kam sie hierher zurück, zog sich an, schminkte sich... und nahm die ganzen Beruhigungstabletten. Ich habe sie nicht gehört, ich hatte keine Ahnung, was geschehen ist, bis ich aufgestanden war, zu ihr ging und sie so fand. Aber es war zu spät. O mein Gott, es war zu spät«, sagte Martha und fing wieder an zu weinen.

Ich versuchte, sie zu trösten. »Martha, das war nicht Ihr Fehler. Sie dürfen sich nicht die Schuld geben«, sagte ich.

»Meine Liebste«, sagte Tony zärtlich und wischte Jillian das Make-up vom Gesicht. »Nun hast du deine Ruhe gefunden. Jetzt gibt es nichts mehr, was dich bedroht.«

Sein Körper wurde von einem stummen Schluchzen geschüttelt. Martha hörte auf zu weinen, und beide blickten wir hinunter auf ihn. Irgendwie hatte ich mir nicht vorstellen können, daß Tony zu einem derartigen Gefühlsausbruch in der Lage war. Vor allem hatte ich gedacht, daß seine Liebe zu ihr gestorben war, als sie psychisch erkrankte. Aber nun weinte er um sie, als sei sie auf dem Höhepunkt ihrer gemeinsamen Liebe gestorben. Ich erkannte, daß er sich auf eine eigenartige und verrückte Weise geweigert hatte, sie als etwas anderes zu sehen als die Schönheit, die sie einmal gewesen war. Wahrscheinlich war das der wahre Grund, weshalb er sie in Farthy behalten hatte. Wahrscheinlich hatte er gehofft, daß, wie durch ein Wunder, die Frau, die er einmal geliebt hatte, zu ihm zurückkehren würde.

»Ich kann es nicht glauben«, wiederholte er immer wieder. »Ich kann es nicht glauben.«

Er sah sie an wie damals, als ich zum ersten Mal nach Farthy kam und sie beide gesund, aktiv und lebendig gewesen waren. Jillian, die schönste Frau, und Tony, der eleganteste Mann, die ich je gesehen hatte. Sie waren das Traumpaar, die Prinzessin mit einem jungen, reichen Ehemann in einem Traumschloß.

»Jillian«, stöhnte er. »Meine Jillian.« Er drehte sich zu mir, und seine Augen, in denen das Wasser stand, bettelten um Zustimmung. »Das ist nicht wahr!«

»O Tony«, sagte ich, »vielleicht ist es das, was sie gewollt hat; vielleicht konnte sie so nicht mehr weiterleben. Wenigstens ist sie so eingeschlafen, wie sie sich sehen wollte: jung und schön. Ich bin sicher, daß sie dabei glücklich war.«

Er nickte und schaute sie wieder an.

»Ja«, sagte er, »du hast natürlich recht.« Er küßte ihre Hand und stand dann auf, mit den Händen bedeckte er seine Augen. Dann strich er durch seine Haare, während er sich aufrichtete. »Gut«, sagte er mit einem eher offiziellen Ton. »Wir müssen jedenfalls den Doktor rufen. Bei einem unerwarteten Tod gibt es immer eine Untersuchung.«

»O mein Gott! O mein Gott!« sagte Martha Goodman. »Die arme Frau!«

»Davon will ich nichts mehr hören«, sagte Tony schnell. »Wir haben jetzt genug zu tun. Wir müssen alles arrangieren. Die Leute informieren.« Er drehte sich zu mir. »Was ist mit dir? Kannst du...«

»Ja«, sagte ich. »Martha und ich, wir stützen uns gegenseitig. Es wird schon gehen, Tony. Mach du deine Sachen. Ich helfe dir, wo ich kann.«

»Ich danke dir«, sagte er und schaute noch einmal auf Jillian. »Ich sage es jetzt den Dienstboten und rufe den Doktor.«

Nachdem er den Raum verlassen hatte, wurde Marthas Schluchzen heftiger und lauter. Ich brachte sie in ihr eigenes Schlafzimmer und riet ihr, sich anzuziehen.

»Ich werde das jetzt auch tun«, sagte ich.

»Natürlich. Sie haben ja recht. Ich muß mich zusammenreißen. Vielen Dank, Heaven. Sie sind so stark.«

Ich ließ sie allein und ging in mein Zimmer. Jillians Tod überwältigte mich. Er folgte so schnell auf die Auferstehung von Troy – und damit auf die Auferstehung meiner Liebe zu ihm. Doch der Tod war kein Fremdling für mich.

Ich dachte an die Art, wie Jillian von dieser Welt in eine andere gegangen war. Sie tat mir nicht so leid wie Tony. Er hatte versucht, die Zeit seines Lebens festzuhalten, die glücklich und wunderschön gewesen war. Doch nun war sie unwiderruflich vorbei. Er war früher nie so allein gewesen, wie er es jetzt sein würde.

Nachdem ich mich angezogen hatte, rief ich Logan in Winnerow an und erzählte ihm die Nachricht. Er versprach, die erste Maschine nach Boston zu nehmen.

»Wie nimmt es Tony auf?« fragte Logan.

»Im Augenblick beschäftigt er sich mit den offiziellen Dingen. Später dann wird es schwer für ihn«, sagte ich und sprach aus Erfahrung.

»Und wie geht es dir?« fragte Logan.

»Ich komme schon zurecht.«

»Ich komme, so schnell es geht«, versprach er. »Ich bin für dich da, wann du mich brauchst«, fügte er hinzu, ehe er auflegte.

Vielleicht war es das Versprechen von Logan, daß die Schleusen für meine Tränen geöffnet wurden. Ich wußte, daß er es ernst gemeint hatte, und die Zärtlichkeit in seiner Stimme erinnerte mich daran, wie sehr ich mir eine Familie wünschte und brauchte. Ich hatte mir früher immer gewünscht, daß Jillian mehr eine Mutter für mich sein würde als eine Großmutter. Es stellte sich heraus, daß sie beides nicht war. Ich war ihr deswegen böse, aber ich hatte nie aufgehört, mir zu wünschen, daß sie mir Liebe geben würde.

Ich dachte an die vielen aus meiner Familie, die ich schon verloren hatte: die Mutter, die ich nie gekannt hatte, weil sie bei meiner Geburt gestorben war, den vermeintlichen Vater, der mich nicht mochte, weil durch meine Geburt seine angebetete Frau gestorben war. Meine Granny, die durch das harte Leben in den Willies vorzeitig gealtert, abgearbeitet und ausgebrannt war. Meinen Großpapa, der mich schließlich geliebt und sich auf mich verlassen, doch bis zu seinem Tod in seiner eigenen Welt der Vorstellungen gelebt hatte, und den zärtlichen und liebevollen Bruder Tom, das Opfer eines grausamen Unfalls, der durch meine Sucht nach Liebe und Anerkennung geschehen war.

Die Liebe war immer wie eine kleine weiße Wolke durch mein Leben gezogen. Ich versuchte, sie zu berühren, aber meine Hände griffen ins Leere, und sie zog fort, immer weiter, bis sie am Horizont verschwand. Nur Logan war beständig geblieben wie die Sonne. Nur Logan versprach, immer für mich dazusein. Und Troy... Bei dem Gedanken an ihn konnte ich nur weinen. Ich weinte für mich, für Troy und für Jillian. Ich weinte für Granny und Grandpa und Tom und für die Mutter, die ich nie gekannt hatte. Schließlich weinte ich nur noch für Jillian. Vielleicht hatte sie, als sie vor dem Spiegel saß und zum letzten Mal Make-up auflegte, die Wahrheit erkannt. Vielleicht hatte sie den Tod in einer dunklen Ecke ihres Zimmers stehen sehen, wie er geduldig wartete. Ich konnte mir vorstellen, wie sie mit ihm sprach, als sei er gekommen, um sie zu ihrer letzten großen Gala zu geleiten.

Ich seufzte und wischte die Tränen aus meinen Augen. Dann stand ich auf und ging ins Badezimmer, um die Spuren meiner Trauer fortzuwaschen. Ich mußte stark sein für Tony, für Logan und für die Dienstboten. Ich hatte jetzt eine Verantwortung. Ich war nicht mehr das kleine Mädchen aus den Willies.

Als ich hinunterkam, war der Doktor schon dagewesen, hatte Jillian untersucht und ihren Totenschein ausgestellt. Ein Krankenwagen hatte sie in das nahegelegene Krankenhaus gebracht, wo eine Autopsie durchgeführt werden sollte. Da es Selbstmord gewesen war, mußte auch die Polizei gerufen werden. Tony kniete sich in diese Dinge bereitwillig hinein, dankbar für die Ablenkung.

Die Dienstboten waren natürlich traurig. Eine schwere, trauervolle Stimmung hing über dem großen Haus, obwohl es ein heller, sonniger Tag war. Curtis ließ die Vorhänge zugezogen. Jeder sprach nur leise und schaute den anderen mit einem bedrückten Ausdruck an. Martha Goodman blieb fast den ganzen Tag in ihrem Zimmer. Ich ging zweimal zu ihr. Sie wollte bis zur Beerdigung auf Farthy bleiben und dann gehen.

Jillian hatte zwei Schwestern und einen Bruder, die noch lebten. Jana Jenkins, ihre Mutter, die ich kennengelernt hatte, als sie schon sechsundachtzig Jahre alt war, war nun schon recht hinfällig und lebte in einem Pflegeheim. Tony rief die Schwestern an, die zusammenlebten. Sie sagten, sie würden den Bruder benachrichtigen und zur Beerdigung kommen. Tony sagte mir, daß man aus dem Ton ihrer Stimmen erkennen konnte, daß sie mit einer Erbschaft rechneten.

»Sie werden schrecklich enttäuscht sein«, sagte er. »Jillian fühlte sich ihnen nie sehr nahe. In Wahrheit verachtete sie sie. In ihrem Testament werden sie nicht bedacht. Aber du erbst etwas«, sagte er.

»Bitte, ich möchte jetzt nicht darüber reden«, bat ich.

»Aber wir müssen, Heaven. Sie hatte es kurz nach dem Vorfall mit Troy beschlossen, als sie ihm von Leigh und mir und davon, wer du wirklich bist, erzählt hatte. Ich mußte ihr versprechen, dir nichts davon zu erzählen. Sie wollte nicht, daß du denkst, sie wolle deine Liebe und Zuneigung kaufen. Nachdem sie dann so anders wurde, habe ich nicht mehr oft daran gedacht und es schließlich ganz vergessen.«

»Anscheinend war sie um einiges komplizierter, als ich dachte«, sagte ich. Er nickte. »Wir scheinen alle hin- und hergerissen zu werden zwischen Liebe und Haß, in beide Richtungen, im Sturm unserer Gefühle. Es ist fast besser, wenn... wenn man...«

»Wenn man so sein kann wie sie«, bot er an. »Gefangen in einer angenehmen Traumwelt.« Er schaute mich an. »Wie ähnlich du ihr siehst, wie damals, als sie jung und sehr, sehr schön war«, sagte er.

Ich wußte nicht mehr, wann er mich zuletzt dermaßen intensiv angesehen hatte. Ich fühlte mich unwohl.

»Was kann ich denn noch tun?« fragte ich schnell.

»Was? Nichts. Nichts.« Das Telefon klingelte. »Es ist in Ordnung. Bald wird Logan hier sein«, sagte er und nahm den Hörer ab.

Tony blieb fast den ganzen Tag in seinem Büro. Er mochte nichts essen, er trank nur etwas Tee. Als sich die Nachricht verbreitete, kamen Anrufe von seinen Geschäftspartnern und Freunden. Ich stellte fest, daß ich noch eine gute Stunde Zeit hatte, ehe Logan kam. Das gab mir die Gelegenheit, zu Troy zu gehen und ihm die schreckliche Nachricht zu bringen. Ich konnte mir nicht vorstellen, daß Tony daran gedacht hatte, ihn zu informieren.

Dieses Mal ging ich sehr schnell durch das Labyrinth, ohne einen Gedanken daran zu verschwenden, welchen Weg ich nehmen mußte. Wie immer um diese Tageszeit war die Fassade des kleinen Hauses in Sonnenlicht gebadet. Sein Bilderbuchaussehen wirkte so einladend, daß man seine Sorgen und Probleme vergessen konnte. Wieder einmal wirkte es wie eine Zuflucht vor der Realität, dieses Mal vor einer traurigen und tragischen Realität.

Ich klopfte leise an die Tür, drehte an dem Türgriff und war überrascht, als ich merkte, daß sie verschlossen war. Ich klopfte lauter. Normalerweise verschloß Troy die Tür der Hütte nicht. Er machte sich keine Sorgen um Diebe, selbst dann nicht, wenn er für längere Zeit fortging. Da ich keine Schritte hörte, blickte ich durch ein Seitenfenster. Das Haus sah ruhig und leer aus. Ich sah kein Zeichen von ihm.

»Troy«, rief ich. »Bist du da?«

Schweigen war die einzige Antwort. Ich ging um die Hausecke und schaute durch das Küchenfenster. Ich konnte ihn nicht sehen, aber etwas anderes erregte meine Aufmerksamkeit. Gegen den Salzstreuer, der mitten auf dem Tisch stand, lehnte ein Umschlag, und ich konnte erkennen, daß *Heaven* auf ihm stand. Ich merkte auch, daß die Tür zum Keller offen war. Troy hatte wohl angenommen, daß ich durch den Tunnel in das Haus kommen würde. Ich versuchte, ob sich die Fenster öffnen ließen, aber sie waren verriegelt.

Enttäuscht und nichts Gutes ahnend, was der Brief mir bringen würde, eilte ich durch das Labyrinth zum Herrenhaus zurück und durch die Küche zum Tunnel. Ich rannte ihn entlang und dann die Treppe hinauf in die Küche der Hütte. Außer Atem griff ich nach dem Umschlag.

Mein Herz schlug so schnell, daß ich mich hinsetzen mußte, ehe ich den Umschlag aufreißen konnte. Dann zog ich die Blätter heraus und begann zu lesen:

Du meine Liebe, meine große, verbotene Liebe!

Ich kann es kaum glauben, was letzte Nacht geschehen ist, es scheint mir wie ein Traum. Ich habe es mir letztes Jahr so oft gewünscht, daß ich es mir nun, wo es Wirklichkeit wurde, noch immer nicht vorstellen kann.

Lange Zeit habe ich einfach nur dagesessen und an die kostbaren Augenblicke mit Dir gedacht, an Deine warme Umarmung, an die Sanftmut Deiner Augen und Deiner Berührungen. Ich bin dann aufgestanden und habe in meinem Bett nach Strähnen von Deinem Haar gesucht. Zum Glück habe ich welche gefunden. Ich werde sie zu einer Locke binden und dicht an meinem Herzen tragen. Es gibt mir Trost, daß ich dann immer etwas von Dir bei mir tragen kann.

Ich hatte eigentlich vorgehabt, länger hier zu bleiben und Dich von Zeit zu Zeit heimlich zu beobachten, obwohl ich wußte, daß es eine Qual werden würde. Aber es wäre auch schön gewesen, wenn ich Dir beim Spazierengehen hätte zuschauen können. Ich bin ein bißchen wie ein kleiner Schuljunge, ich weiß.

Heute morgen, nicht lange nachdem Du gegangen warst, kam Tony zur Hütte mit der Nachricht, die Du mir gerade auch bringen willst, wie ich vermute. Aber wenn Du kommst, werde ich fort sein. Du denkst sicher, es ist grausam von mir, Tony zu dieser Zeit allein zu lassen. Aber ich habe ihn getröstet, so gut ich konnte, und wir haben die Zeit genutzt zum Reden.

Ich habe ihm nichts von uns erzählt und davon, daß Du letzte Nacht bei mir warst. Ich konnte ihm das jetzt nicht antun. Vielleicht willst Du es ihm irgendwann später sagen. Ich überlasse das Dir.

Du fragst Dich sicher, warum ich es für nötig hielt, so schnell nach Jillians Tod aufzubrechen.

Meine liebste Heaven, es wird schwer für Dich sein, es zu verstehen, aber ich fühle mich irgendwie verantwortlich. In Wahrheit hat es mir Spaß gemacht, sie mit meinem Erscheinen zu erschrekken. Wie ich Dir sagte, hat sie mich einige Male gesehen, und ich weiß, daß es sie jedes Mal fürchterlich erschreckt hat. Ich hätte ihr erzählen können, daß ich nicht tot bin, daß ich kein Geist bin, aber ich ließ sie lieber in dem Glauben, daß sie ein Gespenst sieht. Ich wollte sie ihre Schuld sühnen lassen, obwohl es eigentlich nicht ihr Fehler war, daß Du die Tochter von Tony bist. Ich habe es ihr immer vorgeworfen, daß sie uns diese entsetzliche Wahrheit aufgedeckt hat. Sie war immer schon sehr eifersüchtig, neidisch auf die Zuneigung, die Tony mir entgegenbrachte, selbst als ich noch ein kleiner Junge war.

Nun fühle ich mich schuldig. Ich hatte nicht das Recht, sie zu bestrafen. Ich hätte erkennen müssen, daß es für Tony und für Dich sehr schmerzlich sein würde. Anscheinend bringe ich allen nur Trauer und Schmerz. Natürlich denkt Tony anders darüber. Er wollte mich nicht gehen lassen, aber ich habe ihn schließlich überzeugt.

Bitte kümmere Dich um ihn in dieser schweren Zeit und versuche, ihn zu trösten. Du mußt es für uns beide tun.

Ich denke, wir werden uns jetzt nicht mehr von Angesicht zu Angesicht gegenüberstehen, geschweige denn, uns berühren wie in der letzten Nacht. Aber die Erinnerung an Dich ist so lebendig in meinem Herzen, daß ich Dich bei mir habe, wohin ich auch gehe.

Für immer und ewig
Troy

Ich faltete den Brief säuberlich zusammen und steckte ihn wieder in den Umschlag. Dann stand ich auf und ging zur Eingangstür. Ich schloß sie auf und ließ noch einmal meinen Blick durch die Hütte schweifen. Dann ging ich hinaus und schloß die Tür hinter mir ab. Ohne mich noch einmal umzusehen, lief ich durch das Labyrinth, entlang an den Mauern der Hecken. Nur mein Schluchzen folgte mir, und ich lief schneller und schneller in der Hoffnung, jenem Teil von mir zu entfliehen, der in einem Traum gelebt hatte. Dieser Teil sollte verflucht sein, für immer hier zu bleiben, gefangen in dem Labyrinth.

9. KAPITEL

Altes Leben, neues Leben

Als Logan endlich ankam, lag ich in unserem Zimmer in meinem Bett. Ich hatte mich in den Schlaf geweint und wachte mit einem rauhen Hals auf. Mein Herz war schwer wie ein Stein. Ich lag einfach da und starrte die Decke an. Der Kummer hatte mich ergriffen und zu seiner stummen Gefangenen gemacht. Ich drehte mich nicht einmal zur Begrüßung um, als Logan das Schlafzimmer betrat.

»Heaven!« Er eilte auf mich zu und nahm mich in den Arm. Obwohl ich mir in seinen Armen kraftlos vorkam, genoß ich doch seine starke, tröstende Umarmung und den Duft seines Aftershaves.

»Arme Heaven«, flüsterte er und streichelte dabei meinen Rükken.

Ich legte meinen Kopf an seine Schulter. Ich fühlte mich falsch, ich betrog ihn. Ich wußte, er dachte, mein Kummer wäre einzig durch den Tod von Jillian verursacht, und ich ließ ihn in dem Glauben. Er legte sein Gesicht an meines und küßte mich.

»Es muß schrecklich für dich gewesen sein«, sagte er. »Es tut mir leid, daß ich nicht hier war, als du sie gefunden hast. Tony nimmt es sehr schwer«, fügte er hinzu. »Ich habe bei ihm im Büro vorbeigeschaut, ehe ich zu dir kam, und er wollte kaum reden. Was soll ich denn tun? Kann ich etwas helfen? Tony wollte es nicht sagen.«

»Ich glaube, nichts«, sagte ich und schüttelte den Kopf. Ich schaute ihn an, meinen treuen, mir ergebenen Logan, der so voller Kraft, optimistisch und tatkräftig war. Er war gesund und lebendig. Es war unvorstellbar, daß er deprimiert und schwach sein könnte. Selbst jetzt, in dieser sorgenvollen Zeit, zeigte er die gleiche, selbstverständliche Sicherheit wie damals, als ich ihn zum ersten Mal erblickt hatte.

Wie anders war er doch als Troy, der immer unter der drohenden Wolke von Sorgen lebte. Natürlich war Logan nicht so sensibel und poetisch, doch zu diesem Zeitpunkt war mir der Sonnenschein, den er verbreitete, so willkommen wie den Wildblumen in den Willies die Strahlen der Sonne, die durch die Dämmerung des Waldes brachen. Ich wußte, er würde mich stützen, wenn ich es brauchte oder wünschte.

In den Tagen bis zur Beerdigung blieb Logan mit seinem Büro in Winnerow in Kontakt. Aber er war so höflich, seine Geschäfte außer Hör- und Sichtweite durchzuführen, und er sprach fast gar nicht darüber. Tony wollte von nichts anderem reden als von Jillian.

Am Tag nach Jillians Tod kamen die ersten Besucher. Mir war die Rolle der Gastgeberin zugefallen, so daß ich sie begrüßen und ihnen danken mußte. Einen Tag vor der Beerdigung kamen über einhundert Leute nach Farthy. Rye Whiskey bereitete Unmengen von Häppchen und Drinks. Die Dienstboten waren sehr besorgt um Tony und unterstützten ihn großartig. Man konnte sehen, wieviel er ihnen bedeutete.

Die ganze Zeit blieb Logan an Tonys Seite. Es wirkte fast, als wenn er, und nicht Troy, sein jüngerer Bruder wäre. Ich war stolz auf ihn, stolz darauf, wie er sich mit den Gästen unterhielt, und stolz auf die Zuneigung und den Trost, die er Tony zu geben vermochte.

Jillians Schwestern und ihr Bruder kamen erst am Morgen der Beerdigung. Sobald sie in Farthy angekommen waren, ging Tony mit ihnen in sein Büro und zeigte ihnen Jillians Testament. Er machte ihnen klar, daß sie ohne einen Anteil ausgingen. Er nahm ihnen den Wind aus den Segeln ihrer Gier und ergötzte sich ein wenig an ihren enttäuschten Gesichtern. Hinterher sagte er mir, daß Jillian ihre Freude gehabt hätte. »Sie waren immer neidisch auf sie«, erklärte er, »besonders die beiden Schwestern. Sie sahen so langweilig und hausbacken aus, und es war kein Wunder, daß sie keinen Mann fanden. Sie wurden dann böse und verbittert, und Jillian konnte ihre Gesellschaft nicht länger ertragen. Später hatten sie sich nicht mit Jillian abgesprochen, als sie ihre Mutter in ein Heim brachten.«

Bei der Beerdigung war die vornehme Bostoner Kirche bis auf den letzten Platz besetzt. Einige Trauergäste mußten sogar im Gang stehen. Später rollte der Zug mit prächtigen Limousinen der High Society im Schrittempo zu dem nahegelegenen Friedhof. Es erinnerte mich an die Parade von Menschen, die zu unserer Hochzeit gekommen waren. Wenn ich mir diese Menschen anschaute, die Männer in teuren Anzügen, die Frauen in schicken Kostümen, mit Juwelen behängt, mußte ich zwangsläufig daran denken, wie die Leute in den Willies ihre Toten begruben, wie sie mit finsteren Gesichtern an den Gräbern standen und zusahen, wie einer der Ihren, sei es jung oder alt, in die Erde gelassen wurde.

So arm und so ungebildet die Leute in den Willies auch waren, so nahmen sie doch Anteil an den anderen, und man hatte das Gefühl, alle gehörten zu einer Familie. Vielleicht wurden sie durch die schwere Arbeit, durch all die Kämpfe so eng miteinander verbunden, daß sie nicht zur Beerdigung eines Nachbarn gehen konnten, ohne ihn zu betrauern wie einen Angehörigen.

Später, zu Haus in ihren Hütten, betrachteten sie dann ihre eigene zerbrechliche, verwundbare Existenz. Der Tod hatte freie Hand in den Willies, sie leisteten ihm wenig Widerstand. Die Armut machte sie schwach. Und dennoch, dachte ich, wie dumm sind doch diese Reichen, die hier mit solch einer Arroganz auftreten! Haben sie denn gar keine Gefühle, kein Mitleid? Jillians Tod sollte eigentlich bei ihnen die gleiche Art von kalter Angst erzeugen wie bei den Leuten der Willies, wenn sie sehen, wie eine der Ihren, so reich und beschützt wie Jillian es war, in die Fänge des Todes gerät.

Ich stand neben Tony und hatte ihn untergehakt, als sie Jillians Sarg in das Grab hinabließen. Ich dachte an Troys Bitte, ihm genug Trost für uns beide zu sein. Seine Hand legte sich fest um meine, aber er weinte nicht in der Öffentlichkeit. Ich spürte, wie es ihn schüttelte. Dann verließen wir den Friedhof.

»Gut«, sagte er steif, »nun hat sie die ewige Ruhe gefunden. Ihr Kampf ist vorüber.«

Weder ich noch Logan sagten etwas darauf. Wir stiegen ins Auto, und Miles fuhr uns nach Farthy zurück. Rye Whiskey hatte für ein warmes Essen gesorgt, aber Tony aß fast gar nichts. Er ließ die Trauergäste allein und legte sich in seinem Zimmer schlafen. So blieb es Logan und mir überlassen, uns um die Gäste zu kümmern.

»Müde?« fragte Logan, als wir endlich allein waren.

»Ja.«

»Ich auch.« Er legte mir den Arm um die Schulter.

»Geh schon hoch«, sagte ich. »Ich komme gleich.«

»Mach nicht zu lang«, sagte er und ließ mich allein. Ich ging nach draußen, um noch ein bißchen Luft zu schnappen, ehe ich in unser Zimmer ging. Es war die Zeit, die Granny das Zwielicht genannt hatte. Dunkelheit brach herein, und die Natur rüstete sich zum Schlaf. Ich sah hinüber zum Labyrinth und mußte an Troy denken. Ich fragte mich, wohin er wohl gegangen war und was er im Moment machte. Irgendwie wußte ich, daß er an mich dachte. Meine Gedankengänge wurden unterbrochen, als Miles das Auto vorfuhr. Curtis trat mit zwei Koffern aus der Tür, ihm folgte Martha Goodman.

»O Martha«, rief ich und ging zu ihr hinüber. »Ich hatte ganz vergessen, daß Sie heute aufbrechen.« Ich nahm ihre Hand, dann umarmten wir uns. »Wohin werden Sie gehen?«

»Oh, die Vermittlung hat mir schon eine neue Stelle in Boston angeboten. Ich schreibe Ihnen die Adresse. Vielleicht, wenn Sie mal in der Stadt sind…«

»O natürlich, ich lade Sie zum Essen ein«, versprach ich. Sie nickte und lächelte, doch dann wurde ihr Gesicht traurig.

»Ich habe bei Mr. Tatterton angeklopft, um mich zu verabschieden, aber er hat nicht geantwortet. Bitte grüßen Sie ihn von mir.«

»Das werde ich. Passen Sie gut auf sich auf, Martha!« sagte ich. Wir küßten uns, und sie stieg in das Auto. Dabei hielt sie noch einmal inne und drehte sich zu mir um.

»Diese Klaviermusik«, sagte sie, »die hat Mr. Tatterton sich nicht eingebildet, und ich auch nicht, nicht wahr?« Lange Zeit schauten wir uns an.

»Nein, Martha«, sagte ich endlich. »Sie war echt.« Sie nickte und stieg ein. Ich sah sie davonfahren, dann ging ich hinein zu Logan.

In dieser Nacht erfuhr ich, daß ein Mann und eine Frau sich auch lieben können aus dem Verlangen heraus, sich zu trösten, und nicht aus sexueller Leidenschaft und Hingabe. Logan war schon im Bett, als ich hereinkam. Ich machte mich fertig und zog ein durchsichtiges Nachthemd an. Sobald ich ins Bett kroch, nahm er mich in die Arme und küßte mich. Ich legte mein Gesicht auf seine Brust und fing an zu weinen. Ich weinte zwar um Jillian, um Tom, um Troy, um all diejenigen, die ich geliebt und verloren hatte, aber ich glaube, am meisten weinte ich um mich selbst und auch um Logan.

Ich weinte um das kleine Mädchen in den Willies, mit den großen weiten, blauen Augen, das gezwungen wurde, viel zu schnell groß zu werden, das für seine jüngeren Geschwister die Mutter sein mußte, das dann hilflos ausgeliefert war, als selbst dieses armselige, harte Leben durch den entsetzlichen Verkauf seiner Geschwister an andere Familien auseinandergerissen wurde. Ich weinte um das unschuldige junge Mädchen, das das Opfer der krankhaften Eifersucht der Kitty Dennison wurde und dann von deren Ehemann Cal verführt und vergewaltigt wurde. Am allermeisten weinte ich um Troy, um die Liebe, die eigentlich die Liebe meines Lebens hätte sein sollen.

So wie vorher Troy küßte Logan meine Tränen fort, und ich merkte, wie ich ihn zurückküßte. Ich brauchte einfach Liebe. Ich brauchte das Wissen, daß man sich um mich sorgte und kümmerte, das Gefühl, daß ich lebendig war. Jeder Kuß, jedes Streicheln bildete das Fundament der Festung meines Zutrauens in die Zukunft. Ich wollte keine Einsamkeit und Sorgen. Ich wollte das Ende der Tränen. Ich wollte etwas anderes spüren als Trauer, und ich wußte, durch den Liebesakt konnte ich das erreichen.

Dann konnte ich erleben, wie mein Körper lebendig wurde, konnte spüren, wie er erschauerte und Wellen vibrierender Elektrizität über den Rücken jagten, bis schließlich auch die letzte meiner Fingerspitzen sang. Ich wollte, daß Logan mich überall küßte, mich überall streichelte. Kein Teil meines Körpers sollte ausgelassen werden, es sollte meine vollständige Hingabe an unsere Ekstase, an unseren Liebesakt sein. Ich wußte, daß er von der Intensität meiner Küsse überrascht war, und auch davon, wie fest, wie wild ich mich an ihn klammerte. Aber ich konnte mein verzweifeltes Verlangen nicht unter Kontrolle halten. Als es vorüber war, konnten wir erst nichts sagen, so intensiv war es gewesen.

»Heaven«, sagte er schließlich und legte eine Hand auf meine Schulter, »da ist doch etwas…«

»Schsch«, gab ich zur Antwort, »zerstör den Zauber nicht.« Ich wollte mich nur noch umdrehen und dann ruhig und friedlich einschlafen. So geschah es. Ich hörte kaum noch, wie er gute Nacht sagte, da schlossen sich schon meine Augenlider, und ich fiel in die Dunkelheit.

Aber ich wußte, daß am nächsten Morgen alles von neuem anfangen würde.

Direkt nach Jillians Beerdigung ging mit Tony eine dramatische Veränderung vor sich. Plötzlich schien er gealtert, obwohl er doch eigentlich zwanzig Jahre jünger war als Jillian und noch nicht solche Altersanzeichen zeigen durfte. Sein Haar schien grauer geworden zu sein, seine Augen dunkler, die Falten auf seiner Stirn schienen tiefer, und er bewegte sich langsamer. Seine aristokratische Haltung war nicht mehr zu sehen.

Er zog sich auch nicht mehr so sorgfältig an. Früher war er ohne Anzug und Krawatte nicht aus seinem Zimmer gegangen. Nun trug er ein Hemd mit offenem Kragen und eine Hose, die gebügelt werden müßte. Er kämmte und rasierte sich nicht. Sein größtes Verlangen war nun immer wieder, alte Dokumente, Fotos und alle möglichen Erinnerungsstücke durchzusehen. Gleich nach dem Frühstück, das jetzt für ihn aus wenig mehr als Kaffee bestand, zog er sich in sein Büro zurück und verbrachte Stunden damit. Er mochte es nicht, wenn irgend etwas oder irgend jemand ihn unterbrach. Mit Logan und mir sprach er nur kurz angebunden.

Aus den Tatterton-Geschäften und aus seinen Büros kamen Anrufe, aber er kümmerte sich nicht darum. Logan tat, was er konnte. Aber er wußte nicht genug Bescheid, und er hatte seine eigenen Verantwortlichkeiten in Winnerow. Ich wußte, er fieberte darauf, zu seinem Projekt zurückkehren zu können. Schließlich sagte ich ihm, er solle gehen.

»Aber ich mag dich nicht allein lassen, so, wie die Dinge jetzt liegen«, sagte er. »Kannst du nicht für ein paar Tage mit mir kommen? Ich möchte dich bei mir haben. Es ist wichtig für mich und…«

»Ich glaube, ich sollte so schnell nicht fortgehen, Logan. Mach dir keine Sorgen um mich. Ich werde es schon schaffen. Es ist Tony, der eine harte Zeit hat.«

Logan nickte schweigend. »Als ob ich das nicht wüßte. Ich bin zu ihm gegangen, um mit ihm über ein paar Entscheidungen in Winnerow zu reden, und weißt du, was er geantwortet hat?« Ich schüttelte den Kopf. »Er verhielt sich, als hätte er nie von dem Projekt gehört. Was ist das für ein Projekt? fragte er. Ich wußte nicht, was ich tun sollte. Im nächsten Augenblick steckte er seinen Kopf wieder in die Kartons. Ich hätte nicht gedacht, daß Tony ein Mann ist, dem es gefällt, in einer Traumwelt zu leben«, sagte er. »Er ist doch viel zu sehr Realist, viel zu praktisch.«

»Vielleicht wenn es um andere ging, aber nicht bei sich selbst. Wir haben alle unsere eigenen Illusionen, Logan.«

Seine Augen wurden groß. »Ja?« Er schaute mich einen Augenblick lang mit einem seltsamen Ausdruck an, dann zuckte er die Schultern. »Ich denke, ich werde alle Entscheidungen, die anstehen, selber treffen müssen.«

»Das hätte Tony sowieso von dir erwartet«, sagte ich. »Er hätte dir nicht die Verantwortung übertragen, wenn er dir nicht vertrauen würde.«

»Vielleicht hast du recht. Nun gut. Ich komme am Wochenende wieder«, sagte er. »Ich melde mich jeden Abend. Rufe mich auf jeden Fall an, wenn es irgendwelche Probleme geben sollte.«

»Das verspreche ich. Mach dir keine Sorgen.« Er organisierte seinen Rückflug nach Winnerow. Dann ging er nach oben, um seine Tasche zu packen. Ich saß allein im Wohnzimmer, als er zurückkam, um sich zu verabschieden. Wir küßten uns, und er brach auf. Ich konnte es ihm nicht vorwerfen, daß er dieses düstere Haus schnell verlassen wollte.

Einige Male ging ich zu Tony. Doch jedes Mal fand ich ihn versunken in Dokumente oder ein Fotoalbum.

»Du mußt wieder regelmäßig essen, und du mußt dich so bald wie möglich wieder an einen normalen Tagesablauf gewöhnen«, hatte ich ihm gesagt, als ich das letzte Mal bei ihm hereingeschaut hatte. »Das ist die einzige Möglichkeit, wie du deine Trauer bewältigen kannst.«

Er hörte auf zu lesen und schaute mich an, als ob er erst in diesem Augenblick begreife, was geschehen war. Alle Vorhänge waren fest zugezogen, so daß die warme Nachmittagssonne den dunklen, düsteren, ungemütlichen Raum nicht erwärmen konnte. Die einzige Lichtquelle war die Lampe auf seinem Schreibtisch, die ein blasses helles Licht auf ihn warf. Er schaute sich in seinem Büro um, auf die Dokumente und Bilder, dann sah er mich wieder an. Er lehnte sich in seinem Stuhl zurück und schob seine Lesebrille auf die Stirn.

»Gut«, sagte er. »Wie spät ist es?« Er schaute auf die Großvateruhr in der Ecke des Zimmers und beantwortete damit selbst seine Frage: »Ich war wohl ganz schön lange hier drinnen.«

»Ja, das warst du. Und du hast nichts Richtiges gegessen.«

»Ich mag es, wenn du dich um mich kümmerst«, sagte er und lächelte plötzlich mit neuer Frische. »Deine Mutter hat sich nie richtig um mich gekümmert«, fügte er hinzu.

»Meine Mutter?« Wie kam er denn darauf, wunderte ich mich. Meine Mutter war viel zu jung gewesen, um sich um solche Dinge zu kümmern. Sie war fortgelaufen, als sie längst noch nicht alt genug war, um die Pflichten eines Erwachsenen zu übernehmen. »Meine Mutter?« wiederholte ich.

Sein Lächeln verblich langsam. Er schüttelte den Kopf und beugte sich nach vorn. Dann rieb er seine Wangen und Augen, als ob er die Spuren von einem schweren Schlaf fortwischen wollte. Er holte tief Luft und schaute auf zu mir.

»Es tut mir leid«, sagte er schließlich. »Ich habe mich ein bißchen in der Zeit verloren. Du hast im Schatten gestanden, und ich durchlebte noch einmal einen Augenblick, in dem Leigh durch diese Tür gekommen war. Anscheinend beschäftige ich mich zu viel mit der Vergangenheit. Du hast recht. Ich sollte duschen, mich umziehen und etwas Vernünftiges essen. Ich weiß nicht, was ich tue und warum ich es tue. Heaven, ich fühle mich so schuldig wegen Jillian«, fügte er als Geständnis hinzu.

»Aber Tony«, sagte ich, »du solltest dich nicht verantwortlich fühlen. Du hast sie mit allem versorgt, was sie brauchte... Martha Goodman, Ärzte, Medikamente... du hast es ihr angenehm gemacht...«

»Und ich habe sie in ihrer kranken Welt belassen«, sagte er. »Aus reiner Bequemlichkeit habe ich gehofft, die ganze Zeit gehofft, sie würde daraus aussteigen und zu mir zurückkehren. Das war falsch. Wenn ich sie in eine Anstalt gegeben hätte, vielleicht…«

»Tony, sie wäre dort nicht glücklicher gewesen. Vielleicht hätte sie nicht die Tabletten genommen, aber sie wäre dort so viele andere kleine Tode gestorben.«

Nachdenklich schaute er mich an. Dann nickte er.

»Du bist eine bemerkenswerte Frau geworden, Heaven. Wenn ich dich so ansehe, muß ich an unser erstes Gespräch in diesem Büro denken. Damals hast du mir die Wahrheit über deine Vergangenheit erzählt und wie Leigh gestorben ist, und ich habe dir die Spielregeln und Befehle diktiert. Ich dachte, du wärst wild, undiszipliniert und zurückgeblieben. Ich wollte dich zu einer Person nach meiner Vorstellung formen.

Wie sich herausstellte, hattest du ein festes Rückgrat und einen starken Willen. Du wolltest so werden, wie es dir bestimmt war und wie du es dir vorgestellt hattest. Nichts, was ich dir gab oder sagte, konnte diese Tatsache ändern.« Er lachte. »Ich hätte mich auf die Erbanlagen von mir besser verlassen sollen, nicht wahr? Ich hätte dir gleich sagen sollen, wer dein Vater ist.«

»Vielleicht«, sagte ich. In diesem Haus kommt die Wahrheit oft zur falschen Zeit, dachte ich. Ich war versucht, ihm zu sagen, daß ich wußte, daß Troy noch lebte, aber ich hielt mich zurück. Im Augenblick war er noch zu aufgewühlt. Seine Wunden waren noch offen. Trotzdem war ich böse auf ihn, daß er es mir, aus welchem Grund auch immer, verheimlicht hatte. Doch meine Wut zu zeigen und es ihm jetzt vorzuwerfen wäre unfair gewesen.

»Wo ist Logan?«

»Ich habe ihn zurück nach Winnerow geschickt«, sagte ich. »Er hat alle fünf Minuten dort angerufen.«

»Richtig. Winnerow. In meiner Erinnerung ist alles so verschwommen. Es kommt mir so vor, als hätte man mir auf den Kopf geschlagen und mich dann bewußtlos zurückgelassen.«

»Auf eine Art war es auch so.«

»Ja. Gut, ich reiße mich jetzt lieber zusammen. Ich gehe jetzt hoch, dusche, ziehe mich an und komme dann zum Essen. Sag bitte Rye Bescheid, ja?«

»Das tue ich, aber er hat sicher schon etwas fertig. Er hatte die ganze Zeit über immer etwas fertig.«

Tony nickte.

»Ich möchte dir danken, daß du mir so viel Kraft und Trost gibst, Heaven«, sagte er. »Du hast bewiesen, daß du tüchtig und verläßlich bist. Ich bin froh zu wissen, daß du eines Tages, wenn es soweit ist, meine Position übernehmen und unser Finanzimperium führen kannst.«

»Es wird noch eine ganze Weile dauern, bis es soweit ist«, sagte ich. Er antwortete nicht. Er schaute mich nur an und kam hinter dem Schreibtisch hervor. Plötzlich umarmte er mich und drückte mich fest an sich.

»Dank sei Gott, daß du hier bist«, flüsterte er. »Dank sei Gott, daß du zurückgekehrt bist.« Er küßte mich auf die Stirn, hielt mich noch einen Moment lang fest und ging dann. Ich blieb noch einen Augenblick in dem Büro stehen und dachte darüber nach, wie kompliziert Männer doch sein können. Gerade, wenn man der Meinung war, daß sie unsensibel und hart, kalt, pragmatisch und rücksichtslos seien, offenbarten sie ihre tiefsten inneren Gefühle und brachten einen zum Weinen. Keiner der Männer in meinem Leben war leicht zu verstehen, und ich fragte mich, ob das für jede Frau so war.

Nachdem ich das Büro verlassen hatte, gab ich den Dienstboten Anweisungen und ging in mein Zimmer, um mich auszuruhen. Am Abend rief Logan an, ganz aufgeregt über all die Veränderungen in seiner Abwesenheit. Er redete die ganze Zeit über das Projekt in Winnerow. Erst zum Schluß dachte er daran, sich danach zu erkundigen, wie es Tony ging. Ich sagte, daß ich den Eindruck hätte, er würde allmählich wieder zu seinem alten Selbst, aber daß ich dessen noch nicht ganz sicher wäre. Logan ergriff gleich die Gelegenheit und meinte, er müßte auch am Samstag in Winnerow bleiben. Er sagte etwas von Elektrikern, die am Samstag kommen würden und eine bestimmte Arbeit erledigen wollten, bei der er dabeisein müßte.

»Zumal sich alles beruhigt bei euch.«

»Tue, was du für richtig hältst, Logan«, sagte ich. Wie jeder andere Mann auch hörte er nur das, was er hören wollte. Ich war kurz angebunden. Aber er zog es vor, es nicht zu bemerken.

»Das werde ich, und dann komme ich schnell heim«, sagte er.

Am nächsten Morgen rief Amy Luckett an. Sie war meine Schulfreundin in der Winterhaven-Schule gewesen. Von all den reichen, arroganten, eingebildeten Mädchen, die mir dort das Leben zur Hölle gemacht hatten, war sie am nettesten zu mir gewesen. Sie war nicht verheiratet. Nun fragte sie, ob sie mich besuchen könne. Eine Abwechslung war mir angenehm, und so lud ich sie zum Essen ein.

Tony brach auf, um wieder zur Arbeit zu gehen. Aber nachdem er schon ein paar Stunden fort war, rief sein Büro an, um ihm ein paar Fragen zu stellen. Ich sagte seiner Sekretärin, daß ich ihn eigentlich dort vermutete. Ich hatte keine Ahnung, wo er sich aufhielt. Sie versprach, mich anzurufen, sobald er dort auftauchte. Ich machte mir Sorgen um ihn. Doch als Amy dann eintraf, war ich so beschäftigt mit ihr und merkte erst, als sie wieder gegangen war, daß die Sekretärin nicht wieder angerufen hatte.

Amy hatte beträchtlich zugenommen seit damals, als wir zusammen Schülerinnen an der exklusiven Winterhaven-Mädchenschule gewesen waren. Nun war sie eine Frau mit einem runden Gesicht, einem kleinen Busen und breiten Hüften. Immer noch hatte sie ein sanftes freundliches Lächeln und liebe, braune, fast mandelförmige Augen. Immer noch trug sie ihr Haar zu einem Knoten geschlungen und am Oberkopf festgesteckt. Früher war sie klein und rund gewesen und schüchtern, immer einen Schritt hinter den anderen, in deren Schatten. Aber, anders als diese, schien sie ihre Stellung und ihren Reichtum nicht als Selbstverständlichkeit zu nehmen.

Es war ein klarer, sonniger Tag mit einer leichten Brise, die vom Meer kam. Deshalb ließ ich unser Essen in dem Innenhof, der zum Swimming-pool und dem Aussichtsturm führte, servieren. Curtis hatte Sonnenschirme aufgestellt, und so saßen wir gemütlich und verspeisten Häppchen mit Lachs und Schinken. Ich lauschte, wie sie von ihren Reisen erzählte und von den Menschen, die sie kennengelernt hatte. Dann wechselte sie das Thema.

»Vor einiger Zeit habe ich einen Brief von Faith Morgantile bekommen«, sagte sie, »als ich gerade in London war. Sie verehrt dich sehr.«

»Wie? Faith Morgantile? In der Schule hat sie mich wie eine Aussätzige behandelt.«

»Nun, in Wahrheit war sie immer neidisch auf dich. Sie schrieb, daß du geheiratet hast und wieder nach Farthinggale gezogen bist. Man konnte den Neid geradezu aus den Zeilen tropfen sehen. Wenn sie gekonnt hätte, hätte sie in Blut geschrieben.«

Beide mußten wir lachen.

»Ich versuche, nicht mehr so oft an diese Mädchen zu denken«, sagte ich. »Ich werde so wütend, wenn ich es tue. Ich werde nie vergessen, was sie mir angetan haben.« Ich legte die Arme um mich, als ich an die Pein und an den Schmerz von damals dachte. Junge Mädchen können so grausam sein, dachte ich, besonders so verwöhnte, dekadente, reiche, junge Mädchen.

»Es war grausam, aber wir waren neidisch«, wiederholte Amy mit großen Augen. Zu Anfang hatte sie an allen Aktionen teilgenommen. Wenn sie es nicht getan hätte, wäre sie ihr Opfer geworden. Sie verachteten jeden, der irgendwie anders war. Ich war von Anfang an im Nachteil, denn ich hatte keine Reisen gemacht, und Tony hatte mir die falsche Art von Kleidung gekauft – teure konservative Kleidung.

»Vielleicht war es so. Ich weiß jedoch nicht, worauf sie hätten neidisch sein sollen. Sie waren alle reich und kamen aus guten Familien.«

»Sie konnten nicht anders«, sagte Amy. »Besonders nachdem sie dich mit Troy Tatterton gesehen hatten und du ihnen gesagt hattest, daß er zu gebildet wäre, um mit ihnen auszugehen.«

Ich steckte den Schmerzstich fort, der bei der Erwähnung von Troy durch meinen Körper zuckte, und zwang mich, leicht und lustig zu sein.

»Ich erinnere mich. Das war kurz, nachdem ihr all meine guten Sachen zerstört und meine Pullover zerrissen hattet. Wie arrogant sie doch waren, als ich sagte, daß ich es Mrs. Mallory melden werde. Sie wußten genau, daß die nichts unternehmen würde, weil sie nicht riskieren wollte, die Schulgelder zu verlieren.«

»Ja, das wußten sie«, sagte Amy und biß in ihr drittes Sandwich.

»Und als ich dann zum Tanzen ausging, haben sie mich mit diesem miesen Trick hereingelegt und mir ein Abführmittel in meinen Tee und meinen Fruchtsaft getan.« Ich strich über meinen Bauch in der Erinnerung an den Schmerz, die Pein und die Verzweiflung, als mir klar wurde, daß jeder auf dem Fest daran beteiligt gewesen war.

Amy hörte auf zu kauen.

»Ich hatte versucht, dich zu warnen. Ich versuchte, dich davon abzuhalten, zu dem Fest zu gehen, als ich sah, daß du das verführerische rote Kleid angezogen hattest.«

»Ja, daran erinnere ich mich.«

Traurig schüttelte Amy den Kopf. Dann lächelte sie.

»Aber du hast es ihnen zurückgegeben, als du Pru die Rutsche hinuntergeschickt hast in dem schmutzigen Kleid.«

»Eine komische Art, ihren Respekt zu erringen. Ich wurde nie eine von ihnen, aber immerhin ließen sie mich allein.«

Amy nickte, begierig, mit dem Thema fortzufahren.

»Nun, aus den Briefen und aus dem, was ich so in Gesprächen höre, erkenne ich, daß sie jetzt noch viel neidischer sind als damals. Sie denken, du bist das glücklichste Mädchen der Welt.«

»Ist das wahr?«

»Hier in Farthinggale zu leben, mit solch einem attraktiven Mann verheiratet zu sein, ein derartiges Vermögen zu erben...«

Ich sah sie an. Es war offensichtlich, daß sie diejenige war, die neidisch war. Trotz ihrer Wohlhabenheit und ihrer guten Herkunft, ihrer schicken Schulen und Universitäten, ihrer Kleidung und ihrer Reisen war sie allein und hoffte darauf, daß etwas Romantisches passieren möge. In ihrer Frustration aß sie zuviel und wurde dadurch unattraktiv.

»Du hast ganz schön zugenommen, Amy«, sagte ich, als sie sich das fünfte Sandwich nahm. »Solltest du nicht ein bißchen aufpassen?«

»Oh, das versuche ich ja. Aber manchmal werde ich einfach so... so hungrig«, sagte sie und lachte. »Aber du hast recht.« Sie lehnte sich zurück und lächelte. »Ist das nicht ein wunderschöner Tag?«

»Ja, das stimmt.«

»Gehst du noch manchmal in das englische Labyrinth?« fragte sie. »Ich hätte zu viel Angst.«

»Manchmal.«

Sie machte eine Pause und beugte sich dann vor. Offensichtlich war das, was sie als nächstes fragen wollte, der Grund für ihr Kommen. »Sag mir«, fragte sie, »nach all dieser Zeit. Weshalb hat Troy Tatterton sich umgebracht?«

»Zuerst einmal«, sagte ich in einem steifen und korrekten Tonfall, »war es kein Selbstmord. Es war ein tragischer Unfall. Sein Pferd ging mit ihm durch. Und zweitens war ich damals nicht auf Farthinggale, um als Amateurpsychologin wirken zu können, wie es einige dieser entsetzlichen Mädchen von Winterhaven so gern getan haben, nur, weil sie den Einführungskurs in Psychologie belegt hatten.«

»Ja, natürlich, ich –«

»Ich habe nicht die Absicht, auch nur im geringsten zu dieser Art von Klatsch beizutragen. Und es ist auch nicht besonders damenhaft. Es sollte inzwischen unter deiner Würde sein.«

»Oh, das ist es auch, das ist es auch«, sagte sie und riß die Augen auf, um dem Nachdruck zu verleihen. »Ich war nur... persönlich neugierig.«

»Wir sollten nicht die Schicksale anderer Menschen benutzen, um uns zu unterhalten«, sagte ich kurz und sah auf meine Uhr. »Ich fürchte, ich muß mich jetzt entschuldigen. Ich habe noch viel zu tun. Ich bin sicher, du verstehst das.«

»Ja, natürlich. Vielleicht können wir uns in der nächsten Zeit noch einmal treffen. Ich gehe erst im Herbst nach Paris. Ich studiere dort Kunst«, sagte sie stolz.

»Das ist wunderbar. Ja, ich werde dich so bald wie möglich anrufen«, log ich. Ich war froh, sie los zu sein. Wenn sie auch nicht so grausam war wie die anderen, hatte unser Gespräch doch viele unangenehme Erinnerungen an die Zeit in Winterhaven wachgerufen. Ich hatte sie einst erfolgreich in meinem Koffer voller Sorgen vergraben, und es gefiel mir nicht, wenn sie hervorgeholt und zur Schau gestellt wurden, selbst wenn es nur für kurze Zeit war.

Als sie fort war, fragte ich Curtis, ob Tony angerufen hatte oder heimgekommen war. Er verneinte es. So rief ich in seinem Büro an. Seine Sekretärin sagte jedoch, daß er sich nicht gemeldet habe. Besorgter denn je, fragte ich mich, was ich tun sollte. Er hatte sich so merkwürdig verhalten, seit Jillian tot war.

Woher ich schließlich die Eingebung hatte, weiß ich nicht. Ich saß im Wohnzimmer und dachte nach, als mir eine Möglichkeit einfiel. Ich stand hastig auf und eilte aus dem Haus und über die Wiese zu dem Labyrinth. Ich lief durch die Mauer der Hecken, bis ich die Hütte erreichte. Ein kalter Schauer griff an mein Herz, als ich sah, daß Tonys Auto vor dem Haus geparkt war. Leise ging ich auf die Vorderseite des Hauses zu und schaute durch ein kleines Fenster, das halb hinter einem Rosenstrauch verborgen war.

Tony saß in Troys Schaukelstuhl gegenüber dem kleinen Kamin. Er rührte sich kaum. Wahrscheinlich hatte er fast den ganzen Tag dort verbracht, um weiterhin allein zu trauern. Obwohl Troy nicht mehr da war, reichte es aus für Tony, in seines Bruders Umgebung zu sein, in seinem Stuhl zu sitzen, um brüderlichen Trost zu empfangen. Ich wollte zuerst zu ihm gehen, aber dann änderte ich meine Meinung. Manchmal ist das Alleinsein sehr wichtig und fruchtbar, dachte ich. Es war klar, daß Tony nicht wollte, daß man ihn in der Hütte finde. So drehte ich mich um und ging wieder nach Farthy.

Tony kam rechtzeitig zum Essen zurück. Er tat so, als hätte er schwer gearbeitet. Ich brachte es nicht übers Herz, ihm zu sagen, daß den ganzen Tag über sein Büro angerufen hatte. Curtis gab ihm einige Notizen, die er nahm, ohne ein Wort darüber zu verlieren. Dann ging er direkt hinauf in sein Zimmer. Er sagte, er wäre hungrig und wollte zum Essen kommen, deshalb ging ich in mein eigenes Zimmer, um mich umzuziehen.

Gleich nachdem ich geduscht hatte, klingelte mein Telefon. Ich hob ab und erwartete eigentlich Logan zu hören. Doch statt dessen war es Fanny. Seit unserem Streit in der Hütte hatte ich nicht mehr mit ihr gesprochen. Ich erwartete, daß sie mir das vorwerfen würde, aber sie hatte offensichtlich andere Dinge im Kopf, schlimmere Dinge. Sie hatte endlich einen Weg gefunden, mich mitten ins Herz zu treffen.

»Es tut mir leid, das von deiner Großmutter zu hören«, sagte sie.

»Oder hast du sie nicht Großmutter genannt? Vielleicht hattest du eine vornehmere Anrede, jetzt wo du doch zur Bostoner High Society gehörst.«

»Ich habe sie bei ihrem Vornamen genannt«, sagte ich. »Wie geht es dir, Fanny?«

»Es ist lange her, daß du dich das letzte Mal darum gekümmert hast«, sagte sie. Es gab eine kleine Pause, dann fragte sie in singendem Tonfall: »Sag, Heaven Leigh, bist du noch nicht schwanger? Wenn du noch in den Willies lebtest, wärst du es schon.«

»Nein, ich bin es nicht, Fanny. Ich bin noch nicht soweit, daß ich Kinder haben möchte.«

»Oh ... na, dann haben wir eine gute Nachricht für dich. Ich bin es nämlich«, behauptete sie fröhlich.

»Wirklich?« Ich setzte mich. Ich war sicher, sie würde im nächsten Moment anfangen, mir von Randall zu erzählen, wie sie miteinander zurechtkamen und wie er sie geschwängert hatte. Aber sie hatte andere Überraschungen im Sinn.

»Und das ist nicht mein Fehler, Heaven. Das ist dein Fehler.«

»Mein Fehler?« Ich machte mich darauf gefaßt, mir anzuhören, daß ich sie allein in Winnerow gelassen hatte, obwohl ich ihr doch früher versprochen hatte, mich immer um sie zu kümmern. Sie warf mir stets vor, daß ich es zugelassen hatte, daß Pa sie an Reverend Wise und dessen Frau verkauft hatte. Ich hätte sie auch davon abhalten sollen, ihm ihr Kind zu verkaufen. Was immer sie jetzt war, was ihr auch geschah, es war meine Schuld.

»Du hättest besser hier sein und dich mehr drum kümmern sollen«, sang sie. Mir gefiel der fröhliche, glückliche Ton in ihrer Stimme nicht. Da schwang etwas mit, etwas ganz Unvorstellbares.

»Kümmern? Kümmern um was? Worüber redest du, Fanny?« Ich versuchte so gelangweilt und so geringschätzig zu klingen, wie ich nur vermochte.

»Kümmern um deinen eigenen Mann, um Logan«, erklärte sie.

»Logan? Was hat das alles mit Logan zu tun?« fragte ich, und mein Herz fing wie wild zu schlagen an.

»Weil es Logan ist, der mich geschwängert hat, deshalb«, sagte sie. »Ich krieg' ein Kind von deinem Ehemann, nicht du!«

10. KAPITEL

Fannys Spiel

Eine Gänsehaut kroch über meine Arme und Beine. Ich fühlte mich, als würden Eisfinger nach mir greifen. Fannys kurzes Lachen hallte in der Leitung, als wäre es immer da. Der Klang traf mich bis ins Innerste, und obwohl ich es versuchte, konnte ich den Hörer nicht von meinem Ohr weghalten. Mein Schweigen feuerte sie an. Ich konnte mir vorstellen, wie sie jetzt voller Haß und Bosheit schaute, mit brennenden Augen und mit gefletschten Zähnen. Fanny war schon immer in der Lage gewesen, ihre Gefühle an- und abzustellen, von einem zum anderen überzugehen, so leicht, wie man das Programm im Fernsehen umstellen kann.

»Wenn es ein Junge ist, dann werde ich ihn Logan nennen«, sagte sie. »Und ist es ein Mädchen, ich glaube, dann nenne ich sie Heaven.«

Eine lange Zeit gab ich ihr keine Antwort. Ich konnte es nicht. Meine Lippen waren wie zusammengenäht und meine Zähne so fest aufeinandergepreßt, daß ich schon Angst bekam, es würde einer abbrechen. Ich fühlte, wie bei einem verzweifelten Versuch zu schlucken die Adern in meinem Hals anschwollen.

Wilde Gedanken schossen mir durch den Kopf. Vielleicht log Fanny nur, weil sie eifersüchtig war. Ich glaubte ihr wohl, daß sie schwanger war. Aber ich glaubte auch, daß das Kind von jemand anderem und nicht von Logan war. Vielleicht von Randall. Als Fanny feststellte, daß sie schwanger war, hatte sie sich diesen Plan zurechtgelegt, weil sie wußte, daß Logan so viel Zeit in Winnerow, getrennt von mir, verbrachte.

»Ich glaube dir nicht«, sagte ich schließlich mit einer Stimme, die so dünn und so scharf war, daß ich sie kaum selbst erkannte. »Du lügst, und es ist schrecklich und gemein von dir. Aber das überrascht mich nicht, Fanny«, fuhr ich fort und faßte mich allmählich wieder. »Es überrascht mich nicht, daß du immer noch versuchst, dich zwischen Logan und mich zu drängen. Das hast du schon vom ersten Tag an versucht, als ich ihn kennenlernte«, warf ich ihr vor, »und er zeigte, daß er mit mir zusammensein wollte und nicht mit dir.«

Sie lachte wieder, und es klang, als lebte ich und nicht sie in einer Welt der Täuschung. Zum ersten Mal schien sie mir überlegen zu sein. Der Ton in ihrer Stimme war herablassend. Ich war diejenige, die man belächelte, ich mußte wie ein Kind behandelt werden. Das machte mich so wütend, daß ich wünschte, sie würde vor mir stehen, damit ich sie an den Haaren reißen oder die Arroganz aus ihrem Gesicht prügeln konnte.

»Lache nur weiter. Soll ich deinem Gedächtnis nachhelfen? Soll ich dich daran erinnern, was geschah, als Logan am Fluß auf mich wartete und du dich ausgezogen hast und nackt vor ihm auf- und abgelaufen bist, damit er mit dir in die Büsche geht, ehe ich komme? Er ist nicht mit dir gegangen, oder?«

»Nur, weil er dich kommen hörte, Heaven. Er wollte, daß ich mich ausziehe. Ich sagte, das kann ich schon tun. Und er sagte, ja, meine Süße, mach doch, und ich zog mich aus, doch dann kriegte er Angst, als er hörte, daß du kommst.«

»Wieder eine von deinen Lügen«, entgegnete ich. »Warum bist du dann, als er das erste Mal zu unserer Hütte kam, nur in Shorts herumgelaufen und hast deinen Busen mit nichts anderem bedeckt als ein paar von Grannys alten Schals? Hat er das auch gewollt?«

»Nein, aber er sah verdammt gut aus, nicht wahr? Er hat immer aufgepaßt und auf eine Gelegenheit gewartet.«

»Das ist doch lächerlich. Das ist die albernste Sache, die... warum... warum hat er dich nicht als Freundin genommen, sondern Maisie Setterton, als er die Gelegenheit hatte, he?« fragte ich. Ich haßte es, mich auf dieses kindische Spiel einzulassen. Aber Fanny hatte mich so in Wut gebracht, daß ich mich nicht dagegen wehren konnte.

»Er hat versucht, dich eifersüchtig zu machen, weil er dachte, du wärst in Cal Dennison verliebt. Das hat er mir gesagt«, sagte sie, »deshalb. Jetzt hast du die häßliche Wahrheit über ihn aus mir herausgekitzelt, aber ich werde es nicht länger verstecken. Ich denke jetzt nur noch an mich.«

»Du lügst«, war alles, was ich dazu sagen konnte. Wie kam es, daß Fanny immer die schwachen Punkte in meinem Verteidigungssystem fand? Unser ganzes Leben lang, so weit ich mich zurückerinnern konnte, immer spielte sie mit meinen Ängsten und meinen Wünschen.

»Ich lüge nicht. Du wirst es sehen, wenn du Logan fragst und ihn dazu bringst, die Wahrheit zu sagen. Ich sage dir nur, was du ihn fragen solltest. Frag ihn, warum er so nett zu mir war, als ich zur Fabrik gekommen bin. Frag ihn, warum er nicht nein gesagt hat, als ich ihm angeboten habe, ihm etwas zu essen in die Hütte zu bringen. Und dann frag ihn, warum er mich nicht nach Haus geschickt hat... Du brauchst ihn nicht zu fragen«, sagte sie schnell. »Ich sage es dir. Er wollte mich immer haben, aber er dachte, ich wäre nicht so gut wie du. Ja, du bist gut, bist klug, du bist edel, aber du bist nicht bei ihm, wenn er dich braucht. Ein Mann möchte seine Frau bei sich haben, weißt du das nicht? Komischerweise glaubst du, du wärest klüger als ich, dabei weißt du nicht einmal die Hälfte von dem, was ich weiß, wenn es um Männer geht.«

»Ich glaube dir nicht«, sagte ich schwach.

»Nicht? Er hat mir alles erzählt von eurem wunderschönen Zimmer in Farthy, dem Bild von den Willies, das über eurem Bett hängt, von...«

»Sei still«, sagte ich, »ich will davon nichts mehr hören.«

»Gut. Ich bin still. Aber nur für jetzt. Ich werde Logans Kind bekommen, und er ist dafür verantwortlich, hörst du? Ich will, daß er sich für immer und ewig um mich kümmert.« Sie machte eine Pause. Ich konnte kaum noch atmen. »Er hat in dieser Nacht nicht einmal gefragt, ob ich irgendeinen Schutz benutze. Er hat mich nur in den Arm genommen und –«

Ich knallte den Hörer auf die Gabel. Dann stellte ich mir vor, daß Fanny darüber nicht wütend sein, sondern lachen würde. Einen Augenblick lang saß ich einfach nur da und schaute auf das Bild von den Willies, das über dem Bett hing. Dann kauerte ich mich auf dem Bett zusammen und weinte. Mein Körper versteifte sich, von den Schluchzern des Schmerzes und der Verzweiflung geschüttelt, daß ich das Gefühl hatte, das ganze Zimmer würde erzittern.

Wieder einmal war ich betrogen worden! Dieses Mal von dem Mann, von dem ich gedacht hatte, daß ich ihm für immer vertrauen könnte. Von dem Mann, der immer für mich da sein wollte. Er war genauso wie die anderen. Es war gemein! War es mein Fluch, es immer wieder zu versuchen, jemandem zu vertrauen, ihm zu glauben, um am Ende wieder betrogen zu werden? Fanny hatte recht – ich war dümmer als sie, wenn es um Männer ging. O Logan, wie konntest du das tun! Wie konntest du nur?

Langsam wurden meine Tränen weniger. Schließlich setzte ich mich auf, putzte mir die Nase und rieb meine roten Augen, bis sie tatsächlich brannten. Ich holte tief Luft, bis mein Herz wieder langsamer schlug. Dann, nachdem ich mich allmählich wieder gesammelt hatte, schimpfte ich mit mir, daß ich es Fanny gestattete, derartig mit mir umzuspringen. Es gab immer noch die Möglichkeit, daß sie das alles nur erfunden hatte. Darauf mußte ich hoffen.

Mit zitternden Fingern wählte ich die Nummer der Hütte in den Willies. Das Telefon klingelte und klingelte, aber Logan antwortete nicht. Vielleicht ist er bei seinen Eltern, dachte ich und wählte deren Nummer. Seine Mutter kam ans Telefon.

»Nein, meine Liebe«, sagte sie, »er ist im Augenblick nicht hier. Wir hatten ihn zum Essen eingeladen, aber er ißt mit seinem Vorarbeiter und einem Lieferanten in der Kantine. Ist etwas passiert? Können wir dir helfen?«

»Sagt ihm bitte, er soll mich anrufen, sobald er zurückkommt«, sagte ich. »Ganz egal, wie spät es ist.«

»Du kannst dich darauf verlassen, meine Liebe.«

Keine fünf Minuten später klingelte das Telefon. Es war Logan, der mich von der Kantine in Winnerow aus anrief.

»Was ist passiert, Heaven? Ist etwas mit Tony?«

»Nein, Logan. Es ist etwas mit Fanny«, sagte ich kalt.

»Fanny?« Ich hörte, wie er am anderen Ende des Telefons tief Luft holte. Ich hörte das Zögern in seiner Stimme. Mein Herz verschloß sich wie eine Muschelschale. »Eh... eh... was meinst du damit?«

»Du weißt, was ich meine.«

Am anderen Ende der Leitung war Schweigen. »Heaven, ich weiß es nicht. Was ist los mit Fanny?«

»Du kommst besser sofort nach Hause, Logan«, sagte ich.

Wieder kam eine lange Pause. »Heaven, was hat Fanny dir erzählt? Du weißt doch, daß sie unsere Beziehung vergiften will.«

»Sie ist schwanger«, sagte ich. Ich hatte nicht die Absicht, noch etwas hinzuzufügen.

»Schwanger? Aber –«

»Ich will das nicht am Telefon besprechen«, sagte ich.

»Gut«, sagte er und seufzte. »Ich komme sofort.«

Das war so gut wie ein Eingeständnis. Ich legte den Hörer so vorsichtig auf, als wäre er ein zartes Küken, drehte mich um und schaute mich in der Spiegelwand an. Mein Hals und meine Brust waren mit roten Flecken bedeckt, verursacht durch den überreizten Zustand meiner Nerven. Mein Gesicht war so aufgequollen, als hätte ich schlimmes Fieber. Meine Augen waren blutunterlaufen, und meine Haare, immer noch naß vom Duschen, hingen formlos an meinem Kopf herunter. Ich sah aus wie Jillian in den Momenten ihres Wahnsinns.

Während ich so dasaß und das ungewohnte Bild von mir betrachtete, sprangen meine Gefühle von Ärger über Wut zu Selbstmitleid. Mein Gatte hatte mit meiner Schwester geschlafen! Fanny hatte eine wohltuende Rache gefunden, eine Befriedigung ihres brennenden Neides. Ich war verletzt, tödlich verletzt. Wieviel kann eine Liebe ertragen? Wieviel? Die Leute, die Farthy besuchten, würden nach einem Blick auf mein Gesicht wissen, daß ich eine Frau war, die von ihrem Mann betrogen wurde. Unvorstellbar, was diese Information in den Händen von jemandem wie Amy Luckett bedeuten würde! Ich konnte mir die boshaften, arroganten Mädchen von Winterhaven im Kreis um mich herum vorstellen, wie sie sangen: »Heaven wurde betrogen! Heaven wurde betrogen!«

Dann jedoch, genauso schnell, wie es entstanden war, rutschte die künstliche Schicht von Selbstmitleid von meinem Antlitz und wurde ersetzt durch die tiefere, finstere Schicht von Schuld. Troy! Mein geliebter, schöner, leidenschaftlicher Troy! Ich hatte Logan mit Troy betrogen. Aber das war nicht dasselbe. Nein, ganz und gar nicht. Denn ich liebte ihn, liebte ihn von ganzem Herzen, obwohl er eher ein Phantom war als ein Mensch aus Fleisch und

Blut. Wie konnte ich ihm widerstehen, wie? Und es war nicht falsch, war nicht dasselbe. Es geschah nicht, weil das Abbild meiner Liebe für einen flüchtigen, kostbaren Augenblick zurückgekommen war. Diese Liebe war das Blut meines Lebens. Ihm zu widerstehen hätte bedeutet, zu leugnen, wer ich bin. Den Teil von mir zu verleugnen, der am edelsten und vornehmsten war. Das machte es anders als das, was Logan getan hatte. Ich konnte mir nicht vorstellen, daß Logan tiefe Gefühle für Fanny hegte. Es war Lust, reine Lust, die ihn zu ihr getrieben hatte, und es waren Rache und Haß, keine Liebe, die sie zu ihm getrieben hatten. Sie war sein Lustobjekt, eine sexuelle Ablenkung. In diesem Augenblick haßte ich sie dafür, daß sie mein Leben in Geschmacklosigkeiten herabgezogen hatte, daß sie das, was rein gewesen war, in etwas Schmutziges und Niedriges verwandelt hatte. Mein Haß gab mir die Kraft, dem Konflikt zu begegnen.

Nein, entschloß ich mich, ich wollte meine Liebe zu Troy nicht mit Logans lüsternem Akt vergleichen. Logan war ein Mann aus Fleisch und Blut, Troy war ein Mann des Geistes und der Träume. Fanny hatte recht – sie wußte mehr über Männer als ich. Doch ich wußte mehr darüber, wie man überlebt.

Zu Tony sagte ich beim Essen nichts von alledem. Ich überließ es Logan, eine Erklärung für seine plötzliche Rückkehr nach Farthy zu finden. Mir war es lieber, wenn Tony überhaupt nichts erfahren würde. Während ich versuchte, beim Essen an diesem Abend gefaßt und heiter zu wirken, merkte man deutlich, daß Tony wieder lebendiger wurde. Er hatte einen seiner hellen Sommeranzüge angezogen und sich gekämmt, aber er sprach wenig und schaute mich nur von Zeit zu Zeit über den Tisch hinweg an. Dabei nahmen seine Augen einen verschwommenen, weggetretenen Ausdruck an, wie bei jemandem, dessen Augen sich nach innen gewandt hatten und der nur noch Erinnerungsbilder aus der Vergangenheit betrachtete. Zwischen den Gängen stützte er sein Kinn auf seine elegante Hand mit den manikürten Fingernägeln und schwieg. Irgendwann löste er seine Finger und trommelte nervös auf dem Spitzentischtuch und auf meinen Nerven herum.

So wenig ich auch aß, ich tat es nur, um keine Aufmerksamkeit auf meinen Zustand zu lenken. Zu unserem längsten Gespräch kam es, als ich Tony vorschlug, ein bißchen zu verreisen.

»Ein Tapetenwechsel wird dir gut tun«, beharrte ich.

»Würdest du mitfahren?« fragte er.

»Nein, das kann ich nicht«, sagte ich. »Nicht, solange Logan derartig eingespannt ist mit der neuen Fabrik in Winnerow. Ich muß öfter bei ihm sein. Wie bei jedem Mann, muß man auch bei ihm aufpassen, daß er nicht zu lange und zu hart arbeitet.«

Tony lächelte und nickte.

»Darüber hat Jillian sich auch immer beschwert. Die ganze Zeit verfolgte sie mich damit, daß sie noch einmal ganz besondere Flitterwochen mit mir machen wollte. Sie konnte solch ein Sonnenschein sein, solch ein Juwel. Sie fegte durch das Haus voller Energie und hinterließ einen Schwall von Gelächter und den Duft nach ihrem Jasminparfum.

Oh, ich weiß, sie war zu sehr in sich selbst verliebt, aber es war schön, eine Frau zu haben, die so weich und so schön war, selbst wenn dies auch eine Illusion gewesen sein mag«, sagte er, lehnte sich zurück und lächelte in sich hinein. »Selbst als wir sie in ihrem Zimmer einsperren mußten, als sie sich mit Make-up beschmierte und sich mit Parfum begoß, war es gut, zu wissen, daß sie da war. Ich konnte bei ihr eintreten, ihren Duft riechen und mich erinnern.« Seine Stimme war wieder voller Trauer, und er schaute mich an. Schmerz war in seine Augen zurückgekehrt, gleißend und stechend.

»Nun sind die Türen geschlossen. Unsere Halle riecht wie jede andere auch, und es herrscht Schweigen.« Er schüttelte den Kopf und blickte auf seinen Teller.

»Tony, deshalb denke ich, daß du eine Luftveränderung brauchst, wenn es auch nur für kurze Zeit ist. Sage mir, was in der Zwischenzeit erledigt werden muß, und ich kümmere mich darum. Das kann ich«, versicherte ich ihm.

Er schaute auf und lachte. »Ich weiß, daß du das kannst. Darüber mache ich mir keine Sorgen.« Er holte tief Luft und seufzte. »Mal sehen«, sagte er, »vielleicht.«

Nach dem Essen ging er in sein Büro, um zu arbeiten. Ich versuchte, mich mit Lesen abzulenken, aber Fannys Gelächter hallte in meinem Gedächtnis nach, so daß mir die Buchstaben vor den Augen verschwammen. Schließlich ging ich nach oben, um in unserem Zimmer auf Logan zu warten.

Es war sehr spät, als er endlich ankam. Ich war in meinen Kleidern eingeschlafen, wurde aber in dem Moment wach, in dem er das Zimmer betrat.

Er stand nur da und schaute mich an. Er sah aus, als ob er den ganzen Weg gerannt wäre. Seine Augen waren blutunterlaufen, seine Schultern zusammengesackt, und sein Haar war zerwühlt. Er sah aus, als wenn er in einen elektrischen Mixer geraten wäre. Er hatte sich nicht rasiert und hatte einen Stoppelbart. Sein Anzug war zerknittert, sein Schlipsknoten gelockert und sein Hemdkragen aufgeknöpft. Man konnte meinen, ihn in Fannys Fängen zappeln zu sehen.

Einen Augenblick lang schauten wir uns einfach nur an. Dann setzte ich mich auf, strich mir die Haare aus der Stirn und holte tief Luft.

»Ich möchte, daß du mir die Wahrheit sagst, Logan«, sagte ich mit scheinbar unbewegter Stimme. »Hast du mit meiner Schwester Liebe gemacht?«

»Liebe!« wiederholte er und rümpfte die Nase. Er zog seine Anzugjacke aus und hing sie über einen Stuhl. »Man kann das wohl kaum Liebe nennen, was da zwischen uns abgelaufen ist.«

»Ich möchte hier keine Wortklaubereien betreiben, Logan. Fanny hat angerufen, um mir zu sagen, daß sie schwanger ist und daß das Kind von dir ist. Ist es dein Kind?«

»Wie soll ich das wissen? Bei Fanny kann man doch nie sicher sein, oder?«

»Erzähle mir, was passiert ist«, sagte ich und wandte mich von ihm ab. Ich schaute auf den Fußboden und fühlte mich wie gelähmt. Mein ganzer Körper wurde so gefühllos, als wenn ich in einen der kristallklaren Bergteiche gefallen wäre, zu einem Zeitpunkt, wo sie schon eine hauchdünne Eisschicht haben. Wie weit würden Logan und ich nun versinken, fragte ich mich.

»Es passierte, als ich mit der Arbeit an der Fabrik anfing«, setzte er an. »Ich war so eingespannt, daß ich nicht mehr klar denken konnte. Sie kam ein paarmal vorbei und hing so herum. Sie sah mir zu und sprach mit den Arbeitern. Ich habe sie nicht weiter beachtet. Ich wollte sie auch nicht fortjagen, aber einige Male mußte ich sie bitten, die Männer nicht zu stören, weil sie zu tun hatten.«

»Weiter«, sagte ich. Er ging quer durch den Raum und stand mit dem Rücken zu mir am Spiegel.

»Eines Tages sagte sie, sie wolle vorbeikommen und mir ein selbstgekochtes Essen bringen. Sie sagte, sie wolle damit einiges wiedergutmachen von den Problemen, die sie in der Vergangenheit verursacht hatte. Sie wollte, daß wir sie als eine Schwester sehen, als Teil unserer Familie.« Er drehte sich um. »Ich glaubte ihr, Heaven. Sie schien es ernst zu meinen.«

»Fanny ist eine wunderbare Schauspielerin.«

»Als sie bei mir war, weinte sie um das Kind, das sie verloren hatte. Sie sprach davon, wie schlimm es sei, in der gleichen Gemeinde mit ihm zu leben, es nur von Zeit zu Zeit zu sehen, ihm aber keine Mutter sein zu können. Dann erzählte sie von Jane und Keith und davon, daß sie nichts mit ihr zu tun haben wollen. Sie sprach von ihrer Vernunftheirat mit dem alten Mallory, daß sie durch ihn ein nettes Haus und etwas Geld bekommen hatte, aber daß sie trotzdem allein und ohne Familie wäre. Sie wirkte so ernsthaft, daß ich dachte, sie hätte sich vielleicht geändert. Vielleicht war sie mit der Zeit erwachsen geworden.«

»Und dann hast du sie geliebt?« fragte ich. Er schüttelte den Kopf.

»Nicht deswegen. So ist es nicht passiert. Wir haben zusammen gegessen. Sie erzählte lustige Geschichten von früher, ein paar von den verrückten Sachen, die sie in der Schulzeit gemacht hatte. Wir haben viel gelacht.« Er schaute mich nachdenklich an, als überlegte er, ob er weitermachen sollte. Er würde mir keine der häßlichen Einzelheiten ersparen, dachte ich.

»Und dann?«

»Also, sie hatte auch ein paar Flaschen Wein mitgebracht. Ich habe mir nichts dabei gedacht. Wir tranken sie zum Essen und hinterher, als wir redeten. Ich denke, ich hatte einen Schwips. Und du fehltest mir so. Aber ich will mich damit nicht rechtfertigen«, sagte er schnell. »Das ist keine Entschuldigung... Ich möchte nur, daß du verstehst, wie es dazu kam.«

»Ich höre«, sagte ich. Ich war kalt, fest und entschlossen. Er mußte wegschauen.

»Es war heiß an diesem Abend. Fanny trug eines ihrer dünnen, schulterfreien Baumwollkleider. Zuerst merkte ich es nicht, aber als wir dann redeten und tranken, rutschte ihr Ausschnitt immer tiefer, bis...« Er schüttelte den Kopf. »Ich weiß nicht, wie es passieren konnte. Den einen Augenblick saßen wir noch am Tisch, und im nächsten saß sie schon auf meinem Schoß, hatte die Arme um mich gelegt und war halb nackt.

Sie sprach immerzu davon, wie einsam sie sei, wie einsam ich doch sein müßte, wie sehr sie Liebe bräuchte und daß es auf eine Nacht doch nicht ankäme. Durch den Wein war mir schwindelig. Ehe ich mich versah, waren wir im Bett.

Ich sage dir, es war eher eine Vergewaltigung als eine Liebesnacht«, plädierte er.

»Oh, wie hast du doch gelitten«, sagte ich sarkastisch. Er zog seine Hände zurück und nickte langsam.

»Ich weiß. Du hast ja recht. Es gibt keine Entschuldigung für das, was passiert ist. Aber, glaube mir, es war nur das eine Mal. Als ich erkannte, was geschehen war, fühlte ich mich entsetzlich. Ich habe sie sofort hinausgeworfen und ihr verboten, sich noch einmal in der Gegend blicken zu lassen.

Ich dachte, daß es damit erledigt wäre... ein Seitensprung für eine Nacht. Ich habe es aus meinem Gedächtnis gelöscht und versucht, mir einzureden, es sei nur ein Alptraum gewesen. Ich dachte, auf diese Art könnte ich damit leben und es vielleicht sogar irgendwann vergessen.

Bitte, Heaven, glaube mir. Mehr ist nicht dran. Ich liebe Fanny nicht. Ich mag sie nicht einmal leiden. Aber... aber ich bin nur ein Mann, und das hat sie ausgenutzt, wie der Teufel es nicht besser hätte tun können«, fügte er hinzu.

»Seitdem habe ich sie gemieden wie die Pest. Sie kam noch ein paar Mal in die Gegend, aber ich habe sie nicht einmal angeschaut.« Er setzte sich neben mich. »Ich weiß, es ist viel verlangt, wenn ich dich bitte, mir zu vergeben. Trotzdem, ich bitte dich darum«, sagte er. Er nahm meine Hand. Ich ließ es zu, aber ich schaute ihn nicht an. »Ich weiß nicht, was ich dir noch sagen soll.

Nur das, daß du mein Leben bist. Wenn du dich von mir abwendest oder mich verlassen willst, weiß ich nicht, was ich tun werde. Das meine ich ernst.«

Ich sagte nichts darauf. Er senkte den Kopf. Er konnte es nicht merken, aber in mir tobte ein Krieg. Es war, als bestünde ich aus zwei Personen. Die eine wollte hart und böse sein, ihm gemeine boshafte Sachen sagen und ihn aus dem Zimmer jagen. Männer, dachte ich. Was sind das doch für Lügner. Sie bleiben kleine egoistische Jungen bis an ihr Lebensende. Dieser Teil von mir wußte, daß Logan die Ereignisse verändert und abgeschwächt darstellte, so daß er wie ein Opfer aussah. Als wenn alles nur Fannys Schuld gewesen wäre.

Der andere Teil von mir, der weiche und vergebende Teil, sah den Schmerz in Logans Augen, sein aufgewühltes Gesicht. Er hatte Angst, mich zu verlieren. Vielleicht sagte er die Wahrheit, vielleicht war es nur ein einziger Seitensprung gewesen. Vielleicht war er wirklich einsam, und es war ein Fehler gewesen, ihn nicht nach Winnerow begleitet zu haben!

Und was hatte mich davon abgehalten? fragte mein zweiter Teil. War es nicht meine Sehnsucht nach Troy, meine unbewältigte Vergangenheit, meine Anstrengungen, das Unmögliche möglich zu machen? Auch mich traf eine Schuld. Nur, daß ich jetzt diejenige war, die vergeben sollte!

»Heaven«, sagte er wieder und legte meine Hand an seine Wange. »Bitte glaube mir! Es war ein Fehler, und es tut mir leid. Ich wollte dich nicht verletzen.«

»Sie sagt, es ist dein Kind«, wiederholte ich.

»Was soll ich tun? Sage es mir. Ich tue alles, was du für richtig hältst.«

»Wenn es sich um Fanny dreht, kannst du außer acht lassen, was richtig ist und was nicht. Fanny kriegt, was sie will. Was sie tun wird, ist, überall zu erzählen, daß ihr miteinander geschlafen habt.«

»Aber jeder in Winnerow weiß, wie sie ist«, sagte er. »Natürlich wird man deswegen –«

»Deswegen wird man ihr glauben«, sagte ich. »Wenn Hinz und Kunz mit ihr schlafen kann, warum nicht auch Logan Stonewall?

Manche Leute warten geradezu darauf, Schlechtes über uns zu hören, sei es, weil sie neidisch sind, sei es, weil sie nicht ertragen können, daß eine Casteel so reich und mächtig in ihrem Heimatort lebt.«

»Willst du es zulassen, daß Fanny uns erpreßt?«

»Es kann dein Kind sein oder auch nicht«, stellte ich fest. Er schloß die Augen und drückte die Lippen fest zusammen. »Ich kümmere mich um Fanny«, sagte ich. »Sie ist glücklich, daß sie es geschafft hat, daß man sie wichtig nimmt und daß sie mich endlich tief verletzen konnte.«

»O mein Gott, Heaven, es tut mir so leid. So leid«, klagte er und legte die Hände vor sein Gesicht. Ein Teil von mir wollte ihn trösten, aber der stärkere, härtere Teil von mir ließ das nicht zu.

»Überleg dir eine Erklärung für deine plötzliche Rückkehr«, sagte ich. »Ich möchte nicht, daß Tony von alledem jetzt schon erfährt.«

»Gut. Ich werde ihm erzählen, daß du mir gefehlt hast und –« Ich drehte mich so schnell herum, daß er den Rest seines Satzes verschluckte.

»Ich will davon jetzt nichts hören, Logan. Ich will nichts als schlafen und sehen, ob ich morgen früh mein Selbstwertgefühl wieder aufrichten kann. Verstehst du das?«

Er nickte und sah dabei so schwach, so unsicher und voller Bedauern aus, daß es mir fast schon unmöglich war, meine harte Haltung beizubehalten.

»Gut«, sagte ich und ging zu Bett.

Später legte er sich neben mich und gab sich große Mühe, mich nicht zu berühren. Er verkroch sich, so weit es ging, auf seine Seite des Bettes. Als ich zu ihm hinüberschaute, sah er aus wie ein kleiner Junge, der böse gewesen und ohne Essen zu Bett geschickt worden war. Er versuchte, nicht zu laut zu atmen, damit er nicht noch weitere Strafen heraufbeschwor.

Die ganze Zeit über fragte ich mich, wie es gewesen wäre, wenn es andersherum gelaufen wäre. Wie hätte er reagiert, wenn ich ihm mein Treffen mit Troy und unsere Liebesnacht gestanden hätte? Hätte er mir vergeben oder würde er mich hassen? Hätte er es verstanden? Hätte er mich gezwungen, weiten Abstand von ihm im

Bett zu halten und ihn nicht anzufassen? Hätte er mich ohne Aussicht auf Versöhnung gelassen?

In jener Nacht weinte ich leise vor mich hin. Ich weinte um uns alle, selbst um Fanny, die so voller Neid und Haß war, daß sie es auf sich nahm, sich selbst zu zerstören, nur um mich zu treffen. Ich wußte, daß sie in den kommenden Jahren dieses Kind wie eine Waffe benutzen würde. Sie würde mich damit schlagen, wann immer sie konnte, und mich daran erinnern, wessen Kind das war. Mir blieb einzig die Hoffnung, daß das Kind Randall Wilcox dermaßen ähnlich sah, daß außer Frage stand, wer der Vater war. Aber tief in mir wußte ich, daß das nichts ändern würde. Sowie wir den ersten Scheck an Fanny gesandt hatten, hatte sie uns im Griff.

Na gut, dachte ich mit Ironie, wenigstens blieb es in der Familie.

Familie. Wie fremdartig und traurig war dieses Wort doch geworden. Vielleicht war das das Schlimmste an der Sache.

Tony war am nächsten Tag noch immer in einem derartigen Dämmerzustand, daß ihm Logans plötzliche Rückkehr gar nicht auffiel. Logan sagte, er hätte nur halb zugehört, als er es ihm erklärte. Aber es war auch nützlich, daß er heimgekommen war. Er begleitete Tony in dessen Büro und konnte einige von den Aufgaben übernehmen, die Tony jetzt nicht schaffen konnte oder wollte.

In der verbleibenden Woche brachte Logan mir jeden Abend ein Geschenk. Ich wußte, er versuchte, wieder einen Zugang zu meinem Herzen zu finden. Er brachte mir Blumen, Kleider, Naschereien und Schmuck. Ansonsten setzte er mich nicht unter Druck, ihm zu vergeben. Er gab mir seine Geschenke und wartete voller Hoffnung auf ein Zeichen oder ein warmes Wort.

Eines Abends, nachdem er den Tag mit Tony verbracht hatte, fand er mich weinend in unserem Zimmer vor. Ich ließ es zu, daß er mich umarmte, mich küßte und mir über den Kopf strich. Ich lauschte seinem Betteln und seinen Liebesworten. Ich ließ es zu, daß er mir Versprechungen machte und mich um Verzeihung und um Liebe bat. Dann küßte er mich heftig.

Ich hatte schon Angst bekommen, daß wir uns nie wieder lieben würden oder daß es, wenn es dazu käme, so mechanisch und unpersönlich wäre, daß es keine Lust mehr bedeuten würde. Jetzt waren mein Hunger nach Liebe und das Bedürfnis, alle Sorgen von mir zu werfen, größer, als ich wahrgenommen hatte, und Logans Sehnsucht nach Vergebung war überwältigend. Wir liebten uns leidenschaftlich. Ehe es vorbei war, hielten wir uns im Arm und weinten beide.

»O Heaven«, sagte er. »Es tut mir so leid, daß ich dich verletzt und dir Schmerzen bereitet habe. Lieber würde ich durch Feuerwände laufen, als dir das noch einmal anzutun.«

»Küß mich und liebe mich und lösche mich niemals aus deinem Gedächtnis«, flüsterte ich atemlos.

»Niemals! Ich mache mich zu einem Teil von dir. Wenn du krank bist, werde auch ich krank sein, wenn du müde bist, werde auch ich müde sein. Wenn du lachst, werde ich lachen. Wir werden wie siamesische Zwillinge sein, zusammengeschweißt von einer Liebe, die so stark ist, daß selbst Amor erstaunt wäre. Das schwöre ich dir«, sagte er. Er küßte mich so oft, daß mein Körper anfing zu vibrieren. Er gab mir wieder das Gefühl, eine Prinzessin zu sein, die das Glück des Lebens über ihn ergoß.

In dieser Nacht schliefen wir tiefer, als wir beide es den Rest der Woche getan hatten. Als wir am Morgen zum Frühstück gingen, war es, als wäre der Schleier der Trauer, der über dem Haus lag, gelüftet worden. Selbst Tony wirkte frisch und froh, den Tag beginnen zu können. Er und Logan sprachen über Winnerow. Die alte Kraft und Erregung kehrte zurück. Wir beschlossen, nach Winnerow zu fahren und uns die Fabrik anzuschauen. Und wenn wir dort waren, wollte ich meiner Schwester Fanny einen Besuch abstatten.

Als ich ihn und Tony bei der Fabrik allein ließ, wußte Logan, was ich vorhatte. Fanny besaß ein Haus im modernen Stil, das auf einem Berg gebaut war, der dem Berg, auf dem die Blockhütte stand, direkt gegenüberlag. Sie hatte es mit dem Geld von Mallory gebaut, jenem ältlichen Mann, den sie geheiratet hatte und von dem sie dann geschieden worden war. Die ganze Zeit über hatte er ihr Alimente gezahlt. Ihre beiden großen Hunde kamen bellend auf mein Auto zugelaufen, als ich vorfuhr. Sie mußte aus dem Haus kommen und die beiden einsperren, ehe ich aus dem Auto steigen konnte. Sie fand das sehr lustig.

»Es sind gute Wachhunde«, sagte sie. »Man weiß nie, wer hier heraufkommt. Verstehst du, was ich meine, Heaven?«

»Halte sie jedenfalls von mir fern«, sagte ich finster. Sie sahen hager und vernachlässigt aus. Sie sagte, daß sie sie lediglich zu ihrem Schutz hielt. Aber selbst Wachhunde brauchten ein bißchen Liebe und Zuwendung.

»Ist das eine nette Überraschung!« sagte sie, als ich endlich aus dem Auto stieg.

»Es ist keine Überraschung, Fanny. Nicht für dich.«

Sie warf den Kopf zurück und lachte.

»Es sollte nicht so viele böse Gefühle geben zwischen dir und mir. Schwestern sollten doch zusammenhalten, oder?«

»Ja, das sollten sie. Außerdem sollten sich Schwestern nicht den Ehemann stehlen.«

Das brachte sie wieder zum Lachen.

»Willst du hereinkommen oder ist mein Heim nicht gut genug für eine wie dich?«

Ohne zu antworten, betrat ich ihr Haus. Sie hatte nicht viel daran verändert, seit ich zuletzt bei ihr gewesen war. Ihre Augen verfolgten mich, als ich mich umschaute.

»Nicht besonders vornehm, aber gemütlich«, sagte sie. »Vielleicht kann ich mir in Zukunft einige feine, teure Dinge leisten.«

»Was ist mit deinen Alimenten?«

»Hast du es nicht gehört? Der alte Mallory hat das Handtuch geworfen und alles seinen Kindern vererbt. Sie haben sich nicht gerade viel um ihn gekümmert, aber er wollte der Wahrheit nicht ins Auge blicken, wie die meisten Männer.«

»Ich verstehe.«

»Ich biete dir mit Absicht nichts zu essen oder zu trinken an. Du denkst vielleicht, es wäre bei mir nicht sauber genug, jetzt, wo du in einem Palast wohnst und nur noch von Silbertellern ißt.«

»Ich bin nicht wegen eines Kaffeekränzchens gekommen, Fanny. Das weißt du. Und du weißt auch, warum ich hier bin.« Ich setzte mich auf die Couch und sah sie an. Ganz gleich, wie meine Gefühle auch waren, ich mußte zugeben, daß sie eine attraktive Frau war. Sie trug ihr pechschwarzes Haar modern geschnitten, und ihre blauen Augen waren funkelnder und leuchtender denn je.

Ihre Figur war so üppig und fließend, wie ich es bei ihr gewohnt war. Sie merkte, wie ich sie musterte, und sie stützte die Hände in die Hüften. Ihre Schwangerschaft war noch nicht zu sehen, sie hatte immer noch eine klassische Wespentaille.

»Man sagt, daß Frauen durch eine Schwangerschaft noch besser aussehen«, sagte sie. »Was meinst du?«

»Du siehst gut aus, Fanny. Du gehst doch zu einem Arzt?«

»Das kannst du wohl glauben. Ich gehe zu dem vornehmsten und teuersten Doktor, den ich finden konnte. Dieses Kind bekommt nur das Beste. Ich habe ihm schon gesagt, an wen er die Rechnungen schicken muß.«

»So.« Sie lächelte und setzte sich mir gegenüber. »Ich nehme an, du hattest eine Unterhaltung mit Logan.«

»Ich bin nicht gekommen, um mit dir zu streiten, Fanny. Was geschehen ist, können wir nicht rückgängig machen. Zu diesem Zeitpunkt gibt es keine Möglichkeit, herauszufinden, ob das Kind tatsächlich von Logan ist, aber –«

»Du redest Unsinn. Keine Möglichkeit, herauszufinden! Du meinst, ich schlafe mit jedem, was? Nun gut. Ganz gleich, welchen Unsinn du redest, um die Wahrheit kommst du nicht herum. Ich habe mich mit Randall seit mehr als einem Monat nicht mehr getroffen, und ich war mit keinem anderen Mann zusammen als mit Logan. Die Ärzte können einem sagen, wann die Kinder gemacht wurden. Und das hier hat Logan Stonewall gemacht«, sagte sie und zeigte auf ihren Bauch. Ich fuhr zusammen.

Ich war hierhergekommen mit der Absicht, resolut und entschlossen zu sein, ihr ein Angebot zu unterbreiten und sie dann mit Würde zu verlassen. Doch wie üblich ließ sie sich nicht einschüchtern. Ihre Augen funkelten mich mit arrogantem Genuß an.

»Ich will dir nicht vorschlagen, daß wir einen Test machen lassen, um herauszufinden, was wahr ist und was nicht, Fanny. Es würde alle Beteiligten nur noch mehr verletzen.«

»Du willst es nicht vorschlagen…« Sie lehnte sich zurück und lachte wie eine verrückt gewordene Wildkatze. »Nun gut, was schlägst du dann vor, Heaven Leigh?« Ihre Augen wurden schmal, bis nur noch das Weiße zwischen den üppigen Wimpern hervorschimmerte.

»Natürlich übernehmen wir alle Arztrechnungen.«

»Natürlich. Und?«

»Wir setzen eine monatliche Summe fest für das Kind und seine Bedürfnisse...«

»Zu seinen Bedürfnissen gehöre auch ich«, sagte sie. »Das heißt, ich möchte behandelt werden wie eine Frau mit Klasse, so wie du«, sagte sie und stützte ihre Fäuste auf die Hüften. »Was denkst du denn, wer du bist, daß du hier hereinkommen und das Angebot machen kannst, nur für das Kind zu sorgen? Dein Mann kommt zu mir, weil du nicht da bist, wenn er dich braucht. Und dann willst du nichts zahlen! Ich muß mit dem Kind leben, oder? Ich bin dann angebunden, oder? Ich kann dann nicht herumlaufen und mir einen neuen Mann suchen.«

»Fanny«, fragte ich und lächelte sie an. »Willst du das Kind wirklich behalten?«

»Oh, ich verstehe, worauf du hinaus willst. Du denkst, du kannst hereinkommen und ein Wahnsinnsgeschäft machen, eh? Das Kind nehmen und so tun, als wäre es deins, nicht wahr? Und dann habe ich keine Ansprüche mehr, richtig? Ganz schön clever! Nur, so dumm bin ich nicht mehr, so dumm wie damals, als der Reverend mir meine Darcy fortgenommen hat.«

»Aber du hast doch selbst gesagt, wie schwer es für dich ist, das Kind zu haben. Du hast doch recht. Es schränkt dich ein.«

Sie lachte. Wenn Fanny lachte, selbst wenn es ein böses Lachen voller Haß war, blitzten ihre weißen Zähne leuchtend auf.

»Ich werde es riskieren«, sagte sie.

»Aber kannst du dem Kind auch eine gute Mutter sein?« fragte ich und versuchte vernünftig zu klingen, so schwer es mir auch fiel, meine Wut unter Kontrolle zu halten.

Ihre Augen wurden wieder zu Schlitzen.

»Nun fang nicht wieder mit diesem Mist an, Heaven Leigh. Das war schon damals die Ausrede, als ich Darcy nicht von Reverend Wise zurückbekommen habe.«

»Das ist keine Ausrede, Fanny«, sagte ich, immer noch leise. Sie musterte mich. Dann schüttelte sie den Kopf.

»Du bist doch genau wie Pa! Kinder kaufen und Kinder verkaufen! Alles nur, damit es für dich einfach ist.«

»Das ist es nicht. Überhaupt nicht«, sagte ich. Wie kam sie nur auf die Idee? Es ging mir dabei nicht um mich, sondern ich machte mir Sorgen, wie sie das Kind behandeln würde.

»Doch, das ist es. Du bezahlst mir etwas für das Kind, und dann gibst du es fort. Oder etwa nicht?« verlangte sie zu wissen.

»Nein. Das hatte ich nicht vor.«

»Nun, es ist mir egal, was du vorhattest. Die Antwort ist nein. Ich behalte mein Kind, und Logan und du, ihr zahlt dafür, daß es ihm gut geht. Es soll ihm so gut gehen wie einem von euren Kindern. Es soll in die besten Schulen gehen, die schönsten Sachen tragen. Verstehst du das, Heaven?«

»Ich verstehe«, sagte ich. »Und was schlägst du vor?« fragte ich. Diese Frage, die eine konkrete Antwort verlangte, brachte sie aus dem Konzept. Sie schaute mich verwirrt an. »Wieviel sollen wir dir im Monat überweisen, Fanny?«

»Ich weiß es nicht. Vielleicht... fünfzehnhundert. Nein. Zweitausend.«

»Zweitausend Dollar im Monat?«

Sie beobachtete mich, um herauszufinden, ob ich mit diesem Betrag zufrieden oder ob es zu viel war. Aber mein Gesicht verriet nichts.

»Nun, der alte Mallory hat mir fünfzehnhundert geschickt, aber da hatte ich kein Kind. Nehmen wir lieber zweieinhalbtausend«, sagte sie, »und am Ersten des Monats, pünktlich. Sollte euch nicht schwerfallen, Heaven. Wo ihr doch solch eine große Fabrik in Winnerow baut.«

Ich stand hastig auf.

»Du bekommst zweitausendfünfhundert pünktlich jeden Monat, Fanny. Wir richten für das Kind ein Konto in der Bank von Winnerow ein. Aber ich warne dich. Wenn du jemals wieder versuchen solltest, uns zu erpressen, wenn du damit drohst, den Leuten Geschichten zu erzählen über Logan und dich... streiche ich dir jeden Pfennig. Dann mußt du für dich allein sorgen.

Und versuche nicht, dich an Logan heranzumachen oder mit ihm auf irgendeine Art Kontakt aufzunehmen. Wenn du Probleme hast, wende dich an mich, verstehst du das?«

Sie schaute mich mit dunklen Augen an, voller Haß und Neid.

Dann wurde ihr Ausdruck schmerzerfüllt. Niemand konnte ein Gefühl so schnell auslöschen und durch ein neues ersetzen wie Fanny.

»Ich bin enttäuscht über dich, Heaven. Ich hätte gedacht, daß ich dir ein bißchen leid tue. Schließlich bin ich diejenige, die ausgenutzt worden ist. Das ist alles, was die Männer können, einen ausnutzen.

Du kommst zu mir, die ich allein lebe, nur in Gesellschaft von zwei dummen Wachhunden. Kommst aus einer Umgebung, wo du alles hast, Dienstboten, eine Familie, einen Ehemann und all die vornehmen Sachen. Dann kommst du und behandelst mich wie eine Diebin und nicht wie die Schwester, die mit dir zusammen in der Kinderzeit gelitten hat. Du könntest mir eigentlich ruhig ein bißchen mehr anbieten.«

»Das Leben ist mit mir nicht so freundlich umgesprungen, wie du es dir vorstellst, Fanny. Du bist nicht die einzige, die gelitten hat. Und als ich gelitten habe, warst du nirgendwo in der Nähe, um mir zu helfen. Ich mußte mir selbst helfen.«

»Du hattest Tom. Immer hattest du Tom. Dich hat er geliebt und mich niemals. Einen Dreck hat er sich um mich gekümmert. Keith und Jane haben sich auch nie um mich gekümmert.«

»Du bekommst dein Geld«, sagte ich. Ich ging auf die Tür zu. Sie stand auf, um hinter mir her zu gehen.

»Sie mögen dich, weil du reich und vornehm bist. Selbst als du arm warst und nur Lumpen zum Anziehen hattest, hast du dich benommen, als wärst du reich und vornehm, und hast mich wie eine arme Verwandte behandelt. Du hast mich nie als Schwester haben wollen, du hast mich nie gemocht!« schrie sie.

Ich trat aus dem Haus und eilte zu meinem Auto. Sie kam mir nach.

»Du wolltest nie eine Schwester wie mich haben. Du hast mich nie kennen wollen in der Schule oder hinterher. Heaven!« rief sie.

Ich drehte mich zu ihr um. Für einen Augenblick schauten wir uns an. Ich konnte die Wahrheit nicht verbergen. Sie hatte recht.

»In Wahrheit warst du nämlich eifersüchtig auf mich, weil Pa mich auf den Schoß genommen hat, weil Pa mich geküßt hat. Gib es zu! Gib es zu!« verlangte sie. »Weil deine Geburt seinen Engel getötet hat. Davor kannst du nicht davonlaufen, Heaven. Auch dann nicht, wenn du in einem Palast lebst und Fabriken baust, durch gar nichts.«

Sie verschränkte die Arme unter der Brust und lächelte.

»Du tust mir leid, Fanny«, sagte ich, »du bist wie eine Blume, die in der Jauche blüht.«

Ich drehte mich um und stieg in mein Auto. Ihr Lachen verfolgte mich bis auf die Straße und trieb mich fort, so weit, wie ich nur konnte.

11. KAPITEL

Leben und Tod

An diesem Abend erzählte ich Logan alle Einzelheiten über mein Treffen mit Fanny. Er saß am Küchentisch und hörte zu. Seine Augen waren auf ein Wasserglas gerichtet, das er fortwährend drehte. Ich sprach schnell und zielgerichtet, denn ich wußte, daß das Gespräch für uns beide schmerzlich war. Als ich alles gesagt hatte, seufzte er tief und lehnte sich zurück.

»Heaven«, sagte er, »ich will nicht mehr ohne dich nach Winnerow. Ich würde dich zu sehr vermissen. Wie wär's, wenn wir da unten ein Haus kaufen? So groß, daß die ganze Stadt davon reden wird. Ich brauche dich in meiner Nähe, Heaven.«

»Gefällt dir denn diese Hütte nicht?« fragte ich. »Sie ist schon immer mein Zuhause gewesen. Warum brauchen wir ein Haus?«

»Meinst du nicht, daß die Eigentümer des größten Unternehmens dieser Gegend ein eigenes Haus haben sollten? Ein Haus, in dem man wichtige Gäste empfangen und Essen und Parties geben kann? Wir können die Hütte als Wochenendhaus behalten.« Dann stand er auf. »Ich glaube einfach, wir brauchen einen neuen Anfang, Heaven, wir beide.«

Ich dachte darüber nach. Die Hütte war geprägt von dem, was Fanny getan hatte. Irgendwo anders zu leben würde helfen, diesen Zwischenfall hinter uns zu bringen. Außerdem wußte ich, daß seine Mutter ihn schon lange dazu bringen wollte, ein hübsches Haus zu kaufen. Seit wir verheiratet waren, zählte weder Geld noch Macht, solange wir weiter in den Willies lebten. Hier in den Bergen zu leben, umgeben von armen Leuten, war in den Augen seiner Mutter entwürdigend. Die Leute dachten, ich hätte ihn in meine Welt gezogen, wo doch er mich in seine hätte bringen müssen.

Macht und Geld hatten Logan verändert. Ohne Anzug und Krawatte ging er nicht mehr aus dem Haus. Eine sehr teure Armbanduhr und einen Diamantring hatte er auch gekauft. Er ließ seinen neuen Bart fast täglich stutzen und ging sogar zur Maniküre. Als ich ihn darauf ansprach, erklärte er mir: »Ein Mann, der aus einem Rolls-Royce steigt, muß entsprechend aussehen.«

Ich wußte aber, daß das, was zwischen Fanny und ihm vorgefallen war, meine Gefühle verändert hatte. Mir gefiel der Gedanke nicht, daß er allein hier in der Hütte bleiben würde, wo sie schon einmal miteinander geschlafen hatten. Und ich dachte mir, daß Fanny recht hatte, wenn sie sagte, ich würde zu wenig Zeit mit Logan verbringen. Wenn wir unser eigenes Haus in Winnerow hätten, wäre ich sicher häufiger daheim.

»Ich glaube, du hast recht«, sagte ich. »Woran hast du gedacht, ein Haus bauen oder eins kaufen?«

»Kaufen.« Er beugte sich vor, stützte sich auf und grinste.

»Du hast dich wohl schon umgesehen, oder?«

»Mhmm.« Seine blauen Augen glitzerten verschmitzt.

»Also? Welches Haus?«

»Das Hasbrouck-Haus«, verkündete er stolz.

»Was? Du machst wohl Witze?!«

Er schüttelte den Kopf. »Es ist zu verkaufen«, sagte er.

Das Hasbrouck-Haus war ein schönes, im Kolonialstil erbautes Haus, etwa eine halbe Meile vom Fabrikgelände entfernt. Es gehörte Anthony Hasbrouck, der aus einer alten, reichen Familie stammte, deren Stammbaum bis in die Zeiten vor dem Bürgerkrieg zurückreichte.

»Ich glaube kaum, daß Anthony Hasbrouck das Haus verkaufen wird.«

»Seine Investitionen sind kürzlich etwas schiefgegangen. Er braucht dringend Bargeld.« Logan schien viel über Anthony Hasbrouck zu wissen.

»Ich verstehe.« Ich konnte mir vorstellen, wie Logan, der jetzt mit allen Börsenmaklern Winnerows verkehrte, das herausgefunden hatte. Er lächelte so beiläufig, daß ich dachte, er hätte Hasbrouck bereits ein Angebot für das Grundstück gemacht.

Ich konnte meine Aufregung kaum verbergen. Ich kannte das Haus. Tom und ich waren als Kinder oft daran vorbeigelaufen. Uns war es immer wie eines der Schlösser vorgekommen, wie sie in großen Romanen beschrieben werden; es war ein Herrenhaus, das in einem wunderschön angelegten Garten stand. An der Vorderseite des Hauses waren Säulen, die Tür war riesig und bestand aus zwei Eichenflügeln, die aussahen, als müßten sie von einem Butler geöffnet werden. Es war leicht, sich dort schöne Cocktailparties vorzustellen. Hinter diesen Eichenholztüren konnten sich viele romantische Abenteuer abspielen.

Damals stellten wir uns vor, dort zu leben. Jede und jeder in der Familie würde ein eigenes Zimmer haben. Als Älteste wollte ich wie eine richtige Südstaatentochter gekleidet sein. Ich würde die Gäste in den Garten geleiten und ihnen einen Pfefferminzlikör anbieten...

Tom stellte sich vor, er hätte seine eigene Zucht von Rennpferden. Die Erinnerung an diese dummen, kindischen Träume ließ mich lächeln. Gleichzeitig erschienen sie mir jetzt wie eine Prophezeiung. O Tom, mein geliebter Träumer! Ich vermißte ihn immer noch sehr. Jetzt, plötzlich, wurden alle unsere Träume Wirklichkeit, einer nach dem anderen. Doch sie waren nie so, wie wir sie uns vorgestellt hatten, nie so strahlend und schön, wie nur Träume sein können. Logan sah das Lächeln auf meinem Gesicht und strahlte.

»Ich hatte gehofft, daß du mit der Idee einverstanden sein würdest«, sagte er. »Darum habe ich auch gleich einen Termin zur Besichtigung des Hauses ausgemacht. Er ist morgen früh. Ist das in Ordnung?«

»Ja«, sagte ich und war ein wenig enttäuscht, daß er nicht vorher mit mir darüber gesprochen hatte. Es erinnerte mich zu sehr an Tony. Logan stand unter Tonys Einfluß und versuchte, ihn in jeder Hinsicht zu imitieren. Es beeindruckte mich zwar, wie schnell Logan sich in einen tüchtigen Geschäftsmann verwandelt hatte. Aber es war der sanfte, liebevolle Junge, in den ich mich verliebt hatte, den ich brauchte und vermißte.

Am nächsten Morgen fuhren wir zu Anthony Hasbrouck. Als kleines Mädchen, das in den Willies lebte, hatte er mir keinen Blick gegönnt; er hatte Tom und mich sogar einmal davongejagt, als wir vor dem Tor standen. Jetzt war er der perfekte Gastgeber und führte uns durch das Herrenhaus. Er trug ein schwarzes Samtjakkett, schwarze Hosen und leichte Sommerschuhe aus Samt. Er sprach mit einem typischen Südstaatenakzent, dick wie Sirup, und nannte mich »Heavenly«, anstatt »Heaven«.

»Wir bedanken uns für die Führung, Mr. Hasbrouck«, sagte ich.

»Nennen Sie mich doch Sonny. Alle meine Freunde nennen mich so.«

»Also Sonny«, sagte ich und wandte mich Logan zu. »Wenn wir es nehmen«, flüsterte ich laut genug, daß Mr. Hasbrouck es hören konnte, »dann müssen wir alles erneuern. Es ist ganz schön verfallen.« Ich genoß es, mit meiner Schilderung fortzufahren, wie wundervoll das Haus in meiner Verwahrung werden würde, wie viele neue Teppiche gelegt werden müßten, daß die alte Küche nicht ausreichen würde und all so etwas. Ich genoß es selten, meinen Reichtum zu zeigen, aber Leuten wie Mr. Hasbrouck gegenüber, die auf uns Casteel-Kinder herabgesehen und die meinem lieben Tom seine Träume verjagt hatten, ihnen gegenüber genoß ich es sehr.

»Und vor allem«, sagte ich, während ich Logans Arm nahm und über das Grundstück lief, »werden wir viel mehr Bedienstete und Gärtner einstellen müssen – ich kann gar nicht glauben, daß man ein altes Anwesen so hat verkommen lassen.«

Mr. Hasbrouck wurde feuerrot. Er zwirbelte nervös an seinem Bart und knirschte mit den Zähnen. Der Gedanke, einer Casteel das Haus verkaufen zu müssen, mußte ihn verrückt machen. Aber Logan hatte mir versichert, daß er das Geld dringend benötigte.

»Sonny«, sagte ich lächelnd, wobei ich versuchte, so charmant wie möglich zu sein, »mir gefällt Ihr Haus, aber ich fürchte, daß der Preis nicht dem Wert entspricht.«

Logan fiel die Kinnlade herunter. Er wirbelte herum. »Aber Heaven, Liebling –«

»Ich nehme an, Ihre hübsche kleine Frau hat recht«, sagte Mr. Hasbrouck. Sein Gesicht war jetzt so rot wie eine Tomate. »Heavenly, Sie sind ein harter Verhandlungspartner.«

Sobald wir im Auto saßen, nahm mich Logan in die Arme. »Ich habe nicht nur die hübscheste Frau in der Stadt, sondern auch die klügste. Ich kann es kaum erwarten, wieder nach Farthy zu kommen. Ich muß Tony erzählen, wie du das hier gehandhabt hast.«

Drei Tage später lud Tony Logan und mich auf einen Willkommensdrink in sein Büro ein, und Logan verkündete die Neuigkeit. »Tony«, begann er, und seine Augen glitzerten vor Stolz und Aufregung, »Heaven und ich haben den ersten, großen Schritt in unserer Ehe getan. Wir haben unser eigenes Haus gekauft.«

Am Anfang konnte ich Tonys Reaktion darauf kaum erkennen. Es war eine Mischung aus Überraschung, Trauer und Einsamkeit. Er sah aus, als hätte man ihm eine Hoffnung genommen.

Zwar sagte er nichts dergleichen, aber ich fühlte, er war nicht glücklich darüber, daß wir das Hasbrouck-Haus gekauft hatten. Das Haus war zu weit entfernt von seinem; und es gefiel ihm nicht, daß wir ein eigenes Leben führten, das nichts mit Farthy zu tun hatte. Er tat mir leid, denn ich wußte, er hatte Angst vor der Einsamkeit. Vor allem jetzt, wo Jillian weg war.

Die Wochen verstrichen. Während ich eigentlich damit hätte beschäftigt sein sollen, Möbel, Tapeten und Teppiche zu bestellen, konnte ich kaum das Bett verlassen. Ich war ständig müde und fühlte mich irgendwie sonderbar, als ob ich nicht wirklich wüßte, wer ich war und was ich wollte. War es ein Fehler gewesen, das Haus zu kaufen? Warum fühlte ich mich so elend? Ein paarmal fuhr ich nach Boston und besuchte Warenhäuser oder bestellte Sachen für unser neues Haus. Doch jedesmal kam ich erschöpft und ausgelaugt wieder in Farthy an.

»Heaven«, sagte Logan eines Abends nach dem Abendessen, nachdem ich ihm gesagt hatte, daß ich früh zu Bett gehen wollte, »du bist in den letzten Tagen immer so müde. Fehlt dir etwas? Ich hoffe, daß dich dieser Umzug nicht zu sehr anstrengt.«

»Es geht mir gut, Liebling«, murmelte ich.

»Ich möchte, daß du morgen zum Arzt gehst, Heaven. Du bist sonst nämlich nicht so.«

Die Diagnose des Arztes verschlug mir die Sprache.

»Schwanger?«

»Ganz sicher«, sagte er lächelnd.

Es war wundervoll. Warum war ich nicht selbst darauf gekommen? Ich mußte lachen. Natürlich, das erklärte alles. Ein Kind! Ich hatte immer davon geträumt, eine eigene Familie zu haben, und jetzt würde dieser Traum wahr werden. Oh, ich war so glücklich! Wie würde ich mein eigenes Kind lieben und beschützen! Es würde nie die Angst und die Schmerzen kennenlernen, die meine Geschwister und ich hatten ertragen müssen. Obwohl Logan und ich es nicht wirklich geplant hatten, paßte es ganz genau. Es war der richtige Zeitpunkt für das erste Kind. Wir würden die Fabrik haben, ein neues Haus und jetzt auch noch ein Kind. Die Vaterschaft, so dachte ich, würde Logan wieder so fröhlich und jungenhaft machen wie früher. Es würde ihn von seinem Geschäftspodest wieder auf die Erde zurückbringen.

»Mrs. Stonewall«, sagte der Doktor und brachte mich wieder auf die Erde zurück, »ich werde Sie jetzt untersuchen. Damit wir genau wissen, seit wann Sie schwanger sind.«

Mein Herzschlag setzte einmal aus.

»Es ist wichtig, daß wir das wissen, nur so können wir uns richtig auf die Ankunft des Kindes vorbereiten.«

Vorsichtig und ganz genau untersuchte mich der Doktor.

»Ziehen Sie sich jetzt bitte an und gehen Sie dann in mein Büro hinüber«, sagte er, als er fertig war. »Wir können dort alles besprechen.«

Ich zitterte am ganzen Körper. »Bitte, Dr. Grossman, können Sie mir sagen, wie alt das Kind ist?«

Er sagte es mir.

Mir wurde schwindlig. Das Kind war schon zwei Monate alt. Zwei Monate. Vor zwei Monaten hatte ich Troy in der Hütte besucht. O mein Gott. Wessen Kind war es? Das Logans... oder das Troys?

»Mrs. Stonewall, Mrs. Stonewall.« Die Stimme des Arztes brachte mich wieder in das Zimmer zurück. »Ist alles in Ordnung mit Ihnen?«

»Oh, bitte verzeihen Sie mir, Herr Doktor«, sagte ich und versuchte, mich wieder zusammenzunehmen. »Mir war nur ein wenig schwindlig. Es kam alles so unerwartet. Ich verstehe einfach nicht, warum ich es nicht selbst merkte. Es hätte mir doch auffallen müssen. Ich war so oft...«

Während ich noch sprach, geleitete er mich aus dem Büro. Ich war froh, allein auf dem Rücksitz der Limousine zu sitzen. Die gleiche Angst pochte weiter in meinem Kopf. Von wem war das Kind? Von Logan oder von Troy? Und am schlimmsten war – möge Gott vom Himmel herabsehen und mich strafen –, daß ich nicht einmal wußte, von wem ich es wollte.

Als wir dann das Tor von Farthy erreicht hatten, war mir klar, daß es egal war – ich liebte sie beide. Im Grunde meines Herzens wußte ich, daß Logan das Kind lieben und daß er der beste Vater der Welt sein würde. Auch ich wußte nicht, wer mein richtiger Vater war. Aber der Vater, der mich aufgezogen hatte, Luke, liebte mich nicht so, wie ein Kind geliebt werden mußte. Sollte ich Logan die Wahrheit bekennen? Sollte ich ihm erzählen, daß das Kind von Troy sein könnte, und damit das Risiko auf mich nehmen, daß er unser Kind so behandelte, wie ich behandelt worden war? Nein, das durfte nicht geschehen; das konnte ich dem Kind nicht antun. Wenn ich ihm die Wahrheit erzählte, daß ich nicht wüßte, wessen Kind es sei, dann würde er immer Zweifel haben. Er könnte es nie so lieben, wie wenn er sich sicher wäre. Es wäre Logan gegenüber nicht fair. Außerdem konnte es ja sein Kind sein, es konnte genauso sein Kind sein! Nein, ich beschloß, dieses Geheimnis, wie so viele andere, nie zu verraten.

Logan war gerade in Tonys Büro und telefonierte, als ich vom Doktor zurückkam.

»Könntest du bitte in unsere Zimmer hinaufkommen, Logan? Ich muß dir etwas erzählen.«

Er hielt den Hörer zu. »Hat das nicht noch eine halbe Stunde Zeit, Heaven? Ich bin gerade mitten in einer wichtigen Verhandlung.«

»Logan Stonewall! In zwei Minuten bist du oben!« befahl ich. »Du bist gerade dabei, den größten Gewinn deines Lebens zu machen!« Schnell drehte ich mich um und verließ das Zimmer, denn ich wollte nicht, daß er es an meiner Aufregung erriet.

Einige Minuten später stand er im Flur vor unseren Zimmern. Er hatte die Arme verschränkt und wirkte etwas verärgert. »Ich hoffe nur, daß es etwas Gutes ist, Heaven«, warnte er mich.

Ich ging zu ihm, legte die Arme um seinen Hals und sah ihm tief in die Augen. »Du wirst Vater«, sagte ich zärtlich. Vor Aufregung wurde er ganz rot, und seine saphirfarbenen Augen strahlten wie ein Frühlingshimmel an einem klaren Tag; sein Lächeln breitete sich über das ganze Gesicht aus.

»Heaven«, sagte er, »wie kannst du so etwas sagen und dabei so ruhig bleiben?« Er hielt mich ein wenig von sich entfernt, und seine Augen musterten mich genau, als suche er nach irgendwelchen Veränderungen. Dann lachte er, zwinkerte wie ein kleiner Junge und umarmte mich wieder. »Das sind ja wundervolle Neuigkeiten. Warte nur, bis wir es Tony erzählt haben. Oder meinen Eltern. Das ist ein Grund für ein Fest! Heute abend gehen wir alle so toll essen wie noch nie! Ich sage es gleich Tony, und Rye soll das heutige Abendessen wieder einfrieren. Oh, ich bin so glücklich, daß wir das Haus gekauft haben. Ich sage den Innenarchitekten sofort, daß sie ein Kinderzimmer einrichten sollen. Wir müssen ein Kindermädchen einstellen, das dir hier und in Winnerow helfen soll.«

Er klatschte in die Hände, warf die Arme hoch und sah aus, als würde er gleich vor Freude einen Sprung machen.

»Wenn das Kind da ist, dann feiern wir zwei große Feste. Eins in Farthy, für unsere Freunde in Boston, und eins in Winnerow. Du wirst Mutter, und ich werde Vater«, kündigte er an. »Heaven, du siehst wunderschön aus, so strahlend. Was für eine wunderbare Überraschung. Ich danke dir, ich danke dir«, sagte er und drückte mich fest an sich. Er fiel auf die Knie und küßte meinen Bauch. Plötzlich brach er in Tränen aus. Ich streichelte seinen Kopf, aber er konnte nicht aufhören.

»Heaven«, schluchzte er, »ich bin der glücklichste Mensch auf der Erde, ich bin –« Dann sah er auf, und Tränen liefen ihm über das Gesicht. »Ich verdiene dieses Glück nicht«, sagte er, »vergib mir.«

Ich wollte ebenso glücklich sein wie er und seine Aufregung teilen. Doch je mehr die Freude aus ihm herausströmte, desto mehr fragte ich mich, ob ich ihm nicht das Kind eines anderen Mannes gebären würde. Es erschien alles so verlogen, aber ich durfte nichts sagen. Es war Zeit, daß das Glück in dieses Haus einzog. Ein neuer Anfang mußte gemacht werden, und ich wollte ihn um keinen Preis verhindern. Wo wir alle so nötig etwas Glück brauchten.

Vor lauter Aufregung rannte Logan halb nackt aus dem Zimmer. Ich mußte lachen, schob meine dunklen Ängste und Sorgen beiseite und beschloß, ebenso glücklich und aufgeregt zu sein wie er. Einige Augenblicke später erschien Tony neben ihm in der Türe.

»Was plappert Logan hier für unverständliches Zeug? Ich werde Urgroßvater?« fragte Tony, und seine Augen glitzerten vor Stolz und Freude.

»Es scheint so«, antwortete ich.

»Ich gratuliere dir, Heaven«, sagte er und umarmte mich. »Der Zeitpunkt könnte nicht besser sein. Es ist wie ein Schwung neuer Energie und Hoffnung. Eine geistige Gabe.«

»Wir gehen ins Cape-Cod-Restaurant«, erklärte Logan. »Ich habe einen Tisch reservieren lassen. Champagner und Hummer; das paßt doch, oder, Tony?«

»Natürlich.« Er lachte, als hätte Logan gerade die beste Idee des Tages gehabt. »Das müssen wir feiern. Es ist schön, zur Abwechslung einmal eine gute Nachricht zu hören. Wird es nicht wunderbar sein, in den Hallen von Farthy wieder einmal ein Kind schreien und lachen zu hören? Die Tattertons werden tatsächlich fortbestehen.«

»Ja«, sagte ich, und Furcht umkrampfte mein Herz. Vielleicht würde die Linie noch reiner fortbestehen, als er vermutete. Aber ich verdrängte diesen Gedanken. Statt dessen ließ ich mich von Logans Heiterkeit und Energie anstecken. Wir zogen uns elegant an, stiegen in die Limousine und fuhren los, um die Ankunft meines Kindes zu feiern. Wir waren schon angeheitert vor Glück, als wir das erste Glas Champagner auf die Zukunft tranken.

Im Restaurant hatten wir viel Spaß. Tony und Logan tranken eineinhalb Flaschen Champagner. Jedesmal, wenn ich nach dem Glas griff, sagte entweder der eine oder der andere: »Halt, halt, du mußt jetzt vorsichtig sein, mit dem, was du ißt und trinkst... kleine Mutter.« Aus irgendeinem Grund reichten diese Worte schon aus, um beide in ein hysterisches Gelächter ausbrechen zu lassen. Nach kurzer Zeit beobachteten uns alle Leute im Restaurant.

Diese lockere, sorgenfreie Stimmung hielt den ganzen Abend und auch auf dem Weg nach Hause noch an. Wir hatten eine Gelegenheit, glücklich zu sein, und wir nutzten sie, um die Narben, die Trauer und Verlust hinterlassen hatten, zu heilen und zu bedekken. Eine Diskussion um den Namen für das Kind entbrannte. Tony beklagte sich, daß diese modernen Eltern für ihre Kinder keine würdigen Namen mehr suchten.

»Heutzutage werden sie nach allem möglichen benannt, von Fernsehhelden bis zu Rennpferden. Wenn es ein Junge wird, wäre es schön, wenn du ihn Wilfried oder Horace nennst, nach meinem Ururgroßvater und meinem Urgroßvater. Er braucht natürlich auch einen entsprechenden mittleren Namen… sagen wir, Theodor oder…«

»Oder Anthony?« unterbrach ich ihn.

»Wäre gar nicht so schlecht«, meinte Tony und lächelte. Logan lachte nervös.

»Wenn es ein Mädchen wird, möchte ich sie gerne nach meiner Großmutter nennen – Annie«, verkündete ich.

»Annie? Solltest du sie nicht lieber Ann nennen?« fragte Tony. Logan nickte. Im Moment würde er allem zustimmen, dachte ich. Der Champagner war ihm zu Kopf gestiegen.

»Nein, ich finde Annie passend«, betonte ich selbstbewußt.

»Also gut, solange du sie nicht ›Zuspät zum Essen‹ nennst«, sagte Tony, und er und Logan brachen wieder in Gelächter aus.

Wir waren noch immer in fröhlicher Festtagsstimmung, als wir Farthinggale Manor erreichten. Aber Curtis' Gesicht ernüchterte uns alle augenblicklich. Er begrüßte uns mit einem formellen Nikken und schüttelte dann traurig den Kopf.

»Was gibt es, Curtis?« fragte Tony, und eine sorgenvolle Ahnung vertrieb sein Lächeln.

»Ein Telegramm für Sie, Sir. Und kurz darauf ein Telefonanruf von Mr. …« – er sah auf seinen Notizblock hinunter – »von J. Arthur Steine, einem Anwalt von Mr. Luke Casteel.«

»Luke Casteel!« Verwirrt blickte ich Tony an. Er war ganz bleich geworden, als er Curtis das Telegramm aus der Hand nahm. Was war los? In meinem Kopf tobten die Gedanken wie ein wildes Tier, das plötzlich erblindet nach etwas Bekanntem suchte. Warum sollte Vaters Anwalt ein Telegramm an Tony schicken? Logan ergriff meine Hand, und ich wartete neben ihm, während

Tony den Umschlag aufriß und den Inhalt las. Alle Farbe wich aus seinem Gesicht, und es sah aus, als hätte er sich eine bleiche geisterhafte Maske übergezogen.

»Mein Gott«, sagte er leise und reichte mir das Telegramm. Es war an Anthony Tatterton adressiert. Ich las es.

SCHRECKLICHER AUTOUNFALL STOP LUKE UND STACIE CASTEEL TÖDLICH VERLETZT STOP NÄHERES FOLGT STOP.

J. ARTHUR STEINE

»Was ist los?« fragte Logan. Wortlos hielt ich ihm das Telegramm hin.

»O mein Gott«, sagte er und legte den Arm um mich. »Heaven...«

Ich hob die Hand, um zu zeigen, daß ich in Ordnung sei, und rannte direkt ins Wohnzimmer. Mein Herz schien nicht mehr zu schlagen, und mein Blut war wie eingefroren. Den Boden unter mir spürte ich nicht mehr.

»Curtis, bringen Sie Mrs. Stonewall ein Glas Wasser«, befahl Logan. Er folgte mir, während Tony ins Büro ging, um J. Arthur Steine anzurufen. Ich saß auf dem Sofa und lehnte mich mit geschlossenen Augen zurück. Logan saß neben mir und hielt meine Hand.

»Ich weiß, es sind furchtbare Neuigkeiten«, sagte Logan, »aber du mußt jetzt an deine eigene Gesundheit denken und vor allem an dein Kind.«

»Mir geht es gleich wieder besser«, flüsterte ich, »mir geht es gleich wieder besser.«

Pa. Luke Casteel. Der Mann, um dessen Liebe ich immer gekämpft und die ich nie gewonnen hatte. Jetzt tauchten nur die schönen und glücklichen Stunden in meinem Kopf auf. Ich sah ihn draußen vor der Hütte mit Tom Baseball spielen, er warf den Ball, und Tom schwang den Schläger. Es war das einzige Spielzeug, das noch aus Lukes eigener Kindheit stammte. Ich sah ihn auf dem Hof stehen, an einem warmen Sommertag. Seine ebenholzbraunen Haare glänzten in der Sonne. Er sah so gut wie ein Filmstar aus, wenn er rasiert und gut gekleidet war. Wie die Frauen ihn immer angestarrt hatten! Ich erinnerte mich daran, wie ich mich nach einem freundlichen, liebevollen Blick von ihm gesehnt hatte. Und wenn ich dann das Glück hatte, daß er mich so ansah – wahrscheinlich sah er das Gesicht seiner geliebten Leigh in mir –, dann füllte sich mein Herz mit Freude und Glück.

Mein Vater, dieser schöne, unerreichbare Mann, den ich geliebt und gehaßt hatte, er war für immer fort und verloren. Es gab keine Chance mehr für uns, uns einmal zu treffen und einander unseren Haß zu verzeihen, keine Chance mehr, zu erklären und zu verstehen, keine Chance mehr, Wunden zu heilen und mit sanften Worten zueinanderzufinden.

Wie oft hatte ich mir im Geiste diese Szene vorgestellt. Wir würden einander ansehen, und beide würden wir erkennen, daß die Zeit gekommen war, Frieden zu schließen. Vater und ich würden schweigend spazierengehen. Ein Vater, wie ich ihn nie gehabt hatte. Er beginnt schließlich, von sich zu erzählen und daß es einfach eine schlimme Zeit für uns alle war, die Zeit in den Willies. Er bekennt mir seine Sünden und entschuldigt sich dafür, daß er mich vernachlässigt hat. Nachdem er erkannt hat, wie unfair es war, mich dafür zu hassen, daß ich geboren wurde, erbittet er meine Vergebung und ich die seine.

Ich bitte ihn um Verzeihung, weil ich ihn wie wahnsinnig verfolgt hatte, um Rache zu nehmen, weil ich versucht hatte, wie sein Engel Leigh auszusehen, und weil ich ihn ständig im Zirkus besucht hatte. Ich erzähle ihm ein für allemal, daß Toms Tod nicht seine Schuld war, sondern meine.

Dann trösten wir einander und umarmen uns, während die Sonne am Horizont ins Meer versinkt. Und mein Herz würde vor Freude fast zerspringen.

Hand in Hand würden wir gehen, erneuert und wiedergeboren.

Jetzt würde ich allein gehen müssen, und die Worte, die hätten gesprochen werden sollen, würden ungesagt verhallen.

Die Tränen traten mir in die Augen und rollten über meine Wangen. Logan zog mich enger an sich, und wir saßen ganz still da. Curtis brachte mir ein Glas Wasser, dann erschien Tony. Ich trocknete mir die Tränen und sah zu ihm auf. Er schüttelte den Kopf und setzte sich in den alten Stuhl uns gegenüber.

»Es war ein Frontalzusammenstoß. Ein betrunkener Autofahrer kam auf die falsche Straßenseite und fuhr direkt in sie hinein.

Sie kamen gerade vom Zirkuszelt, etwas außerhalb von Atlanta, als es passierte. Der Anwalt sagt, daß sie laut Polizeibericht gar nicht mehr sagen konnten, was geschehen war. Der andere Fahrer muß hundertfünfzig Stundenkilometer gefahren sein.«

»O Gott«, sagte ich. Mir war übel geworden. Es war, als ob Dutzende von Schmetterlingen plötzlich aus ihrer Verpuppung geschlüpft wären und jetzt in meinem Magen herumflatterten. »Was ist mit Drake?« fragte ich.

»Gott sei Dank war er nicht bei ihnen. Er war bei dem Kindermädchen, Mrs. Cotton. Sie ist jetzt auch bei ihm. Lukes Frau hatte keine Geschwister; ihre Mutter lebt in einem Pflegeheim.«

»Ich muß sofort nach Atlanta«, sagte ich, »um das Begräbnis vorzubereiten und Drake zu holen. Er wird jetzt bei uns leben.« Ich wandte mich Logan zu. Sein Gesicht zeigte keinen Widerstand.

»Natürlich«, sagte er. »Ich komme mit.«

»Um das Begräbnis habe ich mich schon gekümmert«, sagte Tony. »Über den Anwalt.«

Einen Moment lang starrte ich ihn an. Ein Dutzend Fragen gingen mir durch den Kopf. Warum zum Beispiel das Telegramm an ihn gerichtet war und nicht an mich. Aber es war jetzt nicht die Zeit, solche Fragen zu stellen. Ich wollte unverzüglich nach Atlanta fahren und Drake holen.

»Ich muß mich mit Keith und Jane in Verbindung setzen... und mit Fanny«, sagte ich. »Wann wird das Begräbnis sein?«

»Unter diesen Umständen dachte ich, das Beste wäre, so früh wie möglich«, sagte Tony. »Übermorgen. Da haben wir noch genug Zeit, um alle geschäftlichen Probleme zu lösen und...«

»Ich treffe mich morgen mit diesem Anwalt«, sagte ich, »und werde alles Notwendige in die Wege leiten.«

Tony starrte mich einen Moment lang an und warf dann Logan einen schnellen Blick zu.

»Meinst du nicht, daß du in Anbetracht deines Zustandes besser uns das Geschäftliche überläßt? Ich fliege nach Atlanta und –«

»Ich bin schwanger, Tony«, unterbrach ich ihn, »nicht krank oder hilflos. Außerdem ist es meine Verpflichtung und meine Verantwortung«, betonte ich. »Ich will jetzt alles für Drake tun, was ich kann... und für Luke. Ich will es«, wiederholte ich, und meine Augen flammten auf.

Tony nickte nur. »Wie du meinst. Ich bin für dich da, wenn du mich brauchst. Rufe einfach an.«

»Danke«, sagte ich. »Ich rufe jetzt besser meine Geschwister an. Logan, würdest du bitte die Reisevorbereitungen treffen?«

»Natürlich«, sagte er.

»Ihr könnt in mein Büro, wenn ihr wollt«, meinte Tony. Ich nickte und ging dorthin, um die Anrufe zu erledigen. Keith und Jane nahmen es gefaßt auf, wie ich erwartet hatte. Sie hatten Luke niemals richtig gekannt. Beide wollten wissen, ob sie zur Beerdigung kommen sollten. Ich sagte, es sei nicht notwendig. Was konnte Luke schon für eine Bedeutung für sie haben. Der Mann, der sie als kleine Kinder verkauft hatte. Es war wichtiger, daß sie in ihrer eigenen Umgebung auf ihre Ziele hinarbeiteten. Sie sollten das erreichen, was Luke ihnen niemals hätte geben können. Als ich das sagte, waren sie erleichtert.

Bei Fanny war es anders.

»Pa ist tot?« fragte sie, nachdem ich ihr die Einzelheiten erzählt hatte. Sie war verstört und wollte es einfach nicht glauben. »Woher weißt du, daß er wirklich tot ist? Vielleicht ist er nicht tot, Heaven.« Sie bestand darauf. »Vielleicht ist er nur schwer verletzt. Vielleicht –«

»Nein, Fanny. Es war ein tödlicher Unfall. Es hat keinen Sinn, sich falsche Hoffnungen zu machen.«

»Pa... O Gott.« Ich hörte sie schluchzen. »Ich wollte ihn bald besuchen, wollte ihm erzählen, wie gut alles bei mir voranging.«

»Die Beerdigung ist übermorgen«, sagte ich. »Ich fliege noch heute abend hinunter und kümmere mich um Drake.«

»Drake«, sagte sie. »Armer, kleiner Drake. Er braucht jetzt eine neue Mama.«

»Ich werde mich um alles kümmern, Fanny.«

»Sicher wirst du das«, sagte sie plötzlich bitter. »Du bist ja auch Heaven Leigh Stonewall, die Tatterton-Spielzeug-Königin. Du kannst dich um alles kümmern.«

»Fanny –«

»Wir sehen uns beim Begräbnis, Heaven.«

Die Leitung war tot. Als Logan hereinkam, hatte ich den Hörer noch in der Hand.

»Wenn wir uns beeilen, dann können wir gleich das nächste Flugzeug nach Atlanta nehmen«, sagte er. »Miles holt schon den Wagen.«

Ich rannte in unsere Zimmer hinauf und packte ein, was ich für das Begräbnis brauchen würde. Logan tat es auch, und in weniger als zwanzig Minuten saßen wir in der Limousine und fuhren in Richtung Flughafen.

Wie zerbrechlich, schnell und unvorhersehbar ist das Leben, dachte ich. In einem Augenblick waren wir alle glücklich und fröhlich, im nächsten waren wir traurig und verzweifelt. »Das Leben ist wie die Jahreszeiten, Kind«, hatte Großmutter einmal gesagt. »Es hat seine Frühlings- und seine Sommertage. Und wenn dich der Frühling einmal erreicht, dann genieße jeden Moment davon, denn nichts bleibt für immer frisch und jung und schön, Kind, nichts. Der Frost erreicht die Menschen, wie er den Boden erreicht.«

Jetzt war der Frost zu mir gekommen. Ich fühlte mich kalt und leer – trotz des werdenden Lebens in mir. Ich zitterte und kuschelte mich ganz nah an Logan. Die meiste Zeit auf dem Weg zum Flughafen und im Flugzeug schlief ich. Als wir dann endlich in Atlanta und bei Lukes Haus ankamen, dämmerte es bereits. Trotzdem war Mrs. Cotton aufgeblieben und erwartete uns.

Sie war eine große, kräftige Frau von fast männlicher Statur. Die meiste Zeit ihres Lebens hatte sie schwere körperliche Arbeit geleistet, eine Frau, die die Härte des Lebens vorzeitig hatte altern lassen. Sie hatte stumpfe, braune Augen und rauhe, rosarote, volle Lippen. Als wir ankamen, hatte sie sich eine alte Bettdecke um die Schultern gelegt.

»Mein Name ist Heaven Stonewall, und das ist mein Mann Logan«, sagte ich. Sie nickte und trat zur Seite. »Wir sind gekommen, so schnell wir konnten. Mr. Casteel war mein ... mein Vater«, fuhr ich fort.

»Ich weiß«, sagte sie. »Mr. Steine rief mich an und sagte mir Bescheid. Sie können das Gästezimmer benutzen. Es ist gleich hinter der Küche auf der rechten Seite.«

»Wie geht es Drake?« fragte ich.

»Er schläft. Er weiß noch nichts«, erklärte sie. »Ich wollte ihn nicht wecken und ihm diese schreckliche Nachricht mitteilen.«

»Das war völlig richtig«, erklärte ich. Sie schien aber meine Zustimmung gar nicht nötig zu haben. Sie zuckte mit den Schultern und ging weg.

»Ich werde noch etwas schlafen«, sagte sie. »Der Junge steht sehr früh auf.«

»Oh, ich kümmere mich um ihn«, sagte ich.

»Wenn Sie meinen.«

»Ganz bestimmt«, sagte ich, denn ich mochte sie immer weniger, »Sie können morgen früh so bald wie möglich das Haus verlassen. Sagen Sie mir einfach, was zu Lukes Besitz gehört und –«

»Darum wurde sich schon gekümmert.«

»Oh?«

»Von Mr. Steine«, erklärte sie. »Ich gehe morgen nachmittag. Ich werde abgeholt.«

»Gut.« Sie verschwendete wirklich keine Zeit.

»Gleich hinter der Küche«, sagte sie und verschwand.

»Reizendes Seelchen«, meinte Logan und schüttelte den Kopf.

»Stell dir die als Kindermädchen vor«, sagte ich. Logan trug unsere Sachen ins Gästezimmer, und ich schaute zu Drake hinein. Ich hatte ihn schon seit Jahren nicht mehr gesehen. Aber er war gerade ein Jahr alt gewesen, als er Luke schon wie aus dem Gesicht geschnitten war mit seinen großen, braunen Augen und den langen Wimpern.

Auf Zehenspitzen ging ich an sein Bett und sah auf sein kleines, zartes Gesichtchen hinunter. Er war gerade fünf Jahre alt und hatte Lukes ebenholzbraunes Haar und seine tiefbraune Haut, an der man erkennen konnte, daß Lukes Vorfahren Indianer gewesen waren. Ich schob ihm ein paar Haarsträhnen aus dem Gesicht. Er leckte sich die Lippen und stöhnte leise, aber er wachte nicht auf. Mein Herz flog ihm zu. Ich dachte an all die Trauer, die ihm morgen überbracht werden würde. Den Vater und die Mutter am gleichen Tag zu verlieren war ein überwältigender Schlag, von dem er sich nie wieder ganz erholen würde. Das wußte ich. Denn obwohl ich meine Mutter nie gekannt hatte, hatte ich mich immer nach ihr gesehnt und sie vermißt. Und Pa, Pa, der einzige Vater, den ich gekannt hatte, war für Drake ein wirklicher Vater gewesen. Von morgen an würde es nie wieder so werden, wie es gewesen war. Aber ich war entschlossen, daß ich von nun an all meinen Reichtum und meine ganze Macht dazu verwenden würde, sein Leben so glücklich wie möglich zu gestalten.

Logan und ich bekamen noch einige Stunden Schlaf, bevor Drake am Morgen erwachte. Ich hörte, wie er durch den Flur lief, während Mrs. Cotton ihm das Frühstück bereitete. Sie hatte ihm nichts davon gesagt, daß wir da waren. Ich hörte, wie er fragte: »Wo ist Mommy?«

»Deine Mommy ist nicht da«, sagte sie. So schnell wie möglich zog ich mich an. Denn ich wollte nicht, daß gerade diese Frau ihm die schlechte Nachricht überbrachte.

»Wo ist sie?« fragte Drake weiter. »Schläft sie?«

»O ja, sie schläft. Sie ist –«

»Guten Morgen«, unterbrach ich schnell. Drake drehte sich sofort herum und starrte mich mit großen, braunen Augen an. Ich dachte, daß er später einmal ebenso männlich und gut aussehen würde wie sein Vater. Er hatte jetzt schon kleine, starke Schultern und ähnliche Gesichtszüge wie Luke. »Ich bin Heaven«, sagte ich. »Deine ältere Stiefschwester. Du erinnerst dich sicher nicht mehr an mich, aber ich war vor einigen Jahren da, als du noch ein kleines Kind warst. Ich habe dir einige Spielsachen gebracht.«

Er starrte mich nur an. Mrs. Cotton zuckte mit den Schultern und ging in die Küche zurück.

»Ich habe keine neuen Spielsachen«, sagte er und hob bedauernd die Arme. Er war so süß, daß ich nicht anders konnte, als ihn in den Arm zu nehmen.

»O Drake, Drake, mein armer, kleiner Drake. Du wirst Spielzeug bekommen, Hunderte von Spielsachen, große und kleine und welche, mit denen du fahren kannst, die einen Motor haben.«

Mein Gefühlsausbruch hatte ihm angst gemacht. Er sah an mir vorbei, den Korridor entlang. »Wo ist meine Mommy?« fragte er jetzt beunruhigt. »Und mein Daddy?«

Logan erschien im Flur, und Drakes Augen wurden vor Überraschung immer größer.

»Das ist Logan«, sagte ich. »Er ist mein Mann.«

»Ich will zu meiner Mommy«, sagte er, stand vom Stuhl auf und rannte an mir vorbei. Ich konnte ihn nicht aufhalten. Ich schaute Logan an und schüttelte den Kopf. Bei kleinen Kindern war die Trauer wie ein riesiger Vogel in einem kleinen Käfig: nicht genug Platz zum Leben.

Drake öffnete die Türe zum Schlafzimmer seiner Eltern und starrte auf das leere, unberührte Bett. Ich ging zu ihm hin. Er drehte sich um, und seine Augen waren voller Angst, als er zu mir aufschaute. In dem Moment erinnerte er mich an Keith, als der in seinem Alter war. Keith hatte auch immer diesen Ausdruck in den Augen gehabt. Ich nahm ihn in meine Arme, drückte ihn fest an mich und küßte ihm die Wangen, so wie ich damals die Tränen aus Keiths kleinem Gesicht weggeküßt hatte.

»Ich muß dir etwas sagen, Drake«, sagte ich. »Und du wirst jetzt ein großer Junge sein und mir genau zuhören, ja?«

Mit seinen kleinen Fäusten rieb er sich die ersten Tränen aus den Augen. Er hatte sicher Lukes innere Stärke geerbt. Schon jetzt, mit kaum sechs Jahren, wollte er seine Angst und seine Trauer nicht zeigen. Ich setzte ihn auf das Bett, wobei ich ihn die ganze Zeit über in den Armen hielt.

»Weißt du, was es bedeutet, wenn Menschen sterben und in den Himmel kommen?« fragte ich ihn. Er sah mich erstaunt an, und ich begriff die Verwirrung. »Ja, mein Name heißt auch Himmel. Aber es gibt auch einen Ort, der Himmel heißt. Da gehen die Menschen hin und bleiben für immer dort. Hast du von diesem Ort je gehört?« Er schüttelte den Kopf. »Nun, es gibt einen solchen Ort, und manchmal müssen die Menschen schneller dorthin, als sie es erwartet haben«, sagte ich.

Logan kam zur Türe herein und beobachtete uns. Neugierig betrachtete ihn Drake, und Logan lächelte ihn voller Wärme an. Dann wandte sich Drake wieder mir zu, denn er war gespannt auf den Rest der Geschichte. Ich bemerkte, daß es für ihn nur eine Geschichte war. Wahrscheinlich hatte Stacie ihn oft so im Arm gehalten und ihm Geschichten erzählt. Aber er durfte es nicht für ein Märchen halten, dachte ich. Irgendwie mußte ich es ihm verständlich machen.

»Letzte Nacht, Drake, hat Gott deine Mommy und deinen Daddy in den Himmel gerufen. Darum mußten sie gehen. Sie wollten dich natürlich nicht verlassen«, sagte ich schnell, »aber sie hatten keine Wahl. Sie mußten gehen.«

»Wann kommen sie zurück?« wollte Drake wissen, denn er spürte, daß etwas Schlimmes in der Luft lag.

»Sie kommen niemals wieder zurück, Drake. Sie können nicht, selbst wenn sie es wollten. Wenn Gott dich ruft, dann mußt du gehen und kannst nicht mehr zurück.«

»Ich will auch dahin gehen«, sagte er und wollte sich aus meinen Armen losmachen.

»Nein, mein Liebling. Du kannst nicht gehen, weil Gott dich nicht gerufen hat. Du wirst auf der Erde bleiben. Du kommst mit mir und lebst in einem großen Haus. So viele schöne Dinge wirst du haben, daß du gar nicht wissen wirst, womit du zuerst spielen sollst.«

»Nein!« schrie er. »Ich will zu meiner Mommy und zu meinem Daddy gehen.«

»Das kannst du nicht, Liebling. Aber sie würden jetzt wollen, daß du glücklich bist und umsorgt wirst und daß du ein toller junger Mann wirst. Das wirst du doch für sie tun, oder?«

Seine Augen verengten sich. Die Muskeln in seinen Armen spannten sich an, und die Wut färbte seine Wangen rot. Er hatte Lukes Temperament, dachte ich. Als ich in seine Augen blickte, glaubte ich, daß Zeit und Raum bedeutungslos wären: Über den Tod hinaus sah mich Luke aus diesen Augen an.

»Hasse mich nicht dafür, daß ich dir diese Dinge sagen mußte, Drake. Ich will dich lieben, und ich will, daß du mich liebst.«

»Ich will zu meinem Daddy«, schrie er. »Ich will in den Zirkus gehen. Laßt mich gehen! Laßt mich gehen!« Er kämpfte gegen meine Umarmung an, bis ich ihn losließ. Sofort rannte er aus dem Zimmer.

»Gib ihm Zeit, Heaven«, beruhigte mich Logan. »Selbst bei einem kleinen Jungen braucht es Zeit.«

»Ich weiß.« Ich schüttelte den Kopf und sah mich im Schlafzimmer um. Auf dem kleinen Nachttisch stand ein Bild von Luke und Stacie, wie sie in inniger Umarmung vor dem Haus standen. Wie jung und glücklich Luke aussah. Wie verschieden war er von dem Mann, den ich als Pa in den Willies gekannt hatte. Wenn das Leben nur damals für ihn so schön gewesen wäre, dann wären wir alle glücklich gewesen.

»Wir frühstücken jetzt besser und ziehen uns an, Liebling«, sagte Logan. »Du wolltest dich mit dem Anwalt treffen und bei dem Bestattungsinstitut vorbeisehen.«

Ich nickte und stand langsam vom Bett auf. Hier hatten sich Luke und seine Braut geliebt und einander für immer versprochen. Jetzt werden sie Seite an Seite in der dunklen Erde liegen.

Ich hoffte, daß ich recht hatte. Ich hoffte, daß ich Drake die Wahrheit erzählt hatte. Ich hoffte, daß der Ort, zu dem sie gerufen worden waren, ein glücklicher war: ein wirklicher Himmel.

12. KAPITEL

Auf Wiedersehen, Pa

Drake war verstockt und trotzig. Er verweigerte das Frühstück und wollte sich nicht anziehen lassen. Mrs. Cotton mußte es machen. Es war die letzte Pflicht, die sie für Stacie und Luke Casteel erfüllte. Obwohl er nicht wollte, nahmen wir Drake mit zu dem Anwaltsbüro von J. Arthur Steine, das in der Innenstadt von Atlanta lag. Das bunte Treiben in der Stadt erregte schon bald die Neugier des kleinen Jungen, und nach kurzer Zeit ließ er es zu, daß ich ihn auf den Schoß nahm; von dort hatte er einen guten Aussichtspunkt. Ich strich ihm das dunkelbraune Haar aus der Stirn und betrachtete sein Gesicht. Stacie hatte ihm das Haar lang wachsen lassen, was ich ihr nicht vorwerfen mochte. Es war dick und gesund. Ich küßte ihn sanft auf die Wange und hielt ihn an mich gekuschelt, aber er war mit den Dingen, die er sah, so beschäftigt, daß er es gar nicht bemerkte.

Das Büro von J. Arthur Steine war in einem postmodernen Gebäude. Ich war überrascht, daß Luke diese Kanzlei gewählt hatte, denn sie sah aus, als hätte sie hauptsächlich große Unternehmen und wohlhabende Leute als Klienten. Der Zirkus war zwar nicht unbedeutend, doch er war kein großes Unternehmen. Die meiste Zeit zog er von einer kleinen Stadt in die nächste. Bei den Unkosten, die der Zirkus vermutlich verursachte, hatte Luke wohl gerade seinen Lebensunterhalt bestreiten können.

Der gläserne Aufzug, mit dem wir in den zwölften Stock fuhren, faszinierte Drake. Die Eingangshalle der Kanzlei war sehr luxuriös. Zwei Sekretärinnen saßen dort, nahmen Anrufe entgegen und tippten. Wir wurden gebeten, auf einer Ledercouch Platz zu nehmen, während man uns anmeldete. Ich hatte gerade einen Comic für Drake herausgesucht, als J. Arthur Steine kam und uns begrüßte.

Er war ein großer, würdig aussehender Mann mit grauen Schläfen. Die schwarzgefaßte Brille vergrößerte seine haselnußbraunen Augen. Sobald ich ihn erblickte, fühlte ich mich auch schon mit ihm vertraut. Natürlich, denn mit seinem dreiteiligen grauen Seidenanzug, mit seiner Großvateruhr, deren Kette aus der Westentasche hing, sah er aus wie einer von Tonys zahlreichen Geschäftsfreunden.

»Mein Beileid«, sagte er und schüttelte meine Hand und dann die Logans. Er schob seine Brille etwas herunter und blickte Drake an, der mit einer geradezu wütenden Neugier hinaufschaute. Er war mit Sicherheit kein schüchterner Junge, dachte ich. »Das muß Drake sein.«

»Ja. Sag ›Guten Tag‹, Drake«, belehrte ich ihn. Drake schaute erst mich und dann J. Arthur Steine mit einer Arroganz an, die seinem Alter nicht entsprach.

»Ich will nach Haus«, stellte er fest.

»Ihr geht sicher bald wieder nach Haus«, sagte Mr. Steine und wandte sich dann an seine Sekretärin. »Haben wir nicht noch einen von diesen köstlichen roten Lutschern für den jungen Mann, Colleen?«

»Das könnte sein«, sagte sie und lächelte Drake an. Er verfolgte sie aufmerksam mit den Augen, das Versprechen von einem roten Lutscher ließ seinen Widerstand schmelzen.

»Gut, dann suchen Sie ihm einen heraus, so daß er sich damit beschäftigen kann, während ich mit Mr. und Mrs. Stonewall rede«, sagte Mr. Steine.

Die Sekretärin griff in eine Schublade und brachte einen Lutscher zum Vorschein. Drake griff gierig danach und wandte sich ab.

»Du mußt dich bedanken, wenn du etwas geschenkt bekommst, Drake«, sagte ich leise. Er schaute mich an, dachte über das, was ich gesagt hatte, nach und drehte sich langsam um.

»Danke«, sagte er. Dann rutschte er wieder auf die Couch und beschäftigte sich damit, den Lutscher auszupacken.

»Hier entlang«, sagte Mr. Steine und führte uns in sein Büro am Ende eines Korridors. Vom Fenster aus konnte man über die Stadt und auf einen nahezu wolkenlosen, blauen Himmel blicken. »Bitte setzen Sie sich«, sagte er und deutete auf die grauen, mit weichem

Leder bezogenen Stühle vor seinem Schreibtisch. »Sie erinnern sich vielleicht nicht mehr an mich, aber ich war auf dem Empfang zu Ihrer Hochzeit in Farthinggale. War das ein Fest!«

»Ich dachte doch, daß ich Sie schon einmal gesehen habe«, sagte ich nachdenklich, »aber ich fürchte, ich verstehe nicht ganz... waren Sie nicht der Anwalt von Luke Casteel?«

»Nun, im Grunde genommen vertrete ich Mr. Tatterton.«

»Mr. Tatterton?« Ich schaute Logan an, doch der zuckte nur die Achseln.

»Ja. Wußten Sie das nicht?« fragte Mr. Steine.

»Nein. Das müssen Sie erklären.«

»Oh, das tut mir leid. Ich hatte angenommen...« Er beugte sich vor. »Nun, vor einiger Zeit tätigte ich den Kauf eines Zirkus, der einem Mr.... Mr. Windenbarron gehörte, für Mr. Tatterton.« Er schaute auf die Papiere auf seinem Schreibtisch. »Ja, Windenbarron.«

»Tony hat den Zirkus von Windenbarron gekauft? Aber... aber ich dachte, er gehörte Luke.« Wieder schaute ich Logan an, und wieder schüttelte er den Kopf, um zu zeigen, daß er nichts wußte.

»Ja, das tat er auch«, versicherte mir Mr. Steine.

»Das verstehe ich nicht.«

»Nachdem Mr. Tatterton den Zirkus gekauft hatte, ließ er mich einen Vertrag anfertigen, mit dem er den Zirkus an Mr. Casteel übergab, für eine recht kleine Summe übrigens.« Er lächelte. »Für einen Dollar, um genau zu sein.«

»Was?«

»Nennen Sie es ein Geschenk. Durch Mr. und Mrs. Casteels Tod fällt der Besitz wieder an Mr. Tatterton. Gestern abend, als wir miteinander telefonierten, bat er mich, den Zirkus zum Verkauf auszuschreiben und das Geld dann sicher für Drake anzulegen. Ich sollte mich auch um den restlichen Besitz kümmern; das geht dann alles in den Fonds von Drake. Ich hoffe, das ist in Ihrem Interesse, Mrs. Stonewall«, sagte er.

Ich war vollkommen verblüfft.

»Normalerweise«, fuhr Mr. Steine fort, »wären Transaktionen dieser Größenordnung unserem Büro nicht ganz angemessen, doch wir betreuen alle Angelegenheiten hier im Süden von Mr.

Tatterton, und als er anrief... nun, wir kümmern uns natürlich um alles.«

Erstaunt lehnte ich mich zurück. Warum hatte Tony all das getan? Warum hatte er es geheimgehalten?

»Alle wichtigen Dokumente sind hier«, fuhr Mr. Steine fort. »Es gibt eigentlich nichts, was Sie unterzeichnen müssen... Es wird eine Weile dauern, bis alles verkauft ist, aber wenn Sie die Papiere durchsehen wollen...«

»Er gab Luke den Zirkus?« sagte ich. Mit meinem vor Staunen offenen Mund und dem verwirrten Gesichtsausdruck sah ich wahrscheinlich ganz schön dumm aus.

»Ja, Mrs. Stonewall.« Er machte eine Pause und beugte sich erneut vor. »Und nun zur Beerdigung. Der Gottesdienst ist morgen früh um elf.«

»Tony hat das alles mit einem Anruf erledigt?« fragte ich. Das klang weniger sarkastisch als viel eher verwundert. Tony hatte mir meinen Abschied von Luke vollkommen aus den Händen genommen. Tatsächlich hatte er mir Luke genommen. Mr. Steine lächelte voller Stolz.

»Wie ich schon sagte, Mrs. Stonewall, ist Mr. Tatterton ein sehr wichtiger Klient von uns. Wir tun alles, was wir können, um Ihnen die Dinge zu erleichtern.«

»So kümmert sich Tony um dich«, sagte Logan. Ich schaute ihn an. Er konnte nicht wissen, was dies alles zu bedeuten hatte. Er wußte ja immer noch nicht, daß Tony mein richtiger Vater war, daß es Neid und Besitzdenken waren, die ihn so handeln ließen, und nicht reine Freundlichkeit. Aber ich glaubte, daß dies alles etwas war, das nur Tony, Luke und mich betraf; es waren Dinge, die Logan nie zu wissen brauchte.

»Aber vielleicht sollten wir Luke lieber in den Willies begraben«, sagte ich. Ich dachte an das Grab meiner Mutter, an den kleinen Grabstein, auf dem lediglich stand:

ANGEL

GELIEBTE FRAU VON

THOMAS LUKE CASTEEL

»Ach, ich weiß nicht«, sagte Logan. »Atlanta und Umgebung sind doch jetzt eigentlich Lukes Heimat geworden. Glaubst du, er hätte es gewollt, daß man ihn zurückbringt in die Willies?«

Logan betonte das »zurückbringt« auf eine Art, daß man meinte, ich wolle Luke in eine wertlosere, häßlichere Zeit überführen, in ein Leben, das er vergessen wollte, indem er hierher kam und Besitzer eines Zirkus wurde.

»Vielleicht nicht«, sagte ich.

»Und du mußt auch an Stacie denken«, erinnerte mich Logan.

»Was ist mit Drake?« fragte ich, indem ich mich an Mr. Steine wandte.

»Soweit ich feststellen konnte, gibt es bei Mrs. Casteel keinen Verwandten, der Interesse haben könnte, sich um den Jungen zu kümmern. Hatte Mr. Casteel nicht einige Brüder?«

»Sie waren nicht einmal in der Lage, sich um sich selbst zu kümmern«, sagte ich, »alle fünf sind im Gefängnis gelandet.«

»Gut«, sagte er und lehnte sich zurück, »Sie sind seine Stiefschwester. Was haben Sie mit dem Jungen vor? Sie haben sicherlich schon mit Mr. Tatterton darüber gesprochen. Er hat mir gesagt, ich solle Ihre Anweisungen befolgen. Wenn Sie es wünschen, können wir die Vormundschaft für das Kind bekommen. Sie werden ihm ganz bestimmt ein wundervolles Zuhause bieten.«

»Natürlich möchte ich die Vormundschaft«, sagte ich. »Ich möchte dann allerdings, daß in Zukunft alle Dinge, die Drake betreffen, direkt an mich geleitet werden und nicht an Mr. Tatterton.« Er hörte das Eis in meiner Stimme und straffte sich.

»Gut. Dieselbe Anschrift, nicht wahr?«

»Wir haben außerdem eine Adresse in Winnerow«, sagte ich. »Ich möchte, daß alles dorthin geschickt wird.« Er schaute mich einen Moment lang schweigend an, dann nickte er. Zweifellos würde er, sobald wir das Büro verlassen hatten, Tony anrufen. Ich schrieb die Adresse des Hasbrouck-Hauses auf und gab sie ihm.

»Wissen Sie«, fragte ich, »ob wir Luke noch einmal sehen können?«

»Wie ich es verstanden habe, Mrs. Stonewall, ist das kein angenehmer Anblick. Die Särge sind schon geschlossen, und es ist wohl besser, es dabei zu belassen.«

Ich schloß die Augen und holte tief Luft.

»Heaven?« fragte Logan und legte seine Hand auf meinen Arm.

»Es ist schon gut«, sagte ich und stand auf. »Vielen Dank, Mr. Steine.« Er kam um seinen Schreibtisch herum.

»Es tut mir sehr leid, daß unser zweites Treffen unter so traurigen Umständen stattfindet. Ich wünsche Ihnen alles Gute, besonders dem kleinen Jungen. Wegen der anderen Sachen bleibe ich mit Ihnen in Kontakt.«

Ich dankte ihm, und wir gingen. Als wir den Korridor zur Eingangshalle entlangschritten, zitterte ich. Drake hatte seinen Mund, sein Kinn und seine Wangen mit dem roten Lutscher verschmiert. Er sah ängstlich zu mir auf.

»Wenn er einen Lutscher ißt, dann macht er es richtig«, staunte Logan.

»Haben Sie hier Toiletten?« fragte ich die Sekretärin.

»Natürlich. Gleich links, die erste Tür.«

Ich nahm Drake und führte ihn zu der Toilette, um ihm das Gesicht zu waschen. Er schaute mich an, schaute tief in meine Augen. Ich hoffte, er sah die Liebe in ihnen.

»Gehen wir jetzt nach Hause?« fragte er.

»Ja, Drake, mein Lieber. Nach Hause, und dann zu einem neuen Zuhause, wo nie mehr etwas Böses geschehen kann.«

Er schaute mich weiter unentwegt an. Dann hob er seine rechte Hand und berührte mit dem Zeigefinger eine einzelne Träne, die aus meinem Auge über die Wange rann. Plötzlich, so schien es, hatte er alles verstanden, auch wenn er es nicht wahrhaben wollte.

Sobald wir vor Lukes Haus vorfuhren und ich die Autotür öffnete, sprang Drake heraus und lief zur Eingangstür. Bevor wir zu dem Anwaltsbüro gefahren waren, hatte Mrs. Cotton mir die Hausschlüssel übergeben, weil sie schon fort sein wollte, bis wir zurückkamen. Drake war überrascht, daß die Tür verschlossen war, als er an dem Griff drehte. Mit wilder Verzweiflung schaute er uns an.

»Wo ist Mommy?« fragte er. »Wo ist Daddy?«

Ohne zu antworten, steckte ich den Schlüssel ins Schlüsselloch. Mein Hals war wie zugeschnürt, so daß ich ohnehin nicht hätte sprechen können. Als ich die Tür geöffnet hatte, stürzte er ins Haus und rief: »Mommy! Mommy! Mommy!«

Seine kleinen Füße patschten über den Fußboden, als er von einem Zimmer ins andere lief.

»Daddy! Mommy!«

Bei seiner klagenden Stimme zog sich mein Herz zusammen, und Tränen strömten mir über die Wangen.

»Vielleicht ist es nicht so gut, wenn wir heute nacht hier bleiben, Heaven«, sagte Logan, während er sich neben mich stellte und mir den Arm um die Schulter legte. »Vielleicht sollten wir besser wieder nach Atlanta fahren und ein Hotelzimmer nehmen. Wir schauen uns um und packen ein, was du von hier mitnehmen möchtest.«

»Vielleicht hast du recht«, sagte ich. Meine Stimme zitterte. »Aber ich habe Angst, ihm alles Vertraute wegzunehmen, vielleicht können wir ein Spiel, ein aufregendes Abenteuer daraus machen.« Ich holte tief Luft, um meine Fassung wiederzuerlangen. Diese Dinge mußten einfach getan werden, ich hatte jetzt keine Zeit zu trauern. Ich mußte an den kleinen Drake denken und stark sein. »Schau doch bitte, ob du irgendwo einen Koffer findest. Ich sehe seine Sachen durch und nehme nur das Nötigste mit. Er soll vollkommen neu ausgestattet werden.«

Logan machte sich auf die Suche, und ich ging mit Drake zu den Schlafzimmern. Noch einmal stand er an der Tür des elterlichen Zimmers und schaute auf das leere Bett. Als ich ihn auf den Arm nahm, leistete er nicht den geringsten Widerstand. Er lehnte seinen Kopf an meine Schulter und blickte mit glasigen Augen um sich.

»Weißt du, was wir jetzt machen, Drake?« fragte ich. »Wir gehen in dein Zimmer, und du suchst das heraus, was du mitnehmen möchtest. Das packen wir in einen Koffer, und dann gehen Logan und ich mit dir in ein schickes Hotel nach Atlanta. Warst du schon einmal in einem Hotel?«

Er schüttelte leicht den Kopf.

»Oh, es wird dir gefallen. Und dann gehen wir in ein nettes Restaurant. Und morgen fliegen wir mit einem Flugzeug«, sagte ich. Das munterte ihn auf. Er hob den Kopf und schaute mich mit neuem Interesse an. »Bist du schon einmal geflogen?« Dieses Mal schüttelte er seinen Kopf lebhafter. »Gut«, sagte ich und ging mit ihm in sein Zimmer. »Zuerst fliegen wir mit dem Flugzeug, dann fahren wir mit einem großen Auto, und dann gehen wir in das größte Haus, das du je gesehen hast.«

»Ist Mommy dort?«

»Nein, mein Kleiner.«

»Und Daddy?« Der hoffnungsvolle Ton in seiner Stimme brach mir fast das Herz.

»Nein, Drake. Erinnerst du dich an das, was ich erzählt habe? Gott hat sie zu sich in den Himmel gerufen.« Er nickte. »Dort sind sie jetzt. Aber sie schauen herab und freuen sich, weil sie sehen, daß du gut versorgt wirst. In Ordnung?«

Ich stellte ihn auf den Boden und begann, die Schubladen zu durchsuchen. Logan hatte mehrere Koffer gefunden, aber ich nahm so wenig von Drakes Sachen, daß einer ausreichte. Drake sollte sich noch sein Lieblingsspielzeug heraussuchen.

Kurz darauf stand er mit einem kleinen Feuerwehrauto vor mir. Es stammte aus den Tatterton-Spielzeugwerken und war eine genaue Nachbildung eines der ersten Feuerwehrautos, die je gebaut worden waren. Das Material war schweres Metall, und die Pumpe funktionierte wirklich; es hatte echte Gummireifen und ein Steuer, mit dem man die Vorderräder bewegen konnte. Die kleinen Feuerwehrmänner hatten alle einen anderen Gesichtsausdruck: einige wirkten angespannt, andere lächelten. Alles war völlig intakt und heil, man war offensichtlich sorgsam mit dem Spielzeug umgegangen. Diese Art von Qualität konnte man in keinem Geschäft kaufen. Ich hatte Drake dieses Auto nach meinem ersten Besuch geschickt.

»Oh, das ist schön, Drake. Weißt du, von wem du das bekommen hast?« Er schüttelte den Kopf. »Ich habe es dir vor Jahren geschickt. Ich freue mich, daß du es so gut behandelt hast und daß es das Spielzeug ist, das du mitnehmen willst. Aber weißt du was?« sagte ich, zog ihn an mich und strich ihm die Haare aus der Stirn. »Du wirst ganz viel von solchem Spielzeug bekommen, gutes Spielzeug, echtes Spielzeug.« Seine Augen wurden groß vor Interesse. »Weißt du warum?« Er schüttelte den Kopf. »Weil Logan und ich eine Spielzeugfabrik haben«, sagte ich. Er sah überrascht aus, doch mein Lächeln überzeugte ihn. »Das stimmt. Eine Spielzeugfabrik. Und nun bring es zu Logan und sag ihm, daß du es mitnehmen möchtest.« Ich schaute mich noch einmal um, dann ging ich wieder in Stacies und Lukes Schlafzimmer.

Das Bild, auf dem sie zusammen vor dem Haus standen, wollte ich mitnehmen: sowohl für Drake als auch für mich.

»Ich koche Tee. Willst du welchen?« rief Logan aus der Küche.

»Nein danke. Schau mal, daß Drake etwas ißt, ja?«

»Gut. Komm, Drake«, hörte ich Logan sagen, »schauen wir mal, was es zu Mittag gibt, ja?«

Während sie in der Küche herumhantierten, durchsuchte ich die Kommodenschubladen, um zu sehen, ob es etwas Wertvolles gab, das ich für Drake mitnehmen sollte. Ich fand Schmuck, der jedoch größtenteils Modeschmuck war, eine Uhr, die wertvoll aussah, und einige Fotos von Stacie und Luke. Außerdem fiel mir ein Kaninchen in die Hände, das Großpapa geschnitzt hatte. Tränen schossen mir in die Augen, als ich daran dachte, wie er immer in seinem Schaukelstuhl gesessen hatte, schnitzte und mit seiner Annie sprach, die in seiner Einbildung lebte.

Dann fand ich etwas, das mich erstaunte – einen Zeitungsbericht aus dem *Bostoner Globe* über meine Hochzeit mit Logan. Luke hatte die Sätze, in denen berichtet wurde, daß ich als Lehrerin in Winnerow arbeitete, unterstrichen. Ich saß auf dem Bett und hielt den Zeitungsausschnitt in der Hand. Also hatte er sich doch für mich interessiert, also war er doch auf mich stolz gewesen, dachte ich. Aber warum war er nicht zur Hochzeit gekommen, warum hatte er nie geschrieben? Und nun war er tot, Stacie war tot, und Mrs. Cotton war fort. Sie wäre ohnehin nicht die richtige Person gewesen, um mir meine persönlichen Fragen zu beantworten; und der Rechtsanwalt war zu professionell und zu gleichgültig, um sich um etwas anderes als Rechtsangelegenheiten zu kümmern.

Aber Tony wird es wissen, dachte ich. Dessen war ich mir ganz sicher. Aus irgendeinem Grunde hatte er mit Luke und seinem Leben zu tun gehabt. Ich konnte es kaum erwarten, ihn zu fragen, warum er alles vor mir geheimgehalten hatte. Wollte er mich vor irgend etwas schützen? Ich war kein Kind mehr; er hatte kein Recht dazu, auch nur irgend etwas vor mir zu verbergen.

Ich legte den Bericht zu den Fotos und zu den anderen Sachen, die ich mitnehmen wollte. Gerade wandte ich mich den Schränken zu, als es an der Haustür klingelte. Logan öffnete, und ich lauschte. Es war eine bekannte Stimme, die ich hörte: Fanny! Und da war noch eine zweite mir ebenfalls vertraute Stimme: Randall Wilcox. Bis ich herunterkam, waren sie und Randall schon in die Küche gegangen.

»Drake, Süßer«, säuselte Fanny, »ich bin deine Schwester Fanny, die, die dein Pa am liebsten gemocht hat.« Ehe Drake antworten konnte, riß sie ihn von seinem Stuhl, nahm ihn in die Arme und bedeckte sein Gesicht mit Küssen; dabei hinterließ sie auf seinen Wangen und seiner Stirn Spuren ihres Lippenstifts.

»Du bist das getreue Abbild von ihm, genauso stattlich, wie er es war.«

»Hallo, Fanny«, sagte ich leise. Sie trug ein ärmelloses, schwarzes Spitzenkleid mit einem gekräuselten Kragen. An Hüften und Busen saß es eine Nummer zu eng, aber von ihrer Schwangerschaft war noch keine Spur zu sehen – vielleicht nur eine kleine Rundung an der Taille. Auf dem Kopf trug sie einen breitkrempigen, schwarzen Strohhut. Ihre Haare waren am Hinterkopf aufgesteckt. Wie üblich war sie zu stark geschminkt – zuviel blauer Lidschatten und Rouge, der Lippenstift war zu grell.

»Ach, hallo! Kannst Randall ruhig auch begrüßen«, verlangte sie, indem sie sich ihm zuwandte. Randall stand mit dem Hut in der Hand in der Küchentür und schaute hinein. Er trug einen gerade geschnittenen, dunkelbraunen Anzug und sah viel älter aus, als ich ihn in Erinnerung hatte. Das Leben mit Fanny läßt ihn schnell altern, dachte ich. Er lächelte schüchtern und nickte.

»Hallo, Heaven«, sagte er. Er schaute Logan an. »Hallo, Logan.«

Logan nickte einfach nur.

»Ihr könntet etwas freundlicher sein«, sagte Fanny schnell. »Randall war immerhin so nett, mich auf dieser traurigen Reise zu begleiten«, fügte sie hinzu und hakte ihn mit dem rechten Arm unter; mit dem linken Arm hielt sie immer noch Drake umklammert. »Besonders in meinen Umständen«, fügte sie hinzu und grinste verschlagen.

»Das ist sehr freundlich von ihm.« Ich ging nicht auf ihre Andeutung ein. Um Drake aus Fannys Fängen zu befreien, sagte ich zu Logan: »Wolltest du Drake nicht etwas zu essen geben?«

»Ja. Natürlich. Sein Sandwich ist fertig.« Logan gewann plötzlich seine Fassung wieder, die er beim Auftauchen von Fanny verloren hatte, und stellte einen Teller auf den Tisch. »Ich habe ihm auch einen Kakao gemacht. Das wolltest du doch, nicht wahr, Drake?« Drake nickte, und Fanny brachte ihn widerstrebend an seinen Platz.

»So«, sagte sie, »ihr habt den Platz ja wohl schon leergeräumt.«

»Hier gibt es nichts, Fanny«, sagte ich kühl. »Jedenfalls nichts Wertvolles. Alles, was Stacie und Luke gehört hat, kommt in einen Fonds für Drake. Ein Rechtsanwalt arbeitet das schon aus.«

»Dann habe ich also recht«, schnaubte sie. »Ich wußte doch, daß die alles weggeräumt haben, ehe wir ankommen«, sagte sie zu Randall.

»Wir haben nichts weggeräumt, Fanny. Es war alles schon in Bewegung gesetzt, ehe wir hier ankamen. Die Anweisungen waren bereits erteilt worden«, erklärte ich. Ich erwähnte nicht, daß die Anweisungen von Tony waren. Schließlich wußte ich ja selbst nicht, welche Rolle er hier spielte.

»Was ist mit der Beerdigung und so?«

»Die Beerdigung ist morgen um elf.«

»Zahlst du dafür?«

»Dafür ist gesorgt, Fanny«, wiederholte ich.

»Übernachtet ihr hier?« fragte sie und schaute dabei Logan an. Er vermied es, sie anzusehen, indem er geschäftig die Milch und die Erdnußbutter forträumte.

»Nein, wir übernachten in einem Hotel in Atlanta«, erwiderte ich. Fanny sollte wissen, daß sie in diesem Fall mit mir zu tun hatte, nicht mit Logan. »Aber du kannst hier bleiben und das Haus durchsuchen. Nimm nur mit, was dir gefällt – wenn du das willst.«

»Nun, er war mein Pa. Mich liebte er am meisten. Es ist schließlich mein gutes Recht, oder?« erklärte sie trotzig.

»Natürlich«, antwortete ich sanft. »Hier sind die Schlüssel vom Haus. Du kannst sie uns morgen wiedergeben, damit wir sie dem Anwalt aushändigen können, der sich um das Anwesen kümmert.« Ich gab ihr die Schlüssel, und sie schaute mich überrascht an.

»Was ist mit Drake?« fragte sie und wandte sich ihm zu. »Willst du hier bei Randall und mir bleiben, Drake, Süßer? Du kannst dann morgen mit uns zu der Beerdigung fahren.«

»Ich gehe in ein Hotel«, sagte er, »dann fliege ich mit dem Flugzeug. Und dann fahren wir zu einer Spielzeugfabrik.«

»So?« Sie schaute mich an. »Du nimmst ihn also mit in dieses Schloß?«

»Er kommt mit uns, ja. Wir geben ihm ein Zuhause.«

Sie schaute mich einen Moment lang mit seltsam leeren Augen an. Es war, als hätte sie jedes Gefühl einfach ausgeschaltet. Das hatte ich bei ihr noch nie gesehen. Dann wandte sie sich wieder an Drake. »Nun, Süßer, möchtest du heute nacht nicht lieber in deinem eigenen Bett schlafen?«

»Du verwirrst ihn, Fanny«, unterbrach ich sie. »Er hat heute schon genug Aufregung gehabt. Es ist besser, wenn er etwas zur Ruhe kommt.« Sie drehte sich zu mir um, nun mit der für sie typischen Fanny-Wut in den Augen.

»Ich verwirre ihn nicht.«

»Sie hat recht«, sagte Randall vorsichtig. Die Worte schienen ihn selbst zu überraschen, aber Drakes Anblick hatte ihn dazu veranlaßt. Im gleichen Augenblick merkte er aber auch, daß er damit Fannys Wut auf sich lenkte.

»Natürlich, du sagst also, sie hat recht«, schimpfte Fanny. »Du wirst jetzt wohl immer ihre Partei ergreifen gegen mich, ja?«

»Komm, Fanny«, sagte er in bittendem Tonfall, »laß uns in ein Restaurant gehen und etwas essen. Wir kommen später zurück.«

Sie starrte mich haßerfüllt an, dann wurde ihr Gesicht weich, und sie legte ihr strahlendstes Lächeln auf.

»Das ist eine gute Idee, Randall. Ich war so aufgeregt wegen Pa, ich konnte gar nicht an Essen denken. Aber ich muß ja jetzt für zwei essen, nicht wahr, Heaven?« fragte sie, schaute aber Logan an. »Wir haben nicht gegessen, seit wir in Winnerow losgefahren sind, oder, Randall?«

»Nein«, stimmte Randall zu, der offensichtlich durch die Spannung zwischen Logan und Fanny etwas verwirrt war.

»Möchtest du mitkommen in ein Restaurant, Drake, Süßer?« fragte sie.

»Fanny, du siehst doch, daß er gerade etwas ißt.«

»Sandwich.« Sie legte die Hand auf seine Stirn und strich ihm über das Haar. »Du möchtest doch viel lieber in ein Restaurant, nicht wahr, Drake, Kleiner?«

»Ich bin nicht klein«, sagte er und entzog sich ihrer Hand.

»Ja, ich meinte auch nicht, daß du klein bist, Süßer.«

»Fanny, laß uns gehen«, bat Randall. »Wir kommen später wieder.«

»In Ordnung«, sagte sie kurz und lächelte wieder. »Wir sehen uns dann später.« Sie beugte sich zu Drake hinunter und küßte ihn auf die Wange. »Genauso stattlich wie dein Daddy.« Als sie mit Randall losging, blickte er ihr nach.

»Wir sehen uns dann morgen in der Kirche«, sagte ich kalt.

»O Gott, das hätte ich jetzt fast vergessen«, erwiderte Fanny. »Der arme Luke.« Sie hakte sich bei Randall ein. »Wie ich es hasse, daran erinnert zu werden. Leih mir doch noch einmal dein Taschentuch, Randall«, seufzte sie, betupfte zart ihre Augen und senkte den Kopf.

»Bis später«, sagte Randall.

In dem Augenblick, in dem er und Fanny das Haus verlassen hatten, holte ich tief Luft und versuchte die Wut zu bändigen, in die Fanny mich versetzt hatte. Ich schaute Logan an, der einen schuldbewußten, traurigen Eindruck machte.

»Ich bringe die Sachen von Drake ins Auto«, sagte er. »Dann können wir aufbrechen, sobald er mit dem Essen fertig ist.«

Ich nickte. Dann setzte ich mich an den Tisch und entfernte Fannys Lippenstiftspuren aus Drakes Gesicht.

Am nächsten Morgen betraten wir zusammen mit Drake die Kirche. Er hielt sich an uns fest, und wir sahen aus wie eine richtige Familie. Die Angestellten von Lukes Zirkus füllten die kleine Kirche restlos aus: Es waren Riesen und Zwerge; eine Frau mit Bart in einem langen, schwarzen Kleid; Dompteure mit langen Haaren, die wie Rocksänger aussahen, die Bodybuilding betrieben; Akrobaten, die sich im völligen Einklang bewegten und daher wie zusammengewachsen wirkten; einige gut zurechtgemachte Frauen, die sicherlich die Assistentinnen von Zauberern waren; der Ansager und einige Geschäftsleute in formellen Anzügen; Clowns mit faltigen Gesichtern, die so traurig wirkten, als hätten sie ihre Clownsgesichter heute traurig geschminkt.

Sie alle kannten Drake, und als sie ihn erblickten, ging ein Seufzer durch die Menge, und alle brachen in Tränen aus. Wir gingen vor zur ersten Reihe und setzten uns den Särgen direkt gegenüber.

»Kommen Mommy und Daddy auch?« fragte Drake und schaute sich mit seinen großen, dunklen Augen angstvoll um.

Ich hatte das Gefühl, mir müsse das Herz zerspringen.

»Dies hier ist ein besonderer Platz, an dem du deinem Daddy und deiner Mommy ›Auf Wiedersehen‹ sagen kannst«, sagte ich und nahm ihn in die Arme.

Er blickte auf das bleiverglaste Fenster und dann auf die Kerzen, die neben den beiden Särgen standen. Die Frau mit dem Bart ging gerade zu Lukes Sarg, beugte sich darüber und legte hemmungslos weinend eine Rose darauf nieder.

»Er war so gut zu mir«, flüsterte sie laut.

»Warum redet Tante Martha mit dem Kasten?« fragte Drake. »Wer ist da drinnen? Hat Merlin, der Zauberer, jemanden hineingezaubert?«

»Nein, Liebling«, sagte ich und küßte zärtlich seine Stirn.

»Ich will hineinschauen! Ich glaube dir nicht! Ich glaube dir nicht! Ich glaube, mein Daddy ist da drinnen!« rief er und versuchte sich loszureißen. »Laß mich los! Ich will zu meinem Daddy!«

Er lief zu dem Sarg. Aber dann hielt er plötzlich an, legte sein winziges Ohr an das Holz und klopfte: »Bist du da drinnen, Daddy?«

Ich wollte ihm nachlaufen und ihn trösten, doch die Frau mit Bart faßte mich sanft an den Ellenbogen. »Bitte«, sagte sie freundlich, »ich glaube, ich kann ihm helfen, Drake und ich sind schon immer gute Freunde gewesen.«

Drake fiel der Frau mit Bart in die Arme. »Tante Martha! Tante Martha! Ist mein Daddy da?«

»O mein Liebling, Drake! Dein Daddy ist im Himmel. Was hier ist, ist nur seine Hülle. Aber mach dir keine Sorgen, Liebling.

Im Himmel ist ein wunderbarer Zirkus. Der größte Zirkus, den Mommy und Daddy je gesehen haben. Sie sind dort sehr glücklich. Aber, was am wichtigsten ist, sie möchten, daß du auf der Erde glücklich bist. Sie möchten, daß du zur Schule gehst und gut bist, daß du gesund bleibst; und wenn du groß bist, kannst du ein Zirkusdirektor werden, so wie Daddy.« Sie begann zu weinen.

»Ich möchte Zirkusdirektor werden«, sagte Drake. »Und Löwenbändiger auch.«

»Nun geh zurück an deinen Platz zu deiner Schwester. Sie hat dich sehr, sehr lieb.«

Dann nahm die Frau mit Bart den kleinen Drake fest in die Arme und küßte ihn zum Abschied.

»Ich werde Löwenbändiger«, erzählte Drake stolz.

»Aber natürlich, mein Liebling. Du kannst alles werden, was du willst, und ich helfe dir dabei«, versicherte ich ihm. »Und nun, Drake«, sagte ich und führte ihn vom Sarg fort, »setzen wir uns hin und hören dem Gottesdienst zu, ja?«

Er nickte brav und hielt meine Hand so fest, daß man meinte, er hätte Angst, ich könne verschwinden. Während wir zurückgingen, merkte ich, daß die vielen bekannten Gesichter Drake beruhigten. Als ich die Menge betrachtete, stellte ich mit Erstaunen fest, daß Fanny und Randall noch nicht gekommen waren. Aber ich dachte nicht weiter darüber nach.

Die Orgel hatte gerade eingesetzt, als ich eine Unruhe bemerkte. Ich drehte mich um und sah, wie Fanny und Randall den Gang heruntereilten. Fanny trug das gleiche schwarze Cocktailkleid wie gestern, und ihr Gesicht war genauso stark geschminkt. Als sie sich neben uns setzte, fiel ihr Blick plötzlich auf die Särge. Sie ergriff meine Hand, und die Tränen strömten ihr über die Wangen; Tränen, die sich durch die Schminke in schmutzige schwarze und blaue Ströme verwandelten. Jetzt fühlte ich mich dieser Schwester, die mich eigentlich immer hatte verletzen wollen, fast nahe.

Während des Gottesdienstes wurde Fannys Schluchzen so laut, daß jeder in der Kirche es hören konnte. Randall tröstete sie, in der Hoffnung, daß sie leiser werden würde. Einen Moment lang, kurz vor dem Ende des Gottesdienstes, schauten Fanny und ich uns an, und ich sah in ihren Augen meinen eigenen schweren Schmerz.

Luke hatte ihr früher stets seine Liebe gezeigt, und Fanny hatte nicht viel Liebe erfahren in ihrem Leben. Lukes Tod war wirklich ein großer Verlust für sie.

Die Särge wurden aus der Kirche und zum Friedhof getragen. Ein Gedenkstein war schon vorbereitet worden. Oben stand *Casteel*, darunter die Vornamen und die Geburts- und Todesdaten. Der Spruch lautete einfach: »Ruhet in Frieden.« Nachdem die letzten Gebete gesprochen und die Särge hinabgelassen worden waren, brachen die Trauergäste auf.

An der Kirchentür riß Fanny Drake mit tränenüberströmtem Gesicht in ihre Arme.

»O Drake, Süßer, nun bist du ein Waisenkind, so wie wir.« Sie bedeckte sein Gesicht mit Küssen. Er leistete ihr keinen Widerstand, denn er war wie betäubt und überwältigt durch den Gottesdienst und den Anblick der Särge. Da ich jedoch fand, daß sie übertrieb, zog ich ihn aus ihren Armen.

»Er ist kein Waisenkind«, sagte ich, und Ärger flammte in mir auf. »Er hat ein Heim und eine Familie.«

Fanny wich zurück, bestürzt über den kalten Ton in meiner Stimme. Sie wischte sich die Tränen von ihren Wangen und schaute mich an.

»Er sollte in den Willies leben«, sagte sie. »Mit den Leuten von Daddys Familie.«

»Auf gar keinen Fall«, erklärte ich und richtete mich stolz auf. »Luke hat selbst die Willies verlassen, um ein besseres Leben führen zu können, und er hätte dasselbe für seinen Sohn gewünscht.«

»Komm, Fanny«, sagte Randall leise. Einige Trauergäste von dem Zirkus waren stehengeblieben und beobachteten uns. »Das ist nicht der richtige Platz für eine derartige Diskussion.«

Fanny schaute sich um und lächelte dann.

»Ja, richtig«, sagte sie. »Auf Wiedersehen erst einmal, Heaven Leigh. Tschüß, Drake, Süßer.« Sie warf Drake einen Kuß zu, drehte sich um und schritt mit Randall davon.

Wir fuhren direkt zum Flughafen. Drake saß ruhig und teilnahmslos auf meinem Schoß, den Kopf an meine Brust gelehnt. Als wir am Flughafen ankamen, wurde er durch die Geschäftigkeit und die ganze Reiseaufregung jedoch wieder lebendig. Wir aßen zu Mittag und stiegen dann ins Flugzeug. Ich gab ihm den Fensterplatz, und er wurde plötzlich sehr lebhaft. »Sind wir über den Vögeln?« fragte er. »Landen wir auf dem Mond?« Logan erklärte Drake alles: daß wir wegen der Wolken die Erde nicht sehen konnten und warum das Flugzeug nicht in den Wolken verschwand. Drake war über sein neues Abenteuer so aufgeregt, daß ich ganz sicher wußte, er würde in seiner neuen Familie glücklich werden. Logan würde ein wunderbarer Vater sein. Schon jetzt akzeptierte er Drake wie seinen eigenen Sohn.

Bald schliefen Logan und Drake. Drakes hübscher, dunkler Kopf lag auf Logans Schoß. Wie friedlich sahen sie doch aus! Ich wünschte, ich wäre auch so zufrieden, doch ich war aufgewühlt vor Angst. Ich wollte wissen, warum Tony Luke den Zirkus gegeben, warum Luke den Ausschnitt über unsere Hochzeit in seiner Schublade hatte. Ich wollte, daß mein neues Leben mit Logan, Drake und dem Kind frei war von der bedrückenden Vergangenheit, und ich war entschlossen, Tony zu zwingen, alles zu klären.

Als wir endlich ankamen, war Tony nicht zu Hause. Curtis sagte, daß er geschäftlich zu tun hätte und nicht vor dem späten Nachmittag des nächsten Tages zurückkommen würde.

Für Logan hatte es eine Menge Anrufe gegeben, und er begab sich direkt an die Arbeit.

Drake und ich machten einen kurzen Rundgang durch das Haus. Er freute sich über die Wandgemälde in dem Musikzimmer, und die Größe des Hauses beeindruckte ihn sehr. »Ist das ein Schloß, Heaven?« fragte er. »Werde ich jetzt ein Prinz?« Seine Augen waren ganz groß vor Staunen.

»Ja, Liebling«, sagte ich und zog ihn fest an mich. »Du wirst der Prinz von diesem Schloß und bekommst alles, was dein Herz begehrt.«

Ich ließ ein Zimmer direkt neben unserem für ihn herrichten, und Logan brachte einige von den Spielzeugmustern, die im Haus waren. Drake war von dem Tag und von der Reise erschöpft und schlief gleich, nachdem er gegessen hatte, ein.

Eine Zeitlang blieb ich noch am Bett stehen und schaute den schlafenden Jungen an. Er war so süß, so hübsch und so unschuldig! Ich versprach im stillen, daß ich ihm eine wahre Mutter sein wollte, nie sollte er sich fremd oder ungewollt bei mir fühlen. Ja, ich konnte versuchen, die Vergangenheit zu überwinden. Mit meiner Liebe konnte ich beweisen, daß man Wut, Bitterkeit und Vorwürfe für immer vergessen kann. Ich würde ihn so sehr lieben, daß der Schmerz, den ich durch meinen Haß auf Luke erlitten hatte, überwunden werden würde.

Fanny hatte recht. Irgendwie waren wir alle Waisenkinder, doch ich wollte dafür sorgen, daß wir eine richtige Familie werden würden. Das Kind, das in mir wuchs, sollte für Drake ein Bruder oder eine Schwester sein, als wäre es ein Kind von Stacie. Im Gegensatz zu Luke, der mich nie hatte lieben können, würde ich Drake lieben.

Ich steckte seine Decke fest, küßte ihn auf die zarte Wange und ging fort. Logan legte im Schlafzimmer gerade den Hörer auf die Gabel, als ich eintrat.

»Heaven«, sagte er. Tiefe Verzweiflung lag auf seinem Gesicht. »Es ist mir sehr unangenehm, dich jetzt allein zu lassen, aber ich muß morgen nach Winnerow. Die Dachdecker hatten Streit mit dem Vorarbeiter und haben die Arbeit niedergelegt. Alles steht still dort. Sobald ich das geklärt habe –«

»Mach dir keine Sorgen, Logan. Fahr morgen früh los. Drake und ich sind beschäftigt, wir müssen uns kennenlernen, und ich muß ihm Farthy zeigen. Außerdem möchte ich hier sein, wenn Tony zurückkommt. Ich habe mit ihm einiges zu besprechen«, sagte ich. Logan hörte die Entschlossenheit in meiner Stimme.

»Ich bin sicher, daß alles, was er getan hat, zu unserem Besten war, Heaven. Tony mag dich. Er würde nichts tun, was dich aufregen könnte, besonders jetzt, wo du schwanger bist.«

»Hoffentlich«, sagte ich. Doch es gab so viel in meiner Vergangenheit, von dem Logan nichts wußte – sein Optimismus war verständlich.

Logan schlief den Schlaf des Unschuldigen, während ich mich unruhig hin- und herwälzte: Mein Geist war gefangen in den Geheimnissen und Schatten der Vergangenheit. Wach lag ich da und grübelte. Wie verrückt das Leben doch war! Drake würde es so ähnlich wie mir ergehen, und meinem eigenen Kind auch. Es würde niemals wissen, wer wirklich sein Vater war. Meine Gedanken überschlugen sich in der verzweifelten Anstrengung, die verwickelte Situation meines Lebens zu klären. So viele Fäden endeten bei Tony – Tony, der meine Mutter vergewaltigt, der Jillian in den Wahnsinn getrieben, der meine Liebe zu Troy zerstört und anscheinend das Leben von Luke genauso beherrscht hatte wie meines. Warum? Soweit ich wußte, hatten sie das erste und einzige Mal miteinander Kontakt gehabt, als Luke Tony telefonisch mitteilte, er habe mir ein Flugticket nach Boston gekauft, damit ich alles über ihn, Jillian und meine Mutter erfahren könne. Danach hatte Tony Luke eigentlich nie erwähnt. Warum sollte er auch? Zwischen ihnen lagen Welten, sie hätten genauso gut auf verschiedenen Planeten leben können.

Doch das Telegramm von Lukes und Stacies Tod war an Tony gerichtet, und es war Tony, der alles arrangiert hatte. Warum hatte Tony für Luke den Zirkus gekauft, ohne mir davon zu erzählen?

Es war sinnlos; ich merkte, ich würde in dieser Nacht nicht mehr schlafen können. Logan schlief fest, er war ganz erschöpft gewesen von der Reise. Sein Atem war tief und regelmäßig. Ich stand auf, zog Hausschuhe und Morgenrock an und schlüpfte leise auf den nur schwach beleuchteten Flur. Zuerst warf ich einen Blick auf Drake. Auch er schlief fest. Da er sich freigestrampelt hatte, deckte ich ihn wieder zu und ging dann hinaus. Aber ich ging nicht in das Schlafzimmer zurück, sondern drehte mich um und ging nach unten.

Das Haus war still und voller geheimnisvoller Schatten. Mein eigener Schatten – zehnmal so groß wie ich – folgte mir an den Wänden wie ein dunkler Racheengel. An der Treppe hielt ich inne und bedachte mein Vorhaben noch einmal. Früher war ich überhaupt nicht neugierig gewesen, aber heute... heute nacht brauchte ich eine Antwort.

Ich ging direkt in Tonys Büro und schaltete das Licht an. Sein großer Schreibtisch war übersät mit Papieren. Tony haßte es, wenn jemand seine Sachen durchsuchte, das wußte ich. Er mochte es nicht einmal, wenn die Mädchen saubermachten. Daher machte das Büro immer einen verstaubten, ungepflegten Eindruck, doch Tony waren sein Privatbereich und seine eigene Ordnung wichtiger als alles andere.

Mein Blick fiel auf die Ablagefächer. Ich war froh, daß die Papiere alphabetisch geordnet waren. Zuerst, als ich unter C für Casteel nachschaute, fand ich nichts. Verwirrt und enttäuscht dachte ich nach. Dann zog ich den Ordner mit dem H heraus und suchte nach der Aufschrift HEAVEN. Als ich meine Akte in der Hand hielt, setzte mein Herz vor Aufregung einen Moment lang aus.

Ich setzte mich an den Schreibtisch und durchsuchte den Ordner. Zunächst waren dort nur meine Schulzeugnisse. Aber dann fand ich einen Zettel, ein Dokument, bei dem mir kalt wurde, kälter als wenn der eisigste Wind durch die Ritzen der Hütte in den Willies geweht hätte.

Es war eine schriftliche Übereinkunft zwischen Anthony Townsend Tatterton und Luke Casteel, welche die Übergabe des Zirkus an Luke für den einfachen Betrag von einem Dollar unter folgender Bedingung festlegte:

»...daß er niemals in keinerlei Form mit Heaven Leigh Casteel in Kontakt treten wird.« Die Übereinkunft besagte, daß er den Zirkus verliere, sobald er gegen diese Bedingung verstieße.

Ich lehnte mich zurück. Völlig überwältigt und entsetzt war es mir unmöglich, wütend zu sein oder zu weinen. Ich verstand nur eines:

Luke hatte mich noch einmal verkauft.

13. KAPITEL

Die Sünden meines Vaters

Kurz nach Tagesanbruch weckte mich das Tapsen kleiner Füße. Ich öffnete die Augen und erblickte Drake, der mit verwuschelten Haaren in unserer Tür stand und mich scheu anschaute. Ich hatte die Tür offengelassen, damit ich hören konnte, falls er aufgewacht wäre und nach seinem Vater oder seiner Mutter geschrien hätte. Lächelnd setzte ich mich auf. Logan war ebenfalls aufgewacht.

»Guten Morgen, Drake«, sagte ich. »Wollen wir frühstücken?«

Er schaute mich an und blinzelte.

»Morgen, Drake«, sagte Logan schnell und stand auf. »Ich bin ganz schön hungrig, glaube ich.«

»Ich will nach Haus«, sagte Drake. Er jammerte nicht, er verlangte es einfach.

Ich stand auf, ging zu ihm, kniete mich hin und nahm seine Hände in meine. Aufrecht stand er da mit seinen schönen, leuchtend braunen Augen und blickte mich schmollend an.

»Du bist nun hier zu Hause, Drake. Dein Zuhause ist dort, wo Logan und ich sind. Erinnerst du dich nicht an gestern, an die Dinge, die ich dir erzählt habe?«

Er nickte langsam. Ich nahm ihn in die Arme und küßte ihn auf die Wange.

»Gut«, sagte ich dann in einem fröhlichen Tonfall. »Wir werden uns jetzt waschen, anziehen, frühstücken und dann gehen wir auf Entdeckungsreise. Das Haus heißt Farthy, das ist die Kurzform von Farthinggale Manor. Ich werde dir den Swimming-pool, den Aussichtsturm, den Garten und den Tennisplatz zeigen.«

»Darf ich schwimmen?« Drakes Augen leuchteten auf.

»Natürlich, mein Liebling, heute ist es allerdings zu kalt. Aber wir können das Labyrinth erforschen. Du darfst natürlich nie allein hineingehen, weil du dich furchtbar verlaufen könntest. Nach dem Rundgang kommen wir wieder hierher, und du kannst dann mit dem Spielzeug spielen, das Logan dir gestern abend herausgesucht hat. Und nach dem Essen fahren wir mit dem großen Auto nach Boston und gehen einkaufen. Du brauchst alles Mögliche zum Anziehen. Wie findest du das?«

Er schaute von mir zu Logan, der sich bereits rasierte.

»Und jetzt wirst du erst einmal baden«, sagte ich, nahm seine Hand und ging mit ihm zum Badezimmer.

»Ich will nicht.«

»Natürlich willst du«, sagte ich und schaute mich schnell um. Auf einem Stuhl neben der Walnußkommode stand ein Modell der *Queen Mary*, und mir fiel ein, daß sie tatsächlich schwimmen konnte. »Du kannst dies Spielzeugschiff mit ins Wasser nehmen, die kleinen Rettungsboote können tatsächlich schwimmen.«

Sein Interesse war nun geweckt worden, und von da an war es einfach. Ich konnte ihm sogar die Haare waschen. Danach trocknete ich ihn ab und kleidete ihn an. Er bekam einen Pullover übergezogen, denn es war ein kühler Herbsttag, und der Wind erinnerte bereits an den Winter.

Bis ich fertig war, spielte er ruhig in seinem Zimmer. Dann gingen wir zu Logan, der bereits frühstückte. Er las das *Wall Street Journal* – genau wie Tony. Ich blickte auf seine vor Konzentration gerunzelte Stirn und war versucht, ihm zu erzählen, was ich letzte Nacht herausgefunden und was ich bis jetzt vor ihm geheimgehalten hatte. Plötzlich schaute er mich an. »Ein Königreich für deine Gedanken, Liebste.« Er lächelte.

Oh, konnte man so deutlich sehen, was ich dachte? Ich überspielte meine Unsicherheit mit einem Lächeln.

»Ich weiß schon, an was du denkst«, fuhr Logan fort, ehe ich etwas sagen konnte. Mein Herz fing an, heftig zu schlagen. Er legte die Zeitung hin und grinste. »Das Kind, du denkst an das Kind, nicht wahr?«

Ich konnte nur zurücklächeln. »Ich denke an alle meine zukünftigen Kinder, besonders an diesen jungen Mann«, sagte ich und strich Drake übers Haar.

Die Dienstboten gaben sich Drake zuliebe ganz besonders viel Mühe. Rye Whiskey stellte einen Obstteller zusammen, der wie ein Elefant aussah, und brachte ihn selbst herein. Da lachte Drake das erste Mal wieder. Offensichtlich hatte er Lukes Lachen geerbt, ein Lachen, das an den Augen begann, dann über die Wangen huschte und schließlich die Mundwinkel leicht nach oben zog.

Logan mußte gleich nach dem Frühstück aufbrechen, wenn er sein Flugzeug erreichen wollte. Zum Abschied küßte er erst mich und dann Drake, der überrascht aufschaute. Ob Luke ihn je zum Abschied oder zur Begrüßung geküßt hatte? Vielleicht hatte er ihm erzählt, daß ein Mann keine Gefühle zeigen dürfe; so war es in den Willies üblich, Gefühle waren Frauensache.

Nach dem Frühstück machten Drake und ich unseren Rundgang. Die Bäume auf dem Grundstück und in den umliegenden Wäldern trugen zum Teil schon ihre leuchtenden Herbstfarben. Es war, als wenn Gott mit einem großen Pinsel gekommen wäre und sie mit gelben, orangenen, roten und ockerfarbenen Tupfern verziert hätte. Die Morgenluft war erfrischend, obwohl es ein bißchen zu kühl war.

Auf dem Grundstück waren die Gärtner bei der Arbeit, und einige Männer machten den Swimming-pool winterfest. Ich merkte, daß der kleine Drake diese Aktivitäten fasziniert beobachtete. Hungrig nahm er alles auf, was er erblickte: wie Männer Bäume und Büsche beschnitten, wie die Wände des Swimming-pool angestrichen und die Risse im Bodenbelag ausgebessert wurden.

Als wir zu dem Eingang des Labyrinths kamen, erklärte ich ihm, was ein Labyrinth ist, und warum es für ihn gefährlich war, hineinzugehen.

»Wenn du hineingegangen bist und dich einmal hierhin und einmal dorthin wendest, dann weißt du nicht mehr, wie du hinauskommen kannst, weil alle Ecken und Wege gleich aussehen.«

»Warum hat das jemand so gemacht?« fragte er, und seine Augen wurden ganz schmal. Er war ein nachdenklicher, ein wißbegieriger Junge. Da ich ein Jahr lang unterrichtet hatte, konnte ich diese Lust zu lernen in den Augen eines Kindes erkennen. Ganz sicher würde er viele Fragen stellen, wenn er sich erst einmal an mich und an die Umgebung gewöhnt hatte. Ob Luke und Stacie genügend Geduld mit ihm gehabt hatten, um seine Wißbegier zu befriedigen? Ich entschloß mich, einen guten Lehrer zu suchen und ihm Vorschulunterricht geben zu lassen.

»Ich glaube, aus Spaß. Wie ein Puzzle, ein Puzzle für ältere Leute, verstehst du?«

Er nickte.

»Versprich mir, daß du nie allein hineingehst.«

»Ich verspreche es«, sagte er, und ich nahm ihn in den Arm. Er schaute mir in die Augen, und zum ersten Mal konnte ich Wärme und Zuneigung darin erkennen.

»Schaut jetzt mein Daddy herunter und lächelt?« fragte er.

»Ja, das glaube ich, Drake. Das glaube ich wirklich.« Ich stand auf. »Komm, wir schauen mal, was die Männer am Swimmingpool machen«, sagte ich und führte ihn vom Labyrinth fort.

Gleich nach dem Essen fuhren wir nach Boston zum Einkaufen. Ich erinnerte mich daran, wie Tony mit mir das erste Mal nach Boston gefahren war, um meine Ausstattung für die Winterhaven-Schule zu kaufen. Damals hatte er gesagt: »Ich finde es häßlich, wie sich die Mädchen heutzutage anziehen; sie verderben sich den schönsten Teil ihres Lebens mit diesen schäbigen, gewöhnlichen Sachen... Du wirst dich so kleiden wie die Mädchen damals, als ich in Yale war.« Er brachte mich zu kleinen Geschäften, wo Kleider und Schuhe ein Vermögen kosteten. Kein einziges Mal fragte er nach dem Preis der Pullover, Röcke, Kleider, Mäntel, Stiefel... Nur, es war falsch gewesen, was Tony gekauft hatte. Nicht ein Mädchen in Winterhaven trug Röcke. Sie zogen sich an wie jeder andere Teenager auch: Blue Jeans, T-Shirts, weite Hemden und Pullover, die zu groß waren.

Ich hatte mir vorgenommen, bei Drake nicht denselben Fehler zu machen. Er sollte nette Sachen bekommen, aber nichts, worin er ausstaffiert aussah, nichts, was ihn von den anderen Kindern seines Alters unterscheiden würde. Ich wollte ihn nicht zu etwas machen, das er nicht war, so, wie Tony es mit mir gemacht hatte. Drake bekam, was ihm gefiel und was ihm stand. Die meisten Sachen waren zum Spielen – Jeans, Flanellhemden und Turnschuhe –, aber ich kaufte auch ein paar feinere Stücke.

Miles folgte uns mit dem Auto und nahm die Pakete ab, wenn wir aus den Geschäften kamen. Schließlich waren Drake und ich so erschöpft von unserer Einkaufstour, daß wir in das Auto stiegen und schnell zurück nach Farthy fuhren. Die Dienstboten brachten die Pakete in Drakes Zimmer, doch dann entließ ich die Mädchen, um die Sachen selbst einzuräumen. Ich wollte, daß Drake meine Verbundenheit mit ihm und mit den Dingen, die ihm gehörten, spürte. Er saß auf dem Teppich und spielte mit seinen Autos, während ich die Kleidung im Schrank verstaute. Hin und wieder ertappte ich ihn, wie er aufschaute und mir zusah.

Ich merkte, daß er noch nicht genau wußte, wie er mich einschätzen und welche Stellung er mir geben sollte. War ich seine Stiefmutter, seine Halbschwester, eine Kindergärtnerin? Zwar war er schon viel vertrauter mit mir geworden, aber er kontrollierte immer noch seine Worte, sein Lachen, ja, selbst seine Tränen. Es würde sicher einige Zeit dauern, bis er genug Vertrauen zu mir haben würde. Schließlich wußte ich besser als manch andere, was es hieß, in eine neue Familie zu kommen.

Beim Abendessen war er schon zugänglicher. Er erzählte, wie er mit Luke in den Zirkus gegangen war, und sprach von den Tieren und den Akrobaten. »Heaven, da war eine Frau, die sich an den Haaren aufgehängt hat, und dann hat sie sich gedreht und gedreht, und manchmal durfte ich die Elefanten füttern. Am liebsten, am allerliebsten hatte ich es, wenn Daddy mir erlaubte, mein eigenes Clownskostüm mit Nase und Perücke anzuziehen, und wenn ich auf dem Kamel reiten durfte. Es hieß Ishtar, das klingt komisch, nicht, Heaven?«

Dann wollte er wissen, wann er wieder zu dem Zirkus gehen dürfe. Ich sagte ihm, daß wir bald in einen Zirkus gehen würden, vielleicht in einen viel größeren. Das Gespräch erinnerte ihn an Luke und Stacie, und er wurde erneut traurig. Wieder einmal rettete Rye Whiskey die Situation, indem er einen dreistöckigen Schokoladenkuchen mit einem Gesicht aus Erdbeeren hereintrug.

»Oh, was ist das?« fragte Drake aufgeregt.

»Das ist ein Drake-Kuchen.« Rye Whiskey lächelte. »Gefällt er dir?« Mit diesen Worten stellte er den Kuchen vor Drake hin. »Kann ich das Stück mit der Nase haben?« fragte Drake.

»Aber natürlich, junger Mann«, sagte Rye Whiskey und tat so, als ob er Drakes Nase stehlen würde, indem er kichernd den Daumen zwischen die Finger steckte. »Ich nehm' deine, und du bekommst dafür die von dem Kuchen.«

Kurze Zeit später brachte ich Drake in sein Zimmer, wusch ihn und zog ihm seinen Schlafanzug an. Er hatte einen schönen Tag gehabt. Ich ließ ihn noch ein bißchen spielen, bis er ganz müde wurde. Dann kuschelte ich ihn in seine weiche Decke, küßte ihn auf die Wange und ließ ihn allein.

Ich ging hinunter in das Wohnzimmer, um Tony abzufangen, da ich ihn, sobald er zurückkam, zur Rede stellen wollte. Das Wetter schien meine Wut und meine Anklagen zu unterstützen: Der Himmel war düster, fast schwarz, und hin und wieder zuckten grelle Blitze über den Himmel. Die Sterne wagten sich nicht heraus in dieser Nacht. Dann kam der schwere, harte Regen, kalt, wie Tränen aus Eis.

Plötzlich hörte ich das Knirschen von Reifen auf dem Kies und das Schlagen einer Tür; dann wurde die Eingangstür geöffnet. Tony begrüßte Curtis und trat lächelnd in das Wohnzimmer.

»Es tut mir leid, daß ich nicht da war, als ihr zurückgekommen seid«, sagte er und kam auf mich zu. »War es sehr anstrengend?«

»Ja«, sagte ich scharf. »Aus mehreren Gründen. Zu der Trauer, der Verwirrung und den Rätseln gab es auch noch eine Überraschung.«

»Wo ist Logan?« fragte er, offensichtlich auf der Suche nach einem Verbündeten.

»Er mußte wegen irgendwelcher Schwierigkeiten in der Fabrik nach Winnerow fahren. Vielleicht gehen wir besser in dein Büro, Tony«, sagte ich. Er blickte mich an, und seine blauen Augen wurden ganz schmal vor Achtsamkeit und Mißtrauen.

»Ich wollte sowieso gerade in das Büro gehen«, sagte er und ließ mich vorangehen. Ich schaltete das Licht ein, ging direkt zu seinem Schreibtisch und setzte mich schnell auf den Lederstuhl. Tony ging um den Schreibtisch herum, legte einige Papiere ab und setzte sich. »Du hast also J. Arthur Steine getroffen«, stellte er fest, als ob das alles erklären würde.

»Ja, Tony, und nun möchte ich folgendes von dir wissen: Warum hast du den Zirkus gekauft und für nur einen Dollar an Luke übergeben?«

Er zuckte die Achseln, lehnte sich zurück und faltete seine Hände. Als er zu sprechen begann, berührte er mit seinen Händen die Lippen; es sah aus, als wollte er mir anbieten, in ein Gebet miteinzustimmen.

»Ich wollte dich dazu bringen, nach Farthy zurückzukehren«, begann er. »Ich konnte mir nicht vorstellen, daß du tatsächlich alles aufgeben wolltest... nur um Lehrerin in einer Kleinstadt zu werden, wo die Leute nicht einmal zu schätzen wußten, was du für sie getan hast.«

»Ich war nicht dort wegen der Leute, ich war dort wegen der Kinder«, verbesserte ich ihn.

Er nickte. »Ich weiß. Aber ich wußte nicht, wie ich deine Liebe zurückgewinnen konnte... und da fiel mir ein, daß du es vielleicht anerkennen würdest, wenn ich etwas für Luke täte... Wenn ich für jemanden etwas täte, den... den du mochtest... Ich dachte, du würdest dann zurückkommen.«

»Aber du hast mir nie erzählt, was du getan hast«, fiel ich ihm ins Wort. »Erklär mir das bitte einmal. Du bist doch sonst so logisch, Tony.«

»Das stimmt«, gab er zu. »Aber direkt, nachdem ich den Zirkus gekauft und an Luke übergeben hatte, bekam ich Angst. Ich hatte Angst, du könntest glauben, ich wolle deine Liebe erkaufen, und am Ende wäre der Schaden dadurch nur um so größer. So ließ ich den Plan wieder fallen. Es war für mich keine große Ausgabe gewesen. Und dann... dann kam das Telegramm... den Rest kennst du ja. So«, sagte er, begierig, das Thema zu wechseln, »wie geht es dem Kleinen? Ich bin sicher, daß –«

»Ich möchte alles wissen, Tony. Ich möchte die ganze Geschichte aus deinem Mund hören, und ich möchte wissen, warum du es getan hast«, wiederholte ich, meine Augen kalt auf ihn gerichtet. Ich wußte, wenn ich wollte, konnte ich mich durchaus mit ihm messen. Ich hatte nicht nur seinen Blick geerbt, sondern auch sein Rückgrat. Wir saßen einander gegenüber, Tatterton gegen Tatterton. Er schien eine Ewigkeit lang ruhig und ausdruckslos dazusitzen.

»Was meinst du?« fragte er endlich. »Ich habe dir erklärt, warum ich es getan habe.«

»Du hast mir nicht die Wahrheit gesagt, Tony.« Ich fragte mich, ob er seine Geschichte selbst schon glaubte. Die Bewohner von

Farthinggale Manor lebten seit so langer Zeit in Illusionen ... vielleicht war er gar nicht mehr in der Lage, Wahrheit und Lüge zu unterscheiden. Manchmal konnte man so intensiv träumen, daß man hinterher nicht mehr wußte, ob es Phantasie oder Erinnerung war.

»Was ist nicht wahr?« fragte er.

»Die Begründung, warum du den Zirkus gekauft und ihn an Luke übergeben hast.«

»Was ich sagte, ist die Wahrheit«, beharrte er. »Ich tat es für dich.«

»Das meine ich nicht, Tony. Auf eine verrückte Weise hast du wohl geglaubt, mich damit zurückzugewinnen. Aber ich möchte die ganze Geschichte hören. Wie hat Luke reagiert, als du ihm den Zirkus geschenkt hast.«

»Wie sollte er schon reagieren? Er war dankbar«, sagte Tony und zuckte die Achseln. »Zuerst dachte er, es käme von dir. Ich mußte ihm erklären, daß du nichts damit zu tun hattest. Ich habe ihn gebeten, nicht bei dir nachzufragen oder mit dir darüber zu sprechen. Das verwirrte ihn zwar, aber er hat eingewilligt. Und dann, wie ich schon sagte, habe ich das alles vergessen. Deshalb ...«

»Was hast du noch von ihm verlangt?« fragte ich. Es war, als hätte ich ihm mit meinem scharfen Ton mitten ins Herz geschossen. Er wurde blaß.

»Wie kommst du darauf, daß ich noch etwas von ihm verlangt habe? Hat J. Arthur Steine etwas erzählt?«

»Nein, Tony. Mr. Steine ist dir vom Scheitel bis zur Sohle treu ergeben. Aber nachdem ich erfahren hatte, was du getan hast, wie sehr du dich um Lukes Angelegenheiten gekümmert hast, wurde ich hellhörig. Als Logan und ich zurückkamen, hoffte ich von dir eine Antwort zu erhalten auf all die offenen Fragen, aber du warst nicht da. Deswegen konnte ich letzte Nacht nicht schlafen. Also ging ich in dein Büro und suchte mir die Antwort selbst heraus.«

»Was hast du getan?« Man konnte ihm die Unruhe anmerken, sein Blick schweifte zu den Akten und wieder zurück.

»Ja, Tony, ich habe deine Akten durchsucht und die schriftliche Übereinkunft zwischen dir und Luke gefunden. Ich will wissen, ich verlange zu wissen, warum du etwas so Schreckliches getan hast«, sagte ich. Mein Körper zitterte vor Anstrengung, stark und entschlossen zu wirken. Ich fühlte, wie mein Herz klopfte und wie mir die Tränen in die Augen schossen.

Vor Verblüffung verschlug es Tony einen Moment lang die Sprache. Er schaute mich an, dann lehnte er sich in seinem Sessel zurück und blickte nach unten: er war nicht mehr fähig, meinen kalten, bohrenden Blick auszuhalten.

»Ja, es war etwas ganz Schreckliches.« Er sprach so langsam wie ein Mensch, der all seine Träume verloren hat. »Die ganze Zeit über mußte ich damit leben. Ich habe mir immer vorgenommen, es demnächst rückgängig zu machen. Doch als dann das Telegramm kam, als ich erkannte, daß ich das Unrecht nie wiedergutmachen konnte, da...« Er schaute auf. »Ich war nicht geschäftlich unterwegs. Ich bin einfach ein paar Tage fortgelaufen... ich wollte nicht da sein... nachdem du jetzt mit J. Arthur Steine gesprochen hattest. Ich hatte gehofft, daß du dir über all das keine Gedanken machen würdest, aber das war natürlich ein frommer Wunsch. Du willst ja immer alles ganz genau wissen, selbst wenn die Wahrheit nur unangenehm ist.

Es stimmt schon, was du gesagt hast; ich habe Jillian nicht richtig behandelt – ich habe zu sehr in Illusionen gelebt. Bei dir habe ich dasselbe versucht. Ich hätte erkennen müssen, daß du viel zu sehr eine Tatterton bist, um es nicht zu bemerken.«

»Warum hast du es getan?« fragte ich hartnäckig. »Warum hast du Luke verboten, mit mir Kontakt aufzunehmen?«

Eine Zeitlang blickte er an mir vorbei: Offensichtlich mußte er erst Mut schöpfen, bevor er fortfahren konnte:

»Du kannst dir nicht vorstellen, wie es hier war, nachdem du fortgegangen warst. Du kannst dir nicht vorstellen, wie sehr du mir gefehlt hast. Ich hatte dir nie gesagt, wieviel du mir bedeutest, wie wichtig es für mich war, daß du hier warst, daß ich dich sehen und mit dir reden konnte... Dieser Abend, an dem wir zusammen im Theater waren, war einer der glücklichsten Abende meines Lebens... In gewissem Sinne hatte ich Jillian bereits verloren, und nun sollte ich dich auch noch verlieren.

Und plötzlich hatte ich die Hoffnung, du könntest zurückkommen... wenn ich alles so arrangieren könnte, daß du einen großen

Teil deiner Zeit hier verbringst... Und als ich dann hörte, daß du Luke zu deiner Hochzeit eingeladen hast...«

»Wie konntest du das wissen, Tony? Du wolltest doch nicht nach Winnerow kommen zu meiner Hochzeit. Und mit den Kosten hattest du auch nichts zu tun. Ich habe alles selbst bezahlt«, sagte ich stolz.

»Logan hat es mir erzählt«, sagte er.

»Logan?« Ich lehnte mich zurück. »Logan?« Tony nickte. »Aber damals kanntest du Logan doch kaum. Das verstehe ich nicht.«

»Ich rief ihn an, als ich von eurer Verlobung erfahren hatte. Wir telefonierten mehrmals miteinander, er mußte mir alles von dir erzählen. Natürlich habe ich ihn gebeten, nichts zu verraten. Ich wollte nicht, daß du denkst, ich mische mich ein. Das hat er auch verstanden. Ich fand, daß er ein intelligenter, einfühlsamer junger Mann ist.«

»Und du hast ihn nach meinen Beziehungen zu Luke gefragt?«

»Ja.«

»Und so hast du also erfahren, daß ich ihn zur Hochzeit eingeladen hatte«, sagte ich, um ihn zum Weiterreden zu bringen.

»Genau. Ich hatte Angst«, sagte er schnell. »Angst, daß du dich mit Luke zusammentun könntest und ihr zwei euch so nahekommt, daß du in seiner Welt bleiben wolltest... und dann hätte ich dich für immer verloren...«

»Und deshalb hast du Luke kurz vor meiner Hochzeit den Zirkus geschenkt, damit er nicht kommen konnte. Das hast du getan!« rief ich, als mir die volle Bedeutung von Tonys Verhalten bewußt wurde. »Das war also dein Plan: Erst wolltest du ihn von der Hochzeit fernhalten und dann von mir.«

»Ja.«

»Du erzählst mir hier also in aller Seelenruhe, daß du mit deinem Reichtum meine Liebe kaufen wolltest. Nicht nur das! Du hast von Luke die Liebe zu mir abgekauft!«

»Ja«, sagte er noch einmal. »Das gebe ich zu, aber du mußt meine Motive verstehen. Du mußt –«

»Ich muß nicht!«

Ich stand auf. All meine Wut und all mein Ärger brachen ungehemmt aus mir heraus, und ich brüllte, ja, ich brüllte ihn an: »Mein ganzes Leben lang bin ich von einer Abhängigkeit in die nächste gekommen; ich bin gekauft und verkauft worden – wie ein Sklave. Meine Liebe wurde behandelt, als wäre sie eine Ware, ein Produkt; eins von deinen kostbaren Tatterton-Spielzeugen, etwas, das man besitzen, horten, manipulieren und dann wegwerfen kann; verstehst du, was ich meine?«

»Heaven –«

»Warum soll ich dich verstehen? Wann denkt einer von euch beiden Männern denn mal an meine Gefühle? Wann denkt ihr an mich und nicht an euch selbst? Du und Luke... ihr seid von derselben Sorte. Es ist dasselbe, ob man die Liebe eines Menschen kauft oder verkauft... beides ist gleich schlimm.

Ja, Luke war genauso gemein und schuldig, weil er eingewilligt hat; er wollte seinen kostbaren Zirkus so sehr, daß er das bißchen Liebe, das er für mich gehabt hat, verkauft hat. Er war nicht mein richtiger Vater, und das wußte er.

Aber du«, sagte ich und zeigte mit dem Finger auf Tony. »Ihm solch ein Angebot zu machen, seine Gier zu wecken, seine Leidenschaft... das ist... das ist des Teufels.«

»Nein, Heaven. Bitte.« Er machte einen Schritt auf mich zu und sah sehr verzweifelt aus.

»Ja«, sagte ich und trat zurück. »Du bist des Teufels. Du hast mit seiner Sucht und seiner Leidenschaft für den Zirkus gespielt, und du hast ihn dazu gebracht, ein Stück von seiner Seele zu verkaufen.«

»Aber doch nur, weil ich dich liebe«, protestierte er.

»Diese Art von Liebe will ich nicht. Das ist keine wahre Liebe; das ist die Liebe eines Parasiten, der den anderen aufbraucht. Du hast immer ein Leben voller Lügen gelebt, Tony. Und du bist selbstsüchtig.«

»Das stimmt nicht«, protestierte er. »Alles, was ich habe, und alles, was ich getan habe, war für dich.«

»Wirklich? Du wußtest genau, was ich mir am meisten wünschte. Was fehlte mir denn zum Glück? Das, was du von mir ferngehalten hast!«

Verwirrt starrte er mich an.

»Ich verstehe dich nicht. Was habe ich dir versagt? Was hast du nicht bekommen von mir?«

»Du hast mich unter Wolken leben lassen, damit du die Sonne sein konntest; immer, wenn dir es gefiel, hast du mir einen Hoffnungsstrahl geschickt. Du hattest Angst, daß du nichts Helles und Lebendiges mehr für mich sein würdest, wenn ich nicht ständig unter einem bedeckten, grauen Himmel leben würde, wenn ich nicht ständig traurig wäre. So hast du mich in dem Glauben gelassen, ich sei Luke völlig egal; und ihn hast du mit seiner Gier gefangen.«

»Aber...« Er machte einen Schritt auf mich zu in der Hoffnung, mich umarmen zu können. Ich wich zurück.

»Und du hast mich in dem Glauben gelassen, daß Troy tot sei«, sagte ich. Die Worte hallten in dem Raum wie ein Donnerschlag. Er wurde so blaß, daß er aussah wie eine Salzsäule. Eigentlich wollte ich das Geheimnis von Troy und mir nicht lüften. Es war alles, was uns noch geblieben war. Aber ich erkannte plötzlich, daß Tony nicht ehrlich gewesen war: Hätte er ernsthaft gewollt, daß ich nach Farthy zurückkehre, dann hätte er mir gesagt, daß Troy nicht tot war. Er hätte mich kommen lassen, um Troy zu helfen, wieder in ein normales Leben zurückzufinden.

Aber er wollte nicht, daß ich zu Troy zurückkehrte, er wollte, daß ich zu ihm käme, nur zu ihm.

»Du weißt es?« flüsterte er.

»Ja. Kurz bevor er fortging, habe ich es entdeckt.«

»Er hat gewollt, daß du es nicht erfährst, nicht ich«, rief Tony schnell. In diesem Augenblick war Anthony Townsend Tatterton für mich ein Gauner, der sich seine Freiheit erlügt, der immer wieder neue Geschichten erfindet und zum Schluß selbst die betrügt, die versuchen, ihm zu helfen.

»Aber du wußtest doch, daß er das sagte, weil er keine Hoffnung mehr hatte, weil er glaubte, daß wir nicht mehr zusammensein dürften. Du hättest mehr für ihn tun können. Wenn du es mir erzählt hättest und ich ihn hätte sehen können... als ich ihn entdeckte, war es zu spät.

Und jetzt ist er fort«, sagte ich leise, »und eine Liebe, die wirklich selbstlos war, ist damit verlorengegangen.«

Ich schaute ihn an, und die Tränen strömten mir über das Gesicht. »Soweit ich weiß, hast du Jillian in den Wahnsinn getrieben«, sagte ich. »Und du hast dazu beigetragen, Troy in die Verbannung zu treiben. Und nun...« Ich setzte mich aufrecht hin, um den Schlußstrich zu ziehen: »Und nun hast du mich vertrieben!«

»Heaven!« schrie er, während ich mich umdrehte und aus dem Büro stürzte. Ich schaute mich nicht um. Ich lief die Treppe hinauf in mein Zimmer und begann zu packen.

Am Morgen würde ich Drake nehmen und Farthy für immer verlassen.

Ich warf einen Blick in Drakes Zimmer. Er hatte es geschafft, die Decke so weit hochzuziehen, daß sein Kopf beinahe darunter verschwand, so, als wollte er die Welt um sich herum vergessen. Zwar hatte ich denselben Wunsch, aber ich wußte, daß man sich nicht vor der Wahrheit verstecken konnte. Die Wahrheit hatte ihre eigenen Wege, die Risse und ungeschützten Stellen in den Mauern aus Selbstbetrug, die man um sich errichtet hatte, herauszufinden. Mir kam es so vor, als wäre mein Leben hier aus buntem Kreppapier gemacht. Es war hübsch, strahlend und farbenfroh, aber ein kleiner Windstoß könnte alles wegblasen, und ich würde nackt und zitternd unter dunklen, tosenden Wolken zurückbleiben.

Ich schob die Decke etwas zurück, strich Drake einige Haarsträhnen aus der Stirn und küßte ihn sanft auf die Wange. Morgen würde ich ihn nach Winnerow bringen. So plötzlich wie er in diese reiche und elegante Welt gebracht worden war, so plötzlich würde er sie wieder verlassen. Ich wußte, daß es verwirrend für ihn war, doch dies war kein Ort, an dem er aufwachsen konnte. Mein Leben mag hier in Farthy begonnen haben, aber mein Herz zog es nach Winnerow in das Hasbrouck-Haus, von wo aus ich die Willies sehen konnte.

Es war besser für Drake, im Sonnenlicht aufzuwachsen und nicht in den Schatten der großen, leeren Hallen von Farthinggale, umgeben von den klagenden Geistern der Tattertons.

Nachdem ich einige Sachen gepackt hatte, wurde ich so müde, daß ich beschloß, schlafen zu gehen. Obwohl ich völlig erschöpft war, lag ich mit weit offenen Augen im Bett und starrte in die Dunkelheit. Ich dachte an Logan und daran, wie das Leben in Winnerow jetzt für uns aussehen würde. Ich hoffte, ich könnte ihm verständlich machen, warum ich nichts mit Farthinggale Manor und nur wenig mit Tony zu tun haben wollte. Natürlich würde ich ihm nichts von Troy erzählen, aber er würde erfahren, daß Tony versucht hatte, Luke von mir fern zu halten. Hoffentlich war er darüber genauso wütend wie ich. Am meisten aber wünschte ich, daß er mir wieder ganz nahekommen würde, daß wir im Laufe der Zeit dieses wunderbare, erregende Gefühl wiederentdecken würden, das wir schon auf der Highschool miteinander geteilt hatten.

Und dann mußte ich an Troy denken. Ich fragte mich, wo er war und wieviel er von meinem Leben wußte. Vielleicht beobachtete er alles, wie bei meinem Hochzeitsempfang. Oder hatte er sich wirklich von allem zurückgezogen, was mich und Farthy betraf?

Mit jedem neuen Tag wurde er mehr und mehr zu einer Illusion, zu einer Personifikation der idealen Liebe, der unerreichbaren, perfekten Liebe, die wie eine schöne, schimmernde Seifenblase zerplatzt, wenn man sie berührt. Wie die Seifenblase konnte man auch diese Liebe nicht festhalten.

Das alles war mir jetzt bewußt. Und ich wußte, daß die Liebe, die ich für Logan empfand, ihre Wurzeln in der Wirklichkeit hatte. Ich mußte sie pflegen, nähren, ihr helfen, zu einer starken Eiche zu werden, die von keinen Stürmen des Lebens zu erschüttern ist. Mit Logan würde ich ein Leben aufbauen, eine Familie, eine Zukunft. Ich hatte viel verloren, aber ich hatte auch noch viel, wofür ich dankbar sein konnte und das mir wichtig war.

Wie ich über all das nachdachte, traten mir die Tränen in die Augen, aber ich wollte mich nicht in den Schlaf weinen. Ich schloß nur die Augen und fühlte, wie ich in das Kissen zurücksank, wie ich davonglitt... als mich plötzlich ein Geräusch in die Wirklichkeit zurückholte. Jemand hatte die Zimmertür aufgestoßen. Ich setzte mich schnell auf und sah die Silhouette eines Mannes an der Türschwelle. Einen Moment lang dachte ich, es sei Troy, und mein Herz hüpfte vor Freude. Aber dann hörte ich die Stimme.

»Leigh, bist du wach?«

Es war Tony. Selbst aus der Entfernung konnte ich den Alkohol riechen, den er ausatmete.

»Was willst du, Tony?« fragte ich so hart und kalt wie möglich. Zuerst antwortete er mit einem leichten Lachen, dann suchte er den Lichtschalter. Plötzlich war das Zimmer hell erleuchtet. Ich bedeckte meine Augen mit der Hand, und als ich sie wieder fortnahm, sah ich, daß er näher kam. Er trug nur eine weite Hose und ein Hemd, das bis zum Nabel aufgeknöpft war. Auf dem Arm hatte er eines von Jillians Nachthemden.

»Ich habe dir etwas mitgebracht«, sagte er. Seine Augen waren glasig und seine Haare zerwühlt. »Es gefällt mir an dir. Würdest du es noch einmal für mich tragen? Bitte.«

»Ich habe es niemals für dich getragen, Tony. Du bist betrunken. Geh jetzt, bitte!«

»Aber natürlich hast du es für mich getragen. Und sieh mal«, sagte er, indem er die Hand unter dem Nachthemd hervorzog, »ich habe dir auch etwas von Jillians Parfüm mitgebracht. Ich weiß doch, wie sehr du es magst. Du wolltest doch immer, daß sie dir etwas abgibt. Laß mich dich damit betupfen«, sagte er und setzte sich auf mein Bett. Ich wich zurück, aber er hielt mich fest und strich mit dem Fläschchen über meinen Hals. Der schwere Duft von Jasmin stieg mir in die Nase. Ich versuchte, mich ihm zu entziehen, da legte er die Hand zwischen meine Brüste.

»Nein, Tony, hör auf damit! Ich will nichts von Jillians Parfüm. Ich habe gesagt, du sollst aufhören. Du bist betrunken. Verschwinde von hier!« verlangte ich. Er sah mich an und lächelte, als ob er meine Worte nicht gehört hätte. Dann, als wenn er sich plötzlich an das Nachthemd in seinen Armen erinnern würde, stand er auf, legte es auf das Bett und streichelte es zärtlich.

»Komm schon, zieh es an«, sagte er, »und ich lege mich dann wieder neben dich, wie das letzte Mal, als du es getragen hast.«

»Verlaß auf der Stelle mein Zimmer, Tony. Ich rufe die Bediensteten, wenn du es nicht tust.«

»Leigh«, flüsterte er.

»Ich bin nicht Leigh!« schrie ich. »Ich bin Heaven! Tony, verschwinde, du machst mir Angst.«

Er ignorierte die Aufforderung wieder und schlüpfte unter die Decke neben mich. Ich versuchte zu entkommen, aber er packte mich um die Hüfte und zerrte mich an sich.

»Leigh, bitte verlaß mich nicht! Hör nicht darauf, was Jillian sagt! Sie ist verrückt, eifersüchtig auf dich, eifersüchtig auf jede andere Frau. Sie ist sogar auf die Bediensteten eifersüchtig, nur weil eine schöne Hände hat oder ein hübsches Kinn.« Er berührte meine Schulter mit den Lippen und schob mit dem Kinn das Nachthemd hinunter, um seinen Mund auf meine Haut pressen zu können.

»Tony, hör auf!« schrie ich.

Ich legte meine Hand an seine Schläfe und drückte ihn weg, so gut ich konnte. Als er meine Brust berührte, schrie ich und krallte meine Fingernägel in sein Gesicht.

»Hinaus! Hinaus mit dir! Weißt du nicht, wer ich bin? Erinnerst du dich nicht, daß ich deine eigene Tochter und noch dazu schwanger bin!«

Ich schlug ihm ins Gesicht.

Er starrte mich einen Moment lang an, dann zuckte es um seine Augen. Ich konnte sehen, wie die Wirklichkeit die Erinnerungen verdrängte und wie er aus der Vergangenheit in die Gegenwart zurückkehrte. Mit einem Mal war er sich bewußt, wo er war und was er tat. Es traf ihn wie ein Schock. Er schluckte und blickte um sich.

»Mein Gott«, sagte er, »ich dachte...«

»Du dachtest? Du bist betrunken und widerwärtig! Ich will, daß du verschwindest. Hinaus!« schrie ich und sprang aus dem Bett. Er starrte zu mir hinauf.

»O Heaven, vergib mir. Ich war nur...« Er sah auf das Nachthemd, das er mitgebracht hatte, dann auf mich, während seine Hand die gerötete Wange hielt. »Ich war nur verwirrt. Ich...«

»Verwirrt?« Die beunruhigenden Gedanken, die sich sonst in den dunkelsten Ecken meines Gehirns versteckt hatten, brachen nun hervor. Ich erinnerte mich an andere Male, an denen er mich berührt und geküßt hatte, und plötzlich erschienen sie mir alle häßlich, gierig, inzestuös. Alle meine Ängste, alle widerwärtigen und traurigen Erinnerungen kamen plötzlich wieder in mir hoch. Ich konnte kaum mehr denken, in meinem Kopf war nur noch das Echo vieler Schreie und Rufe. Ich preßte meine Hände auf meine Ohren. »Du bist kein bißchen besser als meine Verwandten vom

Land, meine hinterwäldlerische Sippschaft, wie du sie immer genannt hast!« Meine Stimme überschlug sich. »Dein Geld macht überhaupt keinen Unterschied. Du bist um keinen Deut besser als die beschränkten Winnerow-Hinterwäldler, die ihre Töchter vergewaltigen.«

»Heaven, nein...«

»Verschwinde, verschwinde«, schrie ich wieder.

Er erhob sich vom Bett, Jillians Nachthemd in der Hand, und begann sich rückwärts zur Tür zu bewegen, wobei er heftig den Kopf schüttelte.

»Bitte, bitte vergib mir. Ich war betrunken... Ich wußte nicht, was ich tat. Bitte«, flehte er und streckte seine Hände nach mir aus.

Ich schüttelte den Kopf, Tränen rannen mir über die Wangen, ich zitterte. »Hinaus mit dir«, zischte ich, meine Stimme war nur noch ein rauhes Flüstern.

»Es... es tut mir leid«, wiederholte er und stürzte zur Türe hinaus.

Als er endlich draußen war, brach ich auf meinem Bett zusammen und heulte. Ich weinte hysterisch, unfähig, den Sturm aus Angst und Trauer zu stoppen, der in mir tobte. Alles Traurige, das bisher passiert war, kam erneut hoch und verlangte, mit gleicher Intensität betrauert zu werden. Ich weinte um meine Mutter, die ich nie gesehen oder gekannt hatte, weinte um Tom, weinte um Troy, weinte wegen Logans Untreue mit Fanny, weinte um Luke und Stacie, und ich weinte um Heaven, die arme, kleine, verlorene Heaven Leigh Casteel.

Eine kalte, weiche, kleine Hand stoppte meinen Tränenausbruch. Ich holte tief Luft und drehte den Kopf. Der kleine Drake stand neben mir und sah auf mich hinunter. Er war sichtlich verwirrt, doch in seinen Augen war Mitleid.

»Weine nicht«, sagte er, »ich gehe nicht weg.«

»O Drake, Drake!« weinte ich, zog ihn an mich und hielt ihn so fest und so nahe, wie ich konnte. »Ich würde dich nicht weggehen lassen. Wir brauchen einander. Wie zwei Waisen.« Ich küßte ihn auf die Stirn. »Ich werde immer für dich da sein. Immer.«

Er sah zu mir auf, sein Gesicht war noch immer ein Spiegel meiner eigenen Trauer.

»Ich werde aufhören zu weinen«, sagte ich. »Jetzt werde ich aufhören zu weinen.«

Ich hob ihn ins Bett, und wir schliefen ein, nebeneinander eingerollt, wie zwei junge Kätzchen, die ihre Mutter verloren hatten.

Ich erwachte mit Drake in den Armen, sein kleiner Kopf war sanft an meine Brust geschmiegt.

Leise, um ihn nicht zu wecken, schlüpfte ich aus dem Bett, wusch mich und zog mich an. Die Bediensteten hatten die Vorhänge noch nicht zurückgezogen. Die Lichter, die während der Nacht brannten, waren immer noch an. Ich ging die Marmortreppe hinunter, schnell, aber leise, und fand Curtis, der gerade an seine täglichen Pflichten gehen wollte.

»Früh auf, Mrs. Stonewall«, sagte er.

»Ich habe heute viel zu tun, Curtis, und es muß schnell gehen. Zuerst rufen Sie bitte am Flughafen an und reservieren zwei Plätze für mich und Drake! Wir kehren heute morgen noch nach Winnerow zurück. Informieren Sie Miles! Schicken Sie die Mädchen in Drakes Zimmer hinauf! Ich habe einige Kleider schon gepackt, einige müssen noch gepackt werden. In meinem Zimmer stehen fertige Koffer. Veranlassen Sie, daß Miles sie ins Auto hinunterbringt! Und bitten Sie Rye, für mich und Drake ein kleines, schnelles Frühstück zu bereiten! In ein oder zwei Tagen werde ich eine Nachricht schicken, welche Sachen noch gepackt und in mein Haus nach Winnerow geliefert werden sollen.«

»Sie verlassen Farthinggale?« fragte Curtis. Ich antwortete nicht. Er sah nur kurz die Strenge in meinem Gesicht und begann dann sofort, meine Anordnungen auszuführen. Als ich nach oben ging, wachte Drake gerade auf. Ich nahm ihn aus dem Bett, wusch ihn und zog ihn schnell an. Er war von meiner Entschlossenheit beeindruckt und sagte kaum ein Wort. Die Hausangestellten kamen, und ich gab ihnen meine Anweisungen. Drake sah zu, wie sie die Sachen zusammenpackten, aber er fragte nichts, nicht einmal, als Miles die Koffer zur Limousine hinuntertrug.

»Wir machen einen Ausflug nach Winnerow, meinem Zuhause.« Ich sagte es ihm, als ich ihn an der Hand nahm, um ihn zum Frühstück hinunterzubringen.

»Ist dies nicht dein Zuhause?« fragte er überrascht.

»Nein, es ist Mr. Tattertons Zuhause«, sagte ich. Ich brachte es nicht über mich, »meines Vaters« zu sagen. »Aber mach dir keine Sorgen. Du wirst dort auch wieder dein eigenes Zimmer haben, und weißt du was? Logan baut dort eine Spielzeugfabrik. Du wirst schon sehen.«

Daraufhin wurde er neugierig und aufgeregt.

Ich sah, daß Curtis den anderen Bediensteten von meiner Stimmung erzählt hatte. Alle arbeiteten schnell, effizient und leise, verständigten sich untereinander mehr mit Gesten und Blicken als mit Worten. Ich erwartete, daß Tony jeden Moment in Arbeitskleidung herunterkommen würde; und ich erwartete, daß er versuchen würde, mich zum Bleiben zu überreden. Doch als Drake und ich das Frühstück beendet hatten, war immer noch nichts von ihm zu sehen. Selbst Curtis war überrascht.

»Mr. Tatterton ist heute spät dran«, sagte er, als ob er ihn entschuldigen wollte. Ich antwortete nicht. Ich ging mit Drake noch einmal nach oben in mein Zimmer und ließ eine Telefonverbindung zu Logan herstellen.

»Wir kommen nach Hause«, sagte ich, als er den Hörer abgenommen hatte.

»Nach Hause?«

»Drake und ich. Ich erkläre alles, wenn ich da bin«, sagte ich.

Ich gab ihm einige Details über unseren Flug, und er sagte, er würde zum Flughafen kommen. Nachdem ich den Hörer aufgelegt hatte, sah ich mich noch einmal im Zimmer um, ob es noch etwas gab, das ich mitnehmen wollte. Curtis kam an die Tür, um mir zu sagen, daß Miles alles in die Limousine gepackt hatte.

»Sehr schön, Curtis. Komm, Drake!« Ich nahm seine Hand, und wir gingen los.

»Mrs. Stonewall«, sagte Curtis auf dem Korridor, »wenn ich Sie vielleicht noch einen Moment bemühen dürfte.«

»Was gibt es, Curtis?«

»Nun, als Mr. Tatterton nicht herunterkam, dachte ich, es sei besser, hinaufzugehen und nach ihm zu sehen. Ich klopfte an seine Tür, um ihn zu fragen, ob ich ihm etwas bringen sollte, aber er antwortete nicht. Und dann...«

»Ja?« Curtis sah so verlegen aus, wie ich ihn noch nie gesehen hatte. Er war etwas rot geworden und zog die ganze Zeit am Kragen seines Hemdes, als ob er ihm eine Nummer zu klein wäre.

»Ich bemerkte, daß die Türe zu Mr. Tattertons Zimmer offenstand, und so sah ich hinein. Ich wollte wissen, ob alles in Ordnung war. Du liebe Güte«, sagte er und schüttelte den Kopf.

Ich wurde langsam ungeduldig. »Was ist nun, Curtis? Sie wissen doch selbst, daß ich mich beeilen muß.«

»Ich weiß, aber... aber es wäre mir recht, wenn Sie selbst einmal nach ihm sehen könnten. Ich hoffe, mit Mr. Tatterton ist alles in Ordnung.«

Einen Moment lang starrte ich ihn an. Ich dachte, Tony hätte sicherlich einen Kater, den er sich wohl verdient hatte.

»Drake, geh mit Curtis hinunter! Ich komme gleich nach«, sagte ich.

»Danke, Mrs. Stonewall«, sagte Curtis. Er nahm Drake an der Hand, und sie gingen hinunter. Ich ging weiter den Flur entlang zu Jillians ehemaligem Zimmer und warf einen Blick hinein, wie Curtis es getan hatte.

Tony lag ausgestreckt auf Jillians Bett, noch immer bewußtlos, betäubt vom Alkohol. Aber das, was Curtis schockiert hatte, war etwas anderes, und das schockierte auch mich. Tony hatte das Nachthemd angezogen, das er mit zu mir gebracht hatte, und das ganze Zimmer duftete nach Jasmin. Wer weiß, welche Wahnvorstellungen er gehabt hat, dachte ich. Und wieviel er getrunken haben mußte! Aber ich fühlte kein Mitleid mit ihm, nur Ekel. Er schnarchte, als ich die Tür hinter mir schloß.

»Er wird sich wieder erholen«, beruhigte ich Curtis, »lassen Sie ihn einfach in Ruhe.«

»Sehr gut, Mrs. Stonewall«, sagte er. »Ich danke Ihnen.«

An der Eingangstüre hielt ich noch einmal inne und blickte über das Grundstück von Farthinggale Manor. Die Herbstwinde wurden stärker und kühler. Sie rüttelten an den Bäumen und rissen bunte Blätter von den Zweigen. Es regnete rote, gelbe und braune Blätter, die wie wild geworden die lange Auffahrt hinaufwirbelten und über den grünen Rasen flogen. Es war, als ob die Natur einen Vorhang aus Farben machen wollte. Zweige, ihrer Pracht entledigt, hingen nackt unter den Wolken, die silbrig schimmerten. Ich fröstelte und versuchte, mich mit meinen eigenen Armen zu wärmen. Dann ging ich schnell zur Limousine.

Drake wartete schon, das kleine Feuerwehrauto hatte er auf seinem Schoß. Obwohl wir ihm neue Spielsachen geschenkt hatten, hing er noch immer an diesem. Er sah so klein und verloren aus in dem großen Auto, wie ein Vogeljunges in seinem Nest. Ich legte den Arm um ihn und zog ihn an mich, während Miles startete.

Ich blickte kein einziges Mal zurück.

14. KAPITEL

Nirgends ist es so wie zu Hause

Nach Hause. Nach Hause. Die ganze Zeit waren diese Worte in meinem Kopf, als wir ins Flugzeug nach Atlanta stiegen. Der kleine Drake hielt meine Hand ganz fest. Mit großen Augen starrte er auf das geschäftige Treiben im Flughafen. »Sag mir noch mal, wo wir hinfahren, Heaven«, bat er, als wir es uns auf unseren Sitzen in dem großen Düsenflugzeug bequem gemacht hatten.

»Wir fahren nach Hause, Drake. Heim nach Winnerow. Wo ich aufgewachsen bin und wo auch dein Daddy aufgewachsen ist. Und du wirst jetzt auch dort aufwachsen«, erklärte ich und versuchte, meine Stimme fröhlich und aufgeregt klingen zu lassen. »Und du wirst dort glücklich sein, sehr glücklich!«

»Aber Heaven, ich dachte, ich würde in dem Schloß wohnen. Mir hat es dort gefallen.« Es klang enttäuscht.

»Ich verspreche dir, daß es dir in Winnerow noch besser gefallen wird. Wir können zum Beispiel das Haus besuchen, in dem dein Daddy gewohnt hat. Und es gibt dort viele Berge und Wälder, in denen man spielen kann. Sie heißen die Willies. Es gibt dort Geigenspieler und eine wunderschöne Schule und Spielplätze und viele Kinder, mit denen du spielen kannst. O Drake, es ist ein wunderbarer Ort für einen kleinen Jungen.«

Bald waren wir in den Wolken, und Drake schlief ein. Das gab mir Zeit, die Ereignisse der letzten Nacht noch einmal zu durchleben, und mit ihnen die Lügen, die sich immer enger und enger um mich schlangen, die mich zu ersticken drohten. Es war jetzt meine Aufgabe, mich aus Tonys Griff zu lösen, ein für allemal. Das war mir unwiderruflich klar geworden. Von Tony waren alle meine Probleme gekommen, von dem Tag an, als ich geboren wurde.

Logans strahlendes und fröhliches Gesicht begrüßte uns am Flughafen. Er hob den verschlafenen Drake hoch und küßte ihn auf die Wange, dann sah er mich an, und Millionen von Fragen waren in seinen Augen. »Zu Hause erzähle ich dir alles. Nicht jetzt. Okay?«

Er nickte, und wir fuhren schweigend den langen Weg nach Winnerow. Ich konnte beinahe hören, wie sich in Logans Kopf die Schalter und Räder bewegten, wie bei der komplizierten Mechanik eines Tatterton-Spielzeuges.

Obwohl Drake von unserer plötzlichen und aufregenden Reise etwas müde war, saß er aufmerksam da und nahm die Szenerie in sich auf, als wir in Winnerow ankamen. Auf den Telefonleitungen saßen Stare wie kleine dunkle Soldaten. Aufgeplusterte, schlafende Vögel, die die Kälte ahnten, die jetzt kommen würde, und auf die wärmende Sonne warteten. Einige von ihnen schauten zu uns herunter, als wir die Hauptstraße entlangfuhren.

»Ich erinnere mich an diese Straße«, rief Drake und drückte sein Gesicht gegen das Fenster, »Papas Zirkus war hier!«

»Du bist ein kluger kleiner Junge, Drake«, sagte ich und nahm ihn in den Arm, »du kannst damals nicht älter gewesen sein als vier Jahre.«

»Ich war damals noch ein kleines Kind. Aber Tom sagte –« Drake kletterte plötzlich aus meinen Armen und starrte aus dem Fenster. »Wird Tom auch da sein? Sag, wird er das?«

»Mein armer Liebling«, sagte ich, und Tränen traten mir in die Augen. »Tom ist bei deinem Papa und deiner Mama im Himmel, Drake.«

Schnell zeigte ich ihm einige Sehenswürdigkeiten von Winnerow. Ich wollte, daß Drake anfing, in die Zukunft zu sehen, die Zukunft, von der ich so sehr hoffte, sie würde für ihn hell und fröhlich sein, anders als seine dunkle, tragische Vergangenheit. Winnerow hatte nur eine Hauptstraße, und alle anderen Straßen zweigten davon ab. In der Mitte der Stadt war die Schule, im Hintergrund lagen blau und neblig die Berge.

»Das wird deine Schule sein«, sagte ich und zeigte auf den dazugehörigen Spielplatz. »Ich war dort einmal Lehrerin.«

»Wirst du auch meine Lehrerin sein? Ich bin noch nie zur Schule gegangen«, fragte Drake, während sich seine Augen weiteten vor Angst und Aufregung.

»Nein, Schatz, aber du wirst eine wundervolle Lehrerin haben.

Ich denke, du wirst sie sehr mögen«, sagte ich. »Und siehst du den großen Berg dort?«

Drake nickte.

»Dein Daddy kam von dort«, sagte ich. »Von der Vorderseite unseres neuen Hauses kannst du den Berg ganz deutlich sehen.« Er starrte hinauf, starrte, als hätte er sein ganzes kurzes Leben darauf gewartet, diesen Berg zu sehen.

»Ging Daddy auch in meine Schule?«

»Daddy ging dorthin und Logan und ich ebenfalls, Schatz.«

»Wir könnten ihn vielleicht noch dieses Jahr einschulen, obwohl er ja eigentlich noch zu jung ist«, sagte Logan. Es war das erste, was er nach langem Schweigen sagte. »Manchmal machen sie Ausnahmen, wenn ein Kind intelligent genug ist«, fügte er hinzu. Er sah mich an, aber ich antwortete nicht. Eine tiefe Furche stand auf Logans Stirn, ein Zeichen, daß er intensiv nachdachte. Ich wußte, daß er verzweifelt wissen wollte, warum ich aus Farthinggale geflohen war. Ich hatte ihm noch nichts von dem erzählen können, was zwischen Tony und mir passiert war, denn Drake war sehr aufmerksam und hörte jedes Wort, das ich sagte. Ich ließ durchblicken, daß ich nicht vor meinem kleinen Stiefbruder sprechen wollte.

»Kleine Hasen haben auch große Ohren«, sagte ich, etwas, das Großmutter immer gesagt hatte.

Logan, offensichtlich frustriert und ungeduldig, versuchte tapfer, Drake und mir das Gefühl zu geben, willkommen zu sein. Er erzählte uns alle Neuigkeiten aus Winnerow und dem Hasbrouck-Haus. Ich wußte, daß er erkannt hatte, wie durcheinander ich war. Wie lieb und einfühlsam von ihm, daß er mit allen Mitteln versuchte, meine Laune zu verbessern.

»Ich fürchte, ich habe noch nicht einmal alle Bediensteten angestellt«, warnte er mich.

»Ich denke, daß ich durchaus einige Tage ohne eine Armee von Dienern auskommen kann, Logan«, antwortete ich.

»Das weiß ich. Aber es ist ein großes Haus. Jemand muß sich darum kümmern. Besonders jetzt, wenn ein Kind dort lebt.«

»Wir schaffen das schon«, sagte ich. »Morgen suchen wir nach einem Kindermädchen.«

»Und nach einem Koch. Ich glaube, wir brauchen einen Koch«, sagte er. »Nicht, daß du nicht kochen kannst. Ich meine nur...«

»Du meinst, wir brauchen einen, ich weiß«, spottete ich und sprach übertrieben leise. »Alle Fabrikbesitzer brauchen ihren eigenen Koch.« Da mußte er über sich selbst lachen.

»Ich habe einen Gärtner angestellt, den Gärtner, der schon für Anthony Hasbrouck gearbeitet hat«, sagte er schnell. »Ich habe ihn einfach übernommen. Es gab auch einen Butler, aber der ist schon lange weg. Wenn du möchtest, kann ich veranlassen, daß das Kindermädchen von Anthony Hasbrouck einmal bei uns vorbeikommt, dann kannst du dich mit ihr unterhalten.«

»Gut. Ich bin sicher, wenn Anthony Hasbrouck zufrieden war, werde ich es auch sein«, sagte ich. Er nickte und lächelte dann.

»Ich habe eine Überraschung für dich. Ich wollte es eigentlich noch einige Tage geheimhalten, aber nachdem nun alles anders ist – was genau, werde ich sicher bald entdecken –, erzähle ich es dir jetzt.«

»Was?« Ich lehnte mich nach vorne. Wir waren fast am Hasbrouck-Haus. Obwohl es jetzt uns gehörte, würde es für mich immer das Hasbrouck-Haus bleiben.

»Die Fabrik kann in einem Monat eröffnet werden.«

»Wirklich? Das ist ja wundervoll, Logan. Ich kann es kaum erwarten, die Produktion von Spielzeug in den Willies zu erleben.«

»Ich plane einen Empfang. Ich habe es schon mit Tony diskutiert.« Mein Herz schlug bis zum Hals, als ich nur seinen Namen hörte. »Einige Vorbereitungen werden bereits getroffen. Alle, die im Umkreis von hundert Meilen irgendwie wichtig sind, werden kommen.«

»Schön«, sagte ich. Obwohl ich glücklich für Logan sein wollte, gab es noch etwas, was ich unbedingt wissen wollte. »Kommt Tony auf die Party?« fragte ich, wobei ich versuchte, das Zittern in meiner Stimme zu verbergen.

»Ich weiß, daß er es vorhatte. Meinst du, das hat sich geändert, Heaven?« Ich konnte die Besorgnis in seiner Stimme nicht überhören.

»Wir reden zu Hause darüber, Logan«, sagte ich. Dann liebkoste ich Drake zärtlich und nahm ihn in die Arme. Um ihn nicht zu beunruhigen, fügte ich hinzu: »Ich bin jetzt einfach zu müde, um darüber zu reden.«

»Natürlich, Liebling«, sagte Logan und warf mir einen verstohlenen Blick zu, als wir an einer Ampel hielten. »Aber ich hoffe, du bist nicht zu müde, um dir meine Pläne für die Party anzuhören. Es wird so eine ›Smoking ist Pflicht‹-Angelegenheit, obwohl es im Freien stattfindet. Ich habe bereits ein Zwölf-Mann-Orchester engagiert und den besten Partyservice von Atlanta. Oh, es wird eleganter als alles, was es jemals in Farthy gegeben hat. Du wirst so stolz darauf sein.«

Sogar der Name Farthy ließ mich erschauern. »Logan, wenn du willst, daß ich stolz darauf bin, dann laß uns eine richtige Willies-Party veranstalten. Ein Volksfest, das alles Bisherige schlägt. Eine Party, auf der sich die Künstler, die das Spielzeug machen, auch wohl fühlen können. Das ist nicht Farthy, und wir sind nicht die Tattertons. Ich will nicht einmal, daß der Name über der Fabrik steht. Ich will, daß es nur Willies heißt, die Willies-Spielzeugfabrik.«

»Aber Heaven...« Logan sah aus, als wäre er in den Magen geboxt worden. »Wir können solch einsame Entscheidungen nicht treffen. Welchen Ärger du mit Tony auch hattest, wir sind immer noch Partner, und es ist sein Geld, das hier alles bezahlt.«

Meine Stimme wurde hart wie Stein, kalt wie Eis. »Glaub mir, Logan, Tony wird mit allem einverstanden sein, was ich will.«

Logan fuhr schweigend weiter. Ich saß da, und mein Entschluß wurde fester. Die Stimmung im Auto war so gespannt, daß ich das Gefühl hatte zu ersticken. Ich sehnte mich danach, zu Hause zu sein, sehnte mich danach, dies alles ein für allemal hinter mir zu haben.

Bald erschien das Hasbrouck-Haus am Ende des Häuserblocks. »Das ist es«, sagte Logan. Er versuchte fröhlich zu wirken und drehte sich zu Drake um. »Dein neues Zuhause, Drake.« Wir bogen ein in die lange Auffahrt, die hinaufführte zu dem alten Herrenhaus aus der Kolonialzeit. Die Zweige der großen Trauerweiden hingen in die Auffahrt hinein und bildeten einen grünen Tunnel.

»Es ist nicht so groß wie Farthy«, sagte Drake, als wir anhielten.

Logan runzelte die Stirn. »Nein, Drake. So groß ist kaum ein Haus. Aber es ist trotzdem groß. Du wirst sehen.«

Als wir hinauffuhren, kam Mr. Appleberry, der Gärtner, den Logan behalten hatte, aus der Eingangstür heraus, um uns zu begrüßen und uns mit dem Gepäck zu helfen. Er war ein kleiner und stämmiger Mann mit schütterem grauem Haar. Er hatte teilweise schon eine Glatze, die mit den gleichen Sommersprossen bedeckt war wie seine Stirn und Schläfen. Sein Gesichtsausdruck war herzlich, und die Augen lächelten. Nikolausaugen, dachte ich. Wenn er einen Bart hätte und mehr Haare auf dem Kopf, könnte er den Nikolaus spielen. Natürlich nur, wenn man den roten Mantel ein wenig ausstopfen würde.

Vom ersten Moment an fühlte sich Drake zu ihm hingezogen, und umgekehrt war es genauso.

»Ich werde Ihnen bei all dem helfen, Mrs. Stonewall«, sagte er, »das heißt, ich und der junge Mann hier. Mein Name ist Appleberry.« Er gab mir seine Hand. Es war eine Hand mit langen Fingern, die Hand eines Mannes, der es gewohnt war, mit Pflanzen, Bäumen und Blumen zu arbeiten. »Und wer sind Sie?«

Drake mußte beinahe lachen, zum ersten Mal, seit ich ihn aus Atlanta mitgenommen hatte.

»Ich bin Drake«, sagte er. Appleberry ergriff seine Hand und schüttelte sie ordentlich.

»Erfreut, Sie kennenzulernen, Mr. Drake. Würden Sie vielleicht dieses hier nehmen?« Er gab Drake eine kleine Leinentasche, Drake nahm sie und hielt sie mit beiden Händen fest an sich gepreßt. Stolz sah er zu mir auf.

»Prima. Ein starker junger Mann«, sagte Appleberry und zwinkerte mir zu.

»Danke, Mr. Appleberry«, sagte ich, und wir gingen ins Haus. Logan und Appleberry trugen unser Gepäck hinein. Ich packte einen von Drakes Koffern und ihn selbst und brachte ihn gleich in sein Schlafzimmer.

»Morgen kannst du das Haus erkunden, Drake«, sagte ich. »Es wird schon spät, und du bist müde von der Reise. In Ordnung?«

»Sehr weise Entscheidung, Mr. Drake«, sagte Mr. Appleberry, als er die restlichen Sachen von Drake brachte. »Ein guter Schlaf bringt einen guten Tag. Ich wünsche eine gute Nacht, aber morgen früh, wenn du gefrühstückt hast, werde ich in der Nähe sein. Wir müßten einiges Laub zusammenrechen, wenn du Lust hast.«

Drake sah erst mich an und dann Appleberry. Ich sah ihm an, daß er sich fragte, ob ich ihm erlauben würde, richtig zu arbeiten. Ich lächelte. Da nickte er schnell.

»Prima, bis dann«, sagte Appleberry und ging. Ich brachte Drake ins Badezimmer, wusch ihn und machte ihn fertig fürs Bett. Von unten in der Halle hörte ich, wie Logan mein Gepäck hereinbrachte und einige Sachen von ihm, die ich gepackt und aus Farthinggale mitgebracht hatte.

Drakes Bett war ein breites Doppelbett, am Kopfende ein Brett aus hellem Eichenholz. Die Matratze fühlte sich hart und neu an, und die Steppdecken waren frisch und rochen nach Pfefferminz. Soweit ich es bei dem kurzen Rundgang durch das Haus hatte sehen können, war es in tadellosem Zustand.

Nachdem ich mich niedergekniet und Drake einen Gutenachtkuß gegeben hatte, tat er mir auf einmal sehr leid. Er war aus der einen Familie herausgerissen worden, in ein anderes Haus gekommen und dann wieder fortgebracht worden. Wieder einmal wurde er in einer fremden Umgebung zu Bett gebracht, das Feuerwehrauto neben sich, seine einzige Verbindung zur unmittelbaren Vergangenheit.

»Das ist das Ende deiner verwirrenden Reise, mein lieber, lieber Drake«, flüsterte ich, »ich verspreche dir, das wird jetzt dein Zuhause werden. Es ist gut, daß du da lebst, wo dein Vater seine Wurzeln hatte, selbst wenn du ein weit, weit besseres Leben führen wirst, als alle deine Verwandten jemals hatten.«

Es kam mir in den Sinn, daß ich ihn eines Tages mit in die Willies nehmen und ihm die Gräber seiner Großmutter und seines Großvaters zeigen könnte. Er würde die Holzhütte sehen, die jetzt allerdings ein modernes Jagdhaus war, und er würde auf dem gleichen Boden spielen, auf dem Tom und Keith gespielt hatten. Luke hätte ihn wahrscheinlich niemals hierher gebracht, dachte ich.

So wie er war, hätte er sich Lügen ausgedacht, um seine Vergangenheit vor seinem Sohn zu verstecken.

Ich verließ das Zimmer und ging direkt zu unserem Schlafzimmer, um Logan alles zu erzählen. Mein Herz klopfte, denn ich hatte ihm viel verschwiegen, was ich jetzt erklären mußte. Ich schämte mich dafür.

Logan ging nervös im Zimmer auf und ab. Als ich eintrat, blieb er stehen. »Nun«, sagte er, »dann erzähl mal. Und zwar alles.«

Ich holte tief Luft und begann zu beschreiben, was Tony getan hatte, um Luke von mir fernzuhalten; ich erzählte von der Übereinkunft, die ich in seinen Unterlagen gefunden hatte, und was er sagte, als ich ihn damit konfrontierte. Logan saß auf dem Stuhl vor dem Schminktisch und hörte mir zu, während ich im Zimmer auf und ab ging. Er sah sehr betroffen aus, aber er sagte nichts, bis ich geendet hatte und mich aufs Bett setzte.

»Nun«, sagte er, »es war falsch, eine schlimme Sache, die er gemacht hat. Ich kann deine Wut verstehen, aber ich glaube, was Tony dir gesagt hat, war die Wahrheit. Ich glaube, er war einsam und hatte Angst, dich zu verlieren. Ich verstehe diese Angst.«

Ich konnte es nicht fassen, daß Logans erste Reaktion eine Mischung aus Sympathie und Mitleid für Tony war. Ich hatte erwartet, daß er aufspringen und mich umarmen, mich festhalten würde, um mich für all den erlittenen Schmerz zu trösten. Den Schmerz, den ich in dem Moment spürte, als ich begriff, daß Tony den Mann, nach dessen väterlicher Liebe ich mich so gesehnt hatte, durch Geld entfernt hatte. Ich wollte, daß Logan mich küßte und mir das Haar streichelte, daß er sich über Tony ärgerte, wütend war über das, was dieser mir angetan hatte. Ich flehte darum, daß Logan mich immer noch so lieben würde wie damals, als ich noch ein Niemand war, ein Nichts, das in einer Hütte in den Willies lebte. Ich wollte, daß er etwas tat, was die Flut von Erinnerungen zurückbrachte an unsere Jugendzeit, die so süß gewesen war, weil wir einander hatten.

Statt dessen saß er da und versuchte ruhig und kühl und verständnisvoll zu sein einem Mann gegenüber, der sich grausam und selbstsüchtig verhalten hatte. Oh, ich war so wütend. Mein Gesicht wurde so rot, daß sogar Logan Angst bekam.

Natürlich war mir klar, daß er eine Beziehung zu Tony aufgebaut hatte, die an Idealisierung grenzte. Tony hatte ihm das Gefühl gegeben, wichtig zu sein, reich und mächtig. Logan kannte Tonys

Welt und seinen Geschäftssinn, und es war schwer für ihn, Tony plötzlich als schwachen, selbstsüchtigen kleinen Mann zu sehen. Ich wußte aber auch, daß ich Logan nicht die ganze Wahrheit erzählt hatte, die ganze beängstigende und beschämende Wahrheit.

»Ich habe dir noch nicht alles erzählt«, sagte ich. »Und wenn ich es getan habe, werden wir sehen, ob du immer noch so verständnisvoll bist.«

»Da ist noch mehr?«

»Ja, da ist noch mehr...« Ich holte tief Luft. »Noch mehr Gründe für mich, Farthy zu verlassen. Letzte Nacht, nachdem Tony und ich uns gestritten hatten und ich ihm gesagt hatte, daß ich gehen würde, kam er in unser Schlafzimmer. Er war betrunken und halb nackt.«

»Was wollte er?« Logan war vor Erwartung ganz verkrampft.

»Was er wollte?« sagte ich langsam und bedächtig. »Er wollte mit mir schlafen. Ich mußte mich gegen ihn zur Wehr setzen und ihn ins Gesicht schlagen, um ihn wieder zu Sinnen zu bringen.«

Eine lange Weile sagte Logan nichts. Es war, als hätte er nicht gehört, was ich gesagt hatte. Dann lehnte er sich zurück wie ein müder, besiegter Mann, sein Kinn berührte beinahe seine Brust, und er schüttelte langsam den Kopf.

»O mein Gott, o mein Gott«, flüsterte er, »ich... ich hätte es... hätte es vermuten sollen.«

»Vermuten? Was meinst du damit? Wußtest du etwas und hast es mir nicht gesagt?«

»Es war nichts, was ich wußte, eher etwas, das ich fühlte. Was sollte ich sagen? Gib acht vor deinem Großvater?«

»Logan«, sagte ich, und Tränen rannen mir über die Wangen, »Tony ist mein... mein Vater.«

»Er ist *was*?«

»Mein Vater, Logan. Ich fand es vor ein paar Jahren heraus, und ich habe es dir nie erzählt, weil ich mich so geschämt habe.« Die Worte strömten aus mir heraus. Ich hatte ihm so viel zu erzählen, daß ich nicht mehr darüber nachdachte, ob er es verstand oder nicht. »Er hat meine Mutter vergewaltigt. Darum ist er weggelaufen. Verstehst du jetzt? Darum haßte mich Pa so sehr. Er ist böse, Logan. Tony ist böse. Er versuchte, mit mir das gleiche zu machen.« Dann begann ich zu schluchzen, und meine Stimme versagte.

»O Heaven, arme Heaven«, sagte Logan und stand auf und umarmte mich. »Wie du gelitten hast.« Er hielt mich ganz nahe bei sich und küßte mir die Stirn wieder und wieder. »O Heaven, es tut mir so leid. Jetzt tut es mir leid.« Er schüttelte den Kopf und sah wieder zu Boden.

»Ist das alles, was du dazu zu sagen hast? Daß es dir leid tut?«

Er sah mich scharf an. »Nein. Mir wird schlecht davon. Ich möchte in das nächste Flugzeug steigen und nach Farthy zurückfliegen. Ich möchte Tony klarmachen, was er ist und was er getan hat. Selbst wenn ich ihm dafür das Genick brechen muß«, fügte er hinzu, und seine Augen blitzten. Das war schon eher die Reaktion, die ich erwartet und gewollt hatte, selbst wenn ich nicht wollte, daß er seine Drohungen wahr machte. Wenigstens war ich mir jetzt sicher, daß ich Logan mehr bedeutete als seine neuen Geschäftsrisiken, sein neuer Reichtum und seine Macht.

»Nein«, sagte ich. »Ich will nicht, daß du das tust. Es ist jetzt nicht notwendig. Ich verließ ihn als einen gebrochenen, kranken Mann, umgeben von seiner Schuld und seinen traurigen Erinnerungen. Wir schneiden ihn von unserem Leben ab. Er wird genau das sein, was er ist… ein Geschäftspartner und nichts anderes. Weder werde ich jemals mehr daran denken, daß er mein Vater ist, noch du daran, daß er dein Schwiegervater ist. Ich wende mich ab von diesem Teil meines Lebens, schließe den Vorhang nach dem Drama.«

Logan hielt mich noch immer fest, streichelte mein Haar und sah mir zärtlich in die Augen. »Logan, wir können unser Leben hier aufbauen, weit weg von Farthy und der Vergangenheit. Vergiß die Fabrik, vergiß alles, was irgend etwas mit Tony Tatterton zu tun hat! Wir können die Stonewall-Arzneimittelfirma zu einem riesigen Imperium machen, wir ganz allein. Wir werden bald ein Kind haben, und Drake wird wie unser Sohn sein.«

»Heaven«, sagte Logan, während er mich losließ und sich aufrichtete, »ich verachte Tony für das, was er getan hat, mehr als du es dir vorstellen kannst, aber – es ist entscheidend, daß ich meine persönlichen Gefühle eine Zeitlang außer acht lasse.«

»Logan, ich verstehe dich nicht. Wir können doch diesen Mann nicht mehr in unserem Leben haben!«

»Wir mögen Tony nicht in unserem Leben haben wollen, aber was ist mit den Leuten in Winnerow, mit den Leuten in den Willies? Ohne die Fabrik, Heaven, werden alle ihre Träume sterben. Und«, sagte er, stand auf und lief nervös auf und ab, »und ohne Tony stirbt die Fabrik.«

»Wovon sprichst du, Logan?«

»Ich spreche davon, Heaven, daß ohne Tonys Kapital all unsere Träume vorbei sind. Die Träume aller sind vorbei.«

»Logan, ich dachte, du würdest mich beschützen –«

»Ich werde alles regeln, Heaven, Tony ist nicht der einzige, der das Manipulier-Spiel spielen kann.«

Er setzte sich wieder und legte sanft seine Hände auf meine Schulter. »Ich weiß«, sagte er, »daß ich nicht immer so war, wie du gehofft hattest. Ich weiß, ich habe dich oft enttäuscht. Und nicht das Geringste von allem war, daß ich dir und unserer Ehe nicht genügend Aufmerksamkeit entgegengebracht habe. Doch das wird sich jetzt alles ändern. Ich schwöre es. Ich werde hart arbeiten, aber die Arbeit wird immer an zweiter Stelle stehen, hinter unserer Liebe, unserer Ehe und unserer Familie.« Er klopfte mir sanft auf den Bauch. »Unserer wachsenden Familie«, fügte er lächelnd hinzu. »Wir werden immer zusammensein. Keine Trennungen mehr, Heaven, ich werde dich für immer glücklich machen, Liebling, das verspreche ich.«

»Und du mußt auch immer Drake lieben und nett zu ihm sein«, fügte ich ängstlich hinzu, weil Logan ihn nicht erwähnt hatte. »Man darf ihn nicht für die Sünden seines Vaters und anderer Erwachsener leiden lassen.«

»Er wird mir wie ein Sohn sein, das verspreche ich.« Er hielt seine Hand hoch, als wollte er einen Eid schwören.

»O Logan.« Ich hielt ihn fest und drückte meine Wange an seine Schulter. Er küßte mich wieder und wieder und streichelte sanft mein Haar. Meine Tränen fühlten sich an wie warme Regentropfen. Er hob mich auf und trug mich in unser Bett, wo er mich küßte und beruhigte, bis wir beide müde genug waren, um zu schlafen. In seine Arme gekuschelt, schlief ich ein und fühlte mich so sicher und beschützt wie ein Bärenjunges. Ich hatte keine Angst mehr vor dem Morgen und dem neuen Leben, das auf mich zukam.

Die folgenden Tage waren wahrhaftig Tage eines beginnenden neuen Lebens. Ich hatte ständig zu tun, war erleichtert, daß die Zeit so schnell verging und jede Stunde angefüllt war mit wirklich wichtigen Dingen, keine trivialen Dinge, die man nur deshalb macht, um die Zeit auszufüllen. Zwei Tage nachdem wir angekommen waren, brachte ich Drake zur Schule. Vom Standpunkt der Schule aus gesehen war er ein schwacher, etwas schüchterner Junge, der mitten in der Schulzeit in die erste Klasse kommen sollte, aber Mr. Meeks war bereit und eifrig bemüht, eine Ausnahme zu machen. Wie sehr er sich von dem Schulleiter unterschied, den ich als Studentin und Lehrerin im ersten Jahr gekannt hatte! Es war beinahe, als ob er mich noch nie zuvor gesehen hätte.

Binnen zehn Minuten war Drake für die erste Klasse eingeschrieben.

»Kein Problem. Überhaupt kein Problem, Mrs. Stonewall«, wiederholte Mr. Meeks, als ich ihm sagte, warum ich dort war. »Wenn ein Kind frühreif ist, machen wir Ausnahmen, und wenn ich mir Drake ansehe, kann ich sofort sagen, daß er ein frühreifer junger Mann ist. Ich werde mich darum kümmern.«

Ich amüsierte mich über die Veränderung von Mr. Meeks. Es war zwar wahr, daß Ausnahmen gemacht wurden, aber sie wurden normalerweise auf der Grundlage von Tests gemacht und nicht anhand der Meinung eines Schulleiters, der auf das Kind nur einen kurzen Blick geworfen hatte. Mr. Meeks rief seine Sekretärin herein und veranlaßte sie, die nötigen Schritte einzuleiten. Danach führte er mich noch durch die Schule, wo ich ehemalige Kolleginnen und Kollegen wieder einmal begrüßen konnte. Dann begleitete er mich zum Parkplatz und hielt mir die Autotüre auf.

»Und berichten Sie Mr. Stonewall«, sagte er, »daß Mrs. Meeks und ich selbst uns glücklich schätzen, an den Eröffnungsfestivitäten für die Fabrik teilzunehmen.«

»Danke sehr«, sagte ich und wunderte mich sehr auf dem Heimweg. Logan war ein guter Manipulator geworden.

Ich fuhr zum Hasbrouck-Haus zurück, um Mrs. Avery zu begrüßen, eine fünfzigjährige Frau, die zwanzig Jahre lang Anthony Hasbroucks Haushälterin gewesen war. Ich fand, daß sie ein weiches, freundliches Gesicht hatte, und sah keinen Grund, sie nicht einzustellen. Eine Agentur für Personal schickte einen Butler vorbei, Gerald Wilson. Er war ein großer, ergrauender Mann in den späten Fünfzigern, ein wenig steif und formal. Er erinnerte mich an Curtis, aber ich sah auch bei ihm keinen Grund, ihn nicht zu engagieren. Am nächsten Tag kam unser Koch. Der Gedanke drängte sich mir auf, daß Logan Leute anstellte, die Tonys Angestellten ähnlich waren. Denn der Koch war ein Schwarzer, der sicher viel älter war, als er zu sein vorgab. Sein Name war Roland Star, seine Zähne waren so weiß wie Klaviertasten, und er hatte ein musikalisches Lachen.

Nachdem das Haus ausgestattet war, ging ich zu einem Innenarchitekten und begann einige Veränderungen im Eßzimmer, im Wohnzimmer, im Gästezimmer und in unserem Schlafzimmer zu planen. Das Kinderzimmer war fertig, und in der Küche wollte ich nichts ändern. Alle Sachen, die ich in Boston gekauft hatte, waren angekommen, und innerhalb von zwei Wochen war mein neues Zuhause, mein erstes richtiges Zuhause, eingerichtet.

An diesem Tag ging ich noch einmal von Zimmer zu Zimmer, um mir alles noch einmal anzusehen, was ich geschaffen hatte und von dem ich meinte, ich hätte es nach meinem Leiden verdient. Dabei bemerkte ich ein letztes Überbleibsel aus meiner Vergangenheit, das darauf wartete, verändert zu werden. Nachdem ich Drake an diesem Tag zur Schule gebracht hatte, fuhr ich direkt zum örtlichen Friseurladen, der von niemand anderem als von Maisie Setterton geleitet wurde. Sie war schockiert, als sie mich sah, gewann aber bald ihre kriecherische Freundlichkeit zurück.

»Aber Heaven«, sagte sie langsam, »ich fühle mich geehrt, daß du in mein Geschäft kommst, trotz deines neuen Reichtums. Läßt du wirklich ein Landmädchen wie mich deine Haare machen?«

»Ich möchte wieder meine natürliche Haarfarbe haben, Maisie«, schnitt ich ihr das Wort ab. »Und dies ist der einzige Friseur in der Stadt.« Das brachte sie zum Schweigen, und sie sprach kein weiteres Wort, während sie die Farbe mischte, meine Haare bürstete und färbte. Zwei Stunden später verließ ich das Haus und sah wieder sehr wie Heaven Leigh Casteel aus, die jetzt Heaven Leigh Stonewall war. Ja, wenn die Leute aus Winnerow mich jetzt sahen, dann mußten sie sich an das arme Dreckmädchen aus den Bergen erinnern, auf das sie immer herabgesehen hatten, und sie würden immer vor Augen haben, daß genau sie es war, die ihre Stadt wiederbelebte. Ich wollte nicht länger aussehen wie eine Tatterton. Wie Lukes Angel. Wie Tonys Leigh. Der falsche Mann hatte Angel in mir gesehen. Denn es war nicht Pas Liebe, die ich gewonnen hatte, als ich mein Haar wie ihres färbte, sondern Tonys Begierde. Jetzt würde ich auch das hinter mir lassen. Ich würde die sein, die ich wirklich war, und ich würde mich niemals mehr dafür schämen. Ich fühlte mich stolz und stark, als ich meine Besorgungen in Winnerow machte und die Augen bemerkte, die mich dabei beobachteten.

Ich ging zum Fabrikgelände, um mir die letzten Vorbereitungen anzusehen. Logan war schockiert, als er mich sah.

»Heaven«, sagte er atemlos. »Du hast dein Haar zurückgefärbt.«

»Ja, Logan«, lächelte ich. »Jetzt sind alle Spuren der Tattertons verschwunden. Ich bin von nun an eine reine, hundertprozentige Stonewall.«

»Und schöner als je zuvor.« Er küßte mich leidenschaftlich auf die Lippen. »Das ist die Frau, die ich immer geliebt habe. Danke, Heaven.«

Er nahm mich mit auf einen Rundgang durch die Fabrik und zeigte und erklärte mir jedes Detail. Er gab mir das Gefühl, eine Königin zu sein, die ihre Kolonien besucht. Während wir durch die Gänge und Räume gingen, unterbrachen die Arbeiter und Arbeiterinnen ihre Tätigkeit und grüßten mich. Logan führte mich überall hin, sogar die Herrentoiletten zeigte er mir. Sein Enthusiasmus war ansteckend. Ich fühlte, wie ich immer aufgeregter wurde. Das einzige, was mich ein wenig traurig machte, waren die zehn Künstler, die er angestellt hatte, um die ersten Willies-Spielsachen zu entwerfen. Zwei von ihnen waren mindestens so alt wie Großvater bei seinem Tod.

Gegen Ende des Monats trafen die Dokumente und Informationen über Lukes Nachlaß und Drakes Treuhandvermögen von

J. Arthur Steine ein. Offensichtlich hatte er sich mit Tony abgesprochen, und Tony hatte ihm erklärt, er solle weitermachen und tun, was immer ich wollte. Das Haus und der Zirkus waren schnell verkauft worden; J. Arthur Steine zögerte auch nicht, damit zu prahlen.

Am ersten Abend, an dem Roland Star im Hasbrouck-Haus das Abendessen kochte, lud Logan seine Eltern ein. Ich war amüsiert von den Veränderungen bei Loretta Stonewall, vor allem von der Art und Weise, wie sie mich jetzt behandelte. Sie hatte sich auf diesen Abend vorbereitet, als ob sie zu einem Abendessen in der Villa des Gouverneurs geladen gewesen wäre. Sie hatte ihre grauen Haare getönt, ihre Nägel lackiert und ein teures Kleid gekauft. Sie trug einen Pelzmantel und ihre wertvollste Diamantenkette mit den dazugehörigen Ohrringen. Logans Vater sah genervt und verlegen aus angesichts der extravaganten Aufmachung seiner Frau. Ich konnte sie beinahe darüber streiten hören – denn eigentlich gingen sie ja nur zu ihrem Sohn zum Abendessen. Ja, aber was für ein Haus und was für ein Essen!

Verglichen mit ihr war ich viel gewöhnlicher gekleidet, aber Logans Mutter schien das nicht zu bemerken, oder es schien sie nicht zu kümmern. Sie traute sich nicht einmal, den Wechsel meiner Haarfarbe anzusprechen. Aber mit ihren Komplimenten, die die Veränderungen im Haus betrafen, war sie großzügig. Plötzlich, über Nacht, war sie meine Schwiegermutter geworden, mehr als nur dem Namen nach.

»Du darfst dich nie davor scheuen, mich selbst bei den geringsten Kleinigkeiten, die deine Schwangerschaft betreffen, anzurufen, Heaven. Weißt du, als ich im vierten Monat war, da war ich so dick wie ein Haus. Aber du siehst schlank und schön aus wie immer, Heaven. Wie geht es dir? Bist du müde? Ich wäre mehr als glücklich, dir mit dem kleinen Drake ein wenig zu helfen. Was für ein reizender kleiner Junge.« Sie streckte die Hand aus, um ihm über den Kopf zu streichen, aber Drake wollte nichts davon wissen. Er brachte seinen Körper außerhalb ihrer Reichweite. »Trotz alledem, ich bestehe darauf, daß ihr alle am Abend nach der Einweihungsfeier der Fabrik zu uns zum Abendessen kommt. Ich weiß, daß ihr dann alle sehr müde sein werdet.«

»Danke, Loretta«, sagte ich.

»O bitte, bitte, Heaven, Liebes«, sie schob ihre Hand über den Tisch und legte sie sanft auf meine, »nenne mich Mutter!«

Ich starrte sie einen Moment lang an. Wie viele Frauen hatte ich in meinem Leben schon Mutter genannt. Eine, die ich nie gekannt hatte, eine, die ein überarbeiteter Packesel war, eine, die mich abgelehnt hatte, und jetzt eine, die von ihrer neuen Position in der Gemeinde so hingerissen war, daß sie mich wollte wie jemand, der einen beeindruckenden und teuren Edelstein wollte. Sie wollte mich zum Vorzeigen, um ihre Freunde zu beeindrucken. Aber ich war zu müde, um sie zurückzuweisen. Ich konnte ihre Aufregung sogar verstehen, und wenn Geld und Macht mich jetzt in ihrem Hause willkommen sein ließen, warum sollte ich sie dafür hassen? Mein Mann war glücklich, meine Kinder würden geliebt werden, und ich würde endlich eine richtige Familie haben.

Das Essen verlief gut, aber als sie gingen, belasteten mich wieder einmal die Erinnerungen an meine eigene Familie. In Gedanken spielte ich die Szene mit Tony immer wieder durch. Ich wußte immer noch nicht, ob Tony zum Fest der Firma kommen würde oder nicht, und ich fühlte mich wie ein Vogel, der in einem Käfig gefangen war, vor dem eine Katze herumstrich.

Ich beschloß, meine Nerven zu beruhigen, indem ich mich auf die Vorbereitungen für das Fest stürzte. Das würde mich so beschäftigen, daß ich nicht auf unangenehme Gedanken kommen würde. Ich half dabei, einen richtigen Willies-Rummel vorzubereiten. Zum Essen würde es gebratene Hähnchen geben, Rouladen, Maisbrot und schwarzäugige Erbsen. Ich engagierte Willies-Frauen, die berühmt waren für ihre Rezepte, die über sechs oder sieben Generationen weitergegeben worden waren. Ich kaufte Kirsch- und Rhabarbertörtchen, Äpfel und süße Kartoffeln, die in Holzöfen gebacken wurden. Ich stellte die Longchamps ein, die Fiedlergruppe, die an unserer Hochzeit gespielt hatte, und einige Jungen und Mädchen vom Gymnasium, die die Bedienung übernehmen sollten. Die einzigen Profis, die ich engagierte, waren die Barmixer aus der örtlichen Taverne. Sie wollten mir einen Mondschein-Punsch mixen, der – so versprach mir einer der Älteren – »sogar das Holzspielzeug zum Tanzen bringen würde«. Stattfinden sollte die Party auf dem großen Rasen vor der Fabrik. Ich rief die Floristin an und erklärte ihr, daß wir nur Sträuße wollten aus wilden Blumen, die in der Gegend wuchsen. Jeden Abend redeten Logan und ich bis in die späte Nacht hinein über die Fabrik, die Angestellten und die Festvorbereitungen. Ab und zu sprang ich dann aus dem Bett, um etwas aufzuschreiben, das wir vergessen hatten. Wir waren wie zwei Kinder, die ihre erste Party planten.

Das Fest fand an einem wundervollen Herbsttag statt. Keine Wolke war am Himmel, und es regte sich kaum ein Lüftchen. Ich hatte mir von der Näherin ein traditionelles Ginghamkleid bestellt, vollständig mit Spitzen und Mieder. Ich brauchte eine Spezialanfertigung, um es meinem wachsenden Bauch anzupassen. Ich trug mein schwarzes Haar in Zöpfen, in die Bänder geflochten waren, auf die gleiche Art wie damals, als ich noch ein Kind der Willies war. An diesem Tag würden die Willies gefeiert werden. An diesem Tag würden die Leute aus den Bergen die wichtigen Leute sein. Meine Schwangerschaft wurde langsam sichtbar. Wenn ich in den Spiegel blickte, kam es mir so vor, als sei sogar mein Gesicht voller geworden. Ich erinnerte mich daran, wie aufgedunsen Sara, Vaters zweite Frau, ausgesehen hatte, als sie schwanger war. Jeden Tag schien sich ihr Körper, und vor allem ihr Gesicht, ein wenig mehr aufzublähen. Ich hatte die lustige Idee, daß sich das Kind in ihr mit Luft füllte und sie aufpumpte, wie einen Fahrradreifen. Ich erinnere mich, wie Tom lachte, als ich ihm das erzählte.

Ich legte ein wenig Rouge und Lippenstift auf.

»Wie sehe ich aus?« fragte ich Logan. Logan hatte beschlossen, einen konservativen Geschäftsanzug zu tragen, band sich aber eine ländliche Knotenkrawatte um. Er hörte mit dem Binden der Krawatte auf und lächelte.

»Du siehst schöner aus als je zuvor. Das Kind in dir bringt dich zum Erblühen wie eine wunderschöne Rose.«

»O Logan. Du wärst ein prima Verkäufer«, sagte ich, um ihn zu ärgern.

Er sah gekränkt aus. »Ich lüge dich nicht an, Heaven. Ich werde dich nie wieder anlügen. Du bist schön.« Er kam durch das Zimmer auf mich zu, um mich zu küssen. Er hielt mich fest, und ich fühlte mich in seinen Armen wohl und sicher. »O Heaven«, sagte er, »erinnerst du dich daran, wie Tony uns zu unserer Hochzeit einen Rolls-Royce schenkte und ich sagte, daß ich so glücklich wäre wie nie zuvor? Also ich bin jetzt noch glücklicher.«

»Wir haben kein Farthy, kein Schloß und kein Heer von Dienern, und wir haben nichts mit den Blaublütigen zu tun. Aber wir haben dieses wundervolle Zuhause und die Möglichkeit, auf unsere eigenen Energien und Vorstellungen zu bauen; ich glaube, das macht uns reicher als je zuvor.«

»Besonders«, sagte er und hielt mich auf Armlänge von sich weg, »weil wir einander haben und den Segen eines Kindes erwarten. Wir wollen all das Unglück hinter uns lassen! Nichts als Gutes liegt vor uns.«

»O Logan. Ich hoffe, du hast recht«, sagte ich, beinahe zu Tränen gerührt durch den Ausdruck von Glück und Zufriedenheit auf seinem Gesicht. Wir küßten uns wieder und wurden dabei von Drake unterbrochen, der zur Türe hereinkam.

»Ich bin fertig«, sagte er. Ich hatte ihn im Badezimmer gelassen, denn er sollte sich sein Haar selbst bürsten. Jetzt stand er auf der Schwelle und sah zu uns herein. Er trug ein Paar hellgraue Hosen, ein dunkelgraues Hemd mit einer dunkelblauen Krawatte und eine dunkelblaue Jacke. Ich hatte noch nie einen kleinen Jungen seines Alters erlebt, der so stolz auf seine Kleidung und sein Aussehen war.

Drake hatte sein Haar hübsch zurückgebürstet und vorne eine kleine Welle hineingedreht.

»Und wer sind Sie?« fragte Logan. »Wer ist dieser gutaussehende Gentleman, Heaven?«

»Ich weiß es nicht«, sagte ich. »Vor einer Weile gab es da noch einen kleinen Schuljungen, der sich auf dem Spielplatz schmutzig gemacht hatte. Ich glaube, er hatte Sand in den Haaren, und kleine Büschel Gras wuchsen in seinen Ohren. Könnte das der gleiche Junge sein?« Ich lächelte, aber Drake, dieses ernste und nachdenkliche Kind, kniff ärgerlich die Augen zusammen.

»Ich bin Drake«, sagte er. Ich konnte sehen, wie sich Ärger in seinen Mundwinkeln breitmachte.

»Natürlich bist du das, Liebling«, sagte ich. »Logan und ich haben doch nur Spaß gemacht. Komm, wir gehen jetzt alle nach unten! Wir wollen doch nicht zu spät kommen.«

Logan hielt mir den Arm entgegen. »Bereit für deinen Tag, Heaven.« Sein Lächeln war verlockend wie ein glitzernder Diamant. Der kleine Drake rannte voraus.

Drake hatte uns geholfen, für die Kinder besondere Aktivitäten vorzubereiten. Ein Wettrennen auf drei Beinen, ein Lager aus Bohnensäcken und ein Apfelwettessen. Er konnte seine Erregung kaum zurückhalten, als wir zum Fabrikgelände fuhren.

An zwei Seiten des Rasens hatten wir Theken aufstellen lassen, dazwischen stand ein riesiges Zelt mit Tischen und Stühlen. Als Drake es zum ersten Mal sah, dachte er, daß der Zirkus seines Vaters in Winnerow angekommen wäre. Die Bühne für die Musiker war mit roten, blauen und weißen Bändern verziert. Über dem Eingang der Fabrik hatten wir eine große, goldene Fahne aufgehängt, die die Menschen zur Eröffnung der »Willies-Spielzeugfabrik« willkommen hieß. Es war meine Idee gewesen, den Namen Tatterton wegzulassen.

Die Menschen tanzten und tranken, lachten und unterhielten sich, als plötzlich zwischen den alten Lastern und Lieferwagen auf dem Parkplatz eine schwarze Limousine mit dunklen Rauchglasfenstern auftauchte. Mein Atem stockte. Das konnte nur einer sein. Die Türe öffnete sich, und ein glänzender Lacklederschuh kam heraus, gefolgt von einem eleganten, in einen Smoking gehüllten Tony Tatterton. Verzweifelt sah ich mich nach Logan um, aber er war nirgends zu finden. Ich holte tief Luft, um mich für das zu stärken, was kommen würde, hielt den Kopf hoch erhoben und schritt Tony Tatterton entgegen, um ihn zu begrüßen.

»Mr. Tatterton«, sagte ich steif, während ich ihm entgegenging. »Wir dachten nicht, daß es Ihnen möglich sein würde zu kommen.«

Seine Augen sogen mich in sich auf.

»Heaven«, keuchte er, »dein Haar!«

»Gefällt es Ihnen? Ich habe es selbst geflochten.«

»Die Farbe«, stammelte er.

»Es ist meine natürliche Haarfarbe, wie Sie wissen, Mr. Tatterton.«

Einen Moment lang konnte er seine Augen nicht von meinen Haaren lösen, als ob er nicht auf meinen schwarzen Haarschopf starren würde, sondern in einen Abgrund verlorener Erinnerungen. Ich wußte, daß er die Symbolik meiner Geste verstanden hatte. Ich wollte nicht mehr mit den Tattertons verbunden sein. Alles, was er an mir sah, war reine Winnerow-Casteel. Dann riß er sich langsam zusammen und sah mißbilligend umher. »Ein hübsches, kleines Dorffest, das du und dein Ehemann vom Lande da angezettelt habt.« Einen winzigen Moment lang war da wieder das unsichere kleine Mädchen in mir, das gemaßregelt wurde durch das Urteil und die Verachtung, die ich in seinen Augen las. Aber ich verscheuchte sie schnell, stolz straffte ich meinen Rücken, sah ihn an und lächelte, als ob mir die Welt gehören würde.

»Wie ich bemerke, hast du die Fabrik umbenannt«, sagte er nach einer unangenehmen Stille, die sich über Stunden zwischen uns auszudehnen schien.

»Logan und ich haben entschieden, daß der Name Tatterton für diese spezielle Fabrik unangebracht ist. Darf ich Ihnen etwas zu trinken bringen, Mr. Tatterton?«

»Nein, ich glaube nicht, daß ich länger bleiben werde, ich passe nicht direkt dazu«, sagte er und strich über seine Seidenkrawatte, »nicht wahr? Es sei denn, dein Ehemann hat einen Overall, den ich mir ausleihen könnte.« Er lächelte, und ich wußte, daß er einen Witz machen wollte, aber die Verhärtung in meinem Herzen ihm gegenüber blieb.

»Bitte nicht, Tony. Trotz allem, was zwischen uns geschehen ist, Logan hat dich einmal sehr geliebt und bewundert. Zeige ihm ein bißchen Respekt.«

Tony sah zu Boden und schüttelte von Zeit zu Zeit traurig den Kopf. Dann sah er mir wieder in die Augen, seine eigenen waren mit Tränen gefüllt. »Bitte, Heaven, können wir nicht ein paar Minuten allein sein? Ich muß so dringend mit dir reden.«

»Ich werde niemals wieder mit dir allein sein«, sagte ich kalt.

»Ich verstehe dich nicht, Heaven. Ich war betrunken, ich hatte über Jillians Tod fast den Verstand verloren. Ich war –«

»Deine Trauer über diesen Verlust nahm merkwürdige Formen an.«

»Heaven, komm nach Farthy zurück! Logan, du und ich können noch einmal von vorne beginnen«, bettelte er plötzlich wie ein kleiner Junge. »Ich weiß, es könnte funktionieren.«

Ein Funken Mitleid glimmte in mir auf. Er sah plötzlich so alt aus, so grau und hilflos.

»Ich weiß, wir könnten dort alle glücklich werden«, fuhr er fort. »Und außerdem, Heaven, ich glaube, du hast mein Verhalten in dieser Nacht übertrieben. Ich wollte dich nur umarmen. Ich wollte nur lieb zu dir sein wie ein Vater!«

»Verschwinde jetzt von hier«, sagte ich ruhig, aber mit eisiger Stimme. »Verlasse augenblicklich diesen Ort.«

Tony sah vollkommen besiegt aus. »Ich nehme an, du hast Logan alles erzählt.«

»Er ist mein Ehemann. Natürlich habe ich ihm alles erzählt«, erwiderte ich kühl. Er nickte, und seine blauen Augen richteten sich auf die Fahne über dem Partyzelt.

»Ich werde dich nicht bitten, mir zu vergeben. Das ist etwas, das du von selbst tun wirst oder nicht. Ich bitte dich nur, meine Motive mit einzubeziehen«, sagte er. »In jedem Fall«, fuhr er fort, bevor ich etwas erwidern konnte, »komme ich jetzt einige Zeit nicht mehr hierher. Ich habe jetzt sehr viel in Boston zu tun, du wirst also genügend Zeit haben, alles mit den richtigen Hintergründen zu sehen. Und«, er sah mich aus seinen blauen Augen an, die zum ersten Mal seit seiner Ankunft weich wurden, »die Zeit ist etwas Magisches. Sie heilt alle unsere Wunden.«

»Aber es bleiben Narben«, sagte ich. Er nickte, sichtlich enttäuscht.

»Leb wohl, Heaven. Ich bin sicher, Logan und dir wird es hier gut gehen«, sagte er, drehte sich schnell um und ging auf seine Limousine zu, wo Miles wie ein Wachposten stand. Ich beobachtete Tony, wie er hinten in den Wagen einstieg. Miles schloß die Türe und sah für den Bruchteil einer Sekunde zu mir her, dann stieg er ein und fuhr davon. Ich sah zu, wie das Fahrzeug die Straße entlangfuhr, wie es dahinschwand wie eine Erinnerung, die im Laufe der vorbeirasenden Zeit kleiner und kleiner wird, bis sie vollständig vergessen ist, ausgetrieben von dem Ticktack von hunderttausend Uhren.

Ich drehte mich um, und der fröhliche Lärm von Fiedeln, Stimmen und Gelächter erfüllte mich.

Ich entschied, daß das einzig Richtige in diesem Moment war, an der Party teilzunehmen. Logan und sein Stellvertreter machten Führungen durch die Fabrik. Exemplare der Willies-Spielsachen waren ausgestellt, Puppen und geschnitzte Tiere, die wir herstellen wollten. Aber ihre Holzgesichter wirbelten plötzlich um mich herum, die geschnitzten Tiere schienen lebendig zu werden. Ich fühlte mich nach allem, was passiert war, so schwindlig und merkwürdig, als ich inmitten dieses Spielzeugs stand, Spielzeug, mit dem ich aufgewachsen war, als ich ein Ginghamkleid und Zöpfe trug. Ich lehnte mich gegen den Schaukasten.

Logans Mutter kam zu mir und bestand darauf, mich den Ehefrauen einflußreicher Geschäftsmänner aus Winnerow und Umgebung vorzustellen. Ich konnte ihre Gesichter kaum voneinander unterscheiden, sie sahen alle wie die Puppen aus.

»Mutter«, sagte ich, »mir ist ein wenig schwindlig.«

»Du siehst blaß aus«, sagte sie. »Vielleicht solltest du dich ein wenig hinlegen. Ich weiß, daß Logan eine Liege in seinem Büro hat. Dort legst du dich hin.«

»Und was ist mit Drake? Wo ist er?« fragte ich und fühlte, wie meine Beine unter mir nachgaben. »Ich habe versprochen, daß ich ihn zu dem Apfelessen-Wettbewerb bringen würde. Ich habe versprochen –«

»Heaven, sieh doch selbst«, sagte sie und zeigte auf den Rasen.

Ich sah, daß Drake sich schon mit einigen Kindern seines Alters angefreundet hatte und sehr beschäftigt war.

»Hier sind so viele Kinder, und du kennst doch die Leute aus den Bergen: Die passen alle aufeinander auf. Und jetzt legst du dich hin! Drake ist nicht dein einziges Kind, erinnerst du dich?«

Als ich erwachte, war es schon dunkel. Ich war erstaunt, daß ich die ganze Party verschlafen hatte. Ich ging hinaus. Die Menge war merklich zusammengeschrumpft. Nur Logan, seine Eltern und ein paar hartnäckige Trinker waren noch übrig.

»Sieh mal an, wer wieder in die Welt zurückgekehrt ist«, rief Logan und lächelte.

»Ich hatte gar nicht bemerkt, daß ich so lange geschlafen habe«, sagte ich, als er beschützend den Arm um mich legte.

»Schwangere Frauen brauchen viel Ruhe«, mischte sich Loretta Stonewall ein.

»Nun, ist alles gut gelaufen?« fragte ich und überblickte die Reste der Party. Die Eßtische waren leer, die Band war gerade dabei, ihre Instrumente einzupacken. Alle Autos bis auf unseres und das der Stonewalls waren verschwunden. Plötzlich bemerkte ich, daß Drake nicht da war.

»Wo ist Drake?« fragte ich, und die kalten Finger der Angst wanderten mein Rückgrat hinunter.

»Drake? Ich dachte, er hätte sich mit dir hingelegt.« Logan sah aufgeregt aus.

»Vor ungefähr einer Stunde sagte er mir, er würde versuchen, dich zu finden«, sagte Loretta beunruhigt. »Ich dachte, er wäre bei dir.«

»Drake!« rief ich.

»Mach dir keine Sorgen, Heaven«, sagte Logan, aber ich hörte, daß seine Stimme alarmiert klang. »Er spielt wahrscheinlich mit einigen von den Spielzeugexemplaren. Wahrscheinlich ist er in seiner eigenen Welt verlorengegangen.«

»Wo?« fragte ich. »Wir müssen ihn finden.«

»Das werden wir auch, mach dir keine Sorgen«, sagte Logan.

Wir teilten uns auf und liefen das Fabrikgelände ab, dabei riefen wir laut Drakes Namen.

»Drake, Drake!« schrie ich.

Das gelbe Licht über dem Fabrikeingang war eingeschaltet und beleuchtete den Parkplatz. Auf einem kleinen Stück Rasen hatten wir Schaukeln für die Kinder aufgestellt. Ich rannte darauf zu. Drake war nirgendwo zu sehen, aber eine der Schaukeln ging noch immer vor und zurück, vor und zurück, als ob ein Geist darauf sitzen würde. Ich sah einen Moment lang in die Dunkelheit hinein.

Hinter der Fabrik waren Hektar über Hektar unbewohnter Wald.

»Drake!« rief ich laut. »Drake, wo bist du?«

Den einzigen Laut, den man hören konnte, war der entfernte, metallische Schrei einer Eisenbahn, die sich in der Ferne ihren Weg durch die Dunkelheit bahnte. Ich wartete einen Moment, dann rief ich wieder.

Panik ergriff mich, erschütterte mich bis ins Innerste. Meine Beine fühlten sich an, als ob sie gleich vor lauter Angst brechen würden.

»Drake!«

Etwas an der Stille und Dunkelheit zeigte mir, daß er nicht einfach davongelaufen war, auf Entdeckungsreise, wie das Jungen seines Alters tun würden. Meine Schreie brachten schließlich Logan an meine Seite.

»Hast du ihn nicht gefunden? Du hast ihn nicht gefunden?« schrie ich.

»Nein, nein«, sagte er. »Meine Eltern suchen noch immer. Ich werde die Polizei rufen. Aber es ist nur eine Vorsichtsmaßnahme. Ich bin sicher, Heaven, ich bin sicher, daß er jede Minute auftauchen wird.«

Ich wußte am Klang von Logans Stimme, daß er genauso Angst hatte wie ich.

»Ruf sie an«, sagte ich. »Ich werde weiter suchen.«

»Drake!« schrie ich wieder.

»Bitte, du wirst dich hier draußen erkälten. Ich werde einige von den Männern bitten, daß sie weitersuchen. Komm zurück in mein Büro, und wir warten dort auf die Polizei.«

»Ich bleibe genau hier, Logan Stonewall. Ich werde Drake suchen.«

»Heaven, es ist zu dunkel. Du kannst nichts sehen. Bitte.«

»Ich stelle mich unter das Licht der Eingangstüre, damit Drake mich sehen kann. Beeil dich und ruf die Polizei!« sagte ich. Logan rannte zum Büro. Ich starrte in die Nacht hinaus, sah die schwarze Silhouette der Bäume, den winzigen silbernen Mond. Irgendwo in der Ferne heulte eine Eule. Und dann, als ob sich die Hand des Schicksals auf meine Schulter gelegt hätte, wußte ich, wo mein Drake war. Es gab nur einen Ort, an dem er sein konnte. Es gab nur eine Person, die wissen würde, wo er war. Das wußte ich so sicher, wie ich meinen eigenen Namen wußte. Fanny!

15. KAPITEL

Entführung aus Neid

Mein Herz war in eine dunkle Wolke der Verzweiflung gehüllt. Ich wartete still mit Logan, als ein Streifenwagen der Polizei aus Winnerow kurz die Gegend um die Fabrik durchkämmte. Wir hatten seine Eltern gebeten, im Hasbrouck-Haus zu warten, für den Fall, daß Drake dort auftauchen oder daß jemand anrufen würde, der ihn gefunden hatte.

»Vielleicht ist er zu jemandem ins Haus gegangen«, sagte Jimmy Otis, einer der Polizisten, als er den Polizeiwagen vor der Fabrik anhielt.

Ich sah Logan an und nickte nachdenklich.

»Sie könnten recht haben, Jimmy«, sagte er. »Der Junge hat keine Angst vor Menschen und ist sehr neugierig.«

»Ich fahre noch weiter in der Gegend herum«, sagte Jimmy. »Rufen Sie einfach bei der Polizeistation an, wenn er zurückkommt, die funken mich dann an.«

»Danke, Jimmy«, sagte Logan.

»Wenn er in einer Stunde oder so noch nicht gefunden ist, wird Mary Lou den Chef zu Hause anrufen. Wir werden dann die Gästeliste brauchen, um herauszufinden, ob jemand gesehen hat, wie er weggegangen ist.«

»Okay«, sagte Logan. Sobald die Polizei weggefahren war, um weiterzusuchen, erzählte ich Logan, was ich befürchtete. »Fanny könnte so etwas getan haben«, sagte ich. »Wir haben sie nicht zu der Party eingeladen.«

Weder Logan noch ich hatten sie erwähnt, als wir die Gästeliste machten. Seine Gründe waren offensichtlich, und ich wollte einfach keine weitere Konfrontation mit ihr.

»Meinst du wirklich?« fragte er skeptisch.

»Sie brauchte lediglich vorbeizufahren und ihn zu sehen. Sie mußte nur anhalten, mit ihm sprechen und ihn dazu überreden, zu ihr ins Auto zu steigen. Sie konnte versprechen, ihn gleich zurückzubringen. Ich weiß, er ist klug für sein Alter, aber er ist doch nur ein kleiner Junge, und er weiß, daß Fanny seine Schwester ist.«

»Sie könnte es getan haben«, sagte auch Logan nachdenklich. Ich sah zu dem Halbmond auf, der halb hinter dunklen Wolken versteckt war. Ein Omen für etwas Schreckliches, dachte ich.

»Ich fahre zu ihrem Haus hinauf«, sagte ich und ging schnell auf das Auto zu.

»Sollte ich nicht mitkommen?« fragte er sanft.

»Nein. Du bleibst besser hier, für den Fall, daß Jimmy Otis recht hatte und Drake zu jemandem nach Hause gegangen ist. Ich werde bald zurück sein«, sagte ich. Logan blieb bei der Fabrik, und ich stieg ins Auto und fuhr zu Fanny. Als ich die Auffahrt entlang fuhr, stürmten ihre schmutzigen Wachhunde heraus, umzingelten mein Auto und bellten wie verrückt, wie Jagdhunde, die einen Fuchs in einem Loch gefangen hielten. Fannys Haus war hell erleuchtet, und ich konnte sehen, daß sie einen Gast hatte. Ein weiteres Auto stand da. Meine Wut und meine Angst um Drake überstiegen meine Angst vor den Hunden.

Ich schlug die Autotür zu und stand aufrecht, als die Hunde näher kamen und nach mir schnappten. Aber ich wich keinen Zentimeter zurück, und so blieben sie auf Abstand, bellten nur noch etwas hysterischer, als ich zur Tür von Fannys Haus ging. Als ich auf die Klingel drückte, bellten die Hunde noch lauter, blieben aber einige Schritte hinter mir. Ich mußte die Klingel noch einmal drükken, bevor Fanny die Türe öffnete. Sie stand dort, die Arme unter der Brust verschränkt, das Gesicht verzogen, ihre Lippen waren zu einer schmalen Linie zusammengepreßt, ihre blauen Augen leuchteten.

»Was wünschen Ihre Hoheit?« fragte sie, ohne einen Schritt zurückzutreten und mich ins Haus zu lassen. Die Hunde schnappten noch immer nach mir.

Obwohl Fanny ein wütendes Gesicht aufgesetzt hatte, konnte ich durch ihre Maske hindurchsehen und wußte, daß ich recht gehabt hatte. »Laß mich hinein, Fanny«, sagte ich. »Ich werde nicht hier draußen stehenbleiben zwischen diesen bellenden Hunden und mit dir reden.«

»Oh, mein Heim ist also gut genug für dich, aber ich bin nicht gut genug, um auf euer Fest eingeladen zu werden, wie?«

»Laß mich hinein, Fanny«, wiederholte ich hartnäckig. Sie starrte mich einen Moment lang an und wich dann zurück, so daß ich hineingehen und die Türe zwischen mir und den Hunden schließen konnte. Als ich das getan hatte, wandte ich mich nach links und sah Randall auf der Schwelle zum Wohnzimmer stehen. Er sah gequält aus, wie ein Mann, der von einem unnachgiebigen Gewissen verfolgt wurde. Seine Augen waren gesenkt. Sein Kopf war gebeugt, und er ließ die Schultern hängen.

»Was willst du?« fuhr Fanny mich an. Ich sah an der Art, wie sie Randall einen Blick zugeworfen hatte, daß sie ihm etwas vorspielen wollte.

»Fanny, Drake ist verlorengegangen«, sagte ich mit so viel Selbstbeherrschung wie möglich. Ich wußte, wie wichtig es war, keine Schwäche zu zeigen. Sie würde sich darauf stürzen wie eine Katze auf eine hilflose Maus. »Ist er hier bei dir?«

Fanny antwortete nicht gleich. Sie lächelte strahlend, ihre weißen Zähne leuchteten dabei. Es war ein boshaftes, haßerfülltes Lächeln, aber auch ein Lächeln, das Selbstsicherheit und Selbstvertrauen vermittelte. Etwas in Randalls Ausdruck zeigte mir, daß sie ihn überredet hatte, ihr zu helfen. Sie hatte gewußt, daß ich hier auftauchen würde, und hatte es ihm gesagt.

»Was wäre, wenn er hier wäre? Er ist auch mein Bruder. Ich habe ein Recht, ihn in meinem Haus zu haben. Er gehört mehr hierher als zu dir und deinem Zuckerknaben.«

»Fanny, hast du ihn mitgenommen?« wollte ich wissen, meine Stimme warf die Zurückhaltung ab und bekam einen Klang von Hysterie.

»Er ist, wo er hingehört«, sagte sie und gab es damit zu.

Ich ging auf sie zu. Meine Wut, meine Angst und mein Haß ballten sich zusammen und verdickten sich wie eine Kugel aus Stacheldraht. Ihre Augen weiteten sich überrascht, als ich nach vorne sprang, sie am Kragen ihrer dünnen Baumwollbluse packte und sie roh zu mir her zog.

»Wo, verdammt noch mal, ist er? Wie konntest du so etwas tun?«

Fanny nahm ihren Mut zusammen, zog brutal an meinen Haaren und grub ihre Fingernägel in meine Kopfhaut. Wir kämpften einen Moment, bis Randall sich zwischen uns schob und uns auseinanderbrachte.

»Hört auf!« schrie er. »Heaven, bitte! Fanny! Hört auf!«

Wieder getrennt, starrten wir einander an, beide atmeten wir hart und schnell.

»Du läßt deine Hände von mir, Heaven! Wir sind nicht in der Holzhütte in den Willies, und du kannst mich nicht herumkommandieren«, sagte sie und glättete ihre Bluse.

Ich kam wieder zu Atem und wandte mich Randall zu.

»Wo ist Drake?« verlangte ich zu wissen.

»Er wird nichts mehr von dem machen, was du sagst. Er weiß auch, was du für eine bist.«

»Randall!«

»Das müßt ihr unter euch beiden ausmachen«, sagte er mit müder, besiegter Stimme. »Sie hat genausoviel Rechte wie du«, fügte er hinzu, drehte mir den Rücken zu und ging zur Wohnzimmertür.

»Das ist richtig, Heaven. Das habe ich. Ich habe sogar mehr Rechte. Vater hat mich mehr geliebt als dich, und deswegen würde er wollen, daß ich Drakes Mutter bin, nicht du. Du hast ihn gehaßt, und Drake weiß das jetzt.«

»Was?«

»Ich habe ihm alles erzählt«, sagte sie, die Hände in die Hüften gestemmt. »Alles darüber, als du an diesem Tag in den Zirkus gegangen bist, angezogen wie deine Mutter, weil du ihn bestrafen wolltest, und wie du den Unfall verursacht hast, bei dem der arme Tom getötet wurde und beinahe auch Luke. Drake weiß, was du für eine bist. Er weiß es.« Sie lächelte wieder. »Er glaubt, daß wegen dir seine Mutter und sein Vater in den Himmel gekommen sind.«

»Wo ist er?« fragte ich wieder mit noch mehr Panik in meiner Stimme. »Du kannst ihn nicht vor mir versteckt halten!« Ich ging auf die anderen Räume zu, doch Fanny stellte sich mir in den Weg.

»Dies ist mein Haus, Heaven Leigh, und ich will dich hier nicht, verstanden?«

»Du kannst Drake nicht von mir fernhalten«, sagte ich. »Ich rufe die Polizei, und sie sind in wenigen Augenblicken da. Du hältst mich nicht davon zurück, ihn wiederzubekommen.«

»Nein? Nun, ich war bei einem Anwalt, Wendell Burton. Er sagt, ich habe genausoviel Recht, die Mutter des armen Drake zu sein, wie du. Besonders«, fügte sie hinzu und drehte sich zu Randall, »weil Randall und ich heiraten werden und dem kleinen Drake ein Zuhause geben können.«

»Was?« Dieses Mal, als ich Randall ansah, erwiderte er meinen Blick, und ich verstand, daß er so verliebt war in Fanny, daß er alles für sie tun würde. Fanny schien sich seiner sehr sicher zu sein.

»Sie hat recht, Heaven. Du hattest kein Recht, einfach anzunehmen, daß du Drake mit zu dir nehmen könntest. Fanny hat auch Rechte, sie gehört auch zur Familie.«

Ich starrte ihn einen Moment lang an und sah dann zu Fanny hinüber, die selbstbewußter und zufriedener wirkte als eine Wildkatze, die einen Fisch zwischen den Klauen hatte.

»Du kannst das nicht einfach machen... Drake entführen und seinen Kopf mit Geschichten füllen, die ihn gegen mich aufbringen. Das kannst du nicht.«

»Und ob ich das kann. Ich habe Rechte. Du hast Randall gehört, und wir haben mit einem Anwalt gesprochen«, wiederholte sie, daß es sich anhörte wie eine Schallplatte mit Sprung.

»Fanny, du willst das nicht wirklich tun«, sagte ich und versuchte meine Stimme weicher und vernünftiger klingen zu lassen. »Du willst nicht, daß das vor Gericht geht, wo wir bloßgestellt werden wie nackte Schaufensterpuppen, die alle ansehen und auslachen können. Würde dir das gefallen?«

»Würde es dir gefallen? Du bist doch die, die hier groß und mächtig aussehen muß. Wie würde es deiner neuen Familie, den Stonewalls, gefallen? Meinst du, Logans Mutter wird es gefallen? Meinst du, Logan wird begeistert sein, wenn das ganze Zeug an die Öffentlichkeit kommt?«

»Du versuchst mich einzuschüchtern, damit ich dir Drake gebe«, sagte ich. Ich sah zu Randall hin, aber sein Ausdruck blieb unverändert. »Nun, das lasse ich nicht zu. Ich werde dich bekämpfen, und du wirst diejenige sein, der es leid tut. Das schwöre ich.«

Sie lächelte nur.

»Zur Hölle mit dir«, sagte ich. Ihr Lächeln verschwand schnell, und ein Gesicht, von Flammen erfüllt, erschien. Ihre Augen brannten auf mir.

»Hinaus aus meinem Haus«, befahl sie. »Drake will dich nicht einmal mehr sehen, seit ich ihm die Wahrheit erzählt habe.«

»Mein Gott, was hast du mit ihm gemacht?«

»Ich habe ihn nur zu seinen eigenen Leuten zurückgebracht«, sagte sie stolz. »Und dort wird er bleiben.«

Ich blickte Randall wieder an. Mein Körper zitterte jetzt. Fanny hätte sich mir nie so fest entgegenstellen können, wenn Randall nicht dort gewesen wäre, dachte ich. Sie spielte Theater, für ihn so sehr wie für mich. Es war zu einer Angelegenheit ihres Egos und ihres Stolzes geworden, und wenn Ego und Stolz auf dem Spiel stehen, dann werden selbst Feiglinge und Bettler zu Helden.

»Ich bin schrecklich enttäuscht von dir, Randall«, sagte ich sanft und hoffte, an seine freundliche und bessere Natur zu appellieren. »Du scheinst ein so intelligenter und sensibler junger Mann zu sein. Du weißt nicht, in was du da reingezogen wirst.«

»O doch, das weiß er. Er studiert, weißt du. Du bist nicht die einzige, die Hirn hat, Heaven.«

Ich fühlte, wie der Kloß in meinem Hals dicker wurde und Tränen in meine Augen traten, aber ich wußte, ich durfte hier kein Zeichen von Schwäche zeigen. Ich biß mir auf die Unterlippe und schaute zu Randall hin. Dann wandte ich mich Fanny zu und suchte in meinem Tattertonschen Erbe nach all dem Mut und der Stärke, die sie zu gewissenlosen und erfolgreichen Geschäftsleuten hatten werden lassen. Dann spuckte ich ihr meine Worte so bedrohlich und angsteinflößend, wie ich konnte, ins Gesicht.

»Ich werde hinter dir her sein«, sagte ich. »Mit all der Macht und Stärke, die ich für mein Geld haben kann, und wenn das hier vorüber ist, dann wirst du wirklich verstehen, was Rache bedeutet.«

Sie konnte meinem Blick nicht standhalten und mußte sich wegdrehen. Ich sah noch einmal zu Randall hin, öffnete dann die Tür und trat aus dem Haus. Ich schlug die Tür zu und aktivierte dadurch diese ärgerlichen Wachhunde wieder. Dieses Mal hörte ich ihr Bellen kaum mehr, als ich zum Auto ging.

Ich erinnere mich nicht, daß ich von dem Haus wegfuhr, ich erinnere mich nicht, um Kurven gefahren oder an Ampeln gehalten zu haben. Ich erinnere mich nicht, wie ich zur Fabrik zurückkam. Aber plötzlich war ich dort.

Logan, der mich vorfahren hörte, kam schnell aus der Fabrik heraus.

»Und?« fragte er. Ich saß nur hinter dem Lenkrad und starrte geradeaus. »Heaven?«

»Sie hat ihn«, flüsterte ich wie in Trance. »Und sie will ihn behalten.«

»Was? Du machst Witze.«

»Nein«, sagte ich und sah ihn an. »Wir müssen vor Gericht gehen, um das Sorgerecht für ihn zu bekommen.«

»Das wird schwer werden. Wir werden –«

»Es wird schrecklich werden, Logan«, sagte ich schnell. »Alles wird herauskommen. Alles«, fügte ich hinzu, um klarzumachen, was ich meinte. Er verstand, drehte sich instinktiv um und besah sein neues Imperium.

»Ich verstehe«, sagte er.

»Aber das ist mir egal«, fügte ich fest hinzu. Er nickte, aber ich fühlte seine Angst und seinen Widerstand. »Nichts ist mir wichtiger, als Drake zurückzubekommen, Logan. Verstehst du?« Meine Stimme erreichte einen hohen Grad an Hysterie.

»Ja, ja, natürlich. Laß uns jetzt nach Hause fahren und der Polizei mitteilen, daß wir Drake gefunden haben. Dann erzählen wir meinen Eltern, was geschehen ist, und überlegen unsere nächsten Schritte.«

Während wir zum Hasbrouck-Haus fuhren, spulten sich die letzten paar Wochen noch einmal vor mir ab, in denen ich Drakes Vertrauen und Liebe gewonnen hatte. Wegen seiner Trauer und all dem, was ihm passiert war, hatte er eine harte Schale um sich herum aufgebaut. Genauso hatte es Luke damals gemacht, als meine Mutter Leigh bei meiner Geburt starb. Aber ich war dabei gewesen, die Schale um Drake Stück für Stück abzukratzen, und ich hatte gefühlt, daß ich dabei gute Fortschritte machte. Jetzt zerstörte Fanny alles. Ich dachte daran, wie hübsch Drake in seinem kleinen Anzug auf der Party ausgesehen hatte. Kurz bevor wir die Auffahrt zum Hasbrouck-Haus hinauffuhren, brach der Damm, und ein Strom von Tränen brach aus mir heraus.

War ich dazu ausersehen, mit Verzweiflung und Trauer durch das Leben zu gehen, mit diesen Zwillingen, die sich bei mir wohl fühlten? Oder wartete vielleicht das Glück auf mich, das Glück, nach dem ich weiterhin langte wie nach einem schönen Vogel? Wenn man ihn zu fest hielt, dann brach man ihm die Flügel und drückte ihn zu Tode. Hielt man ihn nicht fest genug, flog er weg. War das Glück weggeflogen?

Als ich ins Haus trat, ging es mir noch einigermaßen gut, dann stieg ich hinauf und stockte vor Drakes Zimmer. Ich brach in Tränen aus, rannte in mein Schlafzimmer, warf mich aufs Bett und weinte. Nach einer Weile kam Logan herauf und schloß die Türe sanft hinter sich. Ich konnte meine Tränen und mein Schluchzen nicht zurückhalten. Er legte seine Hand auf meine Schulter. Ich drehte mich um und sah ihn an.

»Nun, nun«, sagte er. »Es gibt doch keinen Grund, so unglücklich zu sein. Du weißt doch, wie Fanny ist.«

»Was willst du damit sagen, Logan?« Ich wischte mir mit der Hand die Tränen ab.

»Sie macht gerne schreckliche Sachen, und danach, wenn sie befriedigt ist, oder wenn sie meint befriedigt zu sein, hört sie wieder auf damit. Wie lange, meinst du, will sie die Verantwortung für einen kleinen Jungen übernehmen?« Er lachte. »Fanny? Ich kann es mir nicht vorstellen.«

»Randall Wilcox wird sie heiraten, Logan.«

»Randall Wilcox? Das kann ich nicht glauben. Sein Vater wird ihn enterben. Das hat sie sich nur ausgedacht, um die Dinge für dich schlimmer zu machen.«

»Nein, es ist wahr. Er war bei ihr zu Hause. Er steht unter ihrem Pantoffel. Sie hat ihn sogar dazu gebracht, daß er mich nicht mehr mag. Aber das Wichtige dabei ist, daß Fanny einen Ehemann haben wird und so ein passendes Heim für Drake vorweisen kann.«

»Ich glaube trotzdem nicht, daß sie sich um ihn kümmern –«

»Logan! Was erwartest du von mir? Daß ich herumsitze und

warte, bis sie von Drake gelangweilt ist? Sie hat seinen Kopf schon jetzt mit schrecklichen Geschichten über mich angefüllt. Jeder weitere Tag wird das Unglück nur noch schlimmer machen.«

Er nickte nachdenklich.

»Also, ich werde einen meiner Anwälte damit beauftragen, sich um den Papierkram zu kümmern, er soll sie mit einem Gerichtsverfahren ein wenig einschüchtern. Sie wird dann nicht wissen, was sie tun soll, und dann –«

»Sie hat bereits einen Rechtsanwalt«, sagte ich schnell. »Wendell Burton.«

»Wendell Burton?«

Ich nickte. »Er hat ihr bereits Rechtshilfe gegeben.«

»Wendell Burton. Er ist einer von denen, die hinter Unfällen her sind, weil sie daran am meisten verdienen. Einer von der schlimmsten Sorte, ein Parasit, ein Schleimer. Immer wenn jemand tödlich verunglückt, dann kommt er zur Grabrede und verteilt dort seine Visitenkarte. Er hofft, daß die Angehörigen ihn engagieren, um jemanden zu verklagen.«

»Es ist egal, was für ein Anwalt er ist oder wie gut er ist. Wichtig ist, wie weit sie dabei schon gegangen ist. Es ist nicht so einfach, wie du denkst. Wir werden vor Gericht gehen müssen.« Er starrte mich einen Moment lang an. »Ich kann das nicht glauben ... gerade jetzt, wo die Fabrik anläuft und wir endlich einmal einen Schritt weiterkommen in dieser Gemeinde, jetzt müssen wir einen Familienkrach öffentlich austragen.«

»Es ist mehr als ein Familienkrach, Logan. Weit mehr. Ein kleiner Junge steht auf dem Spiel.«

»Ich weiß das, ich weiß das«, sagte er. Er stand auf und ging auf und ab. »Vielleicht können wir trotzdem etwas hinter geschlossenen Türen vereinbaren.«

»Das können wir nicht. Du mußt den Tatsachen ins Gesicht sehen.«

»Himmel, Heaven, kann ich es nicht wenigstens probieren, ob es nicht doch einfacher geht? Ich werde einige Anrufe machen und sehen, was dabei herauskommt.«

Ich schüttelte den Kopf und setzte mich gerade hin.

»Du bist wie Tony. Du meinst, alles könnte mit einem Telefonanruf oder einem Treffen der Anwälte hinter verschlossenen Türen geregelt werden.«

»Ich versuche es nur«, wiederholte er, während er seine Arme nach mir ausstreckte.

»Versuch es«, sagte ich, »aber ich werde dem nicht länger als einen Tag zusehen.«

»Sie werden ihn schon nicht mißbrauchen«, sagte er und versuchte, es weniger tragisch klingen zu lassen.

»Logan!« Meine Augen wurden schmäler. »Du hast mir versprochen, daß Drake für dich wie ein eigenes Kind sein wird.«

»Ich weiß, und das ist er auch«, protestierte er.

»Nun, würdest du so etwas bei deinem eigenen Kind zulassen? Daß jemand ihn mitnimmt und seinen Kopf mit schrecklichen Dingen über dich füllt?« Er antwortete nicht. »Würdest du das?«

»Natürlich nicht.«

»Also, dann... ich rufe morgen J. Arthur Steine an und werde mich von ihm beraten lassen und ihn nach einem Anwalt in Virginia fragen. Ich werde die bestmögliche Rechtsberatung haben und, wenn nötig, mein ganzes Geld dafür ausgeben.«

»Sicher, das verstehe ich«, sagte er sanft.

»Und wenn es bedeutet, daß wir unsere zerrissene und dreckige Wäsche hinaushängen müssen, so daß es alle sehen können. Ich werde es trotzdem tun, um Drake wiederzubekommen. Es ist mir egal, was diese Leute von uns denken.«

»Also, da hast du das magische Wort gesagt, Heaven«, sagte Logan. »Uns. Es gibt auch noch andere Menschen, an die wir denken müssen... meine Eltern, zum Beispiel.«

In meiner Brust brannte eine solche Hitze, daß ich dachte, mein Herz würde Feuer fangen. Das Glühen wanderte meine Kehle hinauf über meinen Hals und in mein Gesicht. Ich fühlte, wie meine Wangen brannten.

»Du hast auch nicht an sie gedacht, als du mit Fanny in der Holzhütte geschlafen hast, oder, Logan?« fragte ich schnell. Er erbleichte. »Nun?«

»Ich habe dir doch gesagt, wie das passiert ist. Muß ich nun mein ganzes Leben lang dafür bezahlen?« fragte er verzweifelt.

»Ich weiß es nicht«, sagte ich. Ich wischte mir die letzten Tränen vom Gesicht. »Vielleicht ist es Zeit, daß wir alle zu unserer Vergangenheit und unseren Taten stehen. Vielleicht ist all das passiert, daß wir uns reinigen können«, sagte ich. »Was auch die Gründe sind... Ich bin entschlossen, das zu tun, was richtig und notwendig ist, mit oder ohne deine Unterstützung.«

Logan starrte mich einen Moment an und nickte dann.

»Es tut mir leid. Ich wollte nicht selbstsüchtig sein. Natürlich hast du meine Unterstützung, und natürlich werde ich an deiner Seite sein. Ich liebe dich zu sehr, um dich noch einmal so etwas allein durchstehen zu lassen«, sagte er. »Morgen früh tue ich alles, was ich kann, um das zu stoppen, und wenn es nicht gelingt, dann gehe ich überall hin und tue alles, was du willst, um Drake hierher zurückzubringen, wo er hingehört.«

»Danke, Logan.« Meine Augen füllten sich mit Tränen.

»Danke mir nicht dafür, daß ich dich so sehr liebe, Heaven. Das ist es, was mein Leben lebenswert macht.«

Er streckte sich nach mir aus und umarmte mich.

»Es wird alles gut werden«, flüsterte er. »Du wirst sehen.«

»Das hoffe ich«, sagte ich.

Am Morgen, gleich nach dem Frühstück, verschwand Logan zu seinem Anwalt, um die Telefonate zu erledigen. Ich ging nicht zum Frühstück hinunter. Mrs. Avery brachte mir ein Tablett herauf mit einem Kaffee und einem Stück Toast, mehr konnte ich nicht essen. Sie sagte nichts, aber ich konnte ihr ansehen, daß sie wußte, etwas Schreckliches war passiert. Sie mußte nach Drake gefragt haben, und Logan mußte ihr etwas erzählt haben. Sie war zu diskret, damit anzufangen, aber einen Augenblick lang sehnte ich mich danach, mit jemandem ihres Alters sprechen zu können, einer wirklichen Mutter, der ich meine Angst und meine Probleme anvertrauen könnte. Wie glücklich waren diese Mädchen, die Mütter und Schwestern hatten, denen sie vertrauen konnten, dachte ich.

Nachdem ich den Kaffee getrunken hatte, nahm ich mich zusammen und tat, was ich Logan angekündigt hatte.

Ich rief J. Arthur Steine an. Er kam sofort ans Telefon und unterbrach dabei eine Konferenz mit Mitarbeitern. Er hörte teilnehmend zu.

»Kann sie tun, was sie gesagt hat?« fragte ich schnell, als ich alles, was geschehen war, zusammengefaßt hatte.

»Nun, wie Sie mir erzählt haben, ist sie eine erwachsene Frau und eine Schwester von ihm dazu. Es war mir nicht eingefallen, bei unserem Treffen in meinem Büro etwas über Ihre Brüder und Schwestern zu fragen. Sie schienen die Dinge in die Hand zu nehmen.«

»Aber Fanny hat doch nicht den Hintergrund, die Stabilität, das Verantwortungsgefühl«, sagte ich und erzählte ihm aus ihrem Leben.

»Ich verstehe«, sagte er. »Und Sie sagen, daß sie jetzt heiraten wird?«

»Ja.«

»Also dann, denke ich, wird es zu einer Sorgerechtsanhörung kommen, Mrs. Stonewall, und all diese Sachen müssen vor dem Richter ausgebreitet werden. Aber angesichts des Zuhauses, das Sie ihm bieten können, und Ihres eigenen Hintergrundes glaube ich, die Entscheidung wird zu Ihren Gunsten ausfallen.«

»Ich möchte mir dessen sicher sein«, sagte ich. »Bitte empfehlen Sie mir einen Anwalt in Virginia, der Experte auf diesem Gebiet ist. Ich habe großes Vertrauen in Ihr Urteil«, fügte ich hinzu.

»Danke, ja, ich weiß jemanden. Sein Name ist Camden Lakewood. Sie warten jetzt einfach, und ich rufe ihn so bald wie möglich an.«

»Danke, Mr. Steine«, sagte ich.

»Keine Ursache, Mrs. Stonewall. Bitte zögern Sie nie, mich anzurufen, wenn Sie meine Hilfe brauchen. Es tut mir leid, daß Sie solche Schwierigkeiten haben, und ich werde Camden sofort anrufen. Meine Empfehlung an Mr. Tatterton«, sagte er.

Ich dankte ihm noch einmal. Kurze Zeit später rief Logan an, er war zu dem gleichen Schluß über die rechtliche Lage gekommen: Fanny hatte ein Recht auf das Kind, und es würde zu einer Sorgerechtsanhörung kommen. Er wollte, daß ich mir seinen Anwalt nehme.

»Ich habe mich um alles gekümmert, Logan«, sagte ich. »Ich habe mit Mr. Steine gesprochen, und er wird mir einen Anwalt vermitteln, der Spezialist für solche Angelegenheiten ist.«

»Oh, wenn du meinst, daß wir das tun sollen...«

»Ich sage dir Bescheid, sobald ich mit ihm gesprochen habe«, sagte ich. Ich wußte, daß Logan die Dinge in die Hand nehmen wollte, daß er wahrscheinlich dachte, das sei die Angelegenheit des Mannes. Aber die einzige Möglichkeit, die mich davon zurückhielt, den ganzen Tag herumzusitzen und zu weinen, war, daß ich mich mit allem beschäftigte, was getan wurde, um Drake zurückzubringen.

Nach kurzer Zeit rief Camden Lakewood an. Ich verschwendete keine Zeit mit ihm am Telefon.

»Mr. Steine hat Sie sehr empfohlen, Mr. Lakewood«, sagte ich. »Die Kosten sind kein Problem. Wie schnell können Sie hierherkommen?«

»Mrs. Stonewall«, sagte er mit einem leichten Harvard-Akzent. »Ich habe gerade erst mit Mr. Steine gesprochen, und er hat mich über Ihre Familie und das Problem unterrichtet. Ich werde in weniger als zwei Stunden dasein«, erklärte er.

Das erste Mal, seit ich nach Farthy gegangen war, um den Reichtum und die Macht meiner Familie mütterlicherseits zu beanspruchen, wußte ich zu schätzen, was ich getan hatte. Es förderte mein Selbstvertrauen und stärkte meine Entschlossenheit. Die Worte, die ich Fanny ins Gesicht geschleudert hatte, würden wahr werden, dachte ich. Nichts von den selbstsüchtigen Dingen, die sie in unserer Kindheit getan hatte, und nichts von dem, was sie seither getan hatte, nicht einmal, daß sie Logan verführt hatte, hatte mich je so gegen sie aufgebracht wie die Tatsache, daß sie Drake entführt hatte und ihn jetzt gegen mich aufhetzte. Irgendwie hatte sie es immer fertiggebracht, daß mein Ärger auf sie abkühlte und meine Sympathie für sie wieder wuchs. Diesesmal würde das nicht geschehen. Zum ersten Mal wollte ich ihr auch weh tun. Ich wollte Rache, Willies-Rache.

Ich wollte es so sehr, daß der Wunsch mein Blut zum Wallen brachte. Ich blickte in den Spiegel und sah, wie rot meine Wangen geworden waren. Wut und Schmerz, Haß und Verzweiflung waren die Zutaten, die ich in meinem Kopf mischte, als ob ich einen Hexentrank zusammenbraute. Ich konnte das Gebräu fast schon auf meinen Lippen schmecken.

Ich schluckte, um mich auf die Prüfung, die kommen würde, vorzubereiten.

Wie Logan es vorausgesagt hatte, verbreitete sich die Neuigkeit von der Sorgerechtsanhörung schnell in Winnerow und Umgebung. Wegen der Fabrik und des Aufwands, den wir bei der Eröffnung betrieben hatten, war alles, was wir taten oder was uns betraf, in den Schlagzeilen. Ich blieb im Hasbrouck-Haus zurückgezogen und erwachte nur zum Leben, wenn Camden Lakewood kam, um mit uns die Anhörung vorzubereiten. Er brachte eine Sekretärin mit, die Notizen machte. Wir saßen in Logans Büro, und ich listete all die Dinge auf, von denen ich dachte, daß sie gegen Fanny verwendet werden könnten. Eine Liste von Zeugen wurde aufgestellt, und ein Agent wurde ausgeschickt, um Beweise zu sammeln.

Wie J. Arthur Steine sah auch Camden Lakewood erfolgreich aus. Er war ein großer Mann in den Fünfzigern, mit scharfen, klaren blauen Augen, die sich so intensiv auf die Person richteten, mit der er sprach, daß man beinahe sein Hirn dahinter arbeiten sah – überprüfend, Daten und Fakten abwägend, Schlüsse ziehend.

Er war das, was Werbeleute eine vornehme Erscheinung nennen, ein Mann, wie er in Zeitschriften zu sehen war, in denen teure Autos oder Kleidungsstücke angeboten wurden. Es lag Kraft in seiner Haltung, und ein Flair von Autorität war um ihn. Ich war sehr zufrieden, daß mein Fall in seinen Händen lag.

Obwohl einige von den Dingen, die ich ihm erzählte, häßlich oder unangenehm waren, zeigte er nie Ekel. Es war, als ob er alles zuvor schon gehört hätte. Seine Haltung half mir, mich zu entspannen. Bald konnte ich ihm auch die härteren Sachen erzählen.

»Fanny ist schwanger«, sagte ich. »Und es ist ziemlich sicher, daß mein Ehemann der Vater des Kindes ist.« Als ich die Worte gesagt hatte, saß ein dicker Kloß in meinem Hals, und Tränen kamen mir in die Augen. Ich mußte wegsehen, um wieder zu Atem zu kommen. Mr. Lakewoods Sekretärin sah von ihrem Notizblock auf und sah dann schnell wieder hinunter. Lakewood stand auf, suchte Mrs. Avery und befahl ihr, mir ein Glas Wasser zu bringen, was diese augenblicklich tat.

»Wieviel wird das kaputtmachen?« fragte ich.

»Wenn Sie sagen ›ziemlich sicher‹, wie meinen Sie das?« fragte er und brachte mir meine Worte dabei besser ins Bewußtsein.

»Logan hat mit ihr geschlafen.« Ich beschrieb ihm den Vorfall, wie Logan ihn mir erzählt hatte. Mr. Lakewoods Gesichtsausdruck veränderte sich nicht.

»Im schlimmsten Fall«, begann er, »läuft es auf Gegenseitigkeit hinaus. Sie kam zu ihm in die Holzhütte, und soweit wir das bisher wissen, schläft sie sich durch die Betten – milde ausgedrückt. Zuerst stoppen Sie alle Zahlungen an sie. Wir stimmen nicht länger zu, daß Logan für die Schwangerschaft verantwortlich ist. Wir bestehen auf einem Bluttest, wenn das Kind geboren ist. Nach dem, was Sie mir gesagt haben, wäre es finanziell nicht so schlimm, wenn sich Logan bei dem Bluttest doch als der Vater herausstellen würde.

Nachdem sie Randall Wilcox jetzt heiratet, und nachdem es allgemein bekannt ist, daß sie mit ihm schon eine Weile zusammen ist, werden wir die Möglichkeit entwickeln, daß es sein Kind ist. In jedem Fall werden wir sie als eine sehr leichtlebige Frau darstellen, und das wird gegen sie arbeiten.

Logans Fehltritt ist nicht gerade hilfreich, aber Männer gehen mal in die Irre. Der Richter, Bryon McKensie, ist ein Mann und wird nicht auf der Grundlage der einen Nacht Logans mit Fanny gegen uns entscheiden. Unglücklicherweise ist Ehebruch heute sehr viel mehr üblich, oder wird zumindest mehr aufgedeckt.

Von diesem Zwischenfall abgesehen, scheint mir doch Ihr Haushalt über eine viel größere moralische Atmosphäre zu verfügen. Wie auch immer, Mrs. Stonewall, ich muß Ihnen sagen, daß es sich nicht um eine angenehme Angelegenheit handeln wird. Ich habe über diesen anderen Anwalt, Wendell Burton, einige Nachforschungen angestellt, und seine Methoden und sein Stil scheinen... soll ich sagen von fragwürdigem Geschmack zu sein? Sie werden im Zeugenstand sein, und er wird Gelegenheit haben, Sie auszufragen. Ich werde natürlich dasein und Widerspruch einlegen, aber Sie müssen sich auf die schlimmste Art der Behandlung im Gerichtssaal gefaßt machen.«

»Ich werde vorbereitet sein«, sagte ich.

»Und Ihr Ehemann?« fragte er, und seine Augen wurden zum erstenmal schmal. Er hatte Logan getroffen und seine Angst schon gespürt.

»Er wird ebenfalls vorbereitet sein«, fügte ich mit Entschlossenheit hinzu.

Ich wußte, daß ich das nur hoffte, denn als die Anhörung näher rückte, wurde Logan immer nervöser. Obwohl ich selbst nur kurz mit seiner Mutter über die Lage nach Drakes Entführung telefoniert hatte, wußte ich, daß Logan und seine Mutter viel darüber diskutierten. Am Nachmittag vor der Anhörung kam Loretta Stonewall zum Hasbrouck-Haus. Ich ging gerade noch einmal alle Dinge durch, die ich mit Camden Lakewood besprochen hatte, damit meine Aussage schlüssig sein würde.

Mrs. Avery kam, um Lorettas Ankunft anzukündigen.

»Führen Sie sie bitte herein, Mrs. Avery, und machen Sie uns bitte etwas Tee.«

Es war ein ziemlich kalter Tag. Die Temperaturen waren in der Nacht zuvor drastisch gefallen, es war, wie Granny gerne sagte, »zu kalt, sogar für den Schnee«. Loretta trug einen langen Silberfuchsmantel, ein Geburtstagsgeschenk von Logan. Sie rauschte ins Zimmer herein und wirkte hektisch und aufgeregt, so als wäre sie den ganzen Weg von ihrem Haus zum Hasbrouck-Haus gerannt.

»Oh, es ist so kalt«, sagte sie. »Wie geht es dir, meine Liebe? Wie hältst du dich nur aufrecht?« Sie ließ sich in den großen Sessel vor dem Schreibtisch fallen, um wieder zu Atem zu kommen, und drückte ihre Hand gegen ihren Hals, wie jemand, der den Puls fühlt.

»Mir geht es gut«, sagte ich. »Mrs. Avery wird uns gleich etwas Tee bringen.«

»Wie aufmerksam. Du bist so aufmerksam und klug. Das war eins der ersten Dinge, die ich Logan gesagt habe, als er mir erzählte, wie gern er dich hatte. Es ist sehr klug von ihr, sagte ich, daß sie sich so schnell so hochgezogen hat.«

»Danke, Mutter Stonewall.«

»Oh, bitte nenne mich Mutter. Mutter Stonewall hört sich an, als sei ich eine Urgroßmutter«, fügte sie hinzu und ließ ein kurzes, dünnes Lachen hören.

Normalerweise hätte ich darüber auch gelacht, aber es erinnerte mich an Jillian, als sie mich bei unserem ersten Treffen bat, sie nicht Großmutter zu nennen, weil sie es so gut fertiggebracht hatte, ihr wahres Alter vor ihren Freunden zu verbergen. Würde ich auch so eitel sein, wenn ich dieses Alter erreicht haben würde? Ich hoffte nicht. Eitelkeit war eine schwere Last, die einen an eine Welt kettete, die auf Falschheiten aufgebaut war, wo die Menschen nur Lügen austauschten.

Ich lehnte mich zurück, ohne zu antworten.

»Die Sache beginnt also morgen?« fragte sie.

»Ja. Ich war gerade dabei, mich darauf vorzubereiten.«

»O Liebes, Liebes, was für eine schreckliche Situation für dich und Logan. Gibt es keinen Weg, es zu verhindern?« fragte sie und lehnte sich nach vorn.

»Nur wenn Fanny Drake zurückbringen und alle Ansprüche auf ihn aufgeben würde«, sagte ich. »Aber wenn sie es bis jetzt noch nicht getan hat, dann kannst du sicher sein, daß sie bereit ist weiterzumachen. Sie denkt, sie hat weniger zu verlieren als ich, und das ist ihre Art, sich zu rächen. Es gibt nichts anderes, was ich tun kann.«

Loretta wartete, bis Mrs. Avery uns den Tee serviert hatte, bevor sie fortfuhr.

»Es spricht hier überhaupt niemand mehr über etwas anderes«, sagte sie, sobald Mrs. Avery gegangen war.

»Ich weiß.«

»Heaven«, sagte sie nach einer langen Pause. »Logan hat mir alles erzählt. Er bereitet mich darauf vor, seit es auf ein Gerichtsverfahren hinauslief. Ich weiß, was er getan hat, war falsch, schrecklich falsch. Und ich finde es wundervoll von dir, daß du ihm vergeben hast. Aber es jetzt in die Öffentlichkeit hinauszulassen, vor allem in seine Öffentlichkeit, wäre ein schrecklicher Fehler. Winnerow ist schon fast fanatisch religiös. Es wird danach für euch beide sehr schwer werden, egal wie erfolgreich die Fabrik ist. Die Leute werden tuscheln und reden und –«

»Das ist mir egal«, sagte ich schnell. »Drake ist mir wichtiger, als mich über das Gerede von irgendwelchen religiösen Heuchlern zu beunruhigen.«

»Aber meine Liebe, du hast ein eigenes Kind, an das du denken mußt. Er oder sie wird hier zur Schule gehen und in die Gemeinschaft der anderen Kinder eingegliedert werden, deren Eltern ihnen die Geschichten erzählen. Es wird so schwer werden.«

»Was schlägst du vor, Mutter?« fragte ich, ermüdet von dem weinerlichen Ton in ihrer Stimme.

»Kannst du nicht einen Weg finden, um das diskret aus der Welt zu schaffen? Was ist, wenn du Fanny erlaubst, daß sie den Jungen die eine Hälfte des Jahres hat und du hast ihn die verbleibende Hälfte?« fragte sie und lächelte, als ob sie gerade eine wundervolle Lösung gefunden hätte.

»Zum einen würde sie einer solchen Übereinkunft nie zustimmen. Sie hat es darauf abgesehen, mir weh zu tun, und das ist nur ihr Mittel dazu. Das habe ich dir schon gesagt... Sie war schon immer eifersüchtig auf mich. Zum anderen könnte ich nicht mit dem Wissen leben, daß Drake sechs Monate in jedem Jahr ihrem Einfluß ausgesetzt ist. Ich würde die restlichen sechs Monate brauchen, um die Schäden wieder gutzumachen. Sie hat ihn bereits gegen mich aufgehetzt.«

»Aber Logan sagt, daß es sie irgendwann langweilen wird, auf ihn aufzupassen, besonders, weil sie auch ein eigenes Kind erwartet. Und es gibt keine Aussicht auf das große Geld...«

»Es ist außer Frage, Loretta«, sagte ich. Ich wollte eine Frau, die mir solche Ratschläge gab, nicht »Mutter« nennen. Das Lächeln verließ ihr Gesicht, als ob ich sie geschlagen hätte.

»Du denkst nicht an deine eigene Familie, an Logan und dein eigenes Kind«, sagte sie hartnäckig.

»Drake ist meine eigene Familie«, sagte ich.

»Aber meine Liebe«, sagte sie und lehnte sich zurück, »du und ich wissen, daß er das nicht ist.«

Ich starrte sie an. Offensichtlich gab es nichts, was Logan ihr nicht erzählt hatte. Ich fragte mich, ob er ihr auch erzählt hatte, was zwischen Tony und mir passiert war.

»Drake ist auch meine Familie«, sagte ich langsam, während meine Augen ganz schmal wurden und mein Blick sich so scharf gegen sie richtete wie ein Stahlmesser. »Ich weise alles zurück, was du dagegen sagst.«

»Ich wollte dir nur helfen«, sagte sie. »Ich denke dabei nur an dich.«

»Danke, Mutter«, sagte ich, und von meinem Gesicht tropfte die gleiche falsche Freundlichkeit. »Es war nett von dir, bei der Kälte hier vorbeizukommen.«

Die falsche Sanftheit verließ schnell ihre Augen. Ihre Hand zitterte, und sie ließ beinahe ihre Teetasse fallen.

»Nun, ich glaube, daß du einen schrecklichen Fehler machst, aber wenn du dazu entschlossen bist, dann gibt es nichts mehr, was ich dazu sagen kann.« Sie stellte die Teetasse so schnell ab, daß sie beinahe zerbrach. »Bitte«, sagte sie und stand auf, »erzähle Logan nicht, daß ich hergekommen bin, um dir einen Rat zu geben. Er bat mich, es nicht zu tun.«

»Und warum hast du es dann getan?« fragte ich schnell.

»Manchmal weiß eine Mutter, was besser ist für ihr Kind... instinktiv«, sagte sie.

»Genauso fühle ich es, Mutter«, sagte ich. »Obwohl ich nicht Drakes Mutter bin, weiß ich instinktiv, was besser für ihn ist. Und ich tue, was ihr sicher am liebsten wäre. Ich habe vor, ihn zurückzugewinnen. Ich hoffe, du wirst da sein, um uns während dieser Zeit zu unterstützen.«

»Oh, natürlich werde ich das«, sagte sie schnell. »Ihr Armen, natürlich.« Sie kam um den Schreibtisch herum, um mich zu küssen. Ihre Lippen fühlten sich kalt an auf meiner Wange. »Ruf mich einfach immer an. Und wir werden gleich an eurer Seite sein.«

Sie schüttelte den Kopf, seufzte und ging.

Ich lehnte mich zurück und blickte aus dem Fenster. Es mußte wärmer geworden sein, denn es hatte zu schneien begonnen. Aber mein Herz fühlte sich an, als sei es von einer kalten Hand umklammert. Natürlich hatte ich Angst vor morgen. Natürlich machte ich mir Sorgen über die Zukunft meines eigenen Kindes. Aber ich konnte den Gedanken nicht ertragen, daß Drake erwachsen werden würde und mich eines Tages mit den gleichen Augen ansehen würde wie Luke, gefüllt mit einer ähnlichen Ablehnung. Ich wollte so sehr seine Liebe gewinnen, wollte, daß er mich als seine Schwester liebgewann. Fanny fühlte, wie sehr ich das wollte. Deshalb hatte sie beschlossen, ihn mir wegzunehmen.

Ich hatte genug davon, die Menschen, die ich liebte, zu verlieren.

»Nein, Loretta«, flüsterte ich, »es gibt keinen anderen Weg. Diese Reise, gefüllt mit Schmerz und Leiden, geht dort zu Ende, wo alles begonnen hat... in den Willies. Und so sollte es sein. Sicher sollte es so sein.«

Ich wandte mich wieder den Papieren auf dem Schreibtisch zu, entschlossen, bereit zu sein.

16. KAPITEL

Der Prozeß

Der Gerichtssaal konnte die Menschenmenge kaum fassen; er war so vollgestopft wie ein Truthahn zum Erntedankfest. Den Tränen nahe, erzählte mir Logans Mutter, daß einige Leute in Winnerow tatsächlich ihre Arbeitsplätze hatten verlassen wollen, um an der Anhörung teilnehmen zu können.

Dieser frühe Novembertag brachte uns unser erstes richtiges Winterwetter. Es hatte den ganzen Morgen über heftig geschneit, und ein scharfer Wind verwandelte die Flocken in tanzende Derwische. Bei einem so rauhen und brutalen Wetter hatte ich mit weniger Leuten gerechnet. Aber die ganze Stadt wollte anscheinend bei dem Spektakel Zeuge sein. Als Logan und ich mit Camden Lakewood eintraten, starrte uns die Menge tuschelnd an; die Stimmen waren wie trockene Blätter, die von den ersten Winden des Winters davongeblasen wurden. Alles über uns war Futter für ihre gierigen Mäuler: die Kleider, die wir trugen, der Ausdruck auf unseren Gesichtern und unsere Haltung, wie wir durch den Mittelgang zu unseren Plätzen gingen, die direkt vor dem Tisch des Richters waren.

Es war Camden Lakewoods Idee, daß wir sofort einen Kontrast zwischen uns und Fanny und Randall aufbauen sollten. Logan trug einen seiner teuren dunkelblauen Anzüge und einen Mantel aus Lambswool und ich ein dunkelblaues Wollkleid, ein Diamantarmband mit passender Kette und Ohrringen und meinen Silberfuchsmantel. Mein Haar hatte ich nur an den Seiten hochgesteckt.

Logans Eltern saßen direkt hinter uns; seine Mutter sah aus, als würde sie jeden Moment ersticken: Ihr Gesicht war feuerrot. Sein Vater lächelte warm und nickte aufmunternd.

Das Stimmengewirr der Menge schwoll an, als Fanny, Randall und ihr Anwalt, Wendell Burton, eintraten. Fanny und Randall hatten vor zwei Wochen noch schnell standesamtlich geheiratet.

Fanny ging einige Schritte vor den beiden Männern her. Sie hatte ihr volles schwarzes Haar zu einem Knoten zusammengebunden und trug lange, silberne Ohrringe, die wie Eiszapfen von ihren Ohrläppchen herunterhingen. Ich war überrascht, wie gut sie aussah in ihrer dunkelgrünen Wolljacke. Die weite Kapuze der Jacke hatte sie in dem Augenblick abgenommen, als sie zur Türe hereinkam. Sie hatte ein schwarzes Wollkleid mit Stehkragen und dreiviertellangen Ärmeln angezogen.

Randall trug einen leichten Mantel. Sein Haar war naß vom Schnee und glänzte. Obwohl er verängstigt und angespannt war, sah er in seinem dunkelbraunen Anzug hübsch und vornehm aus. Fanny sah direkt das Publikum an und lächelte einigen Leuten zu. Einige, denen sie zuwinkte, kannte ich von den Willies. Manche lächelten und winkten zurück, aber die meisten starrten sie nur ehrfürchtig an. Randall schob Fanny den Stuhl zurück. Sie saßen auf der entgegengesetzten Seite des Gerichtssaals. Zwar fühlte ich Fannys Blick, aber ich sah nicht in ihre Richtung. Ich wünschte, ich könnte sie weghexen, wünschte, sie würde gar nicht existieren. Wollte sie mich so auf ihre Ebene herunterziehen, indem sie all unsere Scham vor der gesamten Stadt ausbreitete? Oh, Fanny war so eifersüchtig auf mich; sie war immer eifersüchtig und boshaft gewesen. Und jetzt hatte sie die Möglichkeit, gehört zu werden, und ich wußte, daß sie kein Mitleid mit mir haben würde. Dabei hatte ich ihr gar nichts getan! Nichts! Sie hatte im Grunde überhaupt kein Interesse an Drake, sie wollte nur, daß ich gedemütigt wurde.

Als der Richter, Bryon McKensie, den Gerichtssaal betrat, standen alle auf und schwiegen. Die Männer aus den Willies hielten ihre Hüte in den Händen. Der Richter breitete seine Robe elegant aus, als er sich setzte, und blickte dann auf die Zuhörerschaft. Er schien etwas erstaunt zu sein von der Größe der Menge. Er war ein sehr respektierter Richter in dieser Gegend, der Präsident von vielen gesellschaftlichen Einrichtungen und mit Senatoren und Staatsmännern befreundet. Groß und schlank war er und hatte dunkelbraunes Haar und dunkelbraune Augen.

Einen Moment lang blätterte er in einigen Papieren auf seinem Schreibtisch, dann nahm er seinen Hammer und schlug damit laut auf den Tisch. »Das Verfahren ist eröffnet«, erklärte er.

Ein paar Leute husteten nervös, aber sonst war es so still wie in einer Leichenkammer.

»Ich erwarte, daß diese Anhörung in ordentlicher Weise durchgeführt wird«, begann er. »Das Publikum wird keine, ich wiederhole, keine Kommentare abgeben, klatschen oder in irgendeiner anderen Form die Aufführung der Fakten oder die Befragung der Zeugen stören. Jede Person, die dagegen verstößt, wird gewaltsam entfernt und sich der Mißachtung des Gerichts schuldig machen.«

Er sah wieder auf seine Papiere.

»Diese Anhörung soll das Sorgerecht für Drake Casteel festsetzen. Mr. und Mrs. Logan Stonewall sind vor Gericht gegangen, um das ausschließliche Sorgerecht für Drake Casteel zuerkannt zu bekommen. Drake Casteel ist, wie wir verstehen, derzeit unter der Obhut und Aufsicht von Mr. und Mrs. Randall Wilcox.

Mr. Lakewood, nachdem Ihre Klienten das Verfahren angestrebt haben, würde ich Sie bitten zu beginnen.«

»Danke, Euer Ehren«, sagte Lakewood und erhob sich. »Euer Ehren, wir vertreten die Ansicht, daß meine Klienten, Mr. und Mrs. Stonewall, besser für Drake Casteel sorgen können als Mr. und Mrs. Wilcox, die nämlich gar nicht dazu in der Lage sind. Wir werden durch unsere Argumentation beweisen, daß die Umgebung in diesem Haushalt moralisch gesehen ungesund ist und daß die Möglichkeit, daß Mrs. Wilcox das Sorgerecht für das Kind bekommt, nicht in seinem Interesse ist.«

»Sehr gut, Mr. Lakewood«, sagte der Richter mechanisch, »bitte rufen Sie Ihren ersten Zeugen auf.«

»Wir rufen Mr. Peter Meeks auf, Direktor der Schule in Winnerow.«

Wie dressierte Seehunde drehten sich alle Köpfe nach Mr. Meeks um, der sich schnell erhob und zum Zeugenstand ging, wo er seinen Eid ablegte. In seinem Arm trug er eine Akte. Camden Lakewood lehnte sich mit einem Ellbogen auf den Zeugenstand, als Mr. Meeks Platz nahm.

»Bitte nennen Sie Ihren Namen und Ihre Stellung für das Protokoll.«

»Mein Name ist Peter Meeks. Ich bin der Direktor der Winnerow-Schule.«

»Und wie lange sind Sie schon in dieser Position, Mr. Meeks?«

»Beinahe achtundzwanzig Jahre«, sagte er mit offensichtlichem Stolz.

»Also waren Sie Leiter der Winnerow-Schule, als Fanny und Heaven Casteel dort Schülerinnen waren?«

»Das war ich.«

»Ich möchte Sie bitten, Mr. Meeks, Ihr Gedächtnis auf diese Jahre zu richten und dem Gericht eine Bewertung dieser beiden Schulmädchen zu geben.«

»Nun«, begann Mr. Meeks und setzte sich etwas bequemer hin, »ich erinnere mich sehr genau an die beiden, weil sie aus einer der ärmsten Bergfamilien stammten... und, unglücklicherweise«, sagte er und senkte die Stimme, als wollte er dem Gericht ein Geheimnis anvertrauen, »haben wir mit diesen Familien und ihren Kindern meistens Probleme mit der Disziplin. Sie kommen zur Schule, unterernährt, ärmlich gekleidet und sind nicht sehr motiviert, wenn es ans Lernen geht.«

»Kommen Sie bitte zum Thema, Mr. Lakewood«, sagte der Richter.

»Ja, Euer Ehren. Mr. Meeks, wie würden Sie Fanny Casteel charakterisieren in bezug auf diese Art Schüler und Schülerinnen, die Sie gerade beschrieben haben?«

»Oh, als typisch. Ein ständiges Disziplinproblem und schlechte Noten.«

»Was meinen Sie mit ›typisch‹, waren die Probleme mit ihr wirklich so typisch?« fragte Lakewood schnell.

»Nun, eigentlich nicht. Sie war, was man eine sehr freie junge Dame nennt.«

»Fahren Sie bitte fort.«

»Sie bekam... oft Verweise, weil sie sich unziemlich verhielt; wenn man bedenkt, daß sie erst zwölf oder dreizehn Jahre alt war...«

»Mr. Meeks, würden Sie dem Gericht ein Beispiel geben!«

»Euer Ehren«, sagte Wendell Burton und erhob sich. »Ein Einspruch zu dieser Art der Fragestellung. Wie Mrs. Wilcox als junges Mädchen war, hat keinen Einfluß auf diese Anhörung. Fast alle der hier im Gerichtssaal Anwesenden haben einmal über die Stränge geschlagen, als sie noch jünger waren. Aber wir werden einmal erwachsen. Wir ändern uns und werden reifer. Heute wollen wir uns ein Urteil über die reife Mrs. Wilcox und die reife Mrs. Stonewall bilden.«

»Mr. Lakewood?«

»Euer Ehren, unserer Ansicht nach ist Fanny Wilcox nicht erwachsen geworden, sie weist tatsächlich eine ungebrochen durchgehende Geschichte von Promiskuität auf.«

»Ich werde den Zeugen fortfahren lassen«, sagte der Richter, »aber ich mache Sie darauf aufmerksam, Mr. Lakewood, daß ich dafür sorgen werde, daß hier eine wirkliche Geschichte entwickelt und nicht mit Unterstellungen gearbeitet wird.«

»Ich verstehe, Euer Ehren. Mr. Meeks, ein Beispiel?«

»Nun...« Er öffnete seinen Ordner. »An einem Tag im März, während ihres zweiten Jahres auf der Oberschule, wurde Fanny Casteel im Umkleideraum der Knaben mit zwei jungen Männern entdeckt. Sie war nur halb bekleidet. Sie bekam einen Verweis und wurde früher nach Hause geschickt. Bei einer anderen Gelegenheit, am Ende desselben Monats, wurde sie mit einem älteren männlichen Studenten in dem Raum unter der Bühne gefunden. Der Lehrer, der sie ertappt hatte, schrieb in seinen Bericht, daß sie sich auf unanständige Weise umarmten. Wieder wurde sie heimgeschickt.«

»Wie alt war sie zu der Zeit?«

»Dreizehn.«

»Ich verstehe. Haben Sie noch andere Beispiele?«

»Mindestens ein halbes Dutzend.«

»Euer Ehren, ich möchte nicht weitschweifig werden und die Zeit des Gerichts damit verschwenden, weitere Beispiele anzuhören. Aber ich möchte, daß Fanny Casteels Schulbericht als Beweismaterial eingeht, das bei der Entscheidung berücksichtigt wird.«

»Es ist eingegangen.«

»Ich habe keine weiteren Fragen an Mr. Meeks.«

»Mr. Burton?« sagte der Richter. Wendell Burton lächelte. Er hatte ein schleimiges Gesicht mit großen blauen Augen und lebhaften Lippen. Direkt über seiner rechten Augenbraue hatte er ein Muttermal. Sein Haar war auf der Seite gescheitelt und zurückgekämmt. Er war ungefähr einsachtundsiebzig groß und hatte etwas gebeugte Schultern. Ich bemerkte, daß er die Angewohnheit hatte, sich die Hände zu reiben, bevor er sprach.

»Mr. Meeks«, sagte er, ohne seinen Tisch zu verlassen, »ich nehme an, daß Sie auch Heaven Casteels Unterlagen heute mitgebracht haben?«

»Nein.«

»Oh, und warum nicht?«

»Ich wurde nur darum gebeten, Fanny Casteels Unterlagen mitzubringen.«

»Ah, ich verstehe. Aber nachdem Sie wußten, um was es geht, nehm' ich mal an, daß Sie sich auch Heaven Casteels Unterlagen angesehen haben.«

Mr. Meeks wurde unruhig, sah mich an und wandte sich dann wieder Wendell Burton zu.

»Ich habe einen kurzen Blick hineingeworfen für den Fall, daß ich etwas, diese Unterlagen betreffend, gefragt würde.«

»Gut, gut«, sagte Burton und ging auf ihn zu. »Dann sagen Sie bitte dem Gericht, was Sie in den Unterlagen über Heaven Casteels Anwesenheit entdeckt haben.«

»Ich verstehe nicht«, sagte Mr. Meeks und schaute zum Richter.

»Vor allem in ihrem letzten Jahr in Winnerow. Wie war das da zum Beispiel mit ihrer Anwesenheit?«

»Nun?«

»Hat sie nicht sehr häufig gefehlt?«

»Gefehlt?«

»Mr. Meeks«, sagte der Richter. »Beantworten Sie die Frage.«

»Ja, ich nehme an, daß man das so sagen kann.«

»Oh, man kann das so sagen?« Wendell lächelte breit in Richtung des Publikums und blickte dann wieder auf Mr. Meeks. »Ist das das Verhalten einer ordentlichen Schülerin?«

»Nein, aber –«

»Bedeutet eine seltene Anwesenheit nicht ernsthafte Disziplinschwierigkeiten?«

»Natürlich.«

»Abgesehen von ihrem unreifen Verhalten besuchte Fanny Casteel doch regelmäßig den Unterricht, nicht wahr, Mr. Meeks?«

»Das kann man so ausdrücken.«

»Mr. Meeks«, sagte Burton freundlich, »ich verstehe, wie Sie sich fühlen. Sie richten darüber, ob eine erwachsene Frau eine bessere Mutter ist als eine andere erwachsene Frau, und das auf der Grundlage ihres Verhaltens während der ersten Jahre in der Oberschule. Ist das nicht ungefähr so verläßlich, als würde man die Kristallkugel einer Wahrsagerin befragen?«

»Einspruch, Euer Ehren«, sagte Lakewood. »Er verlangt von dem Zeugen, daß er seine eigene Aussage hinterfragt.«

»Aber Euer Ehren, Mr. Lakewood verlangt von dem Gericht schon die ganze Zeit, daß es die Gültigkeit von Mr. Meeks' Urteil bewertet.«

»Ich sehe das anders, Mr. Burton«, sagte der Richter. »Mr. Lakewood hat Fakten dargelegt. Abgesehen davon bin ich derjenige, der die Gültigkeit dieser Informationen bewertet. Einspruch stattgegeben. Noch weitere Fragen an den Zeugen, Mr. Burton?«

»Keine, Euer Ehren. O doch... noch eine«, sagte er und drehte sich schnell um. »Mr. Meeks, neulich brachte Mrs. Stonewall Drake Casteel zu Ihnen, um ihn in Ihrer Schule einzuschulen, nicht wahr?«

»Ja.« Mr. Meeks lehnte sich zurück und faltete die Hände.

»Und Sie haben den Jungen aufgenommen, obwohl er noch nicht alt genug ist, nicht wahr?«

»Ja, aber –«

»Mit anderen Worten, Sie haben Mr. und Mrs. Stonewall zuliebe eine Ausnahme gemacht, um den beiden zu gefallen?«

»Nein, es war keine Gefälligkeit. Wir können Ausnahmen machen, wenn der zukünftige Schüler besonders begabt zu sein scheint.«

»Ich verstehe. Dann hatten Mr. und Mrs. Stonewalls Position und ihr Einfluß in dieser Gemeinde nichts mit Ihrer Entscheidung zu tun?«

»Einspruch, Euer Ehren!«

»Oder vielleicht Ihre Zeugenaussage hier an diesem Tag?« fügte Wendell Burton noch schnell hinzu.

»Euer Ehren?« beharrte Lakewood. Ich war froh zu sehen, daß er genauso aggressiv sein konnte wie Wendell Burton.

»Euer Ehren, ich versuche nur zu zeigen, daß dieser Zeuge voreingenommen ist«, sagte Burton.

»Mr. Burton, ich habe Ihnen schon einmal gesagt, daß ich mich nur um die Fakten kümmere, die Mr. Meeks dem Gericht liefert, und nicht um ihre subjektive Bewertung. Darum ist es unnötig, wenn Sie in diesem Fall seine Befangenheit beweisen wollen. Haben Sie jetzt noch weitere Fragen?«

»Nein, Euer Ehren.«

»Ich habe noch eine Frage, Euer Ehren«, sagte Lakewood.

»Bitte fragen Sie.«

»Mr. Meeks, Mrs. Stonewall kam als Lehrerin zur Winnerow-Schule zurück. Wie würden Sie als Schulleiter ihre Arbeit bewerten?«

»Sie hat es sehr gut gemacht. Die Schüler mochten sie, das Kollegium akzeptierte sie, und ihr Fachwissen war ausgezeichnet.«

»Sie hatte also eine gute Beziehung zu den Kindern?«

»Sie wurde sehr vermißt, als sie ging. Und auch ich war enttäuscht, daß sie sich entschlossen hatte, nicht zurückzukehren«, sagte Mr. Meeks. Tränen traten mir in die Augen, als ich ihn das sagen hörte, und ich erinnerte mich an meine Trauer, als ich das Lehren aufgab, um in Farthy zu leben. Logan griff unter dem Tisch nach meiner Hand.

»Danke. Keine weiteren Fragen, Euer Ehren.«

»Sie können jetzt an Ihren Platz zurückgehen, Mr. Meeks.«

»Euer Ehren«, sagte Lakewood, »wir möchten jetzt Reverend Wayland Wise in den Zeugenstand rufen.«

Dieses Mal ging ein leises Raunen durch das Publikum, so als hätten alle gleichzeitig eingeatmet. Reverend Wise, der ganz hinten im Gerichtssaal stand, schritt langsam und bedächtig zum Zeugenstand. Nie zuvor hatte er so grimmig und vornehm ausgesehen. Die Menschen, die am Mittelgang saßen, lehnten sich zurück, als würde er die Luft zerschneiden, so wie Moses das Rote Meer geteilt hatte. Sogar der Richter schien beeindruckt zu sein. Die Stimme des Reverends war laut und fest, als er den Eid schwor. Er ergriff dabei die Bibel und legte die Hand darauf. Sein Gesicht war ernst und seine Augen durchdringend, als sei er in der Kirche und blickte dem Teufel direkt ins Angesicht.

Aufgeregt erwartete ich seine Aussage.

Als ich zu Fannys Tisch hinübersah, blickte sie entspannt und ruhig drein. Sie sagte ihrem Anwalt etwas ins Ohr, worauf er nickte, lächelte und ihr die Hand tätschelte. Randall starrte mit fast ausdruckslosem Gesicht nach vorn. Dann wandte er sich in meine Richtung. Er sah aus wie ein Mann, der in eine Falle geraten war. Es sah fast so aus, als wollte er sich bei mir entschuldigen. Aber Fanny gab ihm einen Stoß mit dem Ellbogen, und er drehte sich schnell wieder weg.

»Reverend Wise, würden Sie dem Gericht erzählen, unter welchen Umständen Sie Fanny Casteel in Ihr Heim aufnahmen und wie Sie sie behandelten?«

»Der Herr befähigt uns, einander auf vielen Wegen zu helfen, wenn es unser Herz wünscht«, begann der Reverend. »Man hatte mir von der traurigen Lage der Casteel-Familie berichtet; die Kinder hatten keine Mutter, und der Vater war die meiste Zeit auch nicht zu Hause. So lebten sie in einer elenden Hütte in den Willies, hungrig, frierend und ohne daß sich jemand um sie gekümmert hätte. Meine Frau und ich berieten uns, und wir beschlossen, eines der armen Wesen bei uns aufzunehmen. Wir wollten uns um das Kind kümmern, wie auch der Herr für uns gesorgt hat«, sagte er. Einige der Gemeindeglieder nickten und lächelten selbstgerecht.

»Und so nahmen Sie Fanny Casteel mit zu sich nach Hause, um für sie zu sorgen wie für eine Tochter. Sie gaben ihr sogar Ihren Namen und änderten ihren Vornamen, stimmt das?«

»Das taten wir freudig.«

»Bitte, beschreiben Sie, wie Fanny sich bei Ihnen entwickelte.«

»Sie war dankbar und glücklich, bei uns sein zu dürfen. Natürlich unterrichtete ich sie über die Wege der Rechtschaffenheit. Ich kannte die Umgebung, in der sie gelebt hatte, und wußte, wie es ihr moralisch geschadet haben mußte.«

»War Ihre Erziehung erfolgreich?« fragte Lakewood. Reverend Wises schwarze Augen richteten sich auf Fanny und dann auf das Publikum.

»Sie war ein schwieriges Kind, oft leichtsinnig! Ich hatte das Gefühl, der Teufel hätte tatsächlich Besitz von ihr ergriffen.«

»Ich verstehe. So hatte sich ihr Verhalten, also ihr Verhalten, das

Mr. Meeks beschrieben hat, nicht verändert, obwohl sie nun ein warmes Heim hatte und geliebt wurde? Ist das richtig?«

»Der Teufel ist nun einmal ein kluger Feind.«

»Bitte, Reverend, beantworten Sie die Frage mit ja oder nein.«

»Ja.«

»Und in dieser Zeit wurde Fanny zur Frau«, sagte Lakewood. Er machte eine dramatische Pause. Man hätte eine Stecknadel fallen hören, so still war es. Einen Moment lang betrachtete Lakewood das Publikum, dann drehte er sich plötzlich auf dem Absatz um und sah dem Reverend ins Gesicht. »Reverend Wise, wurde Fanny schwanger, als sie bei Ihnen lebte?«

Schweigend beugte der Reverend den Kopf wie zu einem stillen Gebet. Dann, langsam, sehr langsam hob er die Augen und sah Camden Lakewood an.

»Das wurde sie.«

»Und was boten Sie ihr an?«

»Meine Frau und ich waren damals kinderlos, und wir entschlossen uns, das Kind zu uns zu nehmen und zu erziehen – genauso, wie wir Fanny aufgenommen hatten. Der Herr hatte uns eine weitere Möglichkeit gegeben, Gutes zu tun, und wir fühlten uns in der Tat gesegnet.« Das Publikum wurde unruhig, aber als der Richter mit dem Hammer auf den Tisch schlug, verstummten alle: Niemand wollte hinausgeworfen werden und etwas verpassen. »Wir gaben vor, daß das Kind von uns wäre... Schließlich wollten wir dem unschuldigen Kind das Leben erleichtern. Wir wollten, daß es in der Gemeinde akzeptiert werden würde. So hat es der Herr gewollt.«

»Ich will nicht Ihre Motive in Frage stellen, Reverend, aber boten Sie damals Fanny Casteel nicht zehntausend Dollar an, damit sie schriftlich alle Rechte auf das Kind aufgab?«

»Das tat ich... aber nicht, weil ich damit das Kind kaufen wollte. Meine Frau und ich waren der Meinung, daß sie das Geld nötig hätte, da sie unser Haus verlassen und in der Welt ihren eigenen Weg gehen wollte.«

»Die schriftliche Vereinbarung besagt, daß die wahre Herkunft des Kindes niemals verraten werden würde. Stimmt das?«

»Ja.«

»Fanny Casteel hat also freiwillig ihr eigenes Kind an Sie verkauft?«

Der Reverend nickte nur.

»Dieses Dokument hier bestätigt die Aussage des Zeugen«, sagte Lakewood. »Keine weiteren Fragen, Euer Ehren.«

Lakewood hatte mir seine Strategie erklärt. Er wollte vermeiden, daß der Reverend in Verlegenheit käme. Es sollte so aussehen, als hätte Fanny ein leichtsinniges Leben geführt und dann ihr Kind verkauft. Er hoffte, daß Fanny und ihr Anwalt die wirklichen Umstände nicht aufdecken würden. Aber er hatte sich getäuscht.

»Reverend Wise«, eröffnete Wendell Burton das Verhör, indem er sich blitzschnell von seinem Sitz erhob. »Gaben Sie Fanny Casteel die zehntausend Dollar wirklich nur, um ihr zu helfen?«

»Ich bin nicht sicher, ob –«

»Waren oder sind Sie nicht der Vater von Fanny Casteels erstem Kind?«

Die Stille in dem Raum war vollkommen. Niemand wagte auch nur zu husten.

»Ja, das bin ich«, bekannte er mit fester Stimme. Die Zuschauer schnappten nach Luft. Aber dieses Mal brauchte der Richter nicht mit dem Hammer auf den Tisch zu schlagen: Niemand gab einen weiteren Ton von sich. Keiner wollte auch nur ein einziges Wort verpasssen.

»Sie schwängerten also ein junges Mädchen in Ihrem eigenen Heim, ein unwissendes, vertrauensseliges Kind, das Ihnen anvertraut worden war?« fuhr Burton fort und beugte sich vor.

»Mr. Burton, ich bin nichts anderes als ein normaler Mensch, den der Herr ausersehen hat, sein Wort zu verkünden. Ich wollte Fanny Casteel ändern, aber ich war nicht dazu ausersehen, es zu schaffen.«

»Und deshalb haben Sie ein vierzehnjähriges Mädchen verführt?« fuhr Burton ihn an.

»Glauben Sie mir, kein Mann mußte sich die Mühe machen, dieses leichtlebige Geschöpf zu verführen. Dieses böse, sündhafte Mädchen«, sagte er und zeigte mit ausgestrecktem Arm auf Fanny, so daß er wie ein Prophet aussah, der Gottes Wort verkündet, »stahl sich in mein Bett, preßte ihren unkeuschen nackten Körper gegen mich und verführte mich. Wie ich Ihnen bereits gesagt habe: Ich bin auch nur ein Mensch aus Fleisch und Blut.« Er ließ den Arm sinken und schüttelte dann bedauernd den Kopf. »Leider.«

»Aber Sie sind ein erwachsener Mensch. Warum haben Sie sie nicht abgewiesen?« fragte Burton weiter.

»Nein, das tat ich nicht«, sagte der Reverend und sah auf. »Aber ich habe niemals daran gezweifelt, daß sie ein Werkzeug des Teufels war. Meine Gemeinde kann jederzeit bestätigen, daß ich den Satan erfolgreich bekämpft habe in Winnerow. Und so wollte er sich rächen. Ich war froh, als sie mein Haus verließ. Und ich verstehe, warum der Herr mich anwies, das Kind zu kaufen. Er wollte nicht, daß es bei einer solchen Frau aufwachsen würde, einer Frau, die fest in der Hand des Teufels ist.«

»Sie haben also ein junges Mädchen mit zehntausend Dollar in Versuchung geführt, ihr Kind zu verkaufen. Was hätte sie auch tun sollen? Sie war erst vierzehn«, sagte Burton.

»Einspruch, Euer Ehren. Der Anwalt beantwortet seine eigenen Fragen.«

»Einspruch stattgegeben. Mr. Burton, wollen Sie Reverend Wise jetzt die Frage stellen?«

»Nein«, sagte Burton schnell. »Keine weiteren Fragen.«

»Reverend Wise, lassen Sie mich die Frage stellen.«

Lakewood nutzte die Chance. »Hatte Fanny Casteel keine andere Wahl, als Ihnen ihr Kind zu verkaufen?«

»Natürlich hätte sie es behalten können. Es gibt Sozialhilfe, Fürsorge.« Er sah ins Publikum. »Sie hätte darauf bestehen können, daß ich sie und ihr Kind unterstütze.«

»Aber sie wollte das Kind nicht; ist das richtig?«

»Ja. Sie wollte nur das Vergnügen, das sündige Vergnügen, aber nicht die Verantwortung.«

»Keine weiteren Fragen, Euer Ehren«, sagte Lakewood.

Der Reverend verließ den Zeugenstand. Als er mit hoch erhobenem Kopf den Mittelgang entlangschritt, meinte ich, Erleichterung und die Andeutung eines Lächelns zu sehen. Er hatte getan, was er sicher all diese Jahre hatte tun wollen: seine Sünde bekennen. Und er hatte sie so bekannt, daß seine Gemeinde nicht zögern würde, ihm zu vergeben. Ich war mir sicher, seine nächste Predigt würde von der Aussage ausgehen: »Ich habe den Teufel gesehen, und ich kenne seine bösen Kräfte; aber ich habe auch die Vergebung des Herrn erfahren, und ich weiß, er ist mächtiger als der Satan.«

Als ich mich Fanny zuwandte, bemerkte ich, daß ihr Lächeln verschwunden war. Ihr Anwalt lehnte sich zu ihr hinüber und flüsterte ihr etwas ins Ohr; seine Worte schienen sie aber nicht sonderlich glücklich zu machen. Randall hatte seinen Kopf gesenkt und spielte mit dem Bleistift. Trotz allem taten mir die beiden leid. Sie wußten so wenig... und die Verhandlung hatte gerade erst begonnen. Fanny hätte niemals die Macht von Geld und Einfluß bezweifeln sollen, dachte ich.

»Euer Ehren«, sagte Lakewood. »Wir möchten jetzt Mrs. Peggy Sue Martin in den Zeugenstand rufen.«

Fanny sah auf, und ihr Anwalt schien etwas verwirrt zu sein. Der Ausdruck auf Fannys Gesicht wurde immer sorgenvoller. Sowohl Randall als auch Wendell Burton fragten sie, wer Peggy Sue Martin sei. Die meisten Leute im Saal fragten sich das sicherlich auch. Der Richter klopfte auf den Tisch, und das Publikum beruhigte sich wieder. Peggy Sue Martin betrat den Zeugenstand.

Sie war Ende fünfzig oder Anfang sechzig und trug eine billige Fuchspelzimitation. Ihr Gesicht war stark geschminkt, beinahe so stark wie damals bei der wahnsinnigen Jillian. Das Rouge war viel zu dick aufgetragen, der Lippenstift war zu grell, und die Wimpern konnten die Last der Schminke kaum halten. Die hellblond gefärbten Haare sahen aus wie Stroh, und obwohl sie sich geschickt frisiert hatte, war deutlich erkennbar, daß sie ihr ausfielen. Ihr dünnes, lavendelfarbenes Kleid war zu kurz und schmiegte sich eng über ihre massigen Hüften. Wir hatten ihr zusätzlich zu den Spesen zweitausend Dollar gegeben, damit sie von Nashville hierherkäme. Nachdem sie rasch den Eid geleistet hatte, setzte sie sich mit übereinandergeschlagenen Beinen hin. Als Lakewood auf sie zuging, lächelte sie.

»Mrs. Martin«, begann er, »bitte sagen Sie dem Gericht, wo Sie leben und was Sie machen.«

»Ich wohne in Nashville, wo ich ein halbes Dutzend Häuser besitze, um die ich mich kümmern muß.«

»Mrs. Martin, kennen Sie Fanny Casteel?«

»Ja, natürlich. Fanny wohnte vor ein paar Jahren in einem von meinen Häusern. Sie war nach Nashville gekommen, um als Sängerin Karriere zu machen, genau wie hundert andere Mädchen.« Sie lächelte den Richter an, der aber nicht darauf reagierte.

»Wenn sie in einem Ihrer Häuser wohnte, bedeutet das, daß sie ein Zimmer gemietet hatte?«

»Ganz genau.«

»Konnte sie die Miete pünktlich bezahlen?«

»Am Anfang schon. Aber dann war sie manchmal knapp bei Kasse. Ich bin ja nicht herzlos, aber ich kann schließlich kein Risiko eingehen... bei meinen Ausgaben.«

»Verdiente Fanny Casteel denn nichts als Sängerin?« fragte Lakewood.

»Du lieber Himmel, nein.« Sie lachte. »Sie konnte nicht besser singen als ich.«

»Dann haben Sie ihr also gekündigt?«

»Das war nicht nötig.«

Camden sah zunächst Fanny an, bevor er sich wieder an Peggy Sue Martin wandte: »Wie hat sie sich denn das Geld für die Miete beschafft?«

Peggy Sue Martin rutschte unruhig hin und her und zupfte an ihrem Pelz herum.

»Nun, ich achte nicht sehr darauf, was in meinen Häusern passiert. Es geht mich ja auch nichts an... solange die Mieter nichts kaputtmachen und ihre Miete pünktlich bezahlen.«

»Ja?«

»Nun, einige Frauen hatten hin und wieder Männerbesuch.«

»Was für Männerbesuch?« fragte Lakewood.

»Ich habe natürlich nichts damit zu tun«, sagte Mrs. Martin schnell und sah den Richter an. Doch dem war weiterhin nichts anzumerken.

»Mrs. Martin, sprechen wir hier vielleicht über Prostitution?«

»Ja«, sagte sie leise.

»Mrs. Martin, könnten Sie bitte etwas lauter sprechen«, forderte der Richter sie auf.

»Ja«, wiederholte sie laut.

»Und Sie wissen sicher, daß sich Fanny Casteel gelegentlich auf diese Art ihre Miete verdient hat?«

»Ja, ganz sicher«, erwiderte Peggy Sue Martin.

Ich erinnerte mich an die Reise, die ich zu dem heruntergekommenen Haus gemacht hatte: Die Farbe blätterte von den Wänden, und die Rouleaus waren kaputt. Wie naiv ich doch gewesen war! Ich hätte erkennen müssen, was dort geschah. Ich hätte dem hübschen Mädchen in Shorts und Trägerhemdchen ansehen müssen, was es dort trieb.

Fanny war damals sechzehn Jahre alt gewesen und völlig auf sich allein gestellt. Sie hatte kaum genug Geld gehabt, um sich etwas zu essen zu kaufen. Ich hatte mir solche Sorgen darüber gemacht, wie Jillian und Tony reagieren würden, wenn Fanny nach Farthy käme, daß ich gar nichts bemerkt hatte. Ich hatte sie zum Essen eingeladen und versprochen, ihr Geld zu schicken. Was mit ihr passiert war, war mir nicht aufgefallen.

Nun, jetzt kam alles heraus. Die Dinge wurden an die Öffentlichkeit gezerrt wie die Geheimnisse eines Malers, der zum ersten Mal ausgestellt hatte. Aber das war ihre eigene Schuld. Ich hatte sie gewarnt, dachte ich. Sie hätte mir Drake nicht wegnehmen dürfen.

»Keine weiteren Fragen, Euer Ehren«, sagte Lakewood.

Ich sah Fanny an. Ihr Ausdruck war so haßerfüllt, daß ich mich abwenden mußte.

»Mr. Burton?« sagte der Richter. Wendell Burton wechselte mit Fanny ein paar Worte und wandte sich dann dem Richter zu.

»Keine Fragen an die Zeugin, Euer Ehren.«

»Ich würde sagen, Runde eins ist vorüber«, sagte Camden Lakewood und setzte sich neben mich, »und es hat sie umgehauen.«

»Das Gericht zieht sich zurück«, sagte der Richter und schlug dreimal mit dem Hammer auf den Tisch.

17. KAPITEL

Das Böse am Fuße des Berges

Die größte Sensation, daß Logan Fanny geschwängert hatte, war noch nicht enthüllt worden. Camden Lakewood war der Meinung, daß es nicht zur Sprache kommen mußte, auch wenn er Fanny in den Zeugenstand rufen würde. Er hoffte, daß sie und ihr Anwalt entschieden hatten, daß diese Information nicht zu ihrem Vorteil wäre.

Als wir den Gerichtssaal erneut betraten, stellte ich überrascht fest, wie frisch Fanny aussah. Obwohl die Verhandlung bisher für sie nur erniedrigend und unangenehm gewesen sein konnte, wirkte sie entspannt und zufrieden. Sie sah aus wie eine Katze, die gerade eine Maus fangen wollte. Randall war noch immer still und deprimiert; aber Fanny redete mit Bekannten, lachte laut, schüttelte Hände und winkte. Natürlich wollte sie Logan und mir etwas vorspielen: Hin und wieder überzeugte sie sich davon, ob wir sie auch beobachteten. Wie naiv sie doch war, dachte ich. Offensichtlich hatte sie immer noch nicht erkannt, was sie sich da eingebrockt hatte, als sie Drake fortnahm.

Logans Mutter war jetzt viel glücklicher. Ihre Freundinnen hatten sich während der Pause um sie versammelt, und sie gackerten wie Hühner. Alle Informationen, die bisher zur Sprache gebracht worden waren, hatten Fannys Position verschlechtert. Loretta hoffte daher, daß Fanny den Zwischenfall mit Logan nicht erwähnen wurde. Warum sollte sie auch bei dem momentanen Stand der Dinge noch mehr Unangenehmes enthüllen?

Und dann mußte man natürlich auch an Randall denken. Mein Anwalt hatte uns darauf aufmerksam gemacht, daß Randall sie wohl nur deshalb geheiratet hatte, weil sie behauptet hatte, es wäre sein Kind. Wenn er nun erfahren würde, daß Logan der Vater sei, würde sie ihn verlieren. Aber ich fürchtete, daß es ihr wichtiger war, Drake zu bekommen, nur um mir weh zu tun.

Während der Pause kamen viele Eltern ehemaliger Schüler und Geschäftsfreunde aus Winnerow zu uns, um uns Glück zu wünschen. Wie ich erwartet hatte, waren die meisten Leute der Ansicht, daß Reverend Wise ein mutiger Mann sei, weil er seine Sünden öffentlich bekannt hatte. Er hatte den Teufel herausgefordert, und der Teufel war zurückgewichen. Während der Pause stand Wise, umgeben von seinen Anhängern, in einer Ecke. Er las ihnen Bibelzitate vor, von denen er glaubte, sie würden zur Situation passen.

Als wir nach der Pause hineingeströmt waren, hatte ich ihn angesehen. Selbstbewußt erwiderte er meinen Blick. Vor Jahren, als ich Fannys Kind holen wollte, hatte ich ihm gedroht, seiner Gemeinde alles zu erzählen. Er hatte mir damals schon erklärt, daß sich seine Anhänger nicht gegen ihn wenden würden.

Nachdem die Anhörung wieder eröffnet worden war, legte Camden Lakewood einige Dokumente als Beweismaterial vor, die bestätigten, daß Logan und ich als Vormund über Drakes Vermögen eingesetzt waren. Dann rief er Fanny in den Zeugenstand.

Sie erhob sich von ihrem Stuhl, strich sanft ihr Haar zurück und lächelte Randall an. Dann schritt sie durch den Gerichtssaal zu dem Zeugenstand, als ob sie auf der Bühne wäre. Das Lächeln hielt sich so hartnäckig auf ihrem Gesicht, daß es aussah, als trüge sie eine Maske. Vor unserem Tisch blieb sie einen Moment lang stehen und sah mich an. »Ich nehme an, daß du zufrieden bist, Heaven«, sagte sie. »Aber du wirst es nicht mehr lange sein.«

Ich schüttelte den Kopf und sah weg.

Als sie gefragt wurde, ob sie die ganze Wahrheit und nichts als die Wahrheit sprechen würde, antwortete sie: »Natürlich werde ich das.« Das Publikum wurde etwas unruhig.

»Mrs. Wilcox«, begann Lakewood, »soweit ich weiß, sind Sie erst seit kurzer Zeit Mrs. Wilcox. Wie lange ist das her?«

»Seit zwei Tagen. Randall und ich sind nach Hadleyville gefahren, wo wir ganz ordentlich von einem Pfarrer getraut wurden.«

»Ich verstehe. Wie lange kannten Sie Mr. Wilcox denn?«

»Ich kenne ihn schon länger«, sagte sie und grinste mich an.

»Sie haben aber nicht aus taktischen Gründen geheiratet, oder?« fragte Lakewood.

»Was?«

»Sie haben nicht etwa deswegen geheiratet, weil es eine gute Voraussetzung dafür ist, um das Sorgerecht für Drake zu bekommen?«

»Einspruch, Euer Ehren«, sagte Burton. »Ich weise diese Unterstellung zurück. Es gibt keine Beweise –«

»Das wollen wir eben herausfinden, Euer Ehren«, sagte Lakewood sanft. Der Richter dachte einen Moment lang nach und nickte dann.

»Abgelehnt. Ich denke, daß die Frage in Ordnung geht, und möchte gerne die Antwort von Mrs. Wilcox hören. Mrs. Wilcox?«

»Ja, Euer Ehren?«

»Sie können jetzt die Frage beantworten.«

»Welche Frage?«

»Ich werde meine Frage wiederholen«, sagte Lakewood. »Haben Sie Mr. Wilcox nur deshalb geheiratet, damit Sie ein anständiges Zuhause für Drake vorweisen können?«

»Nun...« Sie sah hilfesuchend Burton an, der schnell den Kopf schüttelte. Lakewood, der den Blick bemerkt hatte, stellte sich nun zwischen Fanny und Burton, so daß ihr die Sicht verstellt war. »Sie wollen wissen, ob wir nur geheiratet haben, um Drake zu bekommen«, sagte sie und wiederholte ganz offensichtlich, was Wendell Burton ihr als mögliche Frage eingebleut hatte. »Also, das war es nicht. Randall liebt mich, und ich liebe ihn. Darum dachten wir, es wäre der richtige Zeitpunkt, uns endgültig zu binden. Und wir haben ein ordentliches Zuhause. Man kann doch ein ordentliches Zuhause haben, ohne so reich zu sein wie Heaven, oder nicht?«

Ein Teil der Zuhörer nickte zustimmend.

»Sie waren doch schon einmal verheiratet, nicht wahr, Mrs. Wilcox?« fragte Lakewood und ignorierte ihren Gefühlsausbruch.

»Mhm, ich habe den alten Mallory geheiratet.«

»Den alten Mallory. Ich nehme an, Ihr erster Ehemann war erheblich älter als Sie?«

»O ja, ungefähr vierzig Jahre.«

»Vierzig Jahre älter als Sie?«

»Mhm.«

»Haben Sie ihn auch geliebt?«

»Er hat mich geliebt, und er wollte sich um mich kümmern, also habe ich ihn geheiratet. Ich war damals nicht so alt und weise wie jetzt, und außerdem hatte ich auch kein Heer von Experten um mich herum, die mir sagen konnten, was richtig wäre. So wie manche anderen Leute«, fügte sie hinzu und blickte in meine Richtung.

»Warum haben Sie sich von ihm scheiden lassen?«

Wieder sah sie ihren Anwalt an, aber diesmal stand Lakewood ihr im Weg.

»Wir kamen einfach nicht miteinander aus«, sagte sie schließlich.

»War es nicht so, daß Sie sich scheiden ließen, weil er Kinder wollte und Sie nicht?« fragte Lakewood schnell. Sie zuckte zusammen.

»Nein«, sagte sie.

»Aber das haben Sie damals Ihren Freunden erzählt. Wir können sie gegebenenfalls in den Zeugenstand holen.«

Sie sah zu Boden. Dann blickte sie auf und sah mich durchdringend an. Ich hatte ihr gesagt, daß alles auf sie zurückfallen würde.

»Ich wollte deshalb keine Kinder, weil er zu alt war. Ich meine, was wäre denn passiert, wenn er gestorben wäre?« fragte sie und schaute dabei den Richter an. »Hätte ich die Kinder allein großziehen sollen? Und wer hätte mich dann schon geheiratet, mit Kindern? Also habe ich damals nein gesagt. Wir haben uns deshalb gestritten und ließen uns scheiden; später ist er dann gestorben, ohne mir etwas zu hinterlassen. Also habe ich recht behalten.«

»Aber Ihre Vergangenheit scheint davon geprägt zu sein, daß Sie keine Kinder wollten. Stimmt das nicht?«

»Nein, das stimmt nicht. Schauen Sie, ich bekomme doch jetzt ein Kind«, erklärte sie und deutete auf ihren Bauch.

»Sie haben aber erst vor zwei Tagen geheiratet, nicht wahr?« fragte Lakewood freundlich und sah dabei den Richter an.

»Das habe ich Ihnen doch bereits gesagt«, meinte Fanny. »Erinnern Sie sich etwa nicht?« fragte sie, und das Publikum lachte. Der Richter klopfte mit dem Hammer auf den Tisch.

»Nun, Mrs. Wilcox, könnten Sie bitte dem Gericht erklären, wie es dazu kam, daß Drake Casteel jetzt bei Ihnen lebt?«

»Was meinen Sie mit ›wie es dazu kam‹? Ich habe ihn mitgenommen.«

»Mitgenommen? Von wo?«

»Vor der Willies-Fabrik, am Tag der Party. Ich sah, daß er ganz allein war, während Heaven und Logan feierten und die neue Fabrik herumzeigten. Also bin ich zu ihm hingegangen und habe gesagt, er solle mitkommen. Er ist in mein Auto eingestiegen, und ich habe ihn dorthin gebracht, wo er hingehört.«

»Sie haben ihn einfach mitgenommen, ohne jemandem Bescheid zu sagen?«

»Warum sollte ich? Er ist mein Bruder.«

»Aber konnten Sie sich nicht denken, daß sich Mr. und Mrs. Stonewall Sorgen machen würden?«

»Die haben sich ja auch keine Sorgen darüber gemacht, was ich empfand.« Sie wandte sich mit blitzenden Augen zu Logan und mir. »Ich meine, sie haben mich auch nicht um Erlaubnis gebeten, als sie ihn nach Boston mitgenommen haben... und als sie ihn hierher nach Winnerow brachten. Also, Vater würde sicher wünschen, daß ich seine Mutter werden würde, nicht Heaven. Er liebte Heaven nicht so sehr wie mich... das weiß sie auch. Du weißt, daß ich die Wahrheit sage, Heaven«, sagte sie und sah mich an.

Ich hatte immer geglaubt, daß er Fanny mehr liebte als mich. Aber ich wußte auch, daß er mir mehr vertraute. Er wußte, daß ich im Gegensatz zu der selbstsüchtigen Fanny einen Sinn für Verantwortung hatte. Nein, dachte ich, wenn Luke hier sein könnte, dann würde er mich zur Mutter von Drake machen. Immerhin hatte er mich auch zum Vormund von Drakes Vermögen gemacht. Ich war sicher, daß ich das Sorgerecht für Drake haben sollte.

»Aber immerhin wußten Sie immer, wo er war, Mrs. Wilcox. War es nicht etwas verantwortungslos, was Sie da taten? Einfach ein Kind mitnehmen, ohne irgend jemandem etwas davon zu sagen? Die Polizei suchte ihn ja bereits. Sie hätten doch auch anrufen können, als Sie mit dem Jungen bei sich zu Hause angekommen waren.«

»Ich habe es Ihnen doch schon gesagt«, erklärte sie. »Mich hat auch nie jemand angerufen, um Bescheid zu sagen. Sie haben mir nicht einmal mitgeteilt, daß sie wieder in Winnerow waren.«

»Trotzdem, Mrs. Wilcox –«

»Es war richtig so.« Sie nickte bestätigend. »Heaven glaubt immer, sie kann machen, was sie will, nur weil sie reich ist. Nun, mir ist es egal, wie reich sie ist. Drake gehört zu mir.«

Es war ganz offensichtlich und für jeden sichtbar, daß Fanny mich verabscheute. Es tat mir weh, und es machte mich verlegen.

»Keine weiteren Fragen, Euer Ehren«, sagte Lakewood.

Wendell Burton stand auf, um zu der Zeugin zu gehen. Er hatte die Hände hinter dem Rücken verschränkt. Auf halbem Wege blieb er dann stehen, so, daß er sowohl Fanny als auch uns beobachten konnte. Mein Herz schien stillzustehen und begann dann wie wild zu schlagen.

»Mrs. Wilcox, Sie bekommen ein Kind. Wessen Kind ist es?«

»Seins«, sagte sie und zeigte auf Logan. »Er hat mich geschwängert!«

Ich hörte, wie Logans Mutter aufstöhnte. Ein Aufruhr ging durch die Menge. Auf Randalls Gesicht zeichnete sich Erstaunen ab. Dann hatte ich also recht gehabt, er wußte von nichts; gerade wollte er aufstehen, als Wendell Burton, der schnell zum Tisch zurückgelaufen war, ihn am Arm packte und auf ihn einredete. Da setzte er sich wieder. Vielleicht hatte Burton behauptet, daß Fanny lüge, um Drake zu bekommen. Der Richter, dessen Gesicht vor Wut feuerrot angelaufen war, schlug wie verrückt mit dem Hammer auf den Tisch.

»Ich habe Sie alle gewarnt«, sagte er. »Wenn noch einmal so ein Tumult entsteht, dann werde ich den Gerichtssaal räumen lassen. Fahren Sie fort, Mr. Burton!« Burton sagte noch etwas zu Randall und wandte sich dann wieder Fanny zu.

»Mrs. Wilcox, Sie zeigten eben auf Mr. Stonewall, den Ehemann Ihrer Schwester?«

»Ja, genau. Und du kannst es nicht ableugnen, Logan Stonewall«, schrie sie. »Du hast bisher dafür gezahlt, und deine letzte Rate ist schon überfällig.«

Logan sah mich an, aber mein Gesicht war ausdruckslos, obwohl ich innerlich weinte. Ich hatte das Gefühl, daß Fanny mir direkt ins Herz gestochen hatte, als sie auf Logan zeigte. Da ich wußte, daß alle mich jetzt anstarrten, um meine erste Reaktion zu sehen, bewegte ich mich nicht. Die meisten glaubten wohl, daß ich zum ersten Mal davon hörte. Das, was Camden Lakewood befürchtet hatte, war eingetroffen. Offensichtlich war Wendell Burton der Meinung, daß Fannys moralische Integrität so angeschlagen war, daß er unsere nicht unbeschadet lassen konnte.

»Mrs. Wilcox, wie bereits erwähnt, haben Sie erst vor zwei Tagen geheiratet. Wußte Ihr Mann, Randall Wilcox, denn, daß Sie ein Kind von Logan Stonewall erwarten? Wußte Ihr Mann, daß Sie Geld von Mr. Stonewall erhalten?«

»Ja, natürlich wußte er das. Randall ist ein wirklicher Gentleman. Er liebt mich; und er möchte nicht, daß ich immer von reichen und mächtigen Leuten mißbraucht werde«, leierte sie mechanisch herunter. Mir wurde klar, daß Burton ihr diesen Spruch eingeprägt hatte. Sie sah so stolz aus wie ein Schulmädchen bei einer Theateraufführung in der Schule.

Randall sah völlig verstört aus. Offensichtlich hatten sie ihn nicht in ihr Spiel eingeweiht.

»Er wollte, daß Ihr Kind einen Vater hat und daß Sie alle ein anständiges Zuhause haben würden, nicht wahr?« Burtons Frage hörte sich wie eine Zusammenfassung an.

»Mhm.«

Camden Lakewood beugte sich zu uns herüber. »Ich werde jetzt Logan in den Zeugenstand rufen müssen«, flüsterte er, »damit er seine Darstellung von dem Ganzen bringen kann.«

»Ich verstehe«, sagte Logan. »Es tut mir so leid, Heaven. Es tut mir wirklich leid.«

»Ich weiß. Wir werden jetzt tun, was getan werden muß, dann geht es schnell vorüber«, sagte ich.

»Mrs. Wilcox«, fuhr Wendell Burton fort und lächelte breit, »hier sind heute einige sehr häßliche Anschuldigungen gegen Sie gemacht worden. Ich denke, es ist nur fair, wenn Sie jetzt einmal alles aus Ihrer Sicht darstellen. Wie waren Sie in das Haus von Reverend Wise gekommen?«

»Mein Vater hatte uns verkauft... für fünfhundert Dollar pro Stück. Der Reverend hat mich gekauft.«

»Er hat Sie also wie eine Sklavin für fünfhundert Dollar gekauft?« fragte Wendell Burton. Seine Augen weiteten sich entsetzt, während er auf die Zuhörer blickte. »Der Mann, der Sie als Werkzeug des Teufels bezeichnete?«

»Ja, das hat er getan.«

»Und würden Sie dem Gericht vielleicht kurz erzählen, wie das Leben bei dem Reverend für Sie war?«

»Am Anfang war es schön. Sie kauften mir neue Sachen, und der Reverend erzählte immer von der Bibel und so. Aber dann wurde er plötzlich merkwürdig.«

»Merkwürdig? Was meinen Sie damit, Mrs. Wilcox?«

»Nachts, wenn seine Frau eingeschlafen war, kam er in mein Zimmer. Er redete mit mir und streichelte mein Haar, und dann begann er auch, mich an anderen Stellen zu streicheln.«

»Ich verstehe. Und wie alt waren Sie zu der Zeit?«

»Ungefähr vierzehn.«

»Ungefähr vierzehn. Wir wollen jetzt nicht in die Details gehen... Jedenfalls wurden Sie von ihm schwanger; war es so?«

»Ja, das stimmt. Aber ich bin nicht in sein Zimmer gegangen und habe mich nackt neben ihn gelegt, wie er behauptet hat. Ich wollte kein Kind. Ich war jung und hatte Angst, und es gab niemanden, der mir geholfen hätte. Niemand, mit dem ich hätte reden können. Als er mir dann sagte, er würde mir zehntausend Dollar für das Kind geben, habe ich natürlich zugestimmt. Später wollte ich aber mein Kind wiederhaben.«

»Oh? Sie wollten Ihr Kind wiederhaben? Erzählen Sie uns davon«, sagte Burton und wippte auf seinen Fersen hin und her.

»Meine reiche Schwester besuchte mich einmal in Nashville. Ich flehte sie damals an, mir mein Kind zurückzukaufen; sie sollte dem Reverend das Doppelte dafür zahlen. Für sie wäre das eine Kleinigkeit gewesen. Sie hätten sehen sollen, wieviel Geld sie in ihrer Tasche mit sich herumtrug.«

»Und? War sie einverstanden?«

»Nein, natürlich nicht. Sie wollte nicht, daß ich Mutter wurde und ein Kind hatte. Sie wollte nichts mit mir zu tun haben. Manchmal schickte Sie mir Geld. Aber ich durfte sie nicht einmal besuchen, weil sie meinen Anblick ihren reichen Verwandten nicht zumuten konnte«, sagte Fanny und zog ein Taschentuch aus dem Ärmel, um ihre Tränen zu trocknen.

»Ich verstehe. Und dann heirateten Sie Mr. Mallory, der sich um Sie kümmern wollte. Aber Sie sahen in dieser Ehe keine Zukunft.«

»Nein, er war zu alt, wie ich schon gesagt habe.«

»Also ließen Sie sich scheiden und kamen hierher zurück, wo Sie ein Heim gegründet und geheiratet haben?«

»Ja, das stimmt.«

»Danke, Mrs. Wilcox. Diese Version hat sich doch sehr von der vorigen unterschieden. Keine weiteren Fragen, Euer Ehren.«

»Sie können den Zeugenstand jetzt verlassen, Mrs. Wilcox«, sagte der Richter, als Fanny sich nicht rührte.

Sie blickte auf, und die Tränen rannen ihr über das Gesicht. Tatsächlich wirkte sie wie ein Opfer ihrer Umgebung. Einen Moment lang glaubte ich, daß sie wirklich eines war. Wie wir alle hatte sie die Entwürdigung erleben müssen, verkauft zu werden. Fanny hatte sich damals so verhalten, als sei sie darüber glücklich gewesen. Aber wahrscheinlich hatte sie Liebe und Fürsorge erwartet. Danach hatte sie sich ja immer gesehnt. Dann wurde sie vom Reverend vergewaltigt. Denn das hatte ich niemals bezweifelt. Danach hatte sie ein hartes Leben. Ich verstand, warum sie sich in Nashville so verhalten hatte, warum sie Mallory heiratete und sich später von ihm scheiden ließ. Vielleicht war ich zu egoistisch gewesen. Vielleicht hätte ich ihr das Kind von dem Reverend zurückkaufen sollen. Möglicherweise hätte die Verantwortung für das Kind sie verändert.

Aber sie hatte sich auf die schmerzhafteste Art gerächt. Erst verführte sie meinen Mann, und dann wollte sie mir Drake wegnehmen. Nicht weil sie ihn liebte, sondern um mich zu bestrafen. Ich mußte meine Schuldgefühle verdrängen und mich wieder gegen sie verhärten. Drakes Zukunft hing davon ab.

»Ich möchte jetzt Logan Stonewall in den Zeugenstand rufen«, sagte Lakewood. Logan stand auf. Es wurde unruhig im Saal, aber beim Anblick von Richter McKensies Augen verstummten alle sofort. Logans Mutter hinter uns schluchzte auf, aber wir ignorierten sie. Ich drückte ermutigend Logans Hand, dann ging er zum Zeugenstand.

Logan sah so nervös aus wie ein kleiner Junge. Seine Hand zitterte, als er sie auf die Bibel legte, und beim Schwur versagte ihm fast die Stimme. Dann sah er mich an, und ich lächelte ihn unterstützend zu.

»Mr. Stonewall«, begann Camden Lakewood, »Sie haben gerade die Aussage von Mrs. Wilcox gehört, in der sie Sie beschuldigte, der Vater ihres Kindes zu sein. Sind Sie tatsächlich der Vater dieses Kindes?«

»Ich weiß es nicht. Vielleicht«, sagte Logan.

»Dann geben Sie zu, daß Sie intime Beziehungen zu Mrs. Wilcox unterhielten?«

»Ja«, sagte Logan.

Wieder geriet das Publikum in Aufruhr, aber der Hammer des Richters beendete das schnell.

»Können Sie uns beschreiben, wie es zu dieser intimen Beziehung kam?«

»Ja, das kann ich.« Logan richtete sich auf und nahm eine selbstbewußte Haltung an. Seine Stimme wurde tiefer, und er sprach laut und voll Autorität. »Meine Schwägerin war oft auf dem Fabrikgelände in Winnerow. Es schien, daß sie nichts anderes zu tun hatte und sonst niemand da war, mit dem sie hätte reden können. Sie brachte mir immer etwas zu essen mit, und wir unterhielten uns darüber, wie schwer ihr Leben wäre als alleinstehende Frau. Ich lebte zu der Zeit in unserer Hütte in den Willies. Eines Abends erschien sie mit Wein und ein paar Lebensmitteln. Wir aßen zusammen zu Abend und tranken viel Wein; und sie weinte den ganzen Abend. Und dann... bevor ich wußte, wie mir geschah, hatte sie sich plötzlich ausgezogen. Wir haben dann miteinander geschlafen... Ich bin betrunken gewesen, damals... ich habe es aber sofort bedauert.«

»Waren Sie seitdem noch einmal mit ihr intim?«

»Nein, nie mehr.«

»Nur dieses eine Mal?«

»Ja.«

»Und dann sagte Ihre Schwägerin Ihnen und Ihrer Frau, sie bekäme ein Kind von Ihnen?«

»Ja. Ich habe dann alles meiner Frau gebeichtet«, sagte Logan und sah mich an. »Sie hat es verstanden und mir vergeben... und ich liebe sie mehr als je zuvor«, fügte er hinzu. Tränen traten mir in die Augen, aber ich wollte nicht weinen. Niemand im Saal sollte die Genugtuung haben, mich wegen Fanny weinen zu sehen. Ich setzte mich kerzengerade hin.

Fanny starrte mich an. Das Grinsen auf ihrem Gesicht verschwand, und sie sah nun verwundert, fast ehrfürchtig aus. Wie sehr wünschte sie, mich zu zerstören. Alles, was sie tat, war darauf ausgerichtet. All die Jahre hatte der Neid an ihr genagt wie ein Parasit. Er war immer größer, häßlicher und stärker geworden, bis er sie völlig ausgefüllt hatte. Würde Fanny eines Tages erwachen und die Dinge, die sie getan hatte, bereuen?

»Mr. Stonewall, Sie haben nie in Frage gestellt, daß Sie der Vater des Kindes sind«, fuhr Lakewood fort, »obwohl Sie wußten, daß sie auch andere Freunde hatte?«

»Einspruch, Euer Ehren. Mr. Lakewood macht hier eine offensichtliche Unterstellung.«

»Ich denke, ich werde dem Einspruch stattgeben, Mr. Lakewood. Es ist bisher nicht bewiesen worden, daß Mrs. Wilcox zu der Zeit andere Freunde hatte, mit denen sie intim war.«

»Gut, Euer Ehren. Ich werde meine Frage umformulieren. Mr. Stonewall, wußten Sie, ob sich Mrs. Wilcox mit anderen Männern getroffen hat, als sie Sie auf dem Fabrikgelände besuchte?«

»Ich wußte, daß sie sich oft mit Mr. Wilcox traf.«

»Ich verstehe. Und obwohl Sie das wußten, schickten Sie ihr Geld für den Arzt und die ›Vorbereitung auf die Geburt‹?«

»Ja, das taten wir.«

»Ohne sich Ihrer Verantwortung sicher zu sein, taten Sie das, was für Fanny Wilcox und das ungeborene Kind das Beste war?«

»Ja.«

»Keine weiteren Fragen, Euer Ehren.«

»Mr. Burton?«

»Mr. Stonewall«, begann er, noch bevor er sich erhoben hatte. »Sie sagen, Sie sind sicher, daß sich Mrs. Wilcox mit Mr. Wilcox damals getroffen hat?«

»Ja.«

»Wissen Sie auch, ob Mrs. Wilcox und Mr. Wilcox zu dieser Zeit intim miteinander waren?«

»Sicher.«

»Nun, Sie haben Mrs. Wilcox doch sicherlich nicht nachspioniert, oder?«

Im Publikum gab es Gelächter, und Logan wurde knallrot.

»Natürlich nicht.«

»Hat Ihnen Mrs. Wilcox gesagt, daß sie mit Mr. Wilcox geschlafen hat?«

»Nein.«

»Hat Ihnen Mr. Wilcox gesagt, daß er mit Mrs. Wilcox in dieser Zeit geschlafen hat?«

»Nein.«

»Sie haben also nie verläßliche Informationen darüber erhalten. Sie konnten also nicht davon ausgehen, daß das Kind, das Mrs. Wilcox bekommt, nicht Ihres ist. Stimmt das?«

»Wohl nicht, nein.«

»Und darum schicken Sie also Mrs. Wilcox das Geld nicht nur aus reiner Nächstenliebe und Verantwortungsgefühl, nicht wahr, Mr. Stonewall?«

»Einspruch, Euer Ehren«, sagte Lakewood. »Mr. Stonewall hat bereits ausgesagt, warum er und Mrs. Stonewall Mrs. Wilcox das Geld geschickt haben.«

»Ich glaube nicht, daß der ganze Umfang der Frage geklärt wurde, Euer Ehren«, sagte Burton und grinste.

»Ich denke, wir haben begriffen, was Sie meinen«, sagte der Richter. »Einspruch stattgegeben. Bitte fahren Sie nun fort.«

»Es sind keine weiteren Fragen mehr nötig, Euer Ehren«, sagte Burton, breit grinsend.

Logan sah aus, als hätte man ihn geschlagen. Fragend sah er mich an, und ich nickte und lächelte ihm zu. Er erhob sich und kam zu mir zurück. Da umarmte ich ihn, und er küßte mich auf die Wange. Zu Fanny sah ich nicht hinüber, aber ich war mir sicher, daß sie innerlich brannte vor Wut.

»Euer Ehren, wir möchten jetzt Randall Wilcox in den Zeugenstand rufen«, sagte Lakewood schnell.

Randall blickte auf und schaute zu mir herüber. Dann erhob er sich langsam. Fanny sagte noch etwas zu ihm, aber er schien es schon nicht mehr zu hören. Verwirrt blickte er sich um; als er seinen Eid ablegte, war seine Stimme kaum zu hören.

»Mr. Wilcox«, begann Lakewood sofort. »Wann erfuhren Sie, daß Ihre Frau schwanger war?«

»Vor ein paar Monaten«, sagte Randall so leise, daß der Richter ihn bitten mußte, seine Aussage zu wiederholen.

»War es zu der Zeit, als Sie sie baten, Ihre Frau zu werden?« Randall antwortete nicht. Er blickte erst zu Fanny hinüber und dann zu Boden. »Mr. Wilcox?«

»Beantworten Sie bitte die Frage«, befahl der Richter.

»Ja.«

»Nicht bevor Sie von ihrer Schwangerschaft wußten?« betonte Lakewood noch einmal. Randall nickte. »Wollten Sie sie deswegen heiraten, weil Sie glaubten, es sei Ihr Kind?« Randall sah ihn gequält an. »Sie wollten sich ihr gegenüber anständig verhalten, nicht wahr?« bohrte Lakewood weiter.

»Ich –«

»Und Sie wurden angelogen, oder nicht? Hätten Sie sie sonst geheiratet? Hätten Sie das getan?«

»Nein. Fanny hat viel durchgemacht in ihrem Leben.« Er sah sie an. Ich fühlte, daß er die Wahrheit sagte. Er hatte großes Mitleid mit ihr. »Vieles von dem, was sie getan hat, ist verständlich.«

»Aber sie hat Ihnen doch gesagt, daß Sie der Vater des Kindes wären, oder etwa nicht?«

»Doch.«

»Und jetzt sagt sie, Mr. Stonewall sei der Vater. Lügt sie jetzt, oder hat sie Sie angelogen?«

Randall gab keine Antwort.

»Ich weiß, daß Sie diese Frage nicht beantworten können. Mr. Wilcox, warum haben Sie sie nicht vorher geheiratet, bevor sie Ihnen sagte, daß sie schwanger sei?«

»Ich war noch nicht reif genug, um zu heiraten.«

»Aber zwei Wochen später waren Sie es?«

»Ja.«

»Wie konnte sich das so schnell ändern, Mr. Wilcox?«

»Ich habe die Universität verlassen und hier in Winnerow eine Arbeit angenommen.«

»Als Koch in einem Schnellimbiß?«

»Ja.«

»Ihre Eltern sind entsetzt darüber, nicht wahr?«

»Einspruch, Euer Ehren. Mr. Wilcox steht hier nicht zur Debatte. Seine familiären Verhältnisse sind –«

»Euer Ehren, ich versuche, die Atmosphäre darzustellen, in der Drake Casteel möglicherweise leben wird.«

»Einspruch abgelehnt.«

»Sie haben eine teure Hochschulausbildung mit einer vielversprechenden Karriere aufgegeben, um zu heiraten, stimmt das, Mr. Wilcox?«

Randall traten Tränen in die Augen. Er blickte in die Richtung seiner Eltern.

»Ja.«

»Mr. Wilcox, ich frage Sie jetzt: Ist es möglich, daß Fanny Casteel Sie ausgenutzt hat, Sie belogen hat, nur um Sie zu heiraten? Und alles nur deshalb, damit sie an dieser Anhörung als verheiratete Frau teilnehmen kann?« Randall starrte nur ins Leere.

»Bitte beantworten Sie die Frage, Mr. Wilcox.« Er schüttelte den Kopf. »Mr. Wilcox?«

»Vielleicht«, sagte er. Im Publikum gab es großen Aufruhr. Der Richter betätigte wieder einmal seinen Hammer.

»Keine weiteren Fragen, Euer Ehren«, sagte Lakewood und ging breit grinsend zu seinem Platz zurück.

»Mr. Burton?« fragte der Richter. Doch dieser schüttelte den Kopf. »Keine Fragen, Euer Ehren«, sagte er.

Randall stand auf und wollte zu Fannys Tisch zurückgehen. Doch plötzlich drehte er sich um und verließ den Gerichtssaal.

»Wir werden die Anhörung für heute unterbrechen und auf morgen vertagen«, sagte Richter McKensie. »Morgen um neun Uhr dreißig wird die Verhandlung fortgesetzt werden.« Er klopfte mit dem Hammer auf den Tisch und stand auf. Sofort redeten alle laut durcheinander.

Die Leute hatten jetzt so viel Neues erfahren, über das sie tratschen konnten, daß sie ihr Glück kaum fassen konnten.

»Morgen um diese Zeit wird Drake wieder bei Ihnen zu Hause sein«, sagte Camden Lakewood. Ich blickte mich nach Fanny und Wendell Burton um und sah, wie sie zur Seitentür hinausschlüpften. Von den anderen Leuten lächelten viele zu uns herüber. Selbst

Loretta Stonewall schien ihre Krise überwunden zu haben. Glücklich nahm sie die Sympathie ihrer Freundinnen entgegen.

»Ich rufe Sie heute nachmittag noch einmal an. Dann überlegen wir, wann wir Ihre Aussage noch einmal gemeinsam durchgehen«, sagte Lakewood. »Das wird das Ganze besiegeln.«

»Sie waren fantastisch«, erklärte ihm Logan, und sie schüttelten sich die Hände. Dann verließen wir das Gebäude.

Der starke Schneefall hatte wieder etwas nachgelassen, während wir bei der Anhörung waren. Die Sonne blitzte zwischen den Wolken hindurch und blendete uns, weil der Schnee die Strahlen reflektierte. Logan legte den Arm um mich, als wir zum Auto gingen.

»Nun«, sagte er, »das Schlimmste ist vorüber.«

»Das hoffe ich«, erklärte ich ihm. »Ich hoffe es mehr für Drake als für mich.«

»Es sieht so aus, als ob wir recht hatten, Mr. Lakewood zu engagieren. Qualität und Erfahrung machen sich bezahlt.« Wir stiegen ins Auto ein und fuhren los. Als ich noch einmal zurücksah, standen Fanny und Randall zusammen und sprachen wild gestikulierend miteinander. Kleine Atemwölkchen kamen aus ihren Mündern; sie erinnerten mich an den Kamin von Old Smokey, dem Kohleofen in unserer Hütte in den Willies.

»Wenn einmal etwas Böses ins Rollen kommt, dann ist es schwer, es aufzuhalten«, hatte Großmutter immer gesagt. Das Böse ist wie ein Stein, der den Berg hinunterrollt und dabei immer schneller wird. Wenn man ihn nicht gleich am Anfang stoppt, dann kann man nur zusehen und warten, bis er ausgerollt ist. War das Böse, das die Casteel-Kinder auf der ganzen Welt gefangenhielt, jetzt ausgerollt? Ich konnte nur hoffen, daß die Vorgänge im Gerichtssaal geholfen hatten, es ein wenig abzubremsen.

Als Logan und ich an diesem Abend zu Bett gingen, nahm er mich in die Arme und küßte mich.

»Ich habe mir heute solche Sorgen um dich gemacht«, sagte er. Er streichelte mir zärtlich das Haar und küßte mich wieder. »Wir werden nach all dem stärker sein als je zuvor. Ganz bestimmt. Bist du nervös wegen morgen?«

»Ich wäre eine Lügnerin, wenn ich nein sagen würde.«

»Ich werde immer bei dir sein, jede Minute. Genauso wie du bei mir warst. Sieh einfach zu mir herüber, wenn du dich verzweifelt fühlst!«

»O Logan, liebst du mich noch so sehr wie damals, als wir uns hier in Winnerow kennenlernten? Tust du das?« Das Lächeln verschwand von seinem Gesicht, und er sah wieder ernst aus.

»Noch mehr. Denn ich habe gelernt, wie kostbar und wichtig du für mich bist. Damals war es nur die Verliebtheit eines Schuljungen, heute ist es die reife Liebe eines Mannes. Ich brauche dich, Heaven. Ich bin ein Nichts ohne dich.«

»O Logan«, sagte ich gerührt, und er küßte mir die Tränen weg. Dann umarmte und küßte er mich leidenschaftlich, bis wir einander begehrten. Weil ich schwanger war, liebten wir uns zärtlich, aber trotzdem voller Feuer.

»Heaven, meine Heaven«, flüsterte er. »Es wird noch viele Momente wie diesen geben. Ich werde immer für dich da sein. Immer.«

Meine Tränen waren jetzt Tränen des Glücks und der Hoffnung. Wir waren wie zwei ganz junge Leute, die entdeckten, wie wundervoll die Liebe zwischen Mann und Frau sein konnte. Danach schliefen wir engumschlungen ein.

Als das Telefon klingelte, fuhr ich aus dem Schlaf hoch. Alles in mir weigerte sich, ans Telefon zu gehen, und so klingelte es wieder und wieder. Endlich erwachte auch Logan. Er streckte sich nach dem Hörer aus und hielt ihn an sein Ohr.

»Hallo«, krächzte er. Eine Zeitlang hörte er nur zu, dann sagte er: »Ich verstehe. Kommen Sie sofort vorbei.« Er legte auf.

»Was ist los? Wer war es?« fragte ich schnell. Ich sah an seinem Gesichtsausdruck, daß es eine schlechte Nachricht war.

»Es war Mr. Lakewood«, sagte er. »Er kommt sofort hierher, um mit uns zu sprechen. Er hat einige Informationen erhalten, die –« Er schluckte, als würden ihn die Worte würgen.

»Die was? Was denn, Logan?«

Er sah mich völlig verzweifelt an.

»Die mit großer Wahrscheinlichkeit Fanny das ausschließliche Sorgerecht für Drake sichern werden«, sagte er.

18. KAPITEL

Was man mit Geld alles kaufen kann

Unser Butler Gerald kündigte Camden Lakewood an. Logan und ich hatten uns in das große Wohnzimmer begeben und erwarteten dort seine Ankunft. Obwohl die drei Kristalleuchter an waren und glänzten wie Diamanten in der Mittagssonne, fühlte ich doch, wie die Dunkelheit mehr und mehr von mir Besitz ergriff. Die Fenster dieses Zimmers gingen nach Norden. Darum war das Zimmer am Tag nicht so hell, wie ich es gerne gehabt hätte. Als ich damals alles neu einrichtete, wählte ich sehr helle Farben. Jetzt saß ich da, umgeben von privater Dunkelheit und den hellen Farben, von denen ich gehofft hatte, daß sie unser Leben verschönern würden. Hier wartete ich auf die Nachricht, die Drake aus meinem Leben reißen und eine düstere Leere zurücklassen würde. Nichts würde sie je füllen können.

Mr. Lakewood verharrte einen Moment auf der Schwelle, die Aktentasche unter den Arm geklemmt. Logan, der sich gerade einen Gin Tonic an der Bar gemixt hatte, ging ihm entgegen und begrüßte ihn. Ich blieb auf der Couch sitzen, bewegungslos vor Angst und Anspannung. »Mr. Lakewood«, sagte Logan, »bitte kommen Sie doch näher. Möchten Sie etwas trinken?«

»Nein, danke«, sagte Lakewood und setzte sich auf den Sessel mir gegenüber. »Es tut mir leid, daß ich nach so einem harten Tag noch auf einer so unangenehmen Zusammenkunft bestehen mußte, aber –«

»Bitte, Mr. Lakewood.« Ich war unfähig, mich noch länger zurückzuhalten. »Sagen Sie uns einfach, was Sie erfahren haben, das Sie so pessimistisch hinsichtlich des Ausgangs der Anhörung macht.« Meine Stimme klang unglaublich fremd.

Logan kam zu mir. Er nahm meine Hand und drückte sie liebevoll.

»Nun, ich muß sagen, das war alles ein ziemlicher Schock für mich, Mrs. Stonewall. Diese ganze Geschichte wird von Tag zu Tag komplizierter«, begann Mr. Lakewood.

»Fahren Sie bitte fort«, drängte ich ihn.

»Heute nachmittag, kurz nachdem wir den Gerichtssaal verlassen hatten, erhielt ich einen Telefonanruf von Wendell Burton. Auf der Grundlage seiner Information stellte ich noch einige Nachforschungen an. Wie Sie wissen, hat J. Arthur Steine, der Anwalt von Anthony Tatterton, an diesem Fall einiges Interesse. Er war es, der –«

»Sagen Sie uns bitte einfach, was geschehen ist, Mr. Lakewood«, unterbrach ich ihn, denn ich konnte meine Ungeduld nicht mehr zurückhalten.

»Ja, Mrs. Stonewall. Ich komme gleich dazu.« Er holte tief Luft und lehnte sich zurück. »Es scheint, daß Wendell Burton heute gleich nach der Anhörung ein Treffen mit Mrs. Wilcox hatte, hauptsächlich, um ihr zu erklären, warum sie das Sorgerecht für Drake verlieren würde. Während der Unterredung enthüllte Mrs. Wilcox etwas, von dem klar war, daß sie die wirkliche Bedeutung dieser Information nicht verstanden hatte. Nämlich die Tatsache, daß Luke Casteel nicht Ihr richtiger Vater war. Ihr leiblicher Vater ist Anthony Tatterton.« Mit diesen Worten schloß Camden Lakewood und schüttelte den Kopf.

Ich lockerte meinen Griff um Logans Finger und lehnte mich zurück. Logan setzte sich auf die Lehne des Sofas. Ich fühlte, wie mir das Blut ins Gesicht stieg und meine Wangen anfingen zu glühen.

»Was hat das zu bedeuten?« fragte ich, und meine Stimme war kaum mehr als ein Flüstern.

»Das bedeutet, Mrs. Stonewall, daß Sie mit Drake Casteel nicht blutsverwandt sind, wohingegen Mrs. Wilcox es ist. Das verändert doch offensichtlich das Bild.«

»Wir werden es abstreiten«, erklärte Logan. »Es steht Fannys Wort gegen –«

»Ich fürchte nein, Mr. Stonewall. Mr. Burton hat bereits Anstrengungen unternommen, um Anthony Tatterton vorzuladen. Ich sprach mit Mr. Steine, der dann selbst sofort mit Mr. Tatterton sprach. Überflüssig zu sagen, daß das die Situation noch mehr kompliziert«, sagte er und schüttelte wieder den Kopf. Er schwitzte sehr und mußte sich die Stirn mit einem Taschentuch abwischen. Ich sah ihm an, daß ihn Mr. Steine sehr unter Druck gesetzt haben mußte.

»Dann hat Tony zugegeben...«, murmelte Logan.

»Ja, er hat es Mr. Steine gegenüber bekannt. Und man muß davon ausgehen, daß, wenn er auf dem Zeugenstand unter Eid... nun, wie Mr. Steine es ausdrückte, Mr. Tatterton scheint derzeit unter großer emotionaler Belastung zu stehen und –«

»Er würde sich dazu bekennen?« fragte Logan ungläubig.

»Das ist seine Art, es mir heimzuzahlen«, sagte ich leise und schüttelte den Kopf. »Aber was ich nicht verstehe« – gerade war es mir aufgefallen – »ist, wie Fanny das herausgefunden hat. Ich habe ihr nie etwas von meiner Beziehung zu Tony erzählt.«

Camden Lakewood räusperte sich. »Sie behauptet, sie hätte einen Brief, einen Brief ihres Bruders Tom –«

»Tom?« wiederholte ich erstaunt.

»Scheinbar. Luke Casteel hatte Tom die Wahrheit über Ihre Eltern erzählt. Und aus Verzweiflung, daß er nicht wirklich mit Ihnen verwandt war, erzählte er es Fanny.« Seine Augen sahen mich traurig an. »Es tut mir sehr leid, Mrs. Stonewall.«

Oh, oh, mein Tom. Tom hatte die Wahrheit gewußt. Und er hatte es Fanny erzählt. Wie unglücklich er gewesen sein mußte! Mein standfester Helfer in der Not, durch ihn hatte ich jetzt Drake verloren. Tom, der mir niemals hätte weh tun können. Tom, der als einziger an mich geglaubt hatte. Wie sehr es ihn geschmerzt hatte. Warum er seinem Vater nachgefolgt war und nie geglaubt hatte, daß er klug und begabt genug sein könnte, um zur Universität zu gehen und seinen Traum zu verwirklichen: Er wollte Präsident der Vereinigten Staaten werden. Oh, wie wir uns gegenseitig geholfen hatten, mit unseren unmöglichen Idealen! Wie hatten wir einander weh getan! O Tom, Tom, warum muß das Leben so grausam sein?

»Kann so ein Brief als Beweismittel gelten?« fragte Logan.

»Ich fürchte ja«, antwortete Camden Lakewood. Dann wandte er sich mir zu. »Und Sie wissen jetzt, daß Anthony Tatterton die Aussagen des Briefes unterstützen wird«, erklärte er warnend.

»Aber…«, stammelte Logan, »nach allem, was heute über sie ans Tageslicht kam, wird doch der Richter nicht…«

»Fanny Wilcox ist eine Blutsverwandte. Der Junge ist ihr Halbbruder, und wir nahmen an, er sei auch Mrs. Stonewalls Halbbruder. Wir haben wichtige Aussagen gemacht, aber sie sind nur wichtig auf der Grundlage, daß Mrs. Wilcox und Mrs. Stonewall sich gleichberechtigt gegenüberstehen, wenn Sie wissen, was ich meine. Trotz ihrer Vergangenheit, warum sollte das Gericht das Sorgerecht einer Mrs. Stonewall eher geben, die nicht mit Drake blutsverwandt ist, als einer Mrs. Wilcox, die es ist? Sie ist keine Kriminelle. Sie wurde noch nie für etwas eingesperrt.«

»Aber Randall Wilcox sagte doch –«, murmelte Logan.

»Nichts davon ist jetzt noch bedeutend.«

Mr. Lakewood beugte sich nach vorne und sprach leise, als ob er uns eine vertrauliche Mitteilung machen wollte.

»Burton hat mir gegenüber schon einige Andeutungen gemacht, wie seine weitere Argumentation aussehen wird. Nachdem er feststellen wird, daß Luke Casteel nicht Mrs. Stonewalls wirklicher Vater war, wird er die Situation so darstellen, daß jemand mit viel Geld versucht, Fanny Wilcox ihre familiären Rechte abzustreiten.

Ich muß Ihnen sagen, es sieht nicht gut aus. Und unter diesen Umständen bat mich Mr. Steine, auf der Ebene einer beruflichen Gefälligkeit, alles zu unternehmen, um Mr. Tattertons Vorladung zu verhindern. Ich rate Ihnen darum, die ganze Angelegenheit einfach fallenzulassen.«

»Den Teufel werden wir tun!« schrie Logan. »Wenn Tony so verrückt ist, zuzulassen, daß er von diesem schleimigen Anwalt vor allen Leuten befragt wird, und dann auch noch eine solche Aussage machen will –«

»Tatsache ist, er wird es tun, Mr. Stonewall.« Camden Lakewood blieb kühl und realistisch. »Tatsache ist, daß sich Anthony Tatterton freiwillig dazu bereit erklärt hat, auszusagen. Offensichtlich drängen ihn seine Anwälte dazu, es nicht zu tun.«

»Ich verstehe immer noch nicht, warum ein Richter…«

Ich konnte nicht zulassen, daß Tony aussagte. Alles würde letztendlich nur Drake schaden. »Logan«, sagte ich wie betäubt.

»Nun, das kann ich nicht, und wir waren gewillt –«

»Logan!« Ich stand auf. Er starrte mich einen Moment lang an, dann sah er in eine andere Richtung. »Danke für alles, was Sie bis jetzt für uns getan haben, Mr. Lakewood«, sagte ich mit fester Stimme. Ich wußte, was ich wollte.

»Es tut mir leid, Mrs. Stonewall. Wenn ich alle Fakten von Anfang an gewußt hätte...«

»Ich verstehe. Bitte entschuldigen Sie mich«, fügte ich hinzu und rannte aus dem Zimmer. Ich lief die Treppe hinauf in mein Schlafzimmer. Dort blieb ich erst einmal stehen und holte tief Luft.

Nicht die Tatsache, daß Fanny doch die Überlegenere sein würde, auch nicht Logans Seitensprung oder die Information, daß Tony seine sexuellen Beziehungen zu meiner Mutter enthüllen würde, war es, was mich völlig fertig machte, sondern, daß ich Drake verlieren würde, und damit zum zweiten Mal auch Luke.

Plötzlich kehrten die Zeiten zurück, in denen ich mich in den entlegensten Winkeln meines Herzens nach Luke sehnte, danach, daß er mir die Wange streicheln, den Arm um mich legen oder liebevoll durch mein Haar fahren würde. Ich erinnerte mich daran, wie oft ich ihn gesehen hatte, wie er einsam und verloren in den Himmel starrte, mit einem Blick, als ob das Leben ihn betrogen hätte. Immer war in mir ein tiefes Bedürfnis gewesen, ihn zu lieben und von ihm geliebt zu werden. All die Zeit, in der wir in den Willies gelebt hatten, war dieses Gefühl dagewesen und hatte darauf gewartet, sich in Liebe und Zuneigung äußern zu dürfen. Wenn er nur gezeigt hätte, daß er mich wahrnahm, oder mich ermutigt hätte zu glauben, daß er mich liebte, nur ein wenig!

Aber er hatte es nie getan, und das Schicksal hatte mir jede weitere Hoffnung genommen, als der betrunkene Autofahrer Luke und Stacie tötete. Ich hatte gehofft, daß ich durch Drake zu ihm zurückfinden könnte, um die verlorene Liebe zu leben. Ich hatte gehofft, statt Luke, Drake ein Leben lang zu lieben und von ihm die Liebe erwidert zu bekommen. Ich hatte davon geträumt, daß mir in Drake eines Tages Luke entgegensehen würde, dem er als großer stattlicher Mann eines Tages wie aus dem Gesicht geschnitten sein würde. Voll Liebe und Zuneigung würde er mich ansehen.

Es war gar nicht so auffällig oder ironisch, daß gerade Tony durch sein schreckliches Geständnis mir die Liebe Lukes ein zweites Mal nehmen würde. Wer wußte, was in seinem kaputten und verdrehten Verstand vor sich ging, seit ich aus Farthy geflohen war und mich dann geweigert hatte, ihn jemals wieder allein zu sehen? Auf schreckliche und grausige Weise war er jetzt wahrscheinlich eifersüchtig auf meine Liebe zu Drake oder Drakes Liebe zu mir.

Ich fühlte mich überwältigt, besiegt, ertränkt in einem Schwall aus Haß und Neid, gefangen in einem Wirbelsturm von Gefühlen. Auf der einen Seite war Fanny, auf der anderen Tony, beide zogen und zerrten mich hin und her und quälten mich. Zwei Menschen, die mich hätten lieben sollen und die von mir hätten geliebt werden sollen, machten mir das Leben schwerer, als es je gewesen war.

In diesem Moment wünschte ich mir beinahe, wieder in den Willies zu leben, in Armut, aber mit Menschen um mich, die mich liebten. Ich wünschte mir, mit Tom irgendwo durch die Willies zu streifen. Als wirkliche Geschwister würden wir wieder dasitzen und über unsere Träume reden.

Ich saß auf meinem Bett, zu müde und besiegt, um zu weinen. Wenige Augenblicke später erschien Logan auf der Türschwelle. Keiner von uns sprach ein Wort.

»Ich hätte in dieser Nacht nach Farthy fliegen sollen und Tony Tatterton den Hals umdrehen«, sagte Logan dann. »Ich hätte es glauben sollen, als du mich davor gewarnt hast. Ich hätte es nicht zulassen dürfen, daß er sich immer wieder in unser Leben mischt und es kontrollieren will. Was bin ich nur für ein Ehemann, Heaven, ich habe versagt!«

»Du bist ein guter Ehemann. Ich will keinen anderen«, beruhigte ich ihn. »Aber jetzt sprich bitte nicht mehr von Haß und Rache. Ich ertrage es nicht mehr.« Ein Plan begann sich in meinem Hinterkopf zu formen, ein Plan, den ich ganz allein durchführen mußte. Ich hatte es satt, die Menschen zu hassen und von ihnen, selbst von Fanny, gehaßt zu werden. »Ich werde mit Fanny reden«, sagte ich.

»Du wirst doch nicht zu ihr betteln gehen. Ich ertrage diesen Gedanken nicht. Laß mich gehen, wenn es das ist, was du willst. Ich sollte etwas von der Verantwortung übernehmen.«

»Nein, das will Fanny nicht. Sie würde in dir nur einen meiner

Diener sehen, der meinen Auftrag ausführt.« Er verstand, daß ich recht hatte.

»Aber was wirst du ihr sagen? Was wirst du tun?«

»Ich bin mir noch nicht sicher«, antwortete ich, obwohl ich in meinem Kopf bereits einigermaßen klar sah, was ich tun würde. Ich wollte es nur in diesem Moment noch nicht enthüllen. Logan schien das zu verstehen. Er nickte.

»Was immer du tust, ich unterstütze dich dabei.«

»Danke, Logan.« Wir sahen einander an, dann kniete er nieder vor mir, begrub seinen Kopf in meinem Schoß und weinte. Ich streichelte ihm liebevoll das Haar.

»O Heaven, Heaven, wie bezahle ich dafür, daß ich nicht stärker bin, daß ich mich von Tony blenden ließ? Es tut mir so leid, und ich liebe dich so sehr. Bitte vergib mir.«

»Ich habe dir nichts zu vergeben, Logan«, flüsterte ich und hob seinen Kopf, damit wir uns in die Augen sehen konnten. »Ich war genauso verwirrt von all dem, was er uns angeboten hat, wie du. Ich bin auch nicht perfekt.«

»O doch, das bist du. Du bist perfekt, und es ist kein Zufall, daß dein Name Himmel bedeutet. Du bist ein Stück Himmel auf Erden, und ich segne jeden Tag, an dem wir uns lieben.«

Ich küßte ihn sanft, und wir hielten einander fest. Dann erhob ich mich vom Bett und nahm meinen Mantel. Logan sah mir zu, wie ich mich anzog, das Haar kämmte und das Make-up erneuerte. Ich würde nicht besiegt aussehen, wenn ich Fanny gegenüberstehen würde.

»Ich gehe jetzt, Logan«, sagte ich, als ich fertig war.

»Sollte ich nicht doch mitkommen?«

»Nein, das ist etwas, das nur Fanny und mich angeht. Es geht um mehr als nur um Drake und dich.«

»Aber ich fühle mich so hilflos«, wandte er ein. »Ich fahre einfach nur mit und warte im Auto.«

»Das ist nicht notwendig. Ich möchte nicht, daß sie aus dem Fenster blickt und dich dort sieht.«

»Heaven«, rief er mir nach, als ich schon draußen war. »Ich liebe dich.«

»Ich liebe dich auch«, sagte ich und ging die Treppen hinunter und zur Tür hinaus. Ein Blick zu den Willies hinauf zeigte mir, daß sich der Himmel aufgeklart hatte. Die Sterne waren klar und strahlend, wie winzige Juwelen auf einer samtenen Himmelsdecke. Appleberry, der gerade einen der Wege freischaufelte, holte mir das Auto.

»Sie fahren noch weg, Mrs. Stonewall?«

»Ja, Appleberry.«

»Ja, es ist eine kalte Nacht, aber die Luft ist sauber und erfrischend wie frisch geschnittenes Gras. Und sie prickelt angenehm auf der Haut.«

»Ja, das stimmt«, erwiderte ich lächelnd.

Vor dem Auto wandte ich mich noch einmal um und sah zu den Willies hinauf. Hügel und Berge ruhten schweigend vor mir. Sie schienen auf mich zu warten.

Fannys Haus war so dunkel, daß ich Angst hatte, sie sei nicht zu Hause. Es sah so aus, als ob nur im Wohnzimmer Licht brennte. Zum Glück hatte sie die Hunde eingesperrt. Sie bellten wie verrückt, als ich die Auffahrt hinauffuhr und aus dem Wagen stieg. Dann wurde im Wohnzimmer eine weitere Lampe angedreht. Mein Herz hämmerte wie ein winziger Metallhammer in meiner Brust. Ich holte tief Luft und steuerte auf das Haus zu. Fanny öffnete, bevor ich die Tür erreicht hatte.

»Was willst du, Heaven?« fragte sie, während sie auf der Schwelle stand, die Arme eng unter der Brust verschränkt. Sie trug die Haare offen, und sie umspielten ihr Gesicht. Es schien mir, als hätte sie geweint. Ihre Augen waren gerötet, ihre Wimperntusche verschmiert, und ich hatte den Eindruck, daß ihr Tränen über die Wangen liefen.

»Ich möchte mit dir reden, Fanny.«

»Mein Anwalt will nicht, daß ich mit dir spreche, ohne daß er dabei ist.«

»Fanny, ich glaube, daß wir auch ohne Anwalt miteinander reden können. Ich habe meinen auch nicht mitgebracht. Nicht einmal Logan.« Ich wies auf den Wagen.

Sie sah an mir vorbei auf die Auffahrt, rührte sich aber nicht von der Stelle.

»Es ist kalt hier draußen, Fanny.«

»Also gut, du kannst hereinkommen. Aber ich sage nichts, was du gegen mich verwenden kannst. Darauf kannst du dich verlassen!«

»Wir werden morgen nicht vor Gericht stehen, Fanny. Es wäre sinnlos.«

Sie lächelte und trat dann einen Schritt zurück.

»Oh, dann kannst du hereinkommen, Heaven Leigh.«

»Wo ist Drake?« fragte ich, als ich drinnen war.

»Er ist in seinem Zimmer. Er hat hier auch sein eigenes Zimmer, mußt du wissen.« Ihre Augen blitzten, als würde ihr Stolz ihren Körper durchfluten und erleuchten wie eine elektrische Birne. Obwohl wir nicht blutsverwandt waren, in diesem Punkt waren wir uns sehr ähnlich.

»Geht es ihm gut?«

»Er ist nur ein wenig müde«, erwiderte sie, aber ich hatte das Gefühl, daß sie log.

»Ist Randall auch hier?« fragte ich, während ich mich umsah und mich darüber wunderte, daß sie nicht mehr Licht machte.

»Oh, das ist es also. Du bist gekommen, um ihn um Hilfe zu bitten, weitere Hilfe. Nicht wahr?« Sie nickte schnell, weil sie glaubte, den Grund für meinen Besuch herausgefunden zu haben.

»Nein, Fanny, so ist es nicht.«

»Nun, es ist auch egal. Er ist weg. Er ist nicht mehr hier.«

»Weg?«

»Um noch einmal nachzudenken. Ich sagte ihm, er solle sich überlegen, ob er mich liebt oder nicht, und nicht zurückkommen, bevor er es weiß.«

»Ich verstehe.« Sie mußte eine Auseinandersetzung mit ihm gehabt haben. Möglicherweise hatte Drake dabei zugesehen.

»Aber glaube ja nicht, das hilft dir vor Gericht. Mein Anwalt sagt, daß es jetzt egal ist, ob ich verheiratet bin oder nicht, weil du ja nicht Drakes Schwester bist.«

»Er hat wahrscheinlich recht damit, Fanny.«

Vom vernünftigen Ton meiner Stimme schien sie überrascht zu sein. Aber es verwirrte sie, und sie verkrampfte sich, weil sie Schlimmes erwartete.

»Was willst du jetzt, Heaven? Du hast doch irgendwas im Sinn, sonst würdest du nicht herkommen. Also spuck es aus!«

»Können wir uns nicht hinsetzen?«

»Setz dich hin, wenn du willst. Ich bleibe stehen.« Sie unterstrich ihre Worte, indem sie sich noch mehr aufrichtete.

Ich ging in das Wohnzimmer und setzte mich auf einen Stuhl am Ecktisch. Fanny folgte mir, während sie mich nervös beobachtete.

»Nun, Fanny«, begann ich, »das Sorgerecht für Drake wird dir zugesprochen werden, das heißt, du wirst zwei Kinder haben, für die du sorgen mußt.«

»Na und?« Ihre dunklen Augen blitzten mich an. »Meinst du, ich kann nicht richtig für sie sorgen?«

»Das habe ich nicht gesagt, aber wenn Randall dich verlassen sollte, wird es sehr schwer für dich werden. Wie steht es denn mit deiner finanziellen Situation? Sie kann nicht besonders gut sein.«

»Mein Anwalt sagt, daß du mir immer noch weiter Geld schikken mußt für das Kind. Er sagt, es sei egal, was ihr euch für einen tollen Anwalt nehmt, da kommt ihr nicht raus.«

»Vielleicht. Aber trotzdem handelt es sich dabei nicht um viel Geld, Fanny.« Sie erwiderte nichts darauf, sondern sah mich nur an, ihre Augen wurden schmal.

»Was willst du mir erzählen, Heaven? Das war es nicht. Was willst du?«

»Ich bin gekommen, um dir ein Angebot zu machen, Fanny.«

»Was für ein Angebot?«

»Ich biete dir eine Million Dollar dafür, daß du mir Drakes Sorgerecht überschreibst.«

Ich konnte sehen, daß sie einen Moment brauchte, um sich über die Bedeutung meiner Worte klar zu werden. Sie blinzelte und bewegte sich in Richtung Sofa. Dann lächelte sie. Aber es war ein anderes Lächeln als sonst. Es war ein berechnendes Grinsen, das mir kalte Schauer den Rücken hinunterjagte. Sie setzte sich und ließ mich keine Sekunde aus den Augen.

»Nun sieh dir das an! Du bist hierhergekommen, um Drake zu kaufen. Genauso, wie der Reverend mich gekauft hat. Genauso, wie Cal und Kitty gekommen sind, um dich zu kaufen. Du willst, daß ich das tue, was Vater getan hat: ein Kind verkaufen. Du bist nicht besser als die anderen, die uns Casteel-Kinder aufgekauft haben. Damals sagtest du, daß du sie dafür gehaßt hast. Du hast Vater dafür gehaßt, daß er das getan hat, und hast ihm bis zu seinem Tod das Gefühl gegeben, schuldig zu sein. Oder nicht? Stimmt das nicht?« schrie sie.

Ich sah zu Boden und konnte die Tränen nicht mehr zurückhalten.

»Jetzt willst du also etwas so sehr, daß du selbst etwas tust, was du eigentlich verabscheust, was du damals rächen wolltest und was sogar Toms Tod verursacht hat.«

»Fanny...« Mein Herz schlug so schnell, daß ich kaum atmen konnte.

»Sag nichts«, sagte sie und drehte sich weg. Und plötzlich fing sie an zu weinen, und dieses Mal wußte ich, daß es echt war. Sie sprach, ohne mich anzusehen.

»Natürlich will ich eine Million Dollar, damit ich so reich und mächtig leben kann wie du.« Sie wandte sich mir zu, und ihr Gesicht war voller Wut und Schmerz. »Aber meinst du nicht, daß ich eigentlich etwas anderes will, etwas, das du immer gehabt hast? Meinst du nicht, daß ich Liebe will?« Sie schüttelte verzweifelt den Kopf. »Ich hatte es nie so gut wie du, Heaven. Du warst die, die schon als Kind immer die netten Freunde hatte.«

»Aber Fanny, du triebst es so wild, daß kein netter Junge mit dir zusammensein wollte«, protestierte ich.

»Ich wollte immer, daß sie mich liebten. Ich dachte, das wäre der Weg, um da hinzukommen. Und dann lebte ich bei dem Reverend und dachte, endlich ist da wer, der mich liebt. Deswegen habe ich mich auch nicht gewehrt, als er in mein Zimmer kam und mich berührte. Ich dachte sogar, daß er mich dafür lieben würde, daß ich sein Kind trug. Aber er wollte mich nur ausbezahlen und loswerden.

Dann ging ich nach Nashville, aber es war immer das gleiche. Die Männer wollten mich nicht lieben, nicht wie sie dich liebten, Heaven. Meine Brüder und Schwestern wollten nie etwas mit mir zu tun haben. Du auch nicht. Leugne es jetzt nicht ab, nur weil du mich einmal besucht hast und mir ab und zu Geld geschickt hast! Ich habe sogar Luke ein paarmal angerufen. Und weißt du was?«

sagte sie, und die Tränen flossen ihr über die Wangen. »Er fragte nur nach dir. Ja, nur nach dir! Ich hatte gehofft, daß er mich bitten würde, bei ihm und seiner neuen Frau zu leben. Aber er sagte nie etwas dergleichen.

So habe ich den alten Mallory geheiratet, aber er war zu alt, um mich so zu lieben, wie ein Mann seine Frau lieben sollte. Danach waren immer irgendwelche Männer da, aber ich hatte nie was Festes. Bis der süße Randall auftauchte. Jetzt sitzt er irgendwo und denkt nochmals darüber nach, nur weil ich ihn angelogen habe. Niemand liebte mich je so, wie die Menschen dich lieben. Sogar Drake. Sogar jetzt mag er dich mehr als mich, egal, was ich ihm erzähle. Ich verstehe es nicht.«

Sie wandte sich wieder ab, und die Stille wurde nur manchmal von unserem Schluchzen unterbrochen.

»Du kannst die Menschen nicht zwingen, dich zu lieben, Fanny«, sagte ich unter Tränen. »Du suchst zu sehr danach. Du verlangst es, noch bevor jemand die Chance hat, es dir freiwillig zu geben. Du mußt mehr Vertrauen haben und es geschehen lassen.«

Sie schüttelte den Kopf.

»Du erwartest jetzt ein Kind, so wie ich«, sagte ich und schluckte den Kloß im Hals hinunter. »Und niemand wird es dir wegnehmen. Du wirst dieses Kind lieben, und es wird dich lieben. Daraus wirst du lernen, Fanny. Du wirst sehen, daß Liebe sich langsam entwickelt und daß diese Liebe stark ist. Aber wenn du Drake behältst und ihn zwingst, dich zu lieben, nur damit es jemanden gibt, der dich mehr liebt als mich... Das wird dich nicht glücklich machen. Du wirst es sehen. Es tut mir leid. Mir tun viele Dinge leid, Fanny. Es tut mir leid, daß ich nicht mehr um Darcy gekämpft habe, daß ich dich in Nashville ließ und dich so lange ignoriert habe. Es tut mir leid, daß dir das alles so viel ausgemacht und dich zu dem gemacht hat, was du bist.«

Ich stand auf, aber sie sah mich nicht an.

»Leb wohl, Fanny.« Weinend ging ich auf die Eingangstür zu.

»Heaven.«

Ich drehte mich langsam um und wischte mir die Tränen mit einem kleinen Taschentuch vom Gesicht.

»Ich nehme die Million, und du kannst Drake haben«, sagte sie.

Drake saß auf seinem Bett in Fannys Haus, die Hände in seinem Schoß gefaltet. Er sah auf, als ich durch die Tür kam. Und ich sah, daß er, obwohl er verwirrt aussah, froh war, mich zu sehen. Die Wärme in seinen Augen verriet seine inneren Gefühle.

»Hallo, Drake. Kann ich dich wieder mit nach Hause nehmen?« Ich lächelte durch meine Tränen hindurch. Er antwortete nicht gleich, sondern lehnte sich vor, um zu sehen, ob Fanny hinter mir stand. »Ich weiß, daß du hier eine verwirrende Zeit durchgemacht hast, aber jetzt ist alles vorbei. Du kommst wieder zurück zum Hasbrouck-Haus, zu deinem Zimmer und deinen Spielsachen. Logan wartet schon auf uns«, fügte ich hinzu, als er sich nicht rührte. »Und alle deine neuen Freunde, und Mr. Appleberry...«

»Fanny hat gesagt, daß du meinen Papa gehaßt hast«, sagte er, und Unsicherheit zeigte sich auf seinem Gesicht.

»Ich haßte ihn nicht, Drake. Ich liebte ihn. Aber ich dachte immer, er liebte mich nicht. Wir hatten ein schweres Leben, als wir in deinem Alter waren.« Ich kniete mich neben ihn und nahm seine Hände in meine. »Manchmal ist es nicht leicht, jemanden zu lieben, selbst wenn man es sich sehr wünscht.«

»Warum?« Er sah mich skeptisch an. Aber über die Neugierde, die so typisch war für sein Alter, mußte ich lächeln. Ich dachte über Luke nach, über Troy und Tony. Ihre Liebe für mich und meine Liebe für sie wurde verzerrt und ging verloren im Laufe der Zeit.

»Weil sie nicht zulassen, daß du sie liebst. Sie haben Angst davor, oder sie haben Angst vor ihren eigenen Gefühlen. Ich hoffe, daß es für dich leicht sein wird zu lieben, Drake. Ich weiß, daß es für mich leicht sein wird, dich zu lieben.«

Er betrachtete mich eingehend. Ich konnte beinahe seinen kleinen Verstand arbeiten hören.

»Warum ist es so schwer?« fragte er und zuckte die Schultern. Ich lachte und umarmte ihn.

»Oh, es sollte nicht so schwer sein. Du hast recht, Liebling. Es sollte leicht sein zu lieben und schwer zu hassen. Laß es uns beide so machen, so soll es immer zwischen uns bleiben, okay?«

Er nickte, und ich stand auf. Seine Hand lag noch immer in meiner.

»Gehen wir jetzt?« fragte er.

»Ja, Liebling.«

Wir gingen zum Wohnzimmer hinaus, wo Fanny noch immer auf dem Sofa saß. Drake starrte sie erwartungsvoll an.

»Du wirst jetzt doch bei Heaven wohnen, Drake, mein Schatz. Sie hat ein größeres Haus und Bedienstete und kann besser für dich sorgen. Aber wir werden uns trotzdem von Zeit zu Zeit sehen. Sei einfach ein braver Junge und vergiß deine Schwester Fanny nicht«, sagte sie und streckte die Arme aus. Drake sah erst mich an, bevor er zu ihr hin ging. Ich nickte. Fanny umarmte ihn, gab ihm einen Kuß und ließ ihn dann gleich wieder los.

»Mach's gut, Fanny!« Sie blickte mich an, dann drehte sie sich um und starrte aus dem Fenster. Wieder einmal war sie allein. Vielleicht würde Randall wiederkommen, überlegte ich, vor allem, wenn er herausfand, wieviel Geld Fanny haben würde. Aber der Gedanke gab mir auch kein besseres Gefühl. »Sorge dafür, daß dich dein Anwalt nicht betrügt, Fanny«, riet ich ihr. Sie nickte ohne mich anzusehen. »Komm, Drake«, sagte ich, und wir gingen los.

Als ich Drake ins Auto gesetzt hatte, sah ich noch einmal zurück. Sie hatte das Gesicht ans Fenster gedrückt, eingerahmt vom Frost. Ein Bild der Einsamkeit. Sie würde reich sein. So reich, daß sie das Gefühl haben konnte, endlich aufgeholt zu haben. Aber dabei würde sie so arm sein.

Auf der Heimfahrt zum Hasbrouck-Haus war Drake sehr still, aber als wir die Auffahrt hinauffuhren, strahlte er wie ein Weihnachtsbaum.

»Ist mein Feuerwehrauto noch da?« fragte er.

»Natürlich ist es da, Liebling. Alle deine Spielsachen sind noch da.«

Er öffnete seine Tür und rannte um das Auto herum. Ich folgte ihm zur Tür. Als wir eintraten, kam Logan aus einem der Zimmer. Sein Gesicht erhellte sich sofort.

»Hallo, alter Freund«, sagte er. »Willkommen daheim.«

Ich weinte beinahe, als Logan einen Satz machte, Drake in seine Arme nahm und seine Wange mit Küssen bedeckte.

»Er hat noch nichts zu Abend gegessen, Logan.«

»O nein? Prima, denn Roland macht gerade einen Rinderbraten. Einen schönen, großen Rinderbraten. Was hältst du davon, alter Knabe?«

»Ich liebe Rinderbraten, es ist mein Lieblingsessen. Ich habe es sonst immer an meinem Geburtstag bekommen. Ist heute mein Geburtstag?«

Logan und ich brachen beide in lautes Gelächter aus. Ich war so glücklich, daß ich nicht mehr aufhören konnte zu lachen. Drake blickte etwas verwirrt drein, aber dann lachte er mit.

Er war wirklich zu Hause, und in diesem Moment wußte ich, daß wir schon längst eine richtige Familie waren.

19. KAPITEL

Die Spieldose

Das Erntedankfest war dieses Jahr wirklich ein Fest des Dankes mit Logan, Drake, Logans Eltern und dem Kind, das in mir wuchs. An Weihnachten fühlte ich es zum ersten Mal strampeln. Es war, als ob das Leben in und außerhalb von mir feierte und tanzte. Drake liebte es, seine warmen kleinen Hände auf meinen Bauch zu legen und die Bewegungen des Kindes zu spüren. Das erste Mal in meinem Leben hatte ich mein eigenes Heim, meine eigene Familie, mein eigenes Glück.

Logan fragte mich nie, was ich Fanny für das Sorgerecht für Drake gegeben hatte. Ich erzählte ihm auch nicht, daß ich Mr. Steine angerufen hatte, damit er mit Tony Kontakt aufnahm. Ich hatte ihn gebeten, eine Million Dollar auf Fannys Konto zu überweisen. Ich wußte, daß Tony es tun würde. Er hoffte immer noch, daß er meine Zuneigung zurückkaufen konnte. Ich hatte ihm weder dafür gedankt noch sonst irgendwie auf seine Bemühungen reagiert. Das würde später kommen, wenn die alten Wunden besser verheilt sein würden.

Eines Abends vor dem Zubettgehen lächelte Logan plötzlich und meinte: »Drake ist ein wunderbarer kleiner Junge. Ich bin froh, daß er zurück ist.«

»O Logan. Danke.« Ich umarmte ihn.

»Du dankst mir? Wofür?«

»Weil du uns so sehr liebst«, erklärte ich. Das brachte ihn zum Lachen.

»Ich könnte ja nicht damit aufhören, selbst wenn ich wollte.« Er küßte mich sanft auf die Stirn.

Einige Tage später kam Logan aus der Fabrik zurück und erzählte mir, daß Randall Fanny verlassen hatte, um wieder zur Universität zurückzugehen. Fanny schien nicht allzu unglücklich darüber.

»Einige der Angestellten haben beim Mittagessen über sie getratscht. Es scheint, daß Randall einigen Leuten davon erzählt hat, wie sie ihn behandelt hat.« Er imitierte Fanny. »Sie sagte: ›Jetzt, wo ich so reich bin wie Heaven, brauchst du nicht zurückzukommen. Ich habe mehr Geld, als ich ausgeben kann, und viele hübsche junge Männer werden an meine Türe klopfen. Also komme nicht irgendwann mit eingezogenem Schwanz zurück und erwarte, daß ich dir mit offenen Armen entgegenlaufe.‹« Er machte eine Pause und sah mich fragend an. »Wo hat Fanny das Geld her, Heaven?«

Ich erzählte ihm die Wahrheit, und er hörte sich alles wortlos an. Er sagte nicht, daß ich Fanny das gleiche angetan hatte wie Tony Luke, er verurteilte mich nicht. Er lächelte nur und sagte: »Nun, da müssen wir um so mehr arbeiten, um Tony das Geld zurückzuzahlen. Dann schulden wir ihm nichts mehr.«

Ich umarmte ihn und gab ihm hundert Küsse, weil er der beste Ehemann der Welt war.

Unser Leben ging weiter. Von Zeit zu Zeit hörten wir Geschichten über Fanny, über die Dinge, die sie kaufte, oder die Leute, die sie traf. Gelegentlich besuchte sie Drake. Er war immer sehr freundlich zu ihr, aber offensichtlich hatte er Angst, daß sie ihn wieder mitnehmen würde. Jedesmal, wenn sie zu Besuch kam, mußte ich ihm versichern, daß das nicht geschehen würde.

Der Winter ging vorüber, und eines Tages brach der Frühling in all seiner Schönheit hervor. Es war, als hätte Gott ein Geschenk ausgepackt, das Blumen, grünes Gras und blauen Himmel an sonnigen Tagen enthielt. Das Flüstern der Blätter, der Gesang des Windes, der über das Gras strich, die wilden Blumen, die die Luft mit ihrem schweren Parfüm erfüllten, all das gab uns wieder Hoffnung und ließ Trauriges mit der Kälte des Winters verschwinden. Alles war von der Sonne erhellt.

Appleberry säte und hegte alles so liebevoll, daß es um unser Haus bald überall blühte. Drakes melancholische Stimmungen wurden immer seltener, bis sie allmählich ganz verschwanden. Nur manchmal wurde er plötzlich nachdenklich und fragte nach seiner Mutter und seinem Vater.

Die Fabrik entwickelte sich prächtig. Logan überraschte mich durch seine umfassenden Kenntnisse, was das Geschäft betraf. Er reiste durch das Land, um neue Abnehmer und Absatzmärkte zu finden. Nach kurzer Zeit schon konnte er die Arbeitskapazität der Firma ausdehnen, was die Leute aus Winnerow noch stolzer auf das Unternehmen machte.

Eines Morgens, kurz nach dem Frühstück, klingelte das Telefon. Ich hob den Hörer ab. »Bring gefälligst deinen Gatten dazu, daß er sofort herkommt«, forderte Fanny. »Meine Fruchtblase ist geplatzt.«

»Wer ist dran?« fragte Logan.

»Es ist Fanny«, sagte ich. »Du heizt am besten gleich den Wagen auf. Ihre Fruchtblase ist geplatzt, und sie braucht jetzt jemanden, der sie ins Krankenhaus fährt.«

»Heaven, ich kann dich jetzt nicht allein lassen. Bei dir kann es auch jeden Moment soweit sein«, sagte er und wollte mir den Hörer aus der Hand nehmen. Ich hielt die Sprechmuschel zu.

»Liebling, egal was Fanny getan hat, sie ist meine Schwester und hat sonst niemanden.«

»Also gut.« Logan stimmte jetzt zu. »Aber du kommst mit. Ich will nicht, daß du hier allein bleibst und nur die Bediensteten dich ins Krankenhaus bringen können. Außerdem«, sagte er lächelnd, »wäre dann unser gemeinsamer Unterricht zur Geburtsvorbereitung umsonst gewesen. Ich hole deinen Koffer, sag du Mr. Appleberry, daß er sich um Drake kümmern soll. Für ihn ist es immer ein großes Fest, wenn er mit Mr. Appleberry spielen darf.«

»Wir sind gleich da«, erklärte ich Fanny.

»Das will ich hoffen, denn bei mir geht es jeden Augenblick los. Und ich will das Kind nicht unterwegs kriegen. Also sag Logan, daß er sich beeilen soll, hast du gehört?«

Fanny erwartete uns vor der Türe mit zwei gigantisch großen Koffern.

»Stell sie in den Kofferraum, Logan!« sagte Fanny und sah durch das Fenster zu mir herein. »He, Heaven, willst du zusehen, wie es gemacht wird?«

Logan kämpfte mit den Koffern. »Fanny, was, um Himmels willen, hast du da drin?«

»Na, meine Kleider und neue Schlappen, und... du erwartest doch nicht, daß ich mich so gewöhnlich kleide, mit all meinem

Geld«, meinte Fanny. Dann begann sie zu stöhnen und ergriff Logans Arm. »Es ist wohl besser, wir beeilen uns«, stammelte sie.

Logan raste ins Krankenhaus und hielt an dem Eingang, an dem normalerweise die Krankenwagen halten. Fanny schrie und krümmte sich auf dem Rücksitz.

»Ich werde an den Schmerzen sterben!« schrie sie. »Ich werde sterben! Gebt mir Betäubungsmittel, ich will auf der Stelle ein Betäubungsmittel!«

Einige Krankenpfleger brachten eine Bahre heraus, legten sie darauf und bedeckten sie mit einem weißen Leintuch. Sie schrie immer noch, als die automatischen Türen aufgingen und sie den Gang hinuntergeschoben wurde.

»Gebt mir ein Betäubungsmittel!«

Logan drehte sich zu mir um und nahm mich in den Arm. »Wie geht es dir, Liebling?«

»Ich denke, es war nicht umsonst, daß ich mit dir und Fanny mitgekommen bin«, sagte ich lächelnd.

»Was?!« stammelte er.

»Das Kind ist unterwegs«, erklärte ich.

»O mein Gott. Ich gehe und hole eine Krankenbahre. Ich –«

»Das wird nicht nötig sein«, sagte ich lachend. »Ich kann sehr gut allein gehen.«

Logan ging nervös auf und ab, als wir auf ein freies Zimmer warteten. Die Wehen hatten begonnen, aber der Schmerz war nicht so schlimm. Einige Stunden später stand mein geliebter Logan an meiner Seite und zählte meinen Atem und die Minuten zwischen den jetzt schmerzhaften Wehen. Dann kam die Krankenschwester und berichtete uns, daß Fanny einen kleinen Jungen zur Welt gebracht hatte. Am frühen Abend gebar ich dann mein eigenes Kind, das gleich aus vollem Halse schrie.

»Es ist ein Mädchen!« sagte die Ärztin erfreut.

Die Krankenschwester wusch die Kleine und legte sie mir vorsichtig auf den Bauch. Sie hatte Augen, die so blau waren wie Maisblumen, aber dunkelbraunes Haar. Troys Haar, das sich sogar wie bei ihm im Nacken lockte. Zärtlich zählte ich ihre Zehen und Finger, die geformt waren wie die von Troy. Tatterton-Finger, die vielleicht eines Tages kleine Menschen und Häuser schnitzen würden.

Logan schien nichts davon zu bemerken. Er war so hingerissen von unserem Kind.

»Möchtest du sie in den Arm nehmen, Logan?« fragte ich.

»Ich habe Angst, daß ich etwas zerbreche, sie ist so winzig«, sagte er.

»Liebling, du bist der zärtlichste Mann, den ich kenne. Hier ist deine Tochter«, sagte ich und hob sie hoch. Vorsichtig nahm er ihren Kopf und zog das kleine Bündel an seine Brust. »Heaven«, sagte er und sah der Kleinen verliebt ins Gesicht, »mein ganzes Leben lang dachte ich, du seist das schönste Mädchen der Welt. Aber jetzt weiß ich, daß unsere Liebe ein Kind geschaffen hat, das noch schöner ist.«

»Logan, ich würde sie gerne Annie nennen, nach meiner Großmutter.«

»Annie«, flüsterte Logan seiner Tochter zu. Sie brach in lautes Geschrei aus.

Wir lachten. »Ich nehme an, sie kennt jetzt ihren Namen«, sagte Logan und gab mir das Kind zurück.

Bald kam die Schwester und bestand darauf, daß Logan nach Hause gehen und sich und mir etwas Ruhe gönnen solle. Sie nahm das Kind mit in den Kinderraum, und ich schlief ein paar Stunden. Ich träumte von dem Kind, von Logan und Troy und erwachte mit Annies Namen auf meinen Lippen. Oh, ich war mir sicher, ich wußte einfach, daß es Troys Kind war, und ich schwor mir, daß es Logan niemals erfahren würde. Annies Liebe und meine Liebe zu ihm würden es wiedergutmachen.

Qualvoll erhob ich mich aus dem Bett und ging langsam den Gang zu dem Kinderraum hinunter. Eine rauhe Stimme begrüßte mich am Ende des Gangs. »Sieh einer an, wer jetzt endlich auch wieder auf ist.«

Fanny saß in einem Rollstuhl und wurde von einer Privatschwester geschoben.

»Welcher ist dein kleiner Sohn?« fragte ich.

»Luke? Ich habe ihn nach Vater benannt. Luke ist dort drüben, der gutaussehende Herr in der Reihe«, sagte sie. Sie war ganz erfüllt von Stolz und Liebe.

»Er ist ein schönes Kind«, stimmte ich zu.

»Ich wußte, daß du so denken würdest. Heaven. Du hast seinen Vater geheiratet, und er sieht ihm sehr ähnlich. Wo ist dein kleines Mädchen?«

Ich zeigte auf Annie. Sie brüllte los.

»Bist du sicher, Heaven? Warum sieht sie dann niemandem hier ähnlich?«

Ich fuhr zusammen. Fanny konnte es nicht wissen, konnte die Wahrheit nicht ahnen. Ich verzog meinen Mund zu einem Lächeln. »So, meinst du, Fanny«, neckte ich sie, »wenn sie so heult wie jetzt, dann sieht sie so aus wie du gestern abend.«

Sogar Fanny mußte lachen.

»Ich besuch' dich bald, Schwesterherz«, sagte sie. Dann mußte die Schwester sie zu ihrem Zimmer zurückfahren. »Und fahren Sie nicht so schnell. Ich möchte in die Zimmer hineinsehen«, erklärte ihr Fanny. »Das ist wie Fernsehen.«

Zehn Tage nachdem wir Annie heimgebracht hatten, saß ich gerade bei ihr am Bett und schaukelte sie, als Logan von der Fabrik nach Hause kam. Er war so begeistert von dem Kind, daß er oft die Fabrik verließ und, wie er das nannte, »Annie-Besuche« machte. Er kam dann schnell vorbei, nahm das Kind in den Arm oder sah ihm eine Weile beim Schlafen zu und ging dann wieder in die Fabrik zurück.

An diesem speziellen Nachmittag kam er die Treppe herauf und trug eine Schachtel in den Armen. Oben drauf war ein Schild, auf dem »zerbrechlich« stand.

»Was ist das?« fragte ich und schob das Kind in meinen Armen etwas höher, daß es aufrecht sitzen konnte.

»Ich weiß es nicht«, sagte Logan. »Es wurde gerade abgegeben.«

Er öffnete es, hob es vorsichtig aus seiner Verpackung und stellte es neben mich vor das Bett.

Es war eine perfekte kleine Nachbildung von Troys Haus. Alles war da, sogar der Irrgarten dahinter.

»Das gibt's doch nicht«, sagte Logan. »Sieh dir das an. Man kann das Dach abnehmen.«

Er nahm es herunter, da begann es, Troys Lieblingsstück von Chopin zu spielen. In dem Häuschen saß ein Mann auf dem Boden und hatte die Hände hinter dem Kopf verschränkt, wie Troy das zu tun pflegte. Daneben saß ein Mädchen, das aussah wie ich, damals, als ich das erste Mal in Farthy war. Alles war genau so wie damals: die winzigen Möbel, das Geschirr, sogar die Werkzeuge, um Spielzeug zu machen.

Nur Troy konnte das gemacht haben. Nur Troy. Er wußte es, er wußte, daß sie sein Kind war. Und er wollte mir zeigen, daß er es wußte. Auf diese Weise erhob er die Ansprüche auf seine Tochter. O Troy, wie ich wünschte, alles wäre anders! Die Spieldose war perfekt. So perfekt!

»Ich sehe keine Karte.« Logan unterbrach mich in meinen Gedanken. »Ist das nicht verrückt? Einer unserer Handwerker hat dieses erstaunliche Geschenk gemacht und vergessen, eine Karte dazuzulegen. Ich werde sehen, ob ich herausfinden kann, wer das gemacht hat. Wie sollen wir ihm sonst danken? Es ist fantastisch, findest du nicht, Heaven? Mit so viel Liebe zum Detail. Ich wette«, sagte Logan plötzlich, »daß Tony jemanden damit beauftragt hat. Vielleicht will er sich damit entschuldigen, hm?«

»Ja«, flüsterte ich. Ich konnte kaum reden, so überwältigt war ich von diesem Zeichen der immerwährenden Liebe Troys. Logan dachte, ich sei von der Schönheit des Geschenkes so beeindruckt. »Könntest du Annie in die Wiege zurücklegen?« flüsterte ich mit rauher Stimme.

»Sicher«, sagte er.

Er nahm mir das Kind aus den Armen und legte es zärtlich in die Wiege. »Ich bringe es nach unten«, sagte er und wollte das kleine Haus nehmen.

»Nein, es ist schon in Ordnung, Logan. Laß es hier. Ich möchte es noch eine Weile ansehen.«

»Sicher. Nun, ich muß jetzt in die Fabrik zurück. Wir sprechen uns dann später, in Ordnung?«

»In Ordnung.«

Er küßte mich auf die Wange und verschwand.

Wieder öffnete ich das Dach, und die magische Musik erfüllte den Raum. Eine Wolke, die bis jetzt die Sonne verdeckt hatte, zog weiter, und das warme Sonnenlicht strömte zum Fenster herein und beschien zärtlich die Miniaturhütte.

Eine der Türen zu meinen Erinnerungen öffnete sich, und wieder einmal hörte ich das leise Klingen eines Klaviers. Die Melodie wurde lauter und schien vom Wind getragen zu werden, der die Vorhänge am Schlafzimmerfenster zum Tanzen brachte. Ich sah zu dem blauen Himmel hinaus, als könnte ich verfolgen, wie die Musik ihren Weg nach Hause fand. Dann steckte ich das Dach wieder auf das Häuschen.

Ich würde das Spielzeug auf eines der Regale in Annies Zimmer stellen. Eines Tages, in vielen Jahren, würde ich ihr erklären, was für eine Bewandtnis es damit hatte. Ich war mir sicher, daß sie verstehen würde. Verstehen, warum ich das, was ich getan hatte, tun mußte. Ich würde ihr immer die Wahrheit erzählen. Denn die Wahrheit heilt alle Wunden.